HEYNE BÜCHER

Fantasy

Herausgegeben von Friedel Wahren

Von **Patricia Kennealy-Morrison** erschienen in der Reihe HEYNE SCIENCE FICTION & FANTASY:

Die Keltiade:

1. Roman: *Die Kupferkrone* · 06/4622
2. Roman: *Der Thron von Scone* · 06/4623
3. Roman: *Der Silberzweig* · 06/4772
4. Roman: *Des Falken graue Feder* · 06/4831
5. Roman: *Die Königseiche* · 06/9012
6. Roman: *Die Nebelhecke* · 06/9013
7. Roman: *Die schwarze Königin* · 06/9029 (in Vorb.)

In der ALLGEMEINEN REIHE:

Die dreizehn Schätze von Keltia · 01/6818
(identisch mit *Die Kupferkrone*)

Patricia
Kennealy-Morrison

Die Nebelhecke

Sechster Roman
des Keltia-Zyklus

Aus dem amerikanischen Englisch von
Irene Holicki

Deutsche Erstausgabe

WILHELM HEYNE VERLAG
MÜNCHEN

HEYNE SCIENCE FICTION & FANTASY
06/9013

Titel der Originalausgabe
THE HEDGE OF MIST
Übersetzung aus dem amerikanischen Englisch
von IRENE HOLICKI
Das Umschlagbild malte ATTILA BOROS/
Agentur Kohlstedt
Die Karten auf Seite 6, 7 und 8 zeichnete
ERHARD RINGER

Redaktion: F. Stanya

Printed in Germany 1998
Umschlaggestaltung: Atelier Ingrid Schütz, München
Technische Betreuung: M. Spinola
Satz: Schaber Satz- und Datentechnik, Wels
Druck und Bindung: Elsnerdruck, Berlin
ISBN 3-453-14040-0

Inhalt

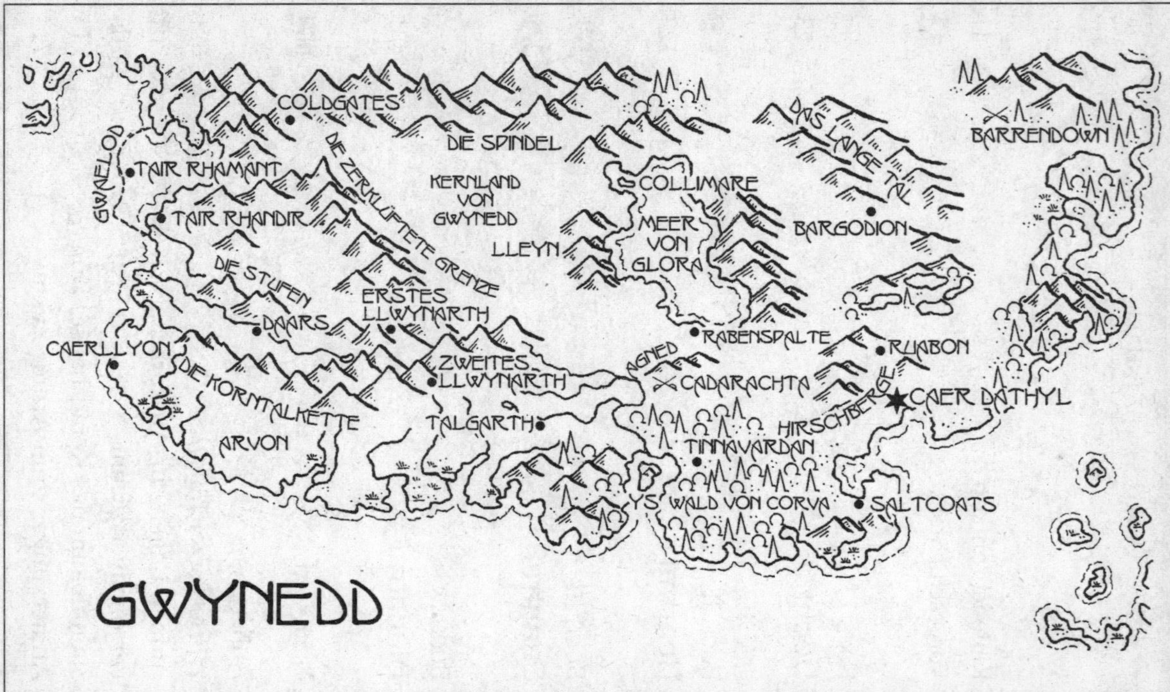
GWYNEDD
COLDGATES
DIE SPINDEL
DAS LANGE TAL
BARRENDOWN
GWAELOD
TAIR RHAMANT
TAIR RHANDIR
DIE ZERKLÜFTETE GRENZE
KERNLAND VON GWYNEDD
COLLIMARE
BARGODION
LLEYN
MEER VON GLORA
DIE STUFEN
ERSTES LLWYNARTH
DAARS
CAERLLYON
RABENSPALTE
RUABON
AGNED
ZWEITES LLWYNARTH
CADARACHTA
DIE KORNTALKETTE
HIRSCHBERGE
CAER DATHYL
TALGARTH
ARVON
TINNAVARDAN
YS
WALD VON CORVA
SALTCOATS

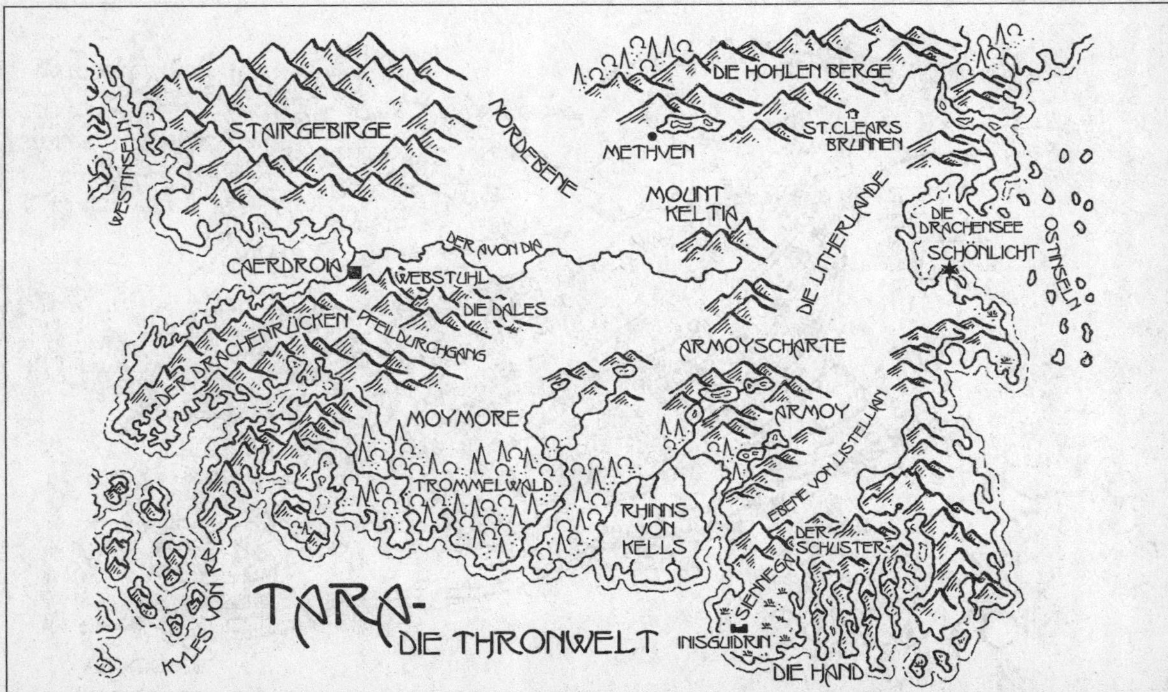
TARA-
DIE THRONWELT
STAIRGEBIRGE
WESTINSELN
NORDEBENE
DIE HOHLEN BERGE
METHVEN
ST.CLEARS
BRUNNEN
MOUNT
KELTIA
DIE
DRACHENSEE
SCHÖNLICHT
OSTINSELN
DIE LITHERLANDE
DER AVON DIE
CAERDROIA
WEBSTUHL
DIE DALES
DER DRACHENRÜCKEN
PFEILDURCHGANG
ARMOYSCHARTE
ARMOY
MOYMORE
TROMMELWALD
RHINNS
VON
KELLS
EBENE VON LISTELLIAN
DER
SCHUSTER
SENNEGA
INISGUIDRIN
DIE HAND
KYLES VON RA

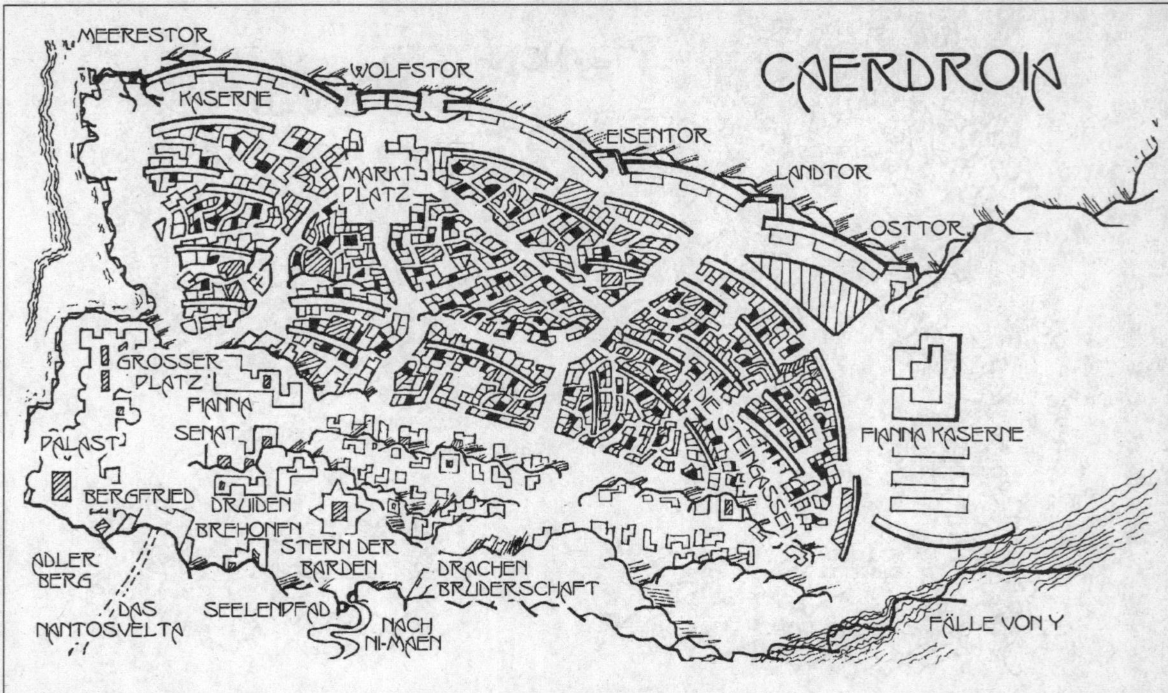
CAERDROIA
MEERESTOR
WOLFSTOR
KASERNE
EISENTOR
LANDTOR
OSTTOR
MARKT PLATZ
GROSSER PLATZ
FIANNA
SENAT
PALAST
BERGFRIED
DRUIDEN
BREHONEN
STERN DER BARDEN
DIE STEINGASSEN
FIANNA KASERNE
ADLER BERG
DAS NANTOSVELTA
SEELENPFAD
NACH NI-MAEN
DRACHEN BRUDERSCHAFT
FÄLLE VON Y

Meinem Bruder Kevin James

Im Jahre 453 der Standardzeitrechnung verließ, bemannt mit Auswanderern, die eine neue Heimat in einem neuen Land suchten, eine kleine Flotte von Schiffen Irland. Es waren jedoch nicht die Lederrumpfboote, wie sie später in den Legenden beschrieben werden sollten – und der Anführer des großen Exodus hieß zwar tatsächlich Brendan, war aber nicht der christliche Mönch und Navigator, von dem die Chronisten behaupteten, er habe jenseits des westlichen Ozeans eine Neue Welt entdeckt.

Die Schiffe waren vielmehr Sternenschiffe, und ihre Passagiere waren Danäer, Nachkommen – und Erben der Geheimnisse – von Atlantis, das sie selbst Atland nannten. Die neue Welt, der sie zustrebten, war ein ferner Doppelringplanet, unbekannt, fast nur Legende; und der Mann, der die Suchfahrt anführte, wurde später als St. Brendan der Astrogator gefeiert.

Auf der Flucht vor Verfolgungen und vor einer Welt, in der die magischen Künste früherer Zeiten keinen Platz mehr hatten, kehrten die Danäer, die lange zuvor schon einmal vor dem Todeskampf einer sterbenden Sonne auf die Erde geflüchtet waren, jetzt zurück zu den fernen Sternen. Zwei Jahre irrten sie verzweifelt umher, bis sie den verheißenen Hafen tatsächlich fanden. Sie nannten ihre neue Heimat Keltia, und Brendan herrschte dort mit großem Erfolg noch viele Jahre, vermied es jedoch stets, sich König zu nennen.

In den folgenden Jahrhunderten blühte das Reich auf. Die Könige und Königinnen, die Brendans Macht erbten, hielten sich, was immer sie sonst tun mochten, streng an sein wichtigstes Gesetz: Keltia dürfe sich, um seine Existenz nicht zu gefährden, der Erde, vor der es geflohen war, erst zu erkennen geben, wenn die Zeit reif sei; und niemals dürfe es, auch das ein Gebot der Selbsterhaltung, jene anderen Kinder Atlands vergessen, die den Kelten zu den Sternen gefolgt waren – die Telchinen, nahe Verwandte und gleichzeitig Todfeinde, die zu den Koraniern wurden, wie die Danäer zu den Kelten geworden waren.

Brendan lag seit zwölfhundert Jahren in seinem Grab, da kam für sein Reich eine Zeit, die noch heute jedem Kelten die Tränen in die Augen treibt: ein magisches Schreckensregime verbreitete blutigen Terror, Bürgerkrieg herrschte im Land, der rechtmäßige Herrscher wurde meuchlings ermordet, der Thron von Scone seines Einflusses beraubt. Und hinter alledem stand der Erzdruide Edeyrn, der hinfort den nur allzu treffenden Beinamen Marbh-draoi – ›Todesdruide‹ – erhielt.

Edeyrn legte Keltia das Würgeeisen der Druiden-Theokratie und des Interregnums um die Kehle und zog es mit Hilfe verräterischer Druiden, keltischer Kollaborateure und seiner skrupellosen Schergen, Raben genannt, zweihundert grausame Jahre lang immer fester. Das Königshaus Dôn, soweit es der planmäßigen Vernichtung durch den Marbh-draoi entging, war gezwungen, sich zu verstecken, während sich eine mächtige Widerstandsbewegung, die Gegenrebellion, sammelte und den Kampf gegen die Theokratie aufnahm.

Doch auch ein Würgeeisen läßt sich mit einem einzigen Schwertstreich durchtrennen, wenn das Schwert scharf, der Schlag gut gezielt und der Arm, der die Waffe führt, stark ist – und wenn das Schicksal es so will …

Im Jahre 1946 der Standardzeitrechnung werden in Keltia drei Kinder geboren: ein Mädchen und zwei Knaben. Wie bereits in *Des Falken graue Feder* und in

Die Königseiche berichtet, wachsen Gweniver Pendreic, Arthur Penarvon und Taliesin Glyndour – eine Prinzessin, ein Prinz und ein Barde – trotz aller Nachstellungen des Marbh-draoi heran, um die Gegenrebellion anzuführen und Keltia in seiner schicksalsschwersten Zeit zu regieren.

Arthur und Gweniver, Geschwisterkinder und Ko-Erben, haben beide gleichermaßen Anspruch auf den Thron von Scone. Obwohl sie sich zunächst herzlich wenig gesonnen sind, vermählen sie sich, herrschen nach dem Tod ihres Onkels und nach ihrem Sieg über Edeyrn Marbh-draoi und seine sämtlichen Streitkräfte gemeinsam über Keltia und finden mit der Zeit sogar in wahrer Liebe zueinander.

Taliesin, Arthurs Pflegebruder – von dessen Mutter, der edlen Ygrawn, mit ihm gemeinsam erzogen – entwickelt sich zum größten Barden Keltias seit Gründung des Ordens. Er vermählt sich mit Arthurs Halbschwester Morgane, einer Magierin, die unter ihresgleichen einen ebenso hohen Rang einnimmt wie ihr Gemahl unter den Barden oder ihr Bruder unter den Feldherrn.

Doch Merlynn Llwyd, der Lehrer der Knaben Arthur und Taliesin und Edeyrns großer Gegenspieler, hat vor seinem rätselhaften Verschwinden allen Beteiligten Unheil prophezeit. Alsbald wird bekannt, daß Arthurs zweite Halbschwester, Morganes Zwillingsschwester Marguessan, einen der vier Großen Schätze Keltias, die heilige Schale, auch Gral genannt, entwendet hat. Und so rüstet man zu einer großen Suchfahrt, um das Gefäß wieder nach Hause zu bringen.

Zu guter Letzt sehen sich Arthur und Taliesin vor ganz verschiedene Aufgaben gestellt, während Morgane all ihre magischen Kräfte einsetzt, um Keltia für alle Zeiten mit einem Schutzwall zu umgeben …

Zwölf Weisen lernen wir im Stern der Barden, und dies sind die zwölf:

Geantraí, der Freudengesang.
Seine Farbe ist Gold, und sein Schrei ist die Schöpfung; seine Zahl ist die Eins, und Eins ist auch die Zahl der Geburt.

Gráightraí, die Herzensmelodie.
Ihre Farbe ist Grün, und ihre Gegenstimme ist die Verzückung; ihre Zahl ist die Zwei, und Zwei ist auch die Zahl der Liebe.

Bethtraí, der Schicksalsrann.
Seine Farbe ist Weiß, und seine Aufgabe ist die Standhaftigkeit; seine Zahl ist die Drei, und Drei ist auch die Zahl des Lebens.

Goltraí, die Trauerklage.
Ihre Farbe ist Rot, und ihr Rhythmus ist das Leid; ihre Zahl ist die Vier, und Vier ist auch die Zahl des Todes.

Galtraí, der Schwerttanz.
Seine Farbe ist Schwarz, und sein Wappen ist die Herausforderung; seine Zahl ist die Fünf, und Fünf ist auch die Zahl des Krieges.

Suantraí, das Schlaflied.
Seine Farbe ist Grau, und sein Raunen ist die Ruhe; seine Zahl ist die Sechs, und Sechs ist auch die Zahl des Friedens.

Saoíchtraí, das Magierwort.
Seine Farbe ist Blau, und sein Lohn ist die Weisheit; seine Zahl ist die Sieben, und Sieben ist auch die Zahl der Überlieferung.

Créachtraí, der Wundspruch.
Seine Farbe ist Braun, und seine Last ist die Qual; seine Zahl ist die Acht, und Acht ist auch die Zahl des Schmerzes.

Fíortraí, die Ehrenhymne.
Ihre Farbe ist Purpur, und ihr Banner ist die Gerechtigkeit; ihre Zahl ist die Neun, und Neun ist auch die Zahl der Wahrheit.

Neartraí, der Triumphmarsch.
Seine Farbe ist Dunkelrot, und sein Choral ist die Tapferkeit; seine Zahl ist die Zehn, und Zehn ist auch die Zahl der Stärke.

Dóchtraí, die Glaubenslitanei.
Ihre Farbe ist Silber, und ihre Krone ist die Transzendenz; ihre Zahl ist die Elf, und Elf ist auch die Zahl der Hoffnung.

Diachtraí, die Seelenrune, die Summe von allen.
Ihre Farben sind alle Farben, und ihr Ziel ist die Vollkommenheit; ihre Zahl ist die Zwölf, und Zwölf ist auch die Zahl Gottes.

– *Taliesin ap Gwyddno*

Clod ior, angor gwlad

(Der Ruhm des Herrschers gibt dem Lande Halt.)

VORGESCHICHTE

Kommt und schaut mit mir das letzte Licht: den grellfeurigen Strahl, der, pfeilgerade wie eine Lanze oder ein Lasra, grünklar und kalt heraufschießt von Westen, wo die Sonne versunken ist, ein letztes Aufblitzen wie ein winkender Arm, Abschied und Segen zugleich.

Meine Erzählung, wenn auch noch nicht unbedingt meine Geschichte, nähert sich nun dem Ende. All die anderen, die einst mit mir ins Rennen gingen, kamen vor mir ans Ziel. Ich bin als einziger übriggeblieben, um für sie wie für mich den Nachruf zu sprechen. Nicht alles ist so gekommen, wie wir es geplant oder gehofft hatten; aber auch unsere schlimmsten Befürchtungen sind nur selten eingetroffen. Beides haben wir uns selbst, nicht minder aber den Göttern zu verdanken, denn sie fügten es so.

Inzwischen haben wir einen neuen König. Der Ardrígh Arawn, der Sohn meiner teuren Freunde, sitzt schon seit einigen Jahren auf dem Thron. Er hat von beiden Elternteilen das Beste mitbekommen – ein stattliches Erbe. Im fernen Aojun lenkt seine Halbschwester Donah als Königin die Geschicke ihres Volkes. In beiden finde ich meinen Freund und Bruder, meinen Artos wieder mit seinem Ernst und seiner Lebensfreude, aber auch die jeweiligen Mütter, beides große Königinnen, grundverschieden und doch in so vielem gleich. Auch mein Neffe Arawn hat sich eine starke Frau zur Gemahlin genommen. Wieder ist eine Gwen Königin der Kelten, nur heißt sie diesmal Gwenalarch und entstammt dem Hause Clannrannoch – und die beiden haben uns mit Arianwen bereits eine Tanista geschenkt. Arthurs zweite Tochter, Arawns Vollschwester Arwenna ist ebenfalls vermählt und wird früher oder später zur Stammutter künftiger Königsgeschlechter werden. Denn hat Merlynn Llwyd uns nicht verheißen, Arthurs Linie werde sowohl in Keltia als auch auf fernen Sternen auf ewig Bestand haben?

Merlynn hat uns nie verlassen, obwohl er unter so seltsamen Umständen und, wie viele glauben, lange, bevor der Dán es ihm bestimmt hätte, hinweggerafft wurde; aber eine, die mehr weiß als alle anderen, hat mir einiges über sein vermeintliches Ende erzählt und mir im Zusammenhang damit Dinge geweissagt, die erst in vielen hundert Jahren eintreffen werden. Ich selbst würde Zeuge sein, sagte sie, ich, Taliesin, in einem späteren Leben. Die Vorstellung tröstet und beunruhigt mich zugleich. Wir Kelten sind keine Anhänger jener traurigen Lehre, wonach dem Menschen nur ein einziges Leben zugestanden ist und er, falls er darin scheitert, der ewigen Verdammnis anheimfällt. Nein! Die große Schöpferin hat die Welt besser geordnet. Sie hat Erbarmen, Sie ist gnädig, Sie liebt Ihre Schöpfung und Ihre Geschöpfe. Wie sollte Sie, die kein Sandkorn vergeudet, denn auch nur eine einzige kostbare Seele verschleudern …

Für dieses Leben komme ich nun freilich zu den letzten Worten, ich, der ich nur für das Wort gelebt habe; für das Wort und für die Weisen, mit denen ich es zu umrahmen pflegte. Wenn ich mir meine bisherigen Aufzeichnungen ansehe, so bin ich mit den Ereignissen selbst wie mit der Art der Darstellung im wesentlichen zufrieden. Doch an manchen Stellen rauben mir das Geschehen wie meine Worte noch immer die Fassung.

Alle Jahre wieder schallt mir zu Mittsommer die alte Frage ›Haben wir Frieden?‹ entgegen. Und jedesmal bin ich von neuem außer mir vor Glück, wenn es von allen keltischen Welten zurückruft: ›Wir haben Frieden!‹

Es hat sehr lange gedauert, bis wir dies wieder mit soviel Stolz und Freude, ja sogar ein wenig prahlerisch verkünden durften. Und ich, das macht mich besonders stolz, durfte neben vielen anderen mithelfen, daß es so weit kam. Wir haben uns das Glück redlich verdient ... So etwas wie Frieden herrschte zwar auch während der zweihundertjährigen Herrschaft des Marbh-draoi Edeyrn, doch es war ein schwarzer, ein blutiger Frieden, ein Frieden ohne Wert, für einen viel zu hohen Preis. Wie gut, daß uns der Marbh-draoi mitsamt seinem Frieden verlassen hat.

Auch ich werde diese Welt nun bald verlassen; meine geliebte Morgane ist mir vorangegangen. Ich hatte es seit langem gewußt und sogar darum gebetet, blieb ihr auf diese Weise doch wenigstens erspart, was ich seit ihrem Weggang erleben mußte – die Trauer, die Stille, die Tränen und die Träume ... In meinem Testament habe ich mir eine Fian-Bestattung ausbedungen, man soll meine Leiche auf die Korbbahre legen und mit dem Scadarc-Kristall auflösen – aber ich sage Euch schon jetzt, dazu wird es nicht kommen. Der arme Erzähler wäre Euch freilich dankbar, wenn Ihr das ›Unter den Hörnern‹ bewahren könntet. Nur meine nächsten Blutsverwandten – sie sind das einzige, was mir geblieben ist, die Seelenfreunde sind bereits weitergezogen – werden erfahren, wohin ich tatsächlich gehe. Und Cathelin, der Tochter meines Sohnes – sie wurde nach meiner terranischen Mutter genannt, die ich in diesem Leben niemals kennenlernen durfte – werde ich noch mehr anvertrauen. Denn meine kleine Cat, die Erbin meiner Kunst wie meiner weltlichen Güter, ist Bardin wie ich, und wer mehr wissen will, braucht nur ihr zu lauschen. Sie wird die Überlieferung lebendig erhalten. Wer könnte sich ein besseres Ende, einen besseren Nachfolger wünschen?

Die Geschichte, die jetzt ihrer Vollendung entgegengeht, ist bereits soweit fortgeschritten, daß eine Zusammenfassung für den Erzähler wie für den Zuhörer etwas mühsam werden könnte. Wer will schon immer wieder die gleiche Saite anschlagen, nur weil einige, wenn auch unverschuldet, zu spät gekommen sind? Aber aus diesem Grund sind Balladen schließlich so und nicht anders gebaut, und so bitte ich alle, die von Anfang an dabei waren, um ein wenig Geduld …

Wer also die beiden ersten Teile dieser Chronik mitverfolgt hat, möge sich freundlicherweise ins Gedächtnis rufen, wo wir inzwischen stehen: Der junge Arthur verließ den Caer-in-Arvon, um den Usurpator Edeyrn zum Kampf zu fordern, und ich war stets an seiner Seite. Arthur trug den Sieg über den Marbh-draoi davon und gab seinem Onkel Uthyr Pendreic nach dem langen Interregnum die Hochkönigswürde zurück. Anschließend heiratete er seine Kusine, die Prinzessin Gweniver, und teilte mit ihr das Ard-tiarnas von Keltia. Sie wurde Ard-rían und er Ard-rígh, ohne daß sie jedoch zunächst zur wahren Herzensliebe gefunden hätten. Wir, die Gefährten, begleiteten Arthur auf allen Wegen und wurden mit ihm zur Legende. Bevor er sich in seine eigene Gemahlin verliebte, entbrannte er in Liebe zu Majanah, der Königin der Yamazai, und zeugte mit ihr Donah, die heute Aojuns Königin ist. (Freilich wollten die Behauptungen nicht verstummen, sie sei nicht sein erstes Kind, er habe bereits einen Sohn von seiner ersten Frau, der verabscheuungswürdigen Gwenwynbar, die wahrlich nicht zu Unrecht den Tod gefunden hatte.) Dann stahl Arthurs Halbschwester Marguessan, die Zwillingsschwester meiner Gemahlin, aus der Truhe mit den Dreizehn Schätzen die heilige Schale, die wir den Gral nennen, oder mißbrauchte sie zumindest aufs übelste, und die edlen Sidhe beauftragten mich, Gwen und Artos diese Schreckenskunde zu überbringen und dafür zu sorgen, daß man eine Suchfahrt ausrüste, um die Schale zurückzuholen …

Ach, ich finde die rechten Worte nicht, heute so wenig wie damals. Es ist nicht leicht, zur Legende zu werden, Arthur selbst mußte das erfahren, und er hat einen hohen Preis dafür bezahlt, aber noch viel schwieriger ist es, eine Legende angemessen zu erzählen – besonders, wenn die betreffende Legende nicht nur in einer Geschichte, sondern zugleich in einem Mann Gestalt annimmt, den man über alles liebt.

In den Tagebüchern meiner Mutter – die, wie bereits erwähnt, von der Erde stammte – fand ich eine Redensart, von der ich heute weiß, daß sie auf ihrer Heimatwelt gebräuchlich war: Die Feder ist bisweilen mächtiger als das Schwert. Und ich frage mich immer wieder: Wessen Feder? Wessen Schwert? Und in wessen Hand?

Doch jetzt sollt Ihr auch den Rest der Geschichte bis zum Ende, oder was dafür gelten mag, erfahren. Und darin kommen Schwerter wie Federn zur Genüge vor. Zum Schluß die Bitte aller Barden an ihre Zuhörer: Vergeßt weder die Geschichte, noch den armen Erzähler, denn in der einen wie im anderen wohnen unendlich viel Liebe und unendlich viel Trauer.

Und letztlich haben wir doch nur die eine Hoffnung: nicht vergessen zu werden.

BUCH I

Dochtraí

Kapitel 1

Lange Zeit lag ich wie in tiefer Finsternis. Dann schien ich zu erwachen; zumindest erwachte mein Körper, mein Geist schlief wohl noch immer. Ich hatte keinerlei Erinnerung, wie ich hierher gekommen war. Ich wußte nichts über meine Vergangenheit, wußte nicht, wie der Ort hieß, an dem ich mich befand, kannte nicht einmal meinen eigenen Namen. Zugleich konnte ich mir keinen Zustand, keinen Aufenthaltsort, keinen Raum vorstellen, der angenehmer oder auch nur anders gewesen wäre. Ich fühlte mich durchaus wohl; gewiß, ich war allein, aber mir wollte kein Mensch, kein Name, keine Stimme einfallen, mit denen ich meine Einsamkeit hätte teilen mögen. Vielleicht war ich ein Gefangener – sehr wahrscheinlich sogar – aber nicht einmal das wußte ich mit Sicherheit.

Ich wurde in keiner Weise mißhandelt, es fehlte mir an nichts. Während ich schlief oder, genauer gesagt, ohne Bewußtsein war, wurden von unsichtbarer Hand in angemessenen Abständen wohlschmeckende, warme und sättigende Mahlzeiten in dem Steingelaß abgestellt, in dem ich hauste; in einer Ecke befanden sich zwei in Stein gefaßte Quellen mit klarem, sauberem Wasser – heiß und kalt. Mein Schlafplatz war bequem und mit allem Nötigen versehen; meine Kleidung wurde regelmäßig frisch gewaschen und je nach Jahreszeit durch wärmere oder leichtere Stücke ergänzt; sogar Trägerin des Wohlklangs hatte man mir gelassen, meine Harfe, die so viele Jahre mit mir durch Dick und Dünn gegangen war. Doch selbst das war mir tage-, vielleicht sogar jahrelang entfallen, ich wußte nicht einmal mehr, wie man sie spielte – und schon gar nicht wußte ich, wozu ich hier war. Wenn Euch das merkwürdig vorkommt, so kann ich Euch nur beipflichten.

Doch war ich, wie gesagt, nicht unglücklich, ich machte mir nicht einmal allzu große Sorgen. Irgendwie schlief ich immer noch, dämmerte ohne Wünsche, ohne Verpflichtungen, traum- und gedankenlos dahin. Doch ganz allmählich trat, ohne mein Zutun, eine Wandlung ein, und ich begann mich zu erinnern …

Zunächst nur an Kleinigkeiten. Mit dem Licht fing es an. Vielleicht war es schon immer dagewesen und mir nur nicht aufgefallen – ein kalter bläulicher Schein, sogar bei Tag. Wobei ich nur vermuten konnte, wann es Tag war, denn ich sah weder den Himmel, noch Sonne oder Sterne. Hoch oben befand sich ein schmales Fenster, das ein wenig Helligkeit und, obwohl es fest vergittert war, auch frische Luft in mein Verlies dringen ließ. Doch bis ich diese Beobachtung machte, vergingen viele Tage, und noch länger dauerte es, bis ich die ersten schwachen Geräusche von außerhalb wahrnahm. Wieder nichts Besonderes, nichts Dramatisches, nur Hinweise, daß es da draußen Leben und andere Lebewesen gab: menschliche Stimmen, Schritte oder Tierlaute, leises Vogelgezwitscher in der Ferne. Doch auch als ich endlich auf die Idee kam, mich zum Fenster hinaufzuziehen, und als mir das, eine ganze Ewigkeit später, tatsächlich gelang, konnte ich nichts sehen. Es war, als gäbe es jenseits der steinernen Mauern und des eisernen Gitters, die meine Welt begrenzten – es gab wohlgemerkt keine Tür – nur Echos.

Wieviel Zeit verging oder zu vergehen schien, kann ich Euch nicht sagen – erst später erfuhr ich, wie lange ich tatsächlich in Gefangenschaft gewesen war. Zunächst begriff ich nicht einmal, daß ich ein Gefangener war, auch wenn Euch das angesichts des Gitters, der Zelle und der fehlenden Tür nicht so recht einleuchten mag … Sobald mir wieder einfiel – oder einfallen durfte – wie man eine Harfe spielte, vertrieb ich mir damit die Zeit. Ich spielte unablässig, und bald bildeten sich an meinen, den Saiten entwöhnten Fingerkuppen neue Harfnerschwielen. Aber ich schuf keine neuen Lieder; alle Weisen, die mir in den Sinn kamen, stammten aus früheren Zeiten.

Ihr könnt Euch gewiß vorstellen, wie brennend mich das alles interessierte, wie ich selbst über die geringste Kleinigkeit die wildesten Vermutungen anstellte. War ich etwa Barde gewesen, bevor man mich hier einsperrte? Ich wußte es nicht, aber es war immerhin möglich: Das Vorhandensein einer Harfe wies darauf hin. So sehr wir Kelten die Musik lieben (und das tun wir fast alle), ein solches Instrument hätten die wenigsten meiner Landsleute besessen, schon gar nicht ein so schönes Stück mit einem Resonanzkasten, der mit Runenintarsien und Edelsteinen verziert war. Aber wenn ich Barde war, warum konnte ich nichts Neues schaffen – oder wurde ich etwa genau dafür bestraft?

Eine durchaus plausible Überlegung, wie mir schien; aber doch wohl nicht die ganze Wahrheit. Krieger war ich offenbar nicht gewesen, denn mein Körper zeigte keine Narben, nur ein paar dünne weiße, längst verheilte Striche, wie sie sich jeder zuziehen konnte, der hin und wieder ein Schwert in die Hand nahm. Dann vielleicht Druide? Das Wort weckte eine unbestimmte Angst in mir. Ich spürte wie hinter einer Tür, gegen die ich noch weniger auszurichten vermochte als gegen die tatsächlichen Mauern meines Gefängnisses, ein Reservoir von gewaltigen, womöglich befreienden Kräften. Aber wenn es sich dabei wirklich um magische Fähigkeiten handelte, dann wurden sie von jemandem unter Verschluß gehalten, der sehr viel stärker war als ich. Ich kam einfach nicht heran. Falls ich tatsächlich ein Druide war, dann wohl kein allzu begnadeter ... Vielleicht geschah es mir ganz recht, hier zu sein.

Die Zeit verging, ich wurde immer wacher, und irgendwann tauchte ein Gedanke auf, der mich sehr belastete: Ich hatte eine Aufgabe von größter Wichtigkeit nicht abgeschlossen, hatte einen Auftrag nicht erfüllt, von dem viele Menschenleben, ja der Bestand ganzer Königreiche abhingen, und dabei war ich der einzige Überbringer der schrecklichen Botschaft. Zunächst zieh ich mich noch des Größenwahns: wer sollte mir armem Einfaltspinsel, der nicht einmal wußte, wie er hieß, wer er war und woher er kam, den man auf Grund von Vergehen, von denen er nichts ahnte, an einem unbekannten Ort festhielt, wohl eine Botschaft von solcher Wichtigkeit anvertrauen?

Doch der Gedanke ließ mich nicht los, und bald kamen Träume dazu, die mich Tag für Tag und Nacht für Nacht verfolgten: zumeist von Menschen – einem stattlichen Mann mit Haaren von der Farbe herbstlichen Eichenlaubs, einer Frau von messerscharfer Intelligenz, und einer zweiten Frau – wenn sie mir erschien, erwachte ich unter Tränen –, die mich mit klaren Augen so liebevoll ansah, als würde sie ihre Seele hingeben, um mich zu retten und nach Hause zu bringen. Sie streckte stets die Hände nach mir aus, und dann sah ich einen goldenen Ring aus zwei ineinander verflochtenen Schlangen mit Rubinaugen an ihrem Finger. Auch andere Gesichter suchten mich heim, und Wesen, die schemenhaft und gesichtslos blieben; ich wußte, daß ich sie alle kannte, aber ich *erkannte* sie nicht, und das bereitete mir Höllenqualen.

Was sie sagten, hätte mir womöglich helfen können, aber ich verstand sie nicht, bemühte mich jedoch verzweifelt, ihnen das mitzuteilen. Immer wieder flehte ich sie an, lauter, länger und deutlicher zu sprechen. Vielleicht erregten meine Bitten und meine Tränen ihr Mitleid, vielleicht gab es auch andere, erhabenere Gründe, jedenfalls gelang mir hin und wieder ein Durchbruch, ich brannte den Nebel weg, der mich umfangen hielt, mein Geist wurde klar, und für einen kurzen Augenblick blitzte eine Erkenntnis auf! Doch dann umfing mich von neuem diese zähe, zugleich weiche Finsternis, ließ mich nicht nur vergessen, was ich erkannt, sondern auch, daß es überhaupt einen Augenblick der Erkenntnis gegeben hatte, und stieß mich zurück in die alte dumpfe Gleichgültigkeit.

Wer weiß, wie oft ich kurz davorstand, die Mauern meines geistigen Gefängnisses zu durchbrechen? Gewiß ist nur, daß ich es niemals schaffte, die nicht weniger dicken Steinmauern meiner tatsächlichen Zelle auch nur um den kleinsten Spalt zu öffnen. Doch irgendwann, nach einem Monat vielleicht oder auch nach tausend Jahren (um einiges später als ersteres, wie ich hinterher erfuhr, wenn auch sehr viel früher als letzteres) trat eine Veränderung ein. Ich erhielt Besuch, und ob ich mich darüber freute oder nicht, kann ich heute so wenig sagen wie damals.

Es war an einem Nachmittag im Spätwinter oder im Vorfrühling, ich hatte irgendwie gelernt, selbst in der Abgeschiedenheit meiner Zelle die Tages- und Nachtzeiten auseinanderzuhalten, und etwas in der Luft verriet mir, daß draußen der Schnee schmolz. Anfang März war es vielleicht, in den ersten Tagen des Wolfsmonds, der wie kein anderer Monat von Wind und Wetter gebeutelt wird. Der Monat war von Bedeutung für mich, das spürte ich, aber mein Geburtsmonat war es nicht – *das* wußte ich aus den Runen, die in meine linke Schulter tätowiert waren. Ihnen zufolge war ich im Dachsmond geboren, dem zweiten Mond unseres Jahres, wenn die Sonne stirbt und wiederkehrt. Also nicht *mein* Geburtsmond, aber vielleicht der eines anderen, mir sehr teuren Menschen? Eine von den schemenhaften Traumgestalten vielleicht: die Frau mit den liebevollen Augen, die so verzweifelt die Hände nach mir ausstreckte, oder die andere mit dem schwarzen Haar, die ich erst jüngst mit einer Krone gesehen hatte …

Die Frau, die plötzlich wie durch Zauberei in meiner Zelle erschien (es mußte Zauberei gewesen sein, denn keine Tür hatte sich geöffnet, um sie einzulassen) hatte ich allerdings nie zuvor gesehen, nicht einmal in meinen Träumen. Und doch, und doch …

»Erkennst du mich?« fragte sie. Ihre Stimme klang leise und verführerisch, aber ich hörte auch die Drohung heraus, ein leises Zischen wie von einer zustoßenden Nathair.

Ich machte große Augen, dann schüttelte ich den Kopf und sagte in aller Aufrichtigkeit: »Nein, Herrin.« Ihr Blick schien mich zu durchbohren, aber ich hatte ja die Wahrheit gesprochen. Jedenfalls glaubte ich das; wie hätte ich jemanden wie sie vergessen können? Zwar erinnerte sie mich schmerzlich an die Frau mit dem Ring aus meinen Träumen; aber sie war etwas kleiner und rundlicher, ihr hellblondes Haar war gelockt, und sie hatte die seltsamsten Augen, die ich je gesehen hatte – tiefblau waren sie, und die Iris wurde von dicken schwarzen Rändern umrahmt, die wie mit einem Stift gezeichnet schienen. Die Brauen und die schweren Lider waren geschminkt wie bei fast jeder Frau in Keltia – Keltia! Ich hatte mich an den Namen meiner Welt erinnert! Ich wollte ihn schon laut hinausschreien, aber irgend etwas strich mir mit federleichter Berührung warnend über die Wange, und ich preßte die Lippen zusammen und gab mein neues Wissen nicht preis.

Die Frau zuckte zusammen und runzelte die Stirn, als spüre sie, daß ich jetzt klüger war als noch einen Augenblick zuvor; wieder bohrten sich ihre Augen in die meinen, wollten mir ein Geständnis entreißen, doch ich hielt stand, und nach etwa einer Minute gab sie auf. Aber sie war sichtlich verstimmt.

»Bist du ganz sicher, daß du mich nicht kennst?« fragte sie abermals. »Unsere Wege haben sich noch nie gekreuzt?« Ihre Stimme triefte geradezu vor Honig, doch ich spürte das Gift darunter. »Dann sage mir wenigstens: Wie heißt *du*, mein Bester?«

Bei dieser Frage wurden mir die Knochen zu Wasser, und ich sackte zusammen wie eine Marionette mit durchschnittenen Schnüren, denn ich hatte natürlich nicht die leiseste Ahnung, wie ich hieß. Doch jetzt war ich auf der Hut; ich konnte mich zwar nicht verteidigen, stand nackt und wehrlos wie ein Kind vor einer Hexe in voller Rüstung, besaß aber doch eine Waffe, und das war meine aufrichtige Unwissenheit. Und die setzte ich ein: Ich schüttelte den Kopf, ließ mich wie in ratloser Verzweiflung – auch die war nicht gespielt, was die Geste nur noch überzeugender machte – auf mein Lager sinken und schirmte meine Gedanken ab, so gut ich konnte.

Es schien, als hätte ich Erfolg. Sie ließ sich offenbar überzeugen, daß ich weder sie erkannte, noch wußte, wer ich selbst war, und zum großen Teil war das ja auch tatsächlich so. Doch wenn ich auch zunächst noch nicht wußte, *wer* sie war, so war mir doch völlig klar, *was* sie war, und das erschreckte mich. Außerdem war ich mir sicher, daß wir uns tatsächlich schon begegnet waren, und zwar unter sehr unerfreulichen Umständen.

Sie verschwand ebenso plötzlich, wie sie aufgetaucht war, von einem Augenblick zum anderen (womit ich wenigstens die Gewißheit hatte, daß das alles nicht mit rechten Dingen zuging), und ich streckte mich auf meinem Lager aus, breitete wie zu einem halbvergessenen Ritual die Arme weit aus und starrte zu der grob behauenen Felsdecke empor. Erst jetzt setzte die Reaktion ein, und ich begann zu zittern: Was in allen sieben Höllen ging hier vor? Wer war diese Frau? Warum hielt mich diese Zauberin – was sonst? – hier gefangen? Denn daß sie und niemand anderer meine Kerkermeisterin war, hatte ich trotz meiner Geistesverwirrung inzwischen begriffen … Und, die wichtigste Frage von allen: Wer war ich, daß man mich gefangenhalten mußte?

Ein Gesicht erschien vor mir: ein Männerantlitz, das des Königs, wie ich es bei mir nannte. Rotbraunes, bis über die Schultern fallendes Haar, tiefliegende Augen, so braun wie Moorwasser, der Bart von den ersten grauen Fäden durchzogen. Die Vision heiterte mich auf und irritierte mich zugleich, denn ich wußte genau, ich kannte dieses Gesicht, kannte und liebte es – vielleicht mehr als jedes andere – und konnte doch nicht sagen, wer der Mann war und woher ich ihn kannte.

Und da erfaßte mich tiefes Mitleid mit mir selbst. Es war schmerzlich, so mißbraucht zu werden, von wem und aus welchen Gründen auch immer. Ich will mich nicht aufspielen, aber ich war mir bewußt, daß es hier um Dinge von großer Bedeutung ging, und daß ich, so ernst, so bedauernswert meine Lage auch sein mochte, keineswegs der Pirn war, um den sich alles drehte. Nein – ich war lediglich ein Mittelsmann, ein Laufbursche. Aber ich hatte eine lebenswichtige Botschaft zu überbringen, und man hielt mich hier fest, um zu verhindern, daß diese Botschaft ihren Empfänger erreichte. Soviel hatte ich mir mittlerweile zusammengereimt, aber das war noch längst nicht alles – warum hatten meine Feinde mich zum Beispiel nicht einfach getötet, um mich ein für allemal zum Schweigen zu bringen? Deshalb hatte diese Frau mich eben aufgesucht.

Auf einmal durchströmte mich ein ganz unbegreifliches Hochgefühl. Wenn sie es für nötig hielt, meine Fesseln noch fester zu knüpfen, sich zu vergewissern, daß ich wirklich ahnungslos war, den Zauberbann zu verstärken, der, wie ich jetzt erkannte, für meine Ahnungslosigkeit verantwortlich war, dann war vielleicht draußen in der Welt – in *Keltia,* ich ließ den Namen genüßlich auf der Zunge zergehen und weidete mich an meinem neuen Wissen, *da draußen in Keltia* – eine Kraft am Werk, die ihr entgegenwirkte, eine Kraft, die sie fürchtete, die unter Umständen stärker war als sie, eine Kraft, die selbst in diesem Augenblick an meiner Rettung arbeitete.

Ich ließ eine Hand sinken, schob zerstreut die Finger in den Halsschlitz meiner Tunika und kratzte mich an der Brust. Dabei ertastete ich etwas unter dem Leinna, das ich zuvor nicht bemerkt – oder wieder vergessen – hatte. Es fühlte sich an wie eine Kette mit einem Anhänger. Wie sie mir hatte entgehen können, war mir unbegreiflich, schließlich zog ich mich, reinlich, wie wir Kelten nun einmal sind, zweimal täglich aus, um zu baden. Es sei denn, jemand hätte dafür gesorgt, daß sie mir entging …

Ich zog die Kette heraus und hielt sie in der hohlen Hand: eine wunderschöne Arbeit, jedes einzelne der dünnen Goldglieder war von Hand geschmiedet und verlötet. Und erst der Anhänger – ich betrachtete ihn staunend, und mit einem Mal stiegen mir die Tränen in die Augen, ohne daß ich hätte sagen können, warum.

Es war eine goldene Feder; Fahne, Kiel, Flaum und Schaft mit viel Liebe aufs genaueste ausgeformt. Für ihre Größe erschien sie mir auffallend schwer. Ich drehte sie hin und her, bis ich auf einer Seite eine geschickt verborgene Angel und auf der anderen einen winzigen Schnäpper entdeckte. Ein Behältnis vielleicht? Ich fuhr mit dem Fingernagel an der Seite des Schnäppers entlang und klappte den Deckel auf.

Ein kristallklarer Stein, offenbar ein weißer Saphir mit flachem Schliff, schützte wie eine Kuppel den Inhalt: eine grausilberne, schwarzbraune Falkenfeder. Dem Goldgehäuse, das ihr so kunstvoll nachgebildet war, sah man sein Alter an – die feinen Linien der Fiederung waren stellenweise verwischt und abgegriffen – doch die Feder selbst wirkte so frisch, als habe man sie dem Vogel eben erst aus der Schwinge gezogen.

Lange sah ich meinen Fund an, aber keine Erinnerung regte sich, und endlich gab ich mich geschlagen und klappte das Medaillon enttäuscht wieder zu. Warum hatte man mir ausgerechnet dies gelassen und so vieles andere weggenommen? Ein Akt der Freundlichkeit, oder eine besonders raffinierte Art, mich zu quälen? Bevor ich das Behältnis wieder unter meinem Leinna verwahrte, führte ich es an die Lippen, und in diesem Augenblick spürte ich, wie aus weiter Ferne und doch ganz nahe, sehr schwach und doch ganz deutlich, eine Welle der Liebe und des Trostes. Es war wie ein Versprechen. Wer immer mir dieses Schmuckstück geschenkt hatte, war mir seit langem in tiefer Liebe verbunden. Soviel schien immerhin gewiß, und darüber war ich sehr froh.

Vielleicht hatte die Entdeckung des Medaillons die Fesseln meines Gedächtnisses noch weiter gelockert, denn mit einem Mal kamen mir Worte, eine Melodie in den Sinn, und ich griff unwillkürlich nach meiner Harfe, die an der Wand lehnte. Meine Finger glitten über die Saiten und fanden wie von selbst die richtigen Töne; die Worte fielen mir schwerer, sie lagen wie unter einem Arva-draoi oder einem anderen Rann verborgen, und ich mußte sie erst mühsam zutage fördern. Doch irgendwann sprudelten sie nur so über meine Lippen.

Schlafen bei Donner –
Silberrein unser Schlaf
und wie Silber so schwer …
Nach Osten mein Leben sich richtet
Seit Mann und Weib wir sind
Seit deine weißen Brüste
ich warm an meiner Seite spüre
Magie versprachst du mir
Und Verstand
Und Liebe;
Frieden erfüllt mich
Und Macht.
So atmest du neben mir
Ins Eisengrau des Morgens
Und hast dein Versprechen gehalten.
O Liebste! Geh noch nicht fort!

Staunend hielt ich inne. Ich wagte kaum zu atmen, aus Angst, den Fluß der Musik zu stören. Doch die Angst war unbegründet. Im Laufe meines Spiels wurde der Fluß zum reißenden Strom und trug mich fort aus meinem Gefängnis.

Mein Bruder hat einen alten Mantel,
Zwei Zelte besitzt er, das ist ihm genug.
Ein Weib aus dem Lager nahm er zur Frau.
Ich bin ihm voraus.
Ich raubt' eine Maid aus fremdem Stamm
Überfiel sie am Brunnen
Und wußte nicht, daß es die Königin war.

Ich holte Atem für die nächsten Strophen, denn nun galt es, das Lied abzurunden, die Stimmung wieder aufzulösen, die der Verfasser heraufbeschworen hatte – er war mir unbekannt, ich wußte nur, daß nicht ich es war –, doch dann entwich die Luft in keuchenden Stößen aus meinen Lungen, und meine Schultern sanken nach vorn. Das Dwimmerwerk hatte mich eingeholt, ich dachte nicht mehr an meinen Gesang, und schon hatte ich wieder alles vergessen.

Lange Zeit saß ich so da, von Schmerz und Trauer gebeugt, und regte mich nicht. Auf einmal mußte ich gähnen. Ich weiß nicht, woran es lag, an der Erneuerung des Zauberbanns, an der Wirkung des Liedes auf meine Seele oder gar an dem Medaillon und seiner schützenden Kraft, jedenfalls überfiel mich plötzlich eine tiefe Müdigkeit. Ich war so erschöpft, als hätte ich den ganzen Tag im Fíor-comlainn gekämpft, und vielleicht hatte ich ja wirklich einen Kampf ausgefochten. Gierig leerte ich das Quaich neben meinem Bett. Das Wasser schmeckte schal. Ich ging zur Quelle hinüber, füllte den Becher mit frischem eiskaltem Naß, trank in kleinen Schlucken und warf mich wieder auf mein Lager.

Ich dachte über den kurzen Besuch meiner Kerkermeisterin nach, über das Lied, das mir neuen Mut eingeflößt hatte, und fühlte mich getröstet, als ich unter meiner Tunika und meinem Hemd die Umrisse des Medaillons spürte. Vielleicht war es ein gutes Zeichen, daß ich mich gerade an dieses Lied erinnert, daß mir gerade jetzt das Medaillon wieder eingefallen war. Vielleicht würde mein Dán sich wenden. Vielleicht hatten die Traumgesichter heute nacht eine Botschaft für mich; vielleicht wurde mir nach all der Ungewißheit, all den Ängsten wenigstens eine kleine Atempause gewährt.

Ich rollte mich unter der Decke aus Schaffellen zusammen und ließ mich in den Schlaf hinübergleiten. Ganz deutlich spürte ich den leichten Druck der goldenen Feder auf meiner Brust, und tief in meinem Innern raunte noch immer die Musik wie ein fernes Bächlein in stiller, nebliger Nacht. Ich hatte recht und unrecht zugleich, und das sollte sich schon bald aufs deutlichste zeigen.

Kapitel 2

Ich lag auf meinem Bett und suchte mir den Fingersatz für einen besonders schwierigen Akkordwechsel zusammen, als die Luft zu flimmern und zu wabern begann und in einer Ecke meiner Zelle eine Nebelsäule entstand.

Sofort war ich auf den Beinen, und meine Finger vollführten wie von selbst Bewegungen, die ich bewußt nicht zustande gebracht hätte. Das mußte ein Abwehrzauber sein. Dieser Hinweis auf meine bislang vergessene Druidenausbildung erstaunte mich kaum weniger als der Umstand, der die Erinnerung geweckt hatte: Ich bekam Gesellschaft in meiner Zelle.

Wer auch immer der Neuzugang sein mochte – ein armer Bodach vermutlich, wie ich zum Vergessen und Vergessenwerden verdammt – er gelangte nicht so elegant herein wie meine erste Besucherin. Für mich war das Schicksal des unbekannten Zellengenossen ein Grund zur Freude, nun hatte ich endlich jemanden, mit dem ich reden konnte. Vielleicht kannte er mich sogar von früher und konnte mir wenigstens sagen, wer ich eigentlich war.

Ich brauchte nicht lange zu warten, der Vorgang war schneller abgeschlossen, als ich es erzählen kann, und schon fand ich mich nicht mehr allein. Mir fielen fast die Augen aus dem Kopf, denn der Mann, der jetzt mit scharfem Blick die Zelle musterte, war genau derselbe, den ich so oft in meinen Träumen gesehen hatte, jener bärtige Hüne mit der königlichen Ausstrahlung.

Als er mich bemerkte, blieb er wie angewurzelt stehen. Freude und tiefe Trauer malten sich in seinen edlen Zügen, und dann streckte er zaghaft die Hand nach mir aus. Ich hatte mich in die hinterste Ecke der Zelle gedrückt. Er schien etwas sagen zu wollen, doch statt dessen verzogen sich die Lippen unter dem Bart zu einem breiten Lächeln, und er wurde sichtlich ruhiger.

Zunächst sprach er genau die gleichen Worte wie meine letzte Besucherin. Es war unheimlich.

»Erkennst du mich?«

Ein Schauer überlief mich. Ich holte tief Atem und ließ die Luft langsam ausströmen. Dann erst fühlte ich mich zu einer Antwort imstande.

»Ich denke schon ... Ich habe Euch oft im Traum gesehen; ich spüre, ich *weiß*, daß wir uns schon begegnet sind – aber nein, Euer Name fällt mir nicht ein. Ich weiß auch meinen eigenen nicht, wenn ich ehrlich bin; solltet Ihr also von mir erfahren wollen, wer Ihr seid, so muß ich Euch leider enttäuschen; wir werden als zwei Namenlose zusammen hausen.«

Er lächelte wieder, aber jetzt standen ihm die Tränen in den Augen, und das verwunderte mich noch mehr. »Nein, nach meinem Namen brauche ich dich nicht zu fragen. Aber erkennst du mich denn wirklich nicht – Taliesin?«

Ich wußte sofort, daß das mein Name war, und ich würde nur zu gern behaupten, daß ich mich in diesem Augenblick auch an alles andere erinnerte, doch das wäre gelogen. Immerhin war ich von zwei Dingen überzeugt: ich *war* Taliesin, und dieser Mann und ich waren alte Bekannte.

Es kränkte ihn wohl ein wenig, daß ich ihn vergessen hatte, aber das hatte er rasch überwunden, und nun wandte er sich mit einer Zielstrebigkeit, die ich als sehr erfrischend empfand, den wirklich wichtigen Dingen zu.

»Aber ich kenne *dich*, Braud« – der Kosename versetzte mir einen Stich, den ich mir nicht erklären konnte – »und das werde ich dir auch beweisen ...« Seine scharfen Augen erforschten die Zelle bis in den letzten Winkel. Wonach er wohl suchte?

»Ich fürchte, Ihr kommt nur so hinaus, wie Ihr hereingekommen seid, es gibt keinen anderen Weg«, sagte ich endlich. Jetzt zitterte ich ein wenig. »Bevor wir noch sehr viel älter werden – wollt Ihr mir nicht verraten, wer *Ihr* seid und wer ich bin?«

Da lachte er, ein Lachen, das von Herzen kam, ihn aber nicht hinderte, sich weiter umzusehen. »Alles zu seiner Zeit, mein Talynno ... Ich weiß, du lebst schon allzu lange im Dunkel des Vergessens, aber noch können wir es nicht wagen, offen zu sprechen.«

Ach nein? Und wann? Aber ich stellte keine weiteren Fragen, sondern zog mich auf mein Bett zurück, während er fortfuhr, die Zelle abzusuchen. Einem Jagdhund gleich schnüffelte er Zoll für Zoll die Wände ab, spähte in jeden Winkel, fuhr mit den Händen über die kalten Steinmauern und tauchte sogar die Finger in die Wasserbecken. Endlich schien seine Neugier gestillt zu sein, denn er setzte sich mir gegenüber auf einen Stapel Felle und Bettzeug, der zugleich mit ihm aufgetaucht war und ihm offenbar als Ruheplatz dienen sollte. Dann sah er mich offen an und lächelte.

»Nicht so schlimm, wie ich befürchtet, aber auch nicht so gut, wie ich gehofft hatte«, sagte er, halb zu sich selbst. »Jedenfalls sind wir hier, und wir sind zusammen, und das allein ist mehr, als ich mir seit langem wünschen durfte ...«

»Seit langem?« fragte ich. »Bin ich denn schon so lange hier?«

Sein Lächeln erlosch. »Ja, Braud, so leid es mir tut ... Du weilst seit zwei Jahren an diesem Ort, und wir wissen erst seit zwei Wochen, wo du bist.«

Diese Mitteilung bestürzte mich so sehr, daß ich nicht gleich antworten konnte. Er beugte sich vor, wie um jene Zwei-Jahres-Lücke zwischen seinem und meinem Leben zu überbrücken.

»Dein Name ist Taliesin Glyndour ap Gwyddno«, sagte er langsam und deutlich. »Dein Vater war Herr des Cantred Gwaelod, und du bist von seinen sieben Kindern das jüngste; deine Mutter hieß Cathelin und kam von der Erde.« Er hielt einen Augenblick inne, um zu sehen, ob er etwa eine empfindliche Stelle berührt habe, aber ich schüttelte den Kopf; für mich klang das alles wie die Geschichte eines Fremden oder wie eine Sage aus alter Zeit. Also sprach er weiter, geradezu verbissen um Geduld bemüht. Er wollte mich nicht erschrecken, aber es war offenbar lebenswichtig, daß er zu mir durchdrang.

»Wir sind seit dem Alter von fünf Jahren Stiefbrüder, und du bist mit Morguenna, der Tochter meiner Mutter verheiratet. Ihr habt einen Sohn namens Gerrans.«

Ich war unruhig geworden, obwohl die Erwähnung meiner Frau und meines Sohnes nicht wirklich eine *Erinnerung* geweckt hatte; immerhin erschien mir das alles nicht mehr völlig fremd.

»Was war ich denn, bevor ich hierher kam? Womit habe ich mich beschäftigt? Wie bin ich überhaupt hierher gekommen? Und wo ist ›hier‹?«

Er wählte seine Worte mit noch mehr Bedacht. »Du bist Keltias Oberster Dichter. Deine Lieder werden nicht nur auf unseren Welten, sondern auch auf fernen Sternen gesungen. Wegen deiner großen Begabung hat man dir den Titel Pen-bardd verliehen.«

Taliesin Glyndour ap Gwyddno, Pen-bardd von Keltia ... Das klang viel zu pompös für jemanden, der in abgetragenen (wenn auch reinen) Kleidern und mit wild wucherndem (wenn auch frisch gewaschenem) Haupt- und Barthaar in einer Zelle saß. Ich dachte eine Weile nach, und er ließ mich in Ruhe; dann fiel mir auf, daß er meine letzten Fragen noch nicht beantwortet hatte – und das vorerst wohl auch nicht zu tun gedachte. So stellte ich statt dessen eine andere. »Und wer seid *Ihr*?«

Ein Ausdruck, den ich nicht beschreiben konnte, huschte über sein Gesicht, eine bunte Mischung aus wehmütiger Zärtlichkeit, kummervoller Belustigung, mitleidiger Besorgnis, Gekränktheit und strapazierter Geduld. Dann tat er etwas Unerwartetes: Er beugte sich vor, zog mir das goldene Medaillon, das ich erst vor kurzem wiederentdeckt hatte, unter dem Leinna hervor und sagte schlicht und mit fester Stimme:

»Das zum Beispiel habe ich für dich angefertigt, Braud. Ansonsten bin ich Arthur Penarvon, Sohn des Prinzen Amris Pendreic und der edlen Ygrawn Tregaron, und Ard-rígh von Keltia, König der Kelten. An diesen Ort bin ich nur gekommen – man kann auch sagen, ich habe mich hierher versetzen lassen – um dich abzuholen. Du befindest dich in der Burg Oeth-Anoeth und wirst von Marguessan, der zweiten Tochter meiner Mutter, gefangengehalten.«

Aha! Ihr könnt Euch sicher vorstellen, daß dieser Brocken nicht so leicht zu schlucken war. Doch was der Mann sagte, hatte den reinen Klang der Wahrheit. Er *war* der Hochkönig. Er war Arthur, mein Pflegebruder und Schwager, und seine Schwester – die vermutlich auch die Schwester meiner Frau war – hatte mich hier eingesperrt. Aus welchen Gründen, das konnte ich mir allerdings *nicht* vorstellen ...

»Es klingt – glaubhaft«, sagte ich endlich, während ich noch krampfhaft überlegte. »Etwas *unwahrscheinlich* zwar, aber glaubhaft ...«

Da lachte er – *Arthur*. »Das klingt schon eher nach meinem Tal-bach – aber möchtest du nicht auch den Rest der Geschichte erfahren?«

»Ein klein wenig neugierig bin ich wohl schon. Aber Majestät werden mich gewiß aufklären, wenn Ihr es für angebracht haltet.«

Er grinste, sprang auf und begann, in der Zelle auf- und abzumarschieren. Und da – es ist schwer zu erklären – da ging in meinem Kopf für einen Augenblick eine Klappe auf, und ich erkannte ihn. Erkannte ihn *wirklich*, mit vollem Bewußtsein. So benahm er sich häufig, wenn er sich über etwas klarwerden wollte, und ich hatte ihm oft genug dabei zugesehen ... Dann war der lichte Moment auch schon vorüber. Ich lehnte mich erwartungsvoll gegen meine Kissen und einen Stapel Mäntel und verschränkte die Hände hinter dem Kopf.

»Man hatte dich«, begann er vorsichtig, »an einen Ort geschickt, den ich im Augenblick nicht nennen möchte, ich weiß ja nicht, wer uns belauscht. Dort hatte man dir verraten, wer deine Mutter war, wie sie hieß, woher sie stammte – bis dahin hattest du nichts von ihr gewußt – und dir eine Botschaft anvertraut, Kenntnisse von höchster Wichtigkeit, die du mir überbringen solltest und der Ard-rían ...«

»Gwennach.« Der Name war mir entfahren, ehe ich mich versah. Arthurs Blick traf mich wie ein Lasra.

»Aha, an *sie* erinnerst du dich ...« Das klang spöttisch, gereizt, verärgert, aber die Freude und jäh aufblitzende Erleichterung in seinen dunklen Augen verrieten seine wahren Gefühle. »Nun ja«, fuhr er fort, »nachdem du jenen Ort verlassen hattest, um an unseren Hof zurückzukehren, bist du einfach – verschwunden.«

Das interessierte mich brennend. Ich drehte mich auf den Bauch, das Gesicht zum Fußende des Bettes gewandt, um ihm bequemer zuhören zu können.

»Und wohin bin ich verschwunden?«

»Wir hatten nicht die leiseste Ahnung. Du warst, wie gesagt, zu einem bestimmten Zeitpunkt und in guter Verfassung aufgebrochen und hättest wenige Stunden später bei uns eintreffen sollen. Aber du bist nicht gekommen, auch später nicht, und das war uns gleich nicht geheuer.«

»Was habt Ihr getan?«

»Statt deiner kam ein anderer Bote – auch seinen Namen behalte ich besser noch für mich – und berichtete uns, was sich zugetragen hatte: du seist nach wie vor verschollen, aber man habe in der Nähe des Trommelwaldes deine Pferde gefunden. Nun bekamen wir es wirklich mit der Angst zu tun, denn der Trommelwald ist viele hundert Meilen von dort entfernt, wo man dich zuletzt gesehen hatte. Wir haben den ganzen Planeten nach dir abgesucht, aber du warst und bliebst unauffindbar.«

Die Geschichte hatte eine morbide Faszination für mich. »Und ich war die ganze Zeit hier?«

Arthur ging noch immer auf und ab. »Ja, aber das wußten wir noch nicht. Selbst Morgane, deine eigene Frau, konnte dich nicht finden, obwohl sie ihre stärksten Zauberkräfte einsetzte – und dabei ist sie die größte Magierin, die wir haben. Sie konnte lediglich feststellen, daß du noch am Leben warst, und daß derjenige, der dich gefangenhielt, ebenfalls über starke magische Fähigkeiten und über einen Ort verfügte, wo niemand an dich herankam.«

Als ich diesmal Morganes Namen hörte, huschte ein Bild der Frau aus meinen Träumen an mir vorüber, der Frau mit dem tiefgoldenen Haar, dem Schlangenring an der Hand und den sehnsuchtsvollen, nußbraunen Augen. *Ach, meine Guenna, wie konnte ich* dich *nicht wiedererkennen?*

»Dieser Ort – Ihr habt ihn Oeth-Anoeth genannt – wo befindet er sich?«

»Auf dem Planeten Gwynedd im Alten Norden, auf den Ländereien Irians, des Herrn von Lleyn. Er ist mit Marguessan verheiratet …« Arthurs Stimme klang ruhig, aber es schwang soviel eiskalter Zorn darin mit, daß ich erschrocken aufsah. *Diese* beiden Geschwister hatten also nichts, aber auch gar nichts füreinander übrig; man fragte sich unwillkürlich …

Ich überlegte mir meine Worte sehr genau. »Das klingt so, als stehe diese Marguessan nicht allzu hoch in Eurer Gunst?«

Ein bitteres Lachen. »Nein, das kann man nun wirklich nicht behaupten … Aber Talynno, wir haben jetzt nicht die Muße, unser ganzes Leben aufzurollen. Marguessan ist diejenige, die dich gefangenhält, und sie hat auch mich hierherversetzt. Aber nun müssen wir uns ganz auf unsere Befreiung konzentrieren und dürfen unsere Zeit nicht mit anderen Dingen vergeuden.«

Meine Erregung wie mein Interesse waren immer weiter gewachsen. »Aber was können wir denn tun? Ihr habt es nicht ausdrücklich gesagt, aber es liegt doch auf der Hand, daß diese Marguessan uns mit Magie hergeschafft hat. Ich bin kein Zauberer. Wie steht es mit Euch?«

Ich werde ihm nie vergessen, daß er mir damals nicht lauthals ins Gesicht lachte; er gestattete sich nur ein mattes Grinsen und sagte: »Es reicht, um jemandem, der sich wirklich auf Zauberei versteht, die Tür einen Spalt breit zu öffnen ... Und nun paß gut auf ...«

Er gab mir rasch und präzise einige Anweisungen, und als er geendet hatte, nickte ich. Ich hatte tatsächlich begriffen.

»Dein Gedächtnis kehrt allmählich zurück«, lobte er. »Ein Druide aus Merlynns Schule vergißt eben doch nicht so leicht ...«

Der Name ließ mich heftig zusammenfahren. Vorhin hatte sich die Klappe in meinem Kopf um eine Winzigkeit geöffnet, doch jetzt hatte sich jemand so kräftig dagegengestemmt, daß sie vollends aufflog und das Licht einströmen ließ. Arthur hatte recht: Ich begann, mich zu erinnern, und ich hatte weniger vergessen, als ich befürchtet hatte.

»Was machen wir jetzt?« fragte ich fast unterwürfig. Mir war nämlich auch wieder eingefallen, was für ein mächtiger Zauberer er war.

»Wir warten ab«, sagte er grimmig. »Marguessan wird sicher bald hier sein; inzwischen wollen wir versuchen, die Lücken in deinem Gedächtnis zu füllen.«

So erfuhr ich, daß ich den Sidhe – das war der Name, den Arthur, aus gutem Grund, wie sich bald zeigen sollte, nicht hatte nennen wollen – einen Besuch abgestattet hatte. Als ich mich auf dem Heimweg nach Caerdroia befand, war ich verschwunden und wochenlang durch tiefe Wälder geirrt, bis mich Marguessan, die mich zuerst in die Irre geführt hatte, schließlich einfing und hier in Oeth-Anoeth absetzte.

Der Name hatte einen üblen Klang: Oeth-Anoeth war die Bastion des Marbh-draoi Edeyrn in jener Region des Planeten Gwynedd gewesen, die man den Alten Norden nennt. Daß es Marguessan überhaupt gelungen war, mich von der Thronwelt nach Gwynedd zu entführen, ohne daß Keltias beste Spürer etwas davon bemerkten, sagte eine ganze Menge über ihre Beziehungen wie über ihre magischen Fähigkeiten aus.

Hier hatte ich nun fast zwei Jahre lang gesessen; mir war es freilich, und das sagte ich auch Arthur, bei weitem nicht so lange vorgekommen, und mit Marguessan, beziehungsweise mit der Frau, die ich für Marguessan hielt, war ich meines Wissens nur ein einziges Mal zusammengetroffen …

»Aber warum?« fragte ich endlich. »Warum ich? Ihr sagt zwar, ich stünde schon seit langem mit ihr auf Kriegsfuß, aber was hatte sie davon, mich hier festzuhalten? Oder ging es ihr lediglich darum, Euch und Morgane und allen anderen, die mir nahestehen, einen ordentlichen Schrecken einzujagen? Schlichte Rachegelüste, nichts weiter?«

Arthur zog vielsagend die Augenbrauen in die Höhe. »Rache ist niemals schlicht – das solltest auch du inzwischen begriffen haben – und ›nichts weiter‹ greift so gut wie immer zu kurz. In den meisten Fällen steckt mehr dahinter, und ich glaube« – er war lautlos aufgestanden und hatte, eine unbewußte Regung, Kampfstellung eingenommen; die Geschmeidigkeit seiner Bewegungen beeindruckte mich tief –, »ich *glaube*, sie wird dir deine Fragen gleich selbst beantworten.«

Ich sah keine Veranlassung, mich von der Stelle zu rühren – Arthur hatte offenbar alles unter Kontrolle –, so daß ich mich, als Marguessan auf einmal bei uns in der Zelle stand, noch immer bequem auf meinen Kissen räkelte.

Mich streifte ihr Blick nur flüchtig, um sich dann mit der Wucht eines tödlichen Speers auf Arthur zu richten. Der gab sich unbekümmert, war aber auf der Hut, ich freilich witterte mit einem Mal Gefahr und begann, meine Stellung unauffällig zu verändern, um ihm notfalls beispringen zu können.

Doch Arthur vermittelte den Eindruck, wenn schon nicht unbedingt Herr der Lage, so doch ein Gegner zu sein, der noch so manches in der Hinterhand hatte – ein Fidchell-Spieler, dessen Figuren dem Rivalen nicht verraten, daß ein Sainn-an-rían droht. Dadurch ermutigt, wandte ich meine Aufmerksamkeit abermals meiner Schwägerin zu.

Jetzt, bei genauerem Hinsehen, konnte ich nicht mehr begreifen, weshalb ich sie nicht sofort erkannt hatte. Gewiß, sie hatte mir das Gehirn vernebelt und mein Gedächtnis blockiert, aber allein diese stechenden Augen mit dem schwarzen Ring um die blaue Iris hätten sie verraten müssen. Wer einmal dem Bösen begegnet ist, ihm sozusagen mitten ins Antlitz geschaut hat, kann es im allgemeinen nie wieder vergessen ... Jetzt trieben immer mehr Einzelheiten aus den unergründlichen Tiefen der Vergangenheit empor. Plötzlich ein scharf umrissenes Bild – Marguessan, zehn oder zwölf Jahre alt, stand mit mir in einer riesigen unterirdischen Höhle voll blitzender Maschinen und Schaltpulte und rührte, gänzlich *un*technisch, in einer Silberschale mit Wasser, während auf den Sichtschirmen ein kleiner Birlinn unaufhaltsam auf die schroffen Klippen einer fernen Küste zugetrieben wurde ...

Ob Arthur ähnlichen Erinnerungen nachhing, war ihm nicht anzumerken. Er stand in lässiger Haltung vor seiner Schwester, beobachtete sie aufmerksam, und hatte seine Gedanken sorgfältig abgeschirmt. Seine Frage, scharf wie ein Schwert, kam wie aus heiterem Himmel.

»Wo ist der Kelch, Marguessan? Wo ist Pair Dadeni?«

Sie lachte, doch ihr Blick stand seinen Worten in nichts nach. Aus dem schwarzumrandeten Blau ihrer Augen stach es wie mit tausend winzigen Messerchen.

»Der Kelch ist nicht für dich bestimmt, Arthur.«

»Aber auch nicht für dich«, gab ihr Bruder ruhig zurück. »Und das weißt du sehr wohl ... Oder könnte es sein, daß du es *nicht* weißt? Schließlich bist du keine Ban-draoi.«

Das hatte gesessen, auch wenn ich damals natürlich nicht verstand, warum. Mich beschäftigte etwas anderes – warum in allen Höllen fragte Artos (mir war wieder eingefallen, wie ich ihn früher genannt hatte!) ausgerechnet nach einem Kelch? Mir war aufgefallen, wie er das Wort betonte – *der* Kelch, wie ein Eigenname; es ging also nicht um irgendeinen alten Mether. Und dann begriff ich, oder vielmehr, ich hatte eine Vision. Der große Saal in Turusachan, voll mit prächtig gekleideten Menschen, und das glühend funkelnde Quaich mit dem perlenbesetzten Rand, das wie ein Triskell über unseren erstaunten Gesichtern durch die Luft wirbelte und einen durchdringenden Duft verbreitete. Ein flammender Blitz, und der Spuk war verschwunden. Die Schale Pair Dadeni: einer der Großen Vier aus den Dreizehn heiligen Schätzen, ein Teil jener mächtigen Quaternität, auf der ganz Keltia gründete, ein Eckpfeiler unseres Glaubens. Als ich Marguessan abermals ansah, wurde mir himmelangst.

Arthur wirkte nach wie vor unbekümmert, jedenfalls nach außen hin, doch seine Schwester hatte sich unter seiner spitzen Bemerkung zu einer fauchenden Raubkatze aufgebäumt und zitterte bis in die Haarspitzen vor Wut.

»Du hältst mir vor, daß ich nicht über die Kenntnisse und Fertigkeiten einer Ban-draoi verfüge«, sagte sie noch halbwegs beherrscht, »aber du vergißt, daß man mir diese Ausbildung verweigerte und ich mir einen anderen Lehrer suchen mußte – der allerdings war mächtig genug, um für zwei mal hundert Jahre alle Magie in Keltia zu unterbinden.«

»Ja, und du hast viel von ihm gelernt; das haben wir bei Kerriwick erlebt.« Mit einem Mal wirkte Arthur wie ein geschlagener Mann, und Marguessan konnte ein Lächeln nicht unterdrücken.

»Ich habe immerhin soviel gelernt, daß ich euch beide hierherschaffen konnte«, sagte sie mit einem Anflug von Selbstgefälligkeit, »und da ihr nun schon einmal hier seid, sollt ihr auch erfahren, was er mir sonst noch beigebracht hat.« Ihr Blick wanderte kurz zu mir, kehrte wieder zu Arthur zurück. »Willkommen auf Oeth-Anoeth.« Und dann war sie verschwunden.

Und mit ihr Arthurs Müdigkeit. »Komm, Talyn, es gibt viel zu tun, und diesmal steht die Zeit nicht auf unserer Seite.«

Er durchwühlte den ledernen Reisesack, den er auf dem Rücken getragen hatte, als er in der Zelle erschien – und den ihm Marguessan aus unerfindlichen Gründen nicht abgenommen hatte. Bald hatte er gefunden, was er suchte, richtete sich auf und lächelte triumphierend.

»Kennst du das noch?«

Ich sah mir an, was er mir auf der flachen Hand entgegenstreckte. Eine Kugel aus wasserklarem Bergkristall, etwa kirschgroß; um die Pole und um den Äquator zogen sich silberne Bänder mit eingravierten Runen, und am höchsten Punkt war ein Ring angelötet, durch den man einen Lederriemen gezogen hatte. Das Ding kam mir merkwürdig bekannt vor …

»Morgane«, sagte ich, ohne zu wissen, warum, und Arthur lächelte.

»Ganz richtig, Morgane. Komm, setz dich zu mir.«

Ich gehorchte freudig, denn der Kristall zog mich mächtig an; sobald ich neben Arthur auf dem Fellstapel saß, hielt er mir den Stein dicht vor die Augen. Das mattblaue Licht von draußen fing sich darin und wurde in Farbblitze und funkelnde Pünktchen zerlegt. Ich war wie gefesselt.

Warm und golden drang Arthurs Stimme an mein Ohr, nur sie verband mich noch mit der Wirklichkeit und mit der Gegenwart: Der Stein sog mich förmlich in sich ein und holte mich zugleich aus mir oder vielmehr aus dem, was ich so lange für mein Ich gehalten hatte, heraus. Ein unangenehmes Gefühl, aber Heilungsprozesse sind nicht immer angenehm, auch wenn man weiß, daß sie unserem Wohle förderlich sind.

Jedenfalls nahm ich nichts anderes mehr wahr als das Licht aus dem Stein; Schwindel und Übelkeit befielen mich, als würde ich mit verbundenen Augen um mich selbst gedreht, Arthurs Worte waren, obwohl ich sie nicht verstand, mein einziger Halt. Und so klammerte ich mich daran.

Es ging schnell vorüber, möglicherweise schneller, als ich es hier erzählen kann. Aber vielleicht dauerte es auch Stunden oder gar Tage, denn in diesen Mauern herrschten andere Zeitbegriffe. Ich sollte es nie erfahren. Ich erinnere mich nur, daß Arthur schlagartig verstummte, daß das Licht erlosch und ich nach vorne kippte und auf die Knie fiel, als habe man mich plötzlich von meinen Ketten befreit. Nicht alle Fesseln kommen aus einer Schmiede.

Vorsichtig nahm ich einen tiefen Atemzug. Mein Kopf war nicht mehr leer, er war so voll, daß er zu zerspringen drohte. Namen und Gesichter, Farben, Erinnerungen und Worte, Orte und Menschen zogen an mir vorüber, eine lange, bunte Prozession, deren Ende ich nicht absehen konnte. Immerhin *konnte* ich wieder sehen. Ich weinte fast vor Glück über diese Fülle nach einer unendlichen Leere.

Dann hob ich den Kopf und sah Arthur an. Langsam, zaghaft noch entstand auf unseren beiden Gesichtern ein Lächeln.

»Ja«, sagte ich. »Da bin ich wieder.«

Kapitel 3

Und offenbar keinen Augenblick zu früh ... Arthur und mir blieb kaum Zeit, unser Wiedersehen zu feiern. Es galt, Pläne zu schmieden, um aus Oeth-Anoeth zu fliehen, bevor Marguessan Gelegenheit hatte, ihrerseits Maßnahmen in Kraft zu setzen, die unseren Wünschen weniger förderlich gewesen wären. Auch Erklärungen und Berichte über die Geschehnisse während meiner Abwesenheit mußten warten, bis wir in Sicherheit waren. Also behielt ich meine zahllosen Fragen für mich und widmete Arthur meine ungeteilte Aufmerksamkeit. Es gab tatsächlich keine andere Wahl.

Er hatte andere Bedenken. »Fühlst du dich denn auch stark genug? Wir könnten eventuell einen oder zwei Tage warten ...«

Ich lachte bitter. »Ein oder zwei Tage an diesem Ort entsprechen womöglich einem oder zwei Jahren draußen. Nein, ich werde schon mithalten und dir vielleicht auch helfen können. Nur eines noch, wie steht es mit meiner Frau? Und mit meinem Sohn?«

Arthur grinste. »Du wirst schon sehen ... ich weiß, Talyn, du hast Angst, bist unruhig und müde, aber es ist wirklich am besten, wenn wir uns möglichst schnell entfernen. Nicht nur hier drohen Gefahren, sondern auch da draußen.« Er deutete in Richtung des vergitterten Fensters.

Ich antwortete nicht, da ich angestrengt überlegte. Er verheimlichte mir etwas, und es mußte etwas wirklich Schlimmes sein, wenn schon das Wissen darum mich so erschüttern konnte, daß ich womöglich nicht mehr fähig war zu fliehen. Dennoch war es kein Vergnügen, mich blindlings voranzutasten – ich schüttelte mich. Was war nur in mich gefahren? Arthur hatte sich, nur um mich herauszuholen, freiwillig von Marguessan in eine Falle locken, sich gefangennehmen und zu mir in den Kerker werfen lassen. Und ich benahm mich wie ein undankbares, trotziges Kind. Mein wiedergefundenes Gedächtnis lieferte mir zahllose Beispiele dafür, wie in unserer langen gemeinsamen Geschichte jeder für den anderen oder für jemanden aus der Gefährtenrunde vergleichbare Risiken eingegangen war …

»Die Runde hält noch immer zusammen?« hörte ich mich fragen, obwohl ich damit gegen seine und meine guten Vorsätze verstieß. Er lächelte, ohne sich in seiner Konzentration stören zu lassen.

»Mehr denn je. Wir sind sogar dazu übergegangen, jedesmal zu Vollmond ein offizielles Treffen abzuhalten; im Palast gibt es einen Ratssaal, der nicht mehr benützt wird, und darin steht ein alter Tisch, den Daronwy und Elenna für diesen Zweck reserviert haben.«

Das Bild regte meine Bardenphantasie an. »Ein Tisch? Und was ist mit der Rangordnung? Die Sitzverteilung …«

Arthur vergaß den Ernst unserer Lage und alle seine Befürchtungen und lachte laut heraus. »Raighne, die sowohl diesen Tisch wie den Ratssaal benützt hat, muß wohl von ähnlicher Geistesart gewesen sein … Nein, der Tisch hat die Form eines Wagenrades ohne Speichen«, fuhr er übertrieben pedantisch fort. »In der Mitte offen. Die Stühle stehen in drei Reihen um das Rad herum. Es gibt also kein Kopfende und – mit einer Ausnahme – auch keine festen Plätze. Nein, nicht einmal für Gweniver und mich. Am runden Tisch sind alle gleich. Aber über Möbel können wir uns ein andermal unterhalten, Talyn; jetzt geht es darum, so rasch wie möglich von hier wegzukommen.«

»Einverstanden, aber wie? Wie dir sicher nicht entgangen ist, gibt es hier keine Tür wie damals in Kerriwick; nicht einmal wie im Nantosvelta, als Guenna …«

Ich brach ab und starrte ihn an. »Du willst hier genauso verfahren, nicht wahr?«

»Du hast ganz recht, es gibt hier keine Tür im üblichen Sinn«, bestätigte Arthur nüchtern. »Wir haben gesehen, wie Marguessan kommt und geht, und wie sie uns hierher versetzt hat. Wir werden es mit der gleichen Methode versuchen müssen.«

Also Magie. Warum überraschte mich das eigentlich nicht? Arthur hatte sich mit untergeschlagenen Beinen in der Mitte der Zelle auf dem Boden niedergelassen. Ich verzichtete auf weitere Fragen und setzte mich ihm gegenüber. Zu seiner Linken stand ein Quaich mit frischem Wasser, nun gab er in den Tonteller, aus dem ich sonst aß, eine Prise Salz und stellte ihn rechts neben sich; die Kristallkugel legte er vor den beiden Gefäßen zwischen uns in die Mitte. Dann bedeutete er mir mit einer Handbewegung, seinem Beispiel zu folgen. Mit meinem Gedächtnis waren auch die Dinge wiedergekommen, die ich in der Druidenausbildung gelernt hatte. Es machte mich stolz zu wissen, daß ich ihm helfen konnte, und so zögerte ich nicht.

Eine Frage, die ich mir selbst nicht eingestand und auch Arthur nicht zu stellen wagte, drohte freilich meine neugewonnene Sicherheit zu untergraben. Was war mit Marguessan? Sie war imstande gewesen, uns gefangenzunehmen und hier festzuhalten – wie sollte ihr da ein Fluchtversuch entgehen, besonders, wenn Magie im Spiel war? Crossics gegen Cribbins, daß sie sich nicht bequem zurücklehnen und tatenlos zusehen würde, wie wir uns ihrem Zugriff entzogen ... Entschlossen drängte ich meine Ängste zurück. Unsicherheit ist Gift für jeden Zauberspruch, und unser Vorhaben war mit so vielen Risiken behaftet, daß ich es mit meinen feigen Zweifeln zum Scheitern bringen konnte, bevor wir noch richtig angefangen hatten. Schluß damit.

Während ich diesen Gedanken noch nachhing, war

mir plötzlich, als breche ein Damm, als gerate das Eis auf einem Fluß in Bewegung, und das Wasser beginne wieder zu fließen. Arthur hatte sich ans Werk gemacht, und ich beeilte mich, ihn mit meinen Kräften zu unterstützen. Als ich im Geiste klar und deutlich Morganes Stimme vernahm, war ich froh. Im Grunde war sie es, die hier die Arbeit tat. Arthur und ich waren nur Werkzeuge. Wir leiteten ihre Kräfte dahin, wo sie gebraucht wurden, und unterstützten sie in ihrem Bemühen durch unser Dasein und durch die Kraft, die wir ihr spenden konnten. Der Erfolg des Unternehmens würde großenteils davon abhängen, wie gut es Arthur und mir gelang, uns gebrauchen zu lassen, unser eigenes Ich, unseren Willen, unsere Fähigkeiten zurückzustellen, damit sie, die so viel Stärkere, durch uns wirken konnte.

Seit ich zumindest halbwegs begriffen hatte, worum es ging, fügte ich mich Arthurs Anweisungen und Morganes Einfluß sehr viel freudiger. Und ich muß sagen, es fehlte nicht viel: Der Zauber, den Morgane durch das Clach, den silberbeschlagenen Kristall schickte, und für den Arthur und ich die Bahn freigemacht hatten, wäre fast stark genug gewesen. Während wir noch dasaßen, durchlief ringsum ein Zittern die Wände, sie begannen zu flimmern und sich aufzulösen, und ich spürte Morganes Gegenwart in der Zelle. Hinter Arthur öffneten sich lange Korridore und ließen die vielen Säle und Gemächer von Oeth-Anoeth erahnen. Nur etwas mehr Zeit hätten wir gebraucht, um noch ein paarmal gegen Marguessans Todesgespinst anzurennen, dann wären wir frei gewesen …

Aber Marguessan befand sich hier in der Bastion ihres Herrn und Meisters auf vertrautem Terrain, und so leicht machte sie es uns doch nicht: Auf einmal schwankte der Boden unter unseren Füßen, als würde die Burg von einem Erdbeben erschüttert. Die Mauern gewannen ihre Festigkeit zurück, und in den Steinbecken an der hinteren Zellenwand schwappte das Wasser heftig hin und her.

Ich warf Arthur einen entsetzten Blick zu, bemühte mich aber bei aller Panik, die Verbindung zu halten, den Kontakt zu Morgane und ihren Kräften nicht aufzugeben.

»Es ist Marguessan«, murmelte Arthur, aber das war mir ohnehin klar. Sein Blick blieb unbeirrt auf den blaugleißenden Kristall gerichtet. »Sie hat erfahren, was wir vorhaben …«

Ich wagte kaum zu atmen. »Und kann sie es verhindern?«

»Schon möglich, aber wohl nicht ganz. Immerhin haben wir Hilfe, und sie nicht, so sehr sie sich auch auf Edeyrn berufen mag.«

Arthur nahm die Schultern zurück – eine fast körperliche Anstrengung, denn die Luft schien jede Bewegung hemmen zu wollen – und legte die Hände auf die Knie. Ich folgte seinem Beispiel, dann schloß ich die Augen und bemühte mich, meine Gedanken zu ordnen. Plötzlich entstand – Freude durchflutete mich, ich wollte es kaum glauben – vor meinem inneren Auge ein Bild. *Merlynn …?* Zweifel flackerten auf: War es nicht eher Edeyrn? Nein, es war tatsächlich mein Merlynn, mein Ailithir, unser geliebter Lehrer, Freund und Mentor! Aber er erschien mir nicht so, wie wir ihn zu seinen Lebzeiten gekannt hatten, sondern wie ich ihn bei meinem letzten Besuch im Dún Aengus der Sidhe gesehen hatte: als schöner Greis mit weißem Haar und weißem Bart, friedlich schlafend und zugleich hellwach in der Fülle seiner Kraft. Dieser Merlynn hatte uns und unsere Not erkannt und schickte uns etwas von seiner Kraft, damit wir gegen Marguessan, die er stets verabscheut hatte, bestehen konnten. Nur eines war anders als damals unter dem Berg: Er lag auf einem goldenen Bett, nicht mehr in dem Kristallbaum, in den Edeyrn ihn bei der Schlacht von Nandruidion eingeschlossen hatte; doch auch der Kristallbaum war noch irgendwie vorhanden ...

Ich zwinkerte mit den Augen und schüttelte den Kopf. *War* das überhaupt Merlynn? Jetzt trug das Antlitz eher die Züge des Ard-rígh Uthyr, jedenfalls hätte Uthyr so ausgesehen, wenn er die ihm zugedachte Spanne ausschöpfen und sein Leben als rüstiger Greis hätte beenden dürfen. Vielleicht war der Schläfer auch ein ganz anderer – Amris, Leowyn, Gorlas und Gwyddno in einer Person – oder gar ein König, ein Herrscher, den ich noch nicht kannte?

Die Vision riß unvermittelt ab, und im gleichen Augenblick spürte ich, wie Marguessans wütende Attacke entschieden zurückgeschlagen wurde. Die Wände wurden von neuem durchsichtig, und diesmal verschwanden sie vollends; der Boden schwankte nicht mehr, wir befanden uns auf sicherem Grund. Ich sah Arthur an, und er nickte mir zu.

»Nimm deine Harfe und deinen Mantel, dann geh und sieh dich nicht um. Ich verspreche dir, ich bleibe dir dicht auf den Fersen.«

Seine Stimme verströmte soviel Zuversicht, daß ich ihm blind vertraute. Natürlich mußte er als letzter gehen, er mußte ja die magische Handlung abschließen: die Verbindung lösen, das Salz verstreuen, das Wasser ausgießen, das Leuchten des Kristalls löschen ... Mit einem Satz warf ich mich über mein Bett und zog die Tasche mit Trägerin des Wohlklangs dahinter hervor. Dann richtete ich mich auf, raffte Arthurs und meinen Mantel an mich, seinen ledernen Reisesack und ein paar Kleinigkeiten, die uns vielleicht noch gute Dienste leisten würden ...

Meine Hand schloß sich um ein Beutelchen, das unbemerkt in einer Ecke der Zelle gelegen hatte. Ich erschrak, denn unter dem weichen grünen Leder ertastete ich die unverwechselbaren Umrisse eines Messers. War ich die ganze Zeit über bewaffnet gewesen, ohne es zu wissen? Es hatte ganz den Anschein; aber für eingehendere Untersuchungen war jetzt keine Zeit. Ich nahm alle Kräfte zusammen, setzte meine Hoffnung auf die Göttin, mein Vertrauen in Morgane und rannte, ein Gebet auf den Lippen, auf die Mauer meiner Zelle zu, als sei sie aus Luft.

Ich wurde nicht enttäuscht: Ohne daß ich etwas gespürt hätte, stand ich in einem breiten, düsteren Korridor. An seinem Ende, weit vor mir, erblickte ich eine Tür. Augenblicke später stand Arthur neben mir, von ruhiger, vielleicht ein wenig verbissener Entschlossenheit erfüllt; hinter uns schrumpfte die Zelle zu einem schwarzen Klumpen zusammen, ein Vorgang, den ich zwar nicht mit meinem Bewußtsein zu erfassen vermochte, wohl aber mit meinen tieferen Instinkten. Ich reagierte sofort und rannte hinter Arthur durch den Korridor auf die Tür zu.

Als wir sie erreichten, stellten wir fest, daß sie mit ihren dicken alten Eichenplanken und den Findruinnabeschlägen zwar sehr stabil war, aber weder Schloß noch Riegel besaß. Arthur zog erstaunt die Augenbrauen hoch – konnte es so einfach sein? – und drückte auf die Klinke. Wir betraten ... ja, was?

Jedenfalls wurde jetzt klar, wovon das eigenartige blaue Licht ausging, das durch mein Fenster gedrungen war: Wir sahen weder Sonne noch Himmel, weder Faha noch Innenhof. Kein Horizont, kein Waldrand waren zu erkennen. Die Burg hinter uns schien durchaus wirklich – ich fuhr zur Sicherheit mit der Hand über die rauhen, bemoosten Steine – aber vor und über uns war alles grau. Eine magische Wand, ein Schleierzaun, eine Nebelhecke verdeckten, was sonst sichtbar gewesen wäre. Ich nahm, zum ersten Mal wieder halbwegs in Freiheit, einen tiefen Atemzug und sah Arthur fragend an. Am Ende seines Lebens muß jeder Mensch eine Grenze passieren, bevor er die große Reise antreten kann – in manchen Religionen ist es ein Fluß, in anderen eine Mauer aus Steinen, eine Perlenpforte oder ein goldenes Tor; für uns ist es eine Nebelhecke. Hatte unsere Flucht uns vielleicht an diese Grenze geführt? Es hätte mich nicht weiter gestört; ich wollte nur Klarheit haben.

Arthur hatte mich sofort verstanden. »Nein, noch ist es nicht so weit«, sagte er lächelnd, halb zu sich selbst und halb zu mir – vielleicht auch zu einem Dritten, den ich nicht sehen konnte. Dann hob er die rechte Hand mit der Kristallkugel, und ein blauer Feuerstrahl schoß daraus hervor.

Der Lichtblitz war offenbar ein Zeichen gewesen, denn kaum hatten die Strahlen den Nebel durchdrungen, als jemand in ein Horn stieß. Es war nicht Gwyns Horn, das Horn der Sidhe, das ich so gut kannte und zugleich liebte und fürchtete; nein, es war ein irdisches Horn, aber das tat meinem Entzücken keinen Abbruch.

Mit dem ersten Ton begann sich der Nebel zu lichten. Zitternd zerriß die graue Masse in einzelne Fetzen, und allmählich trat hervor, was sich darunter verborgen hatte: erst ein Faha, dann ein riesiger Garten voll blühender Apfelbäume, und schließlich in weiter Ferne eine blaue Bergkette. Der Garten und der grüne Rasen des Faha waren durch eine Mauer voneinander getrennt, eine Mauer aus dem gleichen grauen Stein wie die Burg …

Ich warf einen Blick über die Schulter und fuhr erstaunt zurück: mit dem Nebel war auch die Burg verschwunden. Wir standen auf einem grasbewachsenen Hügel. Kein Stein, kein Graben, nichts wies darauf hin, daß hier jemals eine Festung gestanden hatte. Oeth-Anoeth hatte einfach aufgehört zu existieren. Vielleicht gab es einen Ort, wo es sich verbarg, wenn seine Herrin nicht wollte, daß es entdeckt wurde, vielleicht war ich deshalb so lange verschollen gewesen. War mein

Aufenthaltsort unbekannt geblieben, weil er einfach unauffindbar war ... Aber wo war die Burg, wo war ich nun tatsächlich gewesen? In welchem ›dort‹ hatten wir uns befunden?

Mir wurde plötzlich klar, daß ich die Antwort gar nicht unbedingt wissen wollte. Wieder wandte ich mich Arthur zu. Er stand noch immer am gleichen Fleck. Ohne mich anzusehen, wies er mit dem Finger auf eine Seite des grasbewachsenen Faha, auf eine Stelle vor der Mauer und den Bäumen.

Mir stockte der Atem: da saß Marguessan auf einem Thron aus massivem Gold, die Arme auf die Lehnen gestützt, einen Goldreif im Haar. Uns schenkte sie keine Beachtung, ihr Blick war auf eine Pforte in der Faha-Mauer gerichtet, die breit und hoch genug war, um einen Reiter durchzulassen. Und hinter dieser Pforte ...

Entsetzt, aber eigentlich nicht überrascht wich ich einen Schritt zurück. Arthur war der Anblick wohl bereits vertraut, vielleicht war er schon bei seiner Ankunft auf Oeth-Anoeth damit konfrontiert worden ...

Im Garten zwischen den Bäumen waren, halbverdeckt von den schneeweißen Apfelblüten, glattgraue, entrindete Holzpfähle in den Boden gerammt, jeder so dick wie ein Frauenarm und so groß wie ein hochgewachsener Mann; und auf jedem dieser Pfähle stak ein Menschenhaupt. Genaueres konnte ich nicht erkennen, denn ich begnügte mich mit einem kurzen Blick aus halbgeschlossenen Augen, aber offenbar waren in diesem Garten des Grauens Frauen ebenso vertreten wie Männer. Auf einigen Köpfen saßen Helme, andere waren schutzlos der Sonne ausgesetzt; einige trugen das Haar offen, andere hatten es zum Fian-Zopf geflochten, manche waren nur noch Totenschädel, während andere ganz frisch wirkten ...

Als sich mein Magen so weit beruhigt hatte, wie es unter diesen Umständen möglich war, trat ich abermals an Arthurs Seite. Wieder wurde jenseits der Faha-Mauer ins Horn gestoßen, und diesmal hob Marguessan die Hand und ließ sie wieder sinken. Die Pforte in der Mauer öffnete sich, und ein Ritter auf rotbraunem Streitroß trabte ein. Pferd und Reiter waren schwer gepanzert, die mattgoldenen Harnische glänzten in der Sonne, die jetzt wieder zum Vorschein gekommen war. Aber das Pferd war mir unbekannt, und der Ritter hatte sein Helmvisier geschlossen, so daß ich sein Gesicht nicht sehen konnte.

Er nahm weder von Marguessan noch von uns Notiz, sondern ritt in stark versammeltem Trab zum einen Ende des Faha, wendete sein Pferd und parierte durch. Er wartete ganz offensichtlich auf einen Gegner, aber ich konnte sonst niemanden entdecken. Dann hob Marguessan abermals die Hand, und ein zweiter Ritter erschien im Tor.

Er trug eine silberne Rüstung und saß auf einem großen, kräftigen Rappen, dessen langer Schweif am Boden schleifte. Am Sattel hing neben seinem linken Knie ein kleines goldenes Horn. Er blieb kurz stehen, wie um sich einen Überblick zu verschaffen – mir kam es vor, als betrachte er Arthur und mich im Gegensatz zu seinem Vorgänger sehr lange, aber auch er hatte das Visier heruntergeklappt, und so konnte ich nicht sicher sein – dann ritt er ein, wandte sich der anderen Seite des Faha zu und hielt schließlich gegenüber dem goldenen Ritter an.

Ich wollte schon bemerken, dieser zweite Ritter mit seinem Rappen komme mir irgendwie bekannt vor, die Art, wie er die Schultern zurücknahm, wie er im Sattel saß, wie er sich hielt – aber Arthurs Hand legte sich wie eine Eisenzwinge um meinen Arm, und so schloß ich den Mund wieder.

Offenbar hatten sich nicht nur die beiden Ritter, sondern auch Arthur und Marguessan irgendwie verständigt, denn nun nickte Arthur ihr zu, und sie hob ein drittes Mal die Hand und ließ sie wieder sinken. Die beiden Pferde, das rotbraune und das schwarze, sprengten mit donnernden Hufen aufeinander los.

Es war keine Tjoste, kein Einzelkampf in dem Sinne, wie er meines Wissens auf anderen Welten ausgetragen wird. Wie ich sehr viel später in den Büchern und Aufzeichnungen meiner Mutter las, waren solche Duelle auf ihrer Heimatwelt, der Erde, einst an der Tagesordnung gewesen. Was hier stattfand, war eher ein Schwertkampf zu Pferde. Für solche Wettbewerbe werden die Tiere genauso lange und sorgfältig ausgebildet wie ihre Herren, denn dabei sind sie gleichberechtigte Partner ihrer Reiter.

Die Kontrahenten trafen aufeinander, die Schwerter klirrten, die Pferde bäumten sich auf und stießen schrille Schreie aus, die dem Kreischen des Metalls in nichts nachstanden. Marguessans Kämpe – der Reiter auf dem rotbraunen Pferd – ging aus diesem ersten Schlagabtausch als Sieger hervor, und als die beiden sich trennten, um in die nächste Runde zu gehen, sah ich, daß der Ritter in der Silberrüstung, *unser* Kämpe, am Arm getroffen worden war.

»Er ist verletzt«, bemerkte ich überflüssigerweise, und Arthur nickte.

»Das Pferd wird es wettmachen«, antwortete er nur, denn in diesem Augenblick rasten die Gegner schon wieder aufeinander zu. Unser Blick ging sofort zu dem Rappen. Er schien genau zu wissen, wo die Schwäche seines Reiters lag, denn er tänzelte vor und zurück und stieg so gekonnt, als sei der Mann auf seinem Rücken nur eine Waffe, eine Haltevorrichtung für das Schwert, und der Kampf spiele sich eigentlich zwischen den Pferden ab.

Tatsächlich konnte der Rappe die Behinderung seines Herrn mehr als ausgleichen, denn am Ende dieser Runde hing der goldene Ritter kraftlos in seinem Sattel. Arthur und ich sahen selbst aus der Entfernung deutlich, wie ihm das Blut über den blanken Brustharnisch rann, und wie oberhalb des Stiefelschaftes ein zweites, grellrotes Rinnsal unter der Beinschiene hervorquoll.

Der Reiter des Rappen wußte offenbar, daß er jetzt die Oberhand hatte, und sein Pferd wußte es ebenfalls, denn sie hatten kaum gewendet, als sie schon wieder losstürmten. Das war das Ende für den goldenen Ritter. Nicht einmal sein Brauner konnte ihn retten. Beim ersten Hieb seines Gegners stürzte er kopfüber aus dem Sattel und blieb reglos auf dem Boden liegen.

Marguessan hatte den Zweikampf beobachtet, ohne eine Miene zu verziehen. Was in ihr vorging, verrieten nur ihre Hände, die sich über den Armlehnen mit den Drachenköpfen unaufhörlich öffneten und schlossen. Als der goldene Ritter stürzte und wie tot im Faha liegenblieb, erhob sie sich langsam und wandte sich Arthur zu.

Erstaunt hörten wir, wie sie lachte. Aber es war kein fröhliches Lachen.

»Der Punkt geht an dich, Bruder!« kreischte sie wie ein Falke. »Diesmal hast du gewonnen! Lebt wohl, Glyndour! Ihr wart mir ein willkommener Gast, auch wenn das Vergnügen wohl etwas einseitig war – grüßt meine Schwester von mir und sagt ihr, sie hätte sich heute wacker geschlagen. Doch noch ist ihr Lehrer nicht gegen den meinen angetreten. Sagt ihr auch das.« Sie grüßte den Reiter auf dem Rappen mit erhobenem Arm. »Du bist Sieger geblieben, Neffe! So kann es gehen, wenn Drache gegen Drache kämpft – aber dir steht noch manche Irrfahrt bevor!«

Sie hob beide Arme über den Kopf und legte die flachen Hände mit den Fingerspitzen aneinander. Arthur tat einen ungestümen Schritt nach vorn, der Rappe scheute, der silberne Ritter stieß zum dritten Mal in sein Horn – und Marguessan war fort. Mit ihr verschwanden der gefallene Ritter, der rotbraune Hengst, der goldene Thron, die graue Mauer, sogar der Schreckensgarten und die Bäume mit den grausigen Früchten, die Marguessans Kämpen bei anderen, für sie erfolgreicheren Zweikämpfen geerntet hatten. Im gleichen Augenblick verschwand auch die Burg Oeth-Anoeth, und nur das Gras unter unseren Füßen und die fernen Berge am Horizont blieben zurück.

Und natürlich wir ... Ich betastete mich von oben bis unten und sah mir auch Arthur aufmerksam an – bei soviel Veränderung konnte man nicht vorsichtig genug sein. Dann wandte ich mich mit ihm dem Ritter zu, der uns nun auf seinem Rappen entgegenkam.

Ich erkannte ihn, bevor er noch den silbernen Helm abgenommen hatte, und rief ihn mit liebevollem Stolz beim Namen.

»Gerrans. Mein Sohn.«

Geraint Pendreic ac Glyndour ap Taliesin sah mich aus Morguenna Pendreics Augen an. Ich hatte meinen Sohn volle zwei Jahre nicht mehr gesehen, und auch vorher war er schon ein Jahr nicht mehr zu Hause gewesen: Die Fianna-Ausbildung, der seine ganze Begeisterung gehörte und für die er die besten Voraussetzungen mitbrachte, hatte ihn uns entführt. Noch fehlten ihm einige Jahre zur Volljährigkeit, aber ich bemerkte mit väterlichem Stolz, daß er sich zu einem ansehnlichen jungen Mann von stattlicher Größe und mit geschmeidigen Gliedern ausgewachsen hatte. Und heute hatte er seiner Ausbildung und dem Blut seiner Vorfahren wahrhaftig Ehre gemacht.

Ach ja, das Blut ... »Bist du schwer verletzt«, fragte ich, ganz der besorgte Vater. »Soll ich dir vom Pferd helfen? Sollen wir einen Heilrann sprechen? Kannst du ...«

Gerrans sprang lachend aus dem Sattel. »Mir geht es gut, Athra, seit du endlich wieder bei uns bist!« Wir umarmten uns stürmisch. Seine Erleichterung und meine Dankbarkeit für meine Errettung und dafür, daß ihm nichts geschehen war, kannten keine Grenzen. Endlich löste er sich und wandte sich an seinen Onkel, den Hochkönig, der uns nachsichtig zugesehen hatte.

Er verneigte sich förmlich vor Arthur, und der erwiderte den Gruß mit einem ebenso steifen Nicken.

»Ich habe gegen mich selbst gekämpft, Herr«, sagte Gerrans.

»Dann habt Ihr Euch selbst besiegt«, antwortete Arthur ruhig in würdevollem Hoch-Gaeloch. Nach soviel Herzlichkeit empfand ich den jähen Wechsel ins Zeremoniell wie einen kalten Schauer.

Der jedoch rasch vorüberging. Gerrans ergriff den Zügel seines prachtvollen Rapphengstes, Arthur und ich nahmen die beiden in die Mitte, und dann gingen wir den Grashang hinab bis dahin, wo die Grenzmauer zum Faha gestanden hatte, und weiter zu dem Garten mit den gräßlichen Bäumen – die in einer anderen Wirklichkeit womöglich noch immer dort standen.

Hier warteten zu meiner Überraschung vier Pferde auf uns, zwei Packtiere, die sich nicht aus der Ruhe bringen ließen, und zwei nervöse Reitpferde mit Sattel und Zaumzeug, die sich wohl alleingelassen fühlten und sichtlich froh waren, uns zu sehen. Gerrans half uns beiden in den Sattel – ich war zwei Jahre lang nicht mehr geritten, und meine Knochen und Muskeln würden lange vor Einbruch der Dunkelheit heftig protestieren – dann legte er bis auf das Notwendigste seine Rüstung ab, schwang sich auf seinen Rappen, und wir ritten los.

Ich hütete mich, noch einmal zurückzuschauen, und sprach auch mit meinen Begleitern kein einziges Wort. Zum Reden hatten wir sicher noch reichlich Gelegenheit, irgendwann würde ich schon erfahren, was sich in meiner Abwesenheit in Keltia zugetragen hatte; vorerst genügte es mir zu wissen, daß ich frei war, und daß ich diese Freiheit meiner geliebten Morgane, meinem Sohn Geraint und meinem Bruder Arthur verdankte. Und daß, auch dies ein Grund zur Befriedigung, Marguessan und der goldene Ritter fort waren.

KAPITEL 4

Nun ja, für immer sind sie wohl nicht fort«, hatte Arthur gesagt. »Aber zunächst und soweit es uns betrifft, doch weit genug weg. Wo, das erfahren wir noch früh genug.«

Das war schon einige Zeit her; nun würde über dem Tag meiner Befreiung bald die Sonne untergehen. Wir waren von Oeth-Anoeth – beziehungsweise von da, wo Oeth-Anoeth gestanden hatte – in ruhigem Tempo losgeritten. Inzwischen lagen Marguessans Ländereien weit hinter uns, und wir durchquerten ein sanftes Hügelland mit weiten Wiesen und lichten Wäldern. Jenseits frischgepflügter Felder leuchteten die ersten Lichter eines größeren Anwesens durch die bläuliche Dämmerung. Selbst der ärmste Wanderer hätte dort um Gastfreundschaft bitten können und wäre mit Freuden aufgenommen worden, wieviel herzlicher und großzügiger wäre da erst der Empfang für den Hochkönig, seinen Schwesterbruder und seinen Neffen ausgefallen. Man hätte sämtliche Nachbarn von den umliegenden Höfen zusammengerufen – wir aber lenkten unsere Pferde in stummem Einverständnis in eine andere Richtung und schlugen unser Lager in einer kleinen Senke zwischen uralten Bäumen unter einem Dach aus rotem Eichenlaub und dichten Ahornzweigen auf, wo wir vor dem Wind geschützt waren.

Solange wir damit beschäftigt waren, unser Lager möglichst sicher und bequem zu gestalten, eine warme Mahlzeit zu kochen und vor allem unsere Pferde zu versorgen, wahrte ich – wie schon fast den ganzen Tag über – Schweigen. Nicht etwa, daß ich schlechter Laune gewesen wäre, beileibe nicht. Doch aus dem gleichen Bedürfnis heraus, das uns vorhin bewogen hatte, lieber für uns zu bleiben, wollte ich jetzt noch ein wenig für mich sein, wollte von meinem Pflegebruder und meinem Sohn etwas Abstand halten, ohne mich ganz abzusondern.

Ich hatte ihnen wahrhaftig genug zu erzählen und wollte auch hören, was sie mir berichten würden; aber wenn man zwei Jahre lang mit sich allein war und erst seit einigen Stunden Gewißheit über die eigene Identität hatte, brauchte man eine gewisse Zeit, um sich wieder an sich selbst und an die Gegenwart von – wenn auch noch so teuren – Mitmenschen zu gewöhnen. Auch mußten sich Geist und Sinne mit der Tatsache vertraut machen, daß man wieder frei, wieder man selbst war. Ich rechnete es den anderen hoch an, daß sie das erkannten und mich nicht bedrängten.

Das hielt sie jedoch nicht ab, sich miteinander zu unterhalten, und auch dies tat mir gut: Gerrans hatte seinem Onkel immer sehr nahegestanden, und Artos hatte ihn wiederum eher wie einen Sohn denn wie einen Neffen behandelt. Morgane und ich hatten das enge Verhältnis der beiden mit Freude beobachtet. Schließlich bestand die jüngere Generation von Pendreics Seite her nur aus Gerrans und Marguessans drei Gören – Mordryth, dem ältesten, einem Mädchen namens Galeron, das ich für ein ziemlich raffiniertes Luder hielt, und einem weiteren Jungen, der nach seinem Großvater, dem Prinzgemahl der Ard-rían Darowen, Gwain hieß, und über den bisher nicht viel bekannt war. So war ich sehr froh darüber, daß der Hochkönig und mein Sohn sich so gut verstanden.

Ich hörte ihnen mit halbem Ohr zu, während sie das Abendessen zubereiteten, und fand ihr zwangloses Geplauder so beruhigend wie einen murmelnden Bach.

Wir waren fast fertig mit den gebratenen Rindfleischscheiben, den in Butter gebackenen Framachs und dem gerösteten Brot – von jeher meine Lieblingsspeisen für ein Essen im Freien; das Holzfeuer verleiht den Framachs und dem Fleisch ein unvergleichliches

Aroma – und spülten noch mit kühlem Apfelmost nach. In diesem Augenblick stellte Gerrans eine Frage, und Arthurs Antwort darauf überraschte mich so, daß ich mich verschluckte und den Most in die Nase bekam. Als sich der Hustenreiz endlich legte und ich wieder atmen konnte, wischte ich mir das Kinn ab, drehte mich um und starrte Arthur fassungslos an.

»Ein *Sohn!?* Seit wann? Warum hast du mir davon nichts gesagt? Ist Gwennach …«

Ich hatte vor Aufregung den Mether fallengelassen. Arthur schenkte lachend nach. »Es gab doch tatsächlich ein paar Dinge zu besprechen, die noch wichtiger waren als deine neue Onkelwürde.« Er lächelte immer noch. »Aber es ist wahr, Keltia hat einen neuen Tanist, er heißt Arawn und vollendet gerade in dieser Woche sein erstes Mondjahr. Er und Gweniver sind kerngesund und guter Dinge, und das Volk freut sich sehr. Deine Halbschwester und ihre Mutter übrigens auch.«

»Das kann ich mir lebhaft vorstellen.« Ich konnte dieses idiotische Grinsen einfach nicht abschalten. »Was ist mir denn sonst noch entgangen, während ich unter der Knute von Marguessans Gastfreundschaft stand?«

»Nun, daß man dich zum Paten des Prinzen ernannt hat, versteht sich wohl von selbst; Grehan und Morgane haben dich vertreten; Morgane ist übrigens ihrerseits Patin, damit alles hübsch in der Familie bleibt.«

Ich trank ihm zu, und wir brachten einen verspäteten Toast auf meinen neuen Neffen und seine Mutter aus. Arawn. Der Name lag nahe, auch wenn er bislang im Hause Dôn nicht oft verwendet worden war; in der Bardensprache bedeutet er ›Herr der Sommersterne‹, so heißt auch eine der mächtigeren Gottheiten in unserem keltischen Pantheon. Ard-rígh Arawn: nicht schlecht, wenn es einmal so weit war. Gut, daß Arthur und Gweniver endlich einen Erben hatten; noch besser, daß er in Liebe gezeugt worden war, schließlich waren sie nicht immer ein Herz und eine Seele gewesen. Damit, und das war das beste von allem, war Marguessan nicht mehr Tanista, und für den elenden Mordryth war der Thron von Scone in noch weitere Ferne gerückt …

»Mit vollem Namen heißt mein neuer Vetter Arawn Amris Taliesin Gorlas«, sagte Gerrans, und mir stiegen die Tränen in die Augen, denn damit hatten meine geliebten Freunde mir eine zweifache Ehre erwiesen. Es war übrigens eine echte Ehre, kein bloßes Zugeständnis an die Tradition und die Bande des Blutes; in Keltia ist die Patenwürde mit genau bestimmten Verpflichtungen, Rechten und Privilegien verbunden. Die Paten haben einen Rechtsanspruch darauf, bei allen wichtigen Entscheidungen, die das Kind, seine Ausbildung, die Pflegeerziehung, seine Berufswahl und schließlich seine Ehe oder andere Verbindungen betreffen, konsultiert zu werden; das Kind kann sie bitten, Elternstelle zu vertreten oder ihm, wenn es die Umstände erfordern, sogar gegen die leiblichen Eltern zur Seite zu stehen. Ein Thronerbe hat natürlich viele Helfer, aber im Notfall wird sich jedes Kind sein Leben lang an seine Patin und seinen Paten halten. Ich war sprachlos vor Glück. Besonders freute es mich, daß der Junge auch Gorlas' Namen trug; aber Arthur hatte immer schon auf solche Kleinigkeiten geachtet, die andere womöglich übersehen hätten.

Ich betrachtete verstohlen meinen eigenen Sohn, der auf der anderen Seite des Feuers saß – seine Paten waren übrigens Arthur und Gweniver. Gerrans bemerkte es nicht, er reparierte gerade mit geschickten Fingern einen Steigbügelriemen, der Arthur am Nachmittag gerissen war. Die Armwunde, die er beim Zweikampf erhalten hatte, war bereits geschlossen und mußte nur noch ein bis zwei Tage mit einem leichten Polster geschützt werden. Ansonsten war er wohlauf und schien zufrieden mit sich und der Welt. Eine Welle des Stolzes überflutete mich. Er hatte mein dunkles Haar und die nußbraunen Augen seiner Mutter geerbt. Zwischen seinen Schneidezähnen klaffte eine kleine Lücke, die sein Grinsen unwiderstehlich machte. Wie bereits erwähnt, war er im Gegensatz zu mir der geborene Soldat, und die Fianna hatte ihn bereits für die Offizierslaufbahn vorgesehen. Guennas oder meine Begabung hatte er ganz offensichtlich nicht geerbt. Einen Menschen mit so wenig Neigung zur Poesie und zur Magie hatte Keltia noch nicht gesehen. Früher mochten seine Mutter und ich und vielleicht auch er selbst diesen Umstand gelegentlich bedauert haben, doch die Zukunft sollte Keltia und so manche anderen Welten eines Besseren belehren …

»Wir können jetzt alles besprechen, was bisher unerwähnt geblieben ist«, hörte ich mich ruhig, mit befehlsgewohnter Bardenstimme sagen. Arthur und Gerrans sahen mich überrascht an.

Doch der König ließ sich nicht lange bitten. Nachdem er das Feuer gesmoort hatte, wickelte er sich in seine Schlafpelze, legte sich den zusammengefalteten Mantel als Kopfkissen auf den Sattel, lehnte sich zurück und fing an, die ganze, schreckliche Geschichte zu erzählen …

Marguessan hatte mich nach meinem einmonatigen Besuch in den Hohlen Bergen offenbar gleich hinter Glenshee abgefangen, lange bevor ich die kleine Stadt Methven erreichte, von wo aus ich meine Reise ins Feenland angetreten hatte. Vielleicht hatte sie Spitzel postiert, vielleicht hatte ich einfach Pech gehabt, jedenfalls lief ich ihr in die Hände, und sie versetzte mich mit den Mitteln der Magie in den Trommelwald und ließ mich dort schutzlos, fast ohne Nahrung und wie von Sinnen einen weiteren Monat lang umherirren, bis ich an Körper, Geist und Seele völlig erschöpft war und ihr keinerlei Widerstand mehr entgegenzusetzen vermochte. Bis dahin hatte niemand von meiner Entführung erfahren. Als die ersten Gerüchte von meinem Verschwinden Caerdroia erreichten, hatte Marguessan mich längst von der Thronwelt geholt und heimlich nach Gwynedd geschafft, wo mich ihr Gemahl Irian Locryn so lange im unwirtlichen, menschenleeren Alten Norden verborgen hielt, bis sie mich auf Oeth-Anoeth einsperren konnte. Dort hatte ich dann, ohne zu wissen, wie mir geschah, zwei volle Jahre geschmachtet ... Ich starrte erschüttert in die Flammen, äußerte mich aber nicht.

»Wir können nicht genau sagen, wann sie dich nach Oeth-Anoeth bringen ließ«, fuhr Arthur fort. Er hatte wie üblich meine Gedanken erraten. »Die Burg war eine magische Bastion des Marbh-draoi Edeyrn gewesen, und so brauchte selbst Morgane mit ihren starken Kräften Monate, um dich aufzuspüren. Auch danach verging noch viel Zeit, bis wir uns an eine Rettungsaktion wagen konnten.«

»Aber wie habt ihr denn nun überhaupt von meiner Entführung und meinem Verbleib erfahren?« fragte ich leise und trank einen Schluck Most, denn ich fröstelte ein wenig. Gerrans bemerkte es und legte mir den Arm um die Schultern, aber Arthur erzählte einfach weiter, obwohl es auch ihm nicht entgangen war.

»Von Gwyn«, sagte er schlicht. »Der Sidhe-Prinz kam nach Caerdroia, um uns mitzuteilen, du habest Glenshee wohlbehalten verlassen, seist aber nicht weit gekommen. Wir hatten dich natürlich längst vermißt, aber erst Gwyn konnte uns Genaueres sagen.«

Ich sah ihn an, dann starrte ich ins Feuer. Ein fesselndes Bild: Gwyn, der Sohn des Nudd in Caerdroia! Meines Wissens hatten sich die Leuchtenden seit Jahrhunderten nicht mehr in den Straßen der Hauptstadt blicken lassen ...

»Nicht mehr seit Edeyrn, soviel ist sicher.« Gerrans war meinen Gedanken gefolgt. »Aber vorher? Onkel? Weißt du das?«

»Auch vorher jahrhundertelang nicht«, sagte Arthur. »Athyn Anfa war mit den Leuchtenden eng befreundet und wurde auch von ihnen geliebt. Sie waren oft bei ihr und Morric, ihrem Gemahl, zu Gast. Danach wurden die Besuche immer seltener, und in jüngerer Zeit hörten sie ganz auf. Gwyn hat uns mit seinem Kommen eine große Ehre erwiesen, aber auch Angst und Schrecken verbreitet – die Menschen wissen bis heute nicht, was sie davon zu halten haben.«

»Nein, nicht einmal diejenigen, die bei Nandruidion dabei waren und den Rade, den Feensturm miterlebten«, warf Gerrans aufgeregt ein. »Ich weiß davon natürlich nur vom Hörensagen, Athra, aus deinen Liedern und den Erzählungen meiner Mutter, aber *dies* …«

Arthur lächelte ihm zu. »Glaube mir, Schwestersohn, auch jemandem, der bereits unter dem Berg war, konnte es mulmig werden, als Gwyn, der Sohn des Nudd, durch das Wolfstor und nach Turusachan geritten kam.«

Jetzt wollte ich alles ganz genau wissen. Ich war wütend, grämte mich über alle Maßen, nicht selbst dabeigewesen zu sein, und übersah dabei ganz, daß Gwyn ja nur gekommen war, weil ich eben *nicht* da war …

»War er allein? Oder in Begleitung? Wie war er gekleidet? Ist er auf seinem weißen Hengst geritten? Wer …«

»Immer mit der Ruhe!« Gerrans lachte. »Er hatte zwei Begleiter bei sich, nicht mehr. Birogue vom Berge, die du ja kennst, Tasyk, und einen anderen …« Gerrans wurde sich jäh bewußt, daß er seinem Onkel ins Wort gefallen war, und sah ihn erschrocken an, aber Arthur grinste nur und bedeutete ihm fortzufahren. Ich war vor allem entzückt, weil Gerrans mich in seiner Aufregung ›Tasyk‹ genannt hatte, als sei er noch ein Kind …

»Schön«, nahm er den Faden wieder auf, »der andere war ein Sidhe-Fürst und hieß Allyn, der Sohn des Midna. Gwyn ritt in der Mitte, auf einem großen, weißen Hengst mit goldener Mähne und goldenem Schweif; und die edle Birogue, du weißt ja, daß sie auf Collimare die Lehrerin meiner Mutter war, ritt zu seiner Rechten – auf einem Rappen mit einem weißen Stern und einem weißen Fleck über dem Maul. Der edle Allyn ritt zur Linken des Prinzen Gwyn auf einem Pferd, das goldbraun war wie alte Bronze. Alle drei trugen sie graue Umhänge, und die Pferde hatten weder Sattel noch Zaumzeug, nur Halfter, die mit Edelsteinen und Federn besetzt, und Brustharnische, die mit Martingalen befestigt, mit Silber beschlagen und mit Opalen verziert waren.«

Ich war beeindruckt. Für jemanden, der angeblich keinen Funken Bardentalent besaß, lieferte Gerrans eine sehr anschauliche Schilderung.

»Und dann?«

»Gwyn und seine Begleiter wollten kein Haus betreten«, fuhr Arthur fort, »sondern warteten zu Pferde auf dem Großen Platz, und Gweniver und ich gingen, nein, wir *rannten* zu ihnen hinaus! Dann erstattete Gwyn uns Bericht. Er sagte, Marguessan habe dich entführt, verriet aber nicht, woher er das wußte. Vielleicht wollte er es geheimhalten – jedenfalls erklärte er uns, wo wir deine Pferde suchen sollten, und dann überbrachte er uns an deiner Stelle die Botschaft, mit der man dich betraut hatte, und teilte uns mit, was mit dem Kelch geschehen war.«

Das traf mich wie ein Schlag. Während meiner Gefangenschaft hatte man diese Schreckensnachricht aus meiner Erinnerung gelöscht, und in den wenigen Stunden seit meiner Befreiung hatte ich, ich muß es zu meiner Schande gestehen, noch kein einziges Mal daran gedacht. Die Sehnsucht nach Morgane, nach meinem alten Leben hatte mich vollauf beschäftigt …

»Marguessan hat ihn gestohlen«, bemerkte ich tonlos. »Das sagte jedenfalls Gwyn …«

Arthur nickte. »Richtig, aber sein Vater Nudd glaubt, daß noch mehr dahintersteckt. Er weiß nicht, was, vielleicht will er auch nicht darüber sprechen, aber es kann kein Zweifel daran bestehen, daß Marguessan auf schwärzestes Unheil sinnt. Und da der Kelch sich nie mißbrauchen lassen würde …«

»Aber er ist jetzt *seit zwei Jahren* verschwunden!« rief ich verzweifelt. »Zwei Jahre sind vergangen, ohne daß danach gesucht wurde …«

»Das stimmt nicht ganz«, suchte Gerrans mich zu beruhigen. »Gwyn sagte uns, man habe dich beauftragt, der Ard-rían auszurichten, sie müsse die Suche nach dem heiligen Kelch anführen, und Frauen und Vertreter der Künste müßten ihr zur Seite stehen. Daraufhin hat man einige Trupps ausgesandt, aber …«

»Aber solange Marguessan dich gefangenhielt, war offenbar jede Suche zum Scheitern verurteilt. Wobei ich zugeben muß, daß es ziemlich lange dauerte, bis wir das herausfanden«, fügte Arthur verdrossen hinzu. »Es hat uns mehrere Menschenleben und viel Zeit gekostet, und seit der Kelch verschwunden ist, verlieren die Heilkräfte in unserem Land langsam aber stetig an Wirksamkeit.«

»Aber wir haben doch erst heute nachmittag Gerrans' Armverletzung geheilt!« protestierte ich. »Dazu reichten unsere magischen Kräfte noch aus …«

»Schon, aber wir müssen der Göttin danken, daß die Verwundung nicht schwerer war«, sagte Arthur. »Eine sehr viel tiefere Wunde hätten wir *nicht* mehr schließen können … Wir alle haben dergleichen in den vergangenen zwei Jahren erleben müssen. Und wenn wir den Kelch nicht finden, wird mit der Zeit *alle* Heilkraft aus Keltia verschwinden, und dann wird es so sein wie in den primitiven Welten, die sich diese Gabe nie erworben haben.«

Mir war bei seinen Worten etwas eingefallen …

»Was ist mit dem anderen Ritter, Gerrans' Gegner? Wenn mich nicht alles täuscht, war er sehr schwer verwundet. Wie wird es ihm wohl ergehen?«

Arthur schwieg verlegen und wechselte rasch einen Blick mit Gerrans, dann sagte er: »Hast du nicht erraten, wer dieser Ritter war?«

Ich schüttelte den Kopf. »Einer von Marguessans Kämpen, dachte ich.« Dann fiel mir plötzlich eine Bemerkung Marguessans im Faha ein und eine Bemerkung Arthurs zu Gerrans ...

»Das war – das war *Mordryth*?«

Sein Schweigen schien Antwort genug. Ich überlegte eine Weile. Mordryth, Marguessans Sohn; Arthurs Neffe, Morganes Neffe, Gerrans' Vetter ...

»Kein Wunder, daß sie von einem Kampf Drachen gegen Drachen sprach«, bemerkte ich dann. »Heute stand Pendreic gegen Pendreic ...«

»Es war ein Kampf gegen mich selbst«, sagte Gerrans düster, »oder zumindest gegen mein eigen Fleisch und Blut und mein eigenes Haus. Ich wünschte ... nun, das tut jetzt nichts zur Sache. Was geschehen ist, ist geschehen.«

»Marguessan wird seine Wunden schon heilen, wo immer die beiden jetzt auch sein mögen.« Arthur ritzte mit dem Griff seines Sgian kleine Zeichen in die Erde vor dem Feuer. Gerrans achtete nicht weiter darauf, aber ich behielt sie scharf im Auge; wenn Arthur es für erforderlich hielt, uns mit Runen zu schützen, würde er sicher auch wissen, warum ...

»Mit dem *Kelch*?« fragte ich entgeistert. »Dann ist er tatsächlich in ihrem Besitz? Wie hat sie ihn denn nur an sich gebracht, und wie konnte sie damit aus Dún Aengus entkommen?« Ich bemühte mich, mir meine Verzweiflung nicht anmerken zu lassen, aber wohl nicht mit allzu viel Erfolg.

»Es ist so, wie Gwyn sagte, sie hat ihn, und sie hat ihn nicht. Wie sie daran gekommen ist, wissen wir nicht, und wenn die Sidhe es wissen, so behalten sie es für sich. Aber hier setzen Nudds Befürchtungen an: Der Kelch läßt sich nicht beschädigen und ist auch nicht bereit, anderen zu schaden, aber er kann nicht verhindern, daß seine Kraft ins Gegenteil verkehrt wird. Nudd hegt den gleichen Verdacht wie deine Gattin, und da sie eine große Magierin ist, hat sie wohl gute Gründe dafür ...«

Ich schloß kurz die Augen, öffnete sie wieder und sah Arthur fest an. »Und was ist das für ein Verdacht?«

Er sprach leise; doch in diesem Augenblick legte sich der Wind, und die Bäume neigten sich, als wollten sie sich kein Wort entgehen lassen.

»Sie befürchtet, daß Marguessan dabei ist, einen Schwarzen Gral zu schaffen.«

Mir wurde schwarz vor Augen, vermutlich war ich einer Ohnmacht nahe. Ich glaubte zu spüren, wie unter mir die Erde bebte, als wolle sie gegen diese Ungeheuerlichkeit aufbegehren – mein Magen zog sich krampfhaft zusammen, und es gelang mir nur mit Mühe, mein Abendessen bei mir zu behalten. Nach einer Weile setzte ich mich auf und wischte mir den kalten Schweiß von der Stirn. In diesem Augenblick muß ich totenbleich gewesen sein.

Ein schwarzer Gral, ein Kelch der Finsternis ... Eine grauenhafte Vorstellung, ein Frevel, der alles besudelte, eine Lästerung, die wie Verwesungsgestank aus der siebenten Hölle heraufzog. Ich kämpfte meine Panik nieder, und bei ruhiger Betrachtung mußte ich mir eingestehen, daß die Idee nicht neu war. Zu jedem Gegenstand, jeder Person mit übersinnlichen Kräften gehört ein anderer Gegenstand, eine andere Person, dem oder der gleich große, aber entgegengesetzt wirkende Kräfte verliehen sind – zu jeder Morgane eine Marguessan; zu jedem Merlynn oder Gwyn ein Edeyrn. Ob nun diese Dinge, diese Wesen aus dem Reich der Finsternis jemals die Übermacht gewinnen, ob sie auf unserer Daseinsebene überhaupt zur Existenz gelangen können, darüber mögen sich die Pheryllt oder die Ehrwürdigen Mütter der Bandraoi in ihren geheimen Beratungen die Köpfe heißreden.

Doch wie oben, so unten, wie außen, so innen, wie das Licht, so die Finsternis. Nicht das Gute in einem heiligen Gegenstand macht seine Heiligkeit aus, sondern seine okkulte Kraft. Und jede solche Kraft kann zum Guten wie zum Bösen eingesetzt werden, das hatten wir inzwischen alle erlebt. Auch wenn unser Keltia bisher noch keinen schwarzen Gral kannte, so könnt Ihr doch sicher sein, daß er auf der inneren Ebene oder in einem Keltia, das nicht das unsere ist, von Anbeginn der Zeiten existiert. Und wenn Marguessan nun endlich einen Weg gefunden hatte, ihn in unsere Welt zu bringen …

»Was, glaubst du, würde geschehen?« fragte ich schließlich. »Falls Marguessan ihr Ziel erreicht?«

Arthur schüttelte den Kopf, sein Blick wirkte gequält. »Das weiß niemand genau. Selbst die Pheryllt und die Ehrwürdigen Mütter sind sich uneins … Morgane glaubt, der Gral und sein Widerpart könnten nicht zur gleichen Zeit auf der gleichen Ebene existieren, einer müsse den anderen zerstören. Ein solcher Kampf wäre auch Keltias Ende, denn wir können nicht zulassen, daß die Finsternis innerhalb unseres Lichts soviel Einfluß, soviel Raum gewinnt.«

»Als Druiden sind wir nicht verpflichtet, die Finsternis zu zerstören«, mahnte ich. »Wir sollen nur das Böse daraus entfernen, um das Gleichgewicht wiederherzustellen, das zu Anbeginn herrschte, bevor das Böse in die Welt kam. So lautet Kelus Auftrag an alle, die von seinem Geiste sind. Solange das nicht geschieht, kann es ohne die Finsternis kein Licht geben.«

»Laß mich mit Merlynn Llwyds Lehren zufrieden, Glyndour!« fauchte Arthur. Seine Gereiztheit verriet mir, wie sehr ihn die düsteren Aussichten erschreckten. »Darüber sollen sich, wie gesagt, die obersten Priesterinnen und Priester die Köpfe zerbrechen; ich bin nur der Ard-rígh und kann nicht mehr tun, als in meinen Kräften steht.«

»Und was wäre das, Onkel?« fragte Gerrans, der uns die ganze Zeit staunend zugehört hatte, ohne uns zu unterbrechen.

»Keltia zusammenzuhalten, während die Ard-rían für uns alle auf Gralssuche geht. Nicht mehr, aber auch nicht weniger.« Arthur lachte plötzlich auf. »Gwennach hat das gleiche für mich getan, als ich damals auf Raubzug ging, du erinnerst dich sicher, Talyn; jetzt ist die Reihe an mir. Gebe die Göttin, daß ich nicht schlechter abschneide als sie.«

Damit war wohl alles gesagt. Ich war todmüde; an Gerrans waren der Kampf und die Verwundung nicht spurlos vorübergegangen – und selbst Arthur wirkte abgespannt, was nach der magischen Leistung, die er vollbracht hatte, weiter kein Wunder war. Davon hatten wir übrigens noch ebensowenig gesprochen wie von Morgane, der wir den heutigen Sieg im Grunde zu verdanken hatten. Doch jetzt spürte ich ihre Gegenwart, und auch in Oeth-Anoeth war sie die ganze Zeit bei mir gewesen, nur hatte mich Marguessan mit ihren schwarzen Künsten so umgarnt, daß ich sie nur im Traum hatte sehen können. Ich streckte mich auf der Ledermatte aus, kuschelte mich in meine Pelze und ließ vor dem rötlichen Schein der Glut ihr Bild erstehen …

»Ach, Talyn«, drang Arthurs Stimme schläfrig von der anderen Seite des Feuers herüber. »Bevor ich es vergesse … Gwyn hat Gweniver einige Dinge in Verwahrung gegeben, die deiner Mutter gehörten. Du hast Dún Aengus so überstürzt verlassen, daß er keine Zeit mehr fand, sie dir persönlich auszuhändigen. Sie sind sehr kostbar, und er findet, sie gehören dir ...«

Ich hatte mich wieder aufgesetzt. Meine Müdigkeit und sogar Morgane waren erst einmal vergessen. »*Das* also ist des Rätsels Lösung! Du hattest in der Zelle auf Oeth-Anoeth den Namen meiner Mutter erwähnt – Cathelin – und wußtest sogar, daß sie von der Erde kam. Aber das hatte ich selbst doch erst in Dún Aengus erfahren! Und nachdem ich nicht mehr nach Caerdroia zurückgekommen war, um dir davon zu erzählen, konntest du auch nichts davon wissen.«

»Du hast ganz recht«, sagte Arthur. Ich hörte ihm an, wie erstaunt er noch immer war. »Gwyn selbst hat es uns gesagt, als er nach Turusachan kam, um uns von deinem Verschwinden zu berichten und Gweniver die Sachen deiner Mutter zu übergeben. Und Birogue hat alles bestätigt. Das sind gewaltige Neuigkeiten, nicht wahr? Wenn man sich vorstellt, daß deine eigene Mutter von der Erde kam, daß terranisches Blut in ihren Adern floß, daß sie von terranischen Eltern abstammte ...«

Ich schwieg. Im Grunde meines Herzens hatte ich Arthur, den Sohn der edlen Ygrawn und des Prinzen Amris Pendreic, immer ein wenig beneidet. Seine glanzvolle Abstammung stellte ihn für mich fast auf eine Stufe mit einem Kind der Götter oder zumindest der Leuchtenden. Nun hatte es den Anschein, als könne ich mit meiner Herkunft durchaus mithalten: Mein Vater Gwyddno war zur Erde gereist, um dort Hilfe für Keltia zu suchen. Die hatte er zwar nicht gefunden – die Erde hatte damals genug mit ihren eigenen Schwierigkeiten zu tun –, aber dafür eine schöne, tapfere Frau, die ihn liebte, die bereit war, mit ihm zu gehen, und die mir eines Tages unter fremden Sternen, die sie nie zuvor gesehen hatte, das Leben schenken sollte ...

»Sie hat dir *Bücher* hinterlassen, Athra!« So aufgeregt hatte Gerrans' Stimme nicht mehr geklungen, seit er als kleiner Junge ein Garron zum Geburtstag bekommen hatte. Aber ein Büchernarr war er schon immer gewesen ... »Wir haben sie nicht angesehen, aber Gwyn sagte, es stamme alles von ihrer Hand – Lieder, Gedichte, Tagebuchaufzeichnungen noch aus der Zeit auf der Erde – wenn ich mir vorstelle, daß sie meine Großmutter war!«

»Du wirst alles lesen und ihr Vermächtnis mit mir teilen, Amhic«, versprach ich ihm. Nebenbei bemerkt, fand der Barde in mir Cathelins Schriften nicht weniger fesselnd als ihr oder auch mein Sohn. »Wir werden sie gemeinsam lesen, du und deine Mutter und ich, und dann werden wir erfahren ...«

Was wir genau erfuhren, werde ich Euch an anderer Stelle erzählen. In diesem Augenblick sehnte ich mich nur noch nach Schlaf. Ich legte mich wieder zurück und drehte mich zur Seite, doch da bohrte sich etwas in meine Rippen, und ich stöberte mit einem lästerlichen Fluch – Sollte ich in dieser Nacht denn *niemals* Ruhe finden? – in Satteldecke und Schlafpelzen herum, bis ich den Stein des Anstoßes fand.

Er ragte aus dem grünen Lederbeutelchen hervor, das ich in Oeth-Anoeth so hastig vom Boden meiner Zelle aufgehoben und sofort wieder vergessen hatte. Im Eifer des Gefechts hatte ich mir damals nicht die Zeit genommen, seinen Inhalt zu untersuchen, und solange ich in Gefangenschaft war, hatte ich es mit meinem vernebelten Gehirn völlig übersehen. Jetzt machte es sich um so deutlicher bemerkbar.

Ohne das Siegel an den Schnüren abzureißen, zog ich so lange an dem spitzen Ding, bis es mir in die Hand glitt. Dann keuchte ich erschrocken auf. Arthur und Gerrans, beides geschulte Soldaten, waren sofort hellwach, fuhren in die Höhe und zückten ihre Waffen.

»Talyn?« und »Vater?« ertönte es gleichzeitig, und ich schüttelte verlegen den Kopf. Keine Gefahr.

»Was dann?« Arthur steckte Llacharn in die Scheide zurück und sah mich über das Grieshoch hinweg scharf an.

»Ein Geschenk, von dem mir bisher nichts bekannt war«, sagte ich verwundert. Offenbar hatte auch Marguessan nichts davon gewußt, sonst hätte sie es mir sicher abgenommen ... Ich hielt es hoch, damit die anderen es sehen konnten: ein Bronzedolch, Griff und Klinge wie aus einem Guß, die Ränder und die runden Zierbuckel mit Goldbronze überzogen, alles andere mit zarten, wäßrig schwarzgoldenen Strichen bemalt. Die Klinge war zweischneidig und hatte eine Aussparung für den Daumen. Für eine so kleine, schmale Waffe lag der Dolch erstaunlich schwer in der Hand, doch es war eine Gewichtigkeit, die mit dem physikalischen Gewicht nichts zu tun hatte.

»Das ist eine Waffe der Leuchtenden«, sagte Arthur ehrfürchtig. »Sie verwenden keinen Stahl, jegliches Eisen ist ihnen zu kalt, nur bei Blitzeisen machen sie hin und wieder eine Ausnahme ... Hat Gwyn dir den Dolch gegeben, als du unter dem Berg warst, oder die edle Birogue?«

»Ich habe ihn unter dem Berg bekommen«, sagte ich überzeugt und mit leiser Ehrfurcht. »Aber wohl nicht von einem der beiden.«

Am Gewicht des Lederbeutels und an den Umrissen, die ich ertasten konnte, erkannte ich, daß er noch andere und sicher nicht weniger bedeutsame Gegenstände enthielt, aber ich war zu müde, um mich damit zu befassen. *Ich bedauere sehr,* entschuldigte ich mich bei den unbekannten Dingen, *aber ihr müßt euch noch ein wenig gedulden ...* Ohne das Siegel zu verletzen, verstaute ich den Beutel in dem Geheimfach für Wertsachen in meinem hohen, eckigen Sattelknauf. Nur den Bronzedolch behielt ich bei mir, er lag in meiner Hand, als ich einschlief.

Denn wenn Merlynn Llwyd ein Geschenk machte, dann verfolgte er damit gewiß auch einen Zweck. Und nach allem, was ich an diesem Tag erlebt hatte, traute ich dem Dán nicht mehr über den Weg.

Kapitel 5

Arthur und Gerrans hatten sich natürlich in den Kopf gesetzt, im Triumph, ja, vor den Augen von ganz Keltia mit mir in Caerdroia einzuziehen und vor Morgane hinzutreten. Als ich das kategorisch ablehnte, waren sie sichtlich enttäuscht.

Gerrans fügte sich, sei es aus Sohnesliebe oder einfach aus gesundem Menschenverstand meinen Wünschen, als er sah, wie es um mich stand, doch Arthur schämte sich nicht, mich unbarmherzig weiter zu bedrängen.

»Die Menschen können es kaum erwarten, dich wohlbehalten zu Hause begrüßen zu können, Tal-bachgen, du ahnst wahrscheinlich gar nicht, wie sie für dich empfinden. Sie haben ihren Pen-bardd so schmerzlich vermißt ...« So reihte er einen Softsauder an den anderen, Ihr wißt ja inzwischen, wie Arthur seinen Willen durchzusetzen pflegte. Dabei hätte er seinen Pflegebruder nach all den Jahren wahrhaftig besser kennen müssen ...

»Schmerzlich vermißt, sagst du?« Ich erinnerte mich inzwischen wieder sehr genau, wie schnell Arthur manchmal meinen Geduldsfaden zum Reißen brachte. »Nun, sie werden es sicher auch noch ein oder zwei Tage länger ohne mich aushalten können. Ihr Penbardd wünscht sich keinen überschwenglichen Empfang, die Arme seiner Gattin und ein beschauliches Gespräch mit seiner Methryn und seiner Königin sind ihm Triumph genug.«

Arthur murrte und schmollte noch ein Weilchen wie eine schwarze Wolke auf der anderen Seite des Lagerfeuers, dann gab er endlich nach. Wahrscheinlich wußte er genau, daß ich durchaus imstande war, ihn und Gerrans einfach sitzenzulassen und mich allein nach Hause durchzuschlagen … So starteten wir unbemerkt auf einem nicht gekennzeichneten Schiff der Königlichen Flotte von Gwynedd und waren einen halben Tag später vor Tara.

Hier im Norden der Thronwelt neigte sich der Sommer bereits dem Ende zu, und als unser kleines Shuttle in die Atmosphäre eintauchte, erwartete uns ein Gewitter. Die Jahre des Vergessens auf Oeth-Anoeth hatten meine Flugangst keineswegs gemildert, sie stand wie ein Bruder an meiner Seite, während wir den Wolken entgegenstürzten. Trotz allem begeisterte mich der Anblick: Wir rasten auf eine massive Wetterfront zu, die sich schwerfällig durch den Pfeildurchgang südlich des Webstuhls wälzte. In zehn Meilen Höhe schwebten wir im Dunkelblau einer sternklaren Nacht dicht über den Spitzen der hohen, mondbeschienenen Wolken. Die Stimmung war im wahrsten Sinne des Wortes magisch: Wir hörten keinen Donner, sahen nur die bläulichen Flammenstöße, mit denen sich die Elektrizität entlud – aber die mächtigen, lautlosen Wolkenfeuersalven waren alle nach unten gerichtet. Hier über den Wolken waren wir in Sicherheit und konnten uns fühlen wie die Götter, wenn sie ihre Levins auf die sich ängstlich duckende Welt hinabschleuderten.

Dann waren wir auf einmal mittendrin und wurden ein paar Minuten lang heftig durchgeschüttelt. Genauso schnell war alles vorbei, und wir sanken in leichtem Regen langsam auf den Raumhafen Mardale zu. Die Stadt und Turusachan auf seinem Berg waren nicht mehr als zwölf Meilen entfernt. Nur noch ein paar Minuten, dann würde ich bei Morgane sein … Ungeduldig hielt ich Ausschau nach einem Aircar, dem üblichen Transportmittel, aber Arthur hatte anders disponiert. Neben dem Landefeld wartete geduldig eine Fian-Eskorte mit drei Pferden.

Ich protestierte lange, wortreich und mit schneidender Schärfe – wie Gweniver des öfteren bemerkte, zahlt es sich bisweilen eben doch aus, eine geschulte Zunge zu haben, die notfalls auch töten konnte – aber Arthur stellte sich taub. Und obwohl ich mich lieber umgebracht hätte, als es zuzugeben, bevor wir noch zwei Lai durch die kühle Regennacht geritten waren, sah ich ein, daß er recht hatte. Das Reiten bot mir die Möglichkeit, mich abzureagieren, und ich brauchte die Dekompression wie ein Schiff nach einem Flug durch den Überhimmel. Ich hatte lange Zeit unter ähnlichen Belastungen gestanden wie ein Schiffsrumpf – zwei Jahre auf Oeth-Anoeth in Gefangenschaft einer Magierin, eine hochdramatische Befreiungsaktion, die Botschaft, die mir unerträglich auf der Seele lastete. Ich war schließlich nicht aus Findruinna, sondern aus Fleisch und Blut ... So warf ich die Kapuze zurück, hielt das Gesicht in den Regen und atmete in tiefen Zügen die heimatliche Luft. Der Wind, das Wasser, der Duft des schweren nassen Laubes vertrieben auch die letzten Reste von Marguessans giftigen Miasmen aus meinem Herzen.

Wir betraten Caerdroia nicht durch das große Wolfstor, sondern ritten weiter, bis wir das kleinere Seetor erreichten, das nur benützt wurde, wenn jemand in das unbewohnte Küstengebiet an der Mündung des Avon Dia wollte. Dahinter führte eine breite, gepflasterte Straße an Regierungsgebäuden und Stadt-Maenors vorbei geradewegs nach Turusachan hinauf. Als das Tor aufschwang, erwarteten uns im Schutz des Bogens unter den Fackeln drei Reiter. Sie waren vermummt, aber ich hätte sie an ihrer Haltung, ihrem Sitz und ihrer Statur überall – Oeth-Anoeth selbstverständlich ausgenommen – erkannt: Morgane, Ygrawn und Königin Gweniver.

Nun glaubt Ihr vielleicht, Morgane und ich hätten uns sofort aufeinander gestürzt und uns mit Küssen erstickt; aber das war nicht Guennas und meine Art, und wenn Ihr Euch in unsere Lage versetzt, dann werdet Ihr wahrscheinlich zugeben, daß Ihr Euch in diesem Augenblick auch nicht so verhalten hättet … Morgane trieb ihr Pferd nach vorne und reichte mir die eine und Gerrans, der rechts von mir ritt, die andere Hand. Was ihr Gesicht, ihre Augen sagten, will ich für mich behalten. Ihr Mund aber hatte keine Worte für ihren Gatten und für ihren Sohn, und ich wußte, daß sie nicht damit gerechnet hatte, uns in diesem Leben noch einmal wiederzusehen. Sie sah uns nur an, wir sahen sie an, dann wandte sie sich ihrem Bruder zu, der zu meiner Linken auf seinem Pferd saß und uns wohlwollend beobachtete, aber hauptsächlich Augen für seine Königin hatte.

»Nun, Arthur«, sagte Morgane – selbst in diesem Augenblick verzichtete sie auf die Anrede, die sonst alle Welt gebrauchte, für seine jüngste Schwester war der Hochkönig so gut wie nie einfach ›Artos‹ –, und Arthur nickte nur stumm.

Dann zog ich Morgane von ihrem Pferd, so daß sie vor mir auf dem Sattel zu sitzen kam. Meine Arme packten fest zu, so sehr sie auch zitterten. Mein Gesicht war nur wenige Zentimeter von ihrem regenfeuchten Haar entfernt. Und noch immer war zwischen uns kein Wort gefallen … Ygrawn und Gweniver hatten bisher nur mit wehmütiger Erleichterung zugesehen – so schien es mir jedenfalls. In Wirklichkeit waren sie viel zu aufgewühlt, um sich eine Reaktion zu gestatten – nun trieben sie ihre Pferde bergan. Morganes Tier folgte ihnen, und schließlich trabten wir alle mit klappernden Hufen in Wind und Regen und Salzgeruch durch die menschenleeren Gassen nach Turusachan hinauf, das strahlend hell erleuchtet über der dunklen, schlafenden Stadt thronte.

So kam ich wieder nach Hause.

Morgane und ich hätten uns nichts sehnlicher gewünscht, als möglichst schnell und möglichst lange miteinander allein zu sein, doch andere Dinge hatten

Vorrang; ein paar Minuten, wenn auch nicht mehr, war es uns immerhin vergönnt, nur dazustehen und uns – mit dem inneren wie mit dem äußeren Auge – einfach *anzusehen*. Doch dann hatten wir, königlichen Geblüts, wie wir nun einmal waren, unsere Wünsche wieder einmal hinter unsere Pflichten zu stellen …

Sobald wir in Turusachan unter Dach waren, hatte mich Gweniver nicht nur als heißgeliebten Freund, sondern auch als Paten ihres Sohnes stürmisch begrüßt. Der kleine Arawn Amris Taliesin Gorlas schlief allerdings tief und fest; ich würde Keltias neuen Prinzen erst am nächsten Morgen zu sehen bekommen. Ygrawn hatte sich damit begnügt, mich schweigend anzusehen und mir mit schlanken, kühlen Fingern über die Wange zu streichen. Ich merkte den beiden Frauen an, wie sehr sie in den zwei Jahren meiner Abwesenheit um mich gebangt und getrauert hatten. Dies wäre wohl nicht ganz der rechte Zeitpunkt gewesen, um ihnen zu gestehen, daß ich sie bis vor ein oder zwei Tagen vollkommen vergessen hatte …

Niemand hatte freilich vergessen, daß Gefahr im Verzug war, und daß es im allgemeinen Interesse lag, uns baldmöglichst damit auseinanderzusetzen. Zu diesem Zweck hatte Gweniver eine kleine Ratsversammlung einberufen, die zusammentreten sollte, sobald wir im Palast eintrafen; aber wenige Augenblicke vorher hatte Arthur sie beiseite gezogen und ihr etwas ins Ohr geflüstert, und sie hatte lächelnd genickt und ihre Anweisung geändert.

Nun trottete ich also treu und brav im Schlepptau von Ygrawn, die mich wohl noch immer als ihren kleinen Jungen betrachtete, durch endlose Korridore zu einem Turm, den ich meines Wissens noch nie betreten hatte.

»Komm«, sagte Ygrawn. Widerspruchslos trat ich durch eine Tür und blieb wie angewurzelt stehen.

Es war ein großer Raum im ältesten Teil des Palastes,

von der Form her ein vollendeter Doppelwürfel, ein glückbringender Grundriß. Hoch über mir wölbte sich eine Decke aus buntem Glas, die an sonnigen Tagen sicher aufs prächtigste leuchtete. Noch heute, mehr als hundert Jahre später, sehe ich alles vor mir, als wäre es gestern gewesen: die warmen, rötlichen Steinwände mit den vielen Webteppichen, die in satten Edelsteinfarben Gestalten und Szenen aus der keltischen Geschichte zeigten. Ich entdeckte Athyn die Stürmische und ihren Gemahl Morric Feuerherz mit ihren besten Freunden und ihren ärgsten Feinden; daneben hingen Sankt Mirren und Brendans mächtiger Verbündeter Siriol; die Schlacht am Angabharna; König Cadivor und sein Todfeind Juthahelo; Graham der Graue und der Löwe von Badenoch bei Caranagreisa. Das war noch längst nicht alles, aber vieles erkannte ich nicht wieder. Die Bilder leuchteten in kräftigen Rot-, Blau-, Grün- und Elfenbein- sowie in matten Goldtönen. Die Figuren waren im Plattstich, im Hexenstich und im Stielstich ausgeführt.

Der Raum mit den Wandteppichen war, ein neuer Schock, nicht etwa leer, sondern voller Menschen. Ich hatte so lange in Einsamkeit gelebt, daß es mir nicht leicht fiel, mich plötzlich in einer Menge zurechtzufinden, noch dazu, wenn alle sich von Herzen freuten mich wiederzusehen, und es kaum erwarten konnten, mich zu umarmen, zu küssen und an sich zu drücken oder mir auf die Schulter zu klopfen ... Als Morgane spürte, wie ich unter meinem Mantel zu zittern anfing, schob sie ihre Hand in die meine; ich drehte mich nicht um, aber ihre Gedanken trugen mich wie ein tiefer, ruhiger Fluß über die erste Unsicherheit hinweg. Ich nahm einen tiefen Atemzug, dann traten wir gemeinsam vor.

Bei näherem Hinsehen waren es gar nicht so viele Menschen, wie ich zuerst gedacht hatte, nur etwa drei Dutzend. Der Saal wirkte aus einem anderen Grund so voll: ein riesiger Tisch aus altem Eichenholz in Form eines Wagenrades führte an den Wänden entlang; die Mitte war offen wie bei einem Ring, es gab weder Speichen, noch eine Nabe; außen herum standen in Abständen mehrere Reihen von hochlehnigen Stühlen, hinter denen sich meine Freunde aufgestellt hatten. Allerdings waren nicht alle Plätze besetzt.

»Der Tafelsaal«, sagte Arthur hinter mir. Ich stand noch immer wie erstarrt. »Oder auch Gwahanlen, der Tempelschleier. Rhodaur, die Runde Tafel heißt dich willkommen. Du warst der Erste unter Gleichen, warst als erster an meiner Seite und hättest auch als erster hier sitzen sollen.«

Geblendet – die Tränen brannten mir in den Augen – tastete ich mich durch den Raum und konnte die lieben, vertrauten Gestalten nur erahnen. Alle hatten sie nasse Gesichter. Nur undeutlich nahm ich wahr, daß Morgane, Gerrans, Gweniver und Ygrawn irgendwo Platz nahmen, ohne sich um eine Sitzordnung zu kümmern; dann führte Arthur mich um die Tafel herum zu einem leeren Stuhl unter dem großen Wandteppich mit Athyn und Morric.

»Cader Taliesin«, sagte er. »Der Stuhl Gwencathra, der Weiße Pfeiler der Wahrheit; wer immer hier sitzt, bringt keine Lüge über die Lippen. Dieser Platz stand die ganze Zeit über leer, niemand außer dir sollte ihn jemals einnehmen. Und niemand hätte es gewagt, nicht einmal in *dieser* Runde …«

Daronwy saß viele Fuß von mir entfernt auf der anderen Seite, lächelte mir zu und wischte sich die Tränen von den Wangen. Das rührte mich mehr als alles andere, denn ich konnte mich nicht erinnern, Ronwyn in all den Jahren unseres Zusammenseins jemals weinen gesehen zu haben …

»Es ist der einzig reservierte Stuhl überhaupt an diesem Tisch, Talynno«, sagte sie mit liebevollem Spott. »Und wäre jemand so leichtsinnig gewesen, sich auch nur *probeweise* darauf zu setzen, liebster Tal-bach, er hätte sich in seinem ganzen Leben nirgendwo mehr niedergelassen … Ich habe beinahe den Verdacht, Morgane hat ihn mit einem Zauber belegt, so daß jeder, der die Dreistigkeit besitzt, ihn einzunehmen, in Flammen aufgeht und unter Donnergetöse verschwindet.«

Morgane lächelte nur und zog vielsagend die Augenbrauen hoch.

Ich lächelte Ronwyn zu und hob hilflos die Hand, aber es nützte nichts; die Augen gingen mir über, silberne Bäche ergossen sich über meine Wangen. Arthur stand noch immer neben mir, und ich legte den Kopf an seine Schulter und weinte, als wolle ich nie wieder aufhören. Es war alles zuviel, die Freude über meine Rückkehr, das Staunen über den liebevollen Empfang, das Wiedersehen mit den teuersten, besten und tapfersten Freunden in Keltia: der innerste Kreis der alten Gefährtenrunde war hier versammelt – ich erkannte Gesichter aus Daars, aus Coldgates, aus Llwynarth, aus den Feldzügen auf Tara, aus den Outfrenne-Raubzügen, aus den nachfolgenden Kriegen, die uns die Protektorate (mehr davon später) und Arthur den schönen neuen Titel Imperator, Kaiser des Westens eingetragen hatten … All die geliebten Gesichter, von denen ich mich für dieses Leben bereits verabschiedet hatte: Betwyr, Alannagh, Daronwy, Roric, Tarian, Grehan, Ferdia, Elenna, Tryffin, Ysild, Keils, meine Schwester Tegau …

Ich barg das Gesicht in beiden Händen. Arthur legte mir die Hand auf die Schulter, ich spürte seine fast schon väterliche Sorge.

»Talyn?«

Ich schüttelte nur den Kopf. Nach einer Weile ließ ich die Hände sinken. »Nein – es ist alles gut, glaube mir.«

Beruhigt setzte er sich neben mich, aber ich wußte bereits, daß dies nicht die Regel sein würde; an der

Tafel Rhodaur waren alle gleich, und wenn die Gefährten in diesen Saal gerufen wurden, nahm jeder den Stuhl, der gerade frei war. Dennoch war ich froh, daß Arthur an diesem Abend an meiner Seite saß …

»Heute gibt es keine Tagesordnung, Talyn«, sagte Gweniver. Sie saß ein paar Meter weiter links von mir. »Dieses Treffen hat lediglich den Zweck, dich willkommenzuheißen. Außerdem wollten wir Gwencathra endlich besetzt sehen. Nur so viel, deine Botschaft wurde längst überbracht, dein Auftrag ist erfüllt.«

»Trotzdem möchte ich ein paar Worte sagen, Ardrían.« Unsicher erhob ich mich. Arthur sah mich besorgt an, drängte mir aber seine Hilfe nicht auf. Und das war ganz in meinem Sinne. Ich wollte hier als Barde sprechen – aus historischen Gründen und aus Gründen der Symmetrie, weil meine Ehre es verlangte, bestimmten Pflichten zu genügen und persönliche Schulden zu begleichen …

So stand ich denn im Saal Gwahanlen an dem Platz, den mir das Schicksal zugewiesen hatte, vor dem Stuhl Gwencathra, nach mir auch Cader Taliesin genannt, und übermittelte der Tafelrunde Gwyns Warnung. Eine Schilderung erübrigt sich: dieser Augenblick wurde in den letzten Jahrzehnten oft genug in Liedern, Geschichten und Bildern verewigt. Und es erübrigt sich wohl auch der Hinweis, daß die meisten dieser Darstellungen falsch sind. Leider ist immer wieder zu beobachten, wie Spätergekommene, die ein Ereignis selbst nicht miterlebten, mehr darüber zu wissen glauben als die eigentlichen Zeugen.

Dabei war auch die nackte Wahrheit schon dramatisch genug: Gwyn hatte Marguessan als Keltias geheime Todfeindin, als Verräterin ihrer Sippe, als heimliche Schülerin des Marbh-draoi Edeyrn bezeichnet; hatte sie bezichtigt, den Heiligen Pair, Cam-Corainn, den Wunderkelch, den mächtigen Gral der Mysterien gestohlen zu haben, ohne den Körper und Seele keine

Heilung mehr finden können; und um das Maß voll zu machen, stand zu befürchten, daß Marguessan die Erschaffung eines Schwarzen Grals plante, eines frevelhaften Schreckenskelchs als Widerpart zum heiligen Kessel der Göttin …

Natürlich war das alles nicht neu; Gwen hatte mir ja bereits gesagt, daß die Gefährtenrunde und viele, die heute nicht anwesend waren, seit langem Bescheid wußten. Schließlich war Gwyn selbst nach Caerdroia gekommen, als ich ausblieb. Aber die gewöhnlichen Caerdroianer ahnten nicht einmal die Hälfte; und das war auch gut so. Zu jung war noch der Friede, zu zerbrechlich die Freiheit, kaum vernarbt waren die Wunden, die Edeyrn unseren Seelen geschlagen hatte. Die Menschen nun mit diesem Alptraum zu konfrontieren, hätte ihnen mehr aufgebürdet, als sie zu tragen vermochten, und das wollten wir ihnen derzeit nicht zumuten.

»Wann aber dann?« wiederholte Morgane, als der Empfang endlich vorüber war und die Gefährten sich zur Ruhe begaben. Auch wir waren auf dem Weg in unsere Gemächer. »Vielleicht schon bald, vielleicht aber auch nie. Das hängt sehr von Gweniver und von dir ab.«

»Von *mir*?« Mir wurden die Knie weich. »Was im Namen der Großen Mutter kann *ich* denn dabei tun? Ich habe mich doch eben erst wieder erinnert, wie ich heiße, daß ich ein Barde bin und eine Botschaft zu überbringen hatte … Und ihr habt selbst miterlebt, wie wenig ich gegen Marguessan ausrichten konnte, dort …«

Ich konnte den Namen nicht aussprechen, noch nicht. Wieder zitterte ich an allen Gliedern und hoffte, obwohl ich mich vor meiner geliebten Frau nicht zu schämen brauchte, sie würde es nicht bemerken. Aber Morgane Pendreic ac Glyndour entging so leicht nichts.

»Schon gut. Hör zu, Cariad o'ngharïad, Croi o mo Chroi, Gwyn, der Sohn des Nudd, hat es bereits verkündet: Diese Suchfahrt liegt ganz in deiner und Gwenivers Hand. Ihr werdet die Teilnehmer aussuchen, die Trupps zusammenstellen, den Verlauf bestimmen und die Heilige Jagd auch selbst mitreiten. Und ihr werdet den Kelch finden; denn jeder wird finden, was er wahrhaft sucht.«

Ich blieb stehen und sah sie an. »Ja? Ist das auch wirklich so?«

»Aber gewiß. Hast du jemals – ehrlich – daran gezweifelt?«

Ich seufzte. »Nein, nicht einmal, als mir mein Gedächtnis abhanden gekommen war ... Aber eine Suche wie diese, eine Jagd nach Licht und Finsternis ...«

»Ist eine Jagd. Nicht mehr und auch nicht weniger.« Morgane drückte sich fester an mich und schob ihren Arm um meine Hüfte, und nach kurzem Zögern legte ich meinen Arm um ihre Schultern und zog sie noch näher heran. Eng umschlungen gingen wir weiter.

Später lagen wir endlich wieder in unserem großen geschnitzten Bett, das noch immer so hell und neu glänzte wie in der ersten Nacht, die wir hier verbracht hatten. Ich drehte mich auf den Rücken und starrte zur Decke empor. Neben mir weinte Morgane leise in sich hinein. Sie war nicht etwa traurig oder unbefriedigt geblieben, nein, wir hatten ganz im Gegenteil in unserer wilden Leidenschaft höchste Erfüllung gefunden. *Wie war es nur möglich?* dachte ich. Ein solch überirdisches Glückserlebnis konnte nur der Vorbote neuer Höllen sein, die wir uns nicht einmal vorzustellen vermochten ... Ich strich mit dem Daumen über meinen Ehering. Sehen konnte ich ihn kaum im schwachen Widerschein des Mondlichts, das sich unter unseren Fenstern auf dem Wasser spiegelte. Zwei goldene Schlangen, ineinander verflochten, mit Rubinaugen; der Ring, den meine Frau mir beim Handgelöbnis angesteckt hatte –

Gwyn hatte, eine große Ehre, die Zeremonie vollzogen. Wie hatte ich das in Oeth-Anoeth vergessen können?

Die einzige Erklärung war, daß man mir den Ring weggenommen hatte. Und dieser Eingriff in meine Persönlichkeit war für mich noch schlimmer als die Vergewaltigung meines Erinnerungsvermögens. Morgane hatte mir den Ring wieder angesteckt, als wir endlich im Bett allein waren, und mir erklärt, man habe ihn in meiner Satteltasche gefunden, als man meine im Trommelwald umherirrenden Pferde entdeckte. Ich konnte es noch immer nicht verwinden, daß man ihn mir vom Finger gezogen hatte, und ich wußte auch, warum Morgane weinte.

Der nächste Tag war teils sonnig, teils wolkenverhangen. Ein frischer Wind fegte über die Ebenen vor der Stadtmauer und zauste die Gräser. Als ich die Augen aufschlug, kam mir das Licht im ersten Augenblick genauso vor wie in Oeth-Anoeth ... Vergangene Nacht hatte ich in Morganes Armen endlich den Mut und die Worte gefunden, um über meine Gefangenschaft bei ihrer Schwester zu sprechen. Am Ende meiner Geschichte (Ihr könnt versichert sein, ich hatte sie so ausführlich erzählt, wie es sich für einen Barden gehört), als Gerrans wie der Junge Gott persönlich auf mich zuritt und den Helm abnahm, und als ringsum alles verschwand, da hatte Morgane kein Wort gesagt, sondern sich mir nur zugewandt, mein Gesicht im schwachen Mondlicht in beide Hände genommen und mit ihren sanften Küssen Angst und Schmerz ganz einfach weggezaubert. Jetzt erfaßte mich die Panik von neuem, doch sobald ich mit der Hand versehentlich Morganes Hüfte streifte, wußte ich wieder, wo ich war, wer bei mir war, und was sich zugetragen hatte ...

Wir liebten uns, sprangen in den Badeteich und verzehrten zum Frühstück ein paar Scheiben in Bier getauchten Brotes und ein paar Bissen kalten Rindfleisches. Dann legten wir bequeme Kleidung an, denn die bevorstehende Ratssitzung versprach endlos zu werden. Bevor die Uhr im Salzturm noch zehn geschlagen hatte, waren wir unten. (Das ist *früh* am Tag, ganz gleich, was Ihr jetzt denkt! Wir Kelten sind in der Regel keine Morgenmenschen, und wenn es nach unserem natürlichen Rhythmus ginge, würde in Keltia vor Mittag oder, noch besser, bis ein oder zwei Stunden danach überhaupt nichts passieren ...)

Diese Sitzung sollte nicht im Tafelsaal stattfinden, sondern im gewohnten Ratssaal; und als ich mit Morgane und mit Ferdia, den wir unterwegs aufgelesen hatten, eintrat, da hätten meine Gefühle mich fast überwältigt. Ich kannte diesen Raum! Mein Gedächtnis funktionierte wieder. Wie schön!

Ich sah mich um. Die anderen Ratsherren nahmen soeben ihre Plätze ein. Im Rat wurde im Prinzip nicht nach Rang und Titel unterschieden, doch in der Praxis hatte sich eine gewisse Hierarchie herausgebildet. Die Höchsten Staatsbeamten – der Taoiseach, der Oberste Kriegsherr oder der Minister des Äußeren, der für die Beziehungen mit den Outfrenne-Welten zuständig war – waren sozusagen *gleicher* als jemand wie Morgane oder ich, die wir zwar Mitglieder der Königsfamilie waren, aber doch eher als Feld-, Wald- und Wiesenratsherrn, als persönliche Berater unserer Monarchen galten. So saßen wir meist in den hinteren Reihen, was ich sogar vorzog, da ich auf diese Weise meinen kritischen Blick frei schweifen lassen konnte. Die Hohe Beamtenschaft gruppierte sich unmittelbar um den Ratstisch, wobei Arthur am Kopfende vor dem Fenster saß und Gweniver am Fußende nahe der Tür. (Wenn ich mich so ausführlich mit der Sitzordnung beschäftige, so hat das gute Gründe; habt ein wenig Geduld.)

Drüben an der Längsseite des langen, dunkelgrauen Basalttisches stand Ultagh Casnar, der neue Erzdruide, und unterhielt sich mit Grehan Aoibhell. Ich wurde unruhig, und Morgane legte mir beschwichtigend die Hand aufs Knie. Die Vorstellung, daß der Platz, der von Rechts wegen Merlynn Llwyd gehört hätte, von irgend jemand anderem – und sei es der beste Mensch, der verdienteste Zauberer – eingenommen werden sollte, war mir in tiefster Seele zuwider. Und nicht nur darin war ich mit meinem Orden verschiedener Meinung.

Bis zur Schlacht von Ratherne – Nandruidion – hatten wir von der Gegenrebellion, und insbesondere die Druiden unter uns, mit einer Scheu, die an Ehrfurcht grenzte, darauf vertraut, daß Merlynn den von Edeyrn mißbrauchten und entehrten Orden auf den rechten Weg zurückführen würde. Gewiß, es gab viele Druiden, die Edeyrns finstere Lehren voller Abscheu und mit Entschiedenheit von sich gewiesen, die sich ihre Ehre bewahrt und sich auf die Seite des Lichts gestellt hatten. Nicht alle hatten sie der Gegenrebellion angehört oder waren ihr bekannt gewesen; wir konnten nicht ausschließen, daß in den Jahren, in denen wir unablässig um Keltias und unser eigenes Leben kämpfen mußten, einige echte Druiden unserer Aufmerksamkeit entgangen waren. Bollwerke der reinen Lehre wie Bargodion, wo Arthur und ich unsere Druidenausbildung erhalten hatten, waren zu umkämpften Zufluchtsorten geworden, die das Druidentum bewahrten – gegen den Widerstand Edeyrns, der einst sein höchster Vertreter, der Ro-sai, der Große Lehrer gewesen war, bevor er so viel von dem Orden, wie er nur zu fassen bekam, und einen großen Teil des übrigen Keltia mit sich in die Finsternis riß.

Deshalb hatten wir uns von Merlynn – dem Ailithir aus meiner und Arthurs Kindheit – Rettung und Erneuerung erhofft; und er hätte unsere Hoffnungen auch sicher erfüllt, wenn ... ja, wenn ... Ich zwang mich, der Wahrheit ins Auge zu sehen: wenn er vor

Nandruidion nicht umgekommen wäre. Nun, vielleicht nicht unwiderruflich umgekommen, wie ich als bisher einziger Kelte hatte erfahren dürfen; aber doch in einer Weise von uns genommen, die auch ich noch nicht zu begreifen vermochte.

In den Jahren, als Arthur auf seinen Raubzügen und damit nicht in Keltia gewesen war, hatte der Orden mehr schlecht als recht sein Dasein gefristet – Gweniver war zwar Domina der Ban-draoi, hatte aber außer in ihrer Eigenschaft als Ard-rían keinerlei Befehlsgewalt über den Druidenorden und hätte sich auch von sich aus niemals in seine Belange eingemischt. Noch vor unserem Aufbruch hatte ein Gremium von Druidenältesten für die Zeit bis zur nächsten Wahl Comyn Duchray zum kommissarischen Erzdruiden bestellt. Dann war es zu internen Zwistigkeiten und zur Säuberung des Ordens von den Elementen gekommen, die sich in den Dienst der Theokratie gestellt hatten, und so blieb Duchray fast zwei Jahrzehnte lang Erzdruide. Erst im letzten Jahr hatte man, während ich auf Oeth-Anoeth saß, endlich Wahlen abgehalten, aus denen dieser Ultagh – er stammte wie Duchray aus Gwynedds Altem Norden, den Stammlanden von Marguessans Gemahl Irian Locryn – als Sieger hervorgegangen war.

Ihr könnt Euch also mein Mißtrauen vorstellen. Mit scheelem Blick beobachtete ich, wie der neue Erzdruide, der Nachfolger meines geliebten Merlynn, dem Stuhl am Ratstisch von Keltia zustrebte, der von jeher den Druidenoberen vorbehalten war … Doch dann fielen mir fast die Augen aus dem Kopf, denn er ging daran vorbei und nahm nicht am Tisch selbst Platz, sondern setzte sich bescheiden auf einen der Stühle an der Wand.

»Als er im letzten Jahr Erzdruide wurde, hat er Gweniver im Namen von Merlynn Llwyd – nicht etwa in seinem eigenen Namen, Talyn – gebeten, die Vorrangstellung des Erzdruiden im Rat aufzuheben, ihn selbst künftig als das geringste unter den Ratsmitgliedern und seine Stimme als die unbedeutendste von allen zu betrachten«, sagte Morgane wie nebenbei. Ich konnte dem nicht entnehmen, wie sie dazu stand. »Keine Sorge, Cariad!«, fuhr sie dann fort. »Unser Merlynn ist nicht vergessen, und niemand hat ihn von seinem Platz verdrängt ...«

Ich konnte es kaum glauben. »*Er* hat darum gebeten? Dieser Ultagh?«

»Ja, er bat, diese Regelung für alle Zeiten festzuschreiben, als ewige Mahnung an Edeyrn und als gebührende Huldigung an Merlynn. Arthur und Gweniver haben zugestimmt. Du warst nicht hier ...«

Wieder verstummte ich. Es war eine große Geste, auf den ersten Blick ein Ausdruck der Bescheidenheit. Aber war die Bescheidenheit echt, oder war sie nur verkappte Arroganz, eine schlechte Kopie aufrichtiger Seelengröße? Ich sah Casnar an, er spürte meinen Blick sofort und erwiderte ihn, bevor ich die Augen niederschlagen konnte. Offenbar hatte er auch meine Gedanken erraten, denn er quittierte sie mit einer kurzen Verbeugung, bevor er seinen Platz einnahm. Er war am Vorabend nicht mit im Saal Gwahanlen gewesen, denn er gehörte der Gefährtenrunde nicht an.

Betwyr – auch er war Druide und Mitglied des Kronrats, wir waren zusammen in Bargodion gewesen –, der zu meiner anderen Seite saß, suchte meine Bedenken zu zerstreuen.

»Du weißt doch selbst, daß alle, die vom Einfluß des Marbh-draoi angekränkelt waren, ihrer Ämter enthoben wurden. Eine ungeheure Aufgabe, wie du dich erinnern wirst, aber sie wurde vollendet. Der Orden hat einen gründlichen Reinigungsprozeß durchlaufen und sich reformiert. Vielleicht war es ganz gut, daß es so lange gedauert hat.«

Mein Blick ruhte noch immer auf Ultagh Casnar. »Bist du ganz sicher, daß die Aufgabe vollendet ist?«

Weder Betwyr noch Morgane antworteten auf diese Frage. Ich verdrängte die Erinnerung an meinen geheimen Besuch bei Merlynn an jenem Ort, dessen Namen ich hier nicht einmal zu denken wage. Bisher hatte ich nur Arthur und Morgane davon erzählt … Gewiß, die Zeit war knapp gewesen, aber ich war doch mit einer ganzen Reihe von Menschen zusammengetroffen und hatte geschwiegen, aus Gründen, die selbst ich nicht in Worte zu fassen vermochte. Ich hatte gelernt, meinen Instinkten zu vertrauen; und im Alten Norden, der so lange eine von Edeyrns Hochburgen gewesen war, setzten sich Veränderungen langsamer durch als anderswo …

In diesem Augenblick betraten Arthur und Gweniver den Saal, und alles erhob sich, bis sie ihre Plätze an den beiden Schmalseiten des Tisches eingenommen hatten. Man merkte ihnen die lange Erfahrung als Hochkönig und Hochkönigin deutlich an, und mich durchflutete ein warmes Gefühl des Stolzes. Auch ich hatte meinen Teil dazu beigetragen.

Morgane schien ebenso zu empfinden, denn sie suchte meine Hand und drückte sie fest. Nur Betwyr und ich hörten, wie sie flüsterte: »Jetzt werden wir einige handfeste Entscheidungen erleben.«

Kapitel 6

»Hier beginnt das Buch vom Gral.
Eine Geschichte voller Schrecken
Und voller Wunder.
Höret und staunet.«

So steht es geschrieben. Nun will ich Euch berichten, wie es wirklich war.

Denn natürlich war es *nicht* so, wie es sich die Menschen seither zusammengereimt haben oder es sich in Jahrhunderten vorstellen werden. Ich muß mich mit dieser Sicht der Dinge abfinden, so sehr sie mich auch verdrießt. Aber zugleich muß ich mein möglichstes tun, um ihr vorzubeugen: Wie bereits erwähnt, erregt es immer wieder meine Verwunderung, ja meinen Zorn, wenn denjenigen, die am meisten wissen, am wenigsten geglaubt wird.

Bei den Zauberern gilt schon seit langem: ›Wer wenig weiß, redet viel; wer viel weiß, redet wenig.‹ Vielleicht haben Liebe und Stolz mich dazu verführt, diesen Leitsatz zu meinem persönlichen Credo zu machen und mich allzu sehr in würdevoller Zurückhaltung zu üben. Die Folge ist, daß ich, der ich den Menschen Arthur vielleicht besser gekannt habe als sonst jemand auf dieser Welt, oft genug von Zuspätgekommenen, von Niedabeigewesenen und von jenen Holzköpfen, die ihre Wunschphantasien der Wahrheit vorziehen, übergangen werde. Wobei mein Ansehen als Barde offenbar kaum ins Gewicht fällt.

Manchmal wünsche ich mir fast, ich hätte mir ein Beispiel an Königin Athyn genommen: *Sie* brachte die Lästermäuler, die über sie und ihren geliebten Gatten schändliche Lügen verbreiteten, einen nach dem anderen zur Strecke, erklärte jedem, den sie aufspürte, in höflichen, aber unmißverständlichen Worten (für beides war sie berühmt) aufs genaueste, womit er sich gegen sie vergangen habe, und ließ ihn dann töten. Wobei sie in der Wahl der Todesart großen Erfindungsreichtum bewies. Diese Menschen starben, so Athyns ironische Feststellung, für die Wahrheit – oder vielmehr für ihren Mangel an Respekt vor der Wahrheit. Auf diese Weise erteilte ihnen der Dán eine Lektion.

Doch so sehr ich Athyn bewundere, manchmal jagt sie mir kalte Schauer über den Rücken – obwohl ihre Methoden durchaus ihren Reiz haben. Wie bereits andernorts erwähnt, hatte Arthur sie fast wie eine Göttin verehrt, wie die Mor-rían in Menschengestalt, und in ihr ein Vorbild gesehen, dem er nacheiferte. Ich bin aus minderem Holze geschnitzt; aber auch ich habe aus der Art, wie Athyn mit der Wahrheit und mit denen umging, die sie entweihten, einiges gelernt …

Sei dem, wie ihm wolle. Nun wird Euch einer, der dabeigewesen ist, die wahre Geschichte der Gralssuche, dieser Zeit und ihrer Menschen erzählen. Und wenn Ihr ihm nicht glauben wollt, so ist das Euer gutes Recht (oder ein Zeichen Eurer Dummheit). Dankt dann jedoch der Göttin, daß Athyn Anfa nicht mehr hier ist, um Euch eines Besseren zu belehren …

An diesem Tag leitete Gweniver die Sitzung, was ohnehin häufiger ihre als Arthurs Aufgabe war. Sie verzichtete auf Förmlichkeiten und zeigte sich so ungeduldig wie noch nie.

»Zwei Jahre haben wir bereits verloren«, begann sie ohne Einleitung. »Wir werden sofort mit den Vorbereitungen für die Suche nach dem Pair beginnen.«

Arthur richtete sich auf. »Taliesin ap Gwyddno hat bestätigt, was Gwyn uns bereits sagte; wozu also noch länger zögern?«

Ich spürte, wie alle mich anschauten und wieder

wegsahen, wandte aber selbst die Augen nicht von Gweniver. Tarian ergriff das Wort.

»Gwyn teilte uns mit, daß Frauen und Vertreter der Künste die Suche anführen sollten.«

»Richtig«, bestätigte Gweniver. »Weiterhin sagte er, ich solle zusammen mit Taliesin die Organisation übernehmen. Der Ard-rígh habe nichts damit zu tun. Hat der Ard-rígh das etwa vergessen?«

Das war ein Schuß zwischen die Fugen der Rüstung. Ich verkniff mir ein Lächeln.

»Der Ard-rígh hat alles behalten«, gab Arthur zurück. Es klang gereizt und enttäuscht zugleich. Er hätte an diesem Unternehmen so gerne teilgenommen und mußte ihm doch fernbleiben. »Aber Gwyn erwähnte auch, daß eine größere Anzahl von Kriegern benötigt würde – wenn auch vielleicht nicht der Ard-rígh persönlich –, oder sollte das der Ard-rían entfallen sein?«

Mein Lächeln wurde breiter, und ich kaschierte es vorsichtshalber mit einem Hüsteln. Niemand wußte besser als Arthur, was Gwyn gesagt hatte. Ich hatte mir vor der Sitzung ein paar Minuten lang die Bänder von dem historischen Besuch Gwyns und seiner Begleiter in Turusachan angesehen, und der Feenprinz hatte gerade diese Bedingung sehr deutlich formuliert. Die Sidhe kannten offensichtlich ihre Leute …

»Lassen wir das.« Gweniver warf einen Blick auf Morgane, dann erhob sie sich und sah sich im Saal um. »Die Entscheidung ist gefallen. Sieben Trupps zu jeweils sieben Mann begeben sich auf die Suche nach dem Gral.«

Jetzt ruhte ihr Blick auf mir. Wir hatten natürlich noch eine Menge unter vier Augen zu besprechen, doch soweit war ich einverstanden. Ich sah keinen Anlaß, sie zu unterbrechen oder ihr gar vor dem versammelten Rat zu widersprechen – denn das war ein Befehl gewesen. Neben ihr begann Tarian, sich handschriftliche Notizen zu machen, obwohl ohnehin von allen Sitzungen Kristallaufzeichnungen angefertigt wurden. Im Saal war es still geworden.

»Zwar werden an diesem Unternehmen Gefährten beteiligt sein, auch einige von den hier Anwesenden, doch darüber hinaus brauchen wir auf Gwyn ap Nudds Geheiß Barden und Druiden, Ban-draoi und Fians, Brehonen, Vasallen und Adelige: Angehörige aller Sippen und Stände, aller Berufsgruppen und aller Volksschichten. Ganz Keltia muß vertreten sein, denn es handelt sich um eine Aufgabe, die alle Kelten angeht. Ich selbst werde einen Trupp anführen, und ich wähle Morguenna Pendreic, Daronwy von Endellion und ihren Gemahl Roric Davacho sowie Taliesin ap Gwyddno, der inzwischen wohlbehalten zu uns zurückgekehrt ist, zu meinen Begleitern.«

Mir schwanden fast die Sinne vor Erleichterung. Ich wußte selbstverständlich, daß ich einem Trupp angehören würde, aber ich hatte befürchtet, von Morgane getrennt zu werden. Natürlich hätte ich dagegen Widerspruch einlegen können, aber es war doch besser, wenn sich das Problem erst gar nicht stellte. Doch schon mit dem nächsten Atemzug kamen neue Ängste und Fragen: Warum hatte man uns *nicht* getrennt? Wäre es der Suche nicht vielleicht dienlicher, wäre die Verteilung nicht ausgewogener, wenn Gweniver einen Trupp anführte, Morgane einen zweiten und ich einen dritten? Sollte das heißen …

Gweniver wollte schon fortfahren, als Arthur ihr wie ein ungezogenes Kind ins Wort fiel.

»Das sind nur fünf von Euren sieben, Ard-rían.«

»Ich bin dem Hochkönig für seinen Hinweis sehr zu Dank verpflichtet.« Ein Rüffel, aber sie lächelte dabei. »Als sechsten wähle ich also Loherin von Kernow, den Sohn Tryffins und Ysilds, des dortigen Herzogs und seiner Herzogin; und schließlich …« Gweniver hielt inne und sah ihren Mitherrscher und Ehemann fest an. Ihre Augen wurden hart wie der Basalt der Tischplatte.

Dann gab sie den siebenten Namen bekannt. »... Donah, die Erbin von Aojun.«

Ein Aufruhr ohnegleichen. Selbst ich war wie vom Donner gerührt. Arthur hatte den starren Blick eines aufgebrochenen Hirschs; und die Hälfte der Anwesenden erörterte ganz ungeniert, ob er das wohl zulassen würde. Denn Donah, Ihr erinnert Euch gewiß, war Arthurs Erstgeborene, seine heißgeliebte Tochter, gezeugt mit der Jamadarin der Yamazai, der Königin Majanah von Aojun. Ich wußte nicht einmal, ob Donah überhaupt in Keltia war: in den wenigen Stunden seit meiner Rückkehr hatte ich nichts von ihr gehört, aber das hatte nicht viel zu bedeuten. Vor meiner unfreiwilligen Abwesenheit hatte sie am Hof ihres Vaters eine sehr dominierende Rolle gespielt; Majanah hatte ihr erlaubt, eine Weile hierzubleiben, um die keltische Seite ihrer Abstammung kennen- und lieben zu lernen, bevor sie nach Aojun zurückkehrte, um von ihrer Mutter, einer beeindruckenden Frau, zur Königin erzogen zu werden.

Wie würde die beeindruckende Mutter wohl auf dieses Ansinnen reagieren?

»Sie ist auf jeden Fall zu jung«, bemerkte Betwyr zu Morgane. »Janjan wird niemals zustimmen.«

»Sie ist älter als Gerrans«, gab Morgane gleichmütig zurück. »Er nimmt ebenfalls an der Suche teil. Und was Pflicht bedeutet, weiß niemand besser als Majanah.«

Ich konnte mich plötzlich nur zu gut in Arthur hineinversetzen. »Ach, Gerrans kommt ebenfalls mit? Dabei habe ich doch wohl auch noch ein Wörtchen mitzureden ...«

Morgane schüttelte den Kopf. »Die Sache ist bereits entschieden. Ich verstehe, wie du empfindest, Cariad, aber es ist ihnen allen beiden *bestimmt*, auch wenn das nur ein schwacher Trost für dich ist. Und nun hör zu.«

»Die Jamadarin der Yamazai sieht die Notwendigkeit ein.« Gwenivers Stimme erhob sich über das Volksgemurmel. »Und hat ihre Einwilligung bereits gegeben; mehr noch, sie hat mir das Angebot von sich aus gemacht, offenbar ist die Kunde auf magischem Wege auch nach Aojun gedrungen … Die übrigen Trupps werde ich mit Taliesin allein zusammenstellen, doch zwei weitere Teilnehmer will ich noch bekanntgeben: Der eine ist Geraint Pendreic ac Glyndour, und der andere sein Vetter – Gwain Pendreic ac Locryn, der jüngste Sohn der Prinzessin Marguessan.«

Nun ja! Typisch Gweniver, die Angelegenheit mit einem Hai atton abzuschließen – ebensogut hätte sie den Ratsmitgliedern tausend Fehdehandschuhe ins Gesicht schleudern können. Genau im richtigen Moment bat sie Tarian mit einem Nicken, die Sitzung zu schließen, verneigte sich vor Arthur und dem ganzen Saal und rauschte hinaus. Alles saß wie erstarrt. Morgane schien wie üblich im Bilde zu sein und zog mich schon hinter sich her, bevor Arthur noch richtig aufgestanden war.

»Was soll das?« fuhr ich sie wütend an, um meiner Angst Luft zu machen. War es nicht bodenloser Leichtsinn, gleich drei Königskinder der jüngeren Generation in ein solches Abenteuer zu schicken? »Du freust dich wohl noch, wenn Gerrans und Donah mitkommen? Ganz zu schweigen von Gwain, über den ich kaum etwas weiß; immerhin *ist* er der Sohn deiner Schwester, und über *sie* wissen wir genug …« Und zwar nichts Gutes, aber das brauchte ich nicht eigens zu erwähnen. Die Erinnerung an Marguessans Gastfreundschaft war noch zu frisch, ich hatte kein Bedürfnis, auch nur an sie zu denken.

Morgane zog mich im Laufschritt hinter sich her durch die Korridore. Irgendwann ging mir auf, daß wir auf dem Weg zum Saal Gwahanlen waren, dem Saal mit der Tafel. Gwennach war vermutlich schon dort, und Arthur und die anderen würden nicht lange auf sich warten lassen …

»Ich kann nicht sagen, daß ich mich freue, Talynno, aber wie Janjan sehe ich ein, daß es notwendig ist. Es ist vorherbestimmt, daß die beiden an der Suchfahrt teilnehmen, und damit ist alles gesagt. Wir können sie nicht ewig in Watte packen und vor allen Unbilden der Welt schützen. Dabei lernen sie nichts, und wer nichts lernt, kann nicht reifen; wer aber nicht reift, der geht zugrunde.«

Ein Schauer überlief mich, denn das waren harte Worte. Aber sie hatte ja recht. Eltern sehen sich in erster Linie als Beschützer; aber wir haben ebenso die heilige Pflicht, unsere geliebten Jungen aus dem Nest zu stoßen. Fliegen müssen sie selbst; doch vorher müssen wir sie flügge werden lassen. Der Gedanke tröstete mich ein wenig; wir hatten Gerrans nicht im Wege gestanden, ja, wir hatten ihn, wenn ich das sagen darf, gut vorbereitet – den besten Beweis dafür hatte ich vor ein paar Tagen auf Oeth-Anoeth erhalten. Auch Donah war ein Falke, der fliegen konnte, ihre Mutter und Arthur hatten ihr nicht nur das Leben geschenkt, sondern sie auch richtig erzogen und ausgebildet … Über Gwain wußte ich, wie ich bereits zu Morgane gesagt hatte, überhaupt nichts; was Marguessan und Irian aus ihm gemacht hatten, blieb abzuwarten.

»Gehen wir mit Gwains Wahl nicht ein Risiko ein?« fragte ich, als wir unsere Plätze an der Tafel einnahmen. Ich wählte den Stuhl Gwencathra, und Morgane setzte sich neben mich (was sie aber in den kommenden Jahren nicht zur Gewohnheit werden lassen sollte). »Wird Marguessan über ihn nicht zwangsläufig in Erfahrung bringen können, was wir tun und planen, um uns dann in die Quere zu kommen?«

»Mag sein, daß sie das glaubt«, knirschte Morgane. »Aber meiner Schwester steht eine Überraschung bevor … Mehr durfte ich nicht schauen.«

Ich lehnte mich in meinem Stuhl zurück und wartete, während sich der Saal füllte. Rhodaur bot Platz für zwölf mal zwölf Gefährten, doch so viele waren wir bei weitem nicht. Die Jahre unter Edeyrn, Arthurs Raubzüge und die Kämpfe im Namen der Protektorate, die uns durch diese Raubzüge ganz unerwartet in den Schoß gefallen waren, hatten einen hohen, einen viel zu hohen Blutzoll gefordert. Als Arthur nun die Sitzung der Tafelrunde eröffnete, hatten sich unter den Bildteppichen nur an die siebzig Seelen versammelt. Ich kannte und liebte sie alle, doch ich wurde von Sorgen und Zweifeln gequält.

»Die Lage ist verzweifelt, und die Art der Schwierigkeit bekannt«, sagte Arthur. »Hiermit beauftrage ich Gweniver und Taliesin, die Tarq-hijarun dieses Unternehmens, uns in spätestens drei Tagen ihre Pläne und die Zusammensetzung der Trupps zu unterbreiten. Es gibt noch vieles zu regeln, bevor wir ein so großes Kontingent von Keltias bestem Blut in ein solches Wagnis ziehen lassen können.«

Tarq-hijar ... Der Begriff entstammte der Sprache der Yamazai und bezeichnete den Anführer einer Jagdgesellschaft; Arthur hatte ihn wohl von Donah gelernt. Ich bat meinen Pflegebruder mit einem Blick ums Wort, dann wandte ich mich an die Anwesenden.

»Wenn die Ard-rían bereit ist, sollten wir sofort beginnen. Jede Verzögerung bei der Auswahl der Teilnehmer schiebt nur den Aufbruch noch weiter hinaus.«

Gweniver nickte, und dann stellten wir vier Tage lang, unterstützt von den Gefährten, eine Liste von Gralssuchern zusammen, um sie anschließend der Tafelrunde vorzulegen. Wie Gwyn verlangt hatte, wurden alle Schichten der keltischen Gesellschaft berücksichtigt. Sämtliche Berufsgruppen waren vertreten, und keine Sippe (mit Ausnahme der Rígh-domhna) war überrepräsentiert. Als Elen Llydaw genau diesen

Punkt ansprach – außer den drei Königskindern standen Gweniver, Morgane und ich auf der Liste, und obendrein natürlich Loherin, ein Verwandter zweiten Grades, da sein Vater ein Neffe der Königinwitwe Ygrawn war – da war es Arthur selbst, der ihre Zweifel zerstreute.

»Wenn dem so sein sollte«, sagte er schroff, »so ist es der Wille des Dán. Und falls das Volk eine Erklärung verlangt, so werde ich sie ihm geben.«

Dann waren endlich alle neunundvierzig Namen abgehakt – da nicht zu befürchten stand, daß irgend jemand sich verweigern würde, hatten wir auf die Benennung von Stellvertretern verzichtet. Nun erging an all jene, die nicht in Caerdroia wohnten, die Aufforderung, sich unverzüglich nach Turusachan zu begeben und sich auf eine Abwesenheit von unbestimmter Dauer einzurichten. Wir setzten ihnen eine Frist von vierzehn Tagen, um ihre persönlichen Angelegenheiten zu ordnen, und schärften ihnen ein, Gwyns Anweisung zu befolgen und keine Waffen mitzubringen.

Ihr könnt Euch wohl denken, daß gerade diese Bedingung vielfach Unwillen erregte. Vor allem Arthur konnte sich nur schwer damit abfinden. »Mir gefällt das gar nicht«, klagte er später, als die Tafelrunde sich zum großen Teil zerstreut hatte und nur der innere Gefährtenkreis noch zwanglos beisammensaß. »Wer weiß, was euch über den Weg läuft ...«

Morgane hielt sich die Hand vor die Augen und sagte, um Geduld bemüht: »Wir geben lediglich weiter, was man uns aufgetragen hat. Nur wer ein wahrer Fian ist oder eine besondere Erlaubnis hat, darf sich für die Suche bewaffnen. Aus diesem Grund haben Gwennach und Talyn in jede Siebenergruppe neben einem Zauberer und einen Barden auch mindestens einen Fian aufgenommen. Damit sind alle Möglichkeiten abgedeckt.«

Über diese Frage hatte ich schon tausendmal nachgedacht. Obwohl wir, Gwyns Richtlinien folgend, hauptsächlich Frauen und Vertreter der Künste – Aes Dána, Ollaves, Meister ihres jeweiligen Faches – berufen hatten, waren die Zauberer gerade in unserer Gruppe womöglich allzu stark vertreten. Morgane und Gweniver waren Dominas der Ban-draoi (Morgane sogar noch mehr als das), ich war nicht nur Barde, sondern auch Druide, und Roric, Daronwys Gemahl, war zwar in erster Linie Krieger, aber bei seinem Volk auch als Zauberer bekannt. Loherin hatte zwar noch keine ritterliche Bewährungsprobe abgelegt, war aber immerhin zum Fian ausgebildet, und Daronwy, eine Gefährtin der ersten Stunde, war natürlich auch ein Fian. Meine Sorge galt hauptsächlich denjenigen, die für die magischen Künste weniger begabt und dementsprechend schlechter ausgebildet waren: Donah etwa, die freilich nirgendwo besser aufgehoben sein würde als in unserem Trupp; und Gerrans und Gwain, die einer mir unbekannten Ban-draoi unterstellt waren.

Auch einige von unseren Freunden hatten junge Verwandte auf der Liste: Betwyr etwa seine Nichte Keira, und Tarian Douglas ihre Kinder Shane und Síoda ... Aber die meisten der Auserwählten waren uns persönlich fremd, sie waren durch verschiedene magische Verfahren offenbart worden, und wir mußten darauf vertrauen, daß die Magie wußte, was sie tat. Ich bin gewiß der letzte, der über die Zauberkunst die Nase rümpfen würde, aber ich fragte mich doch immer wieder, ob wir wohl richtig gewählt hatten ...

»Das erfahren wir erst hinterher, wenn alles vorbei ist und wir gewonnen oder verloren haben«, sagte Morgane später, als die Diskussionen endlich abgeschlossen waren, und wir Gwahanlen verlassen und uns in unsere Gemächer zurückgezogen hatten.

Das leuchtete mir ein; trotzdem – ich spürte, wie Morgane neben mir erstarrte.

»Donah, Gwain und Loherin«, sagte sie mit erstickter Stimme. Ich beobachtete sie aufmerksam, denn die Vision hatte sie in ferne Gefilde entführt. »Sie werden zu denen gehören, die den Kelch erringen ...«

»Und wir?« Ich wagte kaum zu atmen. Was ich mir jetzt wünschte, erschien mir als der Gipfel der Anmaßung.

»Wir werden ihn schauen. Aber wir werden seiner nicht teilhaftig ...« Morgane keuchte leise auf, und die Starre wich aus ihr. »O Talyn – glaubst du ...«

Ich zog sie zu mir herüber, drückte sie an mich und küßte sie, mehr, um sie zu beruhigen und zu trösten, denn als Vorspiel zum Liebesakt, küßte sie auf Hals, Brüste und Schultern. Schließlich war es heller Nachmittag, und in ein paar Stunden wurden wir im Micuarta zur Abendmahlzeit erwartet. Andererseits waren wir seit meiner Rückkehr zum ersten Mal völlig ungestört. Aber ich jagte hinter einem Gedanken her, und der hatte nichts mit Liebe zu tun ...

»Als ich auf Oeth-Anoeth war ...« begann ich und stockte.

»Ja?« murmelte Morgane.

»Ich hatte etwas gesehen – es ist mir in Erinnerung geblieben ...« Verwirrt hielt ich inne. So ärgerlich es war, das Bild blieb verschwommen.

»Ein andermal«, sagte Morgane. »Es wird schon wiederkommen. Laß es ruhen.«

Als wir erwachten, fühlten wir uns erschlagen – ich habe nie verstehen können, was andere an einem Nachmittagsschläfchen so erholsam finden, mir vernebelt es nur das Gehirn und bringt den Tagesablauf durcheinander. Wir mußten uns beeilen, um noch rechtzeitig zum Essen zu kommen. Während wir dahindämmerten, hatte man sich anders entschieden. Die Abendmahlzeit würde nun doch nicht im Mi-cuarta stattfinden (dem Himmel sei Dank! Ich war ja noch immer nicht ganz ›da‹), sondern in Königin Ygrawns kleinem Speisezimmer, und nur Angehörige und ein paar enge Freunde würden da sein – Seelenfreunde nennen wir solche Menschen, denen wir zwar nicht durch Blutsbande, aber durch die Bande der Liebe verbunden sind, und die uns näherstehen als Freunde, vielleicht sogar näher als die meisten Blutsverwandten.

Bevor wir zu Tisch gingen, wurde ich endlich dem neuen Tanist von Keltia vorgestellt. Ein strammer Faunt, eben ein Jahr alt geworden, der mich aus hellwachen Augen beunruhigend spöttisch musterte. Man hatte das bestürzende Gefühl, er wisse alles über uns, was es zu wissen gebe, und mehr, als uns lieb sein konnte ... Ansonsten zeigte er große Ähnlichkeit mit Gweniver, von Arthur hatte er nur das rötliche Haar und die schönen, moorwasserbraunen Augen mitbekommen – Amris' Augen, wie Ygrawn mit verträumtem Blick bemerkte. Der kleine Kerl kannte auch keine Furcht, er sträubte sich nicht, als ich ihn aus seinem Ffridd heraushob, sondern schaute sich aufmerksam um, wie um sich nur ja nichts entgehen zu lassen. Ich drückte einen Kuß auf sein feuchtes Haar – wie warm und lebendig war doch so ein Kind! – und sang ihm ein Lied im Suantraí-Stil vor, um ihn in den Schlaf zu wiegen. Gweniver lachte.

»Wenn wir Gäste haben und mein Sohn aufbleiben will, kommst du mit einem Schlaflied nicht weit, Penbardd! Hast du vergessen, wie es bei Gerrans war?«

Tatsächlich wirkte der kleine Prinz nicht im mindesten schläfrig. Ich setzte ihn lächelnd in seinen weichgepolsterten Ffridd zurück.

»Ich habe wirklich schon lange kein Kind mehr in den Armen gehalten ... Ein prächtiger Bursche, meine Lieben.«

Arthur griff nach der Hand seiner Frau, und ich hätte vor Freude fast geweint. Wie lange, wie endlos lange hatten wir darauf warten müssen!

»Wenn wir mit ihm soviel Erfolg haben wie du und

Guenna mit Gerrans«, sagte er ernst, »dann können wir zufrieden sein.«

Nun war ich es, der nach der Hand meiner Frau griff. »Uthyr hat es noch immer am besten ausgedrückt: Je mehr Äste das Haus Dôn treibt, desto fester wurzelt der Stamm – leider gibt es einen Ast, auf den wir uns nie ganz zu stützen wagten.«

Zorn und Abscheu traten in Gwenivers Augen. »Seit ihr von Gwynedd zurückgekommen seid, haben wir von Marguessan und Mordryth nichts mehr gehört. Irian sitzt wie immer auf Lleyn, und Galeron hält sich vermutlich bei ihm auf. Gwain war zur Ausbildung bei der Fianna und befindet sich nun auf dem Weg hierher. Marguessan ist darüber sicher nicht glücklich.«

In diesem Augenblick kam Ygrawn aus ihrem Solar, und ich ging ihr freudig entgegen. Wir hatten uns bei meiner Rückkehr zärtlich begrüßt, aber bisher noch keine Zeit zu einem vertraulichen Gespräch gefunden, was ich sehr bedauert hatte. Ygrawn Tregaron, einst mit dem Prinzen Amris Pendreic vermählt, später als Gattin seines Bruders Uthyr Königin von Keltia, war für mich die einzige Mutter, die ich je gekannt hatte. Meine leibliche Mutter war gestorben, als ich noch ein Säugling war, ihr Grab befand sich bei den Leuchtenden; Medeni, die Gattin meines Vaters, die meine sechs Halbgeschwister geboren und mich wie ihr eigenes Kind geliebt hatte, war ihr zwei Jahre später gefolgt. So hatte ich in Ygrawn, die mich im vorgerückten Alter von sechs Jahren in Pflege genommen und mit der gleichen liebevollen Strenge erzogen hatte wie ihren einzigen Sohn Arthur, immer die Mutter gesehen, die der Dán mir vorenthalten hatte. Gewiß, sie war keine *gewöhnliche* Mutter, aber für mich war sie in jeder Hinsicht vollkommen, und ich liebte sie von ganzem Herzen. Und das war auch gut so, war sie doch zugleich meine Schwiegermutter, und *diese* Beziehung gedeiht auch in Keltia nicht immer zur Zufriedenheit aller Beteiligten ...

Ich war höchst überrascht, als ich nun feststellte, daß sie in den zwei Jahren meiner Abwesenheit merklich gealtert war. Einem Fremden wäre vielleicht nichts aufgefallen, aber für mich waren die silbernen Fäden in ihrem blauschwarzen Haar, die leichten Schwellungen unter den veilchenblauen Augen und die ersten kleinen Fältchen auf der hohen Stirn nicht zu übersehen. Nun kennen wir Kelten Mittel und Wege, um derlei Erscheinungen, wie sie auf Outfrenne-Welten unvermeidlich sind, zu verhindern; wenn man nur will, kann man sich das Aussehen seiner mittleren Jahre bis über das zweite Lebensjahrhundert hinaus bewahren. Ich hätte mir freilich denken können, daß Ygrawn solche Methoden im Augenblick noch verschmähen und vielleicht sogar ganz darauf verzichten würde. Bei uns schämt man sich seiner Jahre nicht, sondern zeigt sie ganz offen, denn man schätzt die Weisheit und Erfahrung des Alters, die der Jugend noch fehlt, und achtet die Alten nicht weniger als das junge Volk. Die äußeren Spuren der Erfahrung sind für uns keine Schande, sondern wichtige Mahner an unsere Siege wie an unsere Niederlagen. Doch wenn sie erstmals auftreten, überraschen sie die nächsten Angehörigen nicht selten mehr als einen selbst.

Ygrawn kam wie üblich gleich zur Sache. »Sie kümmern mich nicht«, sagte sie, und damit waren ihre Tochter und deren Anhang erledigt. »*Mich* würde viel mehr interessieren, wo Malgan Rheged ap Owein steckt.«

Als der Name fiel, verschlug es uns allen – anwesend waren Artos und Gwen, Morgane und ich, Tarian, Roric und Daronwy, Gerrans, Donah, sowie Tryffin und Ysild, die mit Loherin von Kernow gekommen waren – für einen Augenblick die Sprache. Ich nützte die Gelegenheit, um mich umzuschauen, aber mir fiel weiter nichts auf. Donah verhielt sich ebenso, und ich lächelte, als unsere Blicke sich trafen. Ich hatte sie seit meiner Rückkehr heute zum ersten Mal gesehen, und bisher hatten wir noch keine Zeit für ein Gespräch unter vier Augen gefunden. Sie hatte mich nur unter Tränen umarmt und sich von Herzen gefreut, ihren Onkel wohlbehalten wiederzuhaben. In den Monaten vor meiner Gefangenschaft hatten wir die enge Beziehung aufgefrischt, die wir einst auf Aojun geknüpft hatten, und sie hatte Morgane und mir die Tochter ersetzt, die uns versagt geblieben war. Während meiner Abwesenheit war sie noch einmal gewachsen und noch schöner geworden als ihre Mutter. Als Ygrawn jetzt Malgans Namen aussprach, da fiel mir alles wieder ein …

Es gab in Keltia eine Gruppe von Menschen, die trotz aller gegenteiligen Beteuerungen weiterhin der festen Meinung war, Malgan Rheged ap Owein (wie sein voller Name lautete), der Sohn von Arthurs erster, inzwischen verstorbener Gattin, der abscheulichen Gwenwynbar, sei nicht Owein Rhegeds, sondern Arthurs Sohn, und mit dieser Meinung auch nicht hinter dem Berge hielt. Gwenwynbar, diese treulose Schlampe, hatte ihre Brehonenehe mit Arthur unter Umständen, die anderswo beschrieben wurden, gelöst und sich unverzüglich mit Owein eingelassen, der damals noch Herr von Gwynedd und Erbe des Marbh-draoi Edeyrn gewesen war.

Kaum sieben Monate später war Malgan zur Welt gekommen … Gwenwynbar hatte stets behauptet, der Junge sei ein Siebenmonatskind, und Owein sei sein Vater – und Owein hatte ihr offenbar geglaubt. Entscheidender war noch, daß Edeyrn nach Owein ebendiesen Malgan zu seinem Erben bestimmt hatte – was man freilich bei genauerem Hinsehen auch anders deuten konnte. Wäre Malgan nämlich Arthurs Sohn gewesen, und Edeyrn hätte es gewußt, so hätte er sich kaum gründlicher am Hause Dôn rächen können als dadurch, daß er einen Sproß dieses Hauses adoptierte und für seine verbrecherischen Ziele mißbrauchte …

Und Donah ... Falls sie die Erstgeborene ihres Vaters wäre, stünde sie von Rechts wegen an erster Stelle in der keltischen Thronfolge. Daran gab es nichts zu rütteln; doch als Erbin von Aojun, als künftige Königin der Yamazai und als Nachfolgerin ihrer Mutter als Jamadarin war ihre Zukunft ohnehin gesichert. Und nun war Arawn dazugekommen, und man hatte ihn bereits zum Tanist ernannt. Dabei war Malgans Abstammung niemals zufriedenstellend und ohne Ansehen der Person geklärt worden. Methoden dafür hielten sowohl die Medizin wie die Magie bereit, aber man hatte sich nie entschließen können, sie anzuwenden, hauptsächlich, so mein Verdacht, weil Arthur selbst keine Gewißheit haben wollte. Eines Tages würde man wohl nicht daran vorbeikommen ... Aber nicht mehr heute abend.

Ygrawns Frage stand noch immer im Raum, und nun riß Arthur sich energisch zusammen.

»Malgan ist ein erwachsener Mann«, erklärte er sachlich. »Er kann gehen, wohin er will; nach letzten Meldungen hält er sich aber auf Gwynedd auf, auf Saltcoats, und zwar allein.«

Saltcoats! *Das* weckte nun erst recht Erinnerungen, und nicht von der angenehmsten Art: Als Malgan noch klein war, hatte die Streppoch Gwenwynbar dort demonstrativ eine eigene Hofhaltung betrieben und in Saus und Braus gelebt. Malgan selbst hatte einen großen Teil seiner Jugend auf der Burg verbracht und war erst, als Arthur sich offen gegen Edeyrn stellte und Gwynedd in die Hände der Gegenrebellion fiel, mit seiner Mutter untergetaucht. Nach Gwenwynbars Tod (die schöne Ysild, die heute ebenfalls anwesend war, hatte sie mit dem Schwert durchbohrt, ein viel zu gnädiges Ende, jedenfalls für meinen Geschmack) hatte Arthur den Jungen als Königsmündel an den Hof geholt, und Malgan hatte lange Zeit unauffällig unter uns gelebt. Ich hatte ihn kennen- und liebengelernt; aber ganz wohl hatte er sich hier offenbar nie gefühlt, ich konnte also gut verstehen, daß er sich an einen Ort zurückgezogen hatte, an dem er einst glücklicher gewesen war.

Aber ich verstand auch Ygrawns Besorgnis. »Glaubst du, er hat sich auf Marguessans und Mordryths Seite geschlagen?« fragte ich leise. Ein Funkeln in den Tiefen der Veilchenaugen belohnte mich.

»Es sollte mich nicht wundern«, antwortete sie. Arthur stieß einen tiefen Seufzer aus, sagte aber kein Wort mehr, und gleich darauf wechselte Tarian geschickt das Thema.

Doch die Saat war gelegt.

Über die Vorbereitungszeit gibt es nicht viel zu berichten: Wir hatten den Auserwählten vierzehn Tage zugestanden, und auch in Turusachan war diese Zeit von Sorgen und von hektischer Betriebsamkeit erfüllt. Gweniver war plötzlich bewußt geworden, daß sie vielleicht auf Monate oder gar noch länger von Arawn getrennt sein würde. Das brach ihr schier das Herz, und sie überschüttete Arthur von morgens bis abends mit guten Ratschlägen, bis man wirklich meinen konnte, er wäre nicht allein imstande, für seinen Sohn zu sorgen oder hätte gar noch nie etwas mit ihm zu tun gehabt. Morgane hatte Gerrans sehr geliebt, aber sie hatte ihn seiner Amme und später seinen Pflegeeltern übergeben, ohne sich noch einmal nach ihm umzusehen. Nun fand sie Gwenivers Getue in höchstem Maße lästig und zeigte wenig Verständnis dafür.

Für die anderen von uns kehrte nach den ersten Aufregungen zunächst Ruhe ein. Wir hatten Zeit, über die bevorstehende Aufgabe und ihre ungeheuren Auswirkungen nachzudenken und uns mit Leib und Seele darauf einzustellen.

Wir sollten ausziehen, um einen der größten Schätze unseres Volkes zurückzuerobern, einen Schatz, in dessen Abwesenheit nicht nur unser körperliches Wohlbefinden, sondern auch der innere Friede der keltischen Welten stark beeinträchtigt war. Wenn der Pair verschwunden blieb, verlor Keltia mit der Zeit sämtliche Heilkraft, und die Vision, die mich vor so langer Zeit im Anschluß an Cadarachta heimgesucht hatte, würde sich endlich doch erfüllen: unser Land würde zur Wüste werden und verdorren; das Land – und sein König – würden sterben.

Als ich mit meinen Gedanken so weit gekommen war, erkannte ich, daß ich noch etwas mehr an Vorbereitung benötigte als die anderen. So verließ ich eines Tages lange vor Sonnenaufgang unbemerkt Caerdroia und ritt zum Raumhafen Mardale, wo ein kleines Schiff der Königlichen Flotte für mich bereitstand. Ich entließ den Piloten, setzte mich selbst ans Steuer – und wenn Ihr nicht ermessen könnt, was das für eine Heldentat war, dann wißt Ihr nicht, wie tief mir die Höhenangst in den Knochen steckte – und schoß wie ein Pfeil durch die Dunkelheit nach Osten.

Als ich den Mount Keltia erreichte, hatte die Sonne die Spitzen der beiden Gipfelhörner noch nicht berührt; dennoch blieb mir nur wenig Zeit, und so wagte ich es, eine stumme Bitte um Vergebung für diese womöglich frevelhafte Tat auf den Lippen, in sicherer Entfernung von den heiligen Steinen mitten auf der Hochebene von Caer-na-gael zu landen.

Klar und kalt schlug mir die Luft ins Gesicht, als ich ausstieg; das Gras – wir hatten immerhin Frühherbst – war braun und gefroren und knirschte unter meinen Stiefeln. Als ich das Dolmentor erreichte, legte ich eine Hand auf den Deosil-Pfeiler und griff mit meinen inneren Sinnen aus. Doch das war gar nicht nötig: Der, den ich hier treffen wollte, erwartete mich bereits im Herzen des Kreises.

Gwyn ap Nudd sah mir mit ernster Miene entgegen,

als ich barfuß über das gefrorene Gras auf ihn zuging, und sagte kein Wort; auch ich schwieg, als ich vor ihm stehenblieb und mich wie bei jeder Begegnung tief verbeugte. Er war der Prinz der Sidhe; an ihm war es, das Wort an mich zu richten. Und irgendwann tat er es auch.

»Du fragst dich, warum wir vor so vielen Monaten nicht verhinderten, daß du in Marguessans Hände fielst, nachdem du Glenshee verlassen hattest. Mich dünkt, du machst es uns – vor allem mir – zum Vorwurf, daß wir dich, unseren Gast nicht besser schützten. Talyn?«

Nun hätte ich in meinen sämtlichen Leben, den vergangenen wie den künftigen, nie auch nur den leisesten Hauch eines Vorwurfs an die Leuchtenden gerichtet. Sie sind nicht mit den Maßstäben der Sterblichen zu messen, auch wenn ich manchmal den Eindruck habe, daß sie uns aus irgendwelchen Gründen ihre Maßstäbe anlegen … Doch was Gwyn soeben angesprochen hatte, hatte ich im Innersten meines Herzens tatsächlich empfunden, ich hatte nur nicht gewagt, es auszusprechen, hatte es nicht einmal mir selbst eingestanden. Er verdiente eine ehrliche Antwort.

Ich richtete mich auf und sah ihm fest in die Augen – obwohl man uns gerade davor immer wieder gewarnt hatte … »Ja, Herr«, sagte ich dann. »Ihr habt recht. So sehr ich es bedauere, manchmal empfinde ich so. Ich habe niemandem etwas davon gesagt, nicht einmal Guenna. Ich fand, es gehöre sich nicht. Über solche Empfindungen zu sprechen, meine ich, wenn man sie denn schon hatte.«

Gwyn lachte, und obwohl der Kreis noch immer nicht in der Sonne lag, schien mir plötzlich alles von Licht und Wärme übergossen.

»Und trotzdem bist du hierhergekommen, um mich aufzusuchen … Hast du gewußt, daß dieser Ort einst, vor langer Zeit unser Turusachan war?«

Eine kleine, scheinbar nebensächliche Bemerkung, die mich heftig auffahren ließ, wußte ich doch genau, daß die Sidhe für jedes Wort ihre Gründe hatten. Turusachan – der Name, den Brendan dem Palasthügel über Caerdroia gegeben hatte – bedeutet einfach ›Versammlungsort, Ziel der Pilgerfahrt.‹ Selbst auf der Erde war der Name hin und wieder vorgekommen. Wir hatten das Wort im Lauf der Zeit und über etliche Lautverschiebungen hinweg in unserer Sprache eingebettet, es war jedoch, das wußte ich aus dem Bardenstudium, nicht keltischen Ursprungs. Wobei nicht einmal die Ollaves sagen konnten, aus welcher Sprache wir es einstmals übernommen hatten.

Im allgemeinen Sprachgebrauch bezeichnet ›Turusachan‹ die Vollendung eines Vorgangs, in der Bardensprache bedeutet es dagegen ›Der erste Ort‹. Nicht das Ende der Reise, sondern den Ort, von dem man aufbricht; Beginn, nicht Abschluß. Ein Paradox? Vielleicht, aber irgendwie schließt es den Kreis.

Gwyn sah, wie überrascht ich war, ließ sich aber zu keiner Erklärung herbei. Was ich auf dem Herzen hatte, war dringender als die Beschäftigung mit Wortspielereien (so sehr sie mich auch reizen mochte), und so fragte ich nicht nach. Er faßte mich am Arm, was mich noch mehr erschreckte, und führte mich in die Mitte des heiligen Kreises.

»Von allen, die erwählt wurden, sich auf die Suche nach dem Pair zu begeben«, begann er, »war es offenbar nur dir ein Bedürfnis, vorher hierherzukommen. Morguenna und Gweniver bekleiden einen hohen Rang unter den Zauberinnen, und auch von verschiedenen anderen könnte man – ohne dich kränken zu wollen – eher erwarten, daß sie ihre geistige Vorbereitung mit einer solchen Wallfahrt abschließen würden. Doch du bist der einzige, und das überrascht mich nicht.«

»Nun, es erschien mir eben angebracht«, murmelte

ich. »Ich hätte freilich nicht damit gerechnet, *Euch* hier zu treffen, Herr …«

»Nicht? Bist du denn nicht gekommen, um mit mir zu sprechen?«

Ich sah ihn von der Seite an, aber sein Blick ruhte auf der großen Steinplatte im Herzen von Caer-na-gael. Yr Allawr Goch, der Rote Altar; niemand wußte, woher der Name kam, der Stein war weder rot, noch war es ein richtiger Altar … St. Brendan selbst lag darunter begraben.

»Er hat den Pair nach Keltia gebracht«, sagte Gwyn, der wie Arthur in meinen Gedanken lesen konnte wie in einem offenen Buch. »Ihn und alles andere – die Kelten, die Schätze, alles.«

»Und wie steht es mit Euch? Hat er auch die Leuchtenden mitgebracht?« Diese Frage brannte mir seit langem auf der Seele – wie jedem Kelten, der je gelebt hatte.

»Mag sein«, sagte Gwyn, aber in seiner tiefen Stimme lag ein Zögern, und er mied noch immer meinen Blick. Dann drehte er sich plötzlich zu mir um. »Taliesin, die Suche nach dem Pair betrifft mein Volk nicht weniger als euch, befand er sich doch in unserer Obhut, als Marguessan ihn verschwinden ließ.«

Ich schloß für einen Augenblick die Augen und atmete tief ein. »Euch und Euer Volk trifft keine Schuld, Herr.«

Gwyn lachte leise auf. »Es war nicht unsere Schuld, nur unser Dán; und die Rolle, die er uns spielen läßt, gefällt uns nicht. Doch auch der Dán läßt sich bisweilen ändern, du hast es selbst erfahren …« Er zögerte. »Es ist uns nicht gestattet, euch bei der Suche zu unterstützen, jedenfalls nicht offen. Aber ich kann dir versprechen, daß euch unterwegs von unerwarteter Seite Hilfe zuteil werden wird.«

»Und auch ich will dir ein Wort mit auf den Weg geben.« Als ich die klare, frische Stimme Birogues vom

Berge hinter mir vernahm, drehte ich mich um. Sie trat lächelnd auf mich zu, und ich beugte das Knie wie vor einer Königin, obwohl diesen Rang in ihrem Volk eine andere bekleidete.

»Ich hatte schon geahnt, daß ich Euch antreffen würde, Herrin«, sagte ich. »Aber warum bin ich hier und nicht meine Guenna?«

»Nicht jede Botschaft kann man jedem Boten anvertrauen«, sagte Birogue. »Diese ist nur für dich bestimmt. Was Morguenna wissen muß, wird sie zur rechten Zeit erfahren.«

Ich spürte bereits, wie mich der Schwindel erfaßte, mit dem sich die Leuchtenden von den Sterblichen zu verabschieden pflegten. Er baute sich um uns herum auf wie der Dyster, jener von Corioliskräften getriebene Sturm, der über das Timpaun, die große Trommelfell-Ebene auf Erinna hinwegzufegen pflegt.

»Das Schwert, das zerbrochen wurde, muß wieder zusammengefügt werden.« Gwyns Stimme hallte bereits wie aus weiter Ferne wider, und die Sonne, die nun die Gipfel über unseren Köpfen berührte, ließ ihn in allen Regenbogenfarben erstrahlen. »Auch das gehört zur Suche nach dem Gral – nach jedem Gral.«

»Taliesin ...« Birogues Stimme drang aus einer funkelnden Wolke in Frauengestalt. »Noch nie kam das Böse von Osten. Vergiß das nicht. Wir können nicht bei euch sein, aber wir werden mit euch sein. Merke dir auch das.«

Dann öffneten sich die Tore der Sonne, ließen das gleißende Morgenlicht ein, und die beiden waren verschwunden. Ich stand, frierend und traurig und zugleich seltsam beglückt, allein im Kreis. Ich hatte den Segen bekommen, den ich begehrte, die Sidhe billigten unser Vorhaben. Aber ich wollte noch mehr – ich wandte mich abermals dem Roten Altar zu und kniete davor nieder. Dann sprach ich mit dem, der darunter lag und dessen Geist ich spürte, und bat ihn, mit dem einst alles begonnen hatte, um seine Hilfe und um seinen Segen. Gerne würde ich Euch jetzt berichten, daß eine gewaltige Erleuchtung über mich kam, daß Brendans Hand oder die Hand seiner Mutter Nia mich berührte und mich mit einer felsenfesten Zuversicht erfüllte, die ich mit auf die Suche nehmen konnte. Das soll nicht etwa heißen, daß Gwyns und Birogues freundliche Ratschläge mir nicht genügt hätten; ich suchte nur etwas, um das Erlebnis abzurunden, zu jener inneren Befriedigung zu finden, die man spürt, wenn eine magische Handlung vollends abgeschlossen wurde. Wenn man im Kreis steht und einfach – *weiß*.

Ich stieß einen Seufzer aus und erhob mich mit schmerzenden Knien. Vielleicht hatte ich zuviel erwartet. Doch als ich mich schon abwenden wollte, da überkam mich etwas von der Gewißheit, um die ich gebetet hatte. Wer, wenn nicht Brendan, hätte denn auch mich, Birogue und Gwyn an diesem Ort zusammenführen sollen? Hier hatte, Gwyn selbst hatte es gesagt, wahrhaftig alles angefangen, und deshalb hatte sein Volk einst auch vom *ersten Ort* gesprochen.

Und so nahm ich die Antwort auf meine Fragen mit nach Caerdroia und mit auf unsere Suche.

BUCH II

Neartraí

Kapitel 7

Es war eine dunkle, stürmische Nacht, der Mond hatte sich hinter den Regenwolken versteckt. Ich war allein. Die anderen, mit denen ich aufgebrochen war, hatte ich schon vor mehreren Tagen aus den Augen verloren, und ich mußte befürchten, daß ihnen Schlimmes zugestoßen sei. Auch ich ritt ins Ungewisse; ich ließ mein Pferd gehen, wie es wollte, und hoffte nur, daß der Hengst einen besseren Weg wählen würde, als es mir bisher gelungen war.

Ich zog meinen Umhang fester um mich, aber die Nässe fand mit gezielter Bosheit den Weg in meinen Nacken: Es regnete auf *mich*, auf mich persönlich und nur auf mich, jeder andere reiste in dieser Nacht unter klarem Himmel … Ich schüttelte mich, daß die Tropfen aus meinem Bart und meinem klatschnassen Haar sprühten. Dann fuhr ich auf meinem glitschigen Sattel mit einem Ruck in die Höhe. Ich hatte in einiger Entfernung etwas entdeckt – oder glaubte es wenigstens … Im gleichen Augenblick fiel mein Hengst in einen müden Trab, und zwar nicht nur, weil ich mein Gewicht verlagert hatte; auch er hatte etwas bemerkt.

Vor uns lag ein Kreuzweg, und im Winkel zwischen Westen und Norden stand ein kleiner Annat. Kein protziger Tempel, nur ein Schrein am Wegesrand – für vorüberkommende Wanderer oder für die einheimische Bevölkerung, falls in der Umgebung überhaupt jemand lebte. Gewöhnlich wurden solche Stätten einer Gottheit geweiht, die einen Bezug zur jeweiligen Gegend hatte – vielleicht hatte hier in der Nähe irgendwann einmal eine Göttin oder ein Gott gewohnt oder ein Wunder gewirkt, vielleicht hatte auch eine Transformation stattgefunden. Ich überlegte, welche Gottheiten wohl in Frage kämen, aber da ich nicht genau wußte, wo ich war, brachte mich das nicht weiter. Vielleicht war der Schutzpatron auch einfach Aengus, der Gott der Reisenden, und wer Wert auf gute Straßen legte und sicher ans Ziel kommen wollte, tat gut daran, ihm seine Reverenz zu erweisen; oder es war einer der Schreine für die Höchste Göttin und den Höchsten Gott, wie man sie überall in Keltia findet. Mein Pferd war vor der Tür zitternd stehengeblieben, und ich sprang aus dem Sattel.

Ich führte den Hengst nach hinten, wo er vor dem Wind geschützt war, und entdeckte dort zu meiner Überraschung einen kleinen, offenen Stall, der offensichtlich für die Tiere der Besucher gedacht war. Hier war es trocken und angenehm warm, und erstaunlicherweise war sogar für Heu gesorgt – es roch nicht gerade frisch, war aber höchstens eine Woche alt und noch durchaus genießbar. Ich betrachtete es als Gottesgeschenk und sprach ein Dankgebet, dann nahm ich meinem müden Pferd Sattel und Zaumzeug ab und rieb es trocken.

Das alles nahm einige Zeit in Anspruch, und erst danach konnte ich auch an mich denken: ein Paar trockener Stiefel, wärmere Kleidung und ein oder zwei Fleischpasteten hätte ich durchaus vertragen können … Aber eine innere Stimme sagte ›Noch nicht‹, und ich legte gehorsam die Kleider auf den Boden, hängte meinen Proviantranzen so hoch auf, daß er vor tierischen Dieben sicher war, trat wieder hinaus in den Sturm, eilte um das Gebäude herum und betrat die kleine, überdachte Veranda.

Die Tür war unverschlossen, wie es an solchen Stätten üblich war. Ich stieß sie vorsichtig auf und spähte durch den Spalt. Von der Straße aus hatte ich ein Licht gesehen. Nun bemerkte ich an der Westseite einen matten Glanz, aber das konnte nicht der helle Schein gewesen sein, der mir und wohl auch dem Hengst aufgefallen war.

Die Luft im Inneren war kalt aber dumpf, so als seien Tür und Fenster lange nicht geöffnet worden. Aber der Boden schien sauber gefegt, und als ich vorsichtig auf das schwache Leuchten zuging, klapperten meine Absätze leise auf den Steinplatten.

Der Altar befand sich ein paar Schritte vor der Westwand. Ich suchte nach einem Hinweis auf den Schutzpatron, doch die schlichte Blausteinplatte war völlig naturbelassen. Dann zuckte draußen ein blauweißer Blitz über den nächtlichen Himmel, ein Donnerschlag zerriß die Stille, und zugleich loderte im Inneren des Schreins ein Licht auf, das dem Himmelsfeuer in nichts nachstand.

Die jähe Helligkeit hatte mich nur erschreckt, aber der Donner versetzte mich in blinde Panik. Ich taumelte zurück und hielt mir schützend den Arm vor die Augen. Als ich ihn wieder sinken ließ, erstrahlte der Annat noch immer in diesem grellen Licht, doch gleich darauf dämpfte es sich zu einem schwachen Glühen, das an ein Altarfeuer oder an eins der ewigen Lichter erinnerte, wie wir sie bei bestimmten Ritualen oder an besonderen Feiertagen in unseren Gebetsstätten aufzustellen pflegen.

Mit einem Mal durchströmte mich jenes Gefühl freudiger Erwartung, das so oft bei einem Ritual entsteht. Dabei hatte ich bisher nichts getan, was auch nur im entferntesten rituellen Charakter hatte. Ich nahm die vorgeschriebene Haltung ein, und schon fiel ich in Trance …

Ich war wieder in Caerdroia, und wir wollten gerade zu der Gralssuche aufbrechen, an der ganz Keltia so leidenschaftlich Anteil nahm. Ich sah mich selbst voll Begeisterung auf Feldore sitzen, meinem neuen grauen Hengst mit der schwarzen Mähne, dem schwarzen Schweif und den schwarzen Fesseln: demselben Tier, das jetzt triefend naß da draußen im Stall stand und seinen stolzen Kopf hängen ließ. Ich sah Morgane, Gweniver und Gerrans im Gedränge der vielen anderen Reiter. Ich sah, wie Arthur uns seinen Segen gab und uns entließ …

Dann wechselte die Szene – es war, als müßte ich alles noch einmal erleben …

Wir hatten ein Schiff bestiegen und segelten um das riesige Kap des Drachenrückens herum, denn wir wollten in den südlichen Breiten der Thronwelt mit der Suche beginnen. Auch die übrigen sechs Trupps waren zu Schiff aufgebrochen. Aber sie hatten den Planeten verlassen und Gwynedd, Scota, Kernow, Vannin, Erinna und Arvor angesteuert – jeder Trupp eine andere Welt. Der Plan sah vor, daß sich ein Trupp, der seinen Planeten gründlich abgesucht hatte, ohne eine Spur zu finden, einem anderen anschließen sollte, der noch ohne greifbares Ergebnis geblieben war, um die Zahl der Sucher zu vergrößern. Falls der Erfolg dann noch immer auf sich warten ließ, sollte sich zuletzt, auch das war im Plan verzeichnet, alles auf einen einzigen Planeten konzentrieren. Wir nahmen an, daß dieser letzte Planet Tara sein würde, aber eine Garantie hatten wir dafür nicht. Es gab auch Stimmen, die den Kelch auf Kernow vermuteten, andere schworen auf Gwynedd oder Erinna … doch bisher hatte niemand eine eindeutige Vision gehabt, nicht einmal Morgane.

Wir segelten also über das Meer und hatten die Kyles von Ra weit hinter uns gelassen, als Donah, die im Bug stand, sich plötzlich aufrichtete und den Kopf hob. Ich stand ganz in der Nähe und war mit Tabellen und Landkarten beschäftigt, spürte aber ihre jähe Wachsamkeit.

»Donayah? Was ist?«

Sie deutete nach Steuerbord. »Ein Schlund im Meer.«

Ein Frösteln überlief mich. Tatsächlich, ein Schlund im Meer, ein schäumendes, klaffendes Maul, dem ohne weiteres zuzutrauen war, daß es unser Schiffchen mit einem einzigen Haps verschlang …

Morgane war zu uns getreten. »Wartet noch ein wenig, bevor ihr die anderen aufschreckt«, sagte sie leise. »Das ist Corryochren, der Hungerstrudel, ein großer Wirbel zwischen den Inseln Kedria und Carbria. Viele Schiffe hat er bereits mit Mann und Maus in die Tiefe gerissen, ohne daß je wieder etwas aufgetaucht wäre.«

Donah wich kaum merklich zurück. »Können wir ihn denn umsegeln, Modryn?«

Morgane legte ihrer jungen Nichte die Hand auf die Schulter und schüttelte sie ein wenig. »Nein, Kind; wir müssen mitten hindurch.«

In diesem Augenblick hätte auch ich gegen eine tröstende Hand nichts einzuwenden gehabt. »Laß mich raten: So steht es im Gesetz der Suche.«

Morgane sah mich ruhig an. Sie gab mir keine Antwort, aber das war im Grunde auch nicht nötig, ich wußte Bescheid … Bevor wir Caerdroia verließen, hatten sie und Gweniver sich ins Taghairm versetzt, um in Erfahrung zu bringen, unter welchen Geisa unser Vorhaben stand. Aus dieser Trance war das Gesetz der Suche hervorgegangen, auf das ich eben so respektlos verwiesen hatte, obwohl ich im Grunde mehr Respekt davor hatte als jeder andere. Ich hatte auch allen Grund dazu.

Inzwischen war Gweniver zu uns getreten. Nachdem sie mit einem raschen Blick erkannt hatte, worauf wir zusteuerten, wandte sie dem Hungerstrudel entschlossen den Rücken zu.

»Am besten rufst du gleich auch die anderen nach vorne, Talyn«, sagte sie. »Sie werden es ohnehin bald sehen.«

Ich gehorchte, und bald standen Loherin, Daronwy und Roric neben uns. Morgane hatte das nahende Unheil versonnen betrachtet, nun wandte sie sich uns zu.

»Ihr habt gesehen, was auf uns lauert«, sagte sie mit fester Stimme. »Nun verlangt das Gesetz der Suche, daß wir allem, was uns unterwegs begegnet, mutig entgegentreten, ob es uns zum Heil gereicht oder nicht. Kein Ausweichen, kein Umkehren ist uns gestattet. Nur so werden wir schließlich vor das Angesicht des Pair gelangen. Deshalb segeln wir weiter – mitten hindurch.«

Ich muß zugeben, daß alle ihre Gelassenheit bewahrten; aber schließlich hatten wir auf unserem gemeinsamen Weg schon Schlimmeres erlebt. Am meisten war ich um Donah und Loherin besorgt; sie waren um so viele Jahre jünger als wir anderen, daß sie unsere Kinder hätten sein können (und es im Grunde auch waren); sie verfügten weder über die Erfahrung, noch über die Zuversicht, die wir uns – zumeist unter Schmerzen – erworben hatten. Nun nahm wohl das Leben ihre Erziehung in die Hand …

Mein Blick wanderte zu Loherin, Tryffins und Ysilds Sohn. Er war so alt wie unser Gerrans (Donah war einige Jahre älter), und hatte ebenso wenig Ähnlichkeit mit seinen Eltern wie Gerrans mit Morgane und mir. Er war wie seine Mutter von hohem Wuchs, hatte aber dunkelblondes Haar und graue Augen und war eher zierlich gebaut; mehr ein Mann für das Glaive als für das Claymore, wie man bei der Fianna sagt. Außerdem war Loherin der hübscheste Junge, den ich je auf einer Welt gesehen hatte, eigentlich viel zu schade für die Wechselfälle des Alltagslebens. Dabei besaß er den scharfen Verstand seines Vaters und eine Reife, die weit über seine Jahre hinausging, und war von einer Aura der Schwermut umgeben, für die es keine Erklärung gab. Wir bezeichnen solche Menschen mit einem alten Gaelochwort als *fey*. Sie spüren, was uns gewöhnlichen Dickhäutern verborgen bleibt, und oft hat der Dán ganz besondere Dinge mit ihnen vor. Als ich Loherin nun ansah, mußte ich unwillkürlich an seine Eltern denken, die mir so lieb und teuer waren, und ich flehte den Himmel an, ihn zu verschonen. Dann sah ich, daß auch Morganes Blick auf ihm ruhte, und das genügte mir …

Doch davon später. Zunächst also (nur zur Erinnerung, ich lag noch immer in Trance im dunklen Annat, und draußen tobte der Sturm) fuhren wir noch auf den Hungerstrudel zu – wie Morgane befohlen hatte, zurrten wir alles fest, was sich auf unserem Schiffchen befand (das übrigens so klein gar nicht war; immerhin faßte es uns sieben samt unseren Pferden und allem, was wir für die Reise brauchten), dann fesselten wir uns selbst mit langen Seidenschnüren aneinander und banden die Schnüre am Deck fest. Warum sie gerade diese Form der Sicherung gewählt hatte, wußte ich nicht – wenn einer über Bord ging, wären alle verloren. Aber niemand kam auf die Idee, Morganes Anweisungen in Frage zu stellen.

Lange brauchten wir nicht zu warten. Bevor wir den Strudel deutlich sehen konnten, hörten wir schon sein Gebrüll und spürten die Gischt auf unseren Gesichtern. Bald waren wir dem Loch so nahe, daß ich nur über das Dollbord zu schauen brauchte.

Donah hatte ganz recht, es war wahrhaftig ein Schlund im Meer, ein gieriger Schlund … Corryochren hatte Lippen aus graugelbem Schaum, und seine glasklaren, blasiggrünen Wände reichten bis in die Tiefen des Ozeans hinab. So sehr ich mich dagegen wehrte, meine Bardenphantasie konnte es nicht lassen, sich die Schiffsgerippe auszumalen, die dort unten lagen, die Leichname der Ertrunkenen, die wie nasse Puppen aus den Wracks geschleudert worden waren. Und das Maul brüllte unablässig, ein an- und abschwellendes Heulen, hoch und tief zugleich, ohrenbetäubend und markerschütternd, das unsere Brustkörbe erbeben ließ wie Timpauns …

Schneller als uns allen lieb sein konnte, war es so

weit. Der Lärm steigerte sich ins Unermeßliche, wurde so dicht, so greifbar wie die Gischt. Ein scharfer Ruck durchlief das Schifflein vom Bug bis zum Heck, gleich darauf ging ein zweiter, noch härterer von Backbord nach Steuerbord. Wir hatten den äußeren Rand des Mahlstroms überschritten und befanden uns nun in dem wilden Gebrodel, das nur darauf wartete, uns in die Tiefe zu reißen.

Ich schloß die Augen und dachte nach. So sehr ich mich anstrengte, ich konnte mir nicht vorstellen, daß mit Corryochren schon alles zu Ende sein sollte. Es gab keine logische Begründung, ich hatte nur einfach nicht das Gefühl, am Rand des Abgrunds zu stehen. Ein Blick durch die Wasserschleier, die jetzt wie Eisenplatten auf uns herniederstürzten, zeigte mir freilich, daß die anderen meine Zuversicht nicht unbedingt teilten. Selbst Morgane war sich ihrer Sache offenbar nicht sicher; nur Loherin schien nicht daran zu zweifeln, daß er überleben werde.

Der Spuk dauerte nicht allzu lange; nur etwa eine halbe Stunde wurden wir von launischen Strömungen hin- und hergeschleudert, während uns der Strudel unaufhörlich nach Deosil drehte. Dann wechselten die Gezeiten, ich spürte durch den Rumpf, wie die Wasser ihren Griff lockerten; wir fuhren heftig schlingernd in eine riesige Welle hinein, und dann glitten wir plötzlich in ruhigen Gewässern dahin. Corryochren, der tosende Schlund, heulte wütend hinter uns her.

Ich half Donah und Morgane auf die Beine und rannte ans Heck. Der Hungerstrudel war bereits eine Lai entfernt und schien in sich zusammengefallen zu sein; ich sah nur noch eine aufgewühlte, weißgrau schäumende Wasserfläche. Beim nächsten Gezeitenwechsel würde sich der Schlund im Meer aufs neue öffnen, und das nächste Schiff kam vielleicht nicht mehr mit dem Schrecken davon …

Mit einem Mal war ich wieder im Annat und konnte mich kurz umsehen, dann kam die nächste Vision über mich und riß mich fort…

…mitten hinein in eine schäumende Brandung, die sich an leuchtend grünen Machairs brach. Ich kämpfte mich an Land und schaute mich um, entdeckte aber keinen von meinen Gefährten. Nur mein Pferd war mit kräftigen Stößen hinter mir hergeschwommen und kam schließlich am Strand wieder auf die Beine.

Corryochren hatten wir überlebt, doch die Untiefen, die sich hier wie die Zacken einer Muschel vor der Küste hinzogen, waren unserem Schiffchen zum Verhängnis geworden. Uns war gerade noch Zeit geblieben, mit unseren Tieren sowie mit etwas Proviant und Kleidung bepackt von Bord zu gehen, bevor der Rumpf auf den Sandbänken zerschellte. Ich hatte mich bemüht, Morgane und Donah in dem allgemeinen Chaos nicht aus den Augen zu verlieren, aber die starken, quer zur Küste verlaufenden Strömungen hatten uns rasch auseinandergetrieben. Und sonst hatte ich aus unserem Trupp niemanden mehr gesehen.

Nun stand ich fröstelnd auf dem trockenen Sand. Mein Pferd kam zu mir und schmiegte den Kopf an meine Schulter. Wir waren wohl beide froh, nicht ganz allein zu sein. Ich sammelte ein, was ich von meinem Gepäck noch finden konnte, und suchte mir eine windgeschützte Senke, um ein Feuer anzuzünden, meine Kleider zu trocknen und vielleicht ein paar Bissen zu essen.

Darüber mußte ich eingeschlafen sein, denn als ich wieder zu mir kam, war es bereits später Nachmittag. Die Sonne schien, und ich lag in meiner Grasmulde wie in einem warmen Nest. Mein Pferd stand ein paar Meter entfernt an einem kleinen Bach, der durch das Machair und über den Sand ins Meer floß, und weidete seelenruhig das Seegras ab.

Ich klopfte mir die Grashalme und den Sand aus den Kleidern und dachte nach. Wo ich mich befand, konnte ich nicht genau sagen. Wir hatten unweit der Stelle, wo die südlichen Ausläufer des Trommelwalds in eine Dünenkette übergingen, auf die Küste zugehalten; doch die Strömung konnte uns nach beiden Richtungen meilenweit abgetrieben haben. Dies war so ziemlich die abgelegenste Ecke des Nordwestkontinents, zum Teil noch unerforscht und ohne Namen und fast zur Gänze unbewohnt.

Also kaum Hilfe zu erwarten … Aber wenn ich mich nach Osten hielt, mußte ich früher oder später auf die Rhinns von Kells stoßen – wenn ich mich nicht schon östlich davon befand, dann wäre ich allerdings rettungslos verloren. Dort lebten Menschen, wenn auch nicht allzu viele. In der anderen Richtung lag der Trommelwald, und der war noch größer, dichter und wilder als der Wald von Corva auf Gwynedd, mit dem ich sehr unangenehme Erfahrungen verband; jedenfalls gab es dort nichts, wovon Feldore und ich uns hätten ernähren können. Nachdem ich mich also im Bach gewaschen und meinen Grauen versorgt hatte, saß ich auf, und wir machten uns auf den Weg in Richtung Nordosten, um endlich unsere Suche zu beginnen.

Wieder wurde es dunkel um mich…

…und dann saß ich im Sattel und spähte mit zusammengekniffenen Augen nach vorne. Feldore tastete sich vorsichtig durch einen Sumpf, der so grau war wie sein eigenes Fell. Die gute Nachricht war, daß ich jetzt wußte, wo wir uns befanden: nur wenige Meilen von dem Strand entfernt, wo wir an Land gekommen waren, am Rand eines großen Moores, das die Siennega, manchmal auch das Marai genannt wurde. Die schlechte Nachricht lautete, daß wir weit östlich der Rhinns von Kells gelandet waren und deshalb von sterblichen Kelten keinerlei Hilfe zu erwarten hatten, denn in dieser Gegend lebte niemand mehr, und im Marai schon ganz gewiß nicht.

Ich parierte Feldore zum Stehen durch, stellte mich in die Steigbügel und versuchte, die einförmig graue Nebelwüste zu durchdringen. Nicht alles war Sumpfgelände: Dazwischen gab es immer wieder leuchtend grüne, mit winzigen Blüten übersäte Wiesenflächen, die den Anschein erweckten, als könne sich ein Reisender beruhigt darauf schlafen legen. Doch wer das tat, der bettete sich selbst zur letzten Ruhe. Dieses grelle Grün verhieß Gefahr. Die Matte aus verfilzten Gräsern schwamm auf einer Suppe aus Wasser, Kies und Schlamm, die noch gieriger war als Corryochren.

Irgend jemand hatte jedoch mit weißen Steinen Wege durch das tückische Grün und um die Wasserpfützen herum markiert, und so beschloß ich, Feldores Instinkten zu vertrauen (der Hengst trug schließlich nicht umsonst den Namen ›Wasserwolf‹) und trieb ihn ins Moor hinein.

Solange es hell war, hatte ich mir keine allzu großen Sorgen gemacht; doch jetzt senkte sich allmählich die Dämmerung auf das Marai herab und weckte eine gewisse Unruhe in mir. Wenn wir weitergingen, konnten wir uns leicht verirren; und wenn wir uns hinlegten, konnte es gar unser Tod sein … Ein wahrhaft gefährlicher Ort …

Woher er kam, kann ich Euch auch heute noch immer nicht sagen. Ein hochgewachsener Greis mit weißem Bart, der seine Kleidung in den Farben des Moores wählte, in dem er hauste – Grau, Braun und Rostrot. Er stand auf einmal neben mir und hielt Feldore mit einer Hand an seinem blauen Lederzaum fest.

»Wenn Ihr so weitermacht, rennt Ihr geradewegs in Euer Verderben«, tadelte er mich sanft. »Kommt, ich will Euch führen.«

Ohne eine Antwort abzuwarten, ruckte er leicht am

Zügel, und Feldore schnoberte ungeduldig und folgte ihm bereitwillig …

Das Geräusch holte mich kurz in den Annat zurück; Feldore schnoberte nicht nur, er wieherte und prustete aufgeregt in seinem Stall. Der Sturm tobte noch immer, aber der Regen hatte nachgelassen. Der Hengst fühlte sich wahrscheinlich einsam, hatte Angst, und als er mich witterte, wollte er auf sich aufmerksam machen. Ich hätte ihn gern beruhigt; aber …

»Wer seid Ihr?« wagte ich endlich zu fragen. Mein Wohltäter hatte die Reste des vorzüglichen Abendessens abgeräumt und wirtschaftete nun im Culist hinter dem freistehenden Kamin mit dem Bettzeug für seinen unverhofften Gast herum. Ich bekam keine Antwort.

Seufzend biß ich mir auf die Unterlippe und sah mich um. Der Mann hatte Feldore und mich zu einem Anwesen geführt, das mehr war als nur eine Hofstätte. Ein richtiger kleiner Bergfried mit zinnenbewehrtem Dach erhob sich über dem Moor wie ein steingewordenes Gespenst. Schon daß er aus Stein war, besagte hier einiges, denn Steinbrüche, in denen man solche Blöcke schlagen konnte, gab es im Umkreis von hundert Lai nicht … Der Erbauer, wer immer er sein mochte, hatte offenbar weder Mühen noch Kosten gescheut. Aber wozu?

»Inisguidrin«, sagte die Stimme meines Gastgebers dicht neben mir. Ich schrak so heftig zusammen, daß ich meinen Mether umwarf.

»Verzeihung«, murmelte ich. Der Steinboden schwamm im Bier, und die Sache war mir peinlicher, als er sich vorstellen konnte …

»Macht nichts«, sagte er höflich, holte ein Tuch und wischte den Boden auf. Als er fertig war, setzte er sich mir gegenüber und sah mich mit seinen blauen Augen durchdringend an.

»Inisguidrin«, wiederholte er. »So heißt dieser Ort.«

»Die Weiße Insel?« Das bedeutete der Name in der Bardensprache; dabei befanden wir uns weder auf einer Insel, noch war sie weiß.

Er nickte, ohne mich aus den Augen zu lassen. Allmählich wurde ich unter seinem Blick ziemlich unruhig und warf meinerseits sehnsüchtige Blicke zur Tür. Der Mann war zwar ziemlich groß und sehnig, aber dem zweiten Jahrhundert näher als dem ersten, wie man bei uns sagt; zu Pferd wäre ich sicher schneller als er, aber wie sollten wir ohne Führer – selbst ohne einen Führer wie diesen – durch das Marai finden?

Er schien meinen Gedanken zu folgen, denn der Blick der blauen Augen wurde wärmer, dann begannen sie spöttisch zu funkeln, und auf einmal lächelte er.

»Schön. Schluß mit der Geheimniskrämerei, wir sind verwandt … Ihr seid Taliesin, Sohn des Gwyddno, Gemahl der Morguenna. Ich heiße Avallac'h und bin der Sohn Cadors, des dritten Kindes und jüngsten Sohnes von Alawn dem Letzten König. Damit bin ich, wenn mich nicht alles täuscht, der Sohn des Ururgroßonkels Eurer Frau. Die Verwandtschaft ist ziemlich weitläufig, aber immerhin.«

Weitläufig war gar kein Ausdruck. Ich war gelinde gesagt sprachlos, dennoch hatte mein Bardengehirn sofort zu rattern begonnen …

»Wenn es sich so verhält, edler Herr« – ich hatte unwillkürlich die höfische Anredeform gewählt, schließlich war er ein Prinz und eines Prinzen Sohn – »dann müßtet Ihr … in der keltischen Thronfolge …«

Er lächelte wieder. »Die ist längst über mich hinweggegangen, Glyndour. Wollt Ihr erfahren, wie das zuging, und wie ich hierherkam?«

Ich nickte, denn jetzt brachte ich endgültig kein Wort mehr heraus. Das änderte alles. Oder etwa nicht? Ich fröstelte ein wenig, obwohl ich dicht am Feuer saß, beugte mich vor, um mir kein Wort entgehen zu lassen…

... und fand mich lang ausgestreckt auf dem kalten Steinboden des Annat wieder. Diesmal riß mich die Vision nicht gleich wieder mit sich fort, und ich glaubte auch zu wissen, warum.

Denn jetzt kam von allen Seiten etwas auf mich zugekrochen, ein Atemzug des Bösen, der alles durchdrang und sich über den Boden wälzte wie die kniehohen Nebelschwaden, die sich bei Nacht in Flußniederungen bilden. Genau das hatte Feldore wohl vorhin schon gespürt und dagegen protestiert oder mich gar zu warnen versucht ...

Doch noch leuchtete das Licht über dem Altar, und dieses Licht war gut, denn es verhieß Schutz und Sicherheit. Von meinen Instinkten und Gefühlen getrieben, schob ich mich näher heran. Während ich in tiefer Trance gelegen hatte, war in der Wirklichkeit nicht mehr als eine Stunde vergangen; aus einem Grund, den ich noch nicht durchschaute, sollte ich wohl alle Schritte und Wege, die mich an diesen Ort geführt hatten, noch einmal gehen.

So errichtete ich eine möglichst hohe Mauer aus schützenden Kräften um mich, schleuderte mein Bewußtsein in das Licht hinein und sprang hinterher ...

... Avallac'h sprach zu mir, Avallac'h ap Cador, und ich zwang mich, auf seine Worte zu hören.

»Ihr wißt wohl aus der Geschichte, daß der Marbhdraoi Edeyrn alle Freunde und Verwandten des Ardrígh Alawn getötet hatte«, sagte er. Er schien einerseits glücklich zu sein, sein lang gehütetes Geheimnis endlich mit jemandem teilen zu können, während sich andererseits etwas in ihm sträubte, dieses Geheimnis preiszugeben.

Ich nickte, denn soviel wußte in Keltia jedes Kind. Edeyrn hatte sich gegen seinen König und Freund aufgelehnt, Alawns gesamte Sippe verfolgt und bis auf den letzten Mann ermordet. Niemand wurde verschont – nicht die Pflegeverwandten, nicht die angeheirateten Verwandten, nicht einmal deren Familien.

»Niemand entkam ihm, mit Ausnahme von Seirith, Alawns jüngster Tochter; das war jedenfalls bislang die herrschende Meinung.«

Mit einem Mal war es so still geworden, als halte die ganze Welt den Atem an, um dem greisen Sproß eines ausgerotteten Hauses zu lauschen.

»Daß ich überlebt hatte, wußte nicht einmal meine Tante Seirith, die spätere Ard-rían«, fuhr Avallac'h endlich fort. »Aber ich hatte nur überlebt, weil ich meine eigenen Verwandten an Edeyrn verriet.«

Totenstille. Selbst das Moor schwieg betroffen, die leisen Geräusche der Nachttiere waren jäh verstummt. Ich wagte mich nicht zu rühren, geschweige denn zu sprechen …

»Es war kein gezielter Verrat«, fuhr er nach einer Weile fort. »Dafür hätte ich den sofortigen Tod verdient, und Seirith hätte – mit vollem Recht – auch nicht gezögert, einen solchen Spruch zu fällen. Es war nur übergroße Vertrauensseligkeit und schmähliche Dummheit. Heute begreife ich nicht mehr, wie ich auf seine Versprechungen hereinfallen, seinem Wort so blind vertrauen konnte …«

»Dessen braucht Ihr Euch nicht zu schämen«, sagte ich leise, aber sehr entschieden. »Ich bin ihm begegnet. Ich kann mir vorstellen, wie es zuging. Euch trifft keine Schuld.«

Er hörte mich kaum. »Mag sein, daß es keine Schuld war. Aber Torheit, das wohl. Jedenfalls lieferte ich sie ihm aus – meine eigene Tante Athonwy und meinen Onkel Brahan und Athonwys Kinder Farrand und Keira. Sie alle starben durch meine Hand.«

»Sie starben durch Edeyrns Hand!« Meine Stimme war wie aus Stein. »Sie wären in jedem Fall gestorben, ob mit oder ohne Euch, nichts hätte Edeyrn aufhalten können.«

Avallac'h winkte ab. »Mag sein. Ich sah die Sache in nicht ganz so rosigem Licht, und so ging ich zu einem, den ich kannte, zu einem mächtigen und angesehenen Zauberer, von dem hier und da gemunkelt wurde, er habe Sidhe-Blut in den Adern.«

»Merlynn.« Das Flüstern klang so schrill durch die Stille, als würde Seide zerrissen. Mir war nicht sofort bewußt, daß es aus meinem Mund gekommen war.

Er schien überrascht. »Ja, er war es! Zu meiner Zeit nannte er sich allerdings noch Maglaras.«

»Und ich lernte ihn als Ailithir kennen«, sagte ich noch immer leise. »Er kommt in dieser Geschichte wohl öfter vor.«

»Und hat seine Rolle noch nicht ausgespielt«, gab Avallac'h feierlich zurück. »Jedenfalls ging ich zu ihm, und er sprach mich los von meiner Schuld, meiner Sünde, meiner Schwäche. Aber das genügte mir nicht, und so bat ich ihn, mir eine Aufgabe zu stellen und mein Leben zu verlängern, bis ich sie erfüllt hätte, wann immer das sein mochte. Er ließ sich nur schwer dazu bewegen, doch endlich gab er seine Einwilligung, und so kam ich hierher nach Inisguidrin. Hier wollte ich warten, bis die ersehnte Aufgabe auf mich zukäme. Nun ist es soweit. Ihr seid gekommen, und die anderen werden Euch folgen.«

»Dann wißt Ihr von der Suche nach dem Gral«, keuchte ich. »Ihr wißt, daß der Kelch verlorenging?«

»Und daß Marguessan, meine entfernte Kusine, schreckliche Dinge damit vorhat. Ja. Das ist mir bekannt.«

Er hielt inne, um aus einem goldenen Pokal neben sich einen kleinen Schluck zu trinken, und ich nützte die Atempause, um nachzudenken. Dabei schoß mir etwas durch den Sinn:

»Vorhin beim Abendessen – Ihr habt mir bestes Rindfleisch vorgesetzt, doch Ihr selbst ...«

»Doch ich selbst habe nur Brot gegessen und mit Wasser vermischten Wein getrunken«, lächelte Avallac'h. »Richtig. Das ist ein Teil der Abmachung, die ich mit Merlynn, mit der Magie und mit dem Dán getroffen habe: Solange ich darauf bestehe, in dieses Gespinst verwoben zu sein, darf ich nichts anderes zu mir nehmen. Denn der Weizen ist der König des Getreides, das Gold ist der König der Metalle, und der Mensch ist der König aller Geschöpfe. Der Wein ist ein Geschenk der Göttin, und dem Wasser wohnt ein besonderer Segen inne. Wäre ich der Abmachung und des Wartens müde geworden, so hätte ich nur mein Fasten zu brechen und zu unerlaubten Speisen zu greifen brauchen, und alles wäre vorüber gewesen. Aber ich wurde nicht müde; und jetzt ist die Zeit da und Ihr seid gekommen.«

Ich schloß die Augen. »Nicht ich bin der Rechte«, gestand ich ihm. »Morgane selbst hat es geweissagt; sie meinte, wir würden den Kelch schauen, aber seiner nicht teilhaftig werden ...«

»Und sie hat recht geweissagt, so sehr es Euch auch schmerzen mag ... Doch wenn Ihr nicht der Rechte seid, so seid Ihr doch der Vorläufer, der Herold; und Euer Kommen verrät mir, daß die Zeit meines Wartens rasch ihrem Ende entgegengeht. Ich werde ihn erkennen, wenn er kommt.«

»Und was ist mit mir? Ich bin seit Tagen getrennt von meinen Gefährten, die mit mir in See gestochen sind. Wie soll ich sie wiederfinden? Und wie geht es ihnen?«

Avallac'h zog sich gleichsam in sich selbst zurück; seine feine Haut war fast durchsichtig geworden und leuchtete so weiß wie sein Haar und sein Bart.

»Am Blutigen Fluß, am Wandernden Berg – geh vorüber und laß sie hinter dir. Im Wald von Tiaquin – suche die lachende Blüte, die der Corrigaun mit dem Flammenschwert bewacht. Die Frau, der weiße Hirsch und der Hund. Der Wald des Scheins und der Wald der Erscheinungen, das Tal der Schatten und das Tal der Freude. Der Apfel, der Baum und der Löwe mit der Schlangenmähne. Nein, sie sind nicht für dich bestimmt. Ihnen wird ein anderer begegnen.«

Als er diese Weissagungen, oder was immer es war – ich frohlockte jedenfalls nicht allzusehr darüber – verkündete, war er in eine leichte Trance gefallen. Doch nun kam wieder Leben in seine Augen, er richtete sich auf seinem Stuhl neben dem Feuer hoch auf und sprach mit einer Stimme, die nichts Greisenhaftes an sich hatte.

»Taliesin. Derzeit ist der Kelch bedroht, doch er wird gerettet werden. Und auch das Schwert schwebt in Gefahr, und davor müßt Ihr warnen.«

»Fragarach?« fragte ich ratlos. Ich war vollkommen überrascht, denn ich hatte wie alle Kelten geglaubt, dieses mächtige Schwert, das auch Retaliator oder Antworter genannt wird und einst von Gavida mit eigener Hand geschmiedet worden war, sei über jede Gefahr erhaben. War es nicht in Keltia, um *uns* vor Gefahren zu schützen? Daß es seinerseits bedroht sein könnte, war eine ganz neue und höchst beunruhigende Vorstellung.

»Das Schwert wird erst zerbrechen, wenn die Welt vor dem Untergang steht«, sagte Avallac'h. »Und nur Gavida und Kelu wissen, wann und wie das geschehen wird. Mehr kann ich Euch nicht sagen. Aber das Schwert steht immer für scharfe Trennungen, für Ordnung, Präzision und Klarheit und für das Erreichen der gesteckten Ziele.«

»Und die anderen Schätze?« fragte ich.

»Der Kelch steht für das, wonach Ihr jetzt sucht; wer ihn findet, an dem ist es, davon zu berichten. Der Speer ist gleichzusetzen mit zielgenauer Orientierung, mit Wucht und Schnelligkeit und dem Erkennen der gesteckten Ziele; und der Stein bedeutet Standfestigkeit und Ausdauer, tiefe Verwurzelung, Sammlung und Hingabe an die gesteckten Ziele.«

»Ich weiß«, sagte ich leise, »so hat man es uns von jeher gelehrt.«

»Gut. Aber, Taliesin, das Schwert bedeutet außerdem einen sauberen Tod. Teilt auch das den anderen mit.« Avallac'h lehnte sich sichtlich erschöpft zurück, hob aber alsbald seine schmale, blasse Hand. »Laßt mich jetzt allein, mein Sohn. Morgen früh findet Ihr Marschverpflegung in Eurem Ranzen und Futter für Euer braves Tier. Die Straße verläuft geradewegs durch die Siennega; Ihr befindet Euch bereits östlich der Rhinns von Kells, doch Euer Weg führt noch weiter nach Osten. Östlich von Osten. Grüßt mir meine Sippe.«

Er schlief lächelnd ein, und ich stand auf, um mich ins Culist zu begeben, wo mein Bett stand, und seinem Beispiel zu folgen. Doch zuvor kniete ich noch nieder, ergriff Avallac'hs Hand und küßte sie wie ein Vasall die Hand seines Lehensfürsten. Denn noch lebte er in der Zeit und stand deshalb nicht völlig außerhalb der Thronfolge; noch war nicht ausgeschlossen, daß er selbst die Herrschaft übernahm, und dann hätte meine Geschichte einen ganz anderen Verlauf genommen. Aber mehr noch küßte ich sie wie ein junger Verwandter die Hand eines hochverehrten Ahnherrn. Morgane hätte sich an meiner Stelle nicht anders verhalten.

Am nächsten Morgen – hier im Marai war zwischen Morgengrau und Nachmittagsgrau kaum ein Unterschied festzustellen – konnte ich meinen Gastgeber nirgends finden. So bestieg ich Feldore – sein Fell war so gründlich gestriegelt worden, daß es glänzte, und er hatte sich vollgefressen mit Äpfeln und mit Heu – und ritt weiter nach Osten. Der Weg lag deutlich vor mir …

… und führte *hierher*. Wieder hatte mich etwas niedergestreckt, und als ich mich ein weiteres Mal aufrappeln wollte, hielt ich plötzlich inne und wagte kaum zu atmen. Das Licht hatte sich unmerklich verändert; es leuchtete nicht mehr wie vorher …

Dann sah ich auch, warum. Vor dem Altar waren die Steinplatten gesprungen, und aus dem Spalt drängte etwas nach oben, blinde und doch zielstrebige Bewegungen, die mich mit lähmendem Entsetzen erfüllten; von draußen war Feldores schrilles, dünnes Angstgewieher zu hören. Aber ich konnte ihm nicht helfen; ich wußte nicht einmal, ob ich mich selbst retten konnte.

Denn jetzt löste sich das Etwas von der Ritze im Stein. Ich erkannte eine schwarze Hand an einem schwarzem Arm, so vollkommen schwarz, als stecke sie in einem Handschuh, einem Ärmel aus Finsternis. Sie griff tastend um sich, schlug hin und her, zog sich zurück – dann schoß sie wieder nach vorne, und die Finger schlossen sich um das Licht.

Und das Licht erlosch. Aus der Ritze am Fuß des Altars drang ein schauriges Heulen. Das war alles. Jedenfalls alles, was ich noch mitbekam. Denn sobald das Licht ausging, kam Leben in meine Beine, und ich schäme mich nicht zu gestehen, daß ich kehrtmachte und wie Arawns Hunde auf die Tür zustürzte.

Denn *dies* war die Erinnerung, die ich aus Oeth-Anoeth mitgenommen, das Halbwissen, das mich im Wachen wie im Schlaf unablässig verfolgt hatte. Als ich wenige Tage nach meiner Rückkehr aus der Gefangenschaft neben Morgane lag, hätte ich es beinahe zu fassen bekommen. Doch mehr wollte ich um nichts in der Welt darüber wissen … Und so rannte ich weg.

Draußen regnete es nicht mehr, und hinter den fliegenden Wolkenfetzen wurden die ersten Sterne sichtbar. Ich raffte meine Sachen zusammen, hängte sie an Feldores Sattel und schwang mich selbst hinauf. Schon waren wir unterwegs. Das Pferd hatte es ebenso eilig wie ich, den unheimlichen Kreuzweg möglichst schnell und möglichst weit hinter sich zu lassen. Wo wir in dieser Nacht schliefen, weiß ich nicht mehr, ich erinnere mich nur, daß wir sieben Bäche überquerten, bevor wir es wagten, eine Pause einzulegen. Und auch dann war uns keine ungestörte Nachtruhe vergönnt.

KAPITEL 8

In der Zeit – wie viele Tage es waren, weiß ich nicht; ich konnte meinem Zeitgefühl nicht mehr trauen – zwischen meinem Aufbruch von Inisguidrin und der Nacht in dem verwunschenen Annat begegneten Feldore und ich einigen der Schrecken, vor denen Avallac'h mich gewarnt hatte: wir gelangten an den Blutigen Fluß; umgingen in weitem Bogen Ben Shulow, den Wandernden Berg, ein Phantom, das uns noch lange verfolgte; ich weiß nicht, wie oft ich mit wild pochendem Herzen erwachte, weil ich geträumt hatte, das graue Ungeheuer werfe mit Steinen nach mir wie mit Regentropfen – daher sein Name – und verfolge uns wie ein riesiges Raubtier; und schließlich stießen wir auf etliche kleinere Fährnisse, die jedoch leicht zu besiegen waren.

Dabei hatte die Suche eigentlich noch kaum begonnen. Wie es den anderen erging, die hier auf Tara oder auf den übrigen Welten unterwegs waren, erfuhr ich nicht. Meine väterliche Sorge galt meinem Sohn Gerrans und Loherin, dem Vetter meiner Frau, und ich wünschte den beiden alles Glück, vor allem aber kreisten meine Gedanken doch um Morgane, Gweniver und Donah. Wir waren getrennt worden, nachdem wir Corryochren glücklich entronnen waren, und ich hatte sie auch unter Aufbietung aller meiner magischen Kräfte nicht wiederfinden können. Sie verbargen sich vor mir wie der heilige Kelch selbst; und das eine war mir so wenig geheuer wie das andere.

So ritt ich ohne große Erwartungen in den Wald ein, in dem sich angeblich eine Quelle befand, der sogenannte Venton-Born, an dem oft seltsame Dinge geschahen. Mehr hatte der Bauer, mit dem ich gesprochen hatte, mir freilich nicht mitteilen können. Immerhin hörte sich die Sache einigermaßen verheißungsvoll an, und so war ich mit Feldore von der Hauptstraße abgebogen.

Der Wald war größer, als er von der anderen Talseite her ausgesehen hatte, und er loderte in allen Farben des Herbstes, so daß es im Inneren heller war als im Hochsommer. Feldore suchte sich einen Weg zwischen den Bäumen, ohne sich darum zu kümmern, ob ich mit meinen gestiefelten Beinen oder mit dem Kopf an Stämme oder Äste streifte. Der dicke Teppich aus gelbem Laub schluckte jeden Hufschlag.

Ich träumte mit offenen Augen vor mich hin oder war in einen Ashling gefallen, und als Feldore schnaubte und mit den Vorderhufen in die Höhe ging, hätte er mich fast abgesetzt. Aber sein Prusten und Schnobern klang nicht erschrocken, sondern eher erfreut, und so zog ich mich wieder in den Sattel zurück und betrachtete ungeduldig die Lichtung, die vor mir lag. Über der Quelle, dem Venton-Born – dem Gnadenbrunnen Fyntenras – hing ein bläulicher Nebelschleier.

Und dann sprang ich mit einem Satz aus dem Sattel, denn neben der Quelle stand eine Gestalt und kühlte das lahme Vorderbein einer prächtigen, rotgoldenen Fuchsstute. Ich riß Donah in meine Arme, bevor sie noch recht begriffen hatte, wer da auf sie zugestürmt kam; aber dann war auch sie außer sich vor Freude über das Wiedersehen. Es dauerte eine ganze Weile, bis wir uns so weit beruhigt hatten, daß wir zusammenhängend über unsere Erlebnisse seit jenem fatalen und beinahe katastrophalen Schiffbruch vor der Südküste berichten konnten.

»Mir ist es ganz ähnlich ergangen wie dir, Onkel.« Sie hakte mich kameradschaftlich unter und führte mich zu einem kleinen Kochfeuer, an dem sie ihre Sachen abgestellt hatte. »Ich habe mir überlegt, daß es vielleicht zur Suche gehört, eine Weile allein zu sein und über alles nachzudenken.«

»Mag sein, aber für die Betroffenen ist das schwer zu ertragen – ich habe mich so sehr um dich und Guenna und die Königin gesorgt, daß mir kaum Zeit blieb, mich mit irgendwelchen Mysterien zu beschäftigen.«

Donah grinste. In diesem Augenblick war sie ihrem Vater wie aus dem Gesicht geschnitten.

»Das kann ich gut verstehen, aber die beiden anderen sind sicher genauso wohlauf wie wir ... Hast du Hunger? Der Shakla kocht schon, und ich habe auch ein Stück kaltes Fleisch, das wir noch einmal aufbraten könnten ...«

So stellten wir rasch eine Mahlzeit zusammen, und beim Essen schilderte Donah mir ihre jüngsten Abenteuer. Sie waren tatsächlich noch merkwürdiger gewesen waren als die meinen ...

»Als das Schiff auseinanderbrach, schwamm ich mitten im Meer«, begann sie nachdenklich. Sie hatte sich von ihrem Staunen offenbar noch immer nicht erholt. »Ich dachte schon, die Wellen würden über mir zusammenschlagen und die Gezeitenströmungen mich fortreißen, als plötzlich etwas gegen mich stieß, mich hochhob und durch die Brandung ans Ufer trug.«

»Silkies?« fragte ich neugierig, denn ich konnte mich an meine eigene Rettung durch das sanfte Seehundsvolk noch lebhaft erinnern. »Oder waren es die Moruadha – die Merrows? Sie leben schon sehr lange an dieser Küste.«

»Weder noch. Es waren Sonnenhaie; sie haben auch einigen von den anderen beigestanden, uns aber nicht gemeinsam an Land gebracht. Sogar um meine Stute haben sie sich gekümmert – sie haben sich gegen ihre Flanke gepreßt und ihr damit die gleichen Hilfen gegeben wie ich, wenn ich im Sattel sitze und die Schenkel anlege ... Jedenfalls ritt ich anschließend landeinwärts, anstatt der Küste zu folgen; zunächst hielt ich das für die beste Lösung, ich dachte, ich würde einem von den anderen begegnen, aber die Hoffnung hat sich nicht erfüllt.«

»Das Gebiet ist weitläufig und völlig unbewohnt. Vielleicht waren sie anderswo an Land gekommen, oder sie sind nach Westen geritten statt nach Nordosten.« Ich legte ihr die Hand auf die Schulter. »Jetzt werden wir sie sicher finden! Aber ist dir denn nichts begegnet, was uns dem Ziel unserer Suche näherbringt?«

Damit hatte ich Donah erstmals in Verlegenheit gebracht, und als sie endlich antwortete, war die Unsicherheit in ihrer Stimme nicht zu überhören.

»Ich habe nichts dergleichen gefunden. Aber ich habe geschaut.«

Wieder verstummte sie, und ich bedrängte sie nicht. Aber ich betrachtete sie mit neuen Augen, nicht mehr wie ein besorgter Onkel seine geliebte Nichte, sondern wie ein Zauberer einen Hilfesuchenden, der nicht über das nötige Wissen verfügt, um gewisse Erlebnisse zu verarbeiten. Vielleicht hatte Gweniver doch nicht gut daran getan, Arthurs Tochter in die Reihen der Gralssucher aufzunehmen ... Doch als ich Donah abermals ansah, ging mir auf, was Gwennach wohl dazu bewogen hatte: Keltias adelige Häuser bringen immer wieder Menschen hervor, denen es im Blute liegt, die Schätze zu hüten; meist ist es weder der Monarch selbst, noch sein Erbe, aber doch ein Angehöriger der Familie und des Geschlechts. Und manchmal ist ein solcher Mensch zu noch höheren Weihen berufen, zum Schwertprinzen, zur Gralsprinzessin, zum Steineshüter oder zum Speerbewahrer.

Nicht in jeder Generation war jemand dazu bestimmt, auf diese besondere Art einem der Vier Großen Schätze zu dienen, doch wenn der Ruf erging, mußte man ihm Folge leisten. Es war nicht immer ein Dienst auf Lebenszeit, und wenn der Erwählte seine Pflicht erfüllt hatte, konnte er weiterleben wie zuvor. Doch das Heiligtum hatte Vorrang, daran gab es nichts zu rütteln; und wen es zu seinem Diener erkor, der erfuhr davon oft erst dann, wenn die Entscheidung wirksam wurde.

Als ich nun Arthurs Tochter betrachtete, die Tochter Majanahs von Aojun, meine geliebte Nichte, da sah ich nicht Donah, die künftige Jamadarin, sondern Donah, die derzeitige Gralsprinzessin der Kelten. Und ich war zufrieden: schön und von stattlichem Wuchs, ein wacher Verstand und eine gewandte Zunge. Ich wußte, daß sie mit dem Schwert wie mit dem Bogen, der wichtigsten Waffe ihres eigenen Volkes, gut umzugehen verstand. Morgane hatte sie nicht zur Ban-draoi ausgebildet – denn auf Aojun offenbart sich die Magie in anderer Gestalt als in Keltia – ihr aber die Methoden der Ban-draoi-Zauberei vermittelt; nun konnte sie fast jedem Zauber standhalten und sich notfalls auch mit einem Gegenangriff zur Wehr setzen.

Während ich so in Genugtuung schwelgte, fiel mir plötzlich ein, daß das Haus Dôn noch eine zweite junge Prinzessin hervorgebracht hatte: Galeron, deren Mutter Marguessan die Spinnerin dieses schwarzen Unglücksnetzes war. Wenn Marguessan danach strebte, einen Schwarzen Gral, einen Kelch der Finsternis zu schaffen, zog sie dann womöglich auch eine schwarze Prinzessin für diesen Kelch heran, einen Widerpart zu Donah, der Dienerin des wahren Grals?

Ein unangenehmer, bedrückender, aber naheliegender Gedanke, das war mir sofort klar. Ob Marguessan den Plan bereits verfolgte, wußte ich nicht, aber wenn nicht, dann würde es wohl nicht mehr lange dauern, bis sie darauf kam.

Ich hatte keine Zeit, meine Befürchtungen laut werden zu lassen. Donah überwand sich und fing an, mit leisen, hastigen Worten ihre Erlebnisse zu schildern. Und meine schlimmsten Ahnungen bestätigten sich.

»Sobald ich an Land gekommen war«, begann sie, »wandte ich mich, wie gesagt, vom Wasser ab und folgte dem Lauf eines Flüßchens nach Norden. Nach ein oder zwei Tagen gelangte ich so an den Fuß eines hohen Berges, und als ich einer Frau begegnete, sagte sie mir, das sei der ›Schuster‹.«

Der ›Schuster‹! Das war doch immerhin ein Anhaltspunkt … Ich zog meine abgegriffene, über und über bekritzelte Karte des Nordwestkontinents heraus und deutete auf ein Gebiet weit im Südwesten, die sogenannte Hand, wo mehrere fingerförmige Landzungen ins Meer hinausführten.

»Da drüben bist du gelandet. Ein langer Weg zurück bis hierher.«

Donah sah sich die Karte genau an und nickte. »Ja, und du warst hier und bist ebenso weit nach Osten geritten. Aber schau nur: Wo der Fluß am ›Schuster‹ vorbeiführte, war mit weißen Steinen eine Furt gelegt, und daneben stand ein schwarzgekleideter Mann. Er sprach mich mit meinem Namen an und sagte, er sei der Hüter der Furt. Wenn ich den Fluß überqueren wolle, müsse ich ihn um Erlaubnis bitten.«

»Das kommt mir bekannt vor – hast du ihn denn um Erlaubnis gebeten?«

»O ja! Und er hat sie mir auch nicht verweigert, er sagte nur, ich müsse ihn hinter mir aufs Pferd nehmen, damit er mir den Weg zeigen könne. Ich war davon nicht sehr angetan und sagte ihm das auch, aber er meinte, es gebe keine zweite Furt, und wenn ich über den Fluß wolle – und das mußte ich – dann müsse ich tun, was er sage. Also ging ich, wenn auch widerwillig, darauf ein.«

Wieder schwieg sie, und ich bedrängte sie nicht. »Es war ganz merkwürdig«, sagte sie nach einer Weile. »Er war sehr artig und hatte tadellose Manieren. Und er hat mein Pferd tatsächlich durch die Furt geleitet.«

»Aber?«

»Aber es war gar keine Furt mehr! Sie hatte sich in eine Glasbrücke verwandelt, die dick genug war, um uns alle zu tragen, aber so durchsichtig, daß ich das Wasser sehen konnte, wenn ich nach unten schaute. Sobald die Hufe meines Pferdes wieder festen Boden berührten, sprang der Furthüter ab, ergriff die Zügel und führte uns in einen Wald hinein.«

Wir hatten den Shakla über dem Feuer warmgehalten, nun schenkte ich noch einmal die beiden Mether voll. Donahs Geschichte beunruhigte mich, aber das verriet ich mit keinem Wimpernschlag. Der Mann in Schwarz war mir seit langem bekannt; sein Auftauchen schien kein böses Omen zu sein, aber es gab mir zu denken. Was hatte Jung-Fionn an der Weißen Furt zu suchen, sollte er etwa die Haltung der Hohen Dânu zur Gralsprinzessin und zur Gralssuche zum Ausdruck bringen? Doch Donah fuhr bereits fort.

»Bevor wir noch sehr weit gegangen waren, blieb er vor einem riesigen Haselnußstrauch stehen. Die Blätter wurden bereits gelb, doch um die Wurzeln herum war der Boden übersät mit reifen Nüssen.«

»Das ist nicht so ungewöhnlich.«

»*Das* war auch nicht ungewöhnlich.« Sie lächelte, aber ich sah ihr an, daß sie noch immer unter dem Eindruck des Unheimlichen stand. »In den Zweigen saß ein Kind, ich weiß nicht, ob Junge oder Mädchen, mit hellem Haar und weißer Haut, in einem roten Kleid. Aber der Baum, Onkel …«

»Ja?« fragte ich leise, als sie nicht gleich weitersprach.

»Der Baum war feyn – wach und lebendig. Und seine Äste – sie waren mit winzigen Lichtern besetzt.«

Jetzt flüsterte sie nur noch, aber nicht deshalb überlief es mich eiskalt. Ohne zu überlegen, sprach ich aus, was mir auf der Zunge lag.

»Die schwarze Hand …«

Donah sah mich erstaunt an. »Die Hand im Annat – das Kind hat davon gesprochen, und irgendwie konnte ich sie auch *sehen*. Oder vielmehr schauen … Jedenfalls trug das Kind mir auf, von einem Baum, den ich noch finden würde, einen Apfel zu pflücken. Der Baum würde von einem schlangenmähnigen Löwen bewacht, aber ich hätte nichts zu befürchten, dieser Löwe könne nur dem etwas anhaben, der widerrechtlich einen Thron an sich gebracht habe. Den Apfel solle ich dem Hüter geben, wenn der mich darum bitte.«

Wieder erschauerte ich. »Du warst bei Avallac'h.«

Ihre Verwunderung wuchs. »Ja, aber noch nicht gleich – woher weißt du das?« Sie beantwortete sich die Frage selbst: »Gewiß, er sagte ja, jemand habe ihn aufgesucht – das kannst nur du gewesen sein ... Nun, nachdem ich mit dem Kind im Baum gesprochen hatte, war der Mann in Schwarz auf einmal verschwunden. Ich ritt allein weiter und kam schließlich zu dem Apfelbaum, den das Kind mir prophezeit hatte. Darunter hatte sich ein riesiger Löwe wie eine Katze in der Sonne zusammengerollt und schlief. Er war so groß wie meine Stute, hatte wie Feldore eine schwarze Mähne, und sein Fell leuchtete in tiefem, sattem Gold. Aber die Mähne bestand aus lauter zischenden Schlangen.«

»Hat er mit dir gesprochen?«

Sie nickte langsam. »Er erklärte mir, nur ein Thronräuber habe ihn zu fürchten. Ich erwiderte ziemlich spitz, ich sei die Erbin eines Königs und einer Königin und gewiß keine Thronräuberin, und da – ich weiß nicht, wie ich sagen soll – da war mir, als ob sich der Löwe vor mir verneigte.«

»Und du hast den Apfel gepflückt, wie man es dir aufgetragen hatte?«

»Gewiß doch, wie hätte ich wagen können, es nicht zu tun!« lachte sie. »Anschließend haben wir uns wohl nur knapp verfehlt, Onkel, denn ich kam zum Marai-Moor, fand den Pfad aus weißen Steinen und erreichte mit Einbruch der Dunkelheit Inisguidrin. Gerrans war bereits da, nach ihm war Loherin von Kernow gekommen und – und noch ein dritter.«

Wie ein Blitz durchzuckte mich das An-da-shalla. »Gwain, Marguessans Sohn.«

Ihr Gesicht war bleich und starr geworden. »Ja. Ich fand das – nicht richtig. Was hatte er bei uns, was hatte er an diesem Ort verloren? War er denn überhaupt berechtigt, an der Suche teilzunehmen? Oh, du darfst mich nicht mißverstehen, er war sehr freundlich und von makelloser Höflichkeit, begrüßte mich als seine Kusine, gab sich unbeschwert und offen ... Ich will ihm keinen Mantel um die Schultern legen, der ihm nicht paßt, aber – nun ja, könnte es nicht sein, daß er für seine Mutter spioniert?«

»Möglich wäre es«, sagte ich. »Aber es muß nicht so sein. Wir wissen es nicht. Als Gweniver ihn zu einem der Gralssucher bestimmte, da gab sie selbst zu, daß sie nicht wußte, warum. Aber sie sagte auch, nicht sie habe die Wahl getroffen ... Doch was geschah weiter auf Inisguidrin?«

Donah lächelte wie in Erinnerung an ein Wunder. »Wir haben mit ihm, mit Avallac'h gesprochen! Er hat uns erklärt, in welcher Beziehung er zum Hause Pendreic steht, dem wir alle vier angehören, und wie er auf die Weiße Insel kam. Und er hat uns in Erinnerung gerufen, daß wir nahe Verwandte seien, und daß unsere Herkunft wie unser Dán uns bestimmte Pflichten auferlegten. Und dann hat er mich fest angesehen und gefragt, ob ich nicht einen Apfel bei mir trage.«

Mir stiegen die Tränen in die Augen. Wie lange hatte diese edle Seele auf ihre Erlösung gewartet! Wie lange hatte sie ehrenvoll ausgeharrt, weil sie meinte, ein Verbrechen sühnen zu müssen, das gar keines war!

»Ich habe ihm den Apfel selbstverständlich gegeben«, sagte Donah nach langem Schweigen. »Und er nahm ihn mit soviel Ehrfurcht entgegen, als sei es der Heilige Kelch.«

»So war es auch«, sagte ich leise. »Der Apfel war seine Errettung, der Schlüssel zur Freiheit. Er hatte sein

Wort gehalten, hatte treu gewacht … Wie war der Übergang?«

»Einen sanfteren habe ich nie erlebt«, sagte das Mädchen ernst. »Er aß den Apfel mit Stumpf und Stiel, dann lächelte er mich – uns alle – an und … verschwand. Es war, als ginge die Sonne auf, ein lindes Sommerlüftchen wehte durch den Raum, dann erlosch das Licht, der Wind legte sich, und er war fort. Nicht einmal sein Körper blieb zurück. Und doch hatte ich nicht das Gefühl, als sei ein Mensch gestorben. Seltsam.«

»Und Gerrans und die anderen?« fragte ich schließlich. »Was haben sie getan?«

»Nicht viel«, gab Donah gedankenverloren zurück. »Wir erwiesen Avallac'h die letzte Ehre, und dann ritt jeder seiner Wege. Und als ich mich noch einmal umdrehte, war der Turm von Inisguidrin in sich zusammengefallen und nur noch eine Ruine.«

Als hätten ihn innerhalb von fünf Minuten die Jahrhunderte eingeholt, die sein Herr überdauert hatte … Wieder schwieg ich. Das sanfte Greisengesicht stand mir vor Augen, die weisen Worte klangen mir in den Ohren. Und wieder erfaßte mich das Staunen, und wie Donah fragte ich mich, ob das wahrhaftig Avallac'hs Ende gewesen sei. Mir schien sein geheimes Werk noch nicht vollendet. Hatte Avallac'h nicht selbst zu mir gesagt, der Gralshüter müsse erst noch zu ihm kommen, und er würde ihn erkennen?

»Ist er denn nun gekommen?« fragte Donah, und daran merkte ich, daß ich wohl laut gesprochen hatte.

»Das müßtest du am besten wissen«, sagte ich. Ich hatte einen der königlichen Cousins im Verdacht, wagte aber nicht, mich entsprechend zu äußern … »Hat Avallac'h irgendeine Bemerkung gemacht, die auf einen von euch hätte schließen lassen?«

»Ich kann mich nicht erinnern. Aber kurz bevor er verschwand, hat er jedem von uns seinen Segen gegeben. Zu mir sagte er etwas, das ich nicht ganz verstand … nur der könne gerufen werden, der frei sei und dem Ruf auch zu folgen vermöge; wer nicht folgen könne, der bleibe verschont. Wirst du daraus klug, Onkel?«

Ich suchte sie mit ein paar Worten zu beruhigen, hütete mich aber, meine wahren Gefühle zu zeigen. Sie war noch zu jung für Wahrheiten wie diese, ihre Seele vermochte sie nicht zu erfassen. Aber ich verstand, warum Avallac'h zu ihr – zu allen vieren – davon gesprochen hatte.

Inzwischen war es vollends dunkel geworden und wir waren beide müde. Wir sahen noch einmal nach Feldore und nach Donahs herrlicher Fuchsstute Khamis, dann legten wir uns zu beiden Seiten des Feuers zur Ruhe. Sobald Donah fest eingeschlafen war, ließ ich es mir freilich nicht nehmen, einen dreifachen Schutzkreis um uns alle zu ziehen und die vier Airts zusätzlich mit starken Schreckensrunen abzuriegeln … *Man weiß nie*, dachte ich, als ich mich abermals niederlegte, *was sich bei Nacht im Wald herumtreibt, und die Leute sagen ohnehin, daß an diesem Ort oft seltsame Dinge geschehen.*

Die Leute hatten wie üblich recht.

Ich erwachte, weil in der Ferne eine Frau nach mir rief. Zuerst dachte ich natürlich an Morgane, aber es war nicht ihre Stimme; es klang auch nicht nach Ygrawn oder Gweniver oder nach Majanah, die sich um ihr Kind sorgte. Ich wußte, daß ich schlief, denn mein Körper drückte mich nieder, aber mein Geist war hellwach, stand wie auf einem Sims hinter meinen Augen und spähte hinaus. Und was sah er? Oder wen?

Der Feuerschein fiel auf das Gesicht einer Frau, die ich im Leben noch nicht gesehen hatte. Und doch wußte ich, daß ich sie kannte. Als sie mir lächelnd die

Hände entgegenstreckte, lächelte ich zurück und sprach sie an.

»Mamaith.«

»Mein Sohn.« Eine klare, warme Altstimme, ein Akzent, der weder zu Keltia, noch zu einer der mir bekannten Outfrenne-Welten gehörte. Ich streckte meinen Arm aus, um mich wie mit einem kleinen Erd-Graffit an mir selbst zu verankern, bevor ich vollends wegschwimmen konnte.

»Wie kommst du hierher, Mathra?«

»Das ist unwichtig. Ich habe dir etwas zu sagen, Taliesin, und mir bleibt wenig Zeit. Also höre mich an. Du mußt diesen Ort vor morgen mittag verlassen haben, und du mußt allein weiterziehen.«

»Aber Donayah ...«

Ein Schatten der Ungeduld legte sich über das Lächeln. »... wird bis dahin längst fort sein. Wenn sie aufwacht, wird sie dir vermutlich erzählen, daß auch sie in dieser Nacht neue Weisungen erhalten habe; außerdem lernen Entenküken bald schwimmen. Aber jetzt gib acht, Amhic: Jemand wartet auf dich, und was er dir zu sagen hat, wiegt schwerer noch als die Liebe deiner Mutter.«

Die Erscheinung verschwamm zu einem hellen Lichtschein, und daraus trat eine neue Gestalt hervor. Ich fuhr erschrocken in die Höhe: Merlynn Llwyd, mein geliebter Lehrer.

Und auch er liebte mich wohl noch immer, denn sein Lächeln drückte die gleiche herzliche Zuneigung aus wie das meiner Mutter.

»Auch meine Zeit ist knapp bemessen, mein Junge, also paß gut auf und bewahre meine Worte in deinem Herzen: Wenn Arthur mit der *Prydwen* Keltia verläßt, soll er die Schätze unter dem Berg und Fragarach mit sich nehmen.«

»Wie kann das sein, wir haben doch den Pair noch nicht gefunden!« rief ich verzweifelt. »Und was meint

Ihr mit ›Keltia verlassen‹, wie kämen Artos und wir anderen dazu?«

Merlynn winkte ungeduldig ab, wie er es früher so oft getan hatte, und ich mußte unwillkürlich lachen. Erstaunlich, wie wenig sich Dinge und Menschen auf der anderen Seite veränderten!

»Alles zu seiner Zeit; ich sage dir nur, was man mir aufgetragen hat. Nicht mehr und auch nicht weniger.« Ich hatte ihn wohl mit meiner Heiterkeit angesteckt. In diesem Augenblick entdeckte ich hinter seiner flimmernden Lichtgestalt Donahs schwarzgekleideten Mann und wußte, daß auch Jung-Fionn mit im Spiel war. Und nicht nur er, auch andere männliche und weibliche Göttergestalten zeigten sich flüchtig, ohne daß ich sie eindeutig hätte ausmachen können ... wir befanden uns wahrhaftig im Wald der Erscheinungen.

Meine Mutter kam noch einmal zurück. »Talyn, Cariadol, nur eines noch. Das Schwert muß wieder zusammengefügt werden, ehe alles zu Ende ist; sieh zu, daß du das nicht vergißt. Bringe es dahin zurück, wo du es gefunden hast, an genau den gleichen Ort ... Und nun, Amhic, lebe wohl!«

Wo hatte ich diese Mahnung schon einmal gehört, wer hatte mir ans Herz gelegt, ein Schwert (welches Schwert? wessen Schwert?) müsse neu zusammengefügt werden ... Meine Mutter und Merlynn verblaßten allmählich – Fionn schwenkte seinen schwarzen Umhang, um sie zu verscheuchen – und eine letzte Woge der Liebe und der Zärtlichkeit traf mich wie ein Schlag. Ich fiel auf die Knie und weinte, während sie mich umwallte und schließlich verebbte. Als ich wieder aufblickte, waren die Erscheinungen verschwunden, leer lag die Lichtung im Mondlicht. Ich blickte hastig zu Donah hinüber.

Sie lag auf dem Rücken, als würde sie schlafen, aber ihre Augen waren weit geöffnet und glänzten im Mondlicht, während ihre Wangen naß von Tränen waren. Als ich auf sie zukroch, fuhr sie erschrocken in die Höhe. Der Bann war gebrochen, und sie klammerte sich schluchzend an mich wie einst als Dreijährige auf Aojun.

»War das Wirklichkeit, Onkel?« flüsterte sie und sah, noch immer unter Tränen, zu mir auf.

Ich strich ihr das Haar aus dem Gesicht, und dabei fuhr es mir wie ein Stich durchs Herz. Gerrans hatte ich nur selten so gestreichelt, und eine Tochter von meinem Blut war mir nicht vergönnt gewesen. »Ja, mein Mädchen, es war Wirklichkeit! Und es schien auch wahr zu sein, was nicht immer das gleiche ist. Kannst du mir sagen, was oder wen du gesehen hast?«

Donah sah mich an wie einen greisen Verwandten, der soeben endgültig den Verstand verloren hatte.

»Ihn natürlich, wen sonst? Ihn habe ich gesehen. Unseren früheren König. Uthyr. Und den, der unser König hätte werden sollen.« Wieder sah ich sie fragend an. »Meinen Großvater. Amris.«

Nun ja! Ihr könnt Euch vorstellen, daß nach alledem an Schlaf nicht mehr zu denken war. Wir waren hellwach, aber die Nacht war ohnehin fast vorbei, und so setzten wir uns wieder ans Feuer, kochten frischen Shakla und beschäftigten uns eingehend mit der Deutung unserer Visionen.

Endlich sah Donah sich versonnen um. »Die Ban-a-tigh hatte recht, an diesem Ort geschehen merkwürdige Dinge. Aber daß sie uns gleich alle erscheinen würden!? Wie war sie, deine Mutter? Eine kluge und schöne Frau?«

Ich war auf die Frage nicht gefaßt und zögerte kurz, doch dann nickte ich. »Ja. Ja, das war sie, und das ist sie noch. Ich kannte sie nämlich nicht, als sie noch lebte. Und wir sind so überstürzt aufgebrochen, daß ich mir nicht einmal mehr die Dinge ansehen konnte, die sie unter dem Berg zurückließ, und die mir die

Sidhe gebracht hatten … Ich habe noch nicht einmal das schöne, neue Schloß besucht, das Morgane für mich bauen ließ, während Marguessan mich gefangenhielt.«

»Modryn hat es Tair Rhandir genannt.« Donah lächelte überlegen. »Nach Tair Rhamant, deiner ehemaligen Heimat. Wir waren alle schon dort, die Burg ist wunderschön geworden. Aber Onkel« – sie suchte nach einer anderen Stellung, um sich besser konzentrieren zu können – »was haben die Erlebnisse dieser Nacht denn nun zu bedeuten? Was bezwecken die Erscheinungen?«

Ich umfaßte meinen Mether mit beiden Händen, genoß die angenehme Wärme der dampfenden Flüssigkeit. Wie sollte ich ihr das erklären … nun, sie hatte sich vorhin selbst als Kind zweier Könige bezeichnet, am besten sprach ich also ganz offen.

»Innerhalb der Gralsbruderschaft zählen bei den Frauen die Väter am meisten, bei den Männern dagegen die Mütter. Ganz einfach ausgedrückt, ist es in diesem Zusammenhang wichtiger, wer dein Vater, und weniger wichtig, wer deine Mutter ist; noch mehr Bedeutung hat der Großvater, dessen Enkelin du bist.«

»Aber Prinz Amris war niemals König.« Sie sah nicht mehr ganz so verängstigt aus – vor wenigen Minuten war sie mir noch vorgekommen wie eine zum Zerreißen gespannte Harfensaite – sondern hörte mir neugierig zu.

»Das stimmt zwar, aber er war zum König bestimmt und wäre es auch geworden, wenn seine Mutter Darowen sich nicht so störrisch geweigert hätte, Ygrawn als Schwiegertochter anzuerkennen. Damit hatte sie die Pläne des Dán durchkreuzt.«

»Wie konnte irgend jemand die edle Ygrawn ablehnen?«

Ich lachte kurz auf. »Du hast deine Dama-wyn nicht gekannt. Sei froh! Die Hochkönigin Darowen hatte so manche Eigenheiten, die mit Vernunft oder gesundem Menschenverstand nicht zu erklären waren ...«

»Und mein Großonkel Uthyr?«

»Ach, Uthyr.« Ich konnte nicht weitersprechen, meine Augen waren tränenblind, und meine Kehle war wie zugeschnürt ... »Verzeih mir«, sagte ich endlich. »Ich liebe Uthyr-maeth noch immer wie meinen eigenen Vater; ich wünschte, er wäre auch zu mir gekommen, obwohl ich dir, meiner Nichte, die Vision natürlich von Herzen gönne ... Immerhin durfte ich nicht nur meine Mutter sehen, sondern auch Merlynn, der mir in jenen schlimmen Tagen nach Gwaelod Vater und Mutter ersetzte ...«

»Gewiß«, meinte Donah zögernd. »Aber sind sie alle denn nur gekommen, um uns Mut zu machen – Ein Geschenk wohlgemerkt, für das ich dankbar bin! – oder hatten ihre Worte etwas zu bedeuten?«

»Etwas hatten sie gewiß zu bedeuten«, sagte ich. »Aber *was* – das ist wohl nicht ganz so leicht herauszufinden.«

Dann schwiegen wir und hingen jeder seinen eigenen Gedanken und Vermutungen nach. Als ich die Augen aufschlug, war es heller Tag, vielleicht eine Stunde nach Sonnenaufgang; ich war unversehens eingeschlafen.

Und noch etwas war mir entgangen: Donah war fort. Aber sie hatte mir eine Botschaft hinterlassen, und als ich sie las, mußte ich unwillkürlich lächeln. *Sie hat viel von Morgane gelernt, auch wenn sie immer behauptet, keinerlei magische Fähigkeiten zu besitzen ...*

Denn Donahs Botschaft an mich hing über der Stelle, wo sie geschlafen hatte, als Leuchtschrift in der Luft. *Onkel, ich gehe, wohin mein Großvater mich schickt.* Während ich noch las, lösten sich die Worte in der Morgenluft spurlos auf. Ich holte von der Venton-Quelle Wasser für Feldore und füllte auch die Keeves auf beiden Seiten meines Sattels. Dann ritt ich, zufrieden wie seit langem nicht mehr, aus dem Wald hinaus.

Kapitel 9

Nun war ich also wieder allein, aber ich hatte neuen Mut gefaßt. Mir schien, als mache die Suche insgesamt gute Fortschritte, obwohl es über den Verbleib des Pair im Grunde kaum Neuigkeiten gab.

Denn auf einer tieferen Ebene – um wieder einmal als Barde zu sprechen – ging es bei dieser Suche um weit mehr als nur um den Kelch. Gewiß, es war unser oberstes Ziel, das Heiligtum wieder in unseren Besitz zu bringen, und wenn wir scheiterten, scheiterte ganz Keltia mit uns. Dennoch stand einiges mehr hinter der Sache. Avallac'h hatte gute Gründe gehabt, Donah gegenüber den Zeitpunkt einer Berufung anzusprechen.

Die Wahrheit ist nämlich folgende: So sehr es uns auch in eine bestimmte Richtung ziehen mag, ein Ruf kann nur ergehen, wenn wir verfügbar sind. Natürlich können wir uns auch verweigern, wenn es so weit ist – das bleibt uns unbenommen. Doch solange wir gebunden sind, werden wir erst gar nicht gerufen. Wenn Ihr genauer nachdenkt, werdet Ihr einsehen, daß es gar nicht anders sein kann. Was immer eine Herrscherin sich wünschen mag, wer wollte sie von ihrem Thron holen, wer wollte einen Mann seiner Familie wegnehmen, solange sie seiner bedarf? Mag sein, daß beide einem solchen Ruf gern folgen würden, ihn womöglich gar zu vernehmen meinen; doch die Herren des Dán werden sich immer nur an Menschen wenden, die frei in ihren Entscheidungen sind.

Das hätte mich eigentlich trösten müssen, wenn ich mich wieder einmal mit tausend Ängsten quälte, weil ich zugelassen hatte, daß Gerrans, Gwain oder Donah für die Gralssuche ausgewählt wurden. Irgendwann wurde mir auch klar, daß nicht ich für diese Entscheidung verantwortlich war, sondern die Herren des Dán.

Sie hatten die drei beim Namen gerufen, damit hatte alles seine Ordnung, und das hätte auch mir genügen sollen. Aber ich konnte die Sache offenbar nicht ruhen lassen, und auch jetzt geriet ich wieder in das alte Fahrwasser.

Nur allmählich kam mir zu Bewußtsein, daß mein sonst so williger Feldore auch die wenigen Hilfen nicht achtete, die ich ihm gab, und hartnäckig darauf bestand, sich seinen Weg selbst zu suchen. Ich richtete mich auf und begann, heftiger auf ihn einzuwirken; aber der Hengst ließ sich nicht abwenden und blieb auch nicht stehen, um mich absitzen zu lassen. Wenn ich ihn mit den Zügeln in die eine oder andere Richtung zu zwingen suchte, bäumte er sich auf, schlug mit den Hinterhufen aus oder vollführte Bocksprünge mit allen vier Beinen zugleich, und als ich mir schließlich nicht mehr anders zu helfen wußte, meinen Gürtel abschnallte und ihm damit einen kräftigen Schlag auf die Kruppe versetzte, drehte er den Kopf und wollte mich oberhalb des Reitstiefels ins Knie beißen.

Ich schrie laut auf und hieb ihm den Absatz auf die Nase, worauf er den Kopf wieder nach vorne richtete und einfach in langen, weichen Sprüngen weitergaloppierte. Ich gab die Hoffnung auf, ihn noch vom Kurs abzubringen, zumal er auch nicht müde zu werden schien.

Als es dämmerte, zeigte sich, daß wir auf ein Licht zuhielten, das weit vor uns aus einem tief eingeschnittenen Tal hervorleuchtete. Kein Einzelgehöft, kein Dorf, sondern eher ein brennender Holzstoß im Freien, ein Freudenfeuer vielleicht, obwohl heute meines Wissens kein Feiertag war ... Feldore rannte immer weiter, auch als es vollends dunkel geworden war, und allmählich keimten in mir die ersten Bedenken. Das Licht zwischen den Bergen kam nicht näher.

Als es Mitternacht wurde, ohne daß sich der Abstand verringert hätte, geriet ich in Panik. Feldore war nicht langsamer geworden, und das allein wirkte schon unheimlich. Kein Pferd, das einen Mann mit vollem Reisegepäck zu tragen hatte, konnte diesen Kantergalopp über Stunden durchhalten. Schauermärchen aus der Kinderzeit stürmten wie ungebetene Gäste mein verstörtes Gehirn: Geschichten von Wer- und Wasserrössern, Dwimmerwesen, die sich als ganz gewöhnliche Pferde tarnten, um ahnungslose Reiter ins Verderben zu locken …

Ich schüttelte mich. *Ich war ich, und Feldore war Feldore, hier waren keine dunklen Mächte am Werk …* Ich blickte zwischen den schwarzen Ohren hindurch, die noch immer auf die Berge gerichtet waren, und erschrak. Wir waren angekommen. Der Lichtschein befand sich unmittelbar vor uns. Ich konnte einen riesigen Steinkreis, einen Nemeton unterscheiden, in dessen Mitte ein großes Feuer loderte. Hier war tatsächlich ein Fest im Gange.

Schon kamen Leute angelaufen, nahmen Feldore am Zügel und hießen uns im Tal der Schatten fröhlich willkommen. Alle hatten ihre besten Kleider an und sahen ganz wie Festgäste aus. Große Keeves mit Bier standen herum, über vielen kleineren Feuern wurden Fleischstücke gebraten oder Eintopf gekocht, Harfen-, Dudelsack- und Borraunklänge erfüllten die Luft, die lachenden Tänzer schwebten leichtfüßig dahin … alles war bester Stimmung.

Jeder schien mich zu kennen – manchmal hat es auch Vorteile, mit der Schwester des Königs verheiratet zu sein – und die Herzlichkeit war echt. Man half mir aus dem Sattel, Feldore dampfte wie nach einem Rennen, man führte den Hengst weg, damit er sich abkühlen konnte. Anschließend wurde er trockengerieben und bekam soviel Hafer, Maische und Wasser, wie er nur wollte.

Mit mir, dem armen, müden Reisenden, verfuhr man mehr oder weniger genauso. Man redete von allen Seiten auf mich ein, bedauerte mich ausgiebig wegen der Strapazen des langen Ritts, stopfte mir die besten Bissen in den Mund, gab mir Bier zum Nachspülen, half mir aus meinem schmutzstarrenden, verschwitzten Zeug und steckte mich in schöne, weiche, saubere Kleider. Besonders der prächtige, neue grüne Umhang, den man mir um die Schultern legte, war ganz nach meinem Geschmack: weit geschnitten, mit einer Kapuze versehen, und am Hals mit einer großen Bronzespange zu schließen. Dann führten mich meine neuen Freunde, falls ich sie als solche bezeichnen durfte, zu einem Platz am Rand des Kreises, von wo aus ich das bunte Treiben gut beobachten konnte. Also beschloß ich, mich nach Kräften zu amüsieren.

Warum denn auch nicht? Die letzten Wochen waren wahrhaftig nicht leicht gewesen, und ich hatte noch immer große Angst um Morgane, Gweniver und Gerrans. Nur Donah machte mir etwas weniger Sorgen, seit ich mich darauf verlassen konnte, daß man auf der anderen Seite schützend die Hand über sie hielt. Warum also sollte ich die Gelegenheit nicht nutzen, meinen Kummer und die ganze Suche für ein paar Stunden zu vergessen?

Ich weiß nicht genau, wann mir die Veränderung zu Bewußtsein kam: Die Musik war noch genauso laut und fröhlich, die Tänzer hatten nichts von ihrem Schwung verloren, an Speisen und Getränken herrschte nach wie vor kein Mangel, und ich wurde aufs großzügigste bewirtet. Doch irgend etwas störte mich, und nach einer Weile fiel mir auf, daß mich die fröhlichen Zecher beobachteten. Es war nicht die Art von Aufmerksamkeit, an die ich als Prinz und Barde seit langem gewöhnt war – angestarrt zu werden, war ein Teil meines Lebens, mit dem ich mich wohl oder übel abgefunden hatte.

Nein, diese Blicke wirkten anders, sie verrieten Bestürzung, und bald drangen auch die ersten leisen Bemerkungen an mein Ohr: »Ihr Götter, wer ist das? Das ist nicht er! Das ist nicht er!«

Was hatte das nun wieder zu bedeuten? Ich hielt noch eine Weile durch, um nicht unhöflich zu sein und niemanden zu verärgern; dann warf ich den schönen neuen Umhang ab, erhob mich – und erstarrte. Mit einem Mal war alles verschwunden. Ich hatte gerade den nächsten Tänzer ansprechen wollen, nun stand ich stumm und mit offenem Munde da, zitterte am ganzen Leib und vergaß vor Schreck fast zu atmen. Die ganze Sache war mir äußerst unheimlich.

Die ausgelassenen Tänzer hatten sich in Luft aufgelöst, so daß ich nun freien Blick über den ganzen Nemeton hatte. Der Altar stand wie üblich im Norden, nahe am äußeren Rand des Steinkreises. Auf jeder Seite steckte eine Fackel im Boden, und diese Fackeln brannten noch. Alle anderen Lichter waren mit den Menschen verschwunden. Feldore entdeckte ich ein paar Schritte rechts von mir. Er war angebunden, hatte ein Büschel Heu zwischen den Zähnen und wirkte vollkommen zufrieden. Ich durchquerte den Kreis – das Gras war von vielen Füßen zertrampelt – und näherte mich dem schwarzen Altarstein zwischen den beiden Fackeln.

Auf der Steinplatte lag etwas, das zunächst aussah wie ein Lumpenbündel: ein Opfer an die Geister vielleicht. Auf dem Land legten die Menschen an heiligen Quellen oder Brunnen oft Knäuel aus Stoffstreifen nieder, symbolische Geschenke an die Schutzgeister, die darin hausten. Doch bei genauerer Betrachtung erwies sich diese Erklärung als zu einfach. Das Ding war sehr regelmäßig geformt. Mein Herz begann wie rasend zu pochen, und ich könnte bis heute nicht sagen, was es dazu veranlaßt hatte.

Aber es hatte wohl ausgezeichnete Gründe, denn als ich vor der hüfthohen Blausteinplatte stehenblieb und auf sie hinabsah, da erstarrte ich selbst zu Stein … Ein

Toter, angetan wie für ein Fian-Begräbnis, lag auf dem Altar: ein bärtiger Mann, das Schwert in den gefalteten Händen, den Scadarc-Kristall auf der Brust, ganz wie es sich gehörte. Und als ich mich zwang, ihm ins Gesicht zu sehen, um mir bestätigen zu lassen, was ich ohnehin schon wußte, da schüttelte mich ein Grauen, wie ich es nicht einmal damals im Todesgarten von Oeth-Anoeth empfunden hatte.

Denn das Gesicht des toten Fian, der hier auf seine Verabschiedung wartete, war mir wohlbekannt. Wie denn auch nicht ... Es war ja mein eigenes.

Ich weiß nicht, wie lange ich brauchte, um mich *davon* zu erholen; nur wenige Augenblicke vielleicht, oder auch ganze Tage. Als ich wieder zu mir kam und wußte, daß *ich* es war, Taliesin, dämmerte jedenfalls schon der Morgen. Ich trug noch immer den schönen, grünen Umhang, stand über den leeren Altarstein gebeugt und hielt mit zitternden Händen den kleinen Bronzedolch aus dem Lederbeutel umklammert, den ich von Oeth-Anoeth mitgebracht hatte. Der Blausteinaltar wies Schrammen und Kratzer auf, ich mußte immer wieder darauf eingestochen haben. Ob ich damit die Illusion (falls es denn eine solche gewesen war) zerstört oder die Vision (vielleicht auch das?) vertrieben hatte, ich weiß es nicht. *Irgend* etwas hatte ich jedenfalls bewirkt.

Mein Blick wanderte von der Steinplatte zu dem Dolch in meinen Händen, und mit einem Mal fühlte ich mich unsagbar müde und traurig. Ich hatte an die kleine Waffe überhaupt nicht mehr gedacht; ja, ich wußte noch immer nicht, woher sie eigentlich stammte. Sollte ich sie in Glenshee bekommen haben, so fehlte mir jede Erinnerung daran ... Doch das war im Moment meine geringste Sorge. Ich schleuderte den grünen Umhang von mir, als stehe er in Flammen, steckte den Dolch in den weichen Lederbeutel zurück, den ich noch immer am Gürtel trug, und fuhr mir mit beiden Händen über das Gesicht.

Feldore war von hinten herangekommen und stieß mir die Nase so kräftig in den Oxter, daß ich ein paar Schritte zur Seite taumelte. Das gute Tier war klüger als ich, ich pflichtete ihm aus vollem Herzen bei.

»Du hast ganz recht. Zeit zum Aufbruch. Nichts wie weg von hier.«

Vielleicht hatte der Sgian besondere Eigenschaften, oder der magische Einfluß von Fyntenras war noch nicht ganz abgeklungen, jedenfalls hatten wir den falschen Corvaen kaum hinter uns gelassen und den Weg erreicht, der durch das Tal führte, als jemand von hinten heransprengte und uns mit lauter Stimme anrief.

Zwischen Hoffen und Bangen wendete ich mein Pferd. Meine Hand tastete nach dem Dolch, meiner einzigen Waffe. Ihr werdet Euch erinnern, daß es nur den Fians gestattet war, sich für die Suchfahrt zu bewaffnen. Doch im nächsten Augenblick war ich beruhigt, ja, höchst erfreut, denn der Reiter, der jetzt auf mich zukam, war Loherin, Ysilds und Tryffins Sohn, und er schien über das Wiedersehen nicht weniger glücklich zu sein.

Ich kannte ihn hauptsächlich über meinen Sohn Gerrans. Die beiden Cousins verstanden sich gut und hatten beide die Fian-Akademie unweit von Daars in den Bergen von Arvon besucht, die Arthur vor nicht allzu langer Zeit gegründet hatte. Er hatte erst nach langem Zögern eingewilligt, daß sie nach ihm benannt wurde, doch seit er nach Gwynedd geflogen war und sie eingeweiht hatte, hieß sie Caer Artos. Nun wißt Ihr ja, daß die Pendreic- und Tregaron-Sprößlinge eher dünn gesät waren, und so war es mangels verlockenderer Alternativen nicht weiter verwunderlich, daß sich zwischen den beiden eine so enge Freundschaft entwickelt hatte.

Nachdem wir uns mit familiärer Herzlichkeit begrüßt hatten, trieb Loherin sein Pferd an Feldores Seite, und wir setzten unseren Weg gemeinsam fort. Eine der ersten Neuigkeiten, die er zu berichten hatte, war ebenfalls familiärer Natur: in der jüngeren Generation hatte es Zuwachs gegeben.

»... und so bin ich in meinem Alter noch zu einer Schwester gekommen!« Hinter der gespielten Bestürzung war helle Begeisterung zu spüren. »Meine Eltern haben sie nach einer Tante meiner Mutter Ydain genannt; sie wünschen sich schon seit langem eine Tochter, aber nicht so sehr, wie ich mir eine Schwester ...«

In diesem Ton ging es noch eine Weile weiter, doch als er auf die Zeit seit Corryochren zu sprechen kam, wurde er ernst. Die Ähnlichkeit mit Donahs wie mit meinen Erlebnissen war groß, doch eine Nachricht ließ mich aufhorchen.

»Ja«, nickte er, als ich ihn bat, sie zu wiederholen. »Die Gralssuche beschränkt sich von jetzt an auf Tara; die meisten Teilnehmer von den anderen Welten sind zurückgekehrt, und viele haben bereits aufgegeben.«

Ich überlegte einen Augenblick. »Gab es einen Anlaß, eine Anweisung oder vielleicht eine Vision, die Suche hier fortzusetzen?«

Loherin nickte so eifrig, daß ihm das wirre blonde Haar ins Gesicht fiel. »Der König selbst hat geschaut: Sein eigener Vater – Prinz Amris – ist ihm erschienen und hat ihm aufgetragen, die Sucher von den anderen Welten zurückzurufen. Der Kelch sei dort nicht zu finden.«

»Folgt daraus, daß man ihn auf Tara finden wird?«

Wieder geriet der Glib in Bewegung, doch diesmal hatte sein Träger den Kopf geschüttelt. »So einfach ist das nicht«, sagte der Junge zögernd. »*Würde* er jedoch gefunden, so könnte dies nur auf Tara geschehen.«

Schweigend ritten wir weiter. »Bevor ich es vergesse«, sagte Loherin plötzlich, »es gibt auch Neuigkeiten von Morgane und von der Königin.«

Ich fuhr so hastig herum, daß ich fast vom Pferd gefallen wäre. Er zuckte die Achseln und lächelte das unwiderstehliche Grinsen seines Vaters. »Leider«, bedauerte er, »bin ich ihnen nicht selbst begegnet. Aber in den Siennega-Sümpfen hat mir jemand von ihnen erzählt ...«

Wieder zuckte ich zusammen. »Avallac'h! Du warst bei Avallac'h ...«

»Prinz Avallac'h«, verbesserte er artig. »Offenbar sind viele, die nach dem Kelch suchen, auf dem einen oder anderen Weg zu ihm gelangt. Er hat nicht viel gesprochen, aber eines sagte er mir doch: Königin Gweniver und Morgane waren, nur wenige Tage vor mir, ebenfalls bei ihm.«

»Das heißt, nach mir.« Zuerst ich, dann Donah und die Pendreic-Vettern, und jetzt auch noch Guenna und Gwen ... Avallac'h spielte allem Anschein nach eine weit wichtigere Rolle, als ich ihm so ohne weiteres zugetraut hatte. Die winzige Stimme, die tief in meinem Inneren höhnisch fragte: *Und wieviel wichtiger wird seine Rolle wohl noch werden?* versuchte ich zu überhören.

Loherin und ich blieben den ganzen Tag zusammen, dann wurden wir ebenso unvermittelt getrennt, wie wir uns begegnet waren: Wir ritten durch ein enges Tal, ich hatte mit Feldore die Vorhut übernommen, und als ich mich umdrehte, um meinem jungen Neffen etwas zuzurufen, war er verschwunden. Ich machte kehrt und suchte nach ihm, fand aber keine einzige Spur. Nach einer Weile ritt ich weiter. Es war schon ein seltsames Kommen und Gehen auf dieser Gralssuche.

Zumindest, tröstete ich mich, hatte ich Nachricht von meiner Morgane und meiner Königin. Nicht daß ich um sie *gefürchtet* hätte, versteht mich recht; aber es tat doch gut, Gewißheit zu haben. Und Loherin ... Wie bereits erwähnt, kannte ich ihn nicht so gut wie etwa Malgan, obwohl er zu meiner Cliamhan-Familie gehörte. Und, auch das kann ich nur wiederholen, er war, von den Sidhe einmal abgesehen, das schönste Geschöpf, das ich je gesehen hatte. In ihm waren die Vorzüge seiner beiden, selbst schon überdurchschnittlich gutaussehenden Eltern zu einem neuen, ganz eigenen Liebreiz verschmolzen.

Und gerade diese Schönheit in Verbindung mit der Tatsache, daß auch er dem greisen Prinzen Avallac'h begegnet war, hatte mich nachdenklich gemacht. Hatte der Alte nicht gesagt, er würde den Gralsdiener erkennen, wenn er zu ihm komme? Und er sei bereits nahe? Doch es gab zwei Diener des Kelches, einen Mann und eine Frau; und es gab andere, die ihn schauen sollten, ohne seiner teilhaftig zu werden ... Alle waren wir nach Inisguidrin gekommen. Wirklich alle? Vielleicht stand der eine oder andere noch aus, vielleicht nahm noch jemand an der Suche teil, den wir nicht kannten.

Doch mit einem Mal war ich mir so sicher, als hätte der Pair selbst es mir verkündet. Loherin war es, auf den Avallac'h gewartet hatte. Er gehörte (über Ygrawns Mutter Keresen) dem Hause Dôn an und würde dem Gral dienen. Was das – für Keltia, für Arthur und uns alle und auch für Loherin selbst – bedeutete, ahnte ich nicht. Aber vielleicht hatten Tryffin und Ysild gut daran getan, sich noch eine kleine Ydain zuzulegen.

In dieser Nacht hatte ich wirre Träume. Unablässig dröhnten mir Avallac'hs Worte in den Ohren, und als ich schließlich erwachte, weil ich glaubte, jemand habe meinen Namen gerufen, da war ich nicht überrascht – oder nicht so überrascht, wie ich es unter anderen Umständen gewesen wäre.

Keine drei Meter von mir entfernt stand eine Frau. Ein schwaches Leuchten ging von ihr aus, und als ich dieses Leuchten sah – ich hatte es manchmal bei den Sidhe beobachtet, wenn sie sich hoch über der Erde versammelten (oder habt Ihr geglaubt, sie würden nur deshalb die Leuchtenden genannt, weil man ihnen schmeicheln wolle?), da sprang ich auf und verbeugte mich wie vor einer Königin.

Sie lächelte stumm, und ich muß gestehen, daß ich sie mit offenem Mund anstarrte. Schlank war sie und von hohem Wuchs, doch an die Farbe ihres Haars und ihrer Augen kann ich mich nicht erinnern. Sie war in einen weiten, bis zu den Füßen reichenden, weißen Mantel gehüllt, der mit roten Sternen bestickt war. Zu ihrer Linken stand ein großer schwarzer Hund, ein Jagdhund, wie er im Hochland für die Hirschjagd gehalten wird. Auf der anderen Seite ... Ungläubig fuhr ich mir mit der Hand über das Gesicht und kniff für einen Augenblick die Augen zu. Wollten die Wunder denn kein Ende nehmen? Aber das Bild veränderte sich nicht. Reglos stand der weiße Hirsch mit dem riesigen Geweih vor mir. Sein mächtiges Gehörn und die goldene Kette um den schöngeschwungenen Hals glänzten im Mondlicht.

»Taliesin«, sagte die Frau mit tönender Stimme. Und: »Gwion.« Und: »Mabon Dialedd.« Hinter jedem Namen verbarg sich ein Lächeln, aber sie wollte mich nicht verspotten, und so nickte ich nur langsam und bedächtig.

»Herrin«, sagte ich und legte den Hauch einer Frage in das Wort. Es waren alles meine Namen, oder waren es einst gewesen ... »Du kannst mich Bhan-reannruadh nennen«, sagte sie, und jetzt war ihre Stimme hell und klar. »Fürs erste jedenfalls.«

Die Rotgestirnte ... In der Tat, ein treffender Name: Inzwischen war mir wieder eingefallen, daß Avallac'h, abermals er, sie mir angekündigt hatte. ›Die Frau, der weiße Hirsch und der Hund‹ waren Teil einer langen Liste von Prüfungen, Dingen und Menschen, die mir auf meinem Weg begegnen sollten; aber Näheres hatte ich darüber nicht erfahren.

»Arthur versteht sich wohl besser auf blaue Sterne«, sagte sie dann, und ich erschrak womöglich noch mehr. Ihr erinnert Euch vielleicht, daß ich von den Protektoraten sprach, die Keltia in den Jahren von Arthurs und Gwenivers Herrschaft zugefallen waren ...

Und nicht durch politische Manöver, das kann ich Euch versichern; Bittschriften, der Wunsch nach Bündnispartnern und das noch stärkere und durchaus verständliche Verlangen, sich vor gemeinsamen Feinden durch Keltias Schwert schützen zu lassen, hatten uns zu einem Imperium verholfen. Gwen und Artos lehnten das Wort zwar entschieden ab, aber es *war* in jeder Beziehung ein Imperium – mit einer Ausnahme: die zugehörigen Welten waren nicht zwangsweise annektiert worden. Sie waren aus freien Stücken zu uns gekommen, froh darüber, sich in den tobenden Stürmen zwischen den Sternen an unserem Feuer wärmen zu dürfen; wir entzogen ihnen keinerlei Rechte, stellten keine unannehmbaren Forderungen und hielten uns aus ihren inneren Angelegenheiten bewußt heraus. Dennoch hatten Arthur und Gweniver und alle Herrscher von Keltia nach ihnen auf diesen Welten Anspruch auf den Kaisertitel und die damit verbundene Machtstellung. Und eins der kaiserlichen Insignien, ein äußeres Zeichen dieser Macht, das nur bei feierlichen Staatsakten in einem der Protektorate zum Einsatz kam, war ein weiter, blauer, mit Sternen bestickter Mantel.

»Für den Amheraudr, den Kaiser des Westens«, ich sprach langsam und betonte den Titel, den diese Welten ihm verliehen hatten, »gilt das gewiß. Aber was, Herrin, wenn Ihr mir die Frage erlaubt, was bedeutet es Euch – und den Euren?« Und dabei sah ich den Hund und den Hirsch an.

Wieder lächelte sie. »Mehr als du vielleicht denkst. Gib acht, Taliesin; unsere Zeit ist begrenzt.«

Bevor ich erahnen konnte, was sie vorhatte,

schwenkte sie eine Ecke ihres Sternenmantels. Die Lichtung, auf der wir standen, verschwand, und vor mir in der nebeltrüben Nacht lag Caerdroia, sehr klein, sehr deutlich zu erkennen, und sehr weit entfernt. Wie ein Messerstich durchzuckte mich die Liebe zu dieser Stadt. Und der nächste Stich ließ nicht auf sich warten: Ich erblickte Arthur in seinem Solar, jenem runden Raum über dem Rosengarten, in dem er arbeitete, wenn er allein sein wollte. Ich sah ihn niedergeschlagen in seinem Stuhl mit der hohen Lehne sitzen, sah, wie er sich die Stirn rieb und sich mit derselben Hand durch das zerzauste Haar fuhr. Ein Schluchzen würgte mich, ich wollte ihn rufen, doch schon war auch er verschwunden, und nun brach eine ganze Flut von Bildern über mich herein: Szenen, die ich bereits in früheren Zeiten geschaut hatte, und andere, die mir irgendwann in diesem oder einem der nächsten Leben begegnen würden. Ich sah Gwyddno; ich sah meinen Vater. Sah Amris, Uthyr, Merlynn, Gorlas …

»Auch bei Männern hat die Suche bisweilen mit den Vätern zu tun«, sagte die Bhan-reann-ruadh leise. Ich befand mich wieder auf der mitternächtlichen Lichtung, vor mir stand die geheimnisvolle Frau, und der Hund und der Hirsch sahen mich aus weisen, unergründlichen Augen an. »Doch Arthur soll den Kelch nicht haben, auch wenn ein Blick darauf ihm sehr zugute käme.«

»Ein hartes Wort, Herrin«, bemerkte ich nach einer Weile. Ich zitterte am ganzen Leibe. Die Visionen waren so schnell – allzu schnell – vorübergezogen, ich wünschte, ich hätte länger Zeit gehabt. *Ach, Tasyk* … Ich tastete nach meiner Falkenfeder und ließ die Hand wieder sinken. »Wie weit ist die Suche nun gediehen?« fragte ich mit der gleichen Betonung auf dem Wort ›Suche‹, die sie ihm gegeben hatte.

Ihre Antwort überraschte mich von neuem. »Bessere als du haben sich ihre Gedanken gemacht. Noch liegen

Gefahren vor euch. Vergiß nicht die lachende Blüte und den Corrigaun mit dem Flammenschwert.«

»Avallac'h sprach davon ...«

»Und ich wiederhole es. Und noch etwas sage ich dir: Ein harter Schlag wird fallen und Keltia in eine tiefe Trauer stürzen, die nur der Kelch selbst zu heilen vermag. Und du, Taliesin, mußt meinen Hund stehlen und meinen Hirsch jagen.«

»Ich werde nichts dergleichen tun!« rief ich entsetzt. »Weder das eine, noch das andere. Wie könnt Ihr das von mir verlangen?«

Das flimmernde Licht, das sie umfing wie ein zweiter Mantel, veränderte sich unmerklich, und für einen Augenblick war mir, als funkelten Tränen auf ihren Wangen.

»Ich kann nicht gebieten«, sagte sie endlich. »Nur bitten kann ich und mahnen. Und so bitte ich dich im Namen dessen, wonach du suchst: Stiehl meinen Hund und jage meinen Hirsch.«

»Und dann?« Mein Widerstand gegen ihre Forderung war ungebrochen, und das entging ihr nicht.

»Dann mußt du tun, was man dich tun heißt. Ich weiß, es wird nicht leicht für dich sein.«

»Und wenn ich es nicht tue?«

Sie überhörte den Trotz in meiner Frage und streckte geradezu flehentlich die durchscheinend weiße Hand nach mir aus. »Dann wird neues Leid über Keltia kommen, und diesmal wird selbst der Kelch weinen.«

Wieder schwenkte sie ihren Mantel, es wurde dunkel, und ich sah das Heiligtum, das Ziel unserer verzweifelten Suche, durch die Luft schweben. Zweimal war mir schon die Gunst gewährt worden, es zu schauen, doch diesmal sah es anders aus; die heiligen Dinge erscheinen nie zweimal in gleicher Gestalt. Stets gibt es einen kleinen Unterschied, wenn man mit einer Vision begnadet wird.

»Aber nicht deshalb, weil der Kelch ein anderer

wäre.« Die Stimme der Bhan-reann-ruadh schallte von den rötlich leuchtenden Sternen zu mir herab. »Du selbst bist jedesmal ein anderer, wenn du ihn schaust – wenn du seines Anblicks bedarfst.«

Sie sprach die Wahrheit. Diesmal hatte das Heiligtum die Gestalt von Kerridwen Rhêns Kessel angenommen, ein schweres Bronzegefäß, schwarz wie Eisen und zugleich blank wie Feuer. Verziert war es mit Steinen, so blau wie der Sommerhimmel über Kernow, auf einer Seite der Wölbung war Königin Kerridwen mit Ihren Heiligen Tieren abgebildet, auf der anderen der Cabarfeidh, der Gehörnte, Ihr königlicher Gemahl. Eine echte Vision also, denn diese Erscheinungsform barg der Kelch ohne Zweifel in sich. Eine tiefe Sehnsucht erfaßte mich, denn so würde ich ihn nie wieder schauen …

Schon zog er weiter in all seiner Pracht – und verschwand. Ein Aufschrei der Enttäuschung entrang sich mir, es war ein so herrlicher, so erquickender Anblick gewesen. Der Schmerz warf mich auf die Knie. Doch wie konnte ich so unersättlich sein und mich beklagen? Wie vielen Millionen Kelten wurde nicht einmal dieser kurze Blick gewährt? Inmitten meiner Verzweiflung wurde mir klar, daß ich ohne Grund trauerte. Ich würde den Kelch wiedersehen, und zwar schon bald.

Ich wandte mich der Bhan-reann-ruadh zu, wollte ihr danken und sie um Verzeihung bitten, denn ich glaubte, jetzt etwas mehr zu verstehen. Doch niemand stand mehr zwischen mir und dem Feuer. Im weichen, feuchten Gras war kein Fuß-, kein Pfoten- und kein Hufabdruck zu sehen.

Kapitel 10

Und nun brachen alle Heimsuchungen über mich herein, die man mir schon so lange immer wieder verheißen hatte. Irgend jemand mußte mich und nicht nur mich mit einer kaum vorstellbaren Fülle von Geisa belegt haben …

Ihr erinnert Euch vielleicht, wie wenig ich auf dieser Suche über meine Leidensgenossen erfahren hatte. Zwar hatte ich Donah und Loherin getroffen, um die ich am meisten gebangt hatte – und glaubt ja nicht, diese Begegnungen seien Zufall gewesen, dicht an der Siennega gibt es ein hübsches Moor, das eine ganz andere Geschichte zu erzählen hat … Aber ich sorgte mich natürlich auch um die anderen aus meinem Trupp – Morgane und Gweniver, Roric und Daronwy – obwohl sie genügend Erfahrung besaßen und so robust und lebensklug waren, daß sie auf sich selbst aufpassen konnten. So wußte ich nur, was ich bei den beiden Begegnungen und aus den Visionen erfahren hatte, die mich derzeit in hellen Scharen verfolgten. Kein Wort von Gerrans, meinem Sohn; kein Wort von Marguessans Gwain; auch keine Nachricht von Tarians Erben Síoda und Shane oder von Betwyrs Nichte Keira – und erst recht nicht von den vielen Dutzend Unbekannten, die sich in dieses Wagnis gestürzt hatten, um Keltia und den Kelten den Kelch zurückzubringen …

Im Schein der Abendsonne fiel es nicht schwer, noch einmal das Bild des Kelchs heraufzubeschwören, wie ich ihn in der letzten Nacht gesehen hatte, als Pair Dadeni, der Kessel der Weltenmutter. Doch mit diesem Bild kam auch die Warnung der Bhan-reann-ruadh zurück. (Wer sie wohl sein mochte, wenn sie sozusagen ihr wahres Gesicht zeigte? Die Frage reizte mich sehr, und ich hatte auch schon meine Vermutungen.)

Von einem Harten Schlag hatte sie gesprochen, von Schmerzlicher Trauer. Und ihre Anweisungen, ja, Befehle hatten mich erschreckt – ihren Hund sollte ich stehlen und ihren Hirsch jagen …

Ich war lange genug Druide, um zu wissen, daß man auf einer solchen Seelenreise, die weder auf materiellen Gewinn, noch auf Ruhm ausgerichtet ist, oft zu Dingen aufgefordert wird, die in anderen Situationen als böse, verräterisch oder schlicht grausam anzusehen wären. Und wenn man die Weisheit besitzt, zu erkennen, daß solche Gebote nie das sind, was sie scheinen, und nicht die gleichen Folgen haben werden wie unter gewöhnlichen Umständen – nun, dann kann man damit rechnen, ans Ziel zu gelangen und zu finden, was man sucht. Denn bei einer, bei jeder Suchfahrt ist nicht immer und nicht nur das Ziel entscheidend; manchmal hat der Weg noch größere Bedeutung.

Ich hatte längst aufgehört, die Tage zu zählen. Um die Zeit zu bestimmen, merkte ich mir, wann die Sonne, die Sterne und Taras zwei Monde auf- und untergingen und an welchem Platz sie im Himmelsreigen standen, oder ich achtete auf die Farbe des Laubs und auf fallende Blätter. Freilich hatte sich von Anfang an gezeigt, daß für uns, die wir uns auf Suchfahrt befanden, die Zeit anders verging als in der Alltagswelt. Halbwegs zuverlässig war nur der Wechsel von Tag und Nacht – und auch das nicht immer, wie man gesehen hat. Nicht fest stand dagegen die Tageszeit, Vor- oder Nachmittag, Morgen oder Abend. Die Gestirne verschwanden oft hinter Wolken oder waren einfach unsichtbar, und selbst wenn man sie deutlich sehen konnte, verstießen sie oft gegen die Naturgesetze und bewegten sich nicht. Und das Laub, auf das ich meine letzte Hoffnung gesetzt hatte, nun, das war manchmal herbstlich rot, dann lag es braun und tot unter den Bäumen, um gleich darauf in sattem, hochsommerlichem Grün zu leuchten. Man wußte nie, woran man war. Himmel und Erde schienen sich verschworen zu haben, uns ein unbekanntes, unbegreifliches Zeitmaß aufzuzwingen. Auch das gehörte zu unserer Suche.

Doch es hatte außerdem einen ernsteren Hintergrund. Die Macht des Kelchs war im Schwinden begriffen, ich spürte es, je länger ich so dahinritt; und in einer Beziehung war mein Zeitgefühl sehr deutlich ausgeprägt: Ich wußte, daß die Uhr unerbittlich ablief.

Was dann geschah, erfüllt mich mit tiefer Scham. Zu meiner Rechtfertigung kann ich nur sagen, daß ich ahnungslos war und in Notwehr handelte. Allerdings war ich gewarnt worden und hätte schon deshalb auf der Hut sein müssen. Aber es kam, wie es kommen mußte. Laßt Euch erzählen …

Ich weiß nicht einmal mehr genau, wo ich mich an diesem Tag befand: irgendwo in der Nähe von Windred, schätze ich, jenseits von Armoy mit seinen kalten, blauen Seen, inmitten der Ebene von Listellian, wo es Herden von wundersamen Bisons mit weißem Fell und blauen Augen gibt. So weit in den Osten von Tara war ich noch nie vorgedrungen. In dieser südöstlichsten Ecke des Nordwestkontinents lebten so gut wie keine Menschen. Gelegentlich fragte ich mich, was ich tun würde, wenn ich die Küste erreichte und noch immer weiterziehen mußte. Ein Schiff besteigen und zu den Ostinseln segeln? Was lag wohl östlich von Osten?

In solche Gedanken vertieft, achtete ich nicht weiter auf den Weg – Feldore schien genau zu wissen, wohin er seine Füße oder vielmehr seine Hufe setzte – und sah und hörte bis zum letzten Augenblick nichts von der Gefahr. Der Reiter im schwarzen Umhang war wie aus dem Nichts erschienen und sprengte auf mich los, als wolle er mich niederreiten. Ich mußte handeln, bevor es zu spät war.

Ich rief ihn sogar noch an, versuchte ihn zu warnen, aber er war nicht aufzuhalten. Außerdem war er im Gegensatz zu mir bewaffnet; und obwohl er das Abzeichen der Gralssucher auf seinem Umhang trug, hatte er im Augenblick gewiß nicht den heiligen Kelch im Sinn. Soviel unpersönliche Feindseligkeit und kalte Mordlust entfachten meinen Zorn, und ich beschloß – ganz gegen mein Naturell, denn eigentlich bin ich kein Wüterich – den Kampf aufzunehmen.

Nun habt Ihr dieser Chronik sicher bereits entnommen, daß ich, verglichen mit verschiedenen Verwandten wie Artos oder Gerrans oder mit Gefährten wie Tarian, Roric, Daronwy, Betwyr oder fünfzig anderen, kein großer Krieger bin. Gewiß, als Kind war ich wie jeder Junge und jedes Mädchen in Keltia mit den gängigsten Waffen vertraut gemacht worden. Und als ich mich später der Gegenrebellion anschloß, brachte man mir wie allen anderen die Fertigkeiten bei, die wir brauchten, um bei den Angriffen gegen den Marbhdraoi unseren Mann zu stehen. Aber ich war nicht zum Krieger berufen, und der Heldenweg war nicht die Straße meiner Wahl.

Wir Kelten sind friedliebende Menschen, doch wenn man uns herausfordert, zögern wir nicht, Stärke zu zeigen. Und ein berittener Fremder, der mit gezücktem Schwert auf einen zugesprengt kommt, stellt nun einmal eine Herausforderung dar. Ich rief mir also in Erinnerung, was ich gelernt hatte und trat ihm entgegen. Meine Kenntnisse waren nicht völlig eingerostet, obwohl ich selbst als Spion nur selten in die Lage gekommen war, darauf zurückgreifen zu müssen).

Er war bewaffnet, und ich hatte, wie gesagt, nur meinen kleinen Bronzedolch bei mir, doch gewisse Methoden hatte selbst ich bei der Fianna gelernt – doch es gab kaum einen Schüler, der in diesen Dingen schwerer von Begriff gewesen wäre. Und der andere hatte bei aller wilden Entschlossenheit wohl doch nicht allzu viel Erfahrung oder ungewöhnlich viel Pech; jedenfalls stieß ich ihn im zweiten Ansturm nach allen Regeln der Kunst aus dem Sattel und sprang auch selbst ab. Im Gras neben dem Weg prallten wir aufeinander. Für einen Außenstehenden (mein Bardengehirn arbeitete wie üblich schon an einem Lied, während das Geschehen noch in vollem Gange war) mußte es ausgesehen haben, als sei er dahergesprengt, aus dem Sattel gekippt, auf dem Boden gelandet, und habe mir kampflos sein Schwert überreicht.

Jedenfalls war es schnell vorüber. Als er tot war, zog ich ihm den Lederhelm ab. Ich wollte doch sehen, wer der Verrückte oder der Schurke war, der ohne Grund und ohne Vorwarnung über einen anderen Gralssucher herfiel. *Hatten ihm denn die Maden das Gehirn zerfressen …*

Und da stand ich nun, der Helm entfiel unbeachtet meinen kraftlosen Fingern, und ich zitterte wie im Fieber. Denn der Tote trug, halb verborgen unter der Halsberge, an einer Lederschnur ein Medaillon, das mir bekannt vorkam. Kein Wunder, hatte ich es doch mein ganzes Leben lang tagtäglich gesehen, in Turusachan, in den Höhlen von Coldgates, sogar neben mir im Ehebett. Doch daß ich ausgerechnet *hier* darauf stieß …

Ich kniete nieder und nahm es in meine blutigen Finger. Die kleine Goldscheibe zeigte auf einer Seite – wie Morganes, wie Gwenivers, wie Arthurs, wie Uthyrs Anhänger – den Roten Drachen der Pendreics auf weißem Feld, auf der anderen – ich zwang mich, alle heraldischen Bestandteile aufzuzählen – auf der anderen also den weißen Hirsch des Hauses Dôn und auf dessen Gehörn den blauen, mit dem Emblem des jüngsten Kindes gekennzeichneten Eber von Lleyn.

Fassungslos starrte ich darauf nieder. Nun war alles verloren. Ich hatte Gwain Pendreic getötet, Marguessans zweiten Sohn. Ich hatte Arthurs – und meinen eigenen – Neffen auf dem Gewissen.

Ich kann Euch nicht sagen, wie lange ich zitternd dort kniete, während sich rings um mich die Dämmerung verdichtete. Ich wimmerte und betete und suchte mir einzureden (soweit ich in diesem Augenblick überhaupt eines Gedankens fähig war), das könne gar nicht sein und *sei* in Wirklichkeit auch nicht so ... Aber die Wahrheit ließ sich damit nicht aus der Welt schaffen, und als diese Erkenntnis endlich in mein Bewußtsein drang, da warf ich den Kopf zurück und heulte meine Empörung, meine Fassungslosigkeit und meinen Schmerz in den Abendhimmel hinein.

Wie konnte das sein? Wie war so etwas möglich? *Warum* konnte es, warum *war* es geschehen? Wer war so grausam, es zuzulassen? Aus welchen Gründen? Ich wußte keine Antwort und fand auch keine Erleuchtung; irgendwann rappelte ich mich auf und begann zu überlegen, wie es nun weitergehen sollte.

Die erste und wichtigste Aufgabe war natürlich, die sterbliche Hülle meines Neffen mit Anstand und Würde zu bestatten; danach mußte ich die Suche nach dem Kelch aufgeben. Ich war ihrer nicht mehr würdig, hatte mit diesem einen schmerzlichen Schlag Schmach und Schande über das Unternehmen gebracht. Und ich mußte mich sofort nach Caerdroia begeben, um dem Hochkönig – in diesem Augenblick war er für mich weder Artos, noch der Onkel des Knaben – meine Tat zu gestehen und die Strafe anzunehmen, die das Brehonengesetz über mich verhängte. Nur langsam dämmerte mir, daß ich mich zwar ebenfalls als Gwains Onkel bezeichnen durfte, aber doch nur Cliamhan, ein angeheirateter Verwandter war; für Arthur war Gwain dagegen ein Neffe ersten Grades, der kleine goldene Anhänger verkündete es mit vernichtender Deutlichkeit – und, was noch schlimmer war, auch für meine Morguenna, die Schwester seiner Mutter, ihre Zwillingsschwester ...

Ich mußte aufhören, darüber nachzudenken, sonst

verlor ich noch den Verstand und rannte wie ein jaulender Hund durchs Land. Es dauerte länger, als ich gedacht hatte, Gwains Leichnam auf sein beunruhigtes Streitroß zu hieven und ihn an seinem Rittersattel mit dem hohen Sattelkranz festzubinden. Doch endlich lag er auf dem Hals des Braunen, als sei er eingeschlafen. Feldore war davongeschlendert, als sein Reiter während des Duells von seinem Rücken gesprungen war, und graste nun in einiger Entfernung. Ich fing ihn ein und saß auf. Das zweite Pferd nahm ich am Führzügel, den ich in sein Zaumzeug eingeklinkt hatte.

Schließlich sah ich mich ein letztes Mal um, noch immer verzweifelt auf der Suche nach einer Erklärung, einem Umstand, der das Geschehene in anderem Licht erscheinen ließe. Wo war er nur hergekommen? Warum hatte er mich angegriffen, ohne Warnung, ohne Grund, ohne auch nur seinen Namen zu nennen? Aber ich fand nichts. So trieb ich die Pferde an und ritt langsam nach Norden, in der Hoffnung, irgendeine Ortschaft zu finden, und wenn es nur eine Straßenstadt war, wo es einen Grundherrn, einen Barden, einen Brehonen oder einen Zauberer gab. Dort wollte ich eine Aussage machen, ein Geständnis ablegen und jemanden bitten, Gwain Pendreic ac Locryn feierlich zu verabschieden. Diesen Priesterdienst hätte ich zwar auch selbst verrichten können, aber ich fühlte mich beschmutzt und entehrt; ich war der Mörder meines Neffen, wie konnte ich mich von dem trennen, den ich selbst erschlagen hatte?

Auf meiner Karte hatte ich nur wenige Meilen weiter nördlich eine größere Ansiedlung entdeckt, aber dafür waren wir schon viel zu lange unterwegs. Gewiß, ich hatte in meiner entsetzlichen Verfassung nicht allzu aufmerksam auf meine Umgebung geachtet, dennoch war ich ziemlich sicher, daß längst ein Gehöft oder irgendein Gemeinwesen hätte auftauchen müssen. Aber weit und breit war nichts zu sehen; die Gegend wurde sogar immer wilder und einsamer, je weiter ich nach Norden kam. Geständnis und Strafe konnten warten, aber Gwain nicht; und so gab ich schließlich auf und fügte mich der Kraft, die mich in dieser Nacht beherrschte. Weiterreiten konnte ich nicht mehr, denn für den Ermordeten mußte schnellstens ein Ritual abgehalten werden, zu dem ich nicht mehr das Recht zu haben glaubte. Aber mir blieb keine Wahl: Gwains Körper und seine Seele hatten Vorrang, und vielleicht konnte ich so einen Teil meines Éraic entrichten ...

Ich schlug also in einem Wäldchen zwischen alten Bäumen – abseits von der Straße, aber nicht so weit, daß ein zufällig vorüberkommender Reisender das Feuer nicht sehen, herüberkommen und mir seine Hilfe hätte anbieten können – ein Lager auf und schickte mich vielleicht zum letzten Mal in diesem Leben an, mich als Druide zu betätigen.

Zunächst sprach ich einen Konservierungszauber über Gwains sterbliche Überreste; er würde nicht ewig wirken (auch solche Zauber gibt es), aber er würde den Leichnam noch viele Tage in seinem jetzigen Zustand erhalten, und bis dahin sollte ich wieder in Caerdroia sein, wo andere mehr für ihn tun konnten als ich. Doch auch um das Ritual kam ich nicht herum, und so begann ich unter Zittern und Zagen die Letzten Gebete für meinen Neffen zu sprechen. Es war das mindeste, was ich, sein Mörder, für ihn tun konnte, und es war ein Abschied in mehr als einer Beziehung.

Als meiner priesterlichen Pflicht Genüge getan war, sank ich am Feuer nieder und starrte blicklos in die Flammen. Es war geschehen und nicht mehr zu ändern. Ich hatte den Sohn der Schwester meiner Frau getötet. In meiner Verzweiflung nahm ich Zuflucht zu meinem Bardenwissen, und schon strömten die einschlägigen Bestimmungen in mein benommenes Gehirn: die fällige Ehrenbuße bei Verwandtenmord, die

Anklage, die öffentliche Sühne und Wiedergutmachung, mildernde Umstände bei Taten dieser Art, die, wie ich leider sagen muß, in Keltia nicht unbekannt sind. Außerdem sorgt das Brehonengesetz für alle Eventualitäten vor.

Wieder und wieder ging ich alles durch – wie man mit der Zunge einen schmerzenden Zahn von allen Seiten betastet – bis ich jedes Wort auswendig wußte und die ganze Begegnung vor meinem inneren Auge so bunt und scharf ablief wie ein Bilderband. Aber eine Erklärung fand ich noch immer nicht. Warum war Gwain so einfach auf mich losgegangen? Er war wie ich auf Gralssuche, trug ja das Emblem noch auf der Tunika; gewiß, er war bewaffnet gewesen, aber Gweniver und ich hatten die Vorschrift selbst erlassen – Fians und einige ausgewählte Krieger durften mit dem Schwert auf die Suche nach dem Heiligen Kelch ziehen.

Als ich zu Gweniver und dem Waffenverbot kam, da löste sich gleichsam etwas aus dem wilden Chaos in meinem Gehirn und klopfte genau an der empfindlichsten Stelle von innen gegen meinen Schädel. Der Waffenträger Gwain hatte auf der Gralssuche blindlings und ohne Vorwarnung einen Fremden überfallen; und ich, der Waffenlose, hatte mich, ebenfalls auf der Gralssuche, gegen einen unbekannten Angreifer zur Wehr setzen müssen. Erst nachdem es mir – dem Unbewaffneten – wider alle Wahrscheinlichkeit gelungen war, den vermeintlich Fremden zu töten, stellte sich heraus, daß es sich um meinen angeheirateten Neffen handelte. Hier stimmte etwas nicht, hier lag etwas schief …

»Ich bin kein Krieger«, sagte ich laut. »Wer hatte nur als erster von dem Schmerzlichen Schlag gesprochen …«

»Wer mag das wohl gewesen sein?« ließ sich von jenseits des Feuers aus dem Dunkel eine Stimme vernehmen. Ich riß den Kopf in die Höhe, aber ich sprang nicht auf und machte keinerlei Anstalten, mich zu verteidigen. Wer immer es geschafft hatte, mir so nahe zu kommen, ohne daß ich es bemerkte, dem würde es auch nicht schwerfallen, mich zu töten. Vielleicht wäre das sogar die beste Lösung, jedenfalls würde sie Arthur viel Kummer ersparen.

Zwei Gestalten traten ins Licht, eine Frau und ein Mädchen. Das Mädchen war mir unbekannt, aber die Frau …

Marguessan Pendreic blieb auf der anderen Seite des Feuers stehen und blickte herab auf mich, der ich stumm und zu Tode erschrocken vor ihr kauerte. Und nicht einmal in diesem Augenblick ging mir ein Licht auf. Nein, ich nahm es als selbstverständlich hin, daß die Mutter des ermordeten Jungen nach Einbruch der Dunkelheit in dieser gottverlassenen Gegend, wo auf Hunderte von Meilen im Umkreis keine Menschenseele lebte, mit ihrer Tochter an meinem Feuer erschien.

Ich war wie mit Blindheit geschlagen, aber *das* … Nein, soviel Wahnwitz sprach nun wirklich jeder Vernunft Hohn, und das brachte mich wieder zu mir. Ich war im Wald des Scheins: Jäh zerriß der Nebel vor meinen Augen, ich rappelte mich auf, zog einen brennenden Ast aus dem Feuer und fuhr Marguessan damit ins Gesicht. Der Feuerbrand ging einfach durch sie hindurch, doch das überraschte mich nicht.

»Ein Taish also.« Keine Menschen aus Fleisch und Blut, nur eine Einbildung. Ich blieb auf den Beinen, nahm hastig meine fünf Sinne zusammen und zog den schäbigen Rest meiner Zauberkräfte wie einen schützenden Mantel um mich. Aber die Sinne regten sich mit quälender Langsamkeit, und der Mantel der Macht war dünn und zerschlissen. Nicht einmal im Vollbesitz all meiner Kräfte hätte er mich vor der lebenden Finsternis jenseits der Flammen schützen können. Marguessan war wie einst ihr Lehrer Edeyrn zu einem Tor ins Dunkel geworden.

Nun lächelte sie. »Was ist das für eine Begrüßung, Taliesin? Seit du Oeth-Anoeth so Hals über Kopf verlassen hast, fühle ich mich einsam in meiner Burg. Deshalb suche ich dich heute auf; du warst ein so unterhaltsamer Gast ...«

Ich wandte den Blick nicht von ihr. »Du warst es, nicht wahr? Erst hast du Gwain wie aus heiterem Himmel auf mich gehetzt, und dann sorgtest du dafür, daß ich ihn besiege. Du allein, und nur aus ...« Ich konnte nicht weitersprechen, die Worte blieben mir im Halse stecken. Ob Marguessan den Vorwurf bestätigte oder nicht, war gleichgültig, es blieb doch die Wahrheit. Sie hatte mich als Waffe gegen ihren eigenen Sohn benützt und dabei gleichsam zwei Fliegen mit einer Klappe geschlagen.

Dann packte mich der Zorn und gab mir die Sprache wieder. »Du hast dich gegen den heiligen Kelch vergangen, Marguessan; aber du hattest ihn ja bereits gestohlen. Wovor solltest du noch zurückscheuen? Dann also ein Verbrechen gegen deinen eigenen Sohn. Gegen dein eigen Fleisch und Blut. Gegen das Licht ...«

Ihr Lachen gellte mir noch von Oeth-Anoeth her in den Ohren. Was zählte für sie ein Verbrechen mehr? Sie machte sich nicht einmal die Mühe, es abzustreiten.

»Er war zu euch übergelaufen, Taliesin. Er hatte sich gegen mich gewandt, hatte sich mit euch auf die Suche nach dem Pair begeben, den ich unter solchen Anstrengungen an mich gebracht hatte. Er hatte sich auf die Seite meines Bruders geschlagen. Er war nicht mehr mein Sohn.«

»Nein«, fauchte ich, »das war er nicht, dafür verbürge ich mich ...« Ich warf einen Blick auf Galeron, die ruhig neben ihrer Mutter stand und bisher geschwiegen hatte. »Wenn er nicht dein Sohn ist, ist sie dann deine Tochter? Welche Rolle spielt Galeron nighean Irian in diesem Stück?«

Marguessan legte besitzergreifend die Hand auf die schmale Mädchenschulter, und ich erschrak zu Tode, als ich die Veränderung in den beiden Gesichtern bemerkte. Was sie zu bedeuten hatte, wußte ich nicht und wollte es auch gar nicht wissen; mehr noch, ich glaube, daß etwas in mir mich davor schützte, sonst wäre ich womöglich schreiend davongelaufen oder auf der Stelle tot umgefallen ... Mühsam überwand ich meine Panik und sah mir das Mädchen genauer an. Sie war höchstens ein bis zwei Jahre älter als Donah oder Gerrans. Äußerlich schlug sie mit ihren langen, schwarzen Locken und den auffallend grünen Augen nach ihrem Vater – ein hübsches Ding. In Wirklichkeit war sie jedoch ein Geschöpf ihrer Mutter, mit Leib und Seele, mit Herz und Geist.

»Sie ist die Schwarze Prinzessin«, sagte ich kalt. Ich war mir dessen auf einmal ganz sicher, und Marguessan gab mir sogar die Genugtuung, sich ihre Verwirrung anmerken zu lassen. Ich hatte also richtig geraten, aber es war auch nicht unbedingt ein Schuß ins Blaue gewesen. Hatte nicht Gwyn schon erwähnt, daß sein Vater vor einem schwarzen Gral, einem Kelch der Finsternis bange? Eine solche Ausgeburt des Bösen brauchte einen Diener, der sich der Finsternis verschrieben hatte; und wer wäre dazu besser geeignet als eine Maid, die von Marguessan von Anbeginn zu diesem Dienst erzogen und durch Bande des Blutes wie der Liebe an sie gefesselt war? Denn Mutter und Tochter *waren* in Liebe verbunden, falls es überhaupt angebracht ist, dieses reine Wort in einem solchen Zusammenhang zu verwenden ...

Ich suchte den errungenen Vorteil weiter auszubauen. »Die Lage ist also folgende, Marguessan aus dem Hause Pendreic«, sagte ich mit der Stimme, in der wir Barden sonst nur einen Fluch aussprechen oder einen Bann verhängen. Sie erkannte den Tonfall und erschauerte, obwohl sie sich mir turmhoch überlegen fühlte.

Ich breitete die Arme weit aus und spürte, wie Arawns Macht über mich kam. Arawn ist der Richter unter den Hohen Dânu, er spricht das Urteil über alles Geschaffene, und mit seiner Stimme zählte ich nun Marguessans Vergehen auf.

»Du hast der Welt den Kelch gestohlen oder dafür gesorgt, daß er seinen Bewachern abhanden kam. Du hast die Krankheit über das Land und seine Menschen gebracht und ihnen die Heilkräfte geraubt. Du warst die Schülerin des finstersten Zauberers, den Keltia je gekannt hat, er hat dich in den Schwarzen Künsten ausgebildet, und du hast damit die abscheulichsten Untaten begangen – sie einzeln aufzuführen habe ich weder die Zeit, noch die Lust. Und heute hast du deinen eigenen Sohn getötet. Ihn hast du veranlaßt, seinen Onkel anzugreifen, und mich hast du dazu getrieben, ihn zu töten, ohne daß einer von uns wußte, wie ihm geschah. Wo immer der Marbh-draoi jetzt sein mag, er kann stolz auf dich sein. O ja, du hast viel von ihm gelernt.«

Im Laufe meiner Rede spiegelte sich in Marguessans Antlitz – obwohl es nur ein Trugbild war – eine ganze Flut von wechselnden Empfindungen wider: Stolz, Genugtuung, Freude und eine kaum zu bändigende Gier ließen sich nicht unterdrücken. Angst und Schuldbewußtsein schienen dagegen, falls überhaupt vorhanden, gut verborgen. Und obwohl ich mich gegen Ende in soviel bardengeschärfte, druidenmächtige, gottgesegnete Entrüstung hineingesteigert hatte, daß meine Stimme ein Palug hätte häuten können, war Marguessan unversehrt. Doch ich war, wie ich zu meiner eigenen Verwunderung feststellte, noch nicht fertig.

»Und nun erziehst du deine Tochter in deinem Sinne – um die Denkweise des Marbh-draoi und die

Finsternis in Keltia auch nach dir am Leben zu erhalten … Marguessan, im Namen der Göttin, warum? Wie bist du nur auf diese schlimme Bahn geraten?«

Ich hatte in diese Frage, diesen Aufschrei alles gelegt, was ich zu geben hatte: mein ganzes Bardentum, jeden Druidenrann, den letzten Funken Seelenstärke und Verwandtschaftsgefühl. Arthur war in diesem Schrei, Ygrawn, die dieses Ungeheuer geboren und Morgane, die mit ihm den Schoß geteilt hatte – wer könnte ihr näherstehen? Und fast, fast hätte ich sie umgestimmt. Ich sage es ohne Stolz und ohne mich meines Scheiterns zu schämen. Ich spürte, ich sah es. Ich war ganz nahe daran. Mein Appell erreichte sie, keine Frage, er bewegte sie sogar. Aber sie umstimmen? Nein, das konnte er nicht. Heute glaube ich, daß das damals einfach nicht mehr möglich war.

Aber ich sah, wie ihr Gesicht sich veränderte. Die Züge verschwammen; das schwarze Feuer hinter ihren Augen geriet in Bewegung, loderte auf, begann zu flackern; ein letztes Mal kam das reizende Kind zum Vorschein, das ich in Coldgates kennengelernt hatte, bevor sich die Finsternis in ihrem Innern einnistete. Und ich sah, welchen Preis das Böse von ihr gefordert hatte, und was es ihr noch abverlangen würde; ich sah, wie sie unter dem Deckmantel der Mutterliebe dem Mädchen an ihrer Seite die Finsternis weitergegeben hatte; ich sah, ja, ich schaute, daß der Kampf, der vor so langer Zeit ausgebrochen war, nun in die dritte Generation ging. Mit Edeyrn hatte es begonnen; seine Kinder – im Geiste, wenn auch nicht im Fleische – waren Owein Rheged, Gwenwynbar und, die größte unter den dreien, Marguessan gewesen. Nun gab Edeyrns letzte noch lebende Erbin das Vermächtnis weiter: Galeron, die schwarze Prinzessin des Schwarzen Grals war Donahs Gegnerin und ihr Widerpart, das Unheil war nicht mehr aufzuhalten.

Ich wußte es so genau wie Marguessan … »Noch ist

es nicht vorüber, Marguessan, nicht wahr, noch ist das Werk nicht vollendet?« fragte ich. Meine Stimme war frostig und scharf geworden, kalt und dünn wie Seide. Ich hatte die Fluchstimme der Barden in meinem ganzen Leben noch nicht eingesetzt und auch in diesem und allen künftigen Leben niemals einsetzen wollen. Was ich damit gegen jemanden wie Marguessan ausrichten konnte, wußte ich nicht, das hätten mir auch meine Lehrer nicht sagen können; aber einen Versuch war ich ihnen und ganz Keltia immerhin schuldig.

Ich hätte nie erwartet, daß sie zusammenzucken würde, als hätte ich sie geschlagen; wie ein dünner Faden drang die eisigharte Magie durch die Fugen der Finsternis, mit der sie sich gewappnet hatte, während mein Harnisch das Licht war …

»Den Schwarzen Kelch, diesen abscheulichen Frevel gedenkst du in diese Welt zu bringen? Laß ihn, wo er ist, Marguessan. Laß ihn auf der anderen Seite, wohin er gehört. Er ist nicht für diesen Ort, für uns, für dich bestimmt. Du bist zu schwach dafür. Macht hast du zwar, aber keine Kraft. Er wird dich vernichten und deine Tochter mit dir. Dein Sohn ist ihm bereits zum Opfer gefallen.«

Wie aus weiter Ferne drang ihr kaltes Lachen an mein Ohr. Mir schwanden fast die Sinne, doch ich riß mich zusammen. »Meinetwegen, Harfner, solange er auch meinen Halbbruder und sein Weib, meine Kusine, ihre Brut und euch alle mitreißt. Du bist schon angeschlagen. Denn siehst du« – sie deutete mit dem Kinn auf Gwains Leichnam, der am Rand der Lichtung lag – »er tut bereits jetzt seine Wirkung. Und wenn ich erst fertig bin …«

Ihr haßverzerrtes Gesicht bot einen schrecklichen Anblick. Sie hatte die Arme erhoben und die Handflächen einander zugewandt, ihre Lippen formten einen gräßlichen Rann. Ich hob den Kopf, um den Tod in möglichst würdevoller Haltung zu erwarten, doch nichts geschah. Sie war mit einem Mal verschwunden, als habe ein mächtiger Wind sie fortgetragen, und ich lag von Würgekrämpfen geschüttelt auf den Knien. Aber sie war fort, und Galeron mit ihr. Freilich hatte nicht meine Macht sie verjagt. Nein, dazu bedurfte es weit stärkerer Zauberkräfte, als selbst Morgane sie aufbieten konnte. Doch wer mir letztlich beigestanden hatte, wollte ich im Grunde gar nicht wissen.

Ich war so grenzenlos erleichtert, daß in meinem Innern sogar die unvernünftige Hoffnung aufkeimte, dies sei die Wende gewesen, nun habe sich alles geändert. Gespannt sah ich zu Gwain hinüber. Ich rechnete tatsächlich damit, daß er den Mantel abschüttelte, mit dem ich ihn zugedeckt hatte, und sich lächelnd erhob, um seinem Onkel ein Scherzwort zuzurufen. Aber nein; er lag noch immer so unbeweglich da wie zuvor. Mich fröstelte, und so setzte ich mich bald wieder möglichst nahe ans Feuer und lehnte mich mit dem Rücken an einen Baum. Jetzt hielt ich den Bronzedolch in der Hand, den ich unter dem Berg bekommen hatte. In dem Kampf, der eben noch hier getobt hatte, wäre er mir wohl keine Hilfe gewesen, aber er spendete mir Trost. Müßig drehte ich ihn in meinen kraftlosen Fingern hin und her und beobachtete das Spiel des Feuerscheins auf der dicken, ungeschliffenen Klinge.

Ich fühlte mich – nein, ›besser‹ ist sicher nicht das treffendste Wort, aber ein anderes fällt mir nicht ein. Gwain war noch immer tot, und ich war noch immer sein Mörder. Auch wenn ich jetzt wußte, daß eigentlich Marguessan ihn ermordet hatte, linderte das meine Schuldgefühle kaum. Zuvor hätte ich Marguessan in hundert Leben nicht für fähig gehalten, ihren eigenen Sohn zu töten, was aber nicht heißen soll, daß ich jetzt Zweifel gehegt hätte; ich hätte es ihr nur nicht zugetraut, nicht einmal ihr …

Dann muß ich eingenickt sein – ich war ja körperlich

und seelisch zu Tode erschöpft – doch wenige Augenblicke später schreckte ich auf, zog einen Kreis und verstärkte ihn mit angemessenen Wehrzaubern, um weitere Besucher dieser Art fernzuhalten. Als ich fertig war, hätte sogar Marguessan gezögert, meine Abschirmung zu durchbrechen. Ich hatte auch Gwain und die Pferde in die Schutzzone mit einbezogen; ich wollte nicht riskieren, daß ihnen etwas zustieß.

Dann gönnte ich mir endlich Ruhe. Ich war noch immer tief erschüttert, fühlte mich aber doch erleichtert und sehr viel klarer im Kopf. Nicht einmal während meines Zwangsaufenthalts auf Oeth-Anoeth hatte mir der Feind sein Antlitz so deutlich gezeigt. Jetzt erst erkannte ich, wie tief Marguessan bereits in die Netze der Finsternis verstrickt war, und wie weit sie das übrige Keltia hinter sich herzuziehen suchte. Auf diesem Weg des Bösen schonte sie nicht einmal die eigenen Kinder: Gwain hatte sie in den Tod geschickt; Galeron hatte sie zur Dienerin der Finsternis gemacht; und Mordryth – nun, seit seinem Zweikampf mit Gerrans auf Oeth-Anoeth hatten wir von Lleyns ältestem Sproß nichts mehr gehört. Aber dabei würde es sicher nicht bleiben …

Ich konnte im Augenblick nichts weiter unternehmen. Morgen würde ich zu Arthur reiten, so schnell ich konnte. Er würde mich anhören und mir Glauben schenken, und dann würde er das Nötige veranlassen. Jetzt brauchte ich Schlaf; ich hatte mich im Kampf gegen Marguessan völlig verausgabt. Ich hatte Gewalt ausgeübt und Gewalt erlitten – und dabei hatte ich noch vor kurzem gedacht, ich hätte meine letzten Kräfte verbraucht, um Gwains Tod zu verarbeiten.

O Große Göttin. Wie sehr wir Sterblichen uns doch irren können.

Kapitel 11

Der nächste Morgen war ungewöhnlich warm und schwül. Ich aß ein paar Bissen, dann machte ich die beiden Pferde reisefertig, hievte wie am Vortag Gwains Leichnam in den Sattel und ritt davon, ohne mich noch einmal umzusehen.

Ich gab mich keinen Illusionen mehr hin: ich hatte mich verirrt, hatte nicht die leiseste Ahnung, wo ich mich befand oder wo das Ziel lag, das ich zu erreichen hoffte. So beschloß ich nach einigem Überlegen, mich weiterhin in Richtung Norden zu halten. In diesem Teil von Tara gab es nur wenige Straßen, und die, auf der ich mich befand, mußte mich früher oder später zu einer Ortschaft führen; wozu hätte man sie sonst angelegt?

Von dieser zweifelhaften Schlußfolgerung getröstet, ritt ich weiter, bis die früh hereinbrechende Abenddämmerung ihre langen Schatten über die weiten Täler warf, die ich durchquerte. Noch immer weit und breit kein Haus, von einer größeren Ansiedlung ganz zu schweigen. Ich folgte einem breiten, plätschernden Bach, von dessen klarem Wasser ich später zu trinken gedachte, durch ein Wäldchen, und plötzlich zog ich scharf die Zügel an. Feldore wieherte neugierig, aber nicht ängstlich, und Gwains braune Stute stimmte ein.

Ich stand auf einer Lichtung. Der Bach floß über weiße Kieselsteine durch einen saftiggrünen Rasen, und an einem Ufer erhob sich ein prächtiger Pavillon. Die Lichtung wurde von Weiden gesäumt, die ihre Äste bis fast ins Wasser hängen ließen, und das Zelt – es hatte Wände aus blutroter, goldpaspelierter Seide, ein weißes Dach und wurde nicht von Stangen, sondern von Lanzen mit silbernen Spitzen gehalten –

stand unmittelbar unter einem der größten Bäume, so daß die fiedriggelben Wedel die Dachkuppel streiften.

Ich ließ meine weittragende Bardenstimme erschallen, um mich mit einem höflichen Gruß bemerkbar zu machen, erhielt aber keine Antwort. Offenbar war nicht einmal ein Pferd in der Nähe. Mißtrauisch saß ich ab, band meine zwei Tiere fest (Gwains Leichnam ließ ich vorerst noch, wo er war), näherte mich dem Pavillon, und spähte neugierig in den schummerigen Innenraum.

Kein Mensch war zu sehen, und trotz der prächtigen Einrichtung wies nichts darauf hin, daß das Zelt überhaupt bewohnt war. Der Tisch in der Mitte war mit Oréadach für ein Festmahl gedeckt und bog sich förmlich unter den vielen Silberschüsseln mit Fleisch, Brot, Wein und Süßigkeiten; in einer Ecke stand ein breites Bett mit Laken aus Leinen und Seide, die Matratze reichte mir bis zur Hüfte und war prall mit Wildgänsedaunen gefüllt, und darauf türmten sich Stapel von Wolfs-, Fuchs- und Nerzfellen. In einer anderen Ecke stand eine goldene Harfe, und bei dem Anblick juckte es mich, der ich auf Trägerin des Wohlklangs nun schon so lange verzichten mußte, in den Fingern. Ich hatte das geliebte Instrument nicht auf die Gralssuche mitnehmen können, hatte mir aber unterwegs zum Zeitvertreib mehrmals eine einfache Schoßharfe angefertigt; es gab auch etliche in rotes Leder gebundene Bücher und ein Fidchellbrett aus Elfenbein und Ebenholz, die Figuren aus Bergkristall und Mahagoniobsidian waren bereits aufgestellt. Alles atmete soliden Wohlstand und großzügige Behaglichkeit, ich brauchte nur zuzugreifen, um der schlichten Freuden teilhaftig zu werden.

In diesem Augenblick glaubte ich, von draußen ein Geräusch zu hören, und als ich mich umdrehte, erstarrte ich vor Schreck: Ein schwarzer Hund, so groß wie ein einjähriges Fohlen, lag quer über der Schwelle und hatte den Kopf auf die Pfoten gelegt. Als ich vor Schreck laut aufschrie – das Tier war mit Sicherheit noch nicht dagewesen, als ich eintrat, wer wollte mir also den Schrei verübeln – hob es kurz den Kopf, zeigte sich aber weder freundlich, noch feindselig, sondern verhielt sich abwartend.

Mein erster Gedanke – die Lust auf Festmähler und weiche Kissen war mir gründlich vergangen – war der, mich an ihm vorbeizudrängen und zu den Pferden zu laufen, aber das war aussichtslos. Der Hund war für die Hirschhatz abgerichtet, und seine Gleichgültigkeit täuschte. Selbst wenn er mir den ganzen Vormittag Vorsprung gab, würde er mich noch vor dem Mittagsmahl einholen. Nur die großen Wolfshunde von Erinna und die Hunde Arawns, des Herrn der Unterwelt, waren noch schneller als diese Bestie …

Und dann ging mir ein Licht auf – Ihr seid mir gewiß längst zuvorgekommen, aber mich hatten die Schrecken des Vortages, der Zwischenfall mit Gwain und Marguessans alptraumhafter Auftritt alles vergessen lassen: das mußte der Riesenhund sein, der die Rotgestirnte, die Bhan-reann-ruadh begleitet hatte, als sie mir vor kurzem – ich wußte nicht mehr, wann – erschienen war.

Wieder sah ich das Tier an, aber es behandelte mich wie Luft. Die Bhan-reann-ruadh hatte mir befohlen, diesen Hund zu stehlen und ihren Hirsch, den großen, weißen Bock, der sie begleitet hatte, zu jagen. Möglich, daß mir der Hund dabei behilflich sein würde, aber Gewißheit hatte ich nicht, und der Hund dachte offensichtlich nicht daran, sich zu äußern. Er war da, und zunächst wollte er wohl sehen, was ich tat. Ich war am Zug.

Zwischen dem Barden und seinen Zuhörern soll es keine Geheimnisse geben, und so will ich Euch gestehen, daß ich das köstliche Mahl und das weiche Bett weitaus verlockender fand als die Vorstellung, einen magischen Hund zu rauben und einen Hirsch zu jagen, der mit Sicherheit ebenfalls ein Zauberwesen war. Die Kelten haben leider von jeher eine Neigung zu Raub und Diebstahl, wobei sie es, wenn man unseren Sagas und Liedern glauben darf, gewöhnlich auf Rinder und auf Frauen abgesehen haben. Der Diebstahl an sich belastete mein Gewissen also nicht über Gebühr; außerdem hatte man mir geradezu den Befehl dazu erteilt oder mich zumindest mit einem entsprechenden Geis belegt ... Nur hatte ich mich seit Antritt der Gralssuche und vor allem in den letzten Tagen ganz beträchtlichen Strapazen ausgesetzt, und ein klein wenig irdischer Luxus war doch im Grunde nichts Verwerfliches – warum sollte man also nicht genießen, was einem da so unerwartet in den Schoß fiel ...

Seufzend richtete ich mich auf. Ich hatte schon des öfteren auf dieser Suche Anweisungen vergessen oder mißachtet, und Ihr wißt ja, was daraus entstand. Gewiß, ich hatte alle Strafen redlich verdient und auch nicht mehr bekommen, als man mir angedroht hatte, aber das minderte die Trauer, die Schuldgefühle und den Schmerz ja nicht. Hier wurde mir nun eine Belohnung angeboten, aber womöglich stand sie mir noch gar nicht zu, vielleicht war ich auch der einzige, der darüber entscheiden konnte. Nun, diesmal wollte ich den ergangenen Anweisungen aufs Wort gehorchen. Ich würde nicht nur auf die Gastfreundschaft verzichten (so sehr mein geschundener Körper und meine halbverhungerte Seele auch dagegen protestierten); ich würde auch gegen alle Pflichten eines ehrlichen Gastes verstoßen und meinen abwesenden Gastgeber bestehlen. Die ganze Welt schien kopfzustehen: Doch wenn ich die Maßstäbe für normale Zeiten anlegte, brachte mir das offenbar nur Ärger ein. Also würde ich mich an die seltsamen Gebote der Bhan-reann-ruadh halten und hoffen, daß ich damit besser fuhr.

Ich trat auf den schwarzen Hund zu, hielt ihm die Hand hin, schnippte mit den Fingern und schnalzte mit der Zunge, die üblichen Methoden, um ein Tier anzulocken. Der Riesenhund überlegte lange, dann streckte er langsam und genüßlich seine mächtigen Vorderbeine, erhob sich gemächlich, sah mich mit wachen Augen an und begann mit dem Schwanz zu wedeln. Ich beugte mich über ihn: eine Hündin und dafür ganz ungewöhnlich kräftig, selbst Rüden wurden in der Regel nicht so groß und stark …

Ich jaulte vor Schmerz: Der Hund hatte mich in die Hand gebissen. Ich bedachte ihn mit einigen deftigen Verwünschungen, verstummte aber, als er seine goldglänzenden Augen abermals auf mich richtete. Solche Augen hatte ich noch bei keinem Tier gesehen, nicht einmal bei unserem jüngst verstorbenen Cabal, der uns oft so klug vorgekommen war wie ein Mensch. Sie schienen mich förmlich zu durchbohren, mir bis ins Herz zu schauen, dabei war es doch nur ein Hund! Oder …

In mir keimte ein Verdacht: Der Hund, den ich stehlen sollte – und der vermutlich kein gewöhnlicher Hund war – hatte mich genau in dem Augenblick gebissen, als ich taktloserweise einen Blick auf sein Geschlechtsteil warf. War es möglich, daß ihn mein Gedanke wie mein gewiß nicht gerade zartfühlender Blick *beleidigt* hatten? War der Biß – er war nicht allzu fest gewesen, aber er hatte verdammt wehgetan und lockte auch schon die ersten Blutströpfchen hervor – eine *Rüge*? Könnte es sein …

Doch der Hund hatte das Zelt bereits verlassen. Ich zögerte kurz, dann zog ich die weiße Seidenklappe beiseite, schlüpfte hinaus und ließ die Klappe wieder zufallen. Die Frage, wer hier eigentlich wen stahl, war sicher nicht ganz unberechtigt.

Doch sie wurde gegenstandslos, sobald ich ins Freie trat. Denn Gwain Pendreics Leichnam saß nicht mehr im Sattel seines braunen Streitrosses.

Ich war nicht allzu überrascht. Etwas dergleichen hatte ich mehr oder weniger erwartet, und nun hatten sich meine Erwartungen auch prompt erfüllt. Ich suchte natürlich nach Spuren, aber natürlich waren außer meinen eigenen keine zu finden; Ihr wißt ja, wie so etwas zugeht … Ich überlegte eine Weile, dann sammelte ich die weichen Lederriemen ein, mit denen ich Gwain auf dem Tier festgebunden hatte – wobei ich, wiederum nicht allzu überrascht, feststellte, daß sie samt und sonders noch fest verknotet waren – und begann, einen Teil meiner Sachen aus Feldores Satteltaschen in die des Braunen umzuladen. In der Zwischenzeit überlegte ich weiter, wie ich nun vorgehen sollte.

Die Entscheidung wurde mir abgenommen: Während ich noch unschlüssig neben Feldores Steigbügel stand, drängte sich eine kalte Schnauze gegen meine Handfläche, und die schwarze Hündin fiel mir wieder ein.

Da stand sie tatsächlich, sah mit diesen unnatürlichen Goldaugen zu mir auf und stieß immer wieder, genau wie ein richtiger Hund, mit der Nase gegen meine Hand – die Hand, in die sie gebissen hatte. Nun stach mich der Hafer, ich ließ mich auf ein Knie nieder und kraulte sie unter dem Kinn, wie richtige Hunde es lieben. Ein Weilchen ließ sie es gleichmütig über sich ergehen, es schien ihr sogar zu gefallen, dann stieß sie ein leises Knurren aus, das eher wie ein Schnurren klang. Ich nahm es zur Kenntnis.

»Schon gut! Gehen wir.« Ich schwang mich auf Feldores Rücken, beugte mich vor, ergriff den Zügel des Braunen und folgte dem schwarzen Hund über den Bach und auf die Straße zurück.

Der Hund führte mich rasch durch die wildeste Gegend, die mir bisher begegnet war. Immer mit dem Blick auf schroffe, blaue Bergketten, die sich in weiter

Ferne vor dem Himmel abzeichneten, ging es durch steinige Ebenen, wo es kaum genug Wasser für uns alle, geschweige denn Gras für die beiden Pferde gab, unentwegt nach Osten. Einmal begegneten wir einer Herde der schon erwähnten Bisons mit den himmelblauen Augen unter dem zottigen weißen Stirnhaar. Sie kamen von der Sommerweide in den Litherlanden und zogen nun nach Süden. Die Tiere waren in der Brunst und daher ziemlich reizbar, aber sie traten friedlich beiseite und ließen uns durch.

Endlich erreichten wir wieder eine bewaldete Region, und ich sah mich staunend um. Ich kannte niemanden, der je in dieser Gegend gewesen war; falls hier einmal Menschen gelebt hatten, so waren sie längst fortgezogen. Nicht einmal Steine zeigten an, wo ihre Häuser gestanden hatten, kein Zaun markierte mehr die Grenzen der Felder; und der einst mühsam gerodete Wald hatte sich seinen Lebensraum längst zurückerobert. Ja, einige dieser Wälder hatten keine Axt gesehen, seit die ersten Kelten nach Tara gekommen waren. Es gab Eichen vom Umfang einer kleinen Hütte, glatte, silberne Buchenstämme von der Dicke der Pfeiler im Heldensaal, und Apfelbaumkronen so groß wie Schilfdächer. Und alle standen sie da, als beobachteten sie mich.

Die schwarze Hündin trottete unermüdlich vor mir her. Hin und wieder sah sie sich um, wie um sich zu vergewissern, ob ich ihr noch folgte. Ich lachte kurz auf; als ob ich hier irgend etwas mitzureden hätte! Aber eigentlich war es mir ganz angenehm, mich ausnahmsweise einmal führen zu lassen. Zumindest wußte ich, daß ich aus einem bestimmten Grund unterwegs war – ich sollte den Hirsch jagen. Und das war mir noch immer unbegreiflich. Warum verlangte die Bhan-reann-ruadh etwas von mir, was mir in tiefster Seele widerstrebte? Es war ja nicht so, daß ich das Waidwerk nicht gekannt hätte. Wie alle Kelten schätzte ich eine flotte Jagd an einem schönen Wintermorgen. Doch inzwischen gingen wir nur noch auf die Jagd, wenn der Wildbestand überhandzunehmen drohte, während wir uns in der ersten Zeit und früher auf der Erde von Wild ernährt hatten. Mir gefiel, wenn ich ehrlich sein soll, eigentlich nur der rasende Galopp querfeldein, und zwar auf einem guten Pferd; der Rest war nicht unbedingt nach meinem Geschmack.

Und deshalb fragte ich mich noch einmal, warum ich? Warum hatte die Rotgestirnte darauf bestanden? Ich hatte also ihren Hund gestohlen – oder vielmehr er mich – und verfolgte offenbar den Hirsch. Was nun?

Feldore machte einen jähen Satz nach vorne und schleuderte mich dabei fast aus dem Sattel. Im gleichen Augenblick sah oder vielmehr hörte ich auch, warum: Weit vor mir verbellte die schwarze Hündin eine Beute, und Feldore, ein eifriger Jäger, hatte entsprechend reagiert und war in Galopp gefallen. Ich zog mich am Sattelknopf wieder nach oben und vergewisserte mich mit einem Blick über die Schulter, ob Gwains braune Stute auch schnell genug nachkam. Kein Grund zur Sorge: Pferde sind Herdentiere und tun alles, um bei ihren Freunden bleiben zu können. So rasten wir in den Wald hinein.

Drinnen war es kühl und dunkel – ein Kiefernwald, der auch noch grünte, wenn andere Wälder längst kahl waren. Ich kniff die Augen zusammen und spähte nach vorne. Unter den Bäumen herrschte tiefe Dämmerung, und auf dem Waldboden lagen die Nadeln so dicht, daß ich kaum einen Hufschlag vernahm. Aber das Gebell der Hündin wies uns den Weg, und alsbald änderte sich der Ton. Sie hatte die Beute gestellt.

Feldore raste auf eine kleine Lichtung, und ich zog die Zügel an. Der Hund stand neben einem riesigen Busch mit grünen Blättern, und das Wild, das er verfolgt hatte, steckte in diesem Dornengestrüpp. Mißtrauisch sah ich mich um, dann saß ich ab und band die beiden Pferde an den nächsten Baum. Ich hatte, wie Ihr ja wißt, keine Waffen und konnte nicht daran denken, das Tier zu töten. Um Eurer Frage zuvorzukommen: Nein, ich hatte mir noch nicht überlegt, was ich mit dem Zauberhirsch anfangen wollte, wenn ich ihn erst gefangen hatte; trotzdem trat ich vorsichtig näher.

»Dies ist der Wald von Tiaquin. Wer wagt es, unseren Frieden zu stören?

Ich fuhr herum. Die Stimme war von hinten gekommen, aber aus geringer Höhe. Zunächst sah ich gar nichts, dann setzte sich ein Baumstumpf in Bewegung und kam auf mich zu, und ich entdeckte, daß es gar kein Stamm war, sondern ein Corrigaun, einer von den Dwarrows, jenen zwergenhaft kleinen Bewohnern des Feenreichs. Das magische Wesen, dem ich gegenüberstand, konnte sich weder an Schönheit noch an Größe mit den Sidhe messen. Corrigauns begegnet man in Keltia nur selten, und man redet auch kaum von ihnen, weil niemand aus ihnen klug wird. Es heißt, sie seien gar kein eigenes Volk, die Sidhe wählten nur diese Erscheinungsform, wenn sie unerkannt bleiben wollten; aber man stößt auch auf die Meinung, sie seien eine gewöhnlichere Abart der Sidhe. Sie treiben gern Schabernack und richten manchmal sogar Unheil an, während die Leuchtenden Lichtgestalten es sind, die sich nicht zu übermütigen Streichen herablassen. In der Druidenschule hatte man uns allerdings gelehrt, die Corrigauns seien nicht böse (und das bestätigt auch die Geschichte; über Jahrhunderte findet sich kein Fall, in dem ein sterblicher Kelte durch einen Corrigaun zu Schaden gekommen wäre), sie seien auf dem Pfad des Seins nur noch nicht so weit fortgeschritten wie ihre älteren Brüder, seien der Erde noch mehr verhaftet als Gwyns Rasse.

Ich blieb ruhig stehen, und der Corrigaun und ich betrachteten uns lange. Ich weiß nicht, wie ich ihm erschien; ich sah jedenfalls ein untersetztes, kräftiges

Geschöpf, etwa halb so groß wie ein ausgewachsener Mann, mit schwarzem Haar und schwarzem Bart und breiten Schultern. Die auffallend muskulösen Armen und Beine wirkten hart und knorrig wie die Zweige eines Apfelbaums. Kein Ungeheuer, gewiß nicht, wenn auch natürlich mit den Sidhe nicht zu vergleichen. Die blanken schwarzen Augen waren so scharf wie das gezückte Schwert in seiner rechten Hand. Beim Anblick dieses Schwerts zuckte ich erstaunt zusammen, denn die Klinge bestand nicht aus blankem Stahl, sondern glich einer weichen, goldenen Flamme.

Die Flamme züngelte und flackerte, doch der Corrigaun fürchtete sie nicht, er schien die Hitze gar nicht zu spüren. Wo allerdings die Schwertspitze die feuchte Erde berührte, stiegen dünne, graue Rauchfäden auf ... Aber er hatte mir eine Frage gestellt und konnte eine höfliche Antwort erwarten.

Ich verneigte mich nicht allzu tief; immerhin war ich durch meine Heirat Prinz des Reiches, und selbst wenn er in seinem Volk ebenfalls ein Prinz sein sollte, stand ich als Besucher rangmäßig über ihm – und sagte mit meiner besten Bardenstimme:

»Ich bitte um Vergebung, Meister. Ich bin Taliesin Glyndour ap Gwyddno, Ollave der Bardenakademie und Druide, Gemahl der Prinzessin Morgane Pendreic und Pflegebruder des Königs Arthur. Ich bin kein Eindringling, mein Führer hat mich hierhergeleitet.«

Ich nickte zu der schwarzen Hündin hin. Sie hatte sich auf ihr Hinterteil gesetzt, ließ die Zunge aus dem Maul hängen und schien sehr mit sich zufrieden. Als ich von ihr sprach, spannte sich der schlanke Körper, und sie ließ nach Hundeart ein leises Winseln hören, aber sonst geschah nichts.

Der Corrigaun streifte den Hund nur mit einem kurzen Blick, dann sah er wieder mich an. Während ich mich vorstellte, hatte er sein Flammenschwert gehoben, nun zeigte die Spitze auf meine Brust. Ich vermied jede Bewegung und beschloß, alle Fragen tunlichst zu beantworten.

»Warum seid Ihr in meinen Wald gekommen?« begann das Wesen.

Ich setzte schon zu der einzigen Rechtfertigung an, die ich hatte: der Hund habe mich geführt, ich selbst habe keine Ahnung, was ich hier solle, und deshalb sei es wohl am besten, er befrage das Tier selbst. Doch plötzlich fielen mir Avallac'hs Worte und die Geisa ein, die er mir auferlegt hatte. Was im Namen der Mutter hatte er doch noch gesagt? Ach ja, der Apfel von dem Baum, unter dem der schlangenmähnige Löwe wachte, schrecklich genug, auch wenn es nicht mir galt, und dann, dann hatte er noch – ich zermarterte mir das Gehirn, verwarf sämtliche weißen Furten und Glasbrücken, und dann – dann hatte ich es!

Ich triumphierte: »Man hat mir geboten, die lachende Blüte zu suchen und sie ihrem Hüter abzunehmen, einem Corrigaun mit Flammenschwert. Darf ich davon ausgehen, daß Ihr damit gemeint seid?«

Die mächtigen Schultern des Dwarrows zuckten, und ich spannte schon alle Muskeln an, weil ich dachte, nun würde er mit dem Feuerschwert ausholen, doch dann begriff ich erleichtert, daß er lautlos in sich hineinlachte.

»Das dürft Ihr, edler Druidenprinz, Pen-bardd, Prinzessinnengemahl und Königsbruder. Aber was sollt Ihr mit der Blüte denn anfangen?«

Ich überlegte mir jedes Wort, denn hier stolperte man auf Schritt und Tritt über rituelle Fragen, die mit besonderer Sorgfalt beantwortet werden wollten.

»Das weiß ich noch nicht. Prinz Avallac'h, der bis vor kurzem auf Inisguidrin hauste, befahl mir nur, die Blüte zu suchen und an mich zu nehmen, sobald ich sie fände. Wenn es eine bestimmte Verwendung dafür gibt, werde ich alles tun, was nötig ist.«

»Daran zweifle ich nicht.« Der Corrigaun schwieg

einen Augenblick und sah mich nur an, dann wanderte sein Blick weiter, streifte den Hund und heftete sich auf das Dornengestrüpp. »Da drin findet Ihr, was Ihr sucht. Geht und holt es, dann gehört es Euch. Nicht Euch, sondern Euch. Versteht Ihr, was ich meine?«

»Ja«, sagte ich ärgerlich. Ich dachte nicht daran, mich diplomatisch zu verhalten – wenn wir erst anfingen, mit verborgenen Bedeutungen um uns zu werfen, standen wir noch hier, wenn der Schnee fiel. Außerdem lachte er schon wieder – und sicher über mich.

Er sah mir an, was ich dachte, und schüttelte den Kopf. »Nein, ich wollte Euch nicht kränken! Ihr habt schon viel geleistet, sonst wärt Ihr jetzt nicht hier. Ihr habt die verrufene Siennega durchquert; Ihr habt mit dem Hüter gesprochen, dessen Name hier nicht mehr genannt werden soll; Ihr habt das Tal der Schatten und den falschen Corvaen überwunden; Ihr habt den Versuchungen im Tal der Freuden und der dunklen Macht widerstanden, die Euch nach Osten voranstrebt, und seid auf dieser Suche unzähligen Fallen ausgewichen ...«

Ich konnte ihm nicht ganz folgen. »Die dunkle Macht? Meint Ihr Marguessan? Ist *sie* denn hiergewesen?«

Der Corrigaun nickte, und seine Augen wurden hart wie schwarze Feuersteine. »Sie ist hiergewesen, aber mit leeren Händen wieder fortgegangen. Sucht nun, was Ihr – wie sie – hier finden wollt.« Er wies mit so würdevoller Geste auf das Gestrüpp, als bitte er mich in einen Audienzsaal. »Da hinein. Ich warte hier auf Eure Rückkehr.«

Während er noch sprach, verblaßte er, doch aus dem Augenwinkel sah ich ihn reglos am Rand der Lichtung stehen. Ich wandte meine Aufmerksamkeit dem Dickicht zu.

Wie sollte ich da hineinkommen? Das war kein gewöhnliches Dickicht: die Dornenranken waren kreuz und quer ineinander verwoben wie unser berühmtes keltisches Flechtwerk. Und auf jedem Schnittpunkt saß ein bronzefarbener Dorn, so lang wie mein Daumen und so spitz wie eine Broschennadel.

Ich zwang mich, wie man es mich gelehrt hatte, mit einem tiefen Atemzug zur Ruhe, und hatte mich schon damit abgefunden, zerfleischt zu werden, als die kalte Hundeschnauze abermals meine Hand berührte. Ich senkte den Blick – das Tier war so groß, daß sich die ernsten Goldaugen etwa auf der Höhe meiner Taille befanden. Ich zuckte unwillkürlich zusammen, als die Hündin ihre blitzenden Zähne fletschte. Aber diesmal nahm sie meine Hand so behutsam zwischen die mächtigen Kiefer, als packe sie ein Junges am Nackenfell, und zog mich hinter sich her in das Gestrüpp.

Und wo die Hündin ging, da wichen die Ranken zurück und ließen uns passieren. Kein einziger Dorn verfing sich in meiner Tunika oder bohrte sich in das drahtige, schwarze Hundefell. Die Ranken waren so biegsam geworden wie Efeu im Frühling.

Wie tief wir eindrangen, die magische Hündin und ich, weiß ich nicht mehr; im Inneren des Dornengestrüpps war es noch dunkler als draußen unter den Bäumen. Doch auf einmal blitzte im dichtesten, dornigsten Teil etwas Rötliches auf. Es funkelte wie ein Rubin, wie ein Blutstropfen im Sonnenlicht, und ich sah, daß es eine Blume war.

Warum ›lachend‹, fragte ich mich flüchtig und nicht zum ersten Mal, denn die Blüte, eine wunderschöne, in sich vollkommene Wildrose hatte nichts Heiteres an sich. Die äußeren Blütenblätter öffneten sich bereits, doch das Herz war noch fest geschlossen. Ich betrachtete sie, dann suchte ich die ganze Umgebung gründlich ab. Womöglich gab es noch eine zweite Blume, und ich wollte vor lauter Eile nicht die falsche pflücken. Aber nein, es war die einzige, ich streckte die Hand danach aus …

… und prompt schlug die Hündin ihre Zähne in meine andere Hand. Ich wollte schon empört protestieren – womit in allen Höllen hatte ich *das* nun wieder verdient? – doch dann blieb mir der Mund offen stehen. Aus dem Nichts drang eine Mahnung an mein Ohr.

»Frag erst um Erlaubnis und sag Dank.«

Verstört schaute ich mich nach allen Seiten um, aber wer hätte hier im Dickicht zu mir sprechen sollen? Die Worte wurden wiederholt, diesmal ungeduldiger, schärfer, und auf einmal verstand ich: Es war die Hündin gewesen.

Nun hatte meine Methryn ihren Tal-bach nicht zum Dummkopf erzogen; ich mochte bisweilen ein wenig schwer von Begriff sein, aber gewöhnlich brauchte nicht erst ein Haus über mir einzustürzen … Außerdem sah ich ein, daß der Befehl aus diesem seltsamen Munde durchaus seine Berechtigung hatte.

So verneigte ich mich ganz unbefangen vor der Blüte und bat sie in vollem Ernst, mir bei meinem Anliegen behilflich zu sein. Ich sprach mit ihr wie mit einem Bewaffneten, der für mich kämpfen sollte – und vielleicht war sie auf ihre Weise genau das. Dann dankte ich ihr, daß sie sich auf diese Weise gebrauchen ließ, und schließlich brach ich sie ganz vorsichtig von dem Dornenzweig, an dem sie schon wer weiß wie lange hing. Den Hund wagte ich nicht anzusehen.

Im gleichen Augenblick lichtete sich die Finsternis, und die Sonne schien strahlend hell auf mich herab. Ich kam mir mit der Rose zwischen den Fingern vor wie eine blinde Eule. Unversehens wurden die Dornenranken so geschmeidig wie Weidenruten, prangten in saftigem Grün und strotzten nur so von Rosenblüten. Rosen ohne Dornen …

Ein Pfad hatte sich aufgetan, und die Hündin sprang bereits zur Lichtung zurück. Ich folgte ihr würdevolleren Schrittes, denn ich war, wie Ihr Euch vielleicht vorstellen könnt, ziemlich benommen. Augenblicke später hatte ich die Stelle erreicht, wo der Corrigaun gestanden hatte. Auch er hatte sich verändert.

Das Flammenschwert war verschwunden, und der Dwarrow schien seinerseits zur Flamme geworden zu sein. Weißgolden und groß wie ein Speer ragte er vor mir auf, und im ersten Augenblick dachte ich schon, Gwyn sei zu mir gekommen, Gwyn, der Sohn des Nudd, den ich meinen Freund zu nennen wage. Doch als ich ihm, geblendet von soviel Glanz, ins Antlitz schaute, da erkannte ich, daß nicht er es war. *Nicht er, aber einer von seiner Art ...* Von hohem Wuchs, mit tiefgoldenem Haar und meergrauen Augen.

»Ich bin Allyn, der Sohn des Midna«, sagte der Sidhe-Lord, und lächelte mich aus silberner Glorie an. »Gwyn, der künftige König, hatte mich zum Wächter der Rose bestellt. Er ahnte schon, daß du, Pen-bardd, sie erringen würdest, deshalb sollte dich ein Freund oder wenigstens der Freund eines Freundes hier erwarten und dafür sorgen, daß alles seine Ordnung hatte.«

Ich verneigte mich tief und gab ein paar Höflichkeitsfloskeln von mir, doch in meinem Kopf drängten sich tausend Fragen, und ich fand (ob zu Recht oder nicht, tut nichts zur Sache), ich hätte mir die Antworten redlich verdient. Und so redete ich ungeniert drauflos.

»Aber warum das alles, Herr? Was soll ich mit der Blume anfangen? Wohin muß ich sie bringen? Warum heißt sie die *lachende* Blüte, wenn ich nichts an ihr finde, was mich zum Lachen bringt? Welchem Zweck dient sie? Und was ist mit dem Hirsch, den ich jagen soll? Und mit den anderen ...«

Er hob die Hand und protestierte lachend: »Frieden, Frieden! Zu gegebener Zeit wirst du alles erfahren, ich verspreche es dir. Jetzt nur soviel: Du fragst, was du mit dem kostbaren Schatz anfangen sollst, den du bei dir trägst? Nun, du mußt ihn nach Caervanogue bringen, zur Gralsburg in der Drachensee, um ihn dort in die Hände des Hüters zu legen. Dann wird sich zeigen, was es mit der Blume und mit ihrem Namen auf sich hat, ihr Zweck wird sich erfüllen – und du wirst eine große Freude erleben. Was den Weißen Hirsch aus den Bergen angeht, so hast du ja bereits jemanden, der dich zu ihm führt.« Er nickte der schwarzen Hündin zu, die ein paar Schritte entfernt saß und offenbar sehr stolz auf sich war.

Ich war noch längst nicht alle Fragen losgeworden, aber Allyn, Sohn des Midna, wollte sich wohl nicht weiter bedrängen lassen; schon zog er sich vor meinen Augen in sich selbst zurück – ein Vorgang, der nicht leicht zu erklären ist – und ich verlegte mich aufs Bitten.

»O nein, laßt mich nicht allein, noch nicht! Ist es denn wahr, daß die Corrigauns nur Sidhe in anderer Gestalt sind? Sagt mir wenigstens das, gewährt mir diese eine Gunst, bevor Ihr von mir geht!«

Der Glanz, den Allyn, Midnas Sohn, wie einen Mantel um sich trug, verstärkte sich von innen heraus zu gleißender Helle, gleich einer Wolke, wenn die Sonne dahintersteht und anfängt, die Nebelschleier wegzubrennen.

»Du bist ein Freund meines Volkes«, sprach es aus der Lichtsäule, und ich hörte das Lächeln in der Stimme. »Und sollst deine Antwort haben. Sie lautet Ja und Nein. Es könnte so sein, aber vielleicht schlüpfen wir auch nur nach Belieben in die Zwergengestalt, so wie Ihr ein bestimmtes Leinna wählt, wenn Euch der Sinn danach steht. Ob uns das schon zu Zwergen macht – das müßt Ihr selbst entscheiden.«

Damit war Allyn mhic Midna verschwunden. *Typisch!* dachte ich verbittert; das Sprichwort ›Geh nicht zu den Sidhe, wenn du eine klare Auskunft willst!‹ traf den Nagel auf den Kopf. Wer immer es – wahrscheinlich nach einer ebenso schmerzlichen Enttäuschung, wie ich sie gerade erlebte – geprägt hatte, kannte noch nicht einmal die halbe Wahrheit … und da ging es ihm wie mir.

Doch Allyn war offenbar noch nicht vollends entschwunden, denn während ich mit meinem Schicksal haderte, hörte ich von der Stelle, wo er eben noch gestanden hatte, ganz deutlich seine Stimme.

»Taliesin. Geh jetzt. Bringe die Blüte nach Osten. Er, der die Wasser befreit, bedarf ihrer. Geh.«

Dann erlosch das Licht, der Wind legte sich, und die Sonne versank hinter den blauen Bergen jenseits des Kiefernwaldes. Ich blieb noch eine Weile stehen, dann verwahrte ich die Rose vorsichtig in einem Beutelchen aus weißem Leder, schob es unter mein Leinna, wo schon das goldene Medaillon mit der echten Falkenfeder hing, und machte mich auf die Suche nach meinen Pferden.

Kapitel 12

Nun komme ich zu einem Teil meiner Erlebnisse, der von heiligem Ernst getragen, aber im nachhinein sehr schwierig zu erzählen ist.

Ich eilte auf meinem Pferd hinter dem schwarzen Hund durch weite, verlassene Gebirgstäler mit lichten Eichen-, Buchen- und Birkenwäldern her. Wir jagten den weißen Hirsch der Bhan-reann-ruadh, den Geisterhirsch; und glaubt mir, auch die aufmunternden Worte Allyns von den Sidhe hatten mir in diesem Punkt das Herz nicht leichter gemacht. Gewiß, schon daß er sie gesprochen und damit den Geisa der Rotgestirnten – Geisa, die ich doch wohl bereits zur Hälfte erfüllt hatte, als ich den Hund stahl, der jetzt vor mir herlief? – noch mehr Gewicht verliehen hatte, gab mir eher das Gefühl, recht zu handeln. Überhaupt war ich ja nicht unaufgefordert, aus einer bloßen Laune heraus hier: Allyn war schließlich mit von der Partie gewesen, als Gwyn und Birogue nach Caerdroia kamen, um Gwen und Artos die Nachricht vom Verlust des Kelchs zu bringen, nachdem ich mit ebendieser Nachricht aus Glenshee nicht zurückgekehrt war. Nein, Allyn, Midnas Sohn, war ebenso in das Geschehen verwoben wie ich und alle anderen Gralssucher, und wir befanden uns auf der richtigen Straße.

Jedenfalls die meiste Zeit. Ich sah mich nach Gwains brauner Stute um, die uns willig folgte. Die Erinnerung an ihren Herrn, der erst ums Leben gekommen und dann verschwunden war, ließ mich nie ganz los. Seufzend schaute ich wieder nach vorne. Wenn der Kelch gefunden wurde, ließ sich vielleicht auch dieses Unrecht wiedergutmachen … Die Erinnerung an Gwyn und Birogue hatte mich ein wenig getröstet; diese beiden Leuchtenden tauchten offenbar stets an den kritischen Punkten meines Lebens auf. Natürlich kamen sie auch in guten Zeiten: Sie hatten mich mit meiner geliebten Guenna vermählt, und als unser Gerrans geboren wurde, waren sie, eine große Ehre für uns und für das Fest, zu seinem Saining erschienen. Sie hatten unserem Sohn ihren Segen gegeben, hatten ihm aus dem Berg kostbare Geschenke mitgebracht und im Namen des Feenvolks für ihn Pate gestanden.

Diese Erinnerung führte mich geradewegs zu Merlynn Llwyd und zu meinem letzten Besuch bei ihm. Wir hatten nur wenig Aussicht, bei diesem Unternehmen Unterstützung zu finden – es sei denn, von der Großen Göttin selbst. Aber insgeheim setzten wir doch Hoffnungen auf Merlynn, obwohl wir uns bei ruhiger Überlegung darüber im klaren waren, daß wir zu diesem Zeitpunkt wohl kaum Hilfe von ihm zu erwarten hatten. Man hatte uns zwar verheißen, daß unser geliebter Lehrer dereinst wieder unter uns weilen würde, doch diese Zeit lag noch in weiter Ferne, und wir hätten ihn gerade jetzt so dringend gebraucht.

In jener Nacht lagerte ich am Rand einer unbekannten Ebene unter den Bäumen. Das Jahr neigte sich dem Ende zu, man spürte die Kälte. Selbst für uns, die wir uns auf Gralssuche befanden, konnten die Jahreszeiten nicht unbegrenzt verlangsamt werden. Heute hing ein blauer Nebel über der zackigen Linie der windgeschüttelten Ebereschen und Bergulmen. Auf Argialla war der Mondwolf los, der weiße Mond war von einem glitzernden Eisring umgeben, der schlechtes Wetter verhieß. Taras zweiter Mond, der rote Bellendain, war noch nicht aufgegangen. Hinter mir im Wald scharte Gabhairin-reo, die kleine Frostziege, mit schrill-besorgtem Schrei ihre eben flügge gewordenen Jungen um sich, um noch vor dem ersten Schnee mit ihnen nach Süden zu fliegen.

Weiter geschah nichts in dieser Nacht. Nur einmal schreckte ich unter meinen Schaffellen auf, weil ich glaubte – schäa! Isschäa! – einen Schwarm Speere über mich hinwegzischen zu hören. Doch als ich aufschaute, war zwischen mir und der kalten Majestät des Herbsthimmels nichts und niemand zu sehen. Caomai, der Gewappnete König, schritt hoheitsvoll über den westlichen Horizont, und Ellwand, sein Wehrgehänge aus sechs grellblauen Sternen, erstrahlte ungewöhnlich hell; über mir lag Llenaur, der Mantel der Himmelsherrin, wie ein goldener Schleier. Meine beiden Pferde, Feldore und Gwains braune Stute – da ich ihren wahren Namen nicht kannte, rief ich sie Rylan, nach einem Pferd, das Gweniver als junges Mädchen sehr geliebt hatte – waren angepflockt und schliefen friedlich im Stehen. Die Augen der schwarzen Hündin glühten rötlich im schwachen Schein des abgedeckten Quarzherdes.

Am frühen Morgen erhob ich mich und setzte Shakla auf, um die Kälte zu vertreiben. Während ich wartete, daß er kochte, sah ich mich um. Das Land hatte fast Wüstencharakter, aber es war eine kalte Wüste. Eine Basaltebene erstreckte sich über mehr als zwanzig Meilen bis zum Fuß eines gigantischen Berges, der wie eine schwarze, zinnenbewehrte Mauer, eine riesige Brustwehr, vielleicht siebentausend Fuß hoch aus dem Talgrund emporragte.

Der Berg war offenbar nicht unser Ziel, denn ich saß kaum im Sattel, als die schwarze Hündin – nachdem sie sich ganz selbstverständlich einen Teil meines Frühstücks einverleibt hatte – aufsprang und in großen Sätzen nach Osten über das Basaltmeer hetzte.

Gegen Mittag erreichten wir eine der wenigen Wegmarken in dieser einförmigen, weglosen Ödnis: ein Mäuerchen aus roh behauenen Steinen, das einen Brunnen umgab, und darauf ein krummer Ast, mit dem der Eimer heraufgeholt wurde. Ehrfürchtiges

Staunen erfaßte mich, denn dies war der St. Clears-Brunnen, eine Wunderquelle, die ein heiliger Eremit in grauer Vorzeit aus der Steinwüste geschlagen hatte. Die meisten Kelten hielten das Ganze für ein Märchen und behaupteten, es habe weder den Brunnen, noch den Heiligen je gegeben. Ich als Druide wußte es besser: Der heilige Clears hatte nicht nur gelebt, sondern im Namen der Göttin sogar *zwei* Quellen zum Sprudeln gebracht, eine rote und eine weiße: die weiße gab reines, kaltes Trinkwasser, um den Durst zu stillen; die rote, die ihre Farbe (der Sage nach) dem Blut des Heiligen verdankte, galt als Heilquelle. Einst hatte man dem rostroten Wasser geradezu wundersame Kräfte zugeschrieben, doch heutzutage gab es viel zu viele Menschen, die nicht mehr an Wunder glaubten – als ob nicht ein- und dieselbe Erscheinung das Wirkliche und das Wundersame in sich vereinen könnte.

Wie gesagt, ich wußte es besser, aber auch ich hätte nie erwartet, den Brunnen des heiligen Clears einmal mit eigenen Augen zu sehen. Denn die Doppelquelle markierte nach herrschender Meinung den nordöstlichsten Punkt, den je ein Mensch in den unerforschten Weiten des Nordwestkontinents erreicht hatte. Nicht einmal Edeyrn und seine Raben hatten ihre Vernichtungsfeldzüge bis hierher ausgedehnt; weder Athyn auf ihrer Langen Jagd, noch Raighne auf ihren Irrfahrten oder Brendan auf seinen Erkundungsreisen waren jemals so weit gekommen. Dennoch hatte einst ein großer Gelehrter und Heiliger beschlossen, an diesem Ort seine Tage zu verbringen. Niemand wußte, warum. Es war ein Geheimnis geblieben.

Ich stillte mit dem köstlichen weißen Wasser meinen Durst und tränkte die Pferde, dann füllte ich alle Wassersäcke und nahm noch einmal einen tiefen Schluck aus der kalten Quelle. Ich mußte weiter, noch weiter nach Osten, das ergab sich schon daraus, daß es mich hierher verschlagen hatte. *Und die anderen?*

fragte ich mich. *Wohin führt* ihr *Weg? Waren auch sie hier vorbeigekommen? Oder lag nur für mich das Ziel im Osten?*

Ich konnte einen so heiligen Ort nicht hinter mir lassen, ohne ein Gebet zu sprechen – ein Gebet für Arthur im fernen Caerdroia und für alle Teilnehmer an der Gralssuche. Auch mit dem Geist des Brunnenwächters hielt ich Zwiesprache, und schließlich füllte ich ein Kristallfläschchen mit dem rubinroten Wasser, das angeblich so heilkräftig war, daß es selbst den Tod überwand. So hatte es jedenfalls St. Clears all jenen verheißen, die im rechten Geist aus dieser Quelle schöpften ... Ich trank also aus Phoenix, Fionn-uisge, der Weißen Quelle; und nahm von den Wassern Uisgeruadhs, der Roten Quelle Iscaroe. Dabei dachte ich unablässig an meinen Neffen Gwain. Vielleicht war es noch nicht zu spät, ihn wieder zum Leben zu erwecken, ich mußte nur seinen Leichnam finden. Und vielleicht wäre damit das Verbrechen des Verwandtenmords gesühnt.

Noch einmal sprach ich in der kalten Wüste zum Heiligen der Quelle und zu den Mächten, denen er so treu gedient hatte, dankte ihm für das Geschenk der zwei Wässer und empfahl seinen Namen der Göttin. Dann ritt ich weiter nach Osten.

An diesem Abend gegen Sonnenuntergang bekam ich das Wild, das wir jagten, erstmals zu Gesicht. Hinter mir stand der Westen in hellen Flammen, vor mir lag der Osten wie eine riesige blaue Schale, und auf einmal stolzierte nicht allzu weit entfernt der große weiße Hirsch, der Bock mit dem goldenen Halsband, vorüber. Die letzten Sonnenstrahlen ließen ihn selbst zur Flamme werden. Blauweiß wie ein fußloses Gespenst huschte er vor der nächtlichen Kulisse über die Ebene. Vor uns wurde er langsamer, blieb schließlich stehen, einen der starken, schmalen Vorderläufe mit geradezu heraldischer Grazie halb erhoben, und wandte uns den Kopf zu.

Lange standen wir so in der Dämmerung, der Hirsch und ich, und sahen uns an. Jetzt bemerkte ich zum ersten Mal, daß er zwischen den mächtigen Geweihstangen einen riesigen wasserklaren Edelstein trug. Der Stein fing das rote Sonnenlicht ein, zerlegte es in eine Million funkelnder Blitze und schleuderte sie auf mich. Geblendet schloß ich die Lider. Als ich sie wieder öffnete, war der Hirsch verschwunden.

Die schwarze Hündin stand ungeduldig winselnd neben Rylans Vorderbeinen, schaute aber nicht ihrer Beute nach, sondern zu mir empor. Ich erschrak vor den goldenen Augen im Dämmerlicht und stieß Feldore meinen Schenkel so heftig in die Flanke, daß er wie in einer Schlacht jäh einen riesigen Satz zur Seite machte. *Mächtige Mutter! Das ist kein Hund!* Ein lautloser Aufschrei, den ich aber gut abschirmte. Noch wußte ich nicht, was dieses Wesen war, aber sollte sich am Ende herausstellen, daß mich doch nur eine einfache Hündin mit ungewöhnlicher Augenfarbe begleitet hatte, dann, das gelobte ich beim Namen des Gehörnten, dann wollte ich meine eigenen Zehen verspeisen …

Am nächsten Morgen bekamen wir den Hirsch abermals zu Gesicht – er stand so ruhig am Rand eines Kiefernwäldchens, als wolle er gesehen werden, zeichnete sich schemenhaft und zugleich überdeutlich vor den schwarzen Stämmen ab. Dann verloren wir seine Spur und fanden sie den ganzen Tag nicht wieder. Es war kalt geworden, ich saß in meinem Schaffellmantel frierend im Sattel und war so müde, daß ich immer wieder einnickte. Ein stürmischer Wind fegte über das Land, aber der Himmel blieb klar und wolkenlos. Totes Laub rauschte über den Boden wie die Seidean Sidhe, jene unnatürlichen Windwirbel, die anzeigen, daß die Sidhe über die Wälder und Felder der Sterblichen reiten.

Und dann stand der weiße Hirsch plötzlich in seiner ganzen Pracht vor uns. Die goldene Kette um seinen Hals glänzte in den Strahlen der untergehenden Sonne, im riesigen Gehörn funkelte der Edelstein. Als ich ihn sah, schrie ich laut auf, und er wandte sich ab und rannte auf einen dichten Eichenwald am Ende des schmalen, leeren Tals zu. Feldore verfiel unaufgefordert in einen schnellen Jagdgalopp, und Rylan blieb dicht hinter ihm. Die schwarze Hündin schoß bereits wie ein langer, gewölbter, schwarzer Schatten dicht über dem Boden vor uns her.

Wenige Sekunden später – so schien es mir, in Wirklichkeit waren es wohl eher Minuten – hatten wir den Eichenhain erreicht. Die Ähnlichkeit mit dem Wald, in dem ich die magische Blüte gefunden hatte (die noch immer gut verwahrt in ihrem Lederbeutelchen an meiner Brust hing), war unheimlich, doch bevor ich lange darüber nachdenken konnte, hielten Feldore und mit ihm Rylan mit steifen Beinen und an allen Gliedern zitternd mitten auf einer weiten Lichtung an. Vor uns stand der Hirsch, und er erschien uns wahrhaft riesig, viel größer als bisher; die schwarze Hündin hatte sich geduckt und setzte bereits zum Sprung an.

Wie im Traum stieg ich ab und ging, ohne auch nur die Pferde anzubinden, langsam auf die Hündin zu. Neben ihr blieb ich stehen. Aus der Nähe betrachtet, hätte der Hirsch bis auf seine Farbe, die goldene Kette, den Edelstein und die Größe durchaus von dieser Welt sein können. Er war sehr kräftig und trug bereits sein dichtes Winterfell; das schwere Gehörn mit den zwölf messerscharfen Enden schien am Ansatz so dick wie ein Männerarm, und er keuchte wie jedes Tier, nachdem es meilenweit über unwegsames Gelände gehetzt worden war. Doch als sein Blick mich traf, da verstand ich nicht mehr, wie ich *jemals* nur einen Augenblick lang geglaubt haben konnte, es könnte ein echter Hirsch sein …

In den großen, tiefliegenden schwarzen Augen spiegelte sich der feurige Abendhimmel. Aber das war nicht alles; ein Teil des schmerzhaft hellen Leuchtens kam aus einer anderen Welt, aus einer Welt, über die ich eigentlich gar nicht mehr erfahren wollte. Nun erstrahlte auch das Fell in blauweißem Licht, das Tier hob sich erschreckend deutlich von der dunklen Lichtung ab. Ich trat unwillkürlich einen Schritt zurück, wie in der unbestimmten Hoffnung, noch im letzten Moment vor der Aufgabe fliehen zu können … Aber ich hatte wohl keine Wahl, nicht mehr hier und jetzt. Heute bezweifle ich, daß ich jemals hätte ablehnen können.

Dann begann der Hirsch zu sprechen. Die Schnauze bewegte sich, die samtige Nase zuckte, und das Maul, ein Tiermaul, formte mit menschlicher Stimme menschliche Worte. Die Stimme klang sehr tief und ging mir durch Mark und Bein; ernst war sie und doch von einer rätselhaften Heiterkeit durchdrungen, als frohlocke das Tier über seine Gefangennahme, als freue es sich, daß ich, der Jäger, es endlich zur Strecke gebracht hatte.

Doch was diese tiefe, heitere Stimme von mir verlangte, war schrecklich.

»Töte mich«, sagte sie gelassen. »Töte mich und nagle mein Haupt an die größte Eiche hier. Dies ist Ashnadarragh, der heilige Eichenhain, das Tor, die eine Angel, um die sich alle Türen drehen. Es muß geschehen, und zwar jetzt.«

Für eine Weile muß ich völlig außer mir gewesen sein, denn als ich wieder zu mir kam, lag ich auf den Knien, wühlte mit den Händen blind im Gras und schüttelte stumm und verstockt immer wieder den Kopf.

»Nein«, sagte ich, als meine Stimme mir endlich

wieder gehorchte. »Nein. Das kann ich nicht. Nein – nicht das. Das kann ich nicht tun.«

Der Königshirsch schwieg lange und sah mich nur an. Die Traurigkeit, die ewige, unerschöpfliche Geduld in diesen Augen ging über meine Kräfte, ich konnte den Blick nicht länger ertragen. Es war, als bringe er – ich hatte den Hirsch von Anfang an als einen ›Er‹, nie als ein ›Es‹ betrachtet – es nicht über sich, mich zu schelten, zu tadeln oder sonstwie unter Druck zu setzen, obwohl ich mit meinem feigen Gewinsel, meinem sinnlosen Sträuben gegen etwas, das wir beide als unvermeidlich erkannt hatten, nur seine und meine Zeit vergeudete. Als er abermals zu mir sprach, klang die Stimme noch immer freundlich, doch diesmal spürte ich unter dem Samt eine eiserne Strenge. *Wie bei seinem Geweih …*

»Taliesin. Tu es. Hab Vertrauen. Vertraue *uns*. Es ist deine Pflicht.«

»Was – was wird dann geschehen?« preßte ich keuchend hervor, ein zittriges Gekrächze, eine Schande für jeden Barden.

»Was geschehen muß, wird geschehen. Hab Vertrauen. Tue es jetzt. Die Stunde ist da. Nütze sie.«

Verzweifelt sah ich mich nach allen Seiten um, aber in diesem dunklen Wald und vielleicht auf tausend Meilen im Umkreis gab es niemanden, der mir hätte helfen können. Selbst die schwarze Hündin lag reglos auf dem Bauch im Gras, hatte den Kopf auf die Pfoten gelegt, und sah mich nicht an.

Und in dieser höchsten Not, als ich alle Hoffnung, ja, alles Denken aufgegeben hatte und hilflos im Banne des Grauens zappelte, als ich spürte, wie ich unaufhaltsam dem Wahnsinn zutrieb, und ahnte, daß ich im nächsten Augenblick schon nicht mehr merken würde, wie ich die Schwelle überschritt, da überkam mich etwas, das ich nie zuvor erlebt hatte. Es hatte Ähnlichkeit mit der Awen, jener gewaltigen Stille, die wie eine riesige Hand vom Himmel herabkommt und einen zu sich emporzieht. Aber es war doch anders, und im tiefsten Herzen fand ich mich damit ab, daß dieses Etwas wie die Awen unbedingten Gehorsam verlangte. Daß es nicht einmal in meiner Macht stand, *nicht* zu gehorchen …

Und so tat ich schließlich, was man von mir verlangte. Ich verrichtete die blutige Tat, obwohl ich fast blind war und Ströme von heißen Tränen mir förmlich die Wangen verbrühten. Vielleicht war das meine Rettung. Oh, um kein Mißverständnis aufkommen zu lassen, ich handelte richtig, aber manchmal kann auch eine an sich richtige Handlung den eigenen Neigungen so völlig zuwiderlaufen, daß man sie als großes *Unrecht* empfindet. Und dennoch muß sie vollzogen werden.

Als Werkzeug diente mir der kleine Bronzedolch aus dem Feenberg, Merlynns Geschenk. Ich hätte nie gedacht, daß die Waffe dazu imstande wäre, aber sie drang dem großen, weißen Hirsch so mühelos ins Herz, als sei sie nur zu diesem Zweck geschmiedet worden. Vielleicht war dem auch so. Ich weiß es nicht.

Ich weiß auch nicht, woher die Silbernägel kamen, mit denen ich das majestätische Haupt an den Stamm der mächtigen Eiche in der Mitte der Lichtung schlug, oder der goldene Hammer, mit dem ich die Stifte ins Holz trieb. Sie waren einfach da, als ich sie brauchte, und ich fragte nicht lange, woher sie kamen, oder wohin sie anschließend verschwanden.

Als ich fertig war, trat ich, noch immer von Schluchzen geschüttelt, zurück und betrachtete mein grausiges Werk: das gehörnte Haupt an der Eiche, den kopflosen Kadaver im blutigen Gras. In diesem Augenblick haßte ich den Hirsch, haßte die Bhan-reann-ruadh, die schwarze Hündin und die ganze Gralssuche, haßte Arthur und Keltia und nicht zuletzt mich selbst. Und ich brach in ein lautes Klagegeheul aus, wand mich mit

Körper, Geist und Seele in Krämpfen der Wut, der Trauer, der Empörung. Doch davon wurde der Hirsch nicht wieder lebendig.

Zu Tode erschöpft, warf ich mich schließlich ins kühle, feuchte Gras, nur um, einer jähen Eingebung folgend, gleich wieder aufzuspringen. Diesen Hirsch sollte kein anderer ausweiden, der zufällig des Weges kam, nachdem ich fort war … Zorn und Trauer beflügelten mich, ich fuhr herum, packte einen dicken Ast, der auf dem Boden lag, und setzte ihn mit einer Welle von Druidenkraft, wie ich sie seit meiner Studienzeit in Bargodion nicht mehr erzeugt hatte, in Brand. Ich würde den Hirschkadaver verbrennen, eine ehrenvolle Bestattung, ein Abschied im reinigenden Feuer sollte es sein. Es war das mindeste, was ich tun konnte, nachdem ich ihn so sinnlos geopfert hatte …

Ich drehte mich um und wollte die Fackel schon an die dürren Blätter und Zweige rings um den Kadaver halten, als hinter mir eine Stimme ertönte. Ich erstarrte, als habe mir ein unsichtbarer Bogenschütze einen Pfeil in den Rücken geschossen. Ein weicher Silberschein legte sich über meine Schultern, ein wallender Mantel, wohltuend kühl, der alle Sorgen und allen Zorn von mir nahm. Heftige Zuckungen schüttelten mich. Noch nie hatte ich mich so gefürchtet wie vor diesem Licht, vor dieser Stimme; nein, nicht einmal der Marbh-draoi hatte mich mit solchem Entsetzen erfüllt. Denn die Stimme hinter mir sprach meinen Namen.

Es war wohl meine tapferste Tat in diesem Leben, daß ich mich umdrehte und mich dem unbekannten Wesen stellte, das mich angesprochen hatte – tapfer bedeutet ja nicht, wie Ihr inzwischen sicher längst eingesehen habt, im Angesicht der Gefahr keine Furcht zu empfinden, tapfer ist vielmehr, wer sich zwingt, die Furcht vor der Gefahr zu überwinden und dennoch zu handeln. Ich drehte mich also um, aber so langsam, als bestehe mein Körper nicht mehr aus Fleisch, Blut und

Knochen, sondern habe sich in Eiskristalle, in Diamantfleisch, Silberblut und Knochen aus Sternenkälte verwandelt ... Zugleich wußte ich, daß ich mich umdrehen *mußte*, fühlte mich sogar dazu gedrängt. Unversehens löschte ein Windstoß den brennenden Ast.

Der Silberschein quoll aus dem Edelstein inmitten des mächtigen Gehörns hervor wie das weiße Wasser aus dem Clears-Brunnen, floß über die tote Schnauze, den Schädel, den Hals und ließ die goldene Kette aufglitzern, die ihn noch immer umschloß. Der Ast glitt unbeachtet aus meinen kraftlosen Fingern. Ich war tapfer, hochmütig oder verzweifelt genug gewesen, mich umzudrehen, aber jetzt konnte ich kein Glied mehr rühren, und ich konnte wohl auch nicht erfassen, was ich vor mir sah. Mein Verstand hatte, nachdem ein kleiner Anteil dieser Wirklichkeit eingedrungen war, sozusagen die Türen geschlossen, um mich vor weiteren Wahrnehmungen zu schützen, die er nicht mehr aufnehmen, nicht mehr verarbeiten konnte. Ein anderer Teil von mir, eine tiefere, weisere Schicht war aber wohl noch in der Lage, das Geschehen zu bewältigen ...

Das Haupt des Hirschs war nicht mehr an die Eiche genagelt, sein toter Körper lag nicht mehr auf dem kurzen, trockenen Gras. Der Hirsch zog sich in sich selbst zurück, verwandelte sich auf eine Weise, die ich nicht erklären kann, und an seiner Stelle – ich biß mir auf die Unterlippe, bis sie blutete, um die Tränen zurückzuhalten, die Ungläubigkeit, ein übermächtiges Gefühl, das mich zu zerreißen drohte. Dann warf ich den Kopf in den Nacken, hob das Gesicht dem saphirblauen Himmel entgegen und überließ mich diesem Gefühl, was immer es sein mochte: Freude, Macht, Liebe, Erfüllung – auch ein Barde stößt manchmal an Grenzen, wo Worte nicht mehr ausreichen. Ich war überglücklich, ich zersprang vor Glück, ich wuchs über mich hinaus und war nie in größerer Eintracht mit mir selbst gewesen, ich schwebte durch alle meine Ichs und nahm meinen im Jubel erstarrten Leib mit empor; es war wie der Höhepunkt beim Liebesakt, der Sieg über den Tod und der Paroxysmus der Geburt in einem.

Ja, auch für einen Barden sind Worte manchmal nicht genug. Denn ER, der jetzt vor mir stand, mit dem Rücken zur Eiche, war mit Worten nicht zu fassen.

Ich durfte IHN schauen! Nur einen Augenblick lang, denn mehr konnten mein sterblicher Leib und mein sterblicher Geist nicht ertragen. ER war es, der Cabarfeidh, wie einer seiner vielen Namen lautet, ER, der Gemahl der Göttin. Herr des Waldes nennen wir IHN in der heiligen Litanei, und ER hat noch tausend andere Namen: als Winterkönig stand ER nun vor mir, kaum sichtbar im Glanz SEINES Wesens ragte noch die Geweihkrone aus dem schwarzen Haar, das über SEINE mächtigen Schultern fiel. Doch diese Erscheinungsform hatte er nur meinetwegen gewählt: Sie machte SEINE Gegenwart leichter zu ertragen. In SEINER wahren Gestalt steht ER mit IHR vor Kelus Thron, und IHRE Gesichter sind unentwegt in Liebe IHRER Schöpfung zugewandt; SIE beide öffnen uns den Weg zu dem EINEN. ER ist der Lachs der Weisheit, der Kampfstier, der Wolf von Rannoch und der stolze Königshengst, der Jäger im Morgengrauen und der Anführer der Jagd. Ich breitete die Arme aus wie zum Gebet und stimmte, ohne es zu merken, lauthals die Litanei an, um IHM zu huldigen.

»Helm der Gaelen … Herr der Blitze … Kriegsschrei des Drachens … Roter Felsendrachen … Feuer auf Brega … Harnisch der Barden … Häuptling der Häuptlinge … Dún der Gerechtigkeit … Reiter auf den Stürmen … Adlerfeste … Alles erhellendes Licht von Gwynfyd! Der Heldenweg bist DU und die Geheime Straße, das Antlitz des Lehrers, und die Ausgreifende Hand …«

Während ich betete, sammelte sich die Macht um mich, und ich gab sie an IHN weiter, wie man es mich gelehrt hatte, an IHN, von dem sie ursprünglich ausgegangen war. Und als das Gebet wie die Macht ihren Gipfel erreichten, rief ich IHN bei SEINEM Wahrnamen, und ER lächelte und verwandelte sich, bevor ich vollends erstarb vor soviel Schönheit und Vollkommenheit …

…und Jung-Fionn stand vor mir, in Schwarz gekleidet, den blitzenden Edelstein auf der Stirn. Fionn, der Junge Gott, Fionn, der zugleich dem Kreis der Hohen und der Niederen Götter angehört und nach Belieben zwischen den oberen und unteren Welten hin- und herwechseln kann. Dieser Fionn war ein Gewand, das der Gott angelegt hatte, eine bescheidenere Erscheinungsform, die für uns Sterbliche leichter und bequemer zu fassen war. Denn für eine allzu reine Göttlichkeit sind wir nicht geschaffen; noch sind wir dafür nicht bereit, denn wir sind ja auf Erden, um zu wachsen. Aber das Lächeln war noch dasselbe.

»Taliesin«, sagte die tiefe, herrliche Stimme; die Stimme des göttlichen Hirschs. »Wir haben dich hart geprüft.«

Ich beugte das Knie vor IHM und senkte den Kopf, bis ich mit der Stirn fast die Gräser berührte. Aber ich schwieg, denn noch konnte ich meiner Stimme nicht trauen. Und es war gut, daß ich geschwiegen hatte, denn nun ließ sich eine zweite Stimme vernehmen, und als ich mich (natürlich nur ein Stück weit, denn man kehrt einer Gottheit nicht den Rücken zu) von Fionn abwandte, da sah ich, daß sie der schwarzen Hündin gehörte.

»Und er hat sich gut gehalten …«

Auch sie war dabei, sich zu verwandeln, und ich beobachtete es ohne Überraschung, ja, mit stiller Freude. Ich hegte seit langem gewisse Vermutungen, was diese

Hündin anging, und es tat gut, sie endlich bestätigt zu sehen …

SIE wollte sich mir nicht in IHRER ganzen Fülle offenbaren, so wie IHR Gemahl, bevor er Fionns Gestalt angenommen hatte. Wäre ich Morgane oder eine andere Frau gewesen, so hätte SIE es vielleicht getan; aber ich war ein Mann, und die Herrin tut nur, was IHR beliebt. Doch etwas von IHREM wahren Wesen durfte ich doch schauen, es umgab die schlanke, geschmeidige Gestalt, die jetzt da stand, wo eben noch die schwarze Hündin gelegen hatte, wie ein Schleier, wie das Coron-Solais. Rhian, die Jungfräuliche, die Junge Göttin war nicht groß, aber drahtig und schlank wie ein Läufer oder eine Schwertmaid. Nun schüttelte sie ihr langes braunes Haar aus und trat an die Seite des Jungen Gottes unter die Heilige Eiche.

Die beiden hatten in IHRER göttlichen Güte diese Gestalten angenommen, um meinen Seelenfrieden nicht zu gefährden, dennoch konnte ich mich nur mit Mühe überwinden, SIE anzusehen. Es war zu viel für mich: Mein ganzes Leben lang hatte ich mich – nennt es Hochmut, nennt es Lästerung – danach gesehnt, der Gnade einer solchen Erscheinung für würdig befunden zu werden, und nun, da sie mir gewährt wurde, fühlte ich mich zutiefst beschämt. *Gewiß gibt es viele Seelen in Keltia, die eine solche Gunst weit mehr verdient hätten als ich …*

»Nun, *so* viele sind es nun wieder nicht, aber wenn du darauf bestehst, Taliesin, dann gehen wir fort, um denen zu erscheinen«, lachte Rhian in gutmütigem Spott. »Aber zunächst möchte ich dich an dein kleines Gelübde erinnern …«

Ich beugte das Knie vor ihr, wie ich es vor Fionn getan hatte, und als ich mich erhob, scharrte ich in meiner Verlegenheit krampfhaft mit den Füßen und blamierte mich damit unsterblich.

»Ihr habt gewiß recht, Herrin, aber ich bedauere, ich weiß wirklich nicht mehr …«

»Ach ja, das berühmte Gedächtnis der Barden!« Auch Fionn lächelte jetzt. »*Ich* jedenfalls weiß noch recht gut, worum es ging. Einer der hier Anwesenden versprach, sich eine Mahlzeit aus seinen eigenen Zehen zu bereiten, falls ein gewisser Hund *nur* ein Hund sein sollte – so war es doch, nicht wahr?«

Ich besaß genügend Anstand, um zu erröten, und genügend Geistesgegenwart, um zu lachen. »Ja, Herr, so oder so ähnlich! Wenn Euer Gnaden beide darauf Wert legen, wird es mir ein Vergnügen sein …«

»Nein, nein!« Ein perlendes Lachen hinter der Eiche. »Hier werden keine Gehwerkzeuge verspeist.«

Wie ein weißer Nebel kam die Bhan-reann-ruadh in ihrem leuchtenden Sternenmantel durch den dunklen Wald geschwebt. Sie knickste artig vor Fionn und Rhian, und die beiden nickten ihr majestätisch zu.

Inzwischen konnte mich so leicht nichts mehr erschüttern, und so sah ich gelassen zu, wie auch sie zu flackern begann und ihre Erscheinung veränderte. Und als Dâna in ihrer wahren Gestalt vor den beiden Göttern und mir armem Sterblichen stand, da verneigte ich mich vor ihr, wenn auch nicht so tief wie zuvor vor den anderen. Denn die Aes Dânu sind zwar Götter – hatte nicht der Gott selbst Fionns Gestalt angenommen? – zumindest stehen sie den Göttern näher als wir Sterblichen, und Dâna ist die Königin der Aes Dânu, doch diese beiden standen noch über ihr. Sie selbst hatte es soeben kundgetan.

»Rían na Reanna …« sprach ich sie mit einem ihrer Titel an.

»Pen-bardd«, gab sie zurück. »Und bald auch Gralsritter … Du hast die Prüfungen gut bestanden.«

Ich senkte den Kopf. »Nicht alle«, murmelte ich. Meine Ehre zwang mich dazu, denn ich mußte an Gwain denken.

Fionn lächelte. »Auch die«, sagte er, ohne näher darauf einzugehen.

Ich wartete. »Und was ist mit den anderen?« fragte ich dann.

»Die Prüfungen sind beendet«, sagte Rhian. »Nun führen alle Wege zur Gralsburg. Der Kelch kehrt nach Keltia heim. Und du wirst zu denen gehören, die seiner Ankunft beiwohnen dürfen.«

»Und sehen, wie er wieder entschwindet«, ergänzte Fion. »Doch das wirst du alles in Caervanogue erfahren.«

»Wo ...«

»Alles zu seiner Zeit«, sagte Dâna, und sie lächelte nicht. »Dies alles reicht weiter zurück, als du ahnst. Denn der vergiftete Speer schlug dem König eine Wunde, die nicht heilen wollte.«

»Uthyr«, erklärte ich überzeugt.

»Uthyr, gewiß, aber nicht Uthyr allein. Er war nicht der erste, der für den falschen Weg zu büßen hatte ... Die Herren des Dán hatten eine Jungfrau in die Welt geschickt, damit sie einen gewissen König heirate und mit ihm herrsche. Die beiden waren füreinander bestimmt, doch obwohl sie sich begegneten, in Liebe entbrannten und zueinander fanden, bestanden sie die Prüfung nicht. Sie heirateten weder, noch herrschten sie, wie es vorgesehen war, und so wurden sie und das Land für ihr Scheitern bestraft.«

»Amris«, staunte ich. »Und die Jungfrau war Ygrawn. Sie war zur Gralsprinzessin erkoren, und er, der Geweihte König, zum Gralsdiener. Aber Arthur hatten sie dennoch gezeugt.«

»Gewiß«, nickte Fionn ernst. »Sie waren nicht völlig gescheitert, und so konnte das Land mit knapper Not überleben. Der Dán wird das entsprechend berücksichtigen. Doch bedenke es wohl: Ein anderes Netz war für die beiden geknüpft, ein anderer Dán gesponnen auf dem Großen Rad. Und *deshalb*, Talyn, deshalb kam das

Leid über Keltia – deshalb konnte der Marbh-draoi die Spanne überschreiten, die der Dán ihm zugemessen, deshalb konnte Marguessan den Kelch stehlen, auch wenn er ihr nicht dazu verhelfen wird, sich – wie sie es in ihrem Traha anstrebt – zur Geweihten Königin zu machen. Und deshalb schickten wir euch alle auf die Suche.«

»Aber Arthur ...«

»Auch Arthur ist in einer Drehung des Rades gescheitert«, sagte Rhian. »Was bedeutet der Name Gwenwynbar in der Bardensprache?«

Ich zuckte zurück, als habe sie mich geschlagen; denn wie Ihr Euch vielleicht erinnert, bedeutet der Name von Artos' erster Frau in der Bildersprache der Barden ›Vergifteter Speer‹ ...

»Als er Gwenwynbar freite, wurde sie zum Vergifteten Speer, der ihn verwundete, wie er zuvor das Land verwundet hatte und alle seine Könige – Amris, Leowyn, Uthyr ... Erst als Arthur und Gweniver endlich den Bund der Ehe schlossen, kam der Dán wieder ins Lot. Aber noch ist nicht alles vorüber; noch hat das Böse kein Ende genommen.« Rhian hob ihren weißen Arm und hielt ihn über mich. »Taliesin. Noch nie kam das Böse von Osten.«

Und so erhielt ich die Warnung zum zweiten Mal ...

»Aber ist denn jetzt nicht alles wieder gut?« fragte ich demütig. »Ihr sagt doch, der Kelch wird zurückkehren; Keltia hat einen Erben, in dessen Adern das Blut von Dôn Rhên zwiefach fließt. Ist damit der Makel nicht behoben?«

Doch darauf antwortete keiner von den dreien. Alsbald wandte Fionn sich wieder an mich.

»Taliesin. Suche so lange, bis du findest, und dann staune. Laß keinen Teil dieser Gleichung außer acht.«

Ich nickte stumm. Rhian fuhr fort:

»Taliesin, Morguennas Gemahl. Im Licht sollst du wandeln, was immer geschieht, aber verliere nie dein Schattenauge. Verlerne nicht, im Dunkeln zu sehen.«

Wieder beugte ich das Haupt, und Dânas klare Stimme perlte über mich hin.

»Taliesin, Cathelins Sohn. Die Lanze bringt den Tod, der Kelch erweckt zum Leben. Du lebst den Tod der Götter, sie leben den deinen. Sei stets darauf bedacht, das Höchste zu lieben, wenn du es schaust; und gib gut acht und verkenne es nicht, denn dazu neigen die Männer mehr als die Frauen. Und nun geh und begib dich zum Gral.«

Von Panik erfaßt, sah ich auf, denn das hatte wie ein Abschied geklungen. Tatsächlich strahlten die Gestalten auf wie drei Fackeln und fingen an, sich zurückzuverwandeln. Sie lösten sich aus der Form, die doch nur ein Zugeständnis an die Schwäche des Sterblichen gewesen war, warfen die sichtbare Gestalt ab, derer sie in ihrer eigenen Welt nicht bedürfen … Ein Schmerz durchzuckte mich, so scharf und brennend, daß ich an mir hinabschaute und glaubte, einen Pfeil in meinem Herzen zu finden. Und so war es auch, nur war es ein Pfeil von anderer Art, nicht von irdischer Hand gefertigt. Nun wißt Ihr auch, warum die Höchsten uns Sterblichen so selten erscheinen; sie ertragen es nicht, uns leiden zu sehen, wenn sie sich wieder zurückziehen müssen. Doch die Größe dieses Schmerzes läßt uns ermessen, wie groß die Freude sein wird, wenn wir dereinst die Nebelhecke durchdringen und uns mit ihnen vereinen. Caer Coronach nennen wir die Burg nur, solange wir noch trauern; wenn wir erst darin wohnen, wird sie ganz anders heißen.

All das schoß mir in Blitzesschnelle durch den Kopf. Doch nicht nur die Trauer über den Abschied von den Göttern und mein zwar verständlicher, aber doch selbstsüchtiger Wunsch, mit ihnen zu gehen, beschäftigten mich. Da war noch etwas …

Dâna stand noch immer vor mir; sie hatte die Ihren nie im Stich gelassen und würde es auch niemals tun. Und ehe sie vollends aufging im strahlenden Glanz, verkündete sie mir, was ich zu hören begehrte.

»Die Gralsburg, Taliesin! Caervanogue. Nimm die Straße nach Schönlicht am Westufer der Drachensee, östlich von Osten.«

Noch heller erblühte der Glanz; dann war es, als öffne sich eine Pforte, als schwinge eine Tür auf – und sie waren verschwunden.

Meine Knochen wurden zu Wasser, ich sank auf die kalte Erde nieder und zog mir sozusagen den Schmerzensspeer aus der Brust. Einen Augenblick lang glaubte ich doch tatsächlich, auf etwas, das ich vor wenigen Minuten noch gar nicht gekannt hatte, nicht mehr verzichten zu können ... Doch dann riß ich mich zusammen und holte meine Seele, die sich so hartnäckig an die Begegnung, das Gespräch mit den Göttern klammerte, Zoll für Zoll zu mir zurück. Es dauerte eine Weile, bis sie sich in meinem Körper wieder heimisch fühlte. Und ich war noch lange keines klaren Gedankens fähig, denn in mir jauchzte es unablässig: *Ich habe Rhian gesehen! Ich habe Fionn geschaut! Dâna die Königin hat Zwiesprache mit mir gehalten!*

Die Namen hallten in der Ferne wider wie Fanfarenstöße, etwas berührte mich zärtlich und erinnerte mich daran, daß sie nicht vollends oder gar für immer von mir gegangen waren. Und wie es sich für einen Barden gehörte, war ich bereits dabei, das Geschehen in ein Lied zu fassen. Ein Lied nur für mich allein, kein anderer sollte es hören, nur Guenna vielleicht, und Arthur ...

Doch dann erfaßte mich abermals die Panik und ich sprang auf, denn ich befürchtete, ich hätte Dânas letzte Worte bereits wieder vergessen. Wie war ich erleichtert, als ich die Wegbeschreibung da wiederfand, wohin sie sie gepflanzt hatte – in meinem Geist, meinem Herzen und meinen Instinkten. Ich brauchte nicht einmal eine Karte: Schönlicht, östlich von Osten. Dort würde ich auch die anderen treffen, und dort würden wir finden, wonach wir so lange und aufopferungsvoll gesucht hatten. Höchste Zeit, daß ich mich in Marsch setzte. Sie warteten sicher schon auf mich.

Kapitel 13

Es war, als sei ich – und wahrscheinlich nicht nur ich – die ganze Zeit über gegen eine unsichtbare Barriere angerannt, die mich behinderte, verwirrte und zu quälenden Umwegen zwang. Nun war sie mit einem Mal verschwunden. Ich ritt rasch und munter ostwärts und trällerte ›Hob y deri dan do!‹ und andere Lieder, und den anderen ging es sicher ebenso. Zum ersten Mal, seit wir die Suchfahrt angetreten hatten, spürte ich ihre Gegenwart. Alle näherten wir uns dem Ort Schönlicht an der Drachensee.

Die Drachensee, eine weite, flache Bucht mit warmem Wasser, liegt wahrhaftig östlich von Osten: Im Westen wird sie von der unbewohnten Küste des Nordwestkontinents begrenzt, auf der anderen Seite liegen die kleinen, felsigen Eilande, die man die Ostinseln nennt. Schönlicht selbst ist keine Stadt, nicht einmal ein Dorf, es gibt hier nur die Ruinen einer alten Burg, die längst geschleift wurde – von Keian, wie einige sagen, oder eher von Raighne, wie andere behaupten, obwohl ganz Keltia genau weiß – oder zumindest davon ausgeht – daß keine dieser mächtigen und sagenumwobenen Herrscherinnen diesen Landstrich je betreten hat.

Doch von Schönlicht aus führt eine Straße aus weißen Steinen und Muschelbruch in die Drachensee hinaus zu einem Damm aus riesigen Marmorblöcken, der bei Flut im grünen Wasser verschwindet. Zweimal am Tag herrscht jedoch Ebbe, dann zieht sich das Wasser etwa eine Meile weit nach Osten zurück, der Damm taucht auf, und man kann trockenen Fußes nach Beckery gelangen, einem Inselchen, das mit seinem einzigen Gipfel die ganze Bucht beherrscht. Aber man sollte sich beeilen: Die Gezeiten sind hier sehr stark und wechseln rasch, und die schäumenden Fluten sind so geschwind, daß es kein Mensch, ja nicht einmal ein Pferd mit ihnen aufnehmen kann. Man muß also sehr auf der Hut sein und sich genau ansehen, wo sich die Wellen brechen, bevor man sich ohne ein Schiff gleich welcher Art hinauswagt. Auf der Insel festzusitzen, wäre für einen leichtsinnigen Strandläufer noch das harmloseste Schicksal.

Das soll nun nicht heißen, daß jeder so ohne weiteres nach Beckery spazieren könnte; ich habe ganz im Gegenteil den Verdacht, daß sich nur hinüberwagt, wer eigens gerufen wird. Die Insel ist so gut wie ein einziger Felskegel, und auf dessen Gipfel erhebt sich eine Burg, die, anders als ihr Gegenstück auf dem Festland, *keine* Ruine ist: Caervanogue war lange unbewohnt, wurde aber von geheimnisvollen Kräften vor dem Verfall bewahrt. Der Name konnte nie zufriedenstellend übersetzt werden, doch in der Bardensprache bedeutet er Aufgetauchte Burg. Vor langer Zeit lag der Felsen von Beckery nämlich in den unruhigen Tiefen der Drachensee. Im Lauf der Jahrhunderte wurde der Meeresboden immer wieder von mächtigen, seismischen Stößen erschüttert, und irgendwann spie das Wasser den Berg aus und schleuderte ihn an die Küste, wo er Teil des Festlands wurde. Neue Erdbeben brachten das Wasser zurück und machten den Berg zur Insel. In vielen Jahrhunderten endet die Geschichte womöglich so, wie sie begann, und Beckery versinkt abermals in den Wellen.

Dies alles war mir natürlich wohlbekannt, und als ich Schönlicht endlich erreichte, hielt ich ungeduldig Ausschau nach der Festung, die der Dán zu meinem Ziel bestimmt hatte. Aber ich fand beim besten Willen weder Caervanogue, noch die Insel Beckery, noch den Damm, der zu ihr hinüberführte. Vom Ufer bis zur nächsten Ostinsel, die in zehn Meilen Entfernung schwach zu erkennen war, erstreckte sich eine glatte, blaue Wasserfläche. So hatte ich mir das Ende meiner Suche nicht vorgestellt. In tiefer Verwirrung starrte ich lange auf das Meer hinaus. Ja, ich gestehe es, ich war wütend auf jene, die mich hierhergeschickt hatten.

Hatten sie nur ihren Spott mit mir getrieben? Ich konnte es nicht glauben, und es war mir auch damals nicht so erschienen. Außerdem hatte ich Beweise – nicht nur die magische Rose an meiner Brust und den leeren Sattel von Gwains Pferd, sondern auch die Erinnerung an Avallac'h und die Worte meiner Mutter, als sie mir im Traum erschien, und das Fläschchen mit dem rostroten Wasser von der heiligen Quelle. Nein, es war alles wirklich gewesen. Doch als ich nun vergeblich auf die leere, glänzende See hinausstarrte, da zog ich einen erschütternden Schluß.

Vielleicht war es mir nicht gestattet, noch weiter zu gehen. Hatte Morgane nicht in einem Traum oder einer Vision geschaut, daß wir des Kelches nicht teilhaftig würden? Gewiß, es war nicht das einzige Ziel einer Suchfahrt, etwas zu finden; der Weg konnte ebenso wichtig sein, zumindest für den Sucher, wenn auch nicht für das Gesuchte ... Ein hartes Los; doch wenn es mir nicht bestimmt war, zum Kelch zu gelangen, dann war eben auch das mein Dán. Vielleicht hatte ich auf dem Weg hierher Dinge getan, die den heiligen Kelch für alle Zeiten unerreichbar für mich machten ... Ich wußte es nicht.

Ich wußte nur eines: Falls es so war, dann mußte ich mich damit abfinden. Dann war ich eben nicht würdig. Ich konnte mich damit trösten, daß ich immerhin die Suche vollendet hatte. Manchmal muß man einen Kreis ziehen, damit anderswo die Macht beschworen werden kann ...

Unter diesen Gedanken stieg ich wieder auf mein Pferd, nahm mit einem letzten langen Blick Abschied von meinem Ziel und wendete Feldore, um zurück nach Westen zu reiten, wo wir hergekommen waren.

In diesem Augenblick war sie plötzlich da, mitten in der Bucht, vielleicht eine Meile vor der Küste. Ich zog jäh die Zügel an. Alles war da – Beckery mit seinen Machairs und dem schroffen Felsen, und Caervanogue mit seinen Türmen und Burghöfen. Die Tore waren weit geöffnet und erstrahlten weißgolden im Sonnenlicht. Alles an dieser Burg erstrahlte … Es war, als ob – nein, eigentlich gibt es hier kein ›als ob‹ – die Burg war einfach dadurch, daß ich mich bescheiden abgewandt hatte, ins Dasein gerufen worden. Mich demütig in die Möglichkeit des Scheiterns zu fügen, war die letzte Prüfung gewesen. Damit hatte ich bewiesen, daß ich den Erfolg verdiente … Womit ich ihn verdient hatte, weiß ich nicht. Aber ich war froh darüber.

Ich hatte noch nie erlebt, daß sich das Wasser bei Ebbe so weit zurückgezogen hätte. Zu beiden Seiten des Damms aus riesigen weißen Marmorblöcken sah man nur sauberen, festgebackenen Sand, nicht einmal in den schmalen Fugen zwischen den Steinen stand mehr das Wasser. Ich konnte es wohl noch wagen … Feldore, Rylan und ich hatten vielleicht zwei Drittel des Weges zurückgelegt, als ich erschrocken bemerkte, daß unversehens die ersten silbernen Wasserfinger über den Sand krochen und ihn grau und glatt erglänzen ließen, während die feinen, trockenen, festen Streifen dazwischen immer schmäler wurden. Während ich noch zusah, kam die Flut mit Macht herein, die Wasserfinger wurden breiter und verschmolzen vollends miteinander, und alsbald war der Sand unter einer mehrere Zoll hohen, nahtlos schimmernden Wasserhaut verschwunden.

Ich drückte Feldore die Schenkel in die Flanken und schnalzte mit der Zunge, um Rylan anzufeuern. Wir wurden merklich schneller, aber das galt auch für die Flut. Etwa zehn Minuten, bevor das Wasser mit erschreckender Wucht von beiden Seiten auf den Damm zustürzte – die ersten Fontänen spritzten bereits auf –

erreichten wir das Ufer von Beckery, und nicht lange danach waren wir durch eine zusammenhängende Wasserfläche vom Festland getrennt.

Ich sah mir meine neue Umgebung an. Von den anderen war bisher niemand zu sehen, aber ich spürte ihre Anwesenheit. Sie waren alle schon hier, ich war der letzte gewesen … Ich ließ die Pferde auf den Machair-Wiesen zurück, nicht ohne die vielen frischen Hufabdrücke rings um den Felsen zu bemerken, und machte mich zu Fuß an den Aufstieg zur Burg. Die anderen hatten es wohl ebenso gehalten.

Als ich näherkam, regte sich eine halbverschüttete Erinnerung in mir: Oeth-Anoeth. Die Ähnlichkeit war so verblüffend, daß Schrecken und Bestürzung gleich einer Woge über mir zusammenschlugen. Natürlich können sich zwei Burgen gleichen, aber diese beiden hätte man verwechseln können, und das war kein Zufall mehr. Hatte Edeyrn Oeth-Anoeth mit Absicht so gebaut, und hatte Marguessan noch tiefere Gründe gehabt, mich dort festzuhalten, als ich bisher geahnt hatte?

Doch gleich darauf waren alle Ängste und Zweifel vergessen, denn als ich das Burgtor erreichte, kam Morgane herausgelaufen und warf sich in meine Arme. Sie war der erste Mensch, den ich zu Gesicht bekam. Wobei ich sie, um genau zu sein, erst gesehen hatte, als sie schon an mir hing. Aber ich beklagte mich nicht darüber.

»Anwyl, Anwylyd«, stieß ich hervor, als wir uns lange genug umarmt und geküßt, geweint und gelacht hatten und endlich Zeit zum Sprechen fanden, »wie geht es dir, o ihr Götter, wo bist du gewesen, was hast du getan, warum haben wir …«

Sie küßte mich noch einmal. »Später«, flüsterte sie mir ins Ohr. »Seien wir froh, heil angekommen zu sein und uns wiedergefunden zu haben. Jetzt haben andere Dinge Vorrang. Schließlich sind wir nicht ohne Grund hier.«

»Das weiß ich auch«, murrte ich leise, aber sie schob nur ihren Arm unter den meinen und zog mich durch den Faha, auf die andere Seite der Burg und hinunter auf eine große Wiese über dem Meer. Hier hatten sich die restlichen Gralssucher in halbkreisförmigen Reihen aufgestellt und blickten nach Osten. Donah, Gerrans (bei seinem Anblick blieb mir vor Erleichterung fast das Herz stehen), Gweniver, meine königliche Freundin, Loherin, dem ich unterwegs begegnet war ... von den sieben mal sieben, die damals aufgebrochen waren, hatten immerhin sechsundzwanzig Caervanogue erreicht; zwei mal dreizehn würden Zeuge sein, wenn der Kelch nach Hause zurückkehrte.

Wir gingen alle zum Strand hinab, einem breiten, weißen Sandstreifen, der sich über die gesamte Länge der den Ostinseln zugewandten Inselseite zog. Lächelnd sah ich, daß auch die Pferde sich eingefunden hatten – unter ihnen meine beiden treuen Freunde. Warum auch nicht? Waren sie nicht ebenso tapfere und aufopfernde Gralssucher wie wir? Dann sollten sie auch miterleben, wie das Abenteuer ein glückliches Ende nahm.

»Das ist der Strand Garanwynion«, sagte Morgane und deutete auf den groben weißen Sand.

»Und?«

»Wir müssen warten. Es dauert nicht mehr lange.«

Es dauerte tatsächlich nicht lange. Er kam von Osten, aus der Sonne heraus, so leise und unauffällig, daß ihn zunächst keiner von uns bemerkte: Auf dem Wasser erschien ein Pfad, und dann war er da. Ein Wunder des Dán.

Ich staunte, als ich ihn sah, dann lächelte ich. Avallac'h, der Prinz aus dem Geschlecht meiner Frau, der sich seine Freiheit und vielleicht auch die unsere mit seinem Dienst erkauft hatte – da stand er, groß und aufrecht, in grünen Gewändern, und sah uns der Reihe nach an. Er schien jeden einzelnen zu kennen – ein Eindruck, der sich in späteren Gesprächen mit anderen Gralssuchern bestätigte: Alle hatten wir eine Nacht beim Gralshüter auf Inisguidrin verbracht. Nun hatte er die selbstgewählte Strafe verbüßt, hatte dem Kelch seine Ehrenbuße entrichtet und hätte seiner Wege gehen können. Doch er war hierhergekommen, und ich nahm einen tiefen, zittrigen Atemzug, denn ich glaubte zu wissen, warum.

Bevor noch ein Wort gefallen war – Morgane und Gweniver traten eben auf ihn zu und wollten ihn begrüßen – legte sich ein Schatten über uns alle, als habe sich eine Wolke vor die Sonne geschoben. Alle Farben verblaßten zu einem dumpfen Grau, so wie wenn man an einem heißen Sommertag lange die Augen schließt, um sie dann weit zu öffnen. Wir fröstelten wie im Fieber, und ich sah mich verzweifelt um, denn ich wußte Bescheid. Ich kannte diese Präsenz, war ihr erst vor kurzem begegnet, als ich allein mit dem Leichnam meines Neffen im stillen Wald übernachtete ... Ich drehte mich um und sah Marguessan Pendreic geschmeidig wie eine Nathair die Stufen der Burg herabgleiten. Wie damals auf der Waldlichtung war ihre Tochter Galeron bei ihr, und auf der anderen Seite ...

Die Welt kippte und schien aus den Fugen zu geraten. Ein Schwindel hatte mich erfaßt. Auf der anderen Seite stand – *Avallac'h*? Empört riß ich den Blick los, richtete ihn auf die grüngekleidete Gestalt zu meiner Linken, die noch immer mit dem Rücken zum Meer stand und die Neuankömmlinge ruhig betrachtete. Dann kehrte ich noch einmal zu Marguessans Begleiter zurück. Die beiden glichen sich aufs Haar, wie ein Ei dem anderen, wie zwei Crossics, wie Zwillinge, wie zwei Staubkörnchen. Wie war es möglich, so vollkommen gleich zu sein ... Sogar Morgane verlor für einen Augenblick die Fassung, und die anderen wirkten ebenso verängstigt und verunsichert, wie ich mich fühlte.

Und doch, und doch … Es gab einen Hinweis, ich mußte ihn nur zutage fördern, denn jetzt war der Augenblick dafür gekommen.

Marguessan sah aus wie immer. Sie hatte niemanden, nicht einmal ihre eigene Schwester eines Blickes gewürdigt. Ihre Augen ruhten auf Avallac'h oder vielmehr auf dem Mann, den wir bisher für Avallac'h gehalten hatten. Einen raschen Seitenblick auf Gweniver und dann auf Loherin konnte sie sich zwar nicht verkneifen, aber Morgane und mich ignorierte sie vollkommen. Mir war das ganz recht, besonders nach unserer letzten Begegnung, als sie so dreist damit geprahlt hatte, am Tod ihres eigenen Sohnes mitgewirkt zu haben. Und natürlich stand noch eine Rechnung zwischen uns offen: die zwei Jahre meines Lebens, die ich in Oeth-Anoeth verbracht hatte … Morgane kümmerte sich ebenfalls nicht weiter um ihre Schwester, auch sie schien auf etwas zu warten.

»Hüter«, sagte Marguessan klar und deutlich, aber mit einem winzigen Anflug von Unsicherheit in der Stimme. Was bedeutete, daß sie tief erschüttert sein mußte, sonst hätten wir bestimmt nichts wahrgenommen. Ich zermarterte mir noch immer das Gehirn, doch der Hinweis ließ sich nicht fassen. Nun trat der falsche Avallac'h neben Marguessan vor sein zehn Meter entferntes Spiegelbild hin und sagte mit der Stimme, die ich aus jener Nacht in den Sümpfen der Siennega noch so gut in Erinnerung hatte: »Der Kelch kehrt zurück, und der Hüter steht zu seinem Empfang bereit.«

Der echte Avallac'h lächelte. »Nein«, sagte er höflich mit genau der gleichen Stimme. »Der Kelch kehrt zurück, doch hat er von heute an einen neuen Hüter. Ein neuer Diener ist unter uns erstanden. Nicht Ihr, Avaggdu, Aviach, Avarwyn. Der lebende Gral ist nicht für Euch bestimmt.«

Der falsche Avallac'h gab keine Antwort, aber uns, die wir am Strand zusammenstanden und den Dialog atemlos verfolgten, kam es vor, als *verdüstere* er sich. Und plötzlich fragte ich mich, wie er, Galeron und Marguessan überhaupt hierhergekommen waren. Wie war es ihnen gelungen, auch nur einen Fuß auf die Insel Beckery zu setzen? Oder waren sie gar wie wir gerufen worden? Und wenn, zu welchem Zweck? Und von wem? Marguessan riß mich aus meinen Gedanken.

»Wer sagt das?« fragte sie leise, und ihre Stimme triefte von süßem Gift. Die weniger erfahrenen Zauberer unter uns zuckten merklich zusammen. Donah schwankte ein wenig, und ich wollte sie stützen, aber sie dankte mir mit einem zittrigen Lächeln und schüttelte meine Hand sanft ab. Neben Morgane stand Loherin wie ein Fels, wie der berühmte Rocabarra selbst in der Brandung. Gerrans wahrte seinen gewohnten Gleichmut, musterte seine Tante jedoch mit finsteren Blicken.

»Wer hat das Sagen auf der großen Lichtung?« fragte Marguessan noch einmal. »Tritt beiseite, du falscher Hüter, auf daß der wahre Kelch zu seinem wahren Diener komme.«

Was nun geschah, vermag ich bis heute nicht zu begreifen. Tief in mir geriet etwas in Bewegung und schoß an die Oberfläche. Ich trat vor, schob die Hand unter mein Leinna und zog etwas ans Tageslicht. Denn jetzt *erinnerte* ich mich, und die Erinnerung ließ mich frohlocken.

In der Mitte zwischen den beiden Avallac'hs blieb ich stehen. Der eine betrachtete mich ruhig und ohne Furcht; der andere schoß finstere Blicke auf mich ab, warf verächtlich den Kopf zurück und setzte zum Sprechen an. Doch ich hob mit machtvoller Gebärde die Hand, und er verstummte. Marguessan sah ich nicht an.

Dafür wandte ich mich an den ersten Avallac'h, den wahren Gralshüter, und lächelte.

»Noch nie kam das Böse von Osten«, sagte ich so laut, daß es nicht nur die hier Versammelten hören konnten, sondern auch das Eiland, die Drachensee und der Kelch selbst, wo immer er auch sein mochte, wohin er auch geflohen war vor Marguessans finsteren Machenschaften. Und dann bot ich auf der flachen Hand dar, was an meiner Brust ruhte, seit ich den Zauberwald verlassen hatte.

Die Rose war so frisch und unverwelkt, wie ich sie von ihrem Strauch gebrochen hatte. Im Sonnenlicht leuchtete sie rot wie ein Rubin, und sie verbreitete einen reinen, süßen, starken Duft, der sogar den strengen Salzgeruch des Meeres überlagerte. Die Anweisung, die ich damals erhalten hatte, war mir sehr gegenwärtig: ich sollte sie auf die Gralsburg bringen und sie in die Hände des Hüters legen. *Schön,* dachte ich verzweifelt, *aber* welches *Hüters?*

Instinktiv wandte ich mich dem ersten Avallac'h zu. Er wartete ruhig ab, seine Gelassenheit umgab ihn wie ein Mantel und wirkte so grenzenlos wie das Meer in seinem Rücken. Beide Hände schützend um die Rose gelegt, hob ich die Blüte zu seinem strengen, faltigen Antlitz empor, damit er ihren Duft einatmen konnte. Er beugte sich darüber, nahm einen langen tiefen Zug und richtete sich wieder auf. Seine Augen waren geschlossen. Als er sie endlich öffnete, lächelte er.

Ich verneigte mich, drehte mich um und verfuhr mit dem zweiten Avallac'h auf die gleiche Weise. Dabei spürte ich Marguessans Augen wie eisige Nadeln, wie Feuerfinger in meinem Rücken. *Sie hat es gewußt, sie hat es die ganze Zeit über gewußt ...* Dieser Avallac'h mußte mühsam um die erhabene Ruhe ringen, die dem anderen wie von selbst zugefallen war, und fast wäre es ihm auch gelungen, sie zumindest nach außen hin vorzutäuschen. Doch alle Anwesenden sahen, welche Anstrengung ihn das kostete, und mir bereitete es eine grimmige Befriedigung. Unerbittlich näherte ich die

Rose seinem Gesicht und hielt sie ihm schließlich unter die Nase, so daß er schon den Atem anhalten mußte, um ihrem Duft zu entgehen.

Doch er atmete; o ja, er atmete den Duft ein. Und in diesem Augenblick begann das Avallac'h-Trugbild zu erzittern, die Hülle des falschen Hüters, die neben Marguessan zum Strand von Garanwynion herabgestiegen war, flimmerte und verblaßte, bekam Sprünge und Risse wie ein schlecht glasierter Topf im Brennofen. Dann war sie ganz verschwunden, und der Mann, der sie getragen hatte, lag auf den Knien im Sand. Es war Mordryth, Marguessans Sohn.

Mir stockte wie allen anderen der Atem, doch ich war weniger überrascht als schockiert, und auch das nicht allzu sehr. Für Morgane war es nicht einmal ein Schock gewesen. Sie hatte genau wie Marguessan die ganze Zeit gewußt, wie es enden mußte – wobei mich brennend interessiert hätte, *wie* sie das erfahren hatte. Ich nahm mir vor, mich darüber ausführlich mit ihr zu unterhalten, wenn das Knäuel erst vollends entwirrt war. Nun trat sie vor ihre Zwillingsschwester hin.

»Wo der Kelch herrscht, hält kein Blendwerk stand«, sagte sie ohne besonderen Nachdruck und ohne Drohung in der Stimme. Dennoch erbebte Marguessan wie unter einer Ohrfeige. »Kein falscher Hüter« – Morgane warf einen Blick auf Mordryth, der noch immer im Sand lag und so schwer atmete, als habe auch er eine Tracht Prügel erhalten – »kein falscher Hüter wird den Gral nach Hause bringen. Deine Intrigen werden dir nichts nützen, Tochter Uthyrs.«

Marguessan zuckte unkontrolliert zusammen, und meinem inneren Auge erschien sie in diesem Augenblick als wogende, fauchende Finsternis, ein Eindruck, den ihre Worte bestätigten.

»Meinst du – Tochter Uthyrs? Von allen hier kennst du meine Methoden und meine Kraft am besten – frag deinen Gemahl, wenn dein Gedächtnis dich im Stich läßt – glaubst du, ich bin so leicht aufzuhalten?«

Morgane holte schon zu einer Antwort aus, doch der wahre Avallac'h kam ihr zuvor und hob beide Hände gen Himmel. Nicht nur die Insel Beckery, ganz Keltia schien zu verstummen. Sogar Marguessan bekam es mit der Angst zu tun, und nicht etwa Morganes wegen.

»Eure Methoden *sind* bekannt, Inion Durracha, Merch Dhu. Bekannt ist auch, in welch schändliches Fahrwasser Ihr Eure eigenen Kinder gerissen habt ...« Er schwenkte die erhobenen Hände, über uns wurden die Burgtore weit aufgerissen, und eine Prozession erschien, ein Trauerzug mit acht Leichenträgern. Anstelle einer Bahre hielten sie Speere in den Händen, an deren Spitzen ein roter Umhang befestigt war, und auf diesem straff gespannten Purpurmantel lag der Leichnam Gwain Pendreics.

Als sie langsam an mir vorüberschritten, unterdrückte ich nur mit Mühe einen Aufschrei der Verzweiflung. Ich fühlte mich schuldig und schämte mich so sehr, daß ich nicht wagte, die Augen zu Avallac'h zu heben. Aber er richtete keinen Vorwurf, keine Anklage gegen mich, und schon setzten die Träger ihre Last ein paar Meter entfernt am Strand ab. Niemand, nicht einmal Marguessan, sprach ein Wort.

Ich zwang mich, dem jungen Mann, an dem ich zum Mörder geworden war, ins Gesicht zu sehen. Gwain sah nicht aus wie ein Toter, er schien nur tief zu schlafen: Das braune Haar fiel ihm in langen, gepflegten Locken auf die Schultern; das bleiche Gesicht war friedlich und nicht entstellt. Er war schwarz gekleidet, und in seiner Halsgrube lag das kleine, goldene Medaillon mit seinem Wappen.

Ich wagte einen raschen Blick zur Seite. Gwains Schwester und seinem Bruder stand die Angst deutlich ins Gesicht geschrieben. Mordryth war wieder auf den

Beinen und stand jetzt neben Galeron. Beider Blick war eine Mischung aus Entsetzen und gerissener Schläue. Sie fürchteten sich nicht nur vor ihrem toten Bruder, sondern auch, ich sah es sofort, vor Marguessan, die ein paar Schritte von ihnen entfernt stand. Ja, die Angst vor Marguessan war noch größer als die Angst vor dem Toten, doch trotz dieser Angst konnten sie sich von ihrer Mutter nicht lösen ...

Ohne ihre Tochter anzusehen, zischte Marguessan einen Befehl, und folgsam wie ein Hund, der die Peitsche des Jägers spürt, trat Galeron vor, streifte Gwain aus schmalen Augen mit einem raschen, schuldbewußten Blick und wandte sich dann uns anderen zu. Für einen Augenblick herrschte gespanntes Schweigen, dann flüsterte auch Morgane ein paar freilich längst nicht so herrische Worte, und Donah ging bis fast zum Wasser hinunter und blieb vor Galeron stehen. Alles in mir begehrte auf, denn darauf war ich nicht gefaßt.

Bei aller Sorge um mein Patenkind beschäftigte mich doch auch ihr Vetter Mordryth. Wir hatten ihn seit jenem Abend in Turusachan, als er den Kelch in den Saal trug und Gweniver ohrfeigte, kaum noch gesehen. Sehr viel später hatten dann Arthur und Gerrans auf Oeth-Anoeth mit ihm zu tun bekommen. Jetzt sah ich ihn mir genau an und stellte fest, daß er vom Äußeren her nach seinem farblosen Vater Irian geraten war. Aber seine Seele gehörte ganz und gar seiner Mutter, und die konnte damit machen, was ihr beliebte. Nun hatte sie also versucht, ihn als Gralshüter auszugeben, das hieß, sie hatte ihn vorgeschoben, um etwas zu erreichen, wofür ihre magischen Fähigkeiten offenbar nicht ausreichten. Wäre es Mordryth gelungen, Avallac'h als Gralshüter zu verdrängen, so hätte er den Kelch selbstverständlich ebenso herbeirufen können wie dessen rechtmäßiger Diener, um ihn anschließend seiner Mutter zu übergeben. Damit hätte Marguessan doch noch erreicht, was ihr mit ihren schwarzen Intrigen bisher nicht gelungen war.

Doch hier am Strand von Garanwynion waren ihre Pläne durchkreuzt worden – und wieder einmal fragte ich mich, wer wohl die Fäden in der Hand hielt. Ich sah die Rose an, die ich noch immer in Händen hielt: Marguessans Scheitern war nicht mein Verdienst, es war in einem Großen Plan mit hohen Zielen von vornherein beschlossen gewesen, und darüber war ich froh. Dennoch fand ich, sie, die sich doch immer mit ihren Zauberkräften brüstete, habe hier allzu kläglich abgeschnitten. Sie hätte sich doch gewiß einen Anschlag ausdenken können, der nicht so leicht zu durchkreuzen war. Das hieß, sie hatte ihren großen Zug noch nicht gemacht, hatte noch etwas anderes im Sinn, ein weiterreichendes, lichtscheueres Manöver, und das Verwechslungsspiel mit Mordryth und Avallac'h war nur die Generalprobe gewesen …

Galeron und Donah standen sich gegenüber wie Nacht und Morgenröte. Die Gralsprinzessin gegen die Jungfrau des Kelchs der Finsternis. Ein Wind erhob sich, und draußen über den Ostinseln brauten sich mächtige schieferblaue Wolkenmassen zusammen. Avallac'h hatte uns den Rücken zugekehrt und schaute, die Arme weit ausgebreitet, über das aufgewühlte Wasser nach Osten. Ich begriff, daß die Rückkehr des Kelchs nun unmittelbar bevorstand. Der Gral verließ den Ort, an den er sich geflüchtet hatte, um vor Marguessans diebischen Händen in Sicherheit zu sein. Doch ich wußte auch, daß Galeron nur auf ein Wort ihrer Mutter wartete, um zu versuchen, ihn abermals an sich zu bringen und an ein Ziel ihrer Wahl – Oeth-Anoeth? – umzuleiten, auf daß Marguessans Alptraumvision eines schwarzen Grals doch noch Wirklichkeit werden könne.

Am Strand von Garanwynion gab es Zauberer in Hülle und Fülle, doch im Augenblick konnte keiner von uns etwas tun; die Suche war beendet. Was nun geschah, lag nicht mehr in unserer Hand. Auch zu sehen gab es nicht viel, bis auf Morgane und Marguessan vielleicht und die beiden Mädchen, die sozusagen ihre jüngeren Ebenbilder verkörperten. Avallac'h konzentrierte sich mit ganzer Seele darauf, dem nahenden Gral den Weg zu öffnen. Er hatte keinen Funken Kraft übrig, um ihn auch noch vor den räuberischen Absichten seiner Feinde zu schützen. Wie alle anderen spürte ich, daß man uns ein Eingreifen nicht gestatten würde; in diesem Punkt waren SIE, die das Geschehen bestimmten, unerbittlich. Dies war ein Kampf, der ausgetragen werden mußte, ein Kampf der Königinnen und der Prinzessinnen, ein Kampf zwischen Morgane und Donah auf der einen und Marguessan und Galeron auf der anderen Seite ...

Gwenivers Blick traf mich. Ich hatte sie noch nie so verzweifelt gesehen und hätte auch nicht gedacht, daß sie jemals so aussehen könnte. Solchen Stimmungen war die Ard-rían von Keltia nicht oft unterworfen. Ich konnte ihre Skepsis nicht teilen, denn ich war wie besessen von der jubelnden Gewißheit, daß wir siegen würden. Das soll nicht heißen, daß es dafür einen konkreten Anlaß gegeben hätte, nichts dergleichen, glaubt mir. Nur weiß unser Herz manchmal besser als wir selbst, was echt und wahr ist, und im Lauf der Jahre habe ich gelernt, mich diesem Gefühl zu überlassen, wenn es mich mit seiner Anwesenheit beehrt ... Doch jetzt gerieten die Dinge in Bewegung, und das Geschehen ließ mich nicht mehr los.

Vor den Wolken und dem Meer zeichnete sich noch immer Avallac'hs hohe, reglose Gestalt ab. Nun gab es im Osten einen lautlosen Blitz, ein blaßgoldener Schein entfaltete sich, der die Augen blendete, ohne zu schmerzen. Ich wußte, daß der wahre Hüter das Tor geöffnet hatte, um den Kelch wieder in die Welt eintreten zu lassen.

Dieser Augenblick der Freude war auch ein Augenblick höchster Gefahr. Denn zugleich mit dem Licht kam – keine Finsternis im eigentlichen Sinne, sondern ein *Anti*-Licht, falls man sich einen derart schändlichen Angriff gegen alle Gesetze der Menschen und der Götter überhaupt vorstellen kann. Eine Leere, eine Nichtexistenz, die doch in gewissem Sinne Substanz aufwies ... Es war über alle Maßen schrecklich; es verursachte Übelkeit und machte die Pferde scheu, sogar die Wellen zuckten vom Ufer zurück – und Galeron, Marguessans Werkzeug war es, die diese Erscheinung auf uns herabbeschwor und das Nichtsein in Sein verwandelte. Das war das große Werk, mit dem Marguessan sich gebrüstet hatte, und niemand wußte besser als ich, wie lange ihr Herz schon daran hing, denn ich hatte die ersten Ansätze dazu bereits in den Augen der Zehnjährigen gelesen. Dieser schwarze Glorienschein, der dem Schwarzen Gral voranging, war ihre Schöpfung.

Denn diesen Schwarzen Gral rief Galeron nun herbei, während Avallac'h den wahren Kelch beschwor, um dessen Rückkehr wir alle so hart gerungen hatten. Mutter und Tochter waren gemeinsam bemüht, den echten Gral abzufangen und ihren eigenen, schwarzen Kelch Wirklichkeit werden zu lassen. Und wir konnten nichts tun, um es zu verhindern. Wir hatten uns schon auf dem Weg hierher verausgabt; mit unserer Suche war es uns gelungen, den Kelch wieder nach Hause zu rufen, und damit hatte sich sein und unser Dán erfüllt. Doch auch das Böse hat seinen Dán, und er muß dem Dán des Guten nicht immer unterliegen.

Doch während der schwarze Gral noch zitternd seiner Vollendung harrte, drängte ihn die Reinheit, das wahre Licht, das einzige Wesen, das dazu imstande war, zurück. Ich sah, wie Donah aus der Macht dieser Welt Kraft schöpfte, sah sie aufleuchten, als bräche die Sonne aus den Gewitterwolken hervor. Morganes Kräfte stützten sie, wir stützten Morgane und wurden unsererseits getragen von der Kraft des Volkes – und so ging es immer weiter, in einer schier endlosen Kette von grenzenloser Stabilität griff ein Glied ins andere, arbeiteten wir alle zusammen, um ein Element der keltischen Seele zurückzuholen, ohne das wir nicht leben konnten. Und selbst Donah wurde noch überschattet – falls Licht einen Schatten zu werfen vermag – von einer Lichtgestalt, die ich kannte. Wie ein Schleier legte SIE sich über ihr Menschsein, ein Phasma, eine immanente Vorstellung. Ich beugte das Haupt vor Rhian, der Jungen Göttin, die IHRE Hand über das Kind meines Bruders hielt …

Bei allem Widerstand konnte es kaum anders ausgehen; dennoch hing letztlich alles an einem seidenen Faden, und Marguessan hatte sich wohl doch große Hoffnungen gemacht. Lange mußten Licht und Finsternis miteinander ringen, während Avallac'h über allem stand. Dann verschoben sich die Gewichte um eine Winzigkeit. Galeron stürzte mit einem gellenden Schmerzensschrei in den Sand, doch anders als zuvor ihr Bruder Mordryth regte sie sich nicht mehr. Auch Donah war in die Knie gegangen, als der Druck erst übermächtig wurde und dann jäh verschwand. Nun erhob sie sich triumphierend wie ein Pfeil im goldenen Licht, schwer atmend, aber völlig gefaßt, und sah mit unergründlicher Miene auf die zusammengesunkene Gestalt hinab.

»Ist Galeron tot?« flüsterte ich und vergaß in meiner Erregung ganz die Möglichkeit der Gedankensprache. Morgane nickte kurz. »Hat Donah …«

Morgane schüttelte den Kopf. Ihre Augen ruhten auf Marguessan, nicht auf ihren beiden Nichten. Dann sagte sie, ebenfalls laut, damit alle die Erklärung hören konnten und sich nicht mehr zu fürchten brauchten: »Nein, Galeron hat sich selbst gerichtet. Als sie dem Schwarzen Gral zum Durchbruch verhelfen wollte, hat seine Macht sie überwältigt. Gewiß hatte ihre Mutter sie dazu getrieben, ja, gezwungen; aber letztlich hat sie selbst den Weg der Finsternis gewählt, und deshalb ist sie gestürzt, denn im Dunkeln gerät man leicht ins Straucheln ... Der Schwarze Kelch hat sie getötet, nicht Donayah. Mord ist auf der Gralsinsel nicht gestattet – jedenfalls nicht die Art von Mord, an die wir leider gewöhnt sind – der Hüter hätte es niemals zugelassen. Aber sich aus freien Stücken selbst zu entleiben – das fällt nicht unter das Verbot. Galeron hat diese Erfahrung gemacht, nun wird sie anderswo in eine bessere Schule gehen. Was aus ihrer Mutter wird – wer weiß?«

Ich folgte ihrem Blick – ihre Augen waren kalt und scharf wie nie zuvor, grau wie Schwertstahl, wie ein Harnisch – zu Marguessan, die noch immer reglos dastand. Mordryth kauerte jetzt zu ihren Füßen. Galeron lag in unveränderter Haltung wenige Schritte von Gwains zugedecktem Leichnam entfernt. *Zwei tote Kinder, Marguessan,* dachte ich und spürte Mitleid, ja, sogar mit ihr. *War dir die Rache an deinem Bruder so viel wert? Und was wird aus dem einen Küken, das dir noch bleibt?*

Marguessan regte sich, als habe sie mein Gedanke gestreift, doch sie starrte nicht mich an, sondern Morgane, die neben mir stand. Der Gesichtsausdruck meiner Schwägerin erschütterte mich: Nicht die Trauer einer Mutter, die zwei von ihren drei Kindern tot vor sich liegen sieht, sondern die Todesfeuer von Uffern zuckten über ihr Antlitz. Hatte ich sie bisher als die Verkörperung des Bösen betrachtet, so fehlten mir jetzt die Worte, um zu beschreiben, wozu sie sich vor unseren Augen verwandelt hatte. Falls es jemals einen Augenblick gegeben hatte, in dem es möglich gewesen wäre, Marguessan umzustimmen, ihr früheres Ich aus den Trümmern ihrer jetzigen Seele zu bergen, so war dieser Augenblick unwiderruflich vorbei; er war mit Gwain gestorben, mit Galeron, vielleicht sogar schon mit Uthyr. Nun sah sie aus wie die Gwrach y Rhibyn, verwüstet vom Feuer des Hasses. Ihre Schönheit war dahin, die Züge waren hart und verzerrt, ihr Schicksal schien besiegelt.

So also ist es, wenn der Dán auf einen zurückschlägt ... Der Glaubenssatz war mir von Kindheit an vertraut, aber ein menschliches Antlitz, das ihn so lebhaft verkörperte, hatte ich noch nie gesehen. Mein Blick wanderte zu Morgane. Sie stand ebenso reglos da wie ihre Schwester, und als ich in ihr Gesicht sah, erschrak ich. Wie war einem wohl zumute, wenn man zusehen mußte, wie sich die Zwillingsschwester selbst zerstörte, ohne daß man sie daran hindern oder ihr helfen konnte? Die beiden waren keine eineiigen Zwillinge und standen sich deshalb zumindest theoretisch nicht näher als andere Geschwister; dennoch *war* es anders für sie, hatten sie doch den Mutterschoß in einem Geburtsvorgang verlassen und waren während der prägenden Monate zuvor so eng verbunden gewesen wie sonst nicht einmal Mann und Weib – was mochte jetzt in meiner Guenna vorgehen? Ein zweiter Blick ins Antlitz meiner Gattin, und ich wußte es.

»Schwester«, sagte sie, gebieterisch und mitfühlend zugleich, und Marguessan sah mit stumpfem Blick wie über alle sieben Höllen hinweg zu ihr hinüber. »Geh jetzt. Nimm deinen Ältesten und hebe dich hinweg. Es ist das beste für euch beide.«

Die Worte brachten Marguessan wieder zu sich – vielleicht reagierte sie auf den Befehl, vielleicht schmerzte sie auch das Mitleid. Jedenfalls packte sie Mordryth mit ihrer Krallenhand am Kragen und zog ihn, fürsorglich und ungeduldig zugleich, zu sich empor.

»Gehen?« fragte sie leise. »Ja, wir werden gehen. Ich will nicht miterleben, was jetzt kommt, und es will gewiß auch mich nicht sehen ... Aber noch ist das Werk nicht vollendet, Schwester, weder das deine, noch das meine. Bestelle das unserem Bruder und unserer Mutter – von uns beiden.«

Die glitzernden Augen streiften mich, Gweniver, Donah, Gerrans und Loherin; eine Drehung, ein sengender Blick auf Avallac'h – der hob die Hand, eine Warnung, ein Abschied, ich weiß es nicht; dann war sie verschwunden und Mordryth mit ihr. Auch Galeron war fort; Gwains Leichnam lag unbeachtet hinter ihr im Sand. Zitternd holte ich Atem und ließ die Luft in kleinen Stößen vorsichtig ausströmen; aber sie kam nicht wieder. Alle wandten sich einander zu und wußten nicht, ob sie sich freuen oder triumphieren, Erleichterung oder Angst spüren sollten. Doch schon rief uns Avallac'h zur Ordnung.

Er klatschte zweimal in die Hände, stampfte mit dem nackten rechten Fuß auf Garanwynions Sand und sprach laut und nicht nur zu uns die folgenden Worte.

»Was sich verirrt hat, möge den rechten Weg finden«, sagte er. »Was verschollen war, möge nach Hause zurückkehren.«

Und wir alle wußten, daß er damit nicht nur den Kelch meinte.

Kapitel 14

Von da an kann ich mich auf mein Zeitgefühl nicht mehr verlassen. Ich erinnere mich zwar an jede Einzelheit – was weiter kein Wunder ist, denn was an diesem Tag geschah, ist mir wie mit diamantner Feder in die Seele geritzt – doch im Rückblick kommt es mir einerseits so vor, als habe sich alles in einem einzigen Moment zusammengeballt, als habe die Zeit nur kurz mit den Fingern geschnippt. Und dann ist mir wieder, als hätten wir jahrhundertelang am Strand von Garanwynion gestanden. Denn der Kelch und die anderen Heiligtümer leben und wirken nicht im gleichen Zeitgefüge, in dem wir Sterblichen uns bewegen und existieren. Und wenn die beiden Systeme sich so nahekommen wie damals, ist eine gewisse Verwirrung unvermeidlich. Es kommt auch nicht darauf an, ob das große Geschehen nun einen Lidschlag währte oder ein ganzes Leben lang, wichtig ist nur, daß es überhaupt stattfand …

Marguessan war also gegangen, und sie war im Zorn gegangen. Gweniver sagte später, sie habe sich alles selbst zuzuschreiben, und das war natürlich richtig. Gerrans sagte, man könne es nicht jedem recht machen, und auch ihm kann ich nur beipflichten. Nun hatten wir zwar weiterhin Schlimmes von ihrer Seite zu gewärtigen, und sicher genau dann, wenn wir am wenigsten darauf gefaßt waren, aber wir hatten endlich Muße, uns dem Abschluß unserer Suchfahrt zu widmen – wobei eher der Gral uns gefunden zu haben schien als umgekehrt. Immerhin waren wir hier, und er würde bald kommen. Damit hatten beide Seiten erreicht, was sie wollten.

Beflügelt von der Erhabenheit des Augenblicks (man

könnte auch sagen ›schwindlig vor Glück‹) betrachtete ich die übrigen Gralssucher. Sie strahlten alle ebenso wie ich. Die meisten waren mir übrigens unbekannt: Obwohl vor Beginn der Suchfahrt alle Welt über den unverhältnismäßig hohen Anteil an Rígh-domhna und Angehörigen des Hochadels lamentiert hatte (ein Vorwurf, der einer gewissen Berechtigung nicht entbehrte), bildeten die sechsundzwanzig, die durchgehalten und sich das Recht verdient hatten, diesen Tag zu erleben, eine Mischung, wie man sie sich bunter nicht vorstellen konnte. Gewiß, die Pendreic waren besonders zahlreich vertreten; aber wie alle Anwesenden spielten wir hier eine Rolle, die nichts mit unserer Zugehörigkeit zum Königshaus zu tun hatte, und das konnte selbst der glühendste Antimonarchist nicht bestreiten.

Die anderen waren, wie gesagt, Fremde: Menschen aus allen Schichten, Angehörige aller Berufszweige, Bürger aus allen Sechs Nationen; Männer und Frauen, Knaben und Mädchen, hier vor der Gralsburg waren sie alle gleich.

Ich schreckte aus meinen Gedanken hoch – hoffentlich hatte ich in meiner Geistesabwesenheit nicht allzu blöde ausgesehen – und erkannte Avallac'h, der geduldig vor mir stand. Ein Lächeln spielte um seine Lippen, die silbernen Augenbrauen waren fragend hochgezogen. Ich hatte natürlich keine Ahnung, was er von mir wollte, und ließ mir das wohl auch deutlich anmerken, denn er lachte laut auf.

»Wer das Bier liefert, muß auch den Keeve anstechen, sonst können die Gäste nicht trinken – habt Ihr uns nicht etwas mitgebracht, Pen-bardd?«

Jetzt ging mir endlich ein Licht auf, und ich wurde knallrot im Gesicht. Dann zog ich die Zauberrose ein zweites Mal unter meinem Leinna hervor und gab sie ihm, wie man es mir aufgetragen hatte, behutsam in die Hand. Avallac'h lächelte wieder und verneigte sich vor mir. Dann wandte er sich dem Meer zu, streckte den Arm aus und zerdrückte die Blüte mit den Fingern.

»Nicht die Lachende Blüte, sondern die Blüte, die das Lachen zurückbringt«, sagte er. »Mit dieser Rose kann die Freude heimkehren.« Er schleuderte die Blütenblätter ins Meer, der Schaum fing sie auf, starke, unsichtbare Gezeitenströmungen erfaßten die roten Schnipsel und trugen sie in einer langen Kette über die Brandungslinie hinaus. Wir alle sahen ihnen wie gebannt nach.

Denn entlang der Linie aus roten Blütenblättern, parallel zur breiten Bahn des Sonnenlichts entstand ein Pfad im Meer, eine breite Straße in die Heimat. Der Kelch, der sich in eine andere Welt zurückgezogen hatte, um Marguessans frevlerischen Absichten zu entgehen, brauchte ihr nur noch zu folgen.

Der Schein im Osten bekam einen neuen, strahlenden Kern, ein göttliches Licht von grenzenloser Helligkeit, das keinen Schatten warf und dem Auge nicht weh tat. Es kam, wie gesagt, von Osten, aber auch aus allen Airts zugleich: Denn der Ort, von dem es ausging, lag in keiner unserer zwölf irdischen Himmelsrichtungen. Doch was es ankündigte, bestimmte die Ordnung der irdischen Welt ...

»Als die Schätze erstmals zu den Kelten kamen«, sagte Avallac'h, der in dem sanften Glanz nahezu aufging, »fing die Geschichte an. Sie kamen, und sie gingen wieder fort; mit ihrer Rückkehr beginnt nun die Erste Folge. Sie werden wieder verschwinden – denn die Dinge haben wie die Menschen ihren Dán – und sie werden abermals wiederkehren. Der Dán wird eine bestimmen, die sie nach Keltia zurückbringt; und damit beginnt die Zweite Folge.«

»Und die Dritte?« fragte Morgane neben mir ganz leise.

»Mit der Dritten Folge geht alles zu Ende. Einige

von Euch werden es erleben, wenn auch nicht mehr in derselben Gestalt, in der Ihr heute hier steht. Doch der Kelch wird Euch auch dann erkennen. Und nun wollen wir ihn zum ersten Mal nach Hause holen.«

Er hatte auf einem rauhen Block aus dunkelgrünem, weißgeädertem Marmor gestanden, nun stieg er herab und verneigte sich tief vor der leeren See. Und auf einmal waren die See, die Luft und das Ufer nicht mehr leer. Freudig überrascht sah ich stattliche Geister majestätisch über die Wogenkämme schreiten. Manaans weiße Rosse tummelten sich in den salzigen Weiten wie Fohlen im Frühling. Fette kleine Portunes rannten über den Sand und spielten Fangen zwischen den Beinen unserer Pferde, und die ließen sich das gutmütig gefallen. Und durch die Luft schwebten Feuerfedern, gekrönte und geflügelte Herzen und andere Vorboten des nahenden Heiligtums.

Das Licht schwoll an zu einer Reinheit, die bei einem Ton nahezu unerträglich gewesen wäre; es drang durch die Haut, sickerte in die Knochen ein, erfüllte uns, hob uns empor ... Und dann war er ganz plötzlich, ohne jedes Aufsehen bei uns, unter uns, der Gral, der Kelch, Pair Dadeni, die Schale, die aus der Welt verschwunden und nun zurückgekehrt war.

Ich weiß nicht, was die anderen sahen – kaum jemand wollte hinterher darüber sprechen, vielleicht *konnten* wir auch keine Worte dafür finden, denn die Liebe, die Scheu, die heilige Ehrfurcht, hatten uns alle so mächtig gepackt, daß ich selbst heute noch kaum fähig bin, es zu Papier zu bringen. Aber Ihr sollt es doch erfahren ... Ich schaute wie schon einmal den großen Kessel der Herrin der Welt, den Pair von Kerridwen Rhên, und sah seine Spiralen und Symbole erzittern, als seien sie lebendig.

Und er *war* lebendig, dieser Gral: als Cam-Corainn erschien er, als An Cuach und in vielen anderen Formen und Gestalten. Denn der Kelch wirkt auf jede

Seele verschieden, die zu ihm kommt; wer den Gral sucht, hat ganz einmalige Bedürfnisse und Gründe – da ist es nur zu verständlich, wenn jeder letztlich einen anderen Gral findet. Auch unterwirft der Gral jeden, der ihn sucht, anderen Prüfungen: Denn auch der Kelch hat seine eigenen Bedürfnisse und Gründe, und er verlangt nie von zwei Menschen das gleiche. Deshalb suchen wir ja so lange und unter solchen Opfern nach ihm; und deshalb sucht er natürlich auch uns.

Ich weiß nicht, wie lange wir da auf dem Strand von Garanwynion den Kelch erlebten und der Kelch uns. Ich erinnere mich, daß wir uns tiefer verneigten als je vor einem sterblichen Herrscher männlichen oder weiblichen Geschlechts, tiefer sogar als vor einem Herrscher der Sidhe; auch unsere Pferde knieten nieder, als er kam, beugten die Vorderbeine und berührten mit den Mäulern ehrfürchtig den Sand.

Und dann, von einem Atemzug zum anderen, sah der Kelch wieder so aus wie im großen Saal unter dem Berg bei Sychan oder wie damals im Mi-cuarta, als er über unseren Köpfen durch die Luft schwebte. Er war wieder sterblich geworden, hatte sozusagen sein Alltagsgewand angezogen – denn selbst Könige verrichten ihr Tagwerk nicht in Krone, Festrobe und Herrschermantel. Jetzt war er wieder das schöne Silber-Quaich, das Brendan und Nia in der von Nudd so gut bewachten Eisenholzkiste nach Keltia gebracht hatten; so wollte er auch verwendet werden …

Donah und Loherin waren Hand in Hand vorgetreten, sie kamen in einer hehren Absicht, spielten eine Rolle, erfüllten eine Aufgabe, zu der sie sich seit langem schon berufen fühlten. Selbst ich mit meiner schwachen Sehergabe hatte es vorausgesehen … Gralsprinzessin und Gralsdiener verneigten sich andächtig vor dem Kelch, vor Avallac'h, voreinander und vor uns übrigen. Dann wandte sich Donah mit feierlicher Miene erwartungsvoll an mich. Sie sprach kein Wort, und dennoch wußte ich genau, was sie von mir begehrte.

Ich öffnete den Lederbeutel an meinem Gürtel und holte das Kristallfläschchen heraus. Es enthielt noch immer das rostrote Wasser vom St. Clears-Brunnen: das Wasser von der Quelle Iscaroe, von der es hieß, sie könne selbst den Tod besiegen. Schweigend reichte ich Donah das Fläschchen. Ich hatte zu zittern begonnen, denn ich wußte, was jetzt geschehen sollte, und meine Freude mischte sich mit Angst.

Sie nahm die Phiole, zog die Silberkappe ab und leerte den Inhalt in den Kelch, der ebenfalls stärker war als der Tod. Bis etwa zur Hälfte füllte der rote Saft die Schale mit dem Perlenrand. Donah nahm den Gral in beide Hände, hob ihn grüßend nach allen vier Airts und wandte sich dann an Loherin.

»Er, der die Wasser befreit«, sagte sie und grüßte ihn mit dem Kelch.

Er verneigte sich und nahm ihr das Gefäß ab. »Sie, die die Lande bindet«, erwiderte er ebenso feierlich und hob es seinerseits zum Gruße.

Donah nahm den mächtigen Gral wieder an sich. Nach einer winzigen Pause sammelte sie sich mit einem tiefen Atemzug, dann ging sie hinüber zu Gwain Pendreic, ihrer beider Vetter, der noch immer auf seiner Bahre aus Mantel und Speeren lag. Sie kniete neben der reglosen Gestalt nieder, hielt ihr den Kelch an die Lippen und neigte ihn nur so weit, daß ein winziger Schluck des blutroten Wassers in Gwains Mund rinnen konnte.

Und da – hier verliert mein Bericht an Klarheit und Sachlichkeit, denn mir stiegen brennend heiß die Tränen in die Augen und strömten mir über die Wangen. Zugleich warf ich (die gleichen Gefühle erfüllen mich jetzt, da ich die Worte niederschreibe) staunend vor Glück den Kopf zurück – da regte sich Gwain, den der Schmerzliche Schlag niedergestreckt, Gwain, den seine

Mutter durch Zauberei in einen sinnlosen und gänzlich unverdienten Tod getrieben, Gwain, den ich getötet hatte, er regte sich, öffnete die Augen und richtete sich auf seiner Bahre auf.

Tiefe Stille begleitete seine Auferweckung – sogar die Wellen schienen zu verstummen – Gwain war von allen Anwesenden der einzige, der sich verhielt wie immer. Er sah sich um, runzelte die Stirn, ein ratloses Lächeln trat in seine bislang so starren Züge. Dann erblickte er Gwen, Morgane und mich, und das Lächeln weitete sich zu einem vergnügten Grinsen. Doch bevor er uns, wie er es wohl vorhatte, begrüßen oder hastig aufspringen konnte, fiel Avallac'hs Schatten über ihn, er blickte erschrocken auf, und eine tiefe Scheu erfaßte ihn.

»Willkommen in diesem Leben«, sagte Avallac'h und half seinem jungen Verwandten auf die Beine. »Wiedergeboren seid Ihr durch die Gnade des Kelchs.«

Gwain fiel wie aus allen Wolken, wer wollte es ihm verdenken? Er wurde bleich, dann rot und wieder bleich, und wenn Donah nicht rasch hinzugetreten wäre und ihn gestützt hätte, wäre er wohl auf den Mantel zurückgefallen, von dem er eben erst erstanden war.

»Ich war tot«, sagte er verwundert. »Ich war tot – ich *weiß* es noch ...« Sein Blick fiel auf mich und wurde mitfühlend und verständnisvoll zugleich. »Es war nicht deine Schuld, Onkel«, sagte er mit entschiedenem Kopfschütteln. »Nein, nicht du warst es ...« Und dann brach die Erinnerung über ihn herein, überschwemmte ihn gleich einer Flut, und er schaute über alle Anwesenden hin und suchte nach der einen Schuldigen. Die rasende Wut in seinen Augen drohte die Luft zu entzünden.

Morgane trat rasch vor und schob Donah freundlich aber bestimmt zur Seite.

»Sie ist fort, Amhic«, sagte sie leise, und ich hörte das Suantraí in ihrer Stimme, einen Schlafzauber, kaum schwächer als ein Rann. Gwain mußte dringend beruhigt werden, sollte er nicht vollends den Verstand verlieren ... »Sie ist fort, und sie hat auch deine Schwester mitgenommen.« Sie legte ihm die Hand auf die Stirn, ein Zittern überlief ihn, und er schloß die Augen.

Morgane winkte Gerrans und Cristant heran, eine junge Ban-draoi-Priesterin, die an der Spitze eines anderen Trupps gestanden hatte, und die beiden führten Gwain behutsam weg. Ich war aufrichtig froh, daß es nicht mir überlassen blieb, meinen von den Toten erstandenen Neffen zu trösten. Immerhin hatte ich ihn ja getötet; und so froh und dankbar ich auch war, daß ihn der Kelch dem Leben wiedergegeben hatte, es wäre mir schrecklich gewesen, ihm sagen zu müssen, daß seine Mutter nicht nur ihn durch seinen Onkel hatte ermorden lassen, sondern daß auch seine einzige Schwester bei einem finsteren Anschlag auf den Kelch ums Leben gekommen war ...

Avallac'h sah den dreien nach. »In diesem Fall war es gut und richtig«, sagte er in warnendem Ton, »und der Dán hatte es so gewollt, doch empfiehlt es sich nicht, es zur Gewohnheit werden zu lassen. Selbst Athyn zögerte, den Kelch zu diesem Zweck einzusetzen, und obwohl ihre Entscheidung auch damals richtig und vom Schicksal gewollt war, hatte sie letztlich doch keine reine Freude daran. Seid also auf der Hut.«

Keine Sorge! dachte ich voller Inbrunst. Weder gegen das Leben, noch gegen den Tod sollten sich die Menschen allzu oft vergehen. Gwains Wiedererweckung war nicht zu beanstanden, sie machte nur ein Unrecht gegen ihn und gegen den Kelch wieder gut; wäre sie mißbräuchlich oder gar in sündhafter Absicht erfolgt, sie wäre nicht gestattet worden. Dennoch war es ein ungeheuerliches Unterfangen, jemanden aus Arawns Reich zurückzuholen, und nur einmal in Keltias langer

Geschichte hatte sich bisher jemand daran gewagt. Wir würden es uns *nicht* zur Regel machen …

Avallac'h hatte wohl meine Gedanken gehört. »Ebendies war Marguessans Absicht«, nickte er. »Sie wollte die Macht über Leben und Tod, um damit zu prahlen und die Menschen zu tyrannisieren, und der Kelch sollte ihr dazu verhelfen … Als diese Hoffnung enttäuscht wurde, hat sie einen Schwarzen Gral, ein Gegenstück zu Cam-Corainn geschaffen; doch der erste Schluck aus *diesem* Kelch wird mehr als bitter und der letzte mehr als tödlich sein. Schon jetzt hat sie zuviel von ihrer eigenen Medizin geschluckt und sich damit vergiftet.« Sein Gesicht war hart geworden, und seine Stimme grollte wie Donner, doch alsbald klärten sich seine Züge, und er wies auf Donah und Loherin, die schweigend gewartet hatten. »Nun mögt Ihr zur Reinigung des Landes schreiten.«

Sofort trat Donah auf den rauhen Marmorblock zu, auf dem Avallac'h zuvor gestanden hatte, und goß den restlichen Inhalt des Kelchs zur Hälfte über den Stein. Der grünliche Fels hatte das rote Wasser kaum in sich eingesogen, als er erstrahlte und sich auszudehnen begann. Weit draußen über dem Meer erhob sich vor den Ostinseln ein gewaltiger Sturm und raste auf das Festland zu.

Einen solchen Sturm hatte ich noch nie erlebt: Wir wurden nicht naß, doch aus dem schwarzen Gewölk fuhren blaue Blitze auf Meer und Inseln hernieder, und der Wind peitschte uns das Haar aus dem Gesicht und riß uns die Mäntel von den Schultern. Die Wolkenmassen zogen so dicht über Beckery hinweg, daß ihr zerschlissener Saum die Türme der Burg zu streifen schien. Dann strebten sie weiter auf Schönlicht und das Westufer der Drachensee zu.

»Er wird das Land erneuern«, hauchte Morgane. Die Schultern des Sturms wurden zusehends breiter, als er die Küste erreichte. »Ein Segen für Tara und für ganz Keltia.«

Wir befanden uns noch immer im Schatten des Sturms – der inzwischen stärker war als jedes natürliche Unwetter – und Avallac'h stand hoch aufgerichtet auf Garanwynion vor der blauschimmernden See und stemmte sich gegen den Wind. Nun hob er den Kelch in die Höhe, wo er nicht nur im Widerschein der Blitze erstrahlte. Und dann goß Avallac'h den Rest des heiligen Wassers ins Meer.

Rubinrot funkelte Iscaroes geweihter Saft im Wetterleuchten, und als er sich mit den Wassern des Ersten Ozeans mischte und die See mit dem Land vereinte, da zerrissen plötzlich die Wolken über Caervanogue, und ein Lichtstrahl schoß herab, ergriff den Kelch und ließ ihn heller aufleuchten als das Levinfeuer. Avallac'h ragte unerschrocken aus der Verwüstung auf, die der Sturm zurückgelassen hatte. Das Licht schwoll immer weiter an, und mit ihm wuchs die freudige Gewißheit, daß der Kelch wahrhaft nach Hause gekommen war.

Anschließend erzählte Avallac'h lange und ausführlich, sehr feierlich und mit viel Liebe von seinem jahrhundertelangen Dasein als Hüter. Er empfahl den Gral unserer Obhut, der Obhut aller Anwesenden, ernannte uns zu Rittern von Cam-Corainn, übertrug uns die Aufsicht über ihn und die anderen Heiligtümer und ließ uns aus dem niemals versiegenden Kelch trinken. Und wer das Quaich berührte, wurde zwar weder unsterblich, noch unverwundbar, erfuhr aber doch eine Verwandlung. Schließlich gab uns Avallac'h, Prinz von Keltia und Hüter des Heiligen Grals mit dem Bronzedolch, den ich von Merlynn Llwyd einst unter dem Berg erhalten hatte, den Ritterschlag, erst auf die rechte, dann auf die linke Schulter und schließlich auf den Scheitel, auf daß uns das Licht schütze wie ein Helm.

Nun legte an diesem goldenen Morgen auf Garanwynions Sand einer nach dem anderen die Hände um den Kelch und schwor Frieden. Die Pferde waren niedergekniet, als der Gral erschien, und die Wellen wuschen ihnen die Schweife. Dann sorgte der Kelch für Speise und Trank, und jeder bekam, was er am liebsten hatte; Donah und Loherin bedienten uns, und in dieser Stunde waren sie von einer solchen Schönheit, daß keiner es ertrug, sie länger anzusehen.

Endlich war auch das Freudenmahl vorüber, und die Stimmung schlug um. Noch einmal sprach Avallac'h zu uns, und diesmal waren wir Gralssucher nicht mehr allein auf Beckery: Auch die Kobolde und Fetche, die den Kelch begrüßt hatten, kamen näher, um seinen Worten zu lauschen – und jeder Elementargeist blieb in seinem Element. Die Wassergeister schwammen im Meer, die Luftwesen schwebten über uns, die Erdkobolde tummelten sich auf dem Sand und die Feuerfetche auf den Steinen. Und dann machte mein Herz vor Freude einen gewaltigen Satz, denn ich sah Gwyn ap Nudd und Birogue vom Berge über das Meer auf uns zureiten.

Und sie kamen nicht allein, obwohl auch das schon genügt hätte, um unser Glück vollkommen zu machen: Sie wurden von anderen Erscheinungsformen überschattet, von Präsenzen und Mächten, die ich im Laufe dieser Suche ein wenig näher kennengelernt hatte – auch Rhian, die Junge Göttin und Fian, der Junge Gott gaben uns die Ehre. Und wunderbarerweise lag IHR Schatten nicht nur auf Birogue und Gwyn, sondern auch auf Donah und Loherin. Die Fiala, der Schleier IHRER göttlichen Gegenwart umgab die beiden jungen Sterblichen mit sichtbarem Glanz.

All das, der Schleier wie die Ankunft der Götter und der Sidhe, waren nur Vorboten dessen, was als nächstes geschehen sollte …

Doch zunächst hatte Avallac'h einmal mehr das Wort, und er scharte uns alle um sich, Sterbliche, Nichtsterbliche und Unsterbliche – denn alle sind sie Geschöpfe und Kinder des Kelchs, vom Höchsten bis zum Niedrigsten.

»Ich sagte vorhin, der Gral würde fortgehen und wiederkommen, weil es sein Dán so befiehlt. Aber das ist nicht die ganze Wahrheit ... Ich weiß, Ihr fragt Euch alle, wie es zuging, daß der Kelch überhaupt abhanden kam: Nudd hatte ihn und die anderen Schätze sicher unter dem Berg verwahrt; wie also konnte ihn Marguessan Pendreic unbemerkt entwenden? Die Wahrheit ist, der Kelch ließ zu, daß sie ihn stahl. Keltia hatte sich allzu sehr in weltliche Dinge verstrickt und brauchte eine Lehre. Und Ihr müßt die Lehre nun weitergeben: Wenn dem Geschaffenen zuviel Bedeutung zugemessen wird, verliert das, was über das Geschaffene hinausgeht, an Substanz, und darunter leidet die ganze Schöpfung. Deshalb wird der Kelch wohl abermals fortgehen, auch wenn er beim nächsten Mal seine Heilkräfte zurücklassen wird. Denn für den Kelch und nicht nur für ihn gilt ein anderer Dán, und der entführt ihn in weite Fernen.«

»Aber doch nicht für immer?« Das war Gweniver. So bang hatte ihre Stimme noch nie geklungen. Das Mitgefühl in Avallac'hs Blick sprach Bände, und ich schloß daraus, daß sie mehr wußte, als sie uns anderen im Augenblick noch mitteilen wollte. »Das wäre allzu grausam ...«

»Ganz recht, und deshalb hat Kerridwen Rhên es anders gefügt. Der Kelch wird tausend Jahre fort sein, bis die eine geboren wird, von der ich sprach. Sie wird ihn wieder heimholen, weil Keltia seiner bedarf. Doch der Gralsdiener wird hierbleiben, um die Tore zu hüten und ihn bei seiner Rückkehr zu empfangen.«

Wie ein Eishauch strich es mir über den Nacken, und ich erschauerte vor Ehrfurcht; und wieder schien Avallac'h meine Gedanken gelesen zu haben.

»Nein, nicht ich werde dieser Diener sein«, sagte er, und ich hörte das Lachen in seiner Stimme. »Mein Vertrag mit dem Kelch ist erfüllt, ich brauche nicht länger auf Caervanogue zu bleiben. Ich habe Dienst getan, wie man es mir angetragen hatte, nun bin ich frei. Einem anderen hat man die Aufgabe angeboten – auch ihm steht es frei, genau wie einst mir, sie anzunehmen oder auch abzulehnen. Ich stelle ihn nun vor die Entscheidung, und er mag sie treffen.«

Loherin kam bereits auf ihn zugeeilt, und er strahlte eine Glückseligkeit, eine Bereitschaft aus, die seiner natürlichen Schönheit den Adel des Überirdischen verlieh. Ich mußte den Blick senken, doch dann hob ich den Kopf, sah meinen jungen Neffen fest an und huldigte ihm und der gewaltigen Aufgabe, die er auf sich nahm. In welchem Augenblick die Hüterschaft des Grals vom alten auf den neuen Herrn überging, wann Avallac'h seine heilige Bürde und seine magische Existenz aufgab und beides dem schönen Loherin übertrug, weiß ich nicht, denn ich durfte es nicht schauen. Soviel Heiligkeit ist nicht für sterbliche Augen bestimmt, auch wenn sie sich dem gleichen erhabenen Ideal verschrieben haben mögen.

Ich sah nur, wie strahlender Glanz die beiden umfing, und hörte Avallac'hs Stimme, die aus dem Herzen der Aura zu uns sprach.

»Ihr, die Ihr gesucht und gefunden habt: Eure Aufgabe ist vollendet; Ihr habt euch wacker gehalten. Sagt dies auch dem Ard-rígh Arthur, dem König des Lichts, sagt ihm, auch er habe die Prüfung bestanden. Nichts ist schwieriger, als geduldig zu warten; Arthur wurde nicht wie ihr auf die Suche geschickt – das wäre für seine niemals ruhende Seele ein leichtes gewesen – er mußte beweisen, daß er sich in Geduld zu fassen vermag, und nichts fällt ihm schwerer.«

Dann vernahmen wir Loherins frohe junge Stimme, und sie hatte sich bereits kaum merklich verändert: »König Arthur brauchte diesmal nicht zu suchen, denn er hatte bereits gefunden; seine Stunde kommt erst noch, und irgendwann wird er selbst zum Ziel werden –

andere werden ihn suchen und schließlich auch wiederfinden.«

Soso! Allmählich wurde mir die ganze Geschichte etwas zu dángesättigt, wenn Ihr versteht, was ich meine; doch da wir schon dabei waren ... Ich nahm meinen ganzen Mut zusammen und verlieh, selbst auf die Gefahr hin, daß mir die Antwort nicht gefiel, der größten Hoffnung meines Herzens in einer Frage Ausdruck.

»Und Merlynn Llwyd? Was ist mit ihm?«

Avallac'h ergriff wieder das Wort: »So ist es mit den Jagdvögeln, Sohn Glyndours, Ihr wißt es wohl, tragt Ihr doch des Falken graue Feder auf der Brust; ob Sperberküken oder Adlerweibchen, keiner kann seiner Natur entfliehen ... Merlynn schläft in seinem Esplumeor, jenem blitzenden Käfig, in den man die Jagdvögel steckt, bis die Mauser abgeschlossen und das Gefieder erneuert ist. Federn müssen ausfallen und nachwachsen, verbrauchte Schwingen brauchen neues kräftiges Gefieder, um für neue Taten und neue Anforderungen gerüstet zu sein.«

»Für diese Erneuerung der Seele steht doch die Zeit zwischen den Leben zur Verfügung. Jedenfalls hat man es uns so gelehrt«, sagte Cristant, die junge Priesterin. Ich hörte die Skepsis in ihrer klaren Stimme. »Wir alle hielten Merlynn Llwyd für tot. Ist dem denn nicht so?«

Ich warf einen raschen Blick auf Birogue – sie war Merlynns Partnerin, aber das war ein Geheimnis, das nur ich und vielleicht Morgane kannten –, doch ihr Antlitz blieb unbewegt; ein schneebedeckter Stein zur Wintersonnenwende hätte mehr verraten. Das war eben die Art der Leuchtenden.

»Ja und nein«, sagte Loherin, und fragt jetzt bitte nicht, woher er das wußte. »Tot ist er in dieser, aber nicht in der größeren Welt. Tot für dieses Leben, aber nicht für das Leben überhaupt. Er wurde für eine Weile der Zeit entrückt; Taliesin weiß es, denn er hat ihn gesehen« – ich tastete nach meinem goldenen Medaillon mit der grauen Feder und nickte: »Ihr anderen könnt es nicht wissen. Er ist also nicht tot, sondern befindet sich im Stadium der Erneuerung; auch nicht lebendig, sondern im Stadium der Verwandlung. Bis dieser ruhmreiche und gefährliche Prozeß abgeschlossen ist, muß Merlynn vor der Welt beschützt werden und die Welt vor ihm. Danach kann er zurückkehren, wenn man seiner bedarf.«

»Er kommt also wieder!« rief einer der jüngeren Gralssucher, ein dunkelhaariger Kymro, den ich nicht kannte.

»O ja«, sagte Avallac'h. Jahrhundertelange Erschöpfung klang aus seiner Stimme, und ich schloß die Augen, denn das Mitleid drohte mich zu überwältigen. »Gewiß kommt er wieder, und nicht er allein. Ich sage es noch einmal: Der Gral wird nicht bei Euch bleiben. Er muß sich seinerseits auf Suchfahrt begeben und die anderen Schätze mit ihm. Denn die Dinge haben wie die Menschen ihren Dán, und der Dán der Schätze verlangt, daß sie fortgehen, wenn es Zeit ist, und daß sie abwarten, bis die Zeit reif ist für die Rückkehr. Dann werden sie selbst tätig werden und dafür sorgen, daß sie, deren Dán es ist, sie zurückzuholen in die Welt, zu ihnen geschickt wird. Not und Verzweiflung werden herrschen zu dieser Zeit, doch noch wird es nicht die größte Bedrängnis sein. Erst wenn sie kommt, wird Merlynn erwachen, und dann muß der Gralshüter zu Rate gezogen werden. Euch, Penbardd« – ich schrak zusammen, als ich meinen Titel hörte – »trage ich auf, all das lebendig zu erhalten. Besingt es, bis der Tag kommt. Singt von den Schätzen und von Merlynn, singt von König Arthur und von uns allen, auf daß die Zukunft Euren Liedern lausche.«

Seine Kräfte waren allmählich erschöpft, doch auch Gweniver hatte noch eine Frage zu stellen.

»Und weiter habt Ihr uns nichts zu sagen?«

»Der Ard-rían von Keltia verheiße ich Frieden nach langem Leid« – Gweniver kniff die Lippen zusammen, sagte aber nichts – »und der Tochter der Yamazai eine Tochter aus ihrem Geschlecht, die jener einen helfen wird, die heilige Quaternität nach Keltia zurückzubringen.«

Donah sah ihn an wie vom Donner gerührt, schien aber zugleich überglücklich. »Eine Tochter für *mich*? Aber Prinz, ich bin doch noch nicht einmal versprochen ...«

Es war, als lächle die Lichtsäule, die Avallac'h und Loherin umschloß, wohlwollend auf sie herab.

»Gewiß, aber es handelt sich um eine Tochter aus Eurem Hause, nicht Ihr werdet sie gebären. Laßt also den Namen Fionnabhair in Eurer Linie nicht aussterben; sie wird ihn dereinst brauchen, um ihre Aufgabe zu erfüllen.«

Donah verneigte sich, fand aber keine Worte. Ich schrak auf, denn mir war, als beuge sich die Lichtsäule abermals zu mir. Mein Eindruck bestätigte sich.

»Pen-bardd« – das war Loherins Stimme – »noch ein Wort. Das Schwert muß zusammengefügt und an seinen Heimatort zurückgebracht werden. Laßt es blitzend herniederfahren, und sorgt dafür, daß es heil ist, bis der Tag der höchsten Bedrängnis kommt.«

Mein Bardengehirn war bereits dabei, dies alles in Liedtexte umzusetzen, schon zogen die ersten Tonfolgen wie Nebelschwaden im Herbst durch mein Gemüt ... Doch nun waren Gwyn und Birogue vorgetreten. Sie strahlten fast so hell wie Avallac'h und Loherin, und wieder sah ich Fionn und Rhian in ihnen und durch sie und über ihnen.

»Wir bringen den Kelch unter den Berg zurück, wo er mit den anderen ruhen mag, bis die Zeit für ihren Immram kommt.« Birogue hatte bisher geschwiegen, und als diejenigen von uns, die noch nie einem von den Sidhe begegnet waren, ihre Stimme hörten, stockte ihnen der Atem. Aber nicht allen hatte es die Sprache verschlagen.

»Was hat Loherin denn noch zu hüten?« rief ein junger Druide, ein Freund von Gerrans. »Wenn der Kelch nicht hier bleibt ...«

»Der Kelch wird stets hier sein«, sagte Gwyn, bevor ein anderer antworten konnte. Birogues Stimme hatte allen einen Schauer über den Rücken gejagt, nun ließ Gwyns Stimme sie erzittern wie im Fieber ... »Körperlich kehrt er mit uns unter den Berg zurück. Doch in Wirklichkeit bleibt er hier auf Caervanogue, und hier muß er auch verteidigt werden. Loherin bleibt also der Hüter der Gralsburg, bis seine Aufgabe erfüllt ist – wie lange das nach euren Jahren auch immer dauern mag. Und so« – er trat vor und nahm den Gral aus der Lichtsäule, in der sich jetzt nur noch Loherin befand – »nehmen wir sie mit. Lebt wohl in Nudds Namen, die ihr so eifrig gesucht und das Gesuchte auch gefunden habt. Taliesin Pen-bardd, Bruder meines Volkes, wir werden uns bald wiedersehen.«

»›Bald‹!« rief ich erschrocken und ohne die Gebote der Höflichkeit zu beachten. »Nach wessen Begriffen?«

Doch schon umwirbelte uns der Seidean-Sidhe – seltsamerweise, ohne ein einziges Sandkorn zu bewegen – und Gwyns Lachen und seine letzten Worte (»Bald, Talyn! Nicht mehr! Hab Geduld!«) übertönten das Rauschen der unsichtbaren, geflügelten Heerscharen. Und als der Wind und das Licht schwächer wurden und ich die Augen öffnen konnte, da waren Gwyn und Birogue verschwunden und der Kelch mit ihnen.

Auch Avallac'h war nicht mehr da. Die Lichtsäule hatte sich aufgelöst, und der alte Loherin stand vor uns, der Sohn Tryffins von Kernow und der kühnen Ysild von Arrochar, in gewöhnlicher Tracht und ohne überirdischen Glanz. Rein äußerlich sah er jedenfalls so aus wie immer, aber wir wußten ja ...

Wieder überlief mich ein ehrfürchtiger Schauer. Von

Stund' an würde Loherin nie wieder so sein wie die anderen Kelten; es hatte schon angefangen. Vielleicht würde er langsam und kaum merklich altern, aber selbst das war zweifelhaft; wahrscheinlicher war, daß er für diese Welt unverändert jung und schön blieb bis zu jenem langen Tag, von dem Avallac'h gesprochen hatte – bis jene eine kam, um ihn um Rat zu bitten, und um Merlynn, meinen geliebten Lehrer, aus seinem Schlaf zu wecken.

Der Dán blendete mich – blendete mich im wahrsten Sinne des Wortes, indem er mir für Sekunden das Augenlicht raubte, so daß ich nur noch Helligkeit wahrnahm –, und als ich wieder sehen konnte, da fragte ich mich, was wohl an mir vorübergegangen sei. Gewiß betraf es mich oder die meinen, sonst hätte ich es wohl schauen dürfen. Und tief in meinem Inneren keimte eine leise Hoffnung, ein Verdacht voller Traha und Demut zugleich: Konnte es wahr sein, was die Hauptakteure des Geschehens mehrmals angedeutet hatten – würde ich selbst, in einem anderen Körper wiedergeboren, Zeuge sein, wenn all das sich erfüllte, was meine Lieder bis dahin lebendig erhalten sollten? Hu Mawr! In welcher Gestalt, in welchem Körper, und unter welchem Namen?

Die Göttin hat es in IHRER Gnade so eingerichtet, daß künftige Leben und Inkarnationen gewöhnlich vor uns verborgen sind. Und SIE gestattet uns auch nur schemenhafte Erinnerungen an vergangene Leben. Denn in beiden Fällen wäre das Wissen zerstörerischer als jedes Schwert: Wir würden nicht mehr *handeln*, sondern die ganze Zeit damit vertun, uns zu beobachten; wir würden nicht mehr reifen, und der Dán könnte sich niemals erfüllen.

Heillos erschrocken tastete ich nach Morgane und drückte sie an mich, um mich von ihr trösten zu lassen. Wir Barden sind stets zur Hand, wenn es gilt, andere zu beruhigen oder zu ängstigen, aber wir sind wahre

Meister in der Kunst der Selbsteinschüchterung. Ich fühlte mich älter als Avallac'h und genauso müde und wollte nur noch so schnell wie irgend möglich nach Hause. Gemeinsam mit meinen Lieben und meinen Gefährten wollte ich zu König Arthur reiten, um ihm die Nachricht zu bringen, daß der Gral gefunden und dem Dán Genüge getan sei.

Loherin war in ein leises, ernstes Gespräch mit der Ard-rían Gweniver vertieft. Schon vor dem heutigen Tag war Loherin von Kernow der schönste aller Kelten gewesen; jetzt glich er fast schon einem der Sidhe. Sein hohes Ziel und die Hand der Götter adelten ihn und machten ihn der Aufgabe würdig, die er so freudig übernommen hatte. Und plötzlich durchfuhr mich der Neid auf ihn, auf seine Berufung wie ein Messerstich. Zu gern hätte ich gewußt, was diese Augen, die jetzt auf Morgane gerichtet waren, im Laufe der nächsten Jahrhunderte alles sehen würden …

Erschrocken fuhr ich auf und fand Loherins warmen, gütigen Blick auf mich gerichtet. Ich brauchte ihm nichts zu erklären.

»Nein, Vetter, du brauchst nicht um mich zu trauern«, sagte er, »und du hast keinen Anlaß, mir meine Bestimmung zu mißgönnen. Ich verspreche dir, die deine wird noch größer sein. Alles kommt, wie es kommen muß, Talynno. Geh jetzt. Wir werden uns wiedersehen.« Damit umarmte und küßte er mich, und wir nahmen Abschied für dieses Leben.

Auch allen anderen Freunden und Verwandten sagte er Lebwohl – mit Donah führte er ein langes, ernstes Gespräch, das niemand belauschte, einigen von uns gab er noch Botschaften an seine Eltern mit – dann war er fort, so schnell und unbemerkt, wie Avallac'h, ja wie der Gral selbst gekommen und wieder verschwunden waren. Hoch über uns schwangen Caervanogues große Tore langsam zu, ohne daß eine Hand erschienen wäre, um sie zu verriegeln …

... und plötzlich standen wir mit unseren Pferden (die von dem jähen Szenenwechsel nicht gerade begeistert waren) bei Schönlicht auf der anderen Seite der Drachensee. Wohl jeder schrie auf, je nach Temperament vor Entsetzen, vor Staunen, vor Überraschung oder vor Bedauern, und alle wandten sich gleichzeitig der Insel zu, die wir so überstürzt hatten verlassen müssen.

Beckery löste sich vor unseren Augen auf: In strahlendem Glanz zog es sich wieder hinter seine Abschirmungen, seine magischen Schleier zurück. Die Macht des neuen Gralshüters bot ihm Sicherheit. Zuletzt verschwand der weiße Wimpel auf Caervanogues höchstem Türmchen; dann war nicht einmal mehr der weiße Damm zu sehen. Nahtlos grün erstreckte sich das Meer vor unseren Füßen bis zu den Ufern der Ostinseln.

»Nun«, sagte Gweniver, Ard-rían von Keltia, und sie sprach uns allen aus der Seele. »Das wär's dann wohl.«

Und wie recht sie hatte.

BUCH III

Suantraí

Kapitel 15

Arthur empfing uns am Tor, aber das hatten wir eigentlich nicht anders erwartet. Er hatte also gewußt, daß wir um Mitternacht kommen würden, obwohl wir ihn nicht benachrichtigt hatten – vielleicht hatte Morgane es ihm auf dem Wege der Gedankensprache mitgeteilt, vielleicht hatte er es auch einfach, nun ja, *gespürt*. Jedenfalls war er da. Er hatte es offenbar eilig gehabt, denn er war nur rasch in Hosen und Stiefel geschlüpft und hatte sich zum Schutz gegen die Oktoberkühle einen Umhang aus dünner Seidenwolle über die Schultern geworfen.

»Du hättest dich ruhig etwas festlicher kleiden können«, bemerkte ich, als ich steif aus dem Sattel stieg und mir seine ungestüme Umarmung gefallen ließ. Viel zu kurz nur preßten wir uns aneinander, dann wandten wir uns gleichzeitig um und halfen Gweniver und Morgane beim Absitzen. Ein leidenschaftlicher Kuß für seine königliche Gemahlin, ein zweiter für seine Schwester; dann fegte Arthur wie der Seidean-Sidhe die Reihe der Reiter entlang und blieb vor Donah stehen. Die Ärmste war vor Müdigkeit im Sattel eingenickt, und Gerrans gab acht, damit sie nicht herunterfiel.

Wir waren auf schnellstem Weg nach Caerdroia geritten. Schon unterwegs hatten sich verschiedene Gralssucher verabschiedet, die anderswo auf Tara zu Hause waren; und eine ganze Reihe hatten wir zum Raumhafen Mardale begleitet, der zwölf Meilen östlich der Hauptstadt in einem der breiteren Täler des Webstuhls lag. Der Rest, alles Caerdroianer, war gemeinsam von der großen Suchfahrt nach Hause gekommen.

Arthur scheuchte uns ohne Ansehen der Person nach Turusachan hinein – wie ein besonders eifriger

Schäferhund die verirrten Lämmer seiner Herde. Pendreics, Freunde, Verwandte, Nachbarn, auch Menschen, die wir vor der Gralssuche gar nicht gekannt hatten – jeder landete im Palast. Der Hochkönig gebärdete sich wie ein übereifriger Portier.

Ich freute mich wie ein Kind, einfach wieder *daheim* zu sein, das war im Augenblick meine stärkste Empfindung, aber ich fand es dennoch beglückend zu beobachten, wie Arthur seine lange vermißte Gwen begrüßte – die beiden hatten sich förmlich aufeinander gestürzt. Schließlich hatte auch ich meine Gattin erst auf Caervanogue wiedergesehen und wußte, was man in diesem Augenblick fühlte. Nun waren wir also alle wohlbehalten wieder zu Hause, und ich sehnte mich eigentlich nur noch nach meinem breiten, weichen Bett. Doch bevor man so selbstbezogen sein durfte, an Schlaf zu denken, mußten der Hochkönig und seine obersten Minister – im Augenblick nur Tarian, Grehan und Ygrawn – über die Geschehnisse in Kenntnis gesetzt werden.

Arthur war rührend bemüht, uns mit Essen und Trinken zu versorgen. Die Speisen waren so spät am Abend und in unserem Zustand viel zu schwer und ungesund. So war ich höchst überrascht, als wir unter dieser Belastung nicht einfach zusammenbrachen, sondern sogar wieder halbwegs munter wurden. Jedenfalls munter genug, um einen verständlichen Bericht über die Gralssuche abzugeben, bevor wir wie die Schlafwandler in unsere Betten taumelten (wo dank unseres vollen Magens die Alpträume gewiß nicht lange auf sich warten lassen würden). Selbst Donah, die aus gutem Grund noch müder war als die anderen, wachte wieder auf und erzählte ihrem Vater ihre Abenteuer (auch meine bescheidene Rolle ließ sie nicht unerwähnt, und Arthur warf mir im Geist ein dankbares Lächeln zu). Wir anderen bemühten uns wacker, fürs erste eine verständliche Übersicht über die Ereignisse zu geben; genauere Einzelheiten und das Kontingent Protokollbarden, das sie aufzeichnen sollte, konnten bis morgen früh oder auch noch länger warten …

Danach gingen wir alle zu Bett und schliefen wie die Toten. Ich wußte nicht einmal mehr, daß Morgane neben mir lag, und war tatsächlich überrascht, sie in meinem Bett vorzufinden, als ich einen Tag, eine Nacht und noch einen Tag später erwachte.

Noch ein weiterer Tag, und ich hatte endgültig ausgeschlafen und stand beizeiten auf, um mir den Sonnenaufgang über der Stadt und dem Tal des Avon Dia anzusehen.

Dazu stieg ich auf den höchsten Turm des großen, quadratischen Bergfrieds im Herzen von Turusachan. Brendans eigener Baumeister Gradlon von Ys – er hatte auch das Nantosvelta geplant – hatte den massigen Granitklotz als erstes Gebäude des Palasts auf dem kleinen Plateau zwischen der Unterstadt und dem dahinterliegenden Webstuhl errichtet und die Rückseite so in den Fels hineingebaut, daß Eryri, der Adlerberg, die vierte Wand von Brendans Turm bildete.

Ich hatte schon vor langer Zeit ganz oben einen Wehrgang entdeckt, von dem aus man fünfzig Meilen weit sehen konnte, ohne selbst gesehen zu werden. Hierher war ich früher oft gekommen. Und als ich nach meiner Gefangenschaft nun zum ersten Mal wieder daheim war – die Zeit zwischen meiner Flucht vor Marguessan und dem Aufbruch zur Gralssuche war so kurz gewesen, daß sie gar nicht zählte – da suchte ich als erstes dieses Refugium auf. Ich war nicht der einzige.

»Ich wußte, daß ich dich hier finden würde.« Mit zufriedenem Lächeln trat Arthur hinter mir durch die Turmpforte, legte den Riegel vor, damit uns niemand stören konnte, und machte es sich, fünfhundert Fuß über dem Großen Platz, zwischen zwei Mauerzinnen bequem.

»Kannst du dich nicht woanders hinsetzen?« fuhr ich ihn an. Mein Magen war so bleischwer, als wolle er mir wie ein Stein zu den Füßen hinuntersacken und durch die Schießscharte rollen.

Arthur lachte, ohne sich jedoch von der Stelle zu rühren. Ich warf ihm einen bösen Blick zu, trat rückwärts an die Turmmauer und drückte mich mit dem Rücken fest gegen die rötlichen Granitquader. *Es gibt Dinge, die ändern sich nie …*

Als ich von Arthur ungewöhnlich lange nichts hörte, schaute ich neugierig zu ihm hinüber. Er sah mich nicht an, sondern betrachtete, genau wie ich zuvor, die Millionen von Morgen Land unter uns. So schickte ich mich denn an, meinen König zu betrachten, ihn zu studieren, wie es ein Barde oder ein Fremder getan hätte.

Ich will ganz ehrlich sein, es fiel mir überraschend schwer: Ich kannte diese Seele, diesen Artos von Kindesbeinen an und hatte ihn sicher auch schon in vielen vorangegangenen Leben gekannt. Kaum eine Erinnerung, in der er nicht irgendwie vorkam oder zumindest in der Nähe war: Sein Gesicht war mir vertrauter als mein eigenes, desgleichen seine Stimmungen, seine Schwächen und seine Stärken. Ich kannte ihn von vielen, vielen Seiten: Wenn ich ihn ansah, wurde der Hochkönig von Keltia zum kleinen Springinsfeld, mit dem ich, noch nicht sechs Jahre alt, die Gelübde bei der Aufnahme in die Pflegefamilie abgelegt hatte. Er wurde zum Bruder meiner Frau, zum Sohn meiner Pflegemutter; zu Gwenivers Gemahl und Majanahs einstigem Geliebten; zu Arawns Vater und zu Amris' Sohn.

»Manchmal bist du schwer zu finden, Artos«, sagte ich laut. »Es gibt so viele von dir.«

Unter dem ergrauenden Bart spielte ein Lächeln um seine Mundwinkel, aber er sah mich noch immer nicht an.

»Das hat auch Gwennach neulich gesagt, als ihr alle

zurückgekommen seid … Aber ich bin hier, Talyn; ich war nie fort.«

»Stört dich das?« fragte ich endlich. »Avallac'h sagte, es sei dein Dán gewesen, hier auf uns zu warten, und das sei dir schwerer gefallen als uns die ganze Gralssuche.«

Damit hatte ich ihn zum Lachen gebracht. Er warf mir einen funkelnden Blick zu, den ich gut kannte, ein Eingeständnis voller Selbstironie.

»Und wie recht er damit hatte … Nein, es stört mich nicht wirklich; dennoch – es wäre schön gewesen, mit euch zu reiten, der siebenundzwanzigste in eurer Runde zu sein. Und den Kelch zu schauen!« Er verstummte, und ich wußte, daß er sich, genau wie ich, an jenen Besuch unter dem Berg erinnerte, als Nudd ap Llyr uns erst geprüft hatte, um uns dann zur Belohnung die Schätze anzubieten. Arthur hatte nur Fragarach genommen, das große Lichtschwert, das sich niemals für eine ungerechte Sache ziehen ließ; die anderen Heiligtümer hatte er bei den Sidhe zurückgelassen. Und aus deren Obhut hatte Marguessan mit ihren Dwimmerkräften den Kelch entwendet …

»Ja«, nickte Arthur, der das gleiche sah wie ich. »Was fangen wir denn nun mit ihr an?«

»Sie ist deine Schwester«, erinnerte ich ihn mit einem leichten Vorwurf in der Stimme. Er zuckte gereizt die Schultern, und ich unternahm einen neuen Versuch. »Hast du von ihr gehört, seit der Gral zurückgekommen ist?«

Arthur schüttelte den Kopf. »Nur, daß sie Tara nach Galerons Tod angeblich verlassen hat.«

»Und nach Gwains Wiedererweckung«, sagte ich streng, und er nickte.

»Was ist denn nur los mit Marguessan!« brach es plötzlich aus ihm heraus. »Sag mir, Barde von Keltia, wie können bei einer einzigen Geburt zwei derart grundverschiedene Seelen wie Morgane und Marguessan das Licht der Welt erblicken?«

»Ich weiß es nicht«, sagte ich. »Es ist fast, als ob ...«

»Als ob was?« Ich antwortete nicht sofort. »Sprecht, Glyndour! Der Ard-rígh will Eure Meinung hören!«

»Als hätten sie gemeinsam nur einen Dán und eine Seele«, sagte ich langsam, »und beides sei geteilt worden. Morgane hat die Lichthälfte bekommen, und die Finsternis ...«

»Die Finsternis ist an Marguessan gefallen«, vollendete er. »Nun, das ist nichts Neues, das wurde schon oft genug festgestellt. Aber jetzt, die Sache mit dem Kelch ...«

»Artos«, sagte ich, denn mit einem Mal war ich mir ganz sicher. »Was ist das Problem? Es geht dir doch gar nicht um die Teufelskünste deiner Schwester. Was liegt dir auf der Seele?«

Wieder warf Arthur mir einen seiner berühmten Blicke zu. »Weißt du eigentlich, was für ein aufdringlicher Mensch du manchmal bist? Nun denn, zwei Dinge. Nein, drei.«

»Auf die Zahl kommt es nicht an; nur heraus damit. Du sprichst mit mir, mit Talyn; sonst kann uns niemand hören.«

»Melwas von Fomor will nach Keltia kommen«, sagte er ohne Einleitung und lächelte bitter, als mir der Mund offenstehen blieb. »Erinnerst du dich an ihn?«

»O ja«, sagte ich langsam. »An den Erben des Prinzen von Fomor erinnere ich mich nur zu gut.«

»Inzwischen ist er weder Erbe noch Prinz, sondern selbst König.« Arthur freute sich diebisch an meiner Verwirrung. »Und es sieht ganz so aus, als sei das Samenkorn der Freundschaft, das wir damals gelegt hatten, tatsächlich aufgegangen: Er kommt mit einer Abordnung, um einen offiziellen Freundschafts- und Handelsvertrag mit uns zu schließen, eine Erweiterung des Bundes, den wir damals auf Ganaster besiegeln ließen.«

Ich schwieg für eine Weile und rief mir die Umstände noch einmal ins Gedächtnis. »Freundschaft ist schön und gut, aber der Handel findet auf Clero statt. Dafür haben wir doch einen eigenen Handelsplaneten?«

»Schon«, gab Arthur zu. »Aber ich lasse einige von unseren auf Clero ansässigen Handelsfürsten hierherkommen, damit sie mit den Kaufherren der Fomori verhandeln können. Sie treffen alle miteinander vor dem Wintersonnenstand ein und bleiben mindestens bis Brighnasa.«

Wieder schwieg ich. Diesmal stellte ich mir vor, wie es sein würde, während der Sonnwendfeiern mit den Fomori und die Götter wußten was noch für Leuten eingesperrt zu sein …

»In der Abordnung werden auch Spione sein«, sagte ich nach einer Weile. Arthurs gereiztes Augenrollen entschädigte mich für vieles.

»*Natürlich* werden Spione dabei sein! Und keine Sorge, *unsere* Spione werden ihre Füße unter *ihren* Tisch stellen! Ich habe mit der Königin darüber gesprochen, und sie hat eingewilligt, wenn auch nicht gerade mit Freuden; es versteht sich von selbst, daß ich auch über die Einladung nicht allein entschieden habe – Tari, Grehan, Keils und unsere Mutter billigen mein Vorgehen.«

Meine Miene hellte sich auf. »Ja dann, wenn Methryn einverstanden ist …« Ygrawn Tregaron hätte niemals einem Plan zugestimmt, selbst wenn er von ihrem Sohn kam, ohne ihn aufs genaueste zu prüfen und sich zu vergewissern, daß er Keltia auch zum Wohle gereichte.

Arthur hatte die Brauen hoch- und die Mundwinkel nach unten gezogen, sagte aber nichts.

»Du hast von drei Dingen gesprochen?« mahnte ich nach einer Weile. »Melwas und …«

Er sah mich bedrückt an. »Ich habe Nachricht von

Majanah. Sie möchte, daß wir Donah nach der Sonnenwende nach Hause schicken. Mir war gar nicht bewußt, wie sehr ich mich daran gewöhnt hatte, die Kleine hier zu haben.«

»Nun, Artos ...« Ich wollte ihn trösten, obwohl ich selbst zutiefst enttäuscht war. »... wir haben doch immer gewußt, daß Janjan sie nicht auf Dauer bei uns lassen würde. Höchste Zeit, daß sie lernt, ihre eigene Welt zu regieren, denn irgendwann kommt die Reihe ja doch an sie. Und du hast jetzt Arawn. Donayah ist schließlich nicht dein einziges Küken, und sie kann auch nicht deine Erbin sein.«

»Alles schön und gut. Trotzdem werde ich sie entsetzlich vermissen.«

»Das geht uns allen so. Aber sie kommt sicher bald wieder, und vielleicht sogar mit Janjan.« Abermals hielt ich inne; bei den Göttern, manchmal mußte man ihm wirklich jeden Zahn einzeln ziehen ... »Und was war das dritte?«

»Ach das?« Arthur sprang auf, ohne sich um meine Höhenangst zu kümmern, die mich durchfuhr wie ein Messerstich. »Ich weiß nicht, wie ich es ausdrücken soll.«

»Artos. Raus damit.«

»Schön, es geht um Malgan Rheged.« Ich sagte kein Wort, sondern starrte ihn nur an. »An *ihn* kannst du dich doch sicher auch erinnern? Wenigstens so gut wie, sagen wir, an Melwas?«

Sein Sarkasmus brachte mich in Wut. »Sogar noch besser, würde ich meinen ... Was ist denn nun mit ihm?«

Zum ersten Mal, seit Arthur heraufgekommen war, zeigte er ein gewisses Unbehagen.

»Genau das ist der Punkt, Talyn. Ich weiß es nicht. Niemand weiß es. Er hat, kurz nachdem Marguessan dich entführte, den Hof verlassen, ich denke, ich habe dir nach deiner Rettung davon erzählt, und ist nach

Saltcoats gezogen. Mit meiner Erlaubnis, versteht sich, obwohl Gwen nicht allzu glücklich darüber war. Aber sie konnte den Jungen noch nie leiden.«

Ich schwieg und dachte angestrengt nach. Von allen, die Arthur nahestanden, hatte nur ich – und später auch Ygrawn, aber das wird Euch weiter nicht verwundern – es vermieden, Malgan Rheged die vielfältigen Vergehen seines verstorbenen Vaters Owein anzulasten. Seines *vermeintlichen* Vaters, wie ich mich zum hundertsten Mal erinnerte. Mit Sicherheit wußte man nämlich nur, daß Gwenwynbar, Arthurs erste Frau, Malgans Mutter gewesen war. Die andere Hälfte des Stammbaums mußte erst noch zu Keltias Zufriedenheit ausgefüllt werden.

»Plant er Verrat oder will er Unruhe stiften?« fragte ich.

»Nicht daß ich wüßte.«

»Hat er sich über dich oder Gweniver abfällig geäußert?«

»Mir ist nichts zu Ohren gekommen.«

»Hat er irgendwelche Pflichten vernachlässigt, irgendwelche Abgaben verweigert, die er dir, seinem König schuldet?«

»Er hat sich vollkommen korrekt verhalten.«

»Nun!« Ich warf den Kopf zurück. »Wo liegt dann das Problem? Nein, warte, ich weiß schon – es geht noch immer um dieselbe alte Geschichte, nicht wahr?«

Arthur schwieg verstockt und bestätigte damit meinen Verdacht. Wenn ich ehrlich sein soll, ich konnte ihm nicht böse sein. In all den Jahren seit dem Scheitern seiner ersten Ehe hatte Arthur nie so recht daran glauben wollen, daß der Sohn seiner Frau nicht von ihm stammte. Gewiß, Malgan war nur etwa sieben Monate, nachdem Gwenwynbar die Ehe beendet hatte und zu Owein durchgebrannt war, geboren worden; andererseits hatte Owein – und, das war meiner Meinung nach noch wichtiger, auch Edeyrn, der Owein zu seinem Adoptiverben erklärt hatte – (zumindest in der Öffentlichkeit) nie auch nur den geringsten Zweifel daran geäußert, daß der Knabe, auch wenn er ein wenig früh geboren sei, von ihm stamme.

Aber wenn Malgan Arthurs Sohn wäre, in einer gültigen Brehonenehe gezeugt (wenn auch nicht geboren), dann hätte er nach allen Gesetzen, die jemals erlassen wurden, Anspruch auf Keltias Thron.

Wobei die Konkurrenz recht zahlreich wäre … Ich ging das derzeitige Feld aus eindeutigen und zweifelhaften Kandidaten durch. Arawn als Kind von Gweniver und Arthur lag natürlich an der Spitze und war rechtmäßiger Tanist; aber hier stellte sich auch schon die alte Frage nach Arthurs eigenem Anspruch auf die Kupferkrone, und die verfluchte Marguessan von Lleyn hielt noch immer hartnäckig an ihrer Überzeugung fest, als ältester Tochter des Restaurationskönigs Uthyr gebühre *ihr* der Titel Hochkönigin, weshalb nach ihr ihr Sohn Mordryth herrschen müsse. Ganz zu schweigen von Donah; und wer wußte schon, ob Avallac'h, der letzte Gralshüter, nicht irgendwo eine eigene Nachkommenschaft hatte, die dem jetzt herrschenden Pendreic-Zweig übergeordnet wäre.

Es war alles so kompliziert, daß man Kopfschmerzen bekommen konnte … Schließlich stiegen wir beide schweigend den Bergfried hinab. Aber die Saat des Zweifels war gesät.

In den zwei Jahren meiner unfreiwilligen Abwesenheit hatte Morgane sich verschiedene Beschäftigungen gesucht, um nicht vollends den Verstand zu verlieren, und eins ihrer erfolgreichsten Projekte war der Bau einer eigenen Burg gewesen. Seit Kriegsende hatten wir in Caerdroia im Palast gelebt, aber er war uns nie zur Heimat geworden. Und früher, in den langen Jahren auf Gwynedd, als wir von einem Versteck ins andere flüchteten, hatten wir mit Begeisterung Luftschlösser gebaut und uns ausgemalt, wie es wäre, ein Nest nur für uns allein zu besitzen.

Auch dieser Träume wegen hatte Morgane auf Gwynedd nicht allzu weit von meinem verlorenen Gwaelod entfernt ein Schloß für uns bauen lassen. Zu Ehren von Tair Rhamant, dem Paradies meiner Kindheit, hatte sie es Tair Rhandir genannt, doch das war auch die einzige Gemeinsamkeit. Mein Vater war ein unbedeutender und nicht allzu wohlhabender Regionalfürst und Herr über eine arme Provinz – und Rhamant eine dementsprechend schlichte Burg gewesen; Rhandir dagegen war ein Denkmal, errichtet von einer Prinzessin für ihren verloren geglaubten Gemahl.

Die weißen Mauern waren schon aus dreißig Meilen Entfernung zu erkennen; die Quarzitverblendung glitzerte im Tageslicht und flammte in der Morgen- und Abendsonne geradezu auf. An den vier Airts standen mächtige Türme, und dank der konzentrischen Mauern war die Burg so gut wie uneinnehmbar: Doch der größte Reiz von Tair Rhandir lag in seiner unbeschwerten Heiterkeit. Wenn sich das Glück einer jungen Liebe jemals in Stein verewigt hatte, dann hier; mit Tair Rhandir hatte Morgane unsere Geschichte erzählt.

Ich weilte zum ersten Mal in dem Heim, das meine Frau für uns geschaffen hatte; außer Gerrans hatten uns Donah, Gweniver, Arthur und Arawn begleitet, auch meine Schwester Tegau und Eidier, ihr Gemahl, die nicht allzu weit entfernt wohnten, waren mit von der Partie. Wir wollten uns von den Strapazen der Gralssuche erholen und vor der Ankunft des Fomorierkönigs noch einmal Familienurlaub machen. Morgane hatte zudem einige Gäste eingeladen, so daß ich erstmals auch als Hausherr auftreten konnte.

Ich brauchte dringend Erholung; schon aus der Gefangenschaft war ich nervös und völlig verstört zurückgekommen und hatte das Alleinsein gescheut, und die Gralssuche hatte diesem Zustand natürlich nicht abgeholfen. So gab es für mich nichts Schöneres, als hier, umgeben von Verwandten und Freunden, in diesem Haus der Liebe zu weilen, das meine Frau für mich geschaffen hatte. Genau das war es, was ich im Augenblick brauchte. Morgane hatte sich zweifach als weise erwiesen, erst, als sie die Burg baute, und nun, als sie mich hierherbrachte.

Auch das Zusammensein mit meinem Sohn genoß ich weidlich. Für Gerrans war die Gralssuche nicht weniger abenteuerlich verlaufen als für alle anderen – er war zumeist mit Loherin zusammengewesen und vor dem Schrecklichen Unglück auch mit Gwain –, so kamen auch ihm die Ferien sehr gelegen, obwohl er es nicht zugeben wollte. Er hatte einen Gast mitgebracht. Ich hatte die junge Ban-draoi-Priesterin vor Caervanogue kennengelernt und bereits damals den Eindruck gewonnen, Geraint ap Taliesin sehe mehr in ihr als nur eine Gralssucherin unter vielen. Sie hieß Cristant und war eng verwandt mit den Aoibhells auf Thomond; Morgane hielt sie für eine sehr fähige Zauberin, mehr wußte ich nicht über sie.

Auch Tryffin und Ysild waren gekommen, hatten aber ihre kleine Tochter Ydain zu Hause auf Kernow gelassen. Ich hatte meine alten Freunde nach Beendigung der Gralssuche und der Translation ihres einzigen Sohnes noch nicht wiedergesehen – Arthur und Gweniver waren gemeinsam nach Kernow geflogen, um ihnen von Loherins Berufung zu berichten und sie darauf vorzubereiten, daß er nicht mehr nach Hause kommen würde – und war erschüttert, wie sehr sie sich verändert hatten.

»Wie könnte es auch anders sein«, sagte Morgane, als ich mit ihr darüber sprach. »Sie haben ihn vergöttert wie jeder, der ihn kannte – und so ehrenvoll es auch sein mag, daß er zu einer erhabenen, ruhmreichen Aufgabe berufen wurde, es ändert nichts daran, daß sie ihren Sohn verloren haben. Das ist für Eltern immer schwer.«

»Noch dazu unter so ungewöhnlichen Umständen ...« Ich fühlte mich nach Beckery zurückversetzt, spürte den scharfen Salzgeruch, sah Loherins Schönheit, die Weisheit des greisen Avallac'h ... »Aber zu wissen, daß er jahrhundertelang mit dem Kelch und für ihn leben wird – wiegt das nicht alles auf? Was glaubst du?«

»Schon, und die beiden denken ebenso, aber es bleibt ein schwerer Schlag. Der Göttin sei Dank für die kleine Ydain. Sie kann sie trösten, und sie kann eines Tages die Nachfolge ihres Vaters antreten und Herzogin von Kernow werden ...«

»Bis dahin vielleicht schon ›Fürstin‹«, bemerkte ich. »Artos überlegt ernsthaft, das Herzogtum aufzuwerten und den Herrscher von Kernow als Planetenfürsten auf die gleiche Stufe mit den Herrschern der alten Planeten zu stellen: mit Gwynedd, Dyved, Caledon und den anderen.«

»Tryff liegt schon an der Herzogswürde nicht allzu viel«, lächelte Morgane. »Auch Ysild nicht, obwohl sie das Krönchen wohl nicht zurückweisen würde, wie ich sie kenne! Aber für Marc'hs Geist ist es eine schallende Ohrfeige; wahrscheinlich leidet er Höllenqualen in Annwn, wenn er sich vorstellt, daß sein verhaßter Neffe Tryff nun den Fürstentitel erhält, den er so sehr begehrte.«

»Reden wir nicht von Marc'h«, sagte ich hastig. Ich hatte noch zu lebhaft in Erinnerung, wie der alte Herzog zum Geist geworden war und was ich dabei durchgemacht hatte ... »Es gibt so viele angenehme Dinge, mit denen wir uns bis zum Eintreffen der Fomori beschäftigen können. Nützen wir die Zeit.«

Offenbar hatten wir alle noch nicht genügend Abstand von der Gralssuche, denn wir kamen von dem Thema nicht los, immer wieder fing jemand damit an ...

»Ob Loherin nun wohl tausend Jahre schlafen muß?« überlegte ich, während ich mich genüßlich in dem riesigen Badebecken aalte, das Morgane selbst entworfen hatte. Ich war nicht allein; nicht nur sie war mit im Wasser, auch Donah, Gweniver, Gerrans und der kleine Arawn leisteten uns Gesellschaft. Gerrans hielt den Knirps auf dem Arm, und der quietschte vergnügt und spritzte mich naß.

»Oder zumindest solange, bis Merlynn erwacht und er, wie Gwyn vorhergesagt hat, selbst gebraucht wird«, fuhr ich fort. Arawn zielte gut, ich mußte immer wieder ausweichen. »Ich könnte mir ein schlimmeres Schicksal vorstellen, wenn ich ehrlich sein soll.«

»Hoho! Ich würde die Jahrhunderte lieber in diesem Bad verbringen«, sagte Gweniver. »Für immer im warmen Wasser zu liegen ...« Sie ließ sich so tief sinken, daß nur noch die Augen zu sehen waren und das schwarze Haar wie Seetang auf der Wasseroberfläche trieb, dann schwamm sie zu ihrem kichernden Sohn hinüber und kitzelte ihn.

»Du würdest schön aussehen, wenn du wieder herauskämst«, sagte Morgane.

»Mich würdet ihr nicht mehr von der Tafel wegbekommen«, schaltete sich Donah ein. Alles kreischte vor Lachen und überschüttete sie mit Wasser. Erst war sie empört, aber dann grinste sie. »Nein, wirklich! Ihr wißt genau, daß ich eigentlich kein Vielfraß bin; aber im Augenblick könnte ich eine volle Woche lang im Micuarta sitzen und mich vollschlagen! Auf der Suche wurden wir ja nicht gerade überfüttert.«

»Alles Teil der Prüfung«, sagte Morgane und tauchte das Mädchen unter. Als Donah lachend und prustend wieder hochkam, lächelte sie. »Es war doch eine schöne, unbeschwerte Zeit! Kein Schlaf, dafür Bäder in eiskalten Bächen, sprechende Tiere, wandernde Berge, blutige Flüsse, Wunder von früh bis spät ... Man langweilte sich jedenfalls nie – was wäre es auch sonst für eine Suchfahrt gewesen? Dergleichen wird schließlich nicht zum Vergnügen der Teilnehmer veranstaltet.«

»Schon, aber was ist mit dem Gral?« fragte Gerrans. Er war in den letzten Tagen, seit wir hier auf Rhandir waren, sehr viel stiller gewesen als sonst. Zum Teil steckten ihm – wie jedem von uns – noch die Strapazen der Gralssuche in den Knochen, doch das war es nicht allein, und ich glaubte auch schon zu wissen, was er auf dem Herzen hatte. Gleich nach dem Bad wollte ich mit der Mutter meines Sohnes darüber sprechen. Aber jetzt fuhr Gerrans in anklagendem Ton fort: »Wenn der Gral uns verlassen hat oder gar nicht wirklich ist, was immer der edle Gwyn damit meinte, wie kann dann mein Vetter Loherin sein Hüter sein, und warum ist auch *er* verschwunden?«

»Wenn wir den Kelch sehen«, begann seine Mutter, nun wieder ganz die mächtige Zauberin, »dann befindet er sich *in* der geschaffenen Welt, aber er ist kein *Teil* von ihr. Das habe ich auch deinem Vater erklärt, bevor wir uns auf die Suche begaben. Und wenn wir ihn nicht sehen, dann ist er *Teil* der Welt, aber nicht *in* ihr.« Sie lachte über die erstaunten Gesichter, die sie durch den Dampf anstarrten. »Keine Sorge! Wir haben unsere Schuldigkeit getan. Vorläufig zumindest.«

»Vorläufig?« wiederholte Arthur mißmutig. Er schlüpfte gerade aus Hose und Tunika, um zu uns ins Becken zu steigen. »Darüber können wir uns später noch Gedanken machen ... Ich habe Neuigkeiten, die dir vielleicht weniger gefallen werden«, wandte er sich an Donah, die jetzt ihren kleinen Bruder übernommen hatte und spritzend und lärmend mit ihm durchs Wasser tobte. Arawn war hellauf begeistert.

Ein Blick in das Gesicht ihres Vaters, und sie wußte, worum es ging. »O nein, Tasyk! Noch nicht – noch nicht *jetzt*.«

Arthur zuckte hilflos die Achseln und nickte. »Deine Mutter will, daß du nach Hause kommst, Mädchen.

Noch vor der Sonnenwende – nein, es ist nicht für lange!« fügte er hastig hinzu, um den Protest seiner Tochter im Keim zu ersticken, als er sah, wie sich ihre schöne Stirn umwölkte. »Ich gebe dir nämlich Daronwy und Roric mit, und in einem, höchstens zwei Jahren seid ihr alle wieder hier.«

Donah schickte einen Wasserschwall in seine Richtung, aber sie war sichtlich nicht mehr mit dem Herzen dabei. Und wie sich herausstellte, konnte Arthur sein Versprechen nicht halten. Es dauerte sehr viel länger, bis sie das Reich ihres Vaters wiedersah ...

Eine Woche vor dem Wintersonnenstand trat Donah die Reise nach Aojun an. Inzwischen freute sie sich sogar auf ihre Mutter und ihre Heimatwelt. Wie Arthur angeordnet hatte, wurde sie von Daronwy, Roric und deren Sohn Harodin begleitet, der ein bis zwei Jahre jünger war als sie, sowie von einem Gefolge, das nach Zahl und Zusammensetzung auf die Stellung einer Prinzessin der Herrscherhäuser von Keltia und von Aojun abgestimmt war. Die ganze Zeit war sie Donah ferch Arthur gewesen – auf Gaeloch Duanagh Pendreic oder auch Penarvon, denn sie hatte die alte Vorliebe ihres Vaters übernommen. Jetzt konnten wir förmlich zusehen, wie sie sich wieder in Jai Donah, Tochter der Jamadarin Majanah vom Manchéden-Clan der Yamazai verwandelte. Sie schlüpfte in die neue Würde wie in einen Mantel, den sie lange nicht mehr getragen hatte, wickelte sich hinein und fühlte sich darin wohl.

Auch Roric freute sich über die Gelegenheit, seine Heimat wiederzusehen. Seit Ronwyn ihn zu ihrem Ehemann erwählt hatte, war er zwar keltischer geworden als jeder Kelte, wie man bei uns sagt, aber von Geburt war und blieb er eben doch ein aojunesischer Adeliger – obwohl er das, ebenso wie wir, schon fast vergessen hatte. Daronwy hatte nichts dagegen, sozusagen die Pflegetante für Donah zu spielen. Sie liebte das Mädchen nicht nur Arthurs wegen sehr, außerdem hatten die Freundschaften, die sie bei unserem Aufenthalt auf Aojun mit Majanah und vielen ihrer Landsleute geschlossen hatte, die Jahre überdauert, und sie begrüßte es, dem Brauch der Yamazai folgen und ihren Sohn seiner Sippe vorstellen zu können. So waren alle mit der Regelung zufrieden.

Melwas, der König von Fomor, kam genau zu der Zeit an, als unsere Freunde zur ersten Etappe ihrer Reise starteten. Ich malte mir sogar noch aus, wie sich die beiden jenseits der Criosanna im All begegneten, wie Melwas und Donah durch die Sternennacht schauten und das jeweils andere Schiff bestaunten. Ich wünschte, ich könnte sagen, daß mich bei dieser Gelegenheit das Zweite Gesicht, ein An-da-shalla-Blitz streifte, und daß damit vermieden werden konnte, was Jahre später geschah; aber das wäre eine Lüge …

Jedenfalls stand ich stolz neben meinem König und meiner Königin, als sie zum ersten Mal in Friedenszeiten einen Fomorier in Keltia willkommenhießen. Aus dem temperamentvollen und begabten Knaben, den ich in Erinnerung hatte, war ein stattlicher junger Mann geworden. Melwas hatte erst vor kurzem, nach dem Tod seines Vaters Tisaran, den Thron bestiegen. Sein Großvater Nanteos, mit dem Arthur einst eine so riskante Fidchell-Partie um unser aller Leben gespielt hatte, war nicht lange nach unserer einzigen Begegnung gestorben. Die Trauer um ihn hatte sich in Grenzen gehalten.

Es war nicht zu übersehen, daß Melwas Arthur Penarvon noch immer die gleiche jugendliche Heldenverehrung entgegenbrachte wie einst. Ich möchte sogar noch weitergehen: diese Bewunderung, die strahlende Erinnerung an Arthurs faires Verhalten, an seine Freundlichkeit gegenüber der jungen Geisel waren die

Hauptmotive, warum dieses atemberaubend heikle, neue Abkommen überhaupt zustande kam …

Dabei war es für ein so bedeutsames Dokument überraschend klar und einfach formuliert. Arthur wie Melwas waren Männer, die nichts dem Zufall überließen, und so hatten beide Seiten bei den Vertragsverhandlungen großen Wert auf die Anwesenheit von Rechtsgelehrten von Ganaster gelegt, damit sie als unparteiische Zeugen jedem eventuellen Zweifler erklären konnten, daß alles streng nach Recht und Gesetz zugegangen sei. Ein Umstand, der sich später als sehr vorteilhaft erweisen sollte.

Über die diplomatischen Beziehungen wollte Arthur verhandeln; nachdem er seinen fomorischen Gegenspieler so gut und so lange kannte, bot sich das an. Den anderen, sehr viel langwierigeren Teil des Vertragswerks übernahm Gwen. Man könnte nicht sagen, daß es einer der Seiten an gutem Willen gefehlt hätte; aber, so merkwürdig es klingt, die wirtschaftliche Einigung war weitaus komplexer als die politische und verlangte daher mehr Zeit und Sorgfalt.

Gweniver agierte nicht im luftleeren Raum. Wir hatten zu den Verhandlungen etliche von unseren eigenen Handelsfürsten vom Handelsplaneten Clero nach Hause beordert, und sie brachten (auch Melwas hatte seine Experten dabei) ihre Mittelsmänner mit. Letztere beobachtete ich mit mehr Interesse, als ich es für den Rest des zugegebenermaßen komplizierten Verfahrens aufbringen konnte. Einige von unseren Mittelsmännern waren Kelten, die sich auf Clero angesiedelt hatten und von dort aus den Handel mit anderen Welten betrieben; manche waren Mischlinge; und wieder andere hatten keinen Tropfen keltischen Bluts in den Adern, sondern entstammten anderen Rassen und vertraten unsere Interessen auf Clero aus rein materiellen Gründen.

Sechs Angehörige dieser dritten Gruppe erregten

meine besondere Aufmerksamkeit: vor allem sei hier eine gewisse Tembrual Phadaptë genannt, Koranierin, eine Streppoch, die man nur als sleekit bezeichnen konnte. Mir war sie auf den ersten Blick zuwider, sie stieß mich ab wie ein Haufen Unrat, in den man versehentlich hineintritt, um sich dann naserümpfend den Stiefel zu säubern. Sie zog stets ein umfangreiches Gefolge hinter sich her, das ihr aufs Wort gehorchte: dazu gehörten unter anderem drei Halbkelten namens Phayle Rotschild, Kiar mac Ffreswm (in höchstem Maße maukit) und Rannick von Lissard; der Koranier Sleir Venoto, ein aalglatter, ständig lächelnder Chiel, der wie ein Lügner aussah; und, besonders exotisch, ein Angehöriger einer mir unbekannten Primatenrasse, ein kleines knochiges Wesen mit dichtem Fell, langen Armen und hellen, tückischen Augen. Dieser Granúmas war im Umgang mit den Crossics noch gewiefter als die anderen und hatte auch weniger Skrupel, ließ sich aber bei seinen Betrügereien nie erwischen. Seltsamerweise schienen unsere Handelsfürsten dieser Bande blind zu vertrauen, und auch bei Melwas war sie auffallend gut angeschrieben.

Ich hatte letzten Endes keinen sachlichen Grund für mein Mißtrauen. Die sechs erfüllten ihre Aufgabe sogar ganz ausgezeichnet, und selbst Gweniver würdigte ihren Beitrag zu den Verhandlungen. Melwas verließ Caerdroia nach dem Brighnasa-Fest mit einem Abkommen, mit dem beide Seiten zufrieden sein konnten, und die Handelsfürsten kehrten mit fetten Aufträgen nach Clero zurück. Alles war eitel Sonnenschein.

Wie um das Glück vollkommen zu machen, meldete Majanah von Aojun, Donah und ihre Begleiter seien wohlbehalten eingetroffen. Arthur schlich tagelang schmollend im Palast herum – jedes Talpa konnte ihm ansehen, wie gern er mitgeflogen wäre – und selbst von Gwennach hörte man gelegentlich einen Seufzer;

allen finsteren Erwartungen (oder heimlichen Hoffnungen) zum Trotz waren sie und Arthurs outfrenne Ban-charach dicke Freunde geworden, und sie hätte Aojun nur zu gern besucht, um Majanah als Herrscherin in ihrem Reich zu erleben. Aber es sollte nicht sein.

Langsam begannen sich die Verhältnisse zu normalisieren. Seit der Rückkehr des Kelchs herrschte Frieden im Land. Die Heilkräfte waren wieder wirksam, und wenn Marguessan noch immer danach strebte, mit der Macht des Schwarzen Grals den Thron an sich zu bringen, so tat sie das heimlich und allein. Oder so gut wie allein: Mordryth war sicher noch an ihrer Seite, aber ihre Tochter Galeron war tot, und Gwain, ihr Jüngster, hatte sich in einer feierlichen Zeremonie, einer Art Scheidungsverfahren zwischen Kind und Eltern, öffentlich von ihr losgesagt. Dann hatte er Arthur den Lehnseid geleistet und war von ihm als Pflegesohn angenommen worden. Damit gehörte er weiterhin dem königlichen Hause an und ging uns nicht verloren.

Auch ich bewegte mich wieder im gewohnten Trott. Wenn Artos und Gwen mich brauchten, stand ich zu Diensten, ansonsten ging ich meinen Aufgaben als Barde nach. Arthur ließ am Großen Platz gegenüber von Turusachan anstelle der schäbigen alten Akademie, die bisher dort gestanden hatten, für meinen Orden ein neues elegantes Gebäude in Sternenform errichten. Seren Beirdd sollte der elegante Bau aus cremefarbenem Stein heißen, ›Stern der Barden‹.

Oft war ich auch in Staatsangelegenheiten unterwegs, und ansonsten war ich einfach viel mit meiner Frau und meinem Sohn zusammen, denn dazu hatte ich bisher nicht allzu viel Gelegenheit gehabt. Und es war gut, daß ich die Zeit nutzte; denn wie alle guten Dinge dauerte sie nicht so lange, wie uns allen lieb gewesen wäre.

Kapitel 16

An einem kalten, sonnigen Winternachmittag wühlte ich in meinem Schlafgemach in Turusachan in einer Truhe und stieß dabei auf etwas, das ich unbegreiflicherweise vollkommen vergessen hatte. Wie das zugegangen war … nun, Ihr sollt es hören.

Ich kann mich um nichts in der Welt mehr erinnern, wonach ich eigentlich suchte, aber ich hatte in allen Pressen, Schränken und Kästen gekramt. Irgendwann fiel mir ein unscheinbares, in Samt gewickeltes Bündel in die Hände, in dem ich etwas klappern hörte. Ich hatte eigentlich mehr oder weniger genau zu wissen geglaubt, was sich von meinen Habseligkeiten hier befand, aber dieses Paket ließ sich nicht einordnen. So war meine Neugier sofort geweckt.

Was ich aus dem wüsten Durcheinander von Harfennoten, Ersatzsaiten und anderem Bardenkram zutage gefördert hatte, war ein kleines, aber ziemlich schweres Päckchen, um das fein säuberlich eine Bahn abgewetzten braunen Samts gewickelt war. Der Samt verhüllte eine kleine reichverzierte Metallkassette, und die enthielt wiederum einen Beutel aus dunkelgrünem Leder, dessen Zugschnüre doppelt verknotet und mit einem wappengeschmückten Bleisiegel gesichert waren. Das war alles; aber beim Anblick des Beutelchens begann mein Herz dumpf zu pochen – denn daran erinnerte ich mich nun ganz genau. Wie denn auch nicht, hatte ich es doch selbst vom Boden meiner Zelle in Oeth-Anoeth aufgehoben, bevor Arthur sich und mich Marguessans Zugriff entzog und uns die Freiheit wiedergab.

Es war unglaublich – freilich war die Zeit knapp gewesen, und ich hatte wahrhaftig alle Hände voll zu tun gehabt –, aber ich hatte es in all den Monaten nicht geschafft, den Beutel zu öffnen. Vielleicht hatte ich einfach Angst gehabt, vielleicht ... Nun, wie auch immer, ich hatte, abgesehen von dem Bronzedolch, den ich (ohne das Siegel zu erbrechen) in jener ersten Nacht auf Gwynedd herausgezogen hatte, als ich mit Artos und Gerrans ums Lagerfeuer saß, nichts entnommen. Ich hatte nicht einmal hineingesehen, sondern das Säckchen vollkommen aus meinem Bewußtsein verdrängt.

Besser spät als nie ... Langsam löste ich die Schnüre und schüttete rasch, bevor ich es mir anders überlegen konnte, den gesamten Inhalt auf die Fuchspelzdecke über Morganes und meinem großen Himmelbett. Die Nachmittagssonne, die durch die Fenster hereinschien – die Vorhänge waren zurückgezogen –, veranstaltete damit ein wahres Feuerwerk. Zumeist waren es Edelsteine, das hatte ich bereits damals am Lagerfeuer aus dem Gewicht und den scharfen, unregelmäßigen Umrissen geschlossen; aber es waren auch andere Dinge darunter.

Ich starrte das Häufchen an, und schon stiegen mir brennendheiß die Tränen in die Augen, denn alle diese Kleinodien hatten einst meiner Mutter gehört; einige waren eindeutig keltischer Herkunft, andere waren vom Aussehen und von der Verarbeitung her so fremdartig, daß sie wohl von der Erde stammen mußten. Kostbare Erbstücke wahrscheinlich, die sie nicht hatte zurücklassen wollen – auf jeden Fall war dies das Witwengut der edlen Cathelin von Gwaelod gewesen, und deshalb gehörte es jetzt mir.

Nach einer Weile nahm ich behutsam eins nach dem anderen die fremdartigen, aber wunderschönen Stücke in die Hand, um sie zu bestaunen. Eine elegante Kette aus schwerem Silber mit herrlichen, blauen Türkisen oder Himmelssteinen in rechteckiger Fassung, ein dazu passender Ring mit einer riesigen Türkisplatte von der Größe einer Kinderhand; ein Anhänger mit herzförmig angeordneten, wäßriggrauen Diamanten im Rosenschliff und einem seidig blauen Saphir in der Mitte; ein großer quadratischer Smaragd in einem Ring aus einem mir unbekannten, harten, glänzend weißen Metall; ein herzförmiger Rubin so groß wie mein Auge, von winzigen Diamanten umgeben; eine traumhaft schöne Halskette aus Seesteinen und den gleichen Rosenschliffdiamanten, die an einen zarten Spitzenkragen erinnerte; und vieles, vieles mehr. Ein Schatz, dessen sich keine Königin und kein Drache geschämt hätte – die meisten dieser herrlichen Stücke, dessen war ich mir vollkommen sicher, waren Liebesgaben meines Vaters an die Frau gewesen, die er von der Erde entführt hatte.

Und sie hatte sie, auch davon war ich überzeugt, mit liebendem Herzen empfangen und getragen ... Wieder ließ ich die funkelnde Pracht durch meine Finger gleiten. Besonders die terranischen Stücke mußte ich Arthur zeigen. Manche übertrafen alles, was Keltia je hervorgebracht hatte – die Kette mit den Türkisen hatte eine geradezu weihevolle Ausstrahlung – und Artos, selbst ein begabter Goldschmied, würde die kunstvolle Arbeit zu würdigen wissen. Auch Morgane hatte gewiß ein Auge dafür. Sie sollte die Sachen ja auch tragen, irgend etwas sagte mir, daß Catheline, ihre Schwiegermutter, das so gewollt hätte ...

Unter dem Wust aus Edelsteinen, Perlen und wertvollen Metallen blitzte etwas auf und war gleich wieder verschwunden. Ich wühlte alles durch, bis ich es wiedergefunden hatte, und als ich es in Händen hielt, stockte mir der Atem.

Das Stück war nicht etwa besonders wertvoll oder unvergleichlich, nein, es überraschte vielmehr durch seine Vertrautheit; diese kleinen Silbermedaillons trugen die Ban-draoi in ganz Keltia um den Hals, ich hatte sie gewiß tausendmal gesehen – ein Halbmond, durchkreuzt von einem V und umgeben von den heiligen Spiralen der Großen Mutter. Außerdem hing an der feinen Goldkette ein Sonnenkreuz aus dem gleichen rötlichen Gold: das Sonnenkreuz mit den vier gleichlangen Armen und dem Kreis, das in ganz Keltia als Symbol unseres uralten Glaubens gilt.

Nur um mich zu vergewissern, drehte ich die beiden Anhänger um. Tatsächlich entdeckte ich den Stempel des terranischen Goldschmieds, aus dessen Händen sie vor vielen Jahren hervorgegangen waren – vielleicht waren sie in einem Winkel der Erde gefertigt worden, der ehemals von Kelten bewohnt war und vor Jahrhunderten womöglich sogar die großen Immrama miterlebt hatte. Daß meine verstorbene Mutter solchen Schmuck getragen haben sollte, war nicht verwunderlich – das tat halb Keltia –, aber daß sie ihn mit ihrer persönlichen Habe von der Erde mitgebracht hatte, war mehr als erstaunlich: Es war ein Schock.

Und es warf unzählige Fragen auf: Hatte meine Mutter, die Terranerin, unserem Glauben angehört – war sie gar eine terranische Ban-draoi gewesen, falls es so etwas gab? Hatte Gwyddno sie auf diesem Wege kennengelernt, hatte er sie deshalb geliebt und mit hierher genommen? Mit einem Mal war es mir sehr wichtig, das zu erfahren. Und dann wäre ich vor Schreck fast vom Bett gefallen, denn als ich aufschaute, stand da jemand reglos in der Tür.

»Ich hatte angeklopft«, entschuldigte sich Gweniver, »aber du warst Millionen von Sternenmeilen entfernt.«

»Noch weiter, glaube ich.« Ich hatte mich wieder gefaßt, aber mein Herz raste noch immer. »Schau her, Gwen! Sieh doch nur, was meine Mutter mir hinterlassen hat.«

Die Königin setzte sich mit untergeschlagenen Beinen zu mir auf das Bett, und dann bestaunten wir das Geschmeide wie neugierige Kinder einen Feenhort, betasteten es ehrfürchtig, ergingen uns in entzückten

Ausrufen über die fremdartige, terranische Arbeit und bewunderten das Geschick der Handwerker.

»Nach so langer Zeit ...« hauchte sie. »O Tal-bach, ich freue mich ...« Sie griff hinter sich. Als sie eintrat, hatte ich bemerkt, aber, Ihr versteht sicher, was ich meine, nicht *wahrgenommen*, daß sie etwas bei sich hatte. Es war ein uralter Lederranzen, von der Machart her eindeutig keltisch. Das abgegriffene, braune Leder war mit Bergkristallen, Granaten und klobigen Amethysten in gehämmerten Silberfassungen verziert. Solche Taschen – auf Gaeloch heißen sie Tiachán – dienen bei uns als Hülle für noch kunstvollere Bücherschreine, in denen besonders seltene oder kostbare Bände so geschützt aufbewahrt werden können, wie sie es verdienen.

»Das hat mir Gwyn ap Nudd damals gegeben«, sagte Gweniver«, als du auf Oeth-Anoeth warst und er nach Caerdroia kam. Er hatte mir ans Herz gelegt, es bis zu deiner Rückkehr sicher zu verwahren; aber ich will ehrlich sein, als du zum ersten Mal nach Hause kamst, hatte ich nicht mehr daran gedacht, und später war es von all den anderen Ereignissen in den Hintergrund gedrängt worden. Es tut mir leid, daß es so lange gedauert hat.«

Gewiß, aber genau das gleiche hatte ich vor knapp einer halben Stunde gedacht ... ein merkwürdiges Zusammentreffen, das ganz sicher kein Zufall war. Sie legte die Tasche auf das Bett, und ich zog sie zu mir herüber. Sie war erstaunlich schwer – beim Eintreten hatte sie sie in beiden Armen gehalten. Behutsam strich ich über das braune Leder, dem das hohe Alter, aber auch sorgsame Pflege einen matten Glanz verliehen hatten.

Mit einem Mal war *alles* wieder da. Ich hatte unter dem Berg vor Merlynns Kristallgrab gestanden, und Birogue selbst hatte mir den Lederbeutel mit den Kleinodien in die Hand gedrückt. Im Rückblick sah ich noch einmal, wie sie ihn aus der Wandnische nahm, wo sie ihn bis zu meiner Ankunft verwahrt hatte. Meine Überraschung hatte nicht lange vorgehalten, denn inzwischen hatte ich das Grab meiner Mutter in den Hallen der Sidhe gesehen, und sowohl Seli, die Königin der Leuchtenden, als auch Birogue, die ehemalige Lehrerin meiner Morgane, hatten mir erzählt, wie ihre terranische Freundin bei ihnen gestorben sei, ohne daß sie sie hätten retten können. Ihre wahre Geschichte und ihr Schmuck waren ihr letztes Vermächtnis an mich gewesen. Und Marguessan hatte mir, das grausamste Unrecht, das sie mir in den zwei Jahren meiner Gefangenschaft zugefügt hatte, die Erinnerung an all das genommen und mir nur den Schmuck gelassen.

Nun konnte ich mein Erbe endlich antreten ... Gweniver beobachtete mich mit tiefer Besorgnis. Immer wieder wanderte ihr Blick zwischen der Tasche und mir hin und her.

»Da hast du sie nun, Talynno. Davon ...« Sie wies auf das blitzende Geschmeide. »... wußte ich nichts. Aber wenn ich es geahnt hätte, dann hätte ich mir vermutlich noch etwas länger Zeit gelassen, um Gwyns Auftrag auszuführen. Am Ende ist alles auf einmal zuviel für dich, vielleicht solltest du den Tiachán erst etwas später öffnen. Aber ich will dir nicht vorenthalten, was Gwyn darüber sagte: Der Schrein enthält die Schriften deiner Mutter, ihre Tagebücher, aber auch Erzählungen und Sagen, die sie hier auf Keltia und zu Hause auf der Erde zusammengetragen hatte. Ich habe nicht hineingeschaut – niemand hat die Tasche geöffnet, das Siegel ist unversehrt – aber mir scheint, daß du dich im gleichen Augenblick an den Schmuck erinnerst, in dem ich an die Tasche denke, hat tiefere Gründe. Das kann kein Zufall sein.« Sie lächelte kaum merklich und nickte zu den Edelsteinen hin. »Davon sind wir wohl beide überzeugt.«

Als ich nicht antwortete, vertiefte sich ihr Lächeln, sie drückte mir einen raschen Kuß auf die Wange und ging. Ich beäugte den Tiachán auf meinem Bett so mißtrauisch, als sei er eine schlafende Nathair, doch dann nahm ich meinen Mut zusammen. Was sollte an der Tasche schädlich oder gar gefährlich sein? Sie stammte schließlich von meiner Mutter, und vielleicht enthielt sie sogar die Antworten auf all die Fragen, die mich bedrängten, seit ich die Kleinodien auf das Bett gelegt hatte ... Immer noch unschlüssig, zog ich den Tiachán zu mir herüber und erbrach das Siegel – es war das gleiche wie auf den Beutelschnüren, das Siegel Merlynn Llwyds, des großen Bewegers und Bewahrers.

Unter den vier Lederklappen kam ein Kunstwerk von herzergreifender Schönheit zum Vorschein. Ich hatte im Lauf meines Bardenstudiums eine ganze Reihe solcher Bücherschreine zu Gesicht bekommen, aber ein solches Prachtstück noch nie ...

Ein Eichenkasten, geformt wie eine Hütte mit spitzem Dach, vollständig mit blankem Silberblech verkleidet, die Ränder mit gedrehten Gold- und Kupferdrähten eingefaßt. Das Silberhäuschen war über und über mit den verschiedensten Edelsteinen besetzt und zeigte mehrere Wappen in klaren, kräftigen Emailfarben, darunter den wellenumspülten Turm meines eigenen Geschlechts (gespenstisch, wie sich *diese* Prophezeiung erfüllt hatte!). Neben dem persönlichen Wappen meines Vaters Gwyddno prangte in schillernden Grün- und Blautönen ein wunderschön ausgeführter Seegreif, das mußte das Emblem meiner Mutter sein ...

Wichtiger als alle äußere Pracht war jedoch der Inhalt: Der Silberschrein enthielt, ordentlich in zwei Schichten übereinandergestapelt, zehn bis zwölf ledergebundene Folianten mit verstärktem Rücken. Die Zwischenräume waren mit butterweichen Wildlederflecken ausgepolstert. Die Bücher selbst waren klein und dick und bestanden aus zähem, hauchdünnem Papier, das unsere Buchbinder als Kristallhaut bezeichnen. Es gibt nichts Haltbareres. Diese Bände waren für die Ewigkeit gemacht.

Vier von ihnen stammten allerdings mit Sicherheit nicht aus einer keltischen Werkstatt ... Ich wagte kaum zu atmen, als ich eins davon vorsichtig berührte. *So fremd* ... Wie ein Teil der Schmuckstücke, so war auch dieses Buch nebst den drei anderen auf der Erde hergestellt worden. Und meine Mutter hatte hineingeschrieben, als sie noch in ihrer Heimat lebte, lange bevor sie meine Mutter wurde, und auch bevor sie Gwyddno kennenlernte, ja, bevor die Erde selbst die ersten zaghaften Versuche unternommen hatte, sich ins All zu begeben.

Mit einem Mal schämte ich mich meiner Feigheit. Diese Schriften hatte meine Mutter mir vermacht, als sie starb; mehr hatte sie, die mir das Leben geschenkt, nicht für mich tun, mehr hatte sie mir nicht geben können. Da war es doch wohl nicht zuviel verlangt, daß ich ihre Worte las. War ich das ihr und meinem Vater nicht sogar schuldig? Ich lehnte mich in die Kissen zurück. Ein tiefer Frieden überkam mich. Ich hatte mich entschlossen, eine weite Reise anzutreten. Fast schon triumphierend, schlug ich das älteste der Bücher von der Erde auf. Das Deckblatt zeigte in zierlicher Schrift in blauer Tinte die Zahl ›1935‹ – und ich begann zu lesen.

Stunden später fand Morgane mich im Halbdunkel auf dem Bett liegend, ein geöffnetes Buch unbeachtet neben mir. Ich hatte zunächst alle Bände durchgeblättert – der letzte war unter dem Feenberg geschrieben worden, als die Verfasserin schon wußte, daß ihre Tage gezählt waren; dann war ich zum ersten zurückgekehrt und hatte langsam und genießerisch zu lesen begonnen. Ich achtete auf jedes Wort, sog den Text mit dem empfindlichen Sprachgefühl des Barden förmlich in mich auf.

Englic – die Sprache, die meine Mutter auf der Erde gesprochen hatte – wurde auch auf den Bardenakademien gelehrt und war mir daher geläufig. Dennoch lasen sich einzelne Partien sehr zäh, und ich hatte Mühe, alle Bedeutungen und Schwingungen zu erfassen. Immer wieder ging jedoch aus den Tagebüchern das große Sprachtalent meiner Mutter hervor, das sie auch mir vererbt hatte – in ihr hatte die Awen durch Worte gewirkt wie bei mir durch die Musik – sie hatte sogar die Seitenränder und die Zwischenblätter mit lebensnahen, humorvollen Skizzen gefüllt, die mich entzückten. So erfuhr ich, daß sie Künstlerin gewesen war – wie sehr mich das freute –, und ich erfuhr auch, warum sie die Medaillons getragen hatte …

Morgane sagte kein Wort, sondern schlüpfte zu mir ins Bett, legte die Arme um mich und drückte ihre Wange an meine Schulter. Nach kurzem Zögern hob ich die Hand und strich ihr über das Gesicht.

Ihre Lippen streiften meine Finger. »Gwennach hat es mir erzählt«, flüsterte sie. »Ich war mir nicht sicher, ob du jemanden sehen wolltest, aber … Möchtest du darüber sprechen?«

Ich öffnete den Mund, um ›ja, gewiß‹, zu sagen, doch zu meiner Überraschung kam etwas ganz anderes heraus.

»Nein, ich glaube nicht. Noch nicht. Nicht jetzt.« Hilflos deutete ich auf die überall verstreuten Bücher und Kleinodien. »Sie war – ich kann nicht – ich muß wohl noch eine Weile mit ihr zusammensein, Cariad, vorher kann ich nicht über sie sprechen, nicht einmal mit dir. Bist du mir jetzt böse? Ich wollte dich nicht abweisen – sieh nur, sie hat mir sogar ihren Schmuck hinterlassen, damit meine Frau ihn tragen kann. Du würdest ihr gefallen.«

Ich konnte Morganes Gesicht nicht sehen, aber ich

spürte, wie sie lächelte. »Nein, Liebster!« sagte sie und umarmte mich noch fester. »Du hast soeben zum ersten Mal so recht von Herzen mit deiner Mutter gesprochen; kein Wunder, daß du Zeit brauchst, um das zu verarbeiten. Außerdem,« und jetzt hörte ich das Lächeln auch in ihrer Stimme, »drängt sich eine kluge Frau niemals zwischen ihren Gemahl und seine Mutter! Aber für heute ist es genug; laß die Bücher eine Weile ruhen. Sprich mit *meiner* Mutter, wenn du magst; höre dir an, was sie dazu zu sagen hat. Wenn du so weit bist, werden wir die Schriften gemeinsam lesen; ja, und auch Gerrans soll von seiner terranischen Großmutter erfahren. Aber jetzt« – das klang auf einmal ganz wie sonst und alltäglich – »ist es Zeit zum Abendessen. Artos und Gwennach warten schon darauf, daß wir mit ihnen hinuntergehen.«

Das weckte eine ganz und gar unvernünftige Empörung in mir. Abendessen! Ich mußte doch bitten! Ich wollte nichts anderes als lesen, die ganze Nacht, den ganzen nächsten Tag hindurch. *Das* war die einzige Nahrung, die ich im Augenblick brauchte. Ich wollte in den geistreichen Worten, den tiefen Einsichten meiner Mutter schwelgen, wollte erfahren, was sie wußte, wie sie empfand, wollte ihre Gedanken, ihre Hoffnungen und Ängste ergründen, wollte von ihrem Leben auf der Erde erfahren, das mir so fremd war, wollte mich in den Schreckensbericht über den großen Krieg (den ich bisher nur überflogen hatte) vertiefen, der über Terras zivilisierte Nationen hereingebrochen war, bevor Gwyddno sie aus dieser Finsternis herausholte …

Aber ich wußte ja, daß meine Frau wie üblich recht hatte. Es *war* zu viel auf einmal, ich mußte mich mit kleineren Dosen begnügen. Wenn ich meine Seele überfütterte, nützte ich niemandem, mir würde nur übel werden, und das wäre eine Schande für den Leser wie für die Verfasserin.

Also ging ich zur Abendmahlzeit in den Mi-cuarta hinunter. Artos und Gweniver hatten es sich zur lieben Gewohnheit gemacht, diese Mahlzeit gemeinsam mit allen einzunehmen, die in Turusachan wohnten oder beschäftigt waren, ein ruhiger, zwangloser Tagesausklang, oft auch die einzigen Stunden, in denen Freunde und Verwandte sich trafen. Wie zum Beispiel jetzt …

Als Morgane und ich unsere gewohnten Plätze an der Hohen Tafel einnahmen, trat Gerrans ein und zwar, wie derzeit üblich, nicht allein. Cristant Kendalc'hen war bei ihm, die junge Ban-draoi-Priesterin und Gralssucherin, die mit uns von Caervanogue nach Hause geritten war. Ein hochgewachsenes, schweigsames Wesen, das an ein Pantherweibchen erinnerte, eng verwandt mit den Aoibhells von Thomond, von denen sie auch das rote Haar geerbt hatte. Sie war als Gast unseres Sohnes schon oft bei Morgane und mir auf Tair Rhandir gewesen, aber wir wußten noch immer nicht, ob da eine Romanze im Entstehen war – die beiden hielten sich lieber auf dem Duellboden auf als in der Liebeslaube. Und solange sie damit zufrieden waren, wollten wir als Eltern uns nicht einmischen. Obwohl wir uns natürlich unsere Gedanken machten …

Niemand hätte etwas dagegen, wenn tatsächlich eine Ehe daraus würde, dachte ich jetzt bei mir. In Gerrans' Gesellschaft gab Cristant sich längst nicht so erwachsen und reif wie sonst, und sogar ich konnte bezeugen, daß sie nicht immer so schweigsam war, wie es den Anschein hatte. Ich hatte nämlich einmal mit angehört, wie sie Gerrans ihre Meinung sagte, als die beiden sich alleine glaubten – nein, ich wollte *nicht* spionieren, ich war nur zufällig in der Nähe gewesen –, und da hatte sie kein Blatt vor den Mund genommen und sehr genau ins Schwarze getroffen. Gerrans nannte sie Crissa, während sich sonst jeder, der sie kannte, gehütet hätte, ihren Namen so zu verstümmeln …

Morgane war wie üblich meinen Gedanken wie meinen Blicken gefolgt.

»Ich denke, sie wäre durchaus würdig, nach mir den Schmuck der edlen Cathelin zu tragen«, murmelte sie. Eine Vorstellung, die mich merkwürdigerweise ganz und gar nicht störte, sondern mir im Gegenteil sogar sehr zusagte.

»Wie käme ich dazu, ein Mädchen zu verschmähen, das selbst der Gral für würdig erachtet hat«, sagte ich, und ich meinte es ehrlich. »Auch Artos und Gwen scheinen sie zu mögen …«

Ein Umstand, der durchaus ins Gewicht fiel, denn Eheschließungen unter den Rígh-domhna waren auf die Zustimmung der Krone angewiesen, und derzeit mußten Artos *und* Gweniver, Ard-rígh *und* Ard-rían Gerrans' Wahl billigen. In diesem Fall galt das ganz besonders, denn man konnte nicht ausschließen, daß mein Sohn (und seine etwaigen Nachkommen) gleich hinter dem kleinen Arawn auf der Liste der möglichen Erben der Kupferkrone standen. Von den anderen Königskindern kam Donah als Halb-Galláin nicht in Frage, außerdem war sie bereits Erbin von Aojun; Mordryth würde nach dem Auftritt vor Caervanogue (für den man bereits über seine Mutter Marguessan die Acht verhängt hatte) höchstwahrscheinlich von der Thronfolge ausgeschlossen werden. Sonst war nur noch ein Vetter ersten Grades am Leben, nämlich Gwain. Er war älter als Gerrans, würde ihm aber den Vortritt lassen. Natürlich konnten Gwen und Artos noch weitere Kinder haben, und vielleicht waren die Götter gnädig, und die Krone ging dereinst ohne Schwierigkeiten auf Arawn über, aber wer konnte schon in die Zukunft sehen?

Die Sache entwickelte sich schneller, als wir gedacht hatten: Schon zwei Wochen später kam Gerrans zu Morgane und mir und bat uns in aller Form und vor Lampenfieber zitternd um unseren Segen. Er wolle sich mit Cristant bei den Steinen vermählen. Inzwischen hatten wir nicht nur jede Gelegenheit genützt, um uns mit ihr zu unterhalten, wir hatten sie auch mit dem Kenning erforscht – und, ich schäme mich, es zuzugeben, ich hatte in den Bardenbibliotheken sogar ihren Stammbaum nachgeschlagen. Außerdem hatte ich mehrere ausgedehnte Vieraugengespräche mit meiner alten Freundin Therrian geführt, der Ehrwürdigen Mutter der Ban-draoi, die Cristant in Scartanore auf Erinna unterrichtet hatte. Ihre Auskünfte über das Mädchen und die Ergebnisse unserer eigenen Nachforschungen ließen nichts zu wünschen übrig. Cristant war eine sehr fähige Zauberin – ihre Präzeptorinnen lobten sie über den grünen Klee –, so daß sie sich unter den Pendreics sicher wie zu Hause fühlen würde; auch mit Waffen verstand sie umzugehen, und ihre Herkunft war makellos. Besonders liebenswert, wenn auch ziemlich ungewöhnlich fand ich, daß sie es daneben im Spitzenklöppeln zur Meisterschaft gebracht hatte und eine ganz brauchbare Schmiedin war.

Morgane und ich erklärten uns also mit seiner Wahl vorbehaltlos einverstanden. Daraufhin brachte Gerrans seinen Antrag vor und wurde erwartungsgemäß erhört; alles weitere – Verträge, Höhe des Tinnscra, Titel, Güterstand und Mitgift für beide Seiten – lag nun in den Händen der Ehe-Brehonen und der Jurisconsulti der beiden Familien. Als endlich alles zur allseitigen Zufriedenheit geregelt war, knieten Gerrans und Cristant gemeinsam im Aireachtas vor dem Ard-rígh und der Ard-rían nieder – Morgane und ich standen mit Cristants stolzen Eltern hinter ihnen – und erbaten in aller Form die Erlaubnis zur Heirat.

Ihre Keltischen Majestäten willigten huldvollst und mit großer Freude in die Vermählung ihres ergebenen und vielgeliebten Vetters ein – so die traditionelle Formel. So wurden Lord Geraint Pendreic ac Glyndour ap Taliesin und die edle Cristant Kendalc'hen nighean

Dahal am letzten Tag des Ottermonds am Ende eines außergewöhnlich heißen Sommers im königlichen Nemeton Ni-maen getraut. Grehan Aoibhell, der Vetter der Braut, gab Cristant im Namen seines Clans die Erlaubnis zur Ehe, und für unsere Seite tat Arthur persönlich sein Einverständnis kund. Die Zeremonie wurde, wie es sich für eine königliche Hochzeit gehörte, von der Mathr'achtaran Therrian und dem Erzdruiden Ultagh Casnar abgehalten. Casnar war nicht gerade unser Wunschkandidat, denn er war nach wie vor Irian Locryns (und damit auch Marguessans) treuer Vasall, aber der Mann war nun einmal Erzdruide, daran gab es nichts zu rütteln ... Gerrans hatte sich als Trauzeugen ausgerechnet – die Ironie war überwältigend, wenn auch nicht unbedingt beabsichtigt – seinen Vetter Gwain ausgesucht, während Cristant ihre Schwester Lorrha gebeten hatte, die Rolle der Brautjungfer zu übernehmen. Als Tinnól gab sie ihrem frischgebackenen Ehemann einen riesigen Saphir und erhielt von ihm einen Smaragd, der fast so groß war wie Erinna. Ein Jahr später wurden den beiden die Zwillinge Sgilti und Anghaud geboren, die sich glichen wie zwei Castauns; zwei Jahre danach bekamen sie eine Tochter, die sie zu meiner übergroßen Freude Cathelin nannten.

Sie waren noch ziemlich jung für die Gründung einer Familie; aber vielleicht spürten sie bereits, daß Eile nottat.

KAPITEL 17

Die nächsten Jahre wirkten wie der heilende Schlaf nach schwerer Krankheit, der friedliche Hafen nach stürmischer Fahrt auf offenem Meer. Wir durften ernten, was wir gesät hatten.

Arthur und Gweniver setzten die geplanten Reformen nun allen Ernstes in die Tat um. Lange Zeit waren sie durch die dramatischen Geschehnisse aufgehalten worden, doch nun waren sie frei und konnten ihre Vision von einem neuen Keltia zur langersehnten Wirklichkeit werden lassen. Und sie gingen auf ihre ganz eigene, unnachahmliche Weise ans Werk.

Der Vertrag mit Fomor war nur der erste Schritt gewesen, aber auch, wie sich herausstellen sollte, der folgenschwerste. Der Handel mit anderen Welten, der seit Edeyrns Zeiten mehr oder weniger dahingekränkelt zu haben schien, war nach Unterzeichnung des Handelsabkommens fast über Nacht aufgeblüht; unsere Mittelsmänner auf Clero waren darüber höchst erfreut, und die Gelder, die nun dem keltischen Staatsschatz zuströmten, wurden im ganzen Reich mit viel Phantasie nutzbringend eingesetzt.

Die Theokratie hatte die organisatorische Basis Keltias und seiner Gesellschaft sehr vernachlässigt, und so befand sich das Reich in einem ziemlich traurigen Zustand. Edeyrn hatte es für unter seiner Würde gehalten, sich mit so profanen (und nützlichen) Projekten wie der Reparatur von Straßen, der Errichtung von Heilhäusern oder dem Anlegen von Getreidevorräten für magere Zeiten zu befassen. Ihm war es wichtiger gewesen, immer neue Raben heranzubilden, um die Gegenrebellion zu unterdrücken, die sich selbstverständlich gegen die Unterdrückung wehrte, wodurch noch mehr Raben erforderlich wurden – ihr wißt ja, wie so etwas geht. Aus diesem Grund gab es auch viele Jahre nach unserem entscheidenden Sieg bei Nandruidion noch viel zu tun, um die Lage des Volkes zu verbessern.

Es galt, neue Schulen zu bauen, die alten wiederaufzubauen, und qualifizierte Barden als Lehrer zu gewinnen; verschiedene Institutionen, nicht zuletzt der Druidenorden (hin und wieder stießen wir noch immer auf einen uneinsichtigen Verräterdruiden, der seinem Marbh-draoi hartnäckig die Treue hielt) mußten reformiert werden; wir brauchten ein stehendes Heer, um gegen die anhaltende Gefahr einer Fremdinvasion gewappnet zu sein. Derzeit waren wir noch schwach und leicht angreifbar. Dazu benötigten wir loyale Fians als Ausbilder. Die Planetenregierungen, die fast als erste Behörden wiedereingesetzt worden waren, mußten wie Senat, Repräsentantenhaus und Adelskammer ständig überwacht und unterstützt werden. Kurzum, es gab kaum einen Winkel des keltischen Lebens, wo sich in den letzten zweihundert Jahren nicht Schmutz und Unrat angehäuft hätten ...

Gweniver und Arthur schufteten wie die Gaurans, und sie hatten auch keinerlei Skrupel, ihren Verwandten und den Gefährten ins Joch zu spannen. Und wir halfen gerne, schon um den beiden ihre Bürde zu erleichtern; an der Tafel Rhodaur im Saal Gwahanlen wurde in dieser Zeit weniger über philosophische Probleme gestritten, als über Alltagsfragen wie den Preis für Brotgetreide oder den Einsatz der verfügbaren Mittel zur Verbesserung des Bruidean-Systems auf Erinna und Powys.

Daß sich damit der Blickwinkel verschob, war unvermeidlich; und als die Jahre vergingen und die Zustände sich erst schrittweise und dann rasant verbesserten, da wurde auf den Marktplätzen und in den Läden der Stoff- und Gemüsehändler immer häufiger ein neuer Vorwurf laut: Über der Jagd nach besseren und angenehmeren Lebensbedingungen verliere Keltia nach und nach seine Seele.

Giftig wie Sumpfgas, unsichtbar, aber allgegenwärtig kroch das Gerücht durch das Land. Zuviel Kraft und Mühe habe man auf Reformen und Wiederaufbau verwandt und dabei ganz übersehen, daß auch die geistigen Fundamente Keltias der Erneuerung bedurften. Ich brauche wohl nicht eigens darauf hinzuweisen, daß diese Strömung die gesamte Gralssuche – bei der es um nichts anderes als den keltischen Geist gegangen war – tunlichst überging, von den gewaltigen Anstrengungen der Ban-draoi und der wahren Druiden während der Kriege und in den Jahren danach ganz zu schweigen.

Und weder den Schwätzern, die diesen Unsinn verbreiteten, noch den Dummköpfen, die ihn kritiklos übernahmen, war jemals zu entlocken, was genau sie anders gemacht hätten oder ändern würden. Nein, das könnten sie einem nicht *sagen*, sie hätten nur das *Gefühl*, oder sie hätten gehört, oder jemand hätte gemeint ... das Phänomen dürfte auch Euch nicht unbekannt sein.

Dennoch war ich tief beunruhigt und dachte lange darüber nach, und eines Tages ging ich mit meinen Bedenken vor die Tafelrunde. Doch was ich dort erfuhr, erschütterte mich noch sehr viel mehr.

»WAS sagen die Leute?« Im ersten Augenblick war ich blind vor Zorn. Ich konnte, ich wollte einfach nicht glauben, was Alannagh Ruthven soeben erklärt hatte.

»Diese Sudeleien sind derzeit in aller Munde«, sagte Alannagh ruhig. »Ob jemand sie für wahr hält, kann ich nicht beurteilen.«

»Und wenn ja?« zischte Betwyr. »Wenn ja, was wollen wir dagegen unternehmen? Zumindest die Gefährten müssen solche Gerüchte im Keim ersticken, bevor der Dreck noch weiter auseinandergetragen wird. Findet ihr nicht auch?«

Durch Gwahanlen ging grollend wie ein Sommergewitter ein zustimmendes Gemurmel, doch ich sah deutlich, daß viele von den Gefährten Mühe hatten, das Problem zu erfassen, von einer Lösung ganz zu schweigen.

Mir erging es trotz meiner anfänglichen Empörung nicht anders. Wir hatten bei diesen in zweiwöchigem Abstand stattfindenden Versammlungen kein starres Schema, doch gewöhnlich liefen sie folgendermaßen ab: Die Gefährten versammelten sich im Saal Gwahanlen, wenn Argialla als Neumond und als Vollmond am Himmel stand, um sich all den Themen zu widmen, die einer von uns besonders gut oder schlecht oder zumindest beachtenswert fand. Den Vorsitz führte Arthur oder Gweniver. Wer von beiden, das hing davon ab, wie weit sie anderweitig belastet waren. Wenn, was selten vorkam, beide unabkömmlich waren, leitete einer der altgedienten Gefährten – Daronwy, Tanwen, Ferdia, Betwyr oder auch Tryffin, wenn er nicht auf Kernow war – mit der Formlosigkeit, an die wir gewöhnt waren, die Sitzung.

Heute führte ich von Gwencathra aus das Präsidium. Es waren nicht allzu viele gekommen, aber diese waren selbst für unsere Verhältnisse äußerst streitlustig. Und heute abend gab es dafür auch reichlich gute Gründe. Ich hatte zwar, was die allgemeine Stimmung im Reich betraf, schon meine Bedenken gehabt, doch was Alannagh soeben berichtet hatte, traf uns unerwartet hart und tief: es ging das Gerücht, König Arthur habe nicht nur seine Kusine geheiratet, sondern auch mit seiner Schwester geschlafen.

»Es sind die Namen, versteht Ihr?« Mein alter Lehrer Elphin Carannoc übertönte mit seiner Bardenstimme den allgemeinen Stour. Man hörte ihm die Entrüstung deutlich an. »Gweniver, Guenna, Gwenar für Gwenwynbar – die meisten Leute sind wohl zu dumm oder zu schlampig, um sie noch auseinanderzuhalten.«

»Dann sind sie auch zu dumm zum Leben!« fauchte Tarian Douglas. »Wer nach so vielen Jahren den Unterschied zwischen drei so grundverschiedene Menschen noch nicht begriffen hat ...«

Ich mußte mir ein Grinsen verkneifen, es wäre allzu undiplomatisch gewesen. Nein, auch nach über zwanzig Jahren als Taoiseach von Keltia war Tari alles andere als abgeklärt; Dummheit war ihr nach wie vor nicht nur lästig, sondern ganz und gar unerträglich. Natürlich war ihr nicht entgangen, wie es um meine Mundwinkel zuckte, und nun fuhr sie auf mich los.

»Nun, Talyn, was meinst du zu alledem? Immerhin richten sich die Verleumdungen gegen deine Frau und deren Bruder – was schlägst du also vor?«

Ich ließ mich seufzend in meinen Sessel zurücksinken. »Ihr wißt doch alle aus Erfahrung, daß gegen Lügen dieser Art kein Kraut gewachsen ist. Je mehr man sich ereifert, desto heftiger fallen die Lügner über einen her, und desto überzeugender wird das Gerücht. Wenn man es ignoriert, hungert man es aus. Das ist nicht der einfachste, aber der beste Weg. Außerdem ...« Ich streckte mich ausgiebig. »... weiß ich bereits, aus welcher Ecke es kommt.«

Schrecken und Bestürzung. Ich beobachtete die beiden Strömungen genau, denn ich hatte die Behauptung ganz bewußt in den Raum gestellt, wobei ich die Quelle des Gifts tatsächlich kannte. Was mich hier und jetzt interessierte, war, wie viele von unseren eigenen Gefährten – schon der Verdacht brach mir fast das Herz – an die Lügengeschichte glaubten oder wie ich über ihren Urheber im Bilde waren. Leider muß ich sagen, daß meine Erwartungen in beiden Fällen nicht enttäuscht wurden ...

»Nun denn«, sagte Tarian (sie gehörte übrigens nicht zu denen, auf die ich gelauert hatte) mit dieser drohend leisen Stimme, die ich von früher her kannte,

»wenn du es weißt, Talyn, dann solltest du es uns wohl auch sagen.«

Ich schloß die Augen und legte den Kopf in den Nacken, um nichts mehr sehen zu müssen. Dann sagte ich nur ein Wort.

»Marguessan.«

Seit vor Jahren auf Beckery mit der Rückkehr des Kelchs ihre Ziele und Pläne wohl unwiderruflich gescheitert waren, hatte Marguessan Pendreic sozusagen den Kopf eingezogen und sich möglichst still verhalten. Lange Zeit hatten wir nicht einmal gewußt, wo sie sich aufhielt; nach Oeth-Anoeth war sie nicht zurückgekrochen, denn die Burg wurde ständig überwacht, auch sonst hatte sie sich in keinem der bekannten Löcher verschanzt. Irian Locryn, ihr vertrottelter Gemahl, behauptete, keine Ahnung von ihrem Verbleib zu haben und an ihrem Tun und Treiben vollkommen unbeteiligt zu sein. Wie er über den Tod seiner Tochter Galeron oder den Mordversuch an seinem Sohn Gwain dachte, blieb der Phantasie überlassen ...

Als daher die Gerüchte, die hinterhältigen Beschuldigungen und Schmähungen in ganz Keltia die Runde machten und wie Ungeziefer unter jedem Stein hervorkrochen, da brauchte nicht erst ein Haus über mir einzustürzen, um mir klarzumachen, wer hinter diesen Niederträchtigkeiten steckte. In diesem Augenblick fiel mir bei aller Entrüstung etwas auf, was sich noch einmal als wichtig erweisen mochte: niemand hatte Marguessan jemals einen Kose- oder auch einen Spottnamen verpaßt. Arthur war für jedermann Artos; Gweniver wurde zumindest von ihren Freunden Gwennach, Gwennol, Gweni oder Gwen genannt; ich war von jeher Tal, Talyn oder Talynno; und Morgane wurde schon so lange und so ausschließlich mit diesem Namen angesprochen, daß alle Welt von Zeit zu Zeit daran erinnert werden mußte, daß sie eigentlich als Morguenna getauft war.

Nur Marguessans Name war wie zum Trotz in voller Länge erhalten geblieben …

Was Alannagh der Tafelrunde vorgetragen hatte, war noch nicht ganz erledigt. Ich richtete mich auf und warf einen scharfen Blick durch den Saal. Sofort kehrte Stille ein.

»Weder Gwen noch Artos werden von der Sache erfahren, ist das klar? Ich weiß, an der Runden Tafel sind alle gleichrangig, und mit Ausnahme des Hochkönigs und der Hochkönigin hat keiner den anderen Befehle zu erteilen. Doch dies ist ein Befehl, und ihr werdet ihm gehorchen.«

Allgemeine Zustimmung und das Versprechen, sich daran halten zu wollen. Fast alle, die um Rhodaur saßen, waren meiner Meinung und wollten unseren Herrschern nach Möglichkeit Kummer ersparen. Aber die Götter wissen es, *ein* Steinchen verirrt sich immer in den Stiefel …

»Schön und gut«, ertönte eine spöttische Stimme von der anderen Seite des Saales her. »Aber weshalb glauben die Barden eigentlich, jeder müsse nach ihrer Harfe tanzen? Und seit wann werden in Gwahanlen Befehle erteilt?«

Ich hätte den Stiefel, an den ich soeben nur sinnbildlich gedacht hatte, gern einer sehr konkreten Verwendung zugeführt, denn die Stimme kannte ich. Ein gewisser Morholt, noch ziemlich neu in den Reihen der Gefährten, ein lästiger Störenfried, der nichts lieber tat, als sich vor den Älteren in Szene zu setzen … Ich hörte genau, wie auf allen Seiten vornehm nach Luft gejapst wurde – entsetzt aufzukeuchen galt als ungezogen –, aber ich ließ mich nicht reizen, sondern zögerte lange mit meiner Antwort.

»Seit heute, und weil der betreffende Barde ein Prinz ist, der im Rang über allen Anwesenden steht«, sagte ich und ließ zur Warnung die Wortpeitsche mitklingen. Wenn ein Barde will und gute Gründe dafür hat, kann er mit Worten töten – ja, wenn Ihr es unbedingt wissen wollt, ich habe das schon getan. Aber er kann auch, und das finden manche noch viel schlimmer, mit wohlgezielten Spott-Aers häßliche Flecken auf Gesicht und Leumund zaubern. Und bei Morholt hatte ich genügend Stoff, um ihm die Räude an den Hals zu hexen.

Er schuf auch prompt ein unschönes, dunkelrotes Mal, doch ich sprach schon weiter. Diesmal schlug ich sanftere Töne an und baute ihm sozusagen eine goldene Brücke.

»Wichtiger scheint noch, daß der betreffende Barde ein Mann ist, der seine Frau und seinen Pflegebruder schützen will. Gibt es dagegen irgend etwas einzuwenden?«

Morholt war immerhin schlau genug, den Kopf zu schütteln und kein Wort mehr zu sagen. Tarian sah erst mich, dann ihn an, schließlich stand sie auf und ließ den Blick durch ganz Gwahanlen schweifen, als befände sie sich in einer Ratsversammlung.

»Dann herrscht also Einigkeit?«

Zustimmendes Gemurmel, sogar von Morholt. Nur Alannagh war noch nicht zufrieden.

»Soweit bin ich schon einverstanden«, sagte sie und sah mich beschwörend an. »Aber Talyn, wer …«

Ich unterbrach sie mit erhobener Hand, milderte die Zurechtweisung aber mit einem Lächeln, denn sie war eine teure Freundin; außerdem hatte es sie einige Überwindung gekostet, das Thema vor die Tafel zu bringen, und ich war froh, daß sie den Mut dazu gefunden hatte.

»Keine Sorge, Lann-fach. Wir werden uns darum kümmern. Du wirst schon sehen. Wir alle werden es sehen.«

Und ich hatte recht. Das Gerede ging noch eine Weile weiter, und dann war so plötzlich Schluß damit, als habe ein reinigendes Gewitter die obszönen Anschuldigungen hinweggefegt.

»Ich denke, es ist kein dauernder Schaden entstanden«, sagte ich zuversichtlich zu Morgane. Sie war an jenem Abend zufällig nicht in Gwahanlen gewesen, und das war gut so. Seit ich Morguenna Pendreic kannte, hatte ich sie noch nie so aufgebracht gesehen wie in dem Augenblick, als sie erfuhr, daß sie angeblich mit ihrem Halbbruder geschlafen haben sollte.

Inzwischen hatte sich ihr Zorn freilich soweit abgekühlt, daß sie wieder lachen konnte. »Nein? Die Leute können von Glück sagen, daß *ich* ihnen keinen dauernden Schaden zugefügt habe ...«

Hinter den braunen Augen glomm es noch immer giftiggrün, und ich hütete mich zu äußern, daß es mit der Abkühlung wohl doch nicht so weit her war. Wie denn auch? Selbst ich, ein einfacher Barde, hatte mich dazu hinreißen lassen, meine Zuhörer mehr oder weniger deutlich an die tödliche Kraft meiner Worte zu erinnern. Hatte Morgane, die so abscheulich verleumdet worden war, ohne daß sie sich dagegen wehren konnte, nicht noch sehr viel mehr Anlaß, die Beherrschung zu verlieren? Wenn sie diesen Smaragdlaserblick auf die Gefährten gerichtet hätte, wären sie in namenlosem Entsetzen erstarrt – von den Dreckschleudern und Klatschbasen ganz zu schweigen.

Ich war inzwischen lange genug verheiratet, um zu wissen, wann ich zu sprechen und wann ich zu schweigen hatte ... Nach einer Weile spürte ich Morganes vertrauten Ellbogen zwischen meinen Rippen, brachte mich außer Reichweite und drehte ihr den Kopf auf dem Kissen zu.

»Es ist nicht nur meine Schwester, nicht wahr?« fragte sie leise. Ich glotzte sie zunächst bloß erschrocken an, doch sie lachte mir ins Gesicht. »Cariad, den anderen magst du die Kapuze über die Augen gezogen haben, aber ich kenne deine kleinen Tricks um einiges besser, vergiß das nicht. Nun sag schon.«

»Es ist tatsächlich Marguessan«, brummte ich. »Aber

auch Mordryth, und darüber hinaus ist Malgan Rheged ap Owein mit im Komplott. Das war's.«

»Aha.« Sie überlegte eine Weile, und ich wunderte mich, wie wenig die Namen sie überraschten. Ich hatte befürchtet, sie zu schockieren. »Schön«, sagte sie endlich. »Haben wir mit *der* Allianz nicht schon lange gerechnet?«

»Nein, *Cariad*, das haben wir nicht!« Ich war jetzt aufrichtig wütend. »Wir haben Malgan Rheged immer nur Gutes getan, warum vergilt er es uns so?«

»Wir haben seine Mutter getötet. Du warst dabei. Ich war dabei. Arthur war dabei.«

»Und sie hat es mehr als verdient! Bedaure, aber das ist keine Entschuldigung! Nein, Guenna, bei allen Göttern nicht!«

»Warum hast du dann an der Tafel nichts davon erwähnt? Ich habe mit Tari gesprochen; sie sagt, der Name Mordryth sei ebenso wenig gefallen wie der Name Malgan; du hättest meine Schwester bezichtigt, nur sie allein, und die Tafel habe es dir widerspruchslos abgenommen.«

»Nun, ich hatte meine Gründe.« Ich rückte wieder neben sie und betrachtete die Unterseite des Betthimmels. Viel zu schlicht, wir mußten ein paar Verzierungen anbringen lassen, an denen sich das Auge ergötzen konnte ... »Wie auch immer«, fuhr ich endlich fort. »Marguessan konnte mit dem Erfolg ihrer böswilligen Unterstellungen durchaus zufrieden sein. Ich nehme nicht einmal an, daß sie die Leute tatsächlich überzeugen konnte, aber du weißt so gut wie ich, daß das Volk nichts lieber tut, als von anderen das Schlechteste zu denken. Und wenn eine solche Vorstellung einmal Wurzeln geschlagen hat, läßt sie sich kaum noch aus den Gehirnen reißen.«

»Soweit Gehirne überhaupt vorhanden sind.« Sie verstummte abermals. »Nun, um einen möglichen Schaden zu verhindern, ist es zu spät. Wir sollten uns lieber überlegen, was wir gegen die Folgen unternehmen wollen.«

»Nichts. Das ist im allgemeinen das beste.«

»Weihen wir Gwen und Artos ein?«

»Wenn sie schon Bescheid wissen, habe sie uns nichts davon gesagt, das heißt, sie wollen nichts ›wissen‹, und den Wunsch müssen wir respektieren. Und wenn sie wirklich nichts wissen, dann sollten wir es wohl dabei belassen.«

»Und wenn sie uns später vorwerfen, wir hätten Bescheid gewußt und geschwiegen?«

»Darüber werden wir uns Gedanken machen, wenn der Fall eintritt. Wie auch immer«, fügte ich hoffnungsvoll hinzu, ohne so recht an meine eigene Zuversicht zu glauben, »wenn ein Schaden entstanden wäre, hätten wir es bereits merken müssen.«

Der Schaden war entstanden, wie konnte es auch anders sein, aber es sollte noch eine ganze Weile dauern, bis wir davon erfuhren.

Ihr erinnert Euch vielleicht, daß Melwas von Fomor bei seinem historischen Besuch in Keltia vor längerer Zeit Arthur und Gweniver vorgeschlagen hatte, seiner Heimatwelt im Gegenzug vielleicht sogar zu zweit einen Staatsbesuch abzustatten. Man hatte sich mehr oder weniger allgemein darauf verständigt, daß dies eine gute Idee sei und nichts dagegen spreche, sie in die Tat umzusetzen, um sie dann, zumindest bei uns, prompt zu vergessen.

Zwei Jahre nach der Gerüchtewelle kam jedoch ein offizielles Diptychon von Tory – im korrekten Silberkuvert mit dem vorgeschriebenen Goldsiegel –, das die beiden Herrscher an die Einladung erinnerte und sogar einen Termin für den überfälligen Besuch vorschlug.

»Tja, Artos«, sagte Tarian und warf das Diptychon mitten auf den Ratstisch, »einer von euch wird wohl reisen müssen. Aber nicht alle beide. Wir haben von dem Freundschaftspakt und den Handelsbeziehungen mit Fomor zuviel profitiert, um Melwas jetzt vor den Kopf zu stoßen. Meine Mittelsmänner auf Clero haben zugeraten, und ich schließe mich an. Außerdem war er dir doch recht sympathisch, oder nicht?«

»Sehr sogar«, sagte Arthur. »Aber ich habe keine große Lust, noch einmal nach Fomor zu fliegen. Gwen, ich schicke dich hin. Du hast schon lange keine Reise mehr unternommen.«

»Sehr großzügig von Euch, Ard-rígh«, spottete Gweniver, lachte dabei jedoch über das ganze Gesicht. »Aber ich werde wohl noch eine Weile hierbleiben müssen.«

»Du beklagst dich doch ständig, daß du nie in die weite Welt hinauskommst«, sagte Arthur. Seine Stimme klang einschmeichelnd und weich wie immer, wenn er etwas erreichen wollte. Und diesmal gab er sich wirklich Mühe. »Du könntest sogar auf Aojun Zwischenstation machen; höchste Zeit, daß Daronwy und Roric zurückkommen, sie sind wirklich schon zu lange weg. Vielleicht erlaubt Majanah sogar, daß Donah noch einmal zu einem längeren Besuch mitreist. Seit sie das letzte Mal hier war, ist doch eine Menge Zeit vergangen. Und wenn Janjan weiß, daß das Kind mit dir reisen kann, läßt sie sich unter Umständen leichter erweichen.«

»Du bist ein Meister der Überredung, Cariad, aber diesmal hast du kein Glück«, erklärte Gweniver, und er quittierte es mit einem ironischen Achselzucken. »Warum führst du den Plan eigentlich nicht selbst aus, Artos? Zuerst besuchst du Melwas, dann fliegst du weiter zu Janjan und bringst Donayah mit zurück. Oder noch besser, du fliegst zuerst nach Aojun und nimmst Donah mit nach Fomor. Sie würde sich riesig freuen, und die Beziehungen zwischen Fomor und

Aojun sind im Augenblick entspannt. Übrigens kann ich für meine Weigerung einen sehr triftigen Grund anführen.« Sie hielt strahlend inne und sah ihren Gemahl mit hochgezogenen Augenbrauen an. Als Arthur ihr grinsend zunickte, wandte sie sich an den übrigen Rat. »Nun denn, mein Grund ist folgender: es wird schon sehr bald einen weiteren Pendreic geben, der Euch allen das Leben schwer macht.«

Sie lachte über unsere verdutzten Gesichter, und Arthur stimmte mit ein.

»Ja, acht Monate habt Ihr noch Frieden«, sagte er. »Dann wird Arwenna, Prinzessin des Geschlechts, bei uns sein. Donayah und Arawn bekommen auf ihre alten Tage noch eine kleine Schwester …«

»… nicht zu vergessen Malgan Rheged, der schließlich der älteste ist.«

Wie feurige Speere fuhren die Worte in den Ratssaal. Ich sah mich nach dem Sprecher um, aber auch alle anderen drehten die Köpfe. Anscheinend hatte keiner etwas gesagt, und die gehässigen Worte waren aus dem Nichts gekommen oder von den Monden herab. Ein paar Minuten lang war die Stimmung zum Zerreißen gespannt, dann entließ Arthur den Kronrat mit der üblichen Dankesfloskel.

Morgane und ich blieben noch ein wenig zurück, um (so hofften wir) die Gesichter, die Haltungen, die leisen Gespräche der abziehenden Ratsherren studieren zu können. Dabei fielen uns zwei Dinge auf. Zum ersten Mal seit Jahren hatte Keils Rathen, Gwenivers ehemaliger Liebhaber und Arthurs – und auch Uthyrs – bewährter Kriegsherr, wieder an einer Ratsversammlung teilgenommen (obwohl man ihn nie aus dem Rat entlassen hatte). Und Ultagh Casnar, der Erzdruide, der in fast ebenso vielen Jahren niemals eine Sitzung versäumt hatte, war heute lächelnd aus dem Saal gegangen.

Letztlich setzte Gweniver ihren Willen durch. Arthur reiste zum Staatsbesuch nach Fomor und hörte nicht auf zu lamentieren, bis er mit seinem herrlichen Schiff *Prydwen* von Mardale abhob; und Gweniver entschuldigte sich mit ihrem Zustand und blieb zufrieden zu Hause.

»Ich dachte, du wolltest Aojun schon immer einmal besuchen?« nörgelte ich. Wir hatten den König zum Schiff begleitet und waren nun auf der Rückfahrt. »Ständig beklagst du dich, daß du zwar Ard-rían bist, aber niemals außer Landes kommst ...«

»Nach Aojun will ich auch immer noch«, erklärte sie liebenswürdig. »Aber nicht, wenn Fomor der Stock ist, und Aojun nur als Karotte dranhängt.«

»Manchmal würde ich dich mit diesem Stock am liebsten versohlen«, sagte ich noch immer ärgerlich, und sie lachte. »Du bist noch kaum schwanger, das wäre kein Hindernis; und Janjan hätte dich mit Begeisterung bemuttert.«

»Es wäre schön gewesen«, pflichtete sie mir zerstreut bei. »Aber, Talyn, da steht noch etwas im Raum, du weißt schon, was ich meine, und ich hielt es für besser, wenn nicht Artos sich damit befassen müßte. Ich hoffe, die Sache in seiner Abwesenheit regeln zu können. Und du und Guenna, ihr werdet mir dabei helfen.«

»Selbstverständlich, Ard-rían, ganz wie Ihr wollt.« Doch ich hatte meine Zweifel. Natürlich wußte ich, was Gweniver meinte: Die Szene vor ein paar Wochen im Ratssaal, als genau im passenden Augenblick Malgans Name gefallen war. Vielleicht hatte sie recht: Vielleicht war es höchste Zeit, die Frage ein für allemal zu klären. Das einzige, was sie nach so vielen Jahren wieder nach oben geschwemmt hatte, war jene Gerüchtewelle vor ein oder zwei Jahren, das widerliche Kloakengeschwätz, das Mordryth und Marguessan verbreitet hatten. Aber auch Malgan hatte es offenbar nicht verschmäht, Arthurs guten Ruf zu beschmutzen. Wenn er sich, was ja offenbar in seiner Absicht lag, irgendwann in aller Öffentlichkeit als Arthurs Erstgeborener zu erkennen gab, sollten die Leute eher seinem Wort vertrauen als Arthurs Dementi.

Ich saß neben Gweniver in dem großen, gut gepolsterten, geschlossenen Wagen und rutschte unbehaglich hin und her. Es ergab alles keinen Sinn: Arthur brauchte sich nur einigen Tests zu unterziehen, und schon wäre die Sache so oder so geklärt. Nicht alle Tests waren medizinischer Natur, und nicht alle würden schlüssige Ergebnisse bringen, doch durch ihre Vielfalt konnten sie eine etwaige Blutsverwandtschaft zweifelsfrei feststellen oder ausschließen.

Und Ultagh Casnar? Morgane, Grehan, Betwyr und ich hatten uns ausgiebig über seine mögliche Rolle in dieser Sache unterhalten. Ohne uns letztlich einigen zu können.

»Ich weiß, du konntest ihn nie leiden und traust ihm nicht über den Weg, Talyn«, hatte Grehan gesagt. »Das geht schon so, seit er nach deiner Rückkehr von Oeth-Anoeth bei der Ratsversammlung auf Merlynns Stuhl saß.«

»Er saß eben *nicht* auf Merlynns Stuhl«, hatte ich kleinlich korrigiert. »Das hat er ja ausdrücklich vermieden – vielleicht hat er befürchtet, der Stuhl würde sich ein Beispiel an Gwencathra nehmen und ihn zur Hölle schicken. Falsche Bescheidenheit, sonst nichts.«

»Wie dem auch sei«, hatte Betwyr die Debatte zögernd beendet. »Wir haben keine Beweise, die ihn belasten würden, wir können Artos oder Gwen nicht einmal einen begründeten Verdacht vorlegen. Und nur der Monarch kann das Oberhaupt eines Ordens absetzen.«

Allerdings hatte immer wieder einmal ein keltischer Monarch dem Oberhaupt eines Ordens den *Kopf* abschlagen lassen, und das wäre mir in diesem Fall nur allzu recht gewesen …

Morgane hatte mich wie immer durchschaut. »Wir haben nichts in der Hand. Wir müssen abwarten. Wer immer es sein mag, er wird schon bald einen falschen Schritt tun. Und dann …«

»Und dann?« hatte ich gefragt.

Morgane hatte einen Ausdruck aufgesetzt, den ich bisher nur von ihrem Bruder kannte.

»Dann gehört er uns.«

O ja, unsere Feinde taten mehr als nur einen falschen Schritt … Und als sie endlich zuschlugen, da ging alles sehr schnell. Ich würde Euch nun gerne erzählen, wie gut wir auf sie vorbereitet waren, was ja bis zu einem gewissen Grade auch stimmt. Aber sie hatten länger und gründlicher und mit mehr Entschlossenheit geplant. Die Hand, die sie nun gegen uns erhoben, hatte viele Finger, und ihre Waffen holten sie aus einem Arsenal, an das wir nicht einmal im Traum gedacht hätten.

KAPITEL 18

Keils Rathen hatte schon vor vielen Jahren, bald nach Arthurs Rückkehr von Aojun, dem Hof den Rücken gekehrt. Niemand hatte ihn dazu gezwungen – Oberster Kriegsherr war er schon seit der Exilregierung des Ard-rígh Uthyr, und seine Beziehung zu Gweniver war allen bekannt und wurde von den meisten gebilligt. Doch als Arthur und Gweniver anfingen, gemeinsam als Ard-rígh und Ard-rían im Geschirr zu gehen, wie es ihr Ehekontrakt vorsah, da schien es, als würde Keils auf einmal zum Propheten, als zeige ihm sein An-da-shalla, wie die Sache ausgehen würde. Und als Gwen und Artos sich dann tatsächlich ineinander verliebten, da hatte er sich bereits fast unbemerkt aus allen höfischen Ämtern zurückgezogen.

Er hätte durchaus Oberster Kriegsherr bleiben können – Arthur hatte ihn sogar selbst darum gebeten –, aber er ließ sich nicht umstimmen. Lange vor meiner Gefangenschaft auf Oeth-Anoeth setzte er sich zur Ruhe und kehrte mit Meloran, seiner neuen Gemahlin, die übrigens eine frappierende Ähnlichkeit mit Königin Gweniver hatte, nach Gwynedd zurück.

Dort hatte er seither wie im Exil gelebt. Arthur hatte ihm zum Lohn für die Verdienste, die er sich unter Uthyr und unter ihm selbst im Kampf um Gwynedd erworben hatte, ein Dúchas und den Titel Graf von Sulven verliehen und ihn außerdem zum Statthalter der reichen Provinz Sarre ernannt. Damit war Keils finanziell versorgt und blieb als Politiker in Hochform. Doch obwohl er, wie bereits erwähnt, seinen Sitz im Kronrat nicht aufgab, erschien er in all den Jahren kein einziges Mal mehr bei Hof. Seine einstige Geliebte und deren Gemahl sah er nur, wenn diese alle ein bis zwei Jahre zu einem offiziellen Besuch nach Gwynedd kamen.

Bei diesen Anlässen verhielt er sich stets tadellos korrekt. Seite an Seite mit Meloran empfing er Artos und Gwen in Archdale, seiner prächtigen neuen Residenz und präsentierte als loyaler Lehensmann. Ich selbst bin bei diesen Visiten mehrfach dabeigewesen. Außerdem besuchte ich Keils jedesmal, wenn Morgane und ich uns auf Tair Rhandir aufhielten und fand dabei jedesmal den Mann wieder, den ich kannte, liebte und bewunderte. Dann schlugen wir die alten Schlachten, Siege wie Niederlagen, noch einmal – Keils rollte noch immer die Augen, wenn er sich an die berüchtigte Flucht aus Talgarth erinnerte – und festigten das alte Band der Freundschaft und Gefährtenschaft aufs neue.

Dennoch war ich nie auf die Idee gekommen, mich nach den Gründen für sein Fernbleiben zu erkundigen, vielleicht, weil ich Angst hatte, sie zu hören. Als er daher an einem grauen, regnerischen Morgen unangemeldet und ohne Vorwarnung in Turusachan auftauchte und den Palast-Rechtair in höchste Verlegenheit brachte – der Mann mußte den großen Keils Rathen schließlich angemessen unterbringen –, da war ich nicht der einzige, der sich fragte, was ihn wohl gerade zu diesem Zeitpunkt zur Rückkehr bewogen hatte.

Und als genau an dem Tag, an dem er seine erste Ratsversammlung seit mehr als fünfundzwanzig Jahren besuchte, ganz zufällig der Name Malgan Rheged fiel, da war ich wieder nicht der einzige, der sich fragte, welche Rolle der Meister der Schlachten, wie Keils in den Bardenballaden genannt wurde, in dieser Geschichte wohl spielte.

»Das ist weiter kein Geheimnis«, sagte Keils. Ich hatte die tiefe Stimme noch gut in Erinnerung. »Meine Frau ist vergangenes Jahr gestorben« – er winkte ab, als ich ihm in aller Aufrichtigkeit mein Mitgefühl bekunden wollte –, »und ich hatte schon seit einigen Monaten geplant, an den Hof zurückzukehren. Also übergab ich die Verwaltung von Sarre meinem Sohn – ach, wußtest du das noch nicht? Meloran und ich konnten keine eigenen Kinder bekommen, deshalb haben wir, fünf Jahre, nachdem wir Tara verlassen hatten, Brennic adoptiert. Er hatte beim Kampf um Gwynedd seine Eltern verloren, und wir hatten uns auf den ersten Blick in ihn verliebt. Wie auch immer«, fuhr er fort, »er hat sich sehr gegen meinen Rücktritt gesträubt, aber letzten Endes war er wohl doch froh, etwas Vernünftiges tun zu können. Und dann bin ich nach Tara geflogen.«

»Und Gwen war allein und Arthur auf dem Weg nach Fomor.«

In Keils Augen funkelte es spöttisch. »Nicht ganz – ich war schon zwei Wochen vor seiner Abreise hier. Wir haben sogar ein- oder zweimal zusammen gespeist.«

»Davon wußte ich nichts.«

»Ist auch nicht weiter wichtig. Talyn« – er richtete seinen berüchtigten Schwertblick voll auf mich – »mir ist auf Gwynedd einiges zu Ohren gekommen, was mich sehr beunruhigt hat, und deshalb bin ich in Wahrheit hier.«

»Hast du das Artos erzählt?« fragte ich und sah ihm fest in die Augen, um sofort zu sehen, ob er log. »Oder Gwen?«

»Nein«, antwortete er ruhig, und ich spürte, daß er die Wahrheit sprach. »Vielleicht hätte ich früher kommen sollen, aber Meloran ... Nun, jetzt bin ich frei, und ich möchte wissen, ob ich etwas tun kann.«

»Was hattest du dir denn vorgestellt?«

Er stand auf und ging im Zimmer auf und ab wie früher bei unseren Feldzügen auf Gwynedd in seinem Kommandozelt. Ich beobachtete ihn verstohlen: Er hatte sich seit Jahrzehnten kaum verändert, dabei war er etliche Dutzend Jahre älter als Arthur, Gweniver und ich, die wir – auch das lag länger zurück, als wir uns eingestehen wollten – im gleichen Jahr zur Welt gekommen waren. Immer noch eine beeindruckende Gestalt, ich hätte mich weder im Kampfring noch auf dem Schlachtfeld mit ihm messen wollen.

Er sprach bereits weiter, hastig und leise. »Diese Gerüchte vor einiger Zeit, diese dreckigen Anspielungen auf Artos und …«

»… und Morgane«, sagte ich ruhig. »Sie sind bis zu uns gedrungen.«

»Nun, dann weißt du sicher auch, daß nicht alle Kelten sie entrüstet von sich gewiesen haben.«

»Davon habe ich gehört«, nickte ich, noch immer gelassen. »Wenn man bedenkt, wer die Lügen in die Welt gesetzt hat, kann man es den Leuten vermutlich nicht einmal verdenken. Trotzdem nehme ich es ihnen übel.«

»Verständlich. Aber wir können sie nicht alle umbringen, Talyn.« Das alte Wolfsgrinsen blitzte auf, und ich erwiderte es. Der Satz war mir noch aus Llwynarth-Zeiten bekannt. So pflegte Keils Arthur damals zu trösten, wenn der wieder einmal in die Dubhachas gefallen war, weil er einen kapitalen Bock geschossen hatte oder einem Verräter aufgesessen war.

Und mit einem Mal *vermißte* ich diesen Keils aufs schmerzlichste, obwohl er doch vor mir stand … Es war gleich vorüber, aber für einen Augenblick war das Gefühl sehr stark gewesen.

»Ich kann dir nicht sagen, warum ich gekommen bin, Talyn«, erklärte Keils in diesem Augenblick. »Und wenn Morgane, Tari oder Grehan mich deshalb verdächtigen, dann kann ich daran nichts ändern. Ich hatte nur das Gefühl, Gwennach könnte vielleicht einen alten Freund gebrauchen, und da wollte ich für den Notfall zur Stelle sein.«

Er hatte sicher nicht gedacht, daß dieser Notfall schon so bald eintreten würde.

Es waren zwei Schläge, aber sie folgten so dicht aufeinander, daß sie uns fast wie ein einziger vorkamen. Und der hatte es in sich …

Als erstes nahm Majanah in höchster Verzweiflung über die endlosen Sternenmeilen hinweg Kontakt zu uns auf. Als ihr Gesicht auf dem Transcom-Schirm erschien – sie sendete auf einer Privatfrequenz, die nur Gwen, Morgane, Tari, Grehan und ich abhören konnten –, da traf es uns alle wie ein eisiger Schock.

Sie verschwendete keine Zeit mit langen Vorreden. »Donah wurde entführt«, sagte sie in einem Tonfall, wie ich ihn noch nie gehört hatte. »Artho hat die Verfolgung aufgenommen. Und ich breche sofort nach diesem Gespräch ebenfalls auf.«

Ich öffnete den Mund, brachte aber kein Wort heraus. Gweniver hatte ihre Stimme besser unter Kontrolle.

»Wie? *Von wem?* Wer würde es wagen, Hand an die Erbin von Aojun, eine Tochter Keltias zu legen?«

Majanah lächelte, und Grehan wich unwillkürlich einen Schritt zurück. »Melwas von Fomor. Der *ehemalige* König von Fomor.« Sie sah die Frage in unseren Blicken. »Nein, er ist nicht tot. Noch ist er nicht tot. Aber er wird sich tausendmal wünschen, er wäre es, wenn Artho ihn findet; und erst recht, falls ich ihn vorher in die Finger bekomme …«

Jäh schlug ihre Stimmung um, die Mutter kam zum Vorschein, die Todesängste um ihr Kind ausstand. Ich schloß kurz die Augen. Als ich sie wieder öffnete, hatte die Kriegerkönigin erneut die Oberhand gewonnen, und Melwas tat mir fast leid. Aber nur fast.

»Brauchst du unsere Hilfe, Janjan?« Taris leise, unerbittliche Stimme riß uns alle aus unserer Erstarrung. Sie gab uns etwas zu tun …

»Was immer ihr erübrigen könnt, wäre nützlich«, sagte Majanah vorsichtig; selbst in dieser Lage kostete es sie große Überwindung, eine Bitte auszusprechen.

»Schon unterwegs.« Tarian trat vor ein zweites Transcom, gab ein paar knappe, militärische Befehle und kehrte wieder zu Majanah zurück. »Erledigt, Jamadarin. Erzählt uns doch bitte mehr. Wie kam es zu Donahs Entführung?«

Majanah zwang sich zu einem sachlichen Bericht und wurde dabei sichtlich ruhiger. Sie wirkte nicht mehr so benommen und fand zunehmend ihre Fassung wieder. Arthur hatte auf dem Weg nach Fomor zuerst Aojun besucht und Donah mit an Melwas' Hof genommen. Dort hatte sie offenbar gesellschaftliche Triumphe gefeiert – die Erbin eines reichen, florierenden Planeten, und dazu eine entzückende junge Frau, wie sollte es anders sein?

Das fand wohl auch Melwas von Fomor. Er war so hingerissen, daß er am Ende von Arthurs Besuch um eine Privataudienz nachgesucht und Arthur – und mittelbar auch Majanah – um Donahs Hand gebeten hatte. Er wollte sie zu seiner Königin machen.

»Artho hat ihn zunächst vertröstet«, fuhr Majanah fort, »doch als Melwas nicht lockerlassen wollte, da hat er in meinem wie in seinem Namen rundheraus abgelehnt. Donayah fand den fomorischen König herzlich unsympathisch, sie hätte der Verbindung niemals zugestimmt. Aber Melwas wollte das nicht hinnehmen, obwohl er sich sehr überzeugend den Anschein gab, als habe er aufgegeben. Artho und Donah verließen Fomor, um nach Keltia zurückzukehren. Auf Clero, eurem Handelsplaneten, machten sie noch einmal Zwischenstation, und von dort ließ Melwas sie entführen.«

»Dann muß ihm auf Clero jemand geholfen haben, entweder seine eigenen Leute, oder er hat Söldner angeheuert«, sagte Grehan, um keine Pause eintreten zu lassen. Majanah schien kurz vor dem Zusammenbruch zu stehen. »Wir setzen dort an, ich nehme sofort Verbindung zu unseren Agenten auf. Und du, Talyn ...?«

Ich nickte ohne Zögern. Wir hängen es nicht gerne

an die große Glocke, aber Keltias beste Spione kommen aus den Reihen der Barden. Ein Grund dafür ist ein nützliches kleines Gesetz, demzufolge das Leben eines Barden heilig ist. Das gibt uns in riskanten Lagen, in denen ein gewöhnlicher Spitzel keine Hoffnung mehr hätte, einen gewissen Schutz. Doch in der Regel lassen wir uns nur ungern zu dieser Tätigkeit drängen. Nur, wenn es keinen anderen Ausweg gibt … Ich hatte sofort begriffen, daß Grehan nicht nur den Pen-bardd Taliesin um Hilfe bat, sondern auch den ehemaligen Spion. Und ich würde mich natürlich nicht weigern, schließlich war meine Nichte in Gefahr. Ich hatte schon aus geringerem Anlaß Spitzeldienste geleistet, jetzt würde ich es eben wieder tun.

»Ich soll also nach Clero fliegen?«

Tarian und Gweniver schüttelten gleichzeitig den Kopf. »Nein«, sagte Gweniver. »Ich habe so eine Ahnung, daß sich in Keltia mehr herausfinden läßt. Vielleicht hat Melwas Agenten oder Freunde unter uns, von denen wir nichts ahnen; abtrünnige Kelten oder eingeschmuggelte Galláin …«

»Marguessan?« Das war Morgane. Der Name ihrer Schwester war das erste Wort, das über ihre Lippen kam, seit Janjan uns mit ihrer Schreckensbotschaft überfallen hatte – und es war ein neuer Schock für uns, denn sie verwendete ihn so selten.

»Nichts ist wahrscheinlicher«, sagte Grehan und drehte sich um, als die Tür aufgerissen wurde und Keils eintrat. Die Fian-Wächter standen stramm und salutierten ihrem ehemaligen Kommandeur.

»Ich habe Keils rufen lassen«, sagte Tarian schnell, als sie unsere überraschten Blicke bemerkte. »Als ich eben mit der Fian-Kommandantur gesprochen habe … Er ist der beste Mann, den wir bekommen können, aber das ist in dieser Runde wohl ohnehin jedem klar.«

»Mir jedenfalls schon«, sagte die Hochkönigin Gweniver und umfaßte Keils' Unterarm zum alten Gefährtengruß. Keils sagte kein Wort, er legte nur seine Hand auf die ihre, dann setzte er sich neben Grehan.

»Ich danke Euch, Herr«, sagte Majanahs Bild auf dem Schirm. »Keils Rathen ist auch auf Aojun kein Unbekannter … Mein Gemahl Brone wird mich vertreten, solange ich fort bin. Roric und Daron fliegen mit mir zu Artho.«

»Die Kriegsflotte ist bereits gestartet und mit voller Kraft zu euch unterwegs«, sagte Tarian, die abermals mit der Fian-Kommandantur gesprochen hatte. »Jetzt mußt du uns nur noch sagen, wie ihr, du und Arthur, vorgehen wollt, damit ich meine Befehle darauf abstimmen kann.«

»Unser Plan lautet, meine Tochter zurückzuholen.« Majanah wirkte ein wenig überrascht. »Notfalls wird Artho auch Fomor angreifen; ich hoffe allerdings, daß er nicht so weit zu gehen braucht. Steht er allein, oder hält der Rest von Keltia zu ihm?«

»Keine Frage«, sagte Gweniver rasch, bevor jemand anders zu Wort kommen konnte. »Wir tun, was getan werden muß.«

»Und der Freundschaftspakt mit Fomor?« murmelte Tarian.

»Den hat Fomor mit Donayahs Entführung selbst gebrochen«, fuhr Gweniver sie an. »Artos wird sie herausholen.«

»Und dann?« fragte Keils.

Die Königin der Yamazai und die Ard-rían von Keltia sahen sich über die Sternenmeilen hinweg lange an.

»Dann wird Fomor bezahlen«, sagten sie wie aus einem Munde. Und Gweniver fügte hinzu: »Teuer.«

Doch wie sich herausstellte, wurde ein anderer noch früher zur Kasse gebeten und bezahlte einen noch höheren Preis.

Keltia ist eines der wenigen, wenn nicht das einzige Reich in der bekannten und besiedelten Galaxis, wo sogar der Monarch gezwungen werden kann, sich einer Privatperson zum Zweikampf zu stellen, wenn eine entsprechende Herausforderung ergeht. Dann spricht man vom Fíor-comlainn, der Wahrheit-durch-Zweikampf, wobei das Duell militärischer, aber auch magischer Natur sein kann, je nachdem, wie der Herausforderer (wohlgemerkt nicht der Herausgeforderte) entscheidet.

Unsere Brehonenjustiz ist zu Recht für ihr Einfühlungsvermögen und die große Bandbreite ihrer Entscheidungen berühmt, dennoch gibt es Fälle, vor denen selbst die Brehonenweisheit kapitulieren muß. Wenn das geschieht, darf der geschädigte Kelte, ganz gleich welcher Gesellschaftsschicht er angehört, versuchen, im Fíor-comlainn Gerechtigkeit zu erlangen. Selbst gegen ein Clansoberhaupt oder seinen Grundherrn; ja, sogar gegen den Hochkönig oder die Hochkönigin. Und die herausgeforderte Partei muß ihm Satisfaktion geben. Nicht unbedingt persönlich: Sie kann einen Kämpen bestellen, der eine Entscheidung herbeiführt, wenn es gute oder wenigstens ausreichende Gründe gibt (wobei mangelnde Erfahrung im Umgang mit Schwert oder Magie nicht zählt), den Kampf nicht selbst auszufechten. Wer auf diese Weise nach Gerechtigkeit strebt, muß auf jeden Fall selbst in den Ring treten; für ihn gibt es keinen Freikauf.

So hatten wir es schon auf der Erde gehalten. Unser weiser Stammvater Brendan hatte die Einrichtung auf den ersten Schiffen mit ins All genommen, und sie war mit unter den ersten Rechtsgrundsätzen, die für die neuen keltischen Welten aufgestellt wurden. Alles in allem hat sie sich bestens bewährt. Gewiß, hin und wieder wird eine Herausforderung aus purem Übermut ausgesprochen, aber wenn dem Ankläger erst zu Bewußtsein kommt, daß es um sein Leben geht, dann schwindet der Übermut meist so schnell wie der Tau an Beltain.

Heutzutage gilt ein Fíor-comlainn zumeist mit dem ersten Blutstropfen als entschieden, doch in früheren Zeiten wurde oft bis zum Tod eines Gegners weitergekämpft – und wenn es verlangt wird, ist das auch heute noch so.

Wir waren nicht darauf gefaßt, das kann ich mit voller Überzeugung sagen. Donahs Entführung, Arthur, der ihr folgte, Majanah und die keltische wie die aojunesische Flotte, die wiederum ihm nachjagten, beschäftigten uns so sehr, daß wir gar nicht auf die Idee kamen, im eigenen Land mit Schwierigkeiten zu rechnen. Und das nützen die Schwierigkeiten natürlich aus …

Die Herausforderung wurde Gweniver am Morgen, nachdem wir von der Entführung erfahren hatten, im Aireachtas überbracht. In Arthurs Abwesenheit führte ich mit ihr den Vorsitz im Appellationsgericht – eine zweite, ausgezeichnete Einrichtung, die Brendan von der Erde mitgebracht hatte. Es war ein ziemlich öder Vormittag, die üblichen Streitigkeiten über Erbschaften, Landrechte oder Abtretungen, mit denen diese Gerichte sich auseinanderzusetzen hatten.

Wir hatten schon fast eine Stunde lang Recht gesprochen, als die Türen aufgingen und ein Beschwerdeführer eintrat, der nicht auf der Liste stand. Gweniver zog die Stirn in Falten und erkundigte sich leise bei ihrem Sekretär, aber Tammas war ebenso überrascht wie sie. Und wie ich …

Niemand – weder Gwennach und ich noch die Sekretäre, die diensthabenden Jurisconsulti, die Protokollbarden oder die ein bis zwei anwesenden Ratsherren – kannten den Mann, der jetzt vortrat. Mittelgroß, von kräftigem Körperbau, der Haarfarbe nach Skote oder vielleicht Erinnach, schlichte Kleidung, kein Schwert, kein Rangabzeichen, kein Sippenemblem, auch kein persönliches Wappen – kurzum, nichts verriet, wer er war, zu welcher Familie er gehörte, wem er untertan war oder was er hier wollte.

Er trat vor das Podest, wo Gweniver und ich saßen, verneigte sich, richtete sich wieder auf und schleuderte dann einen Sgian, auf dessen kurzer, scharfer Klinge ein Stück Pergament steckte, auf die Stufen. Gwen nickte Tammas zu, der hob das Blatt auf und reichte es ihr, und sie las es aufmerksam und ohne eine Miene zu verziehen.

»Ard-rían?« fragte ich leise, als sie keinerlei Anstalten machte, den Rest der Anwesenden über den Inhalt in Kenntnis zu setzen.

Doch sie hatte sich bereits gefaßt. »Es wird der Ard-rían ein Vergnügen sein«, sagte sie, und der Mann verneigte sich noch einmal, zog sich aber nicht zurück, sondern wartete offenbar auf ein weiteres Wort oder eine Geste von ihr. Und ich spürte plötzlich eine eisige Hand im Nacken, denn das war die offizielle Formel für die Annahme eines Fíor-comlainn.

Gweniver ließ uns nicht länger zappeln. »Man nehme folgendes zu Protokoll«, sagte sie mit ihrer hoheitsvollsten Stimme, und die Schreiber, Barden und Beisitzer beeilten sich, der Anweisung Folge zu leisten. »Dieses Schriftstück fordert mich, Gweniver Pendreic ac Penarvon, Hochkönigin der Kelten, zum Fíor-comlainn. Der Herausforderer ist …« Sie blickte demonstrativ auf das Pergament, eine Provokation höchsten Grades, die auch dem Antragsteller nicht entging. Er wurde blutrot im Gesicht und trat unruhig von einem Fuß auf den anderen. »… Errian von Kerveldin, Bürger, vom Planeten Arvor.«

Ich fand diese Angabe kaum weniger überraschend als die Erklärung an sich, denn ich hätte diesen Mann niemals für einen Arvoricaner gehalten, und ich schmeichelte mir, für solche Dinge einen guten Blick zu haben (was für einen Barden unerläßlich ist, aber das ist eine andere Geschichte). Doch Gweniver las bereits weiter.

»Der Anlaß für die Herausforderung ist ...« Sie verstummte und starrte das Dokument fassungslos an, als sei, was da geschrieben stand (und was sie bereits wenige Augenblicke zuvor gelesen haben mußte) so ungeheuerlich, daß sie die Worte nicht über die Lippen brachte. Endlich fuhr sie fort.

»... ist, daß die Hochkönigin von Keltia es versäumte, dem lasterhaften Treiben des Arthur Penarvon ac Pendreic, Hochkönig von Keltia, mit seiner Halbschwester Morguenna Pendreic ac Glyndour, Herzogin von Ys ein Ende zu bereiten; oder, falls es zu keinem Verstoß gegen die guten Sitten gekommen sein sollte, daß die Hochkönigin es geschehen ließ, daß der *Anschein* eines solchen Verstoßes entstand, womit im Volk große Empörung ausgelöst und das Ansehen der Krone geschmälert wurde, ein Verbrechen, das nach dem Brehonengesetz nicht geringer anzusetzen ist.«

Sie las die steifen Floskeln so ungerührt ab, als ginge das Ganze weder sie noch Arthur irgend etwas an, und als sie fertig war, reichte sie mir das Blatt, damit ich das Gelesene bestätigen konnte.

Nachdem ich die Zeilen überflogen und sie mir dabei nach Bardenart eingeprägt hatte, gab ich das Pergament an den Obersten Rechtsberater der Krone weiter. Der nahm es angeekelt mit zwei Fingern, als hebe er einen toten Wurm von der Straße auf. Ich wandte mich wieder an Gweniver und wollte ihr raten, den Kläger mit dem Hinweis auf Arthur und Donah und die unmittelbar bevorstehende Auseinandersetzung mit Fomor vorläufig abzuweisen, aber es war schon zu spät.

Gweniver hatte sich erhoben und sich zu voller Größe aufgerichtet. Kein Zweifel, sie war die Hochkönigin. Den Sgian, mit dem die Herausforderung übermittelt worden war – übrigens ein durchaus übliches Verfahren, das allerdings in unseren dekadenten Zeiten nur noch selten angewandt wird –, hielt sie in den Händen. Nachdem sie ihn einen Augenblick betrachtet hatte, warf sie ihn so, daß sich die Spitze genau vor Errian in den Eisenholztisch bohrte. Die Herausforderung war angenommen. Ich ließ mich auf meinen Stuhl zurückfallen und bedeckte die Augen mit einer Hand, ohne mich darum zu kümmern, was die anderen davon halten mochten.

Mein Kopf hämmerte wie rasend, und in meinen Ohren rauschte es wie ein Wasserfall. So hörte ich kaum, wie die Beisitzer mit Errians Sekundanten, der mir bisher nicht aufgefallen war, die Einzelheiten aushandelten: Ort, Zeitpunkt, Waffen, Helfer. Doch auf einmal kam mir trotz meiner Kopfschmerzen die Erleuchtung, und ich wußte, was ich zu tun hatte.

»Die Ard-rían hat das Recht auf einen Stellvertreter«, hörte ich mich sagen, und ich sah mit tiefer Genugtuung, wie alle zusammenzuckten, als hätte ich jäh an den Zügeln gerissen.

»Talyn ...« Das war Gweniver, aber ich war nicht mehr zu halten.

»Das Gesetz sagt«, fuhr ich mit sanfter Stimme fort, »daß die herausgeforderte Partei sich je nach Art der Herausforderung einen Vertreter aus den Reihen der Magier oder der Krieger wählen darf oder den Kampf auch selbst ausfechten kann. Richtig?«

»Vollkommen richtig, Prinz.« Der Oberste Rechtsberater winselte fast vor Erleichterung, obwohl er sich zugleich ärgerte, nicht vor mir auf diese Idee gekommen zu sein.

Allmählich bereitete mir die ganze Sache ein grimmiges Vergnügen. »Und das Gesetz sagt auch, daß für die Wahl eines solchen Stellvertreters keine Gründe angegeben werden müssen.«

»Auch das ist richtig, Herr.«

»Ich werde trotzdem einen Grund anführen«, sagte ich. Jetzt sprach ich mit meiner Bardenstimme, die dem Raum alle Luft entzog und meine Lungen damit füllte.

»Die Hochkönigin trägt ein Kind, eine Tochter, eine künftige Prinzessin des Geschlechts, die gleich nach dem Tanist Arawn auf der Liste der Thronfolger stehen wird. Deshalb wird sie nicht selbst zum Duell antreten, sondern man wird einen geeigneten Vertreter bestimmen, der in ihrem Namen und für ihre Sache kämpft. So spreche ich, Taliesin Glyndour ac Pendreic, Prinz von Keltia, Herzog von Ys, Pen-bardd genannt.«

Zufrieden setzte ich mich wieder. Der ganze Saal starrte mich mit offenem Mund und glasigen Augen an. Am liebsten hätte ich diesem Errian eine lange Nase gedreht, aber das wagte ich nicht. Er sah mir jedoch an, was ich dachte, und das genügte uns beiden. Selbst Gweniver war offenbar sprachlos. Ich beobachtete, wie Errian von Kerveldin sich bemühte, seine geknickte Würde wiederaufzurichten, und dabei sah oder spürte ich noch etwas, eine größere Macht, als er sie mit in den Saal gebracht hatte. Eine Macht, die mir seit langem bekannt war ...

»Das ist nicht er allein«, sagte ich sofort, nachdem Errian und sein Sekundant sich gekränkt verabschiedet hatten. »Diese Herausforderung war nicht seine Idee.«

»Er muß aber allein sein.« Alwyn Harlech, der Oberste Rechtsberater, war ratlos. Die plötzliche Wendung hatte ihn zutiefst verstört. »Das Gesetz sagt ...«

»Das Gesetz!« Jäh packte mich die Wut, denn ich sah den ganzen Plan so offen vor mir liegen wie eine Militärkarte mit ihren Pfeilen und strategischen Markierungen ... »Glaubt Ihr denn, es ginge hier in irgendeiner Weise um das *Gesetz*? Nein; er ist nur ein Werkzeug, und die Hand, die ihn führt, gehört Marguessan.« Die anderen begannen aufgeregt zu schwatzen, aber ich winkte ab. »Gebt Euch keine Mühe, ich irre mich nicht ... Schön!« Ich wandte mich an Gweniver, die reglos und sehr blaß auf ihrem Stuhl saß. »Wir haben ein wenig Zeit gewonnen. Wen können wir als Stellvertreter verpflichten?«

Sie hatte mich offenbar nicht gehört. Erst als ich sie ziemlich scharf mit Namen und Titel ansprach, zuckte sie zusammen, kam wieder zu sich und sah mich an.

»Ich bin da. Ich bin schon da. Was jetzt?«

Ich stand auf, faßte ihre Hand und zog sie mit mir. »Die Rechtsverdreher sollen eine Antwort schicken, mit der wir möglichst viel Zeit schinden können. Die Angelegenheit muß vor die Tafelrunde.« Damit zog ich sie vom Podest herunter und führte sie aus dem Saal.

Gwahanlen war nur zur Hälfte besetzt – nicht alle Gefährten hielten sich derzeit in Caerdroia auf, viele, die wir gut hätten gebrauchen können, hatten sich der Mission zur Rettung Donahs angeschlossen und befanden sich bereits außerhalb von Keltia. Doch wen mein Ruf erreichen konnte, der saß eine Stunde später auf seinem Platz. Ich hatte keinen Grund für die Zusammenkunft angegeben, aber das Fiosaoicht, jenes Gemeinschaftswissen, das alle eng verbundenen Gruppierungen mit einem gemeinsamen Ziel verbindet, wenn sie erst ihre Feuertaufe bestanden haben, hatte ihnen offenbar verraten, daß es um etwas Ernstes ging. Die Gesichter, die mir und Gweniver entgegensahen, waren von Spannung und Mißtrauen gezeichnet.

Dabei wissen sie noch nicht einmal die Hälfte … Als meiner Schätzung nach alle eingetroffen waren, die kommen würden, erhob ich mich von Gwencathra. Das war *meine* Versammlung, diesmal würden sie *mir* zuhören … Ich berichtete, was im Appellationsgericht vorgefallen war, bevor wir die Sitzung jäh beendeten (und die Fälle, über die wir noch hatten entscheiden wollen, auf den nächsten Tag verschoben), und beobachtete dabei genauestens die Reaktionen. Zuvor hatte ich Morgane und ein oder zwei andere Zauberer per Gedankenberührung gebeten, mit ihren Mitteln nach geheimen Bedeutungsschichten und Spuren von Schuldbewußtsein Ausschau zu halten.

»Ich habe so eine Ahnung«, schloß ich, »daß zwischen den beiden Geschehnissen eine Verbindung besteht. Zuerst wird Donah entführt, so daß Arthur nichts anderes übrig bleibt, als hinter ihr herzujagen und uns und Aojun militärisch zu schwächen, um sie zu retten. Nun überbringt man Gweniver in Arthurs Abwesenheit diese Herausforderung, so daß er nicht selbst dazu Stellung nehmen kann, sondern dies seiner Königin überlassen muß. Der Göttin sei Dank, daß derjenige, der Errian zu dieser Herausforderung anstiftete – wobei ich mein ganzes Leben, meinen Dán und alle künftigen Leben darauf verwetten würde, daß derjenige Marguessan heißt –, nicht wußte, daß Gweniver guter Hoffnung ist und Keltias künftigen Erben nicht durch einen Zweikampf gefährden darf. Jede andere Frau in ihrem Zustand könnte übrigens frei entscheiden, ob sie kämpfen will oder nicht. Das verschafft uns ein wenig Spielraum. Die Frage ist jetzt nur: Wer von den Gefährten der Tafelrunde stellt sich zur Verfügung, um für unsere Königin zu kämpfen? Alles andere hat Zeit.«

Ich setzte mich. Eine unaussprechliche Müdigkeit hatte mich befallen. Warum stieß nicht endlich jemand ein Schwert in eins von Marguessans lebenswichtigen Organen und machte dieser Dauerfehde ein für allemal ein Ende ...

Meine Worte hatten in ein Hornissennest gestochen; gereizt summten Zwietracht, Streit und Schuldzuweisungen durch den Saal und stachen wahllos auf jedes sich bietende Ziel ein. Gweniver beteiligte sich nicht an der Diskussion, wenn man das Gezeter so nennen wollte; und auch Morgane wirkte merkwürdig in sich gekehrt, doch bei ihr glaubte ich zu wissen, warum.

Und als ich langsam in die Runde blickte, da mußte

ich entsetzt und gänzlich fassungslos erkennen, daß sich kein Vertreter für die Hochkönigin melden würde. Die schwarze Flut aus Lüge und Gehässigkeit, mit der Marguessan Keltia überschwemmt hatte, war nun offenbar auch an dieses Gestade gelangt und hatte sogar in Gwahanlen, dem Saal der Tafelrunde, ihre Spuren hinterlassen ... Das durfte nicht sein, das würde ich nicht zulassen. Wieder erhob ich mich, holte Atem, sammelte meine Bardenkräfte, um die Versammelten niederzudonnern, wie es nur ein Barde vermag. Da schwangen die Saaltüren abermals auf, und Keils Rathen trat ein.

»Ich bitte die teuren Gefährten, mir das Wort zu erteilen«, begann er knapp. »Zwar bin ich noch immer Mitglied dieser Runde, aber mein Platz ist schon so lange verwaist, daß ich nicht ohne weiteres zu sprechen wage.«

Mit untrüglichem Blick hatte er erkannt, daß ich heute den Vorsitz führte – ich hatte ihn nicht rufen lassen, weil ich ihn damit beschäftigt glaubte, die Flotte zu dirigieren, die wir zu Majanah entsandt hatten. Ich verneigte mich vor ihm.

»Keils Rathen, ehemals Oberster Kriegsherr, kann jederzeit an der Runden Tafel zu seinen Mitgefährten und -gefährtinnen sprechen. Und für den Grafen von Sulven gilt das gleiche.« Damit nahm ich wieder Platz und harrte der Dinge, die da kommen sollten.

Keils verneigte sich seinerseits – vor mir oder vor Gweniver, die neben mir saß – und ging um die Hälfte der Tafel herum zu einem leeren Platz, bevor er das Wort ergriff. Was er verkündete, überraschte niemanden.

»Ich werde die Ard-rían bei diesem Zweikampf vertreten«, sagte er in den schweigenden Saal hinein. »Ich weiß nicht, warum kein anderer hier der Hochkönigin sein Schwert anbieten wollte, und ich will es auch nicht wissen. Ich stehe jedenfalls zu Diensten, wenn sie es möchte. Das ist alles.«

Er setzte sich und betrachtete angelegentlich die Maserung der Tischplatte. Nun würde ich gerne vermelden, daß ganz Gwahanlen aufsprang, um Gweniver sein Schwert zur Verfügung zu stellen, aber das wäre gelogen. Auch nachdem Keils gekommen war, machte niemand ein solches Angebot. Ich schämte mich meiner Gefährten – wobei ich betonen möchte, daß die alten Weggenossen, die Leute der ersten Stunde, nicht anwesend waren. Tari, Grehan, Tryffin, Betwyr, Ferdia, Alannagh, alle waren sie anderswo in ebenso wichtigen Angelegenheiten beschäftigt. Wären sie hiergewesen, Gweniver hätte keine Sekunde auf einen Stellvertreter zu warten brauchen – wie mußte sie unter dieser Schmach leiden! Sie war Hochkönigin; schon deshalb hätte sich jeder Schwertarm zu ihrer Verteidigung bereitfinden müssen. Daß niemand sich erboten hatte, ihre Sache zu verfechten, sprach Bände. Marguessans Gift war stark genug, um alles zu zerfressen: die Moral der Gefährten zu untergraben, in die Front der Tafelrunde eine Bresche zu schlagen, war keine geringe Leistung. Dagegen mußte etwas unternommen werden. Wenn ich erst in den Mantel des Spions schlüpfte, würde ich sicher eine Menge erfahren – die Gefahr war hier und jetzt für jedermann deutlich geworden. Die Tafelrunde war nicht zerbrochen, aber sie wies tiefe Risse auf. Und der Zeitpunkt für eine Reparatur war denkbar ungünstig …

Als ich sicher war, daß es keine weiteren Wortmeldungen mehr geben würde, erhob ich mich abermals, und diesmal setzte ich die Wortpeitsche ein. Ich weiß nicht mehr, was ich sagte, jedenfalls schonte ich die Gefährten nicht, ich schlug ihnen ihre Schande um die Seele, bis sie blutete, und hoffte, damit auch die Eiterschwäre aufgeschnitten zu haben.

Zuletzt wandte ich mich an Keils und verneigte mich tief. Er erhob sich, und neben mir erwachte Gweniver zum Leben und stand ebenfalls langsam auf. Doch bevor ich Keils' Angebot annehmen und ihm für seine Großherzigkeit danken konnte, kam sie mir zuvor.

»Edler Herr«, sagte sie und sah ihren Kämpen unverwandt an, »ich danke Euch.«

»Du hast natürlich auch gemerkt, daß alles genau so läuft, wie Marguessan es will?« Die Sitzung der Tafelrunde war beendet, Morgane bereitete sich zum Schlafengehen vor. Wie eine eingesperrte Wölfin lief sie in unserem Schlafzimmer hin und her und verstreute auf Schritt und Tritt Kleidungsstücke. Ich folgte ihr und hob alles wieder auf. Und ich ließ sie reden.

»Ist dir nicht aufgefallen – nein, selbstverständlich ist es dir aufgefallen, wie denn auch nicht? –, daß alles um eine Winzigkeit zu gut zusammenpaßt? Keils kehrt zurück, aber erst, *nachdem* seine Frau gestorben ist, *nachdem* er die abscheulichen Lügen über Arthur und mich gehört hat. Donah wird entführt, so daß nicht nur Arthur, sondern mit ihm ein nicht unbedeutender Teil unserer Flotte das Land verläßt und auch unser treuer Verbündeter Aojun seine Streitkräfte entsenden muß. Dann überbringt man Gwen eine Herausforderung, wohl wissend, daß sie gar nicht anders kann, als anzunehmen. Man weiß sogar, daß keiner der Gefährten für sie einstehen, daß aber Keils in seiner unerschütterlichen Ritterlichkeit sich in Erinnerung an alte Zeiten sofort zur Verfügung stellen wird ... Verkalkuliert hat man sich allenfalls insofern, als Keils sie nun tatsächlich verteidigen muß, weil sie wegen ihres Zustands *nicht* selbst zum Zweikampf antreten kann.«

Ich wartete geduldig, bis sie endlich verstummte

und sich im Unterhemd vor ihre Frisierkommode setzte, um sich das noch immer goldene Haar zu bürsten – ein Mittel, das bei ihr sicherer wirkte als jeder Schlaftrunk. Ich konnte förmlich zusehen, wie sie mit jedem Strich der Silberbürste ruhiger wurde.

Endlich legte sie die Bürste aus der Hand, betrachtete ihr Spiegelbild, ohne es wahrzunehmen, stieß einen Seufzer aus, schlüpfte aus dem Unterhemd und kroch nackt zu mir ins Bett. Doch als sie sich an mich kuschelte, den Kopf auf meine Brust legte, und ich wie immer die Arme um sie schlang, hatte sie andere Dinge im Sinn als die Liebe.

»Glaubst du, daß Arthur Donah schon gefunden hat?« fragte sie kleinlaut, und ich wußte, daß sie an Gerrans dachte, der seinen königlichen Onkel bei diesem Unternehmen begleitete.

»Wenn nicht, dann wird es nicht mehr lange dauern.« Ich küßte sie auf den Scheitel, dann blickte ich zu den Sternen auf, die wir erst vor kurzem an der Unterseite des Betthimmels hatten anbringen lassen. Diamanten für die weißen Sonnen, Saphire für die blauen, Rubine für die roten Riesen, Topase für die gelben Zwerge … alles ganz realistisch. Ich betrachtete den großen goldenen Diamanten, der Fomors Sonne darstellte; und plötzlich schoß ich in die Höhe und begann heftig zu zittern. Morgane setzte sich ebenfalls auf und legte die Arme um mich.

»Liebster, was ist? Was hast du? Hast du geschaut?«

O ja, ich hatte geschaut, und ich konnte nicht glauben, was ich gesehen hatte … Ich ließ zu, daß sie mich langsam neben sich zog und meinen Kopf zwischen ihren Brüsten wiegte. Aber ich umkrallte ihre Arme noch immer wie ein verängstigtes Kind, und genauso fühlte ich mich auch …

»Als Janjan uns damals von Donahs Entführung berichtete«, begann ich zögernd. Ich suchte noch immer einen Weg durch das Dickicht meiner Vision, denn was ich schaute, gefiel mir ganz und gar nicht, »weißt du noch, wie überrascht wir alle waren, daß ausgerechnet Melwas so etwas tun sollte?«

»Gewiß«, stimmte sie mir sofort zu. »Zum einen hatten wir einen Freundschaftspakt mit ihm geschlossen, und zum anderen hast du selbst mir oft genug erzählt, wie sehr er Arthur seit langem bewundert – seit damals, als ihr selbst ihn seinem Großvater entführt hattet …« Sie verstummte. »O Göttin – Kerridwen Rhên ferch Hu –, nein, Talyn, sag mir, daß es nicht wahr ist …«

»Das kann ich nicht«, sagte ich. »Denn es ist die Wahrheit.«

»Aber warum sollte er all die Jahre so tun, als sei er unser Freund, um sich ausgerechnet *jetzt* dafür zu rächen? Außerdem war das damals ein Raubzug, keine Verschleppung; selbst Nanteos hat die Aktion widerwillig bewundert.«

»Auch das ist wahr«, sagte ich. »Und deshalb …«

»Deshalb steckt jemand anders dahinter.«

Wir schwiegen, aber in ihrer wie in meiner Seele hallte mit mächtigem Glockenton ein Name wider. Marguessan. Schon wieder. Oder noch immer.

»Aber wie?« flüsterte Morgane endlich. »Wie ist es ihr gelungen, Melwas gegen Arthur aufzuhetzen? Und warum?«

»Das ›wie‹ ist kein Problem«, sagte ich verbittert. »Er war wohl ohnehin in Donah verliebt und hätte sie gern zu seiner Frau gemacht – vielleicht hatte Marguessan auch dabei schon die Hand im Spiel, eine kleine Pishogue, ein Liebes-Cantrip wären auch aus der Ferne möglich gewesen. Aber vielleicht war sie sogar in der Nähe, du wirst dich erinnern, daß sie seit langem verschollen ist. Vielleicht war sie weiter weg, als wir uns hätten träumen lassen.«

»Und das ›warum‹?«

Ich lachte kurz auf. »Die Antwort darauf kennen wir schon lange. Ich will nur noch das Fíor-comlainn abwarten, dann mache ich mich auf den Weg. Vielleicht kann ich etwas in Erfahrung bringen, was uns nützlich ist.«

Es war wie fast immer, ich hatte recht und unrecht zugleich. Die Antwort war eine andere, als ich gedacht hatte, und was ich in Erfahrung brachte, nützte uns mehr, als ich erwarten konnte.

Kapitel 19

Das Fíor-comlainn, das über die Klage Errians von Kerveldin gegen Gweniver Pendreic entscheiden sollte, war in drei Tagen angesetzt, um zwölf Uhr mittags in Turusachan, im Fian-Compall hinter der Kommandantur; es würde öffentlich ausgetragen werden, wie es das Gesetz in solchen Fällen vorschreibt, aber mit möglichst wenig Zuschauern – die Compall-Tribüne faßte allenfalls ein paar hundert Leute, und die meisten Plätze würden mit Angehörigen der königlichen Familie, mit Mitgliedern des Kronrates und den oberen Chargen der Fianna besetzt sein. Nur wenige gewöhnliche Kelten würden miterleben, wie sich Gweniver gegen Marguessans Bosheit zur Wehr setzte. Inzwischen hielt man Marguessan nämlich allgemein für die Drahtzieherin, und ich gedachte dafür bei nächster Gelegenheit den Beweis anzutreten.

Errians erster Sekundant, ein gewisser Rannick von Lissard – der Name kam mir irgendwie bekannt vor –, protestierte aus reiner Sturheit lautstark gegen die Wahl des Austragungsorts. Das Gesetz verlange einen neutralen Rahmen, zeterte er, und davon könne hier nicht die Rede sein. Aber was stellte er sich eigentlich vor? Gweniver war Hochkönigin von Keltia. Wenn die kleine Kröte einen neutralen Ort finden wollte, mußte er mit seinem Duell schon in eine andere Galaxis gehen …

Arthur würde, da er nicht anwesend war, aber auch auf Grund eines einstimmigen Ratsbeschlusses, von der ganzen Sache erst erfahren, wenn alles vorüber war. Ygrawn und andere hatten darauf gedrängt, ihn sofort zurückzuholen, aber das lehnte Gweniver entschieden ab. Donahs Rettung genieße oberste Priorität, sagte sie, und sie habe ja bereits einen ausgezeichneten

Kämpen. Schließlich hatte sie den Kronrat so eingeschüchtert, daß er in ihrem Sinne abstimmte. Arthur wäre ohnehin nicht erreichbar gewesen. Weder in Keltia noch in Aojun wußte man, wo er und Majanah sich derzeit aufhielten. Wie das Duell ausgegangen war, würde er, so Gwens Standpunkt, noch früh genug erfahren, im Augenblick solle er sich einzig und allein auf die Rettung seiner Tochter konzentrieren. Wir waren von dieser Entscheidung nicht begeistert, hatten aber wie so oft in letzter Zeit nicht mitzureden.

Keils hatte die ganze Zeit über in den Übungssälen der Fianna hart trainiert. Errian hatte als Duellwaffe das Claymore gewählt. Ich fand das ziemlich überheblich und stand mit dieser Ansicht nicht allein, aber die Entscheidung lag nun einmal bei ihm. Als ich Keils nun von der Galerie aus beobachtete, da sah selbst ich, der ich nur wenig Erfahrung besaß, daß Keltias ehemaliger Heerführer noch immer einer der besten Fechter aller Zeiten war. *Mächtige Mutter*, dachte ich, *das wird auch nötig sein …*

»Wieso bildet dieser Niemand von einem Errian sich eigentlich ein, den Meister der Schlachten besiegen zu können?« fragte Ferdia entrüstet. Er stand neben mir, während Keils unten im Saal scheinbar mühelos schlug, abblockte und parierte. Ich war froh um seine Gesellschaft. Der alte Feradach machte sich in letzter Zeit ziemlich rar; er hatte vor einigen Jahren sein Erbe angetreten und war nun Herr von Valtinglas auf Erinna. Das Dúchas war schwierig zu verwalten und nahm alle seine Kräfte in Anspruch, und so hielt er sich sehr viel seltener auf Tara auf, als ihm oder uns lieb gewesen wäre. Sobald er freilich von der Herausforderung erfahren hatte, war er, wutschnaubend über das Unrecht, das Gweniver von ihren eigenen Gefährten widerfahren war, schnurstracks nach Caerdroia geeilt. Jeden einzelnen würde er halbtot prügeln, wenn erst alles vorüber sei, beteuerte er immer wieder, und wenn er nur etwas früher gekommen wäre, dann wäre Keils jetzt *sein* Sekundant und nicht umgekehrt. Nun musterte er den Duellanten kritisch, aber nicht ohne Wohlwollen.

»Er hatte wohl nicht erwartet, gegen Keils antreten zu müssen«, gab ich zu bedenken. »Vergiß nicht, die Herausforderung galt Gwennach, und er hatte keinen Grund anzunehmen, daß sie nicht selbst kämpfen würde. Es war ein kalkuliertes Risiko, aber er glaubte, gewinnen zu können. Schließlich wußte er nicht ...«

»... daß sie das Bairn erwartet«, nickte Ferdia. »Ja, ja, schon klar. Sieh dir das an, diese alte Parade, wie elegant sie wirkt, wenn man die Klinge so locker führt wie er. Trotzdem«, nahm er den Faden wieder auf, »auch Gwen ist nicht zu unterschätzen. Natürlich ist sie mehr Feldherr als Soldat, aber wir haben alle schon erlebt, daß sie ihre Klinge zu gebrauchen weiß. Ich brauche nur an Glenanaar zu denken.«

Und schon waren wir wieder im alten Fahrwasser und verklärten die beängstigende Gegenwart mit dem rosigen Schimmer unserer gemeinsamen Vergangenheit. Wobei Glenanaar vielleicht nicht gerade das Stück Vergangenheit war, an das ich in diesem Augenblick erinnert werden wollte.

Unten ging die Runde zu Ende, und Keils war wieder einmal Sieger – wie bei jedem der sieben Rücken-an-Rücken-Gefechte, die er eben hinter sich gebracht hatte. Die besten Fechter der Fianna waren seine Trainingspartner gewesen – und keiner hatte den Kämpen der Königin mit Samthandschuhen angefaßt. Das wäre auch nicht in Keils' Sinn gewesen: Er verschenkte nichts und ließ sich nichts schenken, Ungerechtigkeit war in seinen Augen das größte Übel von allen, eine Einstellung, die gerade in diesem Fall eine durchaus wichtige Rolle spielte. Sie und die unerschütterliche Loyalität zur Krone, die seine Amtsführung unter Uthyr wie unter dessen beiden Ko-Erben geprägt hatte. Ob das alles war? Oder wurde Keils' allseits bekannte Loyalität zur Krone diesmal womöglich noch übertroffen werden von seiner nicht minder bekannten Treue zu seiner Königin, der Frau, die über lange Zeit seine Geliebte gewesen war? Und wäre das gut so?

Ich stieg mit Ferdia zum Duellboden hinunter. Keils legte gerade das Plastron ab und zog die Schutzhosen aus. Er begrüßte uns freundlich und forderte uns auf, ihn nach nebenan in den Baderaum zu begleiten. Das dampfende Wasser entspannte die Muskeln und verhinderte Verkrampfungen. Gesprochen wurde nicht viel, was gab es schon zu sagen?

Er hatte Gwenivers und Arthurs Heirat, die ja ursprünglich nur aus Gründen der Staatsräson zustandegekommen war, nach außen hin in guter Haltung aufgenommen, und sie hatte sein Verhältnis zu den beiden Partnern ganz sicher nicht getrübt. Seit Keltia besteht, nehmen sich Angehörige von Fürstenhäusern wie jeder einfache Bürger ihre Lennauns, Céile-charach oder sogar Nebenpartner. Unser Eherecht gestattet die verschiedensten Kombinationen innerhalb und außerhalb einer gesetzlich anerkannten Verbindung. Tatsächlich waren Gweniver und Keils nicht nur lange Jahre vor ihrer Ehe, sondern auch hinterher ein Liebespaar gewesen; und Arthur hatte sich, um weder Frau noch Freund, weder Königin noch Heerführer zu verlieren, um die Beziehung einfach nicht gekümmert, sondern sich mit Majanah von den Yamazai getröstet.

Doch dann waren Arthur und Gweniver plötzlich die Augen aufgegangen, sie hatten sich von einem Tag auf den anderen ineinander verliebt, hatten endlich zu der Einheit von Herz und Geist, Seele und Dán gefunden, die Uthyr, Merlynn, Ygrawn und so viele andere ihnen prophezeit hatten. Und wieder hatte Keils sich mit allem Anstand aus der Affäre gezogen. Er hatte inzwischen Meloran kennengelernt und bald darauf mit ihr zusammen Tara verlassen, um die Güter zu übernehmen, die Arthur ihm auf Gwynedd zugesprochen hatte. Doch wer wußte schon, was in seinem Herzen vorging, was er den Winden erzählte, wenn er in Gwynedds dunklen Nächten allein auf den Zinnen seiner Burg stand? Und wer wußte, wie Gweniver dazu stand, daß ihr Ritter nun zurückgekehrt war, um noch einmal für sie zu kämpfen, diesmal in einem so erbitterten, so tödlichen Streit …

Ferdia wedelte mir mit der Hand vor den Augen herum, bis ich zusammenzuckte. »*Meilenweit* weg«, lachte er. »Sternenmeilenweit.«

»Bedaure, Ferad.« Ich legte ihm den Arm um die Schulter. Wir verabschiedeten uns von Keils und den Fians, die mit ihm ins Becken gestiegen waren, verließen gemeinsam die Kommandantur und wollten über den Großen Platz zum Palast zurückgehen.

Auf halbem Wege besann ich mich anders. »Mir fällt gerade ein, daß ich in Seren Beirdd noch etwas zu erledigen habe«, erklärte ich. »Du kannst dich ja inzwischen mit Gwennach unterhalten. Vielleicht gelingt es dir, sie aufzuheitern. Sie und Morgane müßten für heute im Appellationsgericht fertig sein.«

Ferdia schüttelte den Kopf. Wie kann sie sich mit einer solchen Last auf der Seele um popelige Streitigkeiten über die Weiderechte auf Kernow kümmern?«

Eine gute Frage, die nicht nur er sich stellte. Denn Errian von Kerveldin hatte für seine Herausforderung nicht nur das auf den Sgian gespießte Pergament gewählt, er hatte sich noch an eine zweite alte Tradition gehalten: Das Fíor-comlainn sollte auf Leben und Tod gehen.

Und dabei blieb es: Keils konnte es nicht nur kaum erwarten, das Reich von ›diesem Slinter‹ – einer der salonfähigeren Ausdrücke für seinen Gegner – zu befreien, er brannte auch förmlich darauf, dabei sein Leben aufs Spiel zu setzen. Doch wenn er verlor, war auch Gwenivers Leben verwirkt, und das war unvorstellbar. Sollte es dennoch so weit kommen, dann würde das Urteil erst nach der Geburt des Kindes vollstreckt werden. Keils duldete nicht, daß diese Möglichkeit auch nur erwähnt wurde, und darin waren wir mit ihm einer Meinung. Andererseits mußte man sie in Erwägung ziehen, und so hatten zu diesem Thema bereits mehrere, streng geheime Ratssitzungen stattgefunden ...

»Gerade *wegen* der Last auf ihrer Seele beschäftigt sie sich mit solchen Dingen«, antwortete ich nach einer Weile. »Wenn ihr etwas über die nächsten Tage hinweghelfen kann ...«

Zerstreut verabschiedete ich mich und lenkte meine Schritte vorbei am Palast, vorbei an der Adelskammer, am Senat und am Repräsentantenhaus, vorbei am Kloster der Ban-draoi nach Seren Beirdd, das nun endlich fertiggestellt war. Brandneu und prächtig stand es im Mittelabschnitt des Palastplateaus gleich neben dem Eingang zum Seelenpfad, der – ich versuchte krampfhaft, nicht daran zu denken – zur königlichen Grablege von Ni-maen führte.

Der Stern der Barden war ein schönes Haus, ein Haus der Musik und der Worte. Ein achtstrahliges Gebäude mit vielen Türmen und einem grasbewachsenen Innenhof, errichtet aus dem goldgeäderten, cremigweißen Granit, der in den Steinbrüchen des Drachenrückens gefördert wird. Im Inneren reihten sich überdachte Gänge und kleinere Höfe aneinander, und bei Nacht waren die erleuchteten Fenster von fast allen Stadtvierteln aus deutlich zu sehen.

Ich liebte die Akademie sehr – ich hatte an der Planung entscheidend mitgewirkt, denn wer konnte besser als ein Barde beurteilen, was Barden an Arbeitsräumen brauchten? – und hielt mich öfter dort auf, als meine sonstigen Pflichten es eigentlich zuließen. Jetzt hatte ich freilich nicht vor, mich in die Musik zu flüchten, so verlockend das auch gewesen wäre. Nein; ich hatte ein Anliegen, ein dringendes Anliegen an das Oberhaupt des Ordens – ein Anliegen, das mit den beiden jüngsten Katastrophen zusammenhing, die Keltia getroffen hatten. Und hier in Seren Beirdd hatte ich schon öfter Hilfe gefunden.

Vielleicht sollte ich eine Kleinigkeit klären, bevor Ihr in begreiflicher Verwirrung behauptet, ich würde Euch in die Irre führen: Ich war nie, weder damals noch später, der Leiter des Bardenordens. Gewiß, der Volksmund bezeichnete mich oft als Obersten Barden, um mir zu schmeicheln oder mich besonders zu ehren, aber strenggenommen bekleidete ich in meinem Orden nie einen höheren Rang als den eines Ollave. Womit im übrigen jedermann zufrieden sein sollte.

Ich strebte auch nicht nach mehr: Der Leiter des Bardenordens mußte sich oft vorkommen wie der Hüter einer Horde Katzen. Er war eher Häuptling eines aufsässigen Stammes von Wilden, Jurisconsultus, Verwaltungsbeamter oder Politiker als praktizierender Barde. So wollte ich meine Tage nicht verbringen. ›Oberster Barde‹ wurde in jenen Tagen übrigens jeder Ollave genannt. Der Ordensobere war als Blauer Barde oder Derwydd, das bedeutet Eichstamm, bekannt, manchmal auch als Cath-Awen, Haupt der Heiligen Inspiration – erst später schränkte man die Verwendung ein. Dies nur, um Mißverständnissen vorzubeugen.

Ich betrat die Akademie durch die Westpforte und blieb, obwohl ich in Gedanken war und es eilig hatte, wie immer kurz vor dem wunderschönen fächerförmigen Relief mit seinen Heiligen, Königen, Göttern, Barden und Königinnen stehen, bevor ich dem Flügel des riesigen Brugh zustrebte, den nur die größten Meister betreten durften. Ich plante meinen Einsatz als Spion und brauchte fachmännischen Rat.

Mein Ratgeber erwartete mich schon. Ich entschuldigte mich, genau wie früher in der Schule, für meine

Verspätung und verneigte mich wie ein Schüler vor seinem berühmten Lehrer – denn das war das Verhältnis, in dem wir zueinander standen. Elphin Carannoc hatte als erster jenen Funken in mir entdeckt, der sich, nach Kräften angefacht und genährt, zur Flamme des Bardentums auszuwachsen vermag. In Daars war er mein Lehrer gewesen; mein Pflegevater Gorlas Penarvon, Ygrawns damaliger Gatte, hatte ihn dazu bestimmt; schon bevor es die Gefährtenrunde gab, war er als mein Gefährte mit mir über Gwynedds Straßen gewandert, um gegen den Marbh-draoi und für die Gegenrebellion zu spionieren. Er hatte mich auch in die geheime Bardenschule nach Tinnavardan gebracht und dort bei Meistern, deren Namen wie Harfenklänge durch die Säle der Jahre schallten, ein gutes Wort für mich eingelegt.

So war Elphin mir lieb und teuer. Seit Merlynn auf so rätselhafte Weise verschwunden, seit Gorlas vor vielen Jahrzehnten und Scathach Aodann im vergangenen Jahr gestorben war – sie war der erste, echte Fian, den Arthur und ich kennenlernten, und hatte uns beide im Kampf ausgebildet, wobei Arthur natürlich ein sehr viel dankbarerer Schüler war als ich –, seitdem blieb mir von den Mentoren meiner Jugend nur noch Elphin. Auch wenn man mich heute Pen-bardd nannte, ein Titel, den er mir damals noch in meiner Studentenzeit nach der Erfindung des Hanes verliehen hatte, konnte ich noch viel von ihm lernen. Denn er war jetzt Cath-Awen, und deshalb hatte ich ihn aufgesucht.

Er war über die folgenschweren Ereignisse der letzten zwei Tage offenbar umfassend informiert, ich brauchte nur wenig nachzutragen.

»Ja, ja«, seufzte er zufrieden, als ich eine entsprechende Bemerkung machte. »Es hat schon einiges für sich, König zu sein ...«

»Wenn ich mir Artos ansehe, bin ich mir da gar nicht

mehr so sicher«, entgegnete ich, und sein Lächeln erlosch wie eine Kerzenflamme.

»Nein, da magst du recht haben. Nun, Talyn, ich weiß nicht, wie ich dir helfen soll. Den Plan kannst wohl nur du allein ausführen, und du hast dir alles gut zurechtgelegt.«

Erleichtert lehnte ich mich zurück. »Mehr wollte ich eigentlich gar nicht hören. Wir treiben alle wie Schiffbrüchige im Meer herum: Artos ist fort, Donah entführt, und jetzt noch dieser schreckliche Angriff auf Gweniver – ich wüßte nicht, was ich sonst tun, wie ich mich nützlich machen sollte.«

Elphin schwieg eine Weile. »Wie geht es der edlen Ygrawn?« fragte er dann, und ich sah dankbar zu ihm auf. Über all den drückenden Ängsten und Sorgen hatte kaum jemand daran gedacht, sich nach Arthurs Mutter und Gwenivers angeheirateter Tante zu erkundigen. Jetzt fiel mir wieder ein, wie nahe sich Ygrawn und Elphin in den Tagen von Daars und Coldgates gestanden hatten.

»Nicht schlecht«, sagte ich. »Wenn man allerdings für seine unerschöpfliche Kraft und seinen unerschütterlichen Seelenfrieden berühmt ist, dann merken die Leute oft gar nicht mehr, daß Kraft und Seelenfrieden Willensakte sind, und daß einen der Wille gerade dann im Stich lassen kann, wenn man ihn am dringendsten braucht …«

»So ist es Ygrawn von jeher ergangen.« Er lächelte in seliger Erinnerung. »Nie hat sie die Unterstützung erhalten, die ihr zugestanden hätte, weil alle glaubten, sie sei auch allein stark genug … Und wenn wir ehrlich sind, Talyn, dann wissen wir beide, daß sie es nie anders haben wollte! Sie wird auch diese schwere Zeit durchstehen, genau wie wir alle.«

»Hoffen wir es.« Und dann stahlen wir uns ein paar Minuten und sprachen von anderen, weniger ernsten Dingen, um uns aufzuheitern und ein wenig Ruhe zu finden. Doch immer dichter und schwärzer ballten sich die Wolken über uns zusammen; und wir hatten nur so wenige, so armselige Waffen gegen diese Finsternis.

Klar und kalt dämmerte der Tag des Fíor-comlainn herauf. Ich war mit im Ankleideraum gleich neben dem Compall-Boden, als Keils sich wappnete; auch Ferdia als erster Sekundant, Betwyr, Alannagh, Tryffin und Ysild – Tarian und Grehan als Vertreter des Staates konnten nicht bei uns sein, sondern mußten draußen bei den Richtern im Ring sitzen. Alle unsere ältesten Mitgefährten hatten sich eingefunden, um Keils Mut zuzusprechen und ihm zu versichern, daß sie fest an seinen Sieg glaubten.

Keils selbst strahlte Ruhe und Zuversicht aus, vermischt mit jenem unerläßlichen Quentchen gesteigerter Vitalität, das er brauchen würde, wenn wir hier siegen wollten – und siegen mußten wir. Er war zwar in diesem Zweikampf der weitaus bessere Fechter, doch im Fíor-comlainn schien alles möglich. Wir hatten Errian – das war unser gutes Recht – bei den Übungskämpfen ebenso aufmerksam studiert, wie er Keils beobachtet hatte, dennoch konnten wir nicht so recht beurteilen, wozu er im Ring fähig war und wie er vorgehen würde. Aber ich hütete mich, mir meine Bedenken anmerken zu lassen, und die anderen hielten es genauso.

Endlich war Keils zu seiner Zufriedenheit gerüstet, und nun war – für ihn wie für uns – die Zeit gekommen. Er umarmte alle Gefährten und sprach mit jedem ein paar leise Worte. Dann sah er mich an und kniete nieder, um den Druidensegen zu empfangen.

Was in diesem Augenblick geschah, war seltsam, wenn auch nicht völlig unerwartet: Als ich meine Hände auf Keils' schwarzes Haar legte und jene Götter anrief, von denen ich am ehesten erwarten konnte, daß sie seinen Arm bei diesem Unternehmen stärken und unsere gerechte Sache unterstützen würden, da spürte ich beglückt, wie eine Präsenz über mich kam, mit mir und durch mich wirkte und meinen Körper und mein ganzes Sein wie ein unsichtbarer Mantel umfing. Und ich überließ mich ihr vertrauensvoll: Auch Jung-Fionn gedachte hier und heute ein Wörtchen mitzureden …

Draußen im Compall schritt Keils neben Ferdia, der die drei vom Gesetz zugelassenen Claymores trug, ins Zentrum des Rings, wo sie bereits von Errian und Rannick erwartet wurden. Wir anderen nahmen unsere Plätze in der vordersten Reihe auf der Tribüne ein. Ich warf einen besorgten Blick auf Gweniver, die schwer bewacht wurde, wobei ich jedem einzelnen Fian ansehen konnte, wie sehr ihm diese Aufgabe zuwider war. Sie war etwas blasser als gewöhnlich. Ihr Haar lag offen wie eine schwarze Wolke um ihre Schultern, und sie trug das schlichte königliche Blau des Hauses Dôn – eine Aussage, wie sie deutlicher nicht sein konnte. Sie wirkte vollkommen gefaßt, wandte aber den Blick nicht von Keils, der genau unter ihr stand, während er kein einziges Mal die Augen zu ihr emporhob.

Beruhigt, wenn man das Wort in diesem Zusammenhang verwenden kann, ließ ich den Blick nun über die Sitzreihen schweifen, um die Stimmung der Zuschauer zu erkunden. Wie erwartet, würden nur wenige einfache Bürger Keltias Zeuge dieses welterschütternden Ereignisses werden, obwohl Ort und Zeit selbstverständlich allgemein bekanntgegeben worden waren. Allerdings hatten sich draußen auf dem Großen Platz – in ausreichendem Sicherheitsabstand – große Menschenmassen versammelt.

Die meisten der Anwesenden – alle Gesichter waren dem Ring zugewandt wie Sonnenblumen der Sonne – waren mir also bekannt. Und sie waren Keils freundlich gesonnen, wenn auch nicht unbedingt der Sache, für die er kämpfte. Denn Marguessans Gift, ich sah es mit Schrecken, war selbst hier, wo es um die Wahrheitsfindung ging, am Werk gewesen ... mir wurde zum ersten Mal aufrichtig bange.

Unten im Ring hielt man sich peinlich genau an alle Formalitäten. Wie immer die Sache ausging, niemand wollte sich nachträglich einen Formfehler vorwerfen lassen. Die Kampfrichter waren eingetreten (wurden aber den Kombattanten nicht vorgestellt; beide Seiten hatten sie bereits als neutrale Instanz akzeptiert); die Gegner wurden ein letztes Mal mit Wasser und guten Ratschlägen traktiert, dann erhob sich die Taoiseach von Keltia und verlas die Anklageschrift.

Es war vielleicht die schwerste Aufgabe, die Tarian Douglas in all den Jahren als Erste Ministerin der Krone zu erfüllen hatte. Doch wer ihr Zorn oder Schmerz ansehen wollte, mußte sie schon sehr gut kennen, denn sie verzog keine Miene, und ihre Stimme war klar und ruhig, ohne jeden Ausdruck. Gweniver hörte sich die Vorwürfe und das Urteil mit versteinerter Miene an, doch als Tarian zu Ende war und sich demonstrativ vor ihr verneigte – der Liebesdienst einer langjährigen Freundin, eine persönliche Sympathiebekundung vor aller Augen, die ganz sicher nicht Teil des Protokolls war –, da huschte für einen Augenblick die Andeutung eines Lächelns über ihre Züge, und sie nickte der Taoiseach kaum merklich zu.

Nun traten Keils und Errian vor, um sich vom Obersten Richter über die Kampfregeln belehren zu lassen – da es auf Leben und Tod ging, war so gut wie alles erlaubt. Die Gegner waren ungeschützt, nur an den Unterarmen trugen sie eisenbeschlagene Lederschienen, und an den Händen fingerlose Handschuhe mit einer Panzerplatte am Handrücken und einer Innenfläche aus dickem, aber biegsamem Leder. Die zogen sie jetzt aus, um sich, der Tradition folgend, durch Umfassen der Unterarme zu begrüßen. Dann suchte sich jeder aus den drei Schwertern, die der *andere* mitgebracht hatte, eine Waffe aus. Die gewünschte Länge, das Gewicht und die Reichweite waren den beiden Sekundanten im Vorfeld mitgeteilt worden. Im Grunde sollte dieses uralte Verfahren vor Heimtücke schützen, denn wer vergiftet schon die Klinge, von der er weiß, daß sie gegen ihn gerichtet wird. Wenn man nun auch noch den Einsatz von Gegenmitteln ausschloß – zu diesem Zweck wurde jedem Kombattanten ein Trank verabreicht, der jegliche Immunität gegen Gift aufhob –, war auf einfachste Weise für Ehrlichkeit gesorgt. Und falls es doch zu einem hinterhältigen Anschlag käme, wäre die Liste der Verdächtigen sehr kurz.

Das Claymore ist eine eindrucksvolle und schwer zu handhabende Waffe: ein Riesenschwert, kaum kleiner als der Fechter, mit einer weit ausladenden Parierstange und einer Klinge, die einen jungen Eichbaum glatt spalten könnte, ohne an Schärfe zu verlieren. Für Zweikämpfe dieser Art wird es aus einem ganz einfachen Grund nur selten gewählt: Kaum jemand ist imstande, es wirkungsvoll zum Einsatz zu bringen. In der Schlacht herrschen andere Bedingungen, aber beim Fíor-comlainn legt man es gewöhnlich darauf an, den Gegner zu verwunden oder zu verstümmeln, ohne ihn gleich niederzumachen.

Ganz anders heute. Da Errian bis zum Tod kämpfen wollte, waren taktische Überlegungen hinfällig: Fechterische Eleganz war nicht gefragt, jeder der beiden Kontrahenten würde von Anfang an bestrebt sein, den anderen zu vernichten. Keils und Errian bezogen vorschriftsmäßig zu beiden Seiten der Kampflinie Stellung. Ich nahm einen tiefen Atemzug und stieß die Luft sofort wieder aus. Dann schloß ich die Augen und öffnete sie erst, als ich hörte, daß der Kampf begonnen hatte. Von da an konnte ich natürlich nicht mehr wegsehen.

Beim Kampf mit dem Claymore legt man im Unterschied zu den meisten anderen Schwertdisziplinen wenig Wert auf Taktik, sondern versucht den Gegner möglichst schnell zu erledigen, ohne selbst Schaden zu nehmen: so widmet man sich zunächst dem Rumpf, ist aber die Deckung zu gut und die Hiebe kommen zu selten oder gar nicht durch, dann zielt man auf Arme und Beine, um den Gegner zu verstümmeln oder zu behindern und damit leichter zum Todesstoß zu kommen. Es ist keine besonders stilvolle Art des Kämpfens; im Grunde schlägt man auf den Körperteil ein, den man glaubt, treffen zu können, und die Gänge sind vergleichsweise kurz – höchstens zwanzig Minuten. Längere Runden wären einfach zu ermüdend. Nach einer halben Stunde wäre kein Gegner mehr imstande, die Spitze seines Claymore aus dem Staub zu hieven.

Üblich ist auch eine Zweitwaffe, und Errian und Keils würden, falls es dazu käme, die Curtal-Axt einsetzen, die kleine gefährliche Kurzaxt, auch Tuagh genannt, die jeder auf dem Rücken im Gürtel trug. Pausen waren nicht vorgesehen, weder zum Trinken noch bei Verletzungen. Wozu auch? hatte Ferdia gefragt. Es war ein Kampf bis zum Tode.

Sehr bald schon zeigte sich, daß wir Errian von Kerveldin unterschätzt hatten. Er hatte sich bei den Übungskämpfen in den vergangenen drei Tagen zurückgehalten, um uns zu täuschen. Aber das hatte auch Keils getan, in noch sehr viel höherem Maße, und das tröstete mich. Außerdem hatte er den Beinamen Meister der Schlachten nicht nur erhalten, weil man ihm schmeicheln wollte.

Nun zeigte sich, daß Keils in den langen Friedensjahren nicht eingerostet war. Fasziniert beugte ich mich vor. Das Geschehen war von einer furchtbaren Schönheit. Ich war so hingerissen, daß ich darüber fast den verzweifelten Ernst der Lage vergaß. Auch mit Stahl kann Bardenkunst geschaffen werden, auch Schwerter können Musik machen: Rhythmus, Rasanz, Tempowechsel, sogar Phrasierungen sind möglich; Hiebe von einer Reinheit und Klarheit, die den Tönen eines Liedes in nichts nachstehen. Keils bewegte sich wie im Takt einer Musik, die nur er allein hörte; man wußte nicht, ob er das Schwert führte oder das Schwert ihn.

Dennoch gelang Errian der erste blutige Treffer. Die Menge keuchte auf, als habe sie den Hieb selbst gespürt. Nur Gweniver blieb gelassen – die Götter wußten, was sie das an Überwindung kostete. Keils bewahrte Ruhe und wechselte nur die Schlagtechnik, um die verletzte Stelle zu schonen. Nun lenkte er Errians Defensivparaden alle auf eine Seite, um dann mit voller Wucht und ohne Vorwarnung von der anderen Seite auf ihn einzudringen.

Nach zehn Minuten bluteten beide. Errians Ausfälle wurden wilder und unkontrollierter, was durchaus nicht ohne Gefahr war, während Keils' Hiebe immer knapper, sparsamer und kräfteschonender, damit auf ihre Art aber nicht weniger bedrohlich ausfielen. Ich hielt die Parteien in etwa für gleich stark und war zufrieden; aber ein Blick in die Gesichter von anderen, Alannagh, Betwyr und Ferdia, die mehr Erfahrung hatten, zeigte mir, daß sie die Lage ganz anders und längst nicht so günstig beurteilten.

Sogar mir fiel auf, daß sich das Tempo gegenüber dem Anfang sehr verlangsamt hatte. Der Rhythmus war unregelmäßig geworden, beide Kontrahenten kämpften unter Schmerzen und unter Aufbietung aller Kräfte. Hieb, atmen, atmen, atmen, ein Schritt zurück, ausholen, die Klinge heben, atmen, schwingen, zuschlagen, Parade abfangen, atmen, atmen, schlagen, schlagen, schlagen ... Beim Claymore ging alles über die Schneide und damit über die Arm- und Rückenmuskeln. Keils' Hiebe kamen kraftvoller und trafen mit größerer Wucht, dafür teilte Errian die seinen besser ein und plazierte sie genauer; er ging nach einem bestimmten Plan vor, während Keils einzelne Schläge aneinanderreihte, die zwar in sich wirkungsvoll waren, aber in keiner Beziehung zueinander standen. Und selbst ich wußte, daß man auf diese Weise kein Duell gewann.

Inzwischen waren sie beide übel zugerichtet; Errian hatte mehr Treffer abbekommen, aber Keils' Verletzungen waren schwerer, seine Tunika triefte vor Blut. Doch sie kämpften weiter, als sei nichts geschehen – ein Schauspiel, aus dem man hinterher Legenden spinnen würde.

Dann holte Keils gewaltig aus, und Errian setzte eine starke Parade an; noch in der Bewegung stockte Keils, etwa in der Mitte seiner Schwertschneide war eine Kerbe entstanden. Die Menge stöhnte laut auf, und diesen Augenblick nützte Errian, um an der gleichen Stelle einen weiteren Hieb zu landen. Keils' Claymore brach zwei Fuß unterhalb des Handschutzes entzwei.

Die Zuschauer auf den Galerien schnappten nach Luft – sogar Gweniver verlor die Beherrschung. Unter der eisernen Maske blitzte, ganz kurz nur, die Verzweiflung auf –, doch jetzt demonstrierte Keils Rathen im Angesicht von ganz Keltia, wie er zu seinem Ruf gekommen war.

Ich wagte nicht mehr zu atmen, die Zeit schien stillzustehen, Sekunden dehnten sich zu Jahren. Errian holte zum Todesstoß aus, doch Keils hob seelenruhig den linken Arm und fing die Klinge ab. Der winzigste Fehler bei der Berechnung des Winkels oder der Wucht, und das Riesenschwert hätte ihm die Schulter glatt durchschlagen und wäre erst an den Rippen zum Stillstand gekommen: Doch Keils hatte die Bewegung aufs genaueste kalkuliert, er hatte mit der nietenbesetzten Lederschiene pariert und den Arm so gedreht, daß Errians Klinge auf dem gepanzerten Handrücken abrutschte. Die Schneide durchschnitt das Leder und drang ins Fleisch ein, aber der Schwung war gebrochen. Nun warf Keils mit der anderen Hand seinem Gegner den Stumpf des Claymore ins Gesicht, faßte gleichzeitig mit der Linken an der Parade vorbei, schloß die nur an der Innenfläche geschützte Hand um den zungenförmigen Griffschutz von Errians Schwert und entriß es ihm.

Das Manöver wäre eines Cuchulainn, ja, eines Fionn würdig gewesen; es verdiente, auf jedem Schlachtfeld besungen zu werden – Alannagh und Betwyr schlugen sich vor Begeisterung gegenseitig auf die Schultern –, und es verschaffte Keils gerade soviel Zeit, daß er in aller Ruhe nach hinten greifen und die Curtal-Axt aus der Gürtelschlaufe ziehen konnte.

Angesichts eines Gegners, der abermals bewaffnet war, während er selbst sein Schwert verloren hatte, konnte Errian Keils' Beispiel nur noch folgen. Der Kampfstil änderte sich von Grund auf. Für mich war es unfaßbar, daß sich die beiden überhaupt noch auf den Beinen halten konnten … Mit den weit ausholenden eleganten Schwüngen war es vorbei; jetzt drosch man mit kurzen abgehackten Bewegungen aufeinander los, das Duell entartete zu einem wüsten Massaker. Da unten ging es zu wie auf einem Schlachtfeld, und jeder konnte sich ausrechnen, daß es bald vorüber sein würde. Ich machte mich auf das Schlimmste gefaßt.

Denn, es war unglaublich, *noch einmal* wechselte das Glück die Seiten. Errian brachte die Spitze seiner Axt unter Keils' Schneide, während Keils gerade umgriff, und entriß ihm die Waffe mit einem heftigen Ruck. Die Axt flog in hohem Bogen durch die Luft und landete einige Meter entfernt auf dem Boden. Keils war völlig wehrlos.

Er tat das einzige, was ihm in dieser Lage noch zu tun blieb: er ging gezielt auf Errian los, duckte sich unter der blitzenden Axtschneide hindurch, holte sich dabei einen tiefen Schnitt über die ganze Länge des linken Schulterblatts, bekam aber den Axtstiel unmittelbar über Errians Händen zu fassen.

Fuß an Fuß, Brust an Brust standen sie nun voreinander, die Axt zwischen sich, jeder krallte die Finger um das blutige Holz. Es dauerte nur einen Augenblick, dann hatte Keils den Tuagh erobert und holte zum letzten Mal mit beiden Händen aus. Ich sah den tödlichen Hieb nicht; ich beobachtete Gweniver.

Sie ließ sich, eine seltene Ausnahme, für einen Augenblick von ihren Gefühlen überwältigen. Ihr Gesicht verzog sich wie bei einem weinenden Kind, sie schloß die Augen und hielt sich die Hand vor den Mund. Aber es ging ihr nur um Keils, nicht um sich selbst; gewiß, er hatte ihr den Freispruch errungen, doch viel wichtiger war für die Hochkönigin von Keltia, daß ihr Kämpe noch am Leben war.

Viel hatte freilich nicht gefehlt: Keils hob die Curtal-Axt nur etwa einen Zoll in die Höhe – zu mehr war er nicht imstande. Die Richter gaben ein Zeichen, daß sie ihm den Sieg zuerkannten. Nun konnten wir in den Ring stürmen. Keils stand noch immer auf dem gleichen Fleck, zu fassungslos, zu erschöpft, um auch nur einen Schritt zu tun. Ferdia erreichte ihn vor allen anderen. Als letzte kam Gweniver, sie weinte, wie ich sie noch nie hatte weinen sehen und auch später nie sehen sollte. Wir hatten die Heiler mitgebracht, Keils wurde aus dem Ring getragen. Ich blieb mit Tarian und Grehan zurück, um dafür zu sorgen, daß das Urteil schriftlich niedergelegt und Gweniver, Arthur und Morgane öffentlich von aller Schuld freigesprochen wurden.

»Die Vorwürfe gegen die Beschuldigten werden abgewiesen«, sagte Tarian. Sie wirkte äußerlich etwas verwirrt, Grehan und ich hatten ihr in unserer Begeisterung das glasblonde Haar zerwühlt. »Keils geht es – soweit gut?«

»Die Heiler meinen ja«, sagte ich. Ich war selbst den

Tränen nahe. »Ich glaube, das hätte niemand sonst geschafft …«

»Da gibt es kein ›ich glaube‹«, rief Grehan voll Inbrunst. »Ein solches Duell hat es noch nie zuvor gegeben. Aber …«

»Ja«, sagte ich grimmig. »Aber.«

Grehans ›Aber‹ rief uns in Erinnerung, was wir uns für den Fall vorgenommen hatten, daß Keils den Sieg davontrug (eine Niederlage wäre so entsetzlich gewesen, daß wir dafür erst gar keine Pläne gemacht hatten): wir mußten zurückverfolgen, was Errian zu seinem Verhalten bewogen hatte. Einigkeit herrschte darüber, daß Marguessan dahintersteckte; die Frage war, wie wir es beweisen sollten, aber auch, was sie sich davon erhoffte, daß sie ausgerechnet Gweniver und Keils aufs Korn nahm. Zu diesem Zweck sollte ich nun als Spion tätig werden. Von Arthur und Majanah und von der Flotte, die wir zur Rettung Donahs ausgeschickt hatten, gab es noch keine Nachricht.

»Ach du Große Göttin! Immer schön eine Katastrophe nach der anderen!« rief Gweniver bei der Abendmahlzeit, aber sie lachte dabei, und wir lachten mit.

Als erstes hatten wir Keils vom Kampfring nach Turusachan schaffen lassen und Keltias beste Heiler zusammengerufen. »Ich wünschte, Elenna wäre nicht mit Arthur unterwegs«, klagte Tarian. »Sie mag ein großer Feldherr sein, aber sie gilt auch noch immer als die fähigste Heilerin, die wir in der Gefährtenrunde jemals hatten. Und wer wäre besser als jemand aus den eigenen Reihen?«

Die zugezogenen Nicht-Gefährten-Heiler bewährten sich jedoch recht gut, auch wenn sie ganz ungewöhnlich wortkarg waren und nur widerwillig einräumten, daß Keils wahrscheinlich länger leben würde, als man es bei einem derart zerschlagenen Menschen erwarten könne. Als ich mit Gweniver zu einem kurzen Besuch ins Krankenzimmer schlüpfte, gab Keils sich weitaus munterer und zuversichtlicher als seine Betreuer, und lachte uns wegen unserer Befürchtungen aus. Bevor er wieder einschlief, beugte Gwen sich über ihn und flüsterte ihm ein paar vertrauliche Worte ins Ohr. Ich wandte mich ab. Ich wollte nicht mehr erfahren, als für meinen Seelenfrieden gut war.

Immerhin war damit sichergestellt, daß sich der Held des Tages in geeigneten Händen befand und der Heilungsprozeß gute Fortschritte machte. Jetzt durften wir uns ein kleines Festmahl gönnen und uns für ein Weilchen unserer Erleichterung hingeben. Bald genug mußten wir ohnehin wieder zum Schwert greifen, denn schon schickte sich ein neues Heer von Sorgen an, gegen unsere zerrütteten Linien anzurennen. Also versammelten wir uns – nur die engsten Verwandten und Seelenfreunde – in Ygrawns Speisezimmer und schworen bei einem Glas Usqua, solange wir bei Tisch saßen, kein Wort über vergangenes, gegenwärtiges oder künftiges Unheil zu verlieren. Der Dán von morgen konnte bis morgen warten; heute wenigstens wollten wir feiern.

Wir ahnten nicht, was auf uns zukam, sonst hätten wir uns womöglich anders verhalten. Aber vielleicht gönnte uns der Dán, nachdem er uns so übel mitgespielt hatte, eine kleine Atempause vor der nächsten Runde … Wie auch immer, später waren wir froh um diesen Abend. Er zeigte uns die Welt zum letzten Mal so, wie wir sie gekannt hatten, bevor sich alles änderte.

Kapitel 20

Für jemanden, der dem Richtschwert nur um Haaresbreite entgangen war, legte Gweniver gegenüber den Gefährten, die sich so unübersehbar geweigert hatten, für sie einzutreten (und sich nun gründlich schämten), eine überraschend versöhnliche Haltung an den Tag. Ich neige nicht zur Gewalttätigkeit, aber wenn sie *mich* so behandelt hätten, ich hätte sie in Stücke gerissen. Sie dagegen sann nicht auf Rache, sie wollte nicht einmal die Tafelrunde auflösen oder wenigstens die Treulosen ausschließen oder in die Verbannung schicken.

»›Versöhnlich‹!« wiederholte sie und lachte grimmig. »Nein, keine Sorge! Das verzeihe ich ihnen in diesem und wahrscheinlich auch im nächsten Leben nicht. Aber was willst du, Tal? Mag sein, daß sie schwach und ängstlich sind, daß sie sich von Marguessans Verleumdungen haben blenden lassen, daß ihre Dummheit größer ist, als uns lieb sein kann; aber es sind und bleiben Gefährten, und wir werden sie in nicht allzu ferner Zukunft noch brauchen. Schon als kleines Mädchen habe ich mich gehütet, meine Spielsachen zu zerbrechen, auch wenn ich mich über sie geärgert hatte, und heute werde ich kein Werkzeug wegwerfen, auch wenn es mich im Stich gelassen hat. Ob Spielsachen oder Werkzeug, sie sind alles, was ich habe. Und sie werden ihrem Dán nicht entgehen, keine Sorge. Ich brauche keinen Finger zu rühren; die Strafe kommt ganz von allein. Und das genügt mir.«

Ich war froh, daß sie keine großen Vergeltungsaktionen plante; doch zugleich betrübte es mich, sie unsere Gefährten, die so vieles mit uns durchgestanden hatten, zu bloßen Werkzeugen degradieren zu sehen.

»Das haben sie sich selbst zuzuschreiben«, sagte

Morgane kalt. »Sie haben es nicht anders verdient, ich denke nicht daran, mich einzumischen. Laß mich in Ruhe.« Mehr war nicht aus ihr herauszubekommen, so sehr ich sie auch bedrängte, und schließlich gab ich mich geschlagen und trollte mich, nur um mich einige Zeit später vor dem Saal Gwahanlen wiederzufinden. Ich zögerte kurz, dann stieß ich die hohen Türen auf, die nie verschlossen wurden, und trat ein.

Auf den ersten Blick schien alles unverändert, und doch war alles anders geworden. ... Eine unbestimmte Traurigkeit erfaßte mich, ich warf mich auf den nächstbesten Stuhl und starrte quer durch den Raum. Da drüben war mein Platz, Gwencathra. Was würde ich von dort aus wohl sehen, wenn sich die Tafelrunde zum nächsten Mal versammelte? Einen Haufen feiger, nichtsnutziger Creevies? Würde es überhaupt ein nächstes Mal geben? Oder waren die Gefährten bis dahin tot? Die Runde aufgelöst? Der Tisch zerbrochen?

Ich wurde unruhig. Was würde *Artos* sagen, wenn er zurückkam und erfuhr, was in seiner Abwesenheit geschehen war? Was würde er *tun*? Ich schlug die Hände vors Gesicht und legte die Stirn auf den Tisch. Die Gefährtenrunde, die gleiche Gefährtenrunde, die seit Cadarachta und Coldgates zusammengestanden und das erste und zweite Llwynarth überdauert hatte – diese Gefährtenrunde hatte schmählich versagt. Es hätte nicht viel gefehlt, und Keltia hätte seine Hochkönigin wegen einer falschen, an den Haaren herbeigezogenen Anklage getötet. Nur Keils' Mut und seinem ausgeprägten Gerechtigkeitssinn hatten Gwen und wir alle unsere Rettung zu verdanken – wie würde Artos *das* wohl aufnehmen? Er hatte vermutlich von dem Fíor-comlainn und allem, was damit zusammenhing, noch nichts erfahren, aber man konnte nie genau sagen, wieviel Arthur wußte oder nicht, und so verließ man sich besser nicht auf Vermutungen. Wir jedenfalls wußten noch immer nicht, ob Donah in Sicherheit war.

Immerhin war vor zwei Tagen *eine* Entscheidung gefallen: ich sollte baldmöglichst aufbrechen, um mich als Spion zu betätigen. Und ich selbst hatte nach Rücksprache mit Morgane beschlossen, mich schon am nächsten Abend auf den Weg zu machen. Mit einem weiteren Aufschub war nichts zu gewinnen: Wenn Marguessan neue Gemeinheiten ausheckte, mußten wir das schleunigst erfahren. Für einen Augenblick malte ich mir aus, wie teuer es mich wohl zu stehen käme, wenn ich Keltia für immer von meiner Schwägerin befreite. Eine verlockende Vorstellung. Wahrscheinlich müßte man auch Mordryth töten – wenn er am Leben blieb, zettelte er bestimmt einen neuen Rachefeldzug an – und Irian gleich mit, obwohl Marguessans Gemahl bei ihren Intrigen und auch sonst immer nur eine Nebenrolle gespielt hatte …

Ich wurde jäh aus meinem Ashling von einem marguessanfreien Keltia gerissen. Morgane betrat den Saal Gwahanlen und setzte sich wortlos ein Stück von mir entfernt auf einen Stuhl. Als das Schweigen andauerte, sah ich mir die Bildteppiche an den Wänden an, und siehe da, sie flößten mir neuen Mut ein: Nicht zum ersten Mal durchlebte Keltia seltsame und schwere Zeiten, und gewiß auch nicht zum letzten Mal, wenn die Weissagungen, die ich seit der Gralssuche andauernd zu hören bekam, auch nur ein Körnchen Wahrheit enthielten, woran ich nicht zweifelte. Bisher war es noch immer ungebrochen, ja gestärkt daraus hervorgegangen.

Wir hatten doch eine Menge erreicht: Der Kelch war wohlbehalten zurückgekehrt, die Schätze waren wieder vollzählig. Selbst für den Fall, daß sie uns verließen, konnten wir darauf bauen, daß sie ihr segensreiches Wirken fortsetzten, und irgendwann würden sie auch wiederkommen …

»Du willst also fort«, sagte Morgane. Ich erschrak, denn ich hatte ganz vergessen, daß sie da war. »Und wohin soll die Reise gehen?«

»Auf Anhieb fällt mir kein bestimmtes Ziel ein«, gestand ich. »Die Zeiten der Gegenrebellion sind vorbei. Damals stolperte man auf Schritt und Tritt über irgendwelche Informationen – aber irgend etwas sagt mir, daß Gwynedd kein völlig unfruchtbarer Boden wäre.«

Morgane lächelte zufrieden. »Ich habe unseren Rechtair auf Tair Rhandir angewiesen, alles für unseren Empfang zu bereiten«, sagte sie. »Gerrans, Cristant und die Kinder freuen sich schon sehr.«

Und so reisten wir nach Gwynedd.

Es war fast wieder wie früher. Nein, ich höre schon, wie mir Euer Hohngelächter entgegenschallt: Schön, es war *genau* wie früher, und ich genoß es in vollen Zügen; seid Ihr jetzt zufrieden?

Morgane war wie geplant auf Tair Rhandir zurückgeblieben, und ich wanderte allein durch Gwynedd. Meine Gattin hatte ihre ganze Zauberkunst aufgeboten, um mein Aussehen zu verändern. Als sie endlich mit ihrem Werk zufrieden war und ich mich im Spiegel betrachtete, hielt selbst ich es für ausgeschlossen, daß Marguessan mich wiedererkannte. Morgane hatte sich nicht mit einem einfachen Fith-fath oder einem Glamourie begnügt, beides hätte Marguessan mit ihrem vom Marbh-draoi geschärften inneren Auge mühelos durchschaut. Nein, sie hatte mich einem Wahrwandel unterzogen, einer tiefgreifenden Veränderung.

So blickte mir nun aus dem Spiegel mit dem Goldrahmen ein fremdes Gesicht entgegen, das mir manchmal älter vorkam, und dann wieder jünger. Der andere hatte helleres Haar und dunklere Augen, die roten Wangen eines Bauernburschen und den Körperbau eines Faustkämpfers. Wir waren uns einig gewesen, daß ich es nicht wagen konnte, als Wanderbarde aufzutreten, und so hatte ich mich statt dessen für den Beruf des Wanderschusters entschieden und mir für jedes meiner drei Packpferde einen Tragekorb mit den schönsten Wild- und Glattlederstücken und mit den Werkzeugen meines neuen Handwerks zusammengestellt.

Dann hatte ich mich von Morgane, Gerrans und Cristant und von der kleinen Cathelin verabschiedet – die Zwillinge befanden sich bereits in ihrer Pflegefamilie auf Erinna – und mich auf den Weg nach Osten gemacht. Mit Morgane wollte ich jeden Abend in Kontakt treten, um Neuigkeiten auszutauschen, doch ansonsten würde ich nahezu vollständig auf mich gestellt sein. Zwar hatte man einigen unserer getreuen Vasallen von meinen Plänen erzählt, damit ich mich notfalls um Hilfe an sie wenden konnte, doch selbst das fand ich zu riskant. Am besten mied ich alles, was mich mit Tara oder mit meiner wahren Identität unter der Maskerade in Verbindung bringen konnte …

Noch wußte ich nicht, wohin ich mich wenden sollte. Der Alte Norden, Irians Stammland, der seit der Regierungszeit des Hochkönigs Elrick im Besitz seiner Familie war, bot sich zwar an, aber gleich zu Anfang so ohne weiteres dort aufzutauchen, erschien mir nicht nur dreist, sondern auch gefährlich. Andererseits hatte ich auch nicht allzu viel Zeit, um in Erfahrung zu bringen, was ich so dringend wissen mußte …

Und so lenkte ich meine Schritte wider besseres Wissen genau in diese Richtung, nach Nordnordwest.

Gwynedds Alter Norden liegt strenggenommen weder sehr weit im Norden, noch ist er besonders alt. Aber er war vor Jahrhunderten – als Brendans teurer Freund Conn Kittagh sich hier ganz allein ein Dúchas absteckte – unter den allerersten Regionen gewesen, die besiedelt wurden. Und er sollte noch jahrhundertelang sehr viel weiter nördlich liegen als jeder andere Verwaltungsbezirk auf dem Planeten.

Daran hatte sich nicht viel geändert: Nur Coldgates,

Tair Rhamant, als es die Provinz Gwaelod noch gab, und eine Handvoll weiterer Ortschaften lagen nördlicher als Lleyn. Als ich nun das Kernland von Gwynedd durchquerte, vorbei am Agned, in Sichtweite von Glora, da überlegte ich, was Conn wohl bewogen haben mochte, sich eine derart einsame Gegend auszusuchen, und ob die Locryn-Sippe, die nicht einmal mit ihm verwandt war, vielleicht noch andere Gründe hatte, hier zu hausen?

Wie auch immer, das Land war wunderschön. In leichten Wellen zog sich die Ebene zu den Ausläufern von Lleyn empor, und am Westufer des Meers von Glora erhob sich gar ein richtiges Gebirgsmassiv. Nördlich davon lag Collimare, fiel mir ein. Ob Morgane wohl Gelegenheit fand, ihre alte Schule zu besuchen, solange wir auf Gwynedd waren – und ob Birogue in letzter Zeit noch einmal hiergewesen war …

In den kleinen Dörfern, in den Maenors und in den Bezirken, die ich durchquerte, fanden sich genügend Kunden für einen falschen Wanderschuster; ich hatte alle Hände voll zu tun und dankte den Göttern, daß man mich in Tinnavardan – wo auch künftige Barden bei der Herstellung und der Reparatur von Alltagsgegenständen noch mit Hand anlegen mußten – gezwungen hatte, mir wenigstens die Grundbegriffe dieses ehrenwerten Berufs anzueignen. Die Tarnung, die ich mir ausgesucht hatte, erwies sich als überraschend gut und nützlich: nicht nur, daß mir meine Kunden bereitwillig den neuesten Klatsch erzählten, während ich Maß nahm oder zerrissene Stiefelschäfte flickte. Der rein handwerkliche Aspekt meiner Tätigkeit befriedigte auch meinen Schöpferdrang – als Barde konnte ich mich auf diesem Marsch ja kaum betätigen, denn Morgane hatte zwar mein Aussehen verändern können, aber meine Kunst hätte mich sofort verraten …

Ich erfuhr mehr, als ich gedacht hatte. Die Locryn-Sippe war in dieser Gegend gut bekannt; das beste, was die Leute über Irian zu berichten wußten, war, daß man wenig von ihm hörte und sah. An Marguessan ließen sie kein gutes Haar. Über Galeron und Gwain schwiegen sie – auch bei den einfachen Menschen waren manche Wunden offenbar noch nicht verheilt –, und was Mordryth anging, so waren die Meinungen erstaunlicherweise sehr geteilt. Einige priesen ihn in den höchsten Tönen, andere schmähten ihn mit Schimpfwörtern, die ich bis dahin noch nie gehört hatte, aber vom Standpunkt des Barden aus höchst reizvoll fand. Ich speicherte sie zur späteren Verwendung in meinem Gedächtnis.

Zwei Neuigkeiten waren besonders wertvoll. Einmal ging es darum, daß man die kleine Handelsniederlassung, die man ursprünglich auf Powys eingerichtet hatte, um den Outfrenne-Händlern einen unmittelbareren Kontakt zu den keltischen Lieferanten zu ermöglichen, als das von unserem Handelsplaneten Clero aus möglich war, auf Irians Ersuchen vor kurzem nach Caer Dathyl verlegt hatte. Ich erinnerte mich schwach, daß Gwen oder Arthur davon gesprochen hatten, ohne daß ich mich damals weiter darum gekümmert hätte; doch als mir ein gesprächiges Adelssöhnchen (der Junge mußte seine Stiefel ungewöhnlich strapazieren, denn er brachte mir vier Paar zum Flicken und gab vier weitere Paare in Auftrag) munter erklärte, ja, gewiß, in Caer Dathyl hielten sich Galláin auf, und sie seien mit Mordryth von Lleyn ein Herz und eine Seele, da gewann ich allmählich den Eindruck, daß Gwynedds Hauptstadt sich womöglich als fruchtbarer erweisen könnte als die Felder des Alten Nordens.

Der lag obendrein für meinen Geschmack viel zu nahe an Oeth-Anoeth, und damit wollte ich schon gar nichts zu tun haben. So meldete ich mich an diesem Abend wie vereinbart bei Morgane und teilte ihr mit, ich hätte mir ein neues Ziel ausgesucht. Sie war nicht davon begeistert, aber das konnte mich nicht umstimmen. Und auch meine Begeisterung hielt sich schließlich in Grenzen.

So erreichte ich, noch immer als Schuster verkleidet, Caer Dathyl – Kunden gab es sicher auch in einer großen Stadt wie dieser – und bezog ein bescheidenes Quartier in einem Bruidean am Fuß des massiven Burgfelsens.

Hier hatte ich Freunde und Verbindungsleute – jedenfalls als Taliesin Pen-bardd und auch als Prinz Taliesin –, und die suchte ich auf, und hörte mir an, was sie zu erzählen hatten. Letzten Endes hatte ich mehr Neuigkeiten zu bieten als sie, besonders über das Fíorcomlainn und über Donahs Entführung (soweit ich darüber Bescheid wußte), aber einiges erfuhr ich doch. Zum Beispiel über die soeben von Powys hierher verlegte Handelsniederlassung: Obwohl sie streng überwacht wurde, alle Bewohner unter aufmerksamer Beobachtung standen und niemand nach Belieben ein- und ausgehen konnte, war fast ganz Caer Dathyl überzeugt, die Niederlassung sei in Wirklichkeit eine Brutstätte für Spione.

Und nicht etwa für irgendwelche Spione, sondern Koranier, Fomori und Fir Bolg. Ihr könnt mir nun gern vorhalten, mein ewig mißtrauisches Bardengehirn denke eben immer gleich das Schlimmste, aber sobald ich das hörte, war mir klar, wo sich Marguessan Pendreic die ganze Zeit über versteckt hatte, als sie in Keltia nicht zu finden war; und womit sich Mordryth – und vielleicht auch Malgan – in letzter Zeit beschäftigten …

Von den Galláin, die sich derzeit in Caer Dathyl aufhielten, erregten fünf oder sechs mein ganz besonderes Interesse, und zwar weniger wegen ihrer Abstammung – einige waren Galláin, die anderen Halbkelten –, sondern weil ich wußte, wo sie zuletzt gearbeitet und gewohnt hatten, bevor sie nach Keltia kamen, um hier den Handelsberater zu spielen.

Alle, die durchtriebene Koranierin Tembrual Phadaptë, ihr Landsmann Sleir Venoto, die beiden ach so hilfsbereiten (oder zur Mitarbeit gezwungenen) Halbkelten Phayle Rotschild und Kiar mac Ffreswm, alle waren sie vor einigen Jahren mehr oder weniger stark am Abschluß des Handelsabkommens zwischen Melwas von Fomor und uns beteiligt gewesen. Und alle hatten sie zuvor auf Clero gelebt.

Ich fand es auf Anhieb sonderbar, daß die ganze Meute *zufällig* zur gleichen Zeit in Caer Dathyl aufgetaucht sein sollte – solch glückliche Zufälle waren mir immer verdächtig. Doch als meine Verbindungsleute genauere Ermittlungen anstellten und herausfanden, daß die vier aufs engste mit einem gewissen Granúmas, einem Affenwesen aus der Gattung der Voritier vom Planeten Uxellos und mit Rannick von Lissard zusammenarbeiteten – ja, mit genau dem Rannick, der dem verstorbenen Errian von Kerveldin so hilfreich zur Seite gestanden hatte –, da kribbelte es mir in den Fingerspitzen.

»Ja, es klingt bestechend, aber ich hätte doch gedacht, daß sie ihre Spuren gründlicher verwischen würden«, sagte Morgane, als wir an diesem Abend wie üblich in Verbindung traten. In der leichten Marana-Trance, die für diese Art der Kommunikation Voraussetzung war, sah ich ihr Gesicht so deutlich vor mir, als säßen wir im gleichen Raum. Und die Skepsis in ihren Zügen war mehr als deutlich.

»Sicher, sie hätten besser daran getan, sich eine andere Identität zuzulegen«, räumte ich ein. »Aber im Augenblick haben sie noch keinen Grund, mißtrauisch zu sein, vielleicht verlassen sie sich auch darauf, daß Marguessan sie schon zu schützen wissen wird. Sie ahnen ja nicht, wie schnell gerade deine Schwester sie den hungrigen Tigern zum Fraß vorwerfen würde, wenn sie sich damit Ärger ersparen könnte. Wie auch immer, sie sind ziemlich vorsichtig, aber sie haben wohl noch nicht gemerkt, daß wir ihnen auf die Schliche gekommen sind.«

»Das wäre ja auch zuviel gesagt«, gab Morgane schroff zurück. »Bisher haben wir nur ein paar ungenaue Hinweise und Vermutungen ...« Sie wechselte jäh das Thema. »Hast du erfahren, wo meine Schwester sich aufhalten könnte?« Mein verächtliches Schnauben wurde sogar von Geist zu Geist übertragen: Wenn Morgane von ihrer Schwester sprach, nahm sie so gut wie nie deren Namen in den Mund. Immer hieß es ›meine Schwester‹, ›deine Schwägerin‹, ›die zweite Tochter meiner Mutter‹ oder gar ›die Herzogin von Eildon‹. Als sei ihr der Name Marguessan so zuwider, daß sie ihn nicht einmal auf der Zunge spüren wollte ...

»Ja«, antwortete ich hastig, denn Morgane hatte ihre Frage ziemlich gereizt wiederholt. »Und du wirst niemals erraten, wo ...«

Wie sollte sie auch: Dies war nämlich die zweite, aufschlußreiche Neuigkeit, die ich meinem geschwätzigen Stiefelfreund in Lleyn aus der Nase gezogen hatte. Ich hatte Morgane noch nichts davon erzählt, weil ich mich erst noch vergewissern wollte. Wenn es nämlich die Wahrheit war, dann war sie vernichtend.

Und es *war* die Wahrheit, daran bestand kein Zweifel mehr: Wenn Marguessan derzeit überhaupt geruhte, Gwynedd mit ihrer Anwesenheit zu beehren, dann logierte sie nicht bei ihrem Gemahl Irian im Maenor seiner Vorfahren, sondern sehr viel weiter im Süden – in Gwenwynbars altem Schlupfwinkel Saltcoats.

»Und wer sich dort in den letzten Jahren eingenistet hat, wissen wir ja nur zu gut«, sagte Morgane tonlos, als ich mein Geheimnis lüftete.

Und wie wir das wußten. Natürlich Malgan Rheged.

So fügte sich immer schneller eins ins andere, aber ich konnte erst nach Tara zurückkehren, wenn ein wichtiger Teil im Zentrum des Bildes komplett war. Gweniver – und schon gar nicht Arthur, falls er inzwischen von Fomor oder woher auch immer zurückgekehrt sein sollte, wovon wir freilich noch nichts erfahren hatten – würde nie gegen eine Prinzessin aus königlichem Hause vorgehen, wenn er nicht sehr viel eindeutigere und belastendere Indizien bekam, als wir sie derzeit liefern konnten. Die Ard-rían und auch der Ard-rígh mochten noch so sehr von Marguessans Schuld überzeugt sein (und das waren sie wahrhaftig), daß sie mit Spionen und feindlichen Outfrenne-Mächten unter einer Decke steckte, war noch nicht erwiesen. Nein; ich mußte Artos und Gwen handfeste Beweise beschaffen, und dabei mußte ich größte Vorsicht walten lassen. Denn wenn ich mich dazu nach Saltcoats wagen mußte – meine letzten Besuche dort hatte ich nicht gerade in angenehmster Erinnerung –, dann konnte ich den oben erwähnten hungrigen Tigern auch gleich die Hand in den Rachen stecken. So überlegte ich lange hin und her, wie ich es anstellen sollte, in die Burg einzudringen und sie mit meinen Beweisen heil wieder zu verlassen.

Doch mitten in meinen düsteren Gedanken mußte ich plötzlich lächeln. Ich trug Morganes Wandelzauber doch noch immer wie einen schützenden Panzer; warum sollte mein anfänglicher Plan auf Saltcoats nicht genauso gelingen wie auf Lleyn? Ich ließ mich auf meinem Bett in die Kissen sinken und lächelte wieder. Vielleicht konnte auch Marguessan ein neues Paar Stiefel gebrauchen ...

Die Saltney-Sümpfe durchquerte ich auf der Küstenstraße, die von Caer Dathyl nach Süden führte, und am Morgen des vierten Tages sah ich die Burg, der die Sümpfe ihren Namen gegeben hatten, jenseits der breiten, stillen, sanft geschwungenen Bucht aufragen. Ich wußte mich gut getarnt und gut geschützt, dennoch überlief mich ein kalter Schauer. Saltcoats barg viele Erinnerungen für mich, und sie waren ausnahmslos unerfreulich.

Die Burg selbst hatte sich seit Gwenwynbars Zeiten nicht verändert, und als ich in den äußeren Faha eintritt, konnte ich mir das nur damit erklären, daß Malgan zum Andenken an seine Mutter und an seine eigene, hier verbrachte Kindheit alles so belassen hatte, wie es war. Schön war Saltcoats immer gewesen – und schön war es auch heute noch. Gwenwynbar hatte Geschmack besessen, das war nicht zu bestreiten, und sie hatte erstaunlicherweise die einsam gelegene Burg dem Glanz von Caer Dathyl vorgezogen, um dann allerdings hier hofzuhalten wie eine Königin.

Allen erfreulichen Eindrücken zum Trotz, war ich nur zwei- oder dreimal hiergewesen. Als ich Owein Rheged noch als Barde diente und zugleich unter dem ziemlich prahlerischen Decknamen Mabon Dia²ledd für die Gegenrebellion spionierte, während Gwenwynbar als Oweins Gemahlin hier die Herrin spielte, da hatte ich es, die Gründe liegen auf der Hand, nach Möglichkeit vermieden, zu ihr geschickt zu werden. So hatte ich Saltcoats nur selten und immer nur ganz kurz besucht, wenn ich für Owein eine dringende Botschaft zu überbringen hatte. Betreten hatte ich die Burg nie; und als ich jetzt an den Außenmauern des großen Bergfrieds emporblickte und Marguessans Gegenwart wie eine feuchte, klebrige Finsternis spürte, da nahm ich mir fest vor, auch jetzt keinen Fuß ins Innere zu setzen. Nein, die neue Herrin von Saltcoats – Gwenwynbar hatte eine wahrhaft würdige Nachfolgerin gefunden – mußte schon zu mir herauskommen. Und ich wußte auch, wie ich sie dazu bewegen konnte.

Die ersten Kunden warteten schon, bevor ich meinen geduldigen Tieren noch die Körbe abgenommen hatte. Vielleicht waren Handwerker auf Wanderschaft auf Gwynedd dieser Tage selten; oder, und das hielt ich für wahrscheinlicher, es zog sie nicht gerade nach Saltcoats. Wie auch immer, ich war umringt von Menschen, die neue Stiefel kaufen wollten, und ich nahm alle Aufträge an und bemühte mich auch, auf Sonderwünsche einzugehen. So dauerte es nicht lange, bis sich meine Hoffnung erfüllte. Vom Bergfried kam Nachricht, die Prinzessin Marguessan habe gesehen, daß der tüchtige Stiefelmacher ausgezeichnete Arbeit leiste, und gestatte ihm nun gnädigst, auch ihr ein neues Paar anzufertigen.

Ich dienerte nach Kräften vor der blasierten Kuh von einer Hofdame, die man mir geschickt hatte, und hatte ihr bald die nötigen Fußmaße entlockt – da Marguessan die gleichen Füße hatte wie ihre Zwillingsschwester, waren sie mir gut bekannt, und ich hatte bereits einige Vorarbeit geleistet. Nun erkundigte ich mich bescheiden nach den Wünschen Ihrer Hoheit bezüglich Leder und Verzierungen, und fertigte nach diesen Angaben ein Paar schöner, kernischlederner Stulpenreitstiefel an. Billig waren sie nicht, aber die Hofdame war so angetan davon, daß sie den geforderten Preis sofort bezahlte und die Stiefel mit nach Saltcoats nahm.

Am nächsten Morgen war sie wieder da – diesmal erinnerte sie mich eher an eine Ziege als an eine Kuh – und klagte, die Stiefel hätten ihrer Herrin nicht gepaßt, sie seien im Schaft zu weit und im Fuß zu kurz. Ich brauche das Geld nicht zurückzuzahlen, müsse aber ein neues Paar liefern. Ich entschuldigte mich wortreich, ließ alle anderen Aufträge liegen, fertigte ein zweites Paar Stiefel, diesmal aus vergoldetem Leder, und wurde wieder entsprechend entlohnt.

Als die Hofdame am nächsten Morgen wiederkam,

wollte mir zunächst kein Tier einfallen, mit dem ich sie vergleichen könnte. Sie sprach jetzt sehr viel schärfer mit mir, wählte aber einfachere Worte. Offenbar hielt sie mich trotz meiner handwerklichen Geschicklichkeit allmählich für einen Schwachkopf. Und selbst meine Geschicklichkeit lasse zu wünschen übrig, teilte sie mir mit, denn die Prinzessin habe auch das zweite Paar Stiefel zurückgewiesen. Diesmal seien sie im Fuß zu lang und im Schaft zu eng, und obendrein seien die Stulpen nicht gleich. Auch diesmal dürfe ich die Crossics behalten, habe aber ein drittes Paar zu liefern, für das ich keine Bezahlung mehr erhalten werde.

»Nein«, seufzte ich endlich und warf das sehr viel bescheidenere Schuhwerk, an dem ich arbeitete, zu Boden. »Ich tue keinen Handschlag mehr, bis die Prinzessin herunterkommt und mir gestattet, bei ihr selbst Maß zu nehmen. Vielleicht haben die vornehmen Leute andere Füße als das gemeine Volk, jedenfalls hatte ich noch nie soviel Ärger mit meinen Stiefeln wie in den letzten Tagen. Richtet ihr das aus.«

Die Dame stolzierte davon – jetzt hatte ich es! Wie ein aufgebrachter, tief gekränkter, langbeiniger Storch –, und ich lehnte mich zurück und wartete auf Marguessan. Denn daß sie kommen würde, bezweifelte ich nicht: Ich hatte ihre Gier in den Augen ihrer Dienerin funkeln sehen. Sie konnte auf diese prächtigen Stiefel nicht verzichten und würde sogar auf die Forderungen eines einfachen Wanderschusters eingehen, um sie zu bekommen.

Sie kam früher, als ich gedacht hatte; fast *zu* früh, ich war noch nicht ganz für sie bereit. Ich hatte mich unter anderem deshalb bemüht, sie aus Saltcoats herauszulocken, weil ich befürchtete, die Burg sei allzu gut geschützt (und weil Morgane mir streng verboten hatte, mich hineinzuwagen). Innerhalb der Mauern könnte nicht nur meine magische Tarnung leiden, womöglich wäre ich auch von außen nicht mehr zu orten, und damit von jeder Hilfe abgeschnitten. Wie sich bald herausstellte, waren meine Ängste nur zu begründet.

»Nun, Schuhmacher«, kam eine Stimme von draußen. Das klang so sehr nach meiner Morgane, daß ich mir (obwohl ich den Besuch erwartet hatte) vor Schreck mit dem Schusterhämmerchen auf den Daumen schlug.

Marguessan war vor der Tür des offenen Werkschuppens stehengeblieben, in dem ich mich seit drei Tagen häuslich eingerichtet hatte. Ich konzentrierte mich fest auf die Stiefelsohle, die ich gerade nagelte, und blickte nicht auf. Als ich ihren Argwohn spürte, zog ich mich noch tiefer in das Eidolon des einfachen Flickschusters Rhobat zurück, verstärkte es mit meinen Bardenkünsten und schickte Taliesin Glyndour weit, weit weg ...

»Hoheit!« Ich verneigte mich tief, legte ungeschickt die Hand aufs Herz, als sei ich an solche Gesten nicht gewöhnt, und hoffte inständig, daß sie mir den Tölpel auch abnahm. »Welche Ehre – verzeiht mir die Mängel – ganz allein meine Schuld – wollt Ihr nicht nähertreten ...« Sie rauschte an mir vorüber, während ich unaufhörlich weiterplapperte. Nur gut, daß ich so nervös war, das machte mein Gefasel überzeugender.

»Die Stiefel sind wunderschön«, sagte sie und setzte sich auf den Anprobeschemel. »Aber mit meinen Maßen kommst du offenbar nicht ganz zurecht.«

»Das bedauere ich sehr«, sagte ich, nahm ihren Fuß in die Hand und legte das Maßband an. »Aber jetzt, da Hoheit selbst gekommen sind, gelingen sie mir sicher besser.«

Nun hatte ich mir natürlich nicht eingebildet, daß Marguessan einem scheinbar unfähigen Schuster auf der Stelle ihr schwarzes Herz ausschütten würde, aber sobald ich sie berührte, spürte ich ganz stark, daß sich im Innern dieser Frau große und schreckliche Geheimnisse verbargen. Und dieser Eindruck wurde immer deutlicher, je länger ich vor ihr saß, Messungen vornahm und ihr, getreu meiner Rolle, bescheidene Komplimente machte. Als ich endlich aufblickte, stieg gerade draußen im Faha Tembrual Phadaptë von einem schaumbedeckten braunen Wallach, und ich mußte meine Züge wie meine Stimme sehr beherrschen, um mir meine Freude wie meine Bestürzung nicht anmerken zu lassen.

Marguessan war offenbar nichts aufgefallen. Sie blieb soweit freundlich, wenn auch kühl und reserviert – ganz anders als ihre Zwillingsschwester, die nicht nur Könige, sondern auch Schuster wie Könige behandelte, weil für sie alle Menschen gleich waren und gleich viel Respekt verdienten. Nachdem wir noch ein paar Worte gewechselt und ich mich abermals entschuldigt hatte, verließ sie meinen Schuppen und kehrte in den Palast zurück.

Ich ließ mich auf den Anprobeschemel fallen, auf dem sie eben noch gesessen hatte, und stieß einen tiefen, hörbaren Seufzer der Erleichterung aus. Dabei war noch längst nicht alles überstanden; noch hatte ich nicht in Erfahrung gebracht, was ich wissen wollte. Zwar konnte ich jetzt sicher sein, daß Marguessan mit Fremdweltlern im Bunde war – Tembruals Erscheinen stützte den Verdacht –, aber ein konkreter Beweis fehlte mir noch immer.

Dennoch fühlte ich mich, als ich mich an diesem Abend in einer Ecke meiner Werkstatt zusammenrollte, zuversichtlicher und weniger verängstigt als seit langem.

Ich werde eben niemals klüger.

Kapitel 21

Am nächsten Mittag wurde ich mit der Anweisung, die nun passenden Stiefel mitzubringen, zur Prinzessin beordert. Ich hatte Saltcoats zwar auf keinen Fall betreten wollen, wagte nun aber nicht, mich dem Befehl zu widersetzen. Mußte es für einen einfachen Wanderschuster nicht die Krönung seines Daseins sein, von einer Prinzessin in ihr Schloß gerufen zu werden, um ihr die Stiefel, die sie bei ihm bestellt hatte, persönlich zu übergeben? Gewiß doch, und deshalb mußte ich dem Ruf auch folgen. Mir blieb nicht einmal mehr Zeit, Morgane davon in Kenntnis zu setzen, ich war allein auf meine Geistesgegenwart angewiesen. Ich spritzte mir also Wasser ins Gesicht, schrubbte mir die Schuhwichse von den Händen, zog mir meine Stiefel an – die selbstverständlich mit denen, die ich Marguessan bringen sollte, nicht zu vergleichen waren – und folgte dem Diener in eine, wie mir schwante, schlimmere Katastrophe, als sie einst über Gwaelod hereingebrochen war.

Innen war Saltcoats für eine Burg aus dieser Zeit sehr geräumig und ungewöhnlich schön. In der Regel legt man beim Festungsbau nicht allzu viel Wert auf architektonische Eleganz – aus gutem Grund, denn Burgen sind zum Schutz ihrer Bewohner und nicht als Augenweide gedacht. Doch in Saltcoats war es gelungen, beides zu vereinen. Ob dies seiner jetzigen Herrin oder deren Vorgängerin zu verdanken war, wußte ich nicht, und es kümmerte mich auch nicht. Mich interessierte viel mehr, wo Malgan Rheged war. Seit ich als Wanderschuster vor Saltcoats saß, war mir sein Name höchstens dreimal begegnet; der Klatsch drehte sich zumeist um Marguessan und um ihre Fremdweltbesucher.

Denn nicht nur Tembrual Phadaptë war aufgetaucht, erst heute morgen waren noch zwei andere dazugekommen, die ebenfalls auf meiner Liste standen: die Halbkelten Phayle Rotschild und Kiar mac Ffreswm. Da braute sich etwas zusammen, was mir gar nicht gefallen wollte.

Marguessan ließ mich nicht warten. Ich hatte mich darauf eingestellt, stundenlang am Dienstboteneingang herumzusitzen, um schließlich für zehn Sekunden zu einem Handkuß von ihr empfangen und anschließend wieder in meine Werkstatt zurückgescheucht zu werden. Aber es kam ganz anders: kaum hatte man mich in einen wunderschönen Raum geführt – nicht der Große Saal, sondern ein kleineres, sehr viel behaglicheres Gemach, vermutlich ihr eigener Salon – als sie auch schon hereingerauscht kam, um mich zu begrüßen.

»Willkommen, Ollave«, lächelte sie und reichte mir die Hand.

Ich beugte mich artig darüber, hütete mich aber, sie tatsächlich mit den Lippen zu berühren. Ich hatte nur einen Gedanken: Hoffentlich hatte Marguessan nicht bemerkt, wie sie mich mit dieser Anrede erschreckt hatte. Natürlich sagte ich mir sofort, daß auch jeder Handwerksmeister ein ›Ollave‹ sei, daß der Titel keineswegs nur für Barden verwendet würde und daß sie mir nur habe schmeicheln wollen. Aber im ersten Augenblick war ich eben doch zusammengezuckt, und das hatte mich womöglich verraten.

Nein, es sah nicht danach aus: Sie nahm die Stiefel huldvoll entgegen – oder ließ sie vielmehr von einer Zofe entgegennehmen –, dann bot sie mir zu meinem Erstaunen einen Becher Wein an und hieß mich ihr gegenüber am Feuer Platz nehmen. Ich mußte mich sehr beherrschen, um nicht wie gebannt in den Becher zu starren – alles in mir schrie: Trink nicht! –, und als ich aufblickte, beobachtete mich Marguessan mit einem

Ausdruck, wie man ihn sonst nur von einer Katze auf Mäusejagd oder von einem Reiher kennt, bevor er einen Fisch aufspießt. Nun, diesmal ahnte die Beute ihr Schicksal voraus – ich konnte nur nicht begreifen, womit ich auf einmal Verdacht erregt hatte. Erst als Rannick von Lissard eintrat, sah ich ein wenig klarer.

Aber noch gab ich meine Tarnung nicht auf. Die Zweifel konnten sich doch nur darauf beziehen, daß der einfache Wanderschuster nicht ganz so harmlos war, wie er sich gab; daß die beiden wußten, wer ich wirklich war, hielt ich für ausgeschlossen. Noch war also nicht alles verloren, und solange ich nicht in Panik geriet, hatte ich nicht viel zu befürchten. Schlimmstenfalls hatte Rannick mich in Caer Dathyl gesehen, oder man hatte ihm zugetragen, daß ich in Lleyn neugierige Fragen gestellt hatte, und nun hatte mein Auftauchen auf Saltcoats ihn mißtrauisch gemacht. Dieses Mißtrauen sollte sich mit einer plausiblen Geschichte beschwichtigen lassen. Und als Rannick nun begann, mich listig nach meinen jüngsten Abenteuern im Schustergewerbe zu befragen, da tat ich, als könne ich kein Wässerchen trüben.

»O ja, Herr, Lleyn, gewiß – das Stammland Ihrer Hoheit, ich weiß – und Caer Dathyl – dort gingen die Geschäfte nicht so gut, nein, in den Provinzen war es besser ...« So plapperte ich unaufhörlich weiter, trank sogar etwas von dem Wein und hoffte inständig, mich wirklich wie ein dümmlicher Minkler anzuhören, in dem kein Mensch den hartgesottenen Spion vermutet hätte; eigentlich sollte das nicht allzu schwierig sein, denn hartgesotten fühlte ich im Augenblick wahrhaftig nicht.

Doch dann ergriff mich langsam aber unaufhaltsam zuerst Unruhe, dann Angst und schließlich die helle Panik. Man glaubte mir nicht, kein einziges Wort. Ich ließ nichts unversucht, um die Stimmung zu meinen Gunsten zu wenden, fast hätte ich noch mit den Weinbechern jongliert, doch mit jeder Geschichte, jeder Anekdote wuchs meine Verzweiflung.

Endlich gab ich mich geschlagen und verstummte. Unsicher sah ich in die ausdruckslosen Gesichter. Nicht nur Marguessan und Rannick waren im Raum. Während ich mich noch abquälte, war Tembrual Phadaptë eingetreten, hatte Marguessan ein paar Worte zugeflüstert und etwas abseits Platz genommen. Marguessan schickte schon seit längerem magische Fühler aus, die auf der Suche nach irgend etwas, wovon sie noch keine Ahnung hatte, an mir hochkrochen, mich abklopften und in mich eindringen wollten. Nun hob sie den Kopf und sah mir in die Augen.

»Genug damit. Du bist kein Schuster, auch wenn du gute Stiefel machst. Willst du freiwillig gestehen, oder sollen wir andere Mittel anwenden, um dir die Wahrheit aus der Nase zu ziehen? Das könnte allerdings ziemlich unangenehm für dich werden.«

Ich hielt ihrem Blick stand, während ich mich fragte, wieviel sie wohl wußte. Auf einmal spürte ich, daß meine Tarnung von mir abzufallen drohte wie gesprungener Lack, wie der Verputz von einer verwitterten Fassade. Gleich würde ich mit nacktem Gesicht vor diesen Leuten stehen; wir hatten Marguessans Macht in ihren eigenen Mauern unterschätzt. Was würde sie tun, wenn sie mich so sah …

Laut sagte ich: »Ich werde gestehen. Aber nicht vor diesen Outfrenne-Vasallen. Schickt sie fort, Hoheit, dann will ich Euch alles sagen.«

Rannick wollte zornig auffahren, doch Marguessan hob mahnend die Hand.

»Nein – hier bin ich die Herrin, und ich brauche seinesgleichen nicht zu fürchten. Geht. Alle beide. Aber haltet Euch bereit, wenn ich Euch rufe.«

Tembrual hatte spöttisch eine Augenbraue hochgezogen, sagte aber nichts, sondern stand auf und tappte mit schweren Schritten zur Tür. Rannick folgte ihr zögernd. Als sie draußen waren und die schweren Eichentüren wieder ins Schloß fielen, sah Marguessan mich an.

»Nun, Taliesin«, sagte sie. »Was meinst du, können wir jetzt offen sprechen?«

Langes, langes Schweigen. In weiter Ferne hörte ich einen Dudelsack spielen, wie Silber perlten die Töne durch den Nachmittag, ich konnte die Weise nicht einordnen, und das ließ mir keine Ruhe …

»Ja oder nein?«

Ich schloß die Augen. Es mußte ein Stück von Adroan Tudur sein, langsamer als ein Marsch, aber schneller als ein Marúnad oder eine Coronach: von majestätischer Erhabenheit, einfach wunderschön …

»Taliesin.«

Ich schlug die Augen auf und lächelte Marguessan an. »Ach so«, sagte ich und ließ die Maske fallen.

Aus heutiger Sicht, um viele Jahre und Erfahrungen reicher, scheint es mir, als habe Marguessan niemals mit meiner Kapitulation gerechnet. Da reichte ihr der Feind mitten auf dem Schlachtfeld sein Schwert mit dem Griff voraus, und sie wußte nicht, wie sie es nehmen oder was sie damit anfangen sollte. Aber es war ihr Sieg; ich würde ihr nicht helfen. Ich hatte aufgegeben, mehr konnte ich nicht für sie tun.

»Woran hast du es gemerkt?« fragte ich. »Der Zauber …«

Sie kehrte mit einem Ruck in die Gegenwart zurück. »O nein, der Zauber hat gut gewirkt, du hättest nur Saltcoats nicht betreten dürfen. Draußen dreht meine Schwester die stärkeren Fäden, aber hier drin bin ich die Spinnerin, und früher oder später hätte ich das Netz zertrennt. Nein, was dich verraten hat, war merkwürdigerweise sehr viel einfacher. Sieh dir deine Hand an.«

»Meine *Hand* …« Ich folgte ihrem Rat, und plötzlich

war mir, als schütte mir jemand einen Kübel Eiswasser ins Gesicht. Der Wandelzauber hätte nahezu jeder Magie standgehalten – daß ihre Schwester sich nicht restlos davon hatte täuschen lassen, war nicht Morganes Schuld –, doch hier ging es nicht um die Magie. Ich hatte mich selbst enttarnt, ohne es zu ahnen.

Denn am kleinen Finger meiner linken Hand blitzte der Ehering, den Morgane mir einst angesteckt hatte – das Gegenstück zu ihrem eigenen, die beiden ineinander verflochtenen Schlangen mit den Rubinaugen und den deutlich aus dem alten Gold herausgearbeiteten Schuppen –, der Ring, an den ich so gewöhnt war, daß er praktisch zu meiner Hand gehörte.

»Er ist ein Teil meiner Hand«, sagte ich, ohne den Blick zu heben. »Ich hatte ganz vergessen, daß ich ihn trug; schließlich nehme ich ihn niemals ab.« Als ich aufschaute, schleuderten meine Augen kleine Messerchen. »Oeth-Anoeth war eine Ausnahme, aber auch da habe nicht ich ihn abgenommen. Und du hast ihn wiedererkannt.«

»Und ich habe ihn wiedererkannt.« Marguessan hatte nicht viel Ähnlichkeit mit ihrer Zwillingsschwester, aber sie war kaum weniger schön. Und der Ausdruck, der nun in ihrem Gesicht stand, war schwer zu entschlüsseln. Neid spielte mit, auch Mitleid und Haß, eine seltsam verbitterte Abart von Liebe und ein Quentchen Schwermut; aber das war längst nicht alles, und ich hätte auch nicht sagen können, was am stärksten wirkte. Doch in diesem Augenblick standen Marguessan und ich uns so nahe wie wohl noch nie in unserem Leben. In diesem Augenblick waren wir wahrhaft Geschwister, und nicht nur Morgane war es, die uns verband …

Das ging freilich schnell vorüber. »Wie passend, daß gerade dein Ehering dich verrät, Talyn« sagte sie, und schon kam wieder die alte Marguessan zum Vorschein, die wir seit vielen Jahren kannten und verabscheuten.

Draußen hatten sich dem Dudelsack Trommeln und Hörner zugesellt; die Musik schien sich bis ins Weltall emporzuschwingen. Ich ließ mich mittragen und hatte Mühe, wieder auf den Boden der Realität zurückzukehren.

»Wie passend, daß gerade mein Ehering mir soviel Kraft gibt, Marguessan«, sagte ich leise, mit einer ganz leichten Bardenbetonung auf dem Wörtchen ›mein‹. »Oder warum hast du ihn auf Oeth-Anoeth so gefürchtet, daß du ihn mir wegnehmen mußtest? Willst du hier auf Saltcoats das gleiche tun? Nimmst du die Hand vielleicht gleich mit? Es liegt bei dir.«

Bei dieser Anspielung auf den Zustand ihrer eigenen Ehe war sie erst dunkelrot und dann schneeweiß geworden. Doch ich kam jetzt erst richtig in Fahrt …

»Warum sagst du mir nicht einfach, was du vorhast, und wir machen dann von da aus weiter«, schlug ich vor, als sei das die vernünftigste Lösung. »Du weißt, warum ich hier bin. Wollen wir nicht gleiche Voraussetzungen schaffen?«

Sie starrte mich durchdringend an, und auf einmal begann sie zu lachen. »Warum nicht, warum eigentlich nicht?« fragte sie, noch immer lächelnd. »Auch wenn ich sicher bin, daß du und meine Schwester das Wichtigste längst herausgefunden haben, und mein Bruder-Cousin und seine Frau inzwischen wohl auch Bescheid wissen … Nun, meine Pläne sind folgende, Taliesin Pen-bardd: Ich will den Doppelthron stürzen und einen einzelnen an seine Stelle setzen, um selbst darauf Platz zu nehmen.«

»Das ist nichts Neues«, sagte ich gelangweilt, und tatsächlich, sie fiel darauf herein.

»Nicht? Nun, wie wäre es damit: Ich war es, die Melwas von Fomor dazu anstiftete, die kleine Hoheit von Aojun, den Halbblutsproß meines Bruders, zu rauben.«

»Wobei du natürlich wußtest, daß Arthur ihr nachjagen würde.« *Genau wie wir alle vermutet hatten …*

»Darauf konnte ich mich verlassen.« Normalerweise hätte ich es jetzt gesagt, ihre Augen blitzten vor Vergnügen, aber das war bei jemandem wie ihr und in diesem Augenblick wohl nicht möglich. »Und ich habe den Wunsch nach Rache für Keltias befleckte Ehre in Errian von Kerveldins Brust so lange angefacht, bis er seine eigene Königin zum Fíor-comlainn forderte. Es fehlte nicht viel, und er hätte gesiegt.«

»Weniger, als du ahnst«, sagte ich ruhig. »Keils war fast am Ende, als er die Niederlage doch noch in einen Triumph verwandelte. Er hat überlebt, und er hat gesiegt.«

Marguessan lächelte höhnisch. »Gesiegt hat er, aber lebt er noch?« Und, als ich hörbar Luft holte: »Nein, schlag dir das aus dem Kopf! Du wirst es nicht schaffen. Versuch es doch.«

Dieses flaue Gefühl in der Magengrube war mir nur allzu vertraut, dennoch beugte ich mich vorsichtig nach vorne. Als ich die Maschen des unsichtbaren Netzes spürte, wich ich zurück.

»Das Netz umgibt dich schon seit einer Stunde, seit du dich auf den Stuhl gesetzt hast«, teilte Marguessan mir freundlich mit. »Du solltest plötzliche Bewegungen vermeiden, denn zerreißen kannst du es nicht; je mehr du dich dagegen wehrst, desto fester zieht es sich zusammen.«

»Sehr praktisch, aber nicht gerade spektakulär.« Ich hielt möglichst Abstand von dem unsichtbaren Netz und zwang mich zur Ruhe. »Was hast du da eben über Keils gesagt ...«

»Keils zählt nicht!« zischte sie, stand auf und ging mit wehenden Röcken im Zimmer auf und ab. Die Lederstiefel, die darunter sichtbar wurden, stammten nicht von meiner Hand. »Arthur, Gweniver, keiner von ihnen zählt! Ich werde Hochkönigin sein, und mein Sohn Mordryth wird mein Tanist und später mein Nachfolger; ich habe mächtige Verbündete.« Sie betrachtete die geschlossene Eichentür am anderen Ende des Raums, und ich folgte ihrem Blick.

»*Sie?* Das sind deine ...«

»Meine geschätzten Mittelsmänner, sie genießen mein volles Vertrauen.« Sie lachte wieder. »Nein, nicht ganz. Es sind gekaufte Hunde, Mietlinge. Sie werden fürstlich entlohnt, und dafür tun sie, was nötig ist, um mich zur Königin zu machen.«

»Ach, immer wieder dasselbe, Marguessan.« Ich schüttelte in gespielter Enttäuschung den Kopf. »Nichts Neues unter den Sonnen. Immer wieder ziehst du die alten, abgegriffenen Pläne aus der Schublade und hoffst, daß sie wie neu erglänzen. Aber dazu müßtest du schon ein paar neue Ingredienzien in die Brühe schütten.«

»Die *habe* ich doch«, sagte sie mit unüberhörbarem Triumph in der Stimme. »Sogar gleich mehrere, und eins hast du sicher noch in bester Erinnerung – von Caervanogue her.«

Mir wurde schwarz vor Augen, hauptsächlich deshalb, wie ich später erfuhr, weil ich mich so stürmisch gegen das unsichtbare Netz – Snaoim-droi, den Druidenknoten – geworfen hatte, daß es mir die Blutzufuhr zum Gehirn abschnitt. Doch als ich von Übelkeit und Schwindel geschüttelt, nach hinten taumelte, da wußte ich, daß das Licht noch aus einem weiteren Grund entflohen war: Das neue Ingrediens, auf das Marguessan soeben angespielt hatte, war noch immer die alte Ausgeburt von Hölle und Verdammnis. Der Schwarze Gral.

»Was soll denn *daran* neu sein?« murmelte ich, als ich wieder sprechen konnte.

Marguessan lachte verächtlich über meine Prahlerei, wußte sie doch nur zu gut, wie sehr wir alle davor gebangt hatten, daß dieser Fluch erneut zum Vorschein kommen könnte.

»Ja, alle habt ihr gehofft und gebetet, er möge für

immer verschwunden sein. Ihr seid wirklich zu bedauern – klammert Euch an das Licht wie die kleinen Kinder an die Röcke ihrer Methryn.« Sie hielt inne und schaute auf mich nieder. »Eins, Glyndour, will ich Euch sagen: ein Hüter mit einem hübschen Gesicht reicht nicht, um die Tore gegen den zu halten, der mir die Kraft gab, sie aufzubrechen – aber das hat noch Zeit. Im Augenblick muß ich mich um irdischere Dinge kümmern.«

»Und dazu hast du dir die passenden Fremdweltler gekauft.«

»Ein paar sind Outfrenne, gewiß. Andere sind Kelten, wenigstens zum Teil – mein Bruder oder seine Frau hatten sie verbannt oder verstoßen. Als die Heimat sie nicht haben wollte, ließen sie sich auf Clero nieder, änderten ihre Namen und ihre Geschichte, soweit es nötig war, und wurden reich, indem sie sich nützlich machten. Und nun werden sie sich noch nützlicher machen und dabei noch reicher werden.«

Ich war ein paar Sätze früher hängengeblieben. »Und Keils …«

»… ist inzwischen wahrscheinlich schon tot«, fauchte sie. »Findest du nicht, daß ich die Fäden meisterlich gezogen hatte? Gwenivers Verflossener – vielleicht ist die Sache auch jetzt noch heißer, als alle Welt dachte? – mußte nur deshalb zurückkommen und sie verteidigen, weil *ich* so viele Zweifel in die Köpfe gesät hatte, daß sich sonst niemand fand. Plan und Ausführung waren gelungen, nur hätte Keils' Hinrichtung natürlich schon im Ring stattfinden sollen. Aber dieses kleine Versäumnis wurde von meinen Helfern auf Tara inzwischen hoffentlich behoben. Ach ja, ich habe es übrigens so gedreht, daß man Arthur die Schuld an Keils' Tod geben wird – der eifersüchtige Ehemann kommt unerwartet nach Hause und stellt fest, daß der verschwundene Liebhaber seiner Frau während seiner Abwesenheit wieder aufgetaucht ist ... Als Barde weißt du doch, wie tragisch solche Balladen zu enden pflegen.«

Keils tot? Ich konnte es nicht glauben, nicht fassen. Aber Marguessans Worte hatten den Klang der Aufrichtigkeit; und vergeßt nicht, sie hatte bedenkenlos und ohne das geringste Zögern zwei ihrer eigenen Kinder für ihre verbrecherischen Pläne geopfert. Warum also sollte sie mich belügen, wenn es um Keils ging? Der Gedanke, daß sie ihn hatte ermorden lassen, rief mir aufs neue eine Erkenntnis ins Bewußtsein, mit der ich mich schon seit längerem abgefunden hatte: nicht in hunderttausend Leben würde Marguessan es dulden, daß ich Saltcoats lebend verließ.

Ob Ihr mir nun glaubt oder nicht, der Gedanke bedrückte mich nicht allzu sehr. Das Geschehen erschien mir inzwischen wie ein großer Bildteppich, der nicht nur Keltia allein, sondern alle Welten umfaßte; mein eigenes Leben, mein Tod und meine nächsten Leben (wie viele auch immer) waren nur ein winziges, wenn auch hoffentlich ein schönes, glänzendes Fädchen in diesem endlosen Gewebe. ... Im Augenblick belastete mich Keils' Schicksal mehr als mein eigener Tod, auch wenn der allem Anschein nach unmittelbar bevorstand.

Marguessan beobachtete mich schweigend, und da stellte ich ihr aus heiterem Himmel eine Frage, die mir schon seit langem auf der Seele brannte.

»Warum nennt ihr, du und Morgane, euch eigentlich nie beim Namen? Bisher ist mir das nur bei ihr aufgefallen, aber du hältst es genauso: Ihr vermeidet es peinlich, den Namen der jeweils anderen in den Mund zu nehmen. Immer heißt es ›meine Schwester‹, meine ›Zwillingsschwester‹ oder dergleichen. Es ist nur eine Kleinigkeit, aber es interessiert mich schon lange.«

Sie war so bleich geworden, daß ihr Gesicht fast bläulich wirkte, und starrte mich entsetzt an. Ich starrte entgeistert zurück. Mein Interesse an Namen, ob ausgesprochen oder verschwiegen, war jäh erloschen, ich wollte nur noch wissen, was sie an meiner harmlosen Frage so erschreckt haben könnte. Nun! Die Frage war wohl nicht ganz so harmlos, wie ich gedacht hatte; aber *warum* …

Marguessans Wangen bekamen wieder ein wenig Farbe, aber ich wartete noch immer auf eine Antwort und wollte gerade nachhaken – vielleicht ließ sich mit ein paar weiteren, unschuldigen Worten eine ebenso durchschlagende Wirkung erzielen – als sich die Türen am anderen Ende des Raumes öffneten und Malgan Rheged eintrat. Er war allein.

Er war jetzt ein Mann in den besten Jahren, und bei seinem Anblick wich mir das Blut aus den Wangen: ich wurde so bleich wie zuvor Marguessan. Denn der Mann, der nun auf den Stuhl zuging, an den mich unsichtbare Bande fesselten, sah mehr wie Arthur Penarvon aus als Arthur selbst in diesem Alter. Und das bedeutete …

Malgan blieb neben Marguessan stehen und schaute zu mir herüber. Sein Blick erschien mir nicht ausgesprochen feindselig, und wir waren ja auch nie Feinde gewesen, überlegte ich. Nun würden wir ja sehen, ob auch er sich daran erinnerte.

Offenbar ja, denn er nickte mir zu, und seine Lippen zuckten, als suchten sie nur nach einem Grund, um zu lächeln.

»Ich bedauere, Euch so wiedersehen zu müssen, Prinz Taliesin«, sagte er. Wenigstens hatte er nicht Arthurs tiefe Stimme, und auch die Augen waren noch die gleichen wie damals, als er nach dem Tod seiner Mutter als Königsmündel in Turusachan lebte, damals, bevor er sich auf Gwynedd niederließ, als wir gerade Freunde wurden, wir beide …

»Ich bedauere, mich so zeigen zu müssen, Lord Malgan«, gab ich höflich zurück, und jetzt verzogen sich die Lippen tatsächlich zu einem Lächeln.

Aber nur für einen Augenblick. »Mein Bedauern ist

ehrlich, Talyn«, sagte er und ließ sich, von Marguessan und mir gleich weit entfernt, auf einen Stuhl fallen. »Es wäre mir lieber, wenn du nicht mit hineingezogen worden wärest. Aber nun ist es zu spät, es wird geschehen, und niemand kann es mehr aufhalten.«

»Ach nein?« Mein Interesse war echt. »Und *was* kann niemand mehr aufhalten?«

»Nur, was ich dir bereits sagte«, warf Marguessan scharf ein. »Ich werde Anspruch auf den Thron von Scone erheben, werde ihn den Thronräubern abjagen, die ihn mir und den Meinen gestohlen haben, nachdem sie den Ard-rígh Uthyr sterben ließen.«

In meinen Augen blitzte ein Funke auf, den sie wohl richtig deutete, denn sie zuckte zusammen und wandte den Blick ab.

»Niemand hat den Hochkönig, meinen Pflege- und Schwiegervater ›sterben lassen‹«, sagte ich und bekam fast Angst vor meiner eigenen Stimme. »Er blieb auf den Beinen und kämpfte bis zum letzten Atemzug wie ein wahrer Krieger, und er starb an der magischen Wunde, die Owein Rheged ihm nach der Schlacht von Cadarachta in seinem Zelt unter dem Agned beigebracht hatte. Die Macht des Marbh-draoi Edeyrn hatte das Schwert verzaubert, doch geführt wurde es von Oweins Hand, und es wurde nicht nur gegen Uthyr erhoben, sondern auch gegen – Malgans Vater.«

Malgan wurde rot. »Wie ich sehe, bist nun auch du zu der Erkenntnis gelangt, die man mir so lange vorenthielt. Ja – es sieht ganz danach aus, als sei ich doch nicht ap Owein sondern ap Arthur. Inzwischen ist eindeutig bewiesen, was die Menschen seit langem vermuten und sich hinter vorgehaltener Hand zuraunen. Ich bin ebenso ein Pendreic wie jeder andere in diesem Raum. In meinen Adern fließt königliches Blut.«

»Nun ja«, ich lehnte mich lächelnd zurück. »Ich bin nur ein angeheirateter Pendreic, und in meinen Adern fließt ganz gewöhnliches Blut; ich gehöre also nicht in diesen erlauchten Kreis.« Mein neckender Tonfall, die scherzenden Worte verbargen freilich nur meine tiefe Erschütterung: Ich hatte – wie die Mehrheit der Kelten – zwar schon seit langem vermutet, daß Malgan tatsächlich Arthurs und nicht Oweins Sohn war, obwohl der sich zu ihm bekannt hatte, doch daß die Vermutung sich nun bestätigt hatte, traf mich wie ein Levinschlag aus heiterem Himmel, wie ein Schweifstern, der in einen Planeten prallt. Und plötzlich brach die Vergangenheit über mich herein, blendete mich, nahm mir den Atem. »Malgan ...«

Mehr konnte ich nicht sagen. Die Erinnerung war übermächtig. Ich sah Arthur mit Gwenar in Llwynarth; sah mich bei der Brehonenzeremonie in Gerwins Saal als sein Trauzeuge neben ihm stehen; hörte wieder, wie Gwenwynbar die ganze Bärenhöhle zusammenschrie und die Ehe für beendet erklärte, bevor sie im Morgengrauen ihre Sachen packte und schnurstracks nach Caer Dathyl und in Owein Rhegeds Bett flüchtete. Wir hatten nicht gewußt, daß sie ein Kind trug, als sie uns verließ. Vielleicht hatte sie es selbst nicht gewußt oder nicht wissen wollen. Auch als wir vier sie später, bei jenem dramatischen Essen mit dem Marbh-draoi, als Oweins Gattin wiedersahen und bald darauf hörten, sie habe einen Knaben geboren, auch zu diesem Zeitpunkt hatten wir noch keine Gewißheit gehabt und wohl auch nicht haben wollen.

Wenn man sich allerdings vorstellte, daß er tatsächlich Arthurs Sohn gewesen war und es nicht wußte, obwohl er sicher, wie wir alle, seine Vermutungen hatte – seine Wünsche würden wir wohl nie erfahren. Nein, das war hart. Ich bedauerte den Jungen, der er einst gewesen, wie den Mann, zu dem er geworden war, und ich bedauerte uns, die wir so lange in Ungewißheit geblieben waren; doch am meisten bedauerte ich Artos, dem man seinen Erstgeborenen so viele Jahre vorenthalten hatte.

Die grelle Ironie des Ganzen entging mir nicht: Arthur hatte Malgan genauso behandelt, wie er selbst behandelt worden war. Er hatte erst als Halbwüchsiger erfahren, daß er Amris' Sohn war; nun hatte er seinen eigenen Sohn den gleichen quälenden Fragen, den gleichen Zweifeln ausgesetzt, nur hatte Malgan noch viele Jahre länger warten müssen, bevor er die Wahrheit über seine Herkunft erfuhr. Und als ich mich nun erinnerte, wie Arthur vor langer Zeit an jenem Abend auf die Eröffnung reagiert hatte – ich war ja bei ihm gewesen –, konnte ich Malgan nur noch mehr bedauern.

Doch schon meldete sich das Bardenstimmchen – ein Stimmchen, das man besser nicht überhörte – in meinem Inneren zu Wort: *Wenn Arthurs Erstgeborener, dann doch auch Arthurs Erbe ...* Ich richtete mich kerzengerade auf und starrte Malgan an, und vielleicht fiel mir sogar ein klein wenig die Kinnlade herunter.

Er durchschaute mich sofort, was in diesem Augenblick wohl auch nicht weiter schwierig war ... »Ja, auch das«, sagte er gleichmütig. »Aber mir liegt nichts daran, Arawn zu verdrängen; jedenfalls will ich den Thron nicht für mich selbst. Die Königswürde hat mich all die Jahre über nicht gereizt, nicht einmal, seit ich Gewißheit habe, wer wirklich mein Vater ist. Das ist einer der Gründe, warum ich hier bin.«

Diese Frage stellte ich mir schon seit einigen Tagen: Was hatte Malgan ap Owein, wie ich ihn aus alter Gewohnheit noch immer nannte, zusammen mit Marguessan in einer Burg zu suchen? Inzwischen stellte sich die Lage klarer und zugleich verworrener dar: Seitdem feststand, daß Malgan Arthurs Sohn war, in einer rechtmäßigen Brehonenehe gezeugt, wenn auch nicht geboren, besaß er einen unanfechtbaren Anspruch auf die Krone. Doch gerade mit diesem Anspruch war er doch wohl der allerletzte Mensch in der bewohnten Galaxis, den Marguessan am Leben lassen würde. Und doch saßen die beiden in aller

Freundschaft nebeneinander! Was versprach sie sich davon?

»Ja, Bruder Talyn, das ist der Rest der Geschichte«, sagte Marguessan schelmisch. Offenbar konnte sie meinen Gedanken ebenso mühelos folgen wie ihre Schwester. »Wie mein Neffe eben schon sagte, hat er nicht vor, mir streitig zu machen, was ich haben will, jedenfalls will er es nicht für sich selbst. Und deshalb ist er so freundlich – ein weiser Entschluß –, meinen Anspruch auf die Krone zu unterstützen und auf seine Rechte zu verzichten.«

Ich war nicht sonderlich beeindruckt, und auch meine Überraschung hielt sich in Grenzen. »Was für ein Anspruch, was für Rechte?« fragte ich verächtlich. »Du kennst das Thronfolgegesetz mindestens so gut wie ich, *Schwester* Marguessan, wenn nicht sogar noch besser.«

»Als mein Vater starb …« begann Marguessan erregt.

»Als dein Vater starb …« unterbrach ich sie. Als Barde hatte ich gelernt, andere mit Worten zu überfahren. »… warst du keine Sekunde lang rechtmäßige Königin, so wenig, wie du zu seinen Lebzeiten jemals seine Erbin warst. Nein, ich bin noch nicht fertig: Der Prinz Amris Pendreic, Far-charach der edlen Ygrawn Tregaron, war Erbe seiner Mutter, der Ard-rían Darowen. Er zeugte mit seiner Geliebten einen Sohn, Arthur, und starb, allseits betrauert, bevor er Hochkönig wurde. Für solche Fälle haben wir ein altes und sehr vernünftiges Gesetz. Danach wurde sein noch minderjähriger Sohn zunächst übergangen, und man rief Leowyn, Amris nächsten Bruder, zum neuen Ard-rígh aus. Der starb seinerseits und hinterließ eine Tochter, Gweniver. Sie wurde wie ihr Vetter übergangen, und der nächste Ard-rígh war Uthyr, der letzte der Brüder. Die Schwierigkeit besteht nun darin …«

»… daß Arthur, der bei Amris' Tod übergangen

wurde, nach Leowyns Tod hätte Hochkönig werden müssen«, sagte Malgan ungeduldig, und ich nickte ihm anerkennend zu.

»Ganz recht; aber Arthur war noch immer minderjährig, außerdem hatten Merlynn Llwyd und Ygrawn ihn verborgen gehalten, so daß zunächst niemand von seinem Dasein wußte. Als Leowyn starb und auch Gweniver noch minderjährig war, bestieg daher, wie gesagt, Uthyr den Exilthron. Doch nach *seinem* Tod verlangte das Gesetz …«

»… daß der bei Amris' Tod übergangene Arthur allein zum Hochkönig ausgerufen werden müsse.« Das war wieder Malgan. »Er war der erste Erbe.«

»Und darauf gründet sich dein Anspruch – ich bedauere, ich meine natürlich, dein *Nicht*-Anspruch – auf den Thron.« Allmählich genoß ich das verrückte Spiel, ich verstand mich selbst nicht mehr. »Aber man stellte fest, daß Arthurs wie Gwenivers Ansprüche gleich schwer wogen, so daß niemand entscheiden konnte, wer von beiden Vorrang hatte. Und so übernahm man schließlich die Regelung, die Uthyr in seiner Weisheit angestrebt hatte: die beiden traten zusammen seine Nachfolge an und herrschten gemeinsam als Hochkönigin und Hochkönig. Damit war das Problem gelöst.«

»Nicht *ganz*!« ereiferte sich Marguessan. »Daß sie, gemeinsam oder nicht, nach dem Tod meines Vaters die Herrschaft übernahmen, führte dazu, daß ich übergangen wurde. *Ich* war Uthyrs ältestes Kind, seine Erbin, und hätte nach ihm Hochkönigin werden müssen.« Ich versuchte, zunächst noch freundlich, ihr etwas zu erklären, was sie all die Jahre über eigensinnig ignoriert hatte. Aber: »Nein, Taliesin, verschone mich mit deinen leidigen Brehonenklauseln! Das Gesetz ist veraltet und hätte längst geändert werden müssen!«

Ich wollte widersprechen, besann mich aber eines Besseren und verstummte. Sie fuhr fort.

»Es war ganz einfach, und ich begreife nicht, warum das niemand einsehen will. Ein König stirbt, und sein Erbe folgt ihm auf den Thron. Nicht mehr, aber auch nicht weniger.«

Es war hoffnungslos; sie würde es niemals begreifen. »Und jetzt?« fragte ich nach einer Weile.

»Jetzt werde ich den Fehler korrigieren.«

»Und Malgan?« fragte ich, noch immer ruhig. Noch war mir nicht klar, wie er in Marguessans großes Bild paßte.

»Nun ja.« Malgan erhob sich und begann hin- und herzugehen. In diesem Augenblick war er seinem Vater so ähnlich, daß es mir fast das Herz zerriß. Genauso pflegte Arthur auf der Kommandobrücke oder im Ratssaal auf- und abzumarschieren …

»Ich hatte nie den Wunsch, Hochkönig zu werden«, sagte er endlich. »Aber ich hätte mir sehr gewünscht, meinen Vater zu kennen, von ihm als sein leiblicher Sohn anerkannt zu werden … und vielleicht ein kleineres Lehen übertragen zu bekommen – in der Größenordnung von Gwynedd vielleicht. Darum habe ich mich entschlossen, mich mit meinem Namen und meinem geringen Einfluß auf die Seite der Prinzessin Marguessan zu schlagen. Damit scheidet ein Bewerber um die Nachfolge aus, ihr Anspruch wird gestärkt, und mein Jugendfreund Mordryth kann Tanist und später König werden.«

»Und du bekommst Gwynedd.«

»Und ich bekomme Gwynedd.«

»Und kannst dich an deinem Vater rächen?« fragte ich und sah mit grimmiger Befriedigung, wie er zusammenzuckte.

»Vielleicht auch das«, sagte er ruhig, aber ohne mir in die Augen zu sehen.

Ich lehnte mich in meinem Gefängnisstuhl zurück. Die beiden belauerten mich mit Luchsaugen, ohne daß ich gewußt hätte, worauf sie warteten.

»Nun denn …« Ich lächelte breit. »Ich glaube, ich habe verstanden. Ihr habt euch beide sehr klar ausgedrückt, und dafür danke ich euch.« Ich wandte mich an Malgan und sah ihn lange an, bevor ich weitersprach. »Auch du bist also eins von Marguessans ›neuen Ingredienzien‹. Verleugne nur deinen Vater, verzichte auf dein Erbe und deinen Rechtsanspruch, unterstütze sie bei diesem Wahnsinn, und sie wirft dir einen Planeten vor. Aber Gwynedd ist kein Dúchas, Malgan Pendreic ap Arthur, sondern der Preis für deine Seele.«

Als ich ihn mit diesem Namen anredete und ein so hartes Urteil über ihn sprach, erbleichte er wie vorher Marguessan. Ich hatte beides ganz bewußt getan, um zu sehen, wie er es aufnahm, wie er reagieren würde. Die jähe Blässe, seine Augen, sein Gesicht verrieten mir, wie er in seinem Herzen empfand. *Schön,* dachte ich und schirmte mich ab, so gut ich konnte, *für ihn besteht noch Hoffnung.* Und ich war froh darüber. *Aber für* sie, *nein, für sie ist es zu spät; sie ist rettungslos verloren …*

Es mag Euch seltsam vorkommen, daß ausgerechnet ich solchen Gedanken nachhing, der ich doch selbst am Rand des Abgrunds, oder zumindest kurz davor stand, ins nächste Leben abgeschoben zu werden. Und noch mehr wundert es Euch vielleicht, daß ich über Marguessan so dachte, von der doch alle Welt seit Jahren überzeugt war, daß sie nicht mehr zu retten sei. Und dennoch …

Marguessan war aufgestanden, siegesgewiß und voller Vorfreude. Auch Malgan hatte sich erhoben, doch er wirkte eher unwillig, ja, verärgert. Sie winkte auch mir, aber ich mußte mich erst vergewissern, daß der Snaoim-draoi aufgehoben war. Dann gingen die Türen abermals auf, und Rannick von Lissard trat ein, gefolgt von acht mit Schwertern bewaffneten Gardisten. Ich sah Marguessan fest an. Offenbar war meine Frist jetzt abgelaufen.

»Gehst du freiwillig mit ihnen, Taliesin, oder müssen sie dich tragen?« fragte sie.

»Selbstverständlich gehe ich mit«, erklärte ich prompt. »Ich möchte auf keinen Fall unter diesem Dach sterben – nicht meinetwegen, und erst recht nicht deinetwegen. Wenn es denn sein muß, dann lieber draußen.«

»Das kannst du haben.« Sie nickte, ich wich Rannicks derbem Griff aus, schlenderte auf die Gardisten zu und stellte mich zwischen sie. Als ich mit meiner Eskorte kehrtmachte, sagte sie noch: »Vergiß eines nicht, Talyn. Ich habe dir damals, im Trommelwald, deinen Ring zurückgeschickt.«

Ich hielt kurz inne. »Das ist wahr«, sagte ich, ohne mich noch einmal umzudrehen. Dann ging ich festen Schrittes mit den Gardisten hinaus, hinaus in den Faha, wo mich aller Voraussicht nach der Tod erwartete.

Allerdings kam ich dort niemals an, und wie es den Gardisten und Rannick erging, weiß ich nicht zu sagen. Denn kaum hatte ich einen Fuß vor das Burgtor gesetzt und den grünen Rasen unter dem blauen Himmel betreten, da packte mich etwas von oben und trug mich einfach davon. Meine Begleiter können kaum überraschter gewesen sein als ich: Zunächst war es wie eine unsichtbare Hand, dann wie ein Wirbelwind und schließlich wie eine Zeit- oder Raumblase, die mich entführte. Niemand hatte damit gerechnet, am allerwenigsten ich selbst. Rannick und seine Gardisten wurden auseinandergeweht wie welkes Oktoberlaub, ich sah sie hilflos Purzelbäume schlagen und konnte mir ihre Empörung vorstellen. Noch empörter war gewiß Marguessan, die vom Fenster aus zusah …

Und dann hatte ich Saltcoats hinter mir gelassen und wußte nichts mehr, bis ich die Augen wieder aufschlug. Ich lag in einem warmen weichen, rötlichen Lichtschein. War ich etwa tot? Ich sah weiter nichts als dieses Licht, aber wenn ich tatsächlich tot war, mußte dann nicht allmählich jemand kommen, um mich abzuholen? Ein lieber Verwandter – Uthyr vielleicht oder Gorlas oder eins von meinen Geschwistern –, ein geistiger Ratgeber oder ein hochverehrter Held aus der Vergangenheit? Denn dies sind für gewöhnlich die Führer, die einen erwarten, wenn man das ›Nebenzimmer‹ der Zeit, die Phase zwischen dem jetzigen und den künftigen Leben betritt.

Ich war voller Erwartung, aber niemand tauchte auf. Nur der rotgoldene Glanz blieb unverändert. Hatte man mich am Ende *vergessen*? Herrschte im Jenseits gerade soviel Betrieb, daß die Seelen warten mußten, bis ein Führer frei war? Wenigstens die Hüter der Tore hatten meine Ankunft doch wohl bemerkt? Oder mußte ich mir den Weg nach Caer Coronach alleine suchen? Das hatte ich wahrhaftig nicht verdient … Allmählich wurde mir angst.

Dann streckte sich mir aus dem rötlichen Gold eine starke, schmale, leuchtend weiße Hand entgegen, ich umfaßte sie, sie umschloß meine Finger, ich zog, sie hielt dagegen, und plötzlich lag ich in Morganes Armen.

Schwer fiel ich auf sie. Ihre Hand – die rettende Hand – hielt ich weiter krampfhaft umklammert; wir weinten beide, und ich verspürte lange nicht den Wunsch, mich aufzusetzen und sie um eine Erklärung zu bitten. Als es jedoch so weit war, da brachen wir abermals in Tränen aus und küßten uns immer wieder, und so verging noch einmal viel Zeit, bis wir uns endlich wieder halbwegs gefaßt hatten.

»Ich dachte, ich sei tot«, sagte ich, und meine Stimme verriet, wie froh ich war, mich geirrt zu haben.

»Viel hat auch nicht gefehlt«, sagte Morganes Stimme über mir. Mein Kopf lag inzwischen bequem in ihrem Schoß. »Du hörst eben nie zu, dabei bist du ein Barde … Wie oft habe ich dir gesagt, du sollst Saltcoats auf keinen Fall betreten? Aber wann hättest du mir jemals geglaubt? Nein, es ist immer dasselbe. Wozu haben wir denn das Theater mit den Stiefeln aufgeführt? Doch nur, weil du vor den Mauern bleiben und meine Schwester zu dir herauslocken solltest. Und was machst du? Du wartest nur darauf, daß man dich einlädt, und schon spazierst du brav hinein. Warum hast du dich meiner Schwester nicht gleich zu Füßen geworfen und dir einen von den neuen Stiefeln mit eigener Hand auf die Kehle gesetzt? Dickschädel.« Sie ohrfeigte mich.

»Da ist noch etwas«, begann ich. Sie hatte abermals Marguessans Namen vermieden, und das beschäftigte mich so sehr, daß ich darüber sogar die Ohrfeige vergaß. Aber Morgane verschloß mir den Mund mit den Fingerspitzen, und an der sanften Berührung spürte ich, daß ihre Stimmung umgeschlagen war.

»Ich dachte schon, ich bekomme dich nicht mehr rechtzeitig heraus«, sagte sie mit zitternder Stimme.

»Und das ist ein weiterer Punkt«, beschwerte ich mich. »Du hättest mich freundlicherweise warnen können, daß du deine Magie wie einen riesigen Wolkenhaken einsetzen würdest. Ich konnte mir nicht erklären, was in allen Höllen auf einmal mit mir geschah. Und *dann* dachte ich, ich sei *tot!* Mag sein, daß ich nie zuhöre, Guenna, aber du *sagst* mir auch nie etwas, es ist immer das gleiche.«

Es war unglaublich, daß wir ausgerechnet in diesem Augenblick zu streiten anfingen, und auf einmal mußten wir beide lachen.

»Ach ja«, seufzte Morgane und wischte sich die Tränen, Lachtränen und Tränen der Erleichterung, aus den Augen. »Wir können uns eben nie wie gewöhnliche Menschen benehmen, wir beide ... Aber sonderlich erfreuliche Nachrichten hast du aus Saltcoats wohl nicht mitgebracht?«

»Das ist richtig. Deine Schwester, deren Namen du

nicht aussprechen willst, und die ihrerseits den deinen nicht über die Lippen bringt …«

»Schon gut. Und jetzt erzähl!«

Sie streckte sich neben mir auf dem Bett aus (ich hatte eben erst entdeckt, daß ich in unserem eigenen Schlafzimmer auf Tair Rhandir lag), legte mir wie üblich einen Arm quer über die Brust und drückte ihre Wange an meine Schulter.

Und dann erzählte ich ihr alles, und sie hörte aufmerksam und mit ernster Miene zu. Ich erzählte von Marguessan, von Malgan, von den bezahlten Outfrenne-Lakaien – und so weiter. Als ich geendet hatte, überlief sie ein Schauer, dann richtete sie sich auf und drückte mir einen Kuß auf die Lippen.

»Kannst du dir vorstellen …« sagte ich verträumt. Ich hatte zunächst vergessen, wie erschöpft ich war, doch jetzt war ich am Hinüberdämmern. Mein Körper schlief nach und nach ein, nur mein Gehirn war noch hellwach – und es hatte auch allen Grund dazu. »Kannst du dir vorstellen, daß Malgan sein ganzes Leben lang nicht wußte, wessen Sohn er wirklich war?«

Morgane schwieg lange. »Nein«, sagte sie dann, und mit ihren nächsten Worten fiel krachend das letzte Mosaiksteinchen an seinen Platz. »Kannst du dir vorstellen, daß *der Marbh-draoi Edeyrn* nicht wußte, wessen Sohn Malgan wirklich war?«

Und das war natürlich unvorstellbar.

Kapitel 22

»*Selbstverständlich* hat er es gewußt! Edeyrn mag die Verkörperung des Bösen gewesen sein, aber ein Dummkopf war er ganz sicherlich *nicht!*«

Gweniver rollte die Augen und warf sich auf einen Stuhl. »Warum hätte er Owein sonst zu seinem Erben erklärt?« fuhr sie, hörbar um Geduld bemüht, fort, als spräche sie mit dem Mobiliar. »Doch nur deshalb, weil er wußte, daß Malgan Oweins Erbe war, und weil er außerdem wußte, daß Malgan Arthurs und nicht Oweins Sohn war. Die Vorstellung, den Sohn seines ärgsten Feindes zu seinem späteren Erben zu machen, einen Pendreic zu verführen und der Finsternis anheimzugeben, einen Sohn des Hauses Dôn zum Nachfolger des Marbh-draoi einzusetzen, war für Edeyrns sonderbaren Humor so reizvoll, daß er ihr nicht widerstehen konnte. Und so hat er ihr eben nachgegeben.«

Morgane, Arthur, Ygrawn und ich vermieden es, uns anzusehen, aber Gwen hatte natürlich recht. Wir waren alle wieder in Turusachan versammelt, nachdem wir unsere Abenteuer heil und mehr oder weniger erfolgreich überstanden hatten. So war es Arthur zum Beispiel gelungen, Donah aus Fomors Gewalt zu befreien und sie samt der *Prydwen* und ihrer Besatzung wohlbehalten nach Tara zu bringen. Das war nicht wenig, ja, das war eine ganze Menge.

Doch empfangen hatte ihn ein unruhiges, verstörtes, von tausend Gerüchten erschüttertes Keltia. Es gab ja auch nur schlechte Neuigkeiten: die Nachricht etwa, die ich von Gwynedd mitgebracht hatte, oder auch die Neuigkeit, mit der Gweniver Morgane und mich bei unserem Eintreffen empfangen hatte, daß nämlich Keils Rathen tatsächlich tot, daß er einem heimtückischen Mord zum Opfer gefallen war. Doch am schlimmsten, am verheerendsten war wohl die Nachricht, die Arthur selbst bekanntgab, als er nur wenige Stunden nach uns landete.

Gwen war gleich nach unserer Ankunft mit Morgane und mir wieder nach Mardale hinausgefahren, um ihn abzuholen, aber wir hatten selbst die vertrautesten Gefährten gebeten, im Palast auf uns zu warten. Die *Prydwen* setzte gerade zur Landung an, als wir den Raumhafen erreichten. Wie eine dunkelgrüne Feder kam sie, noch immer im Griff der ungeheuren Kräfte, die sie von Stern zu Stern getragen hatten, auf das Feld herabgeschwebt. Zumindest ich wurde dieses Anblicks nie müde. Arthur hatte sich das Schiff gleich zu Beginn seiner Regierung bauen lassen, und seither erkannten es die Sternenflotten der meisten Welten nicht ohne Grund auf den ersten Blick. Die *Prydwen* war ein todbringendes Schiff, aber sie war wunderschön: langgestreckt und schmal, kleiner als manches andere Schlachtschiff, aber durchaus imstande, vierhundert Krieger aufzunehmen. Jedesmal, wenn ich sie ansah, kam mir der erste große Raubzug in den Sinn; damals waren wir auf die Yamazai getroffen, und im Anschluß daran hatten Arthur und Majanah sich kennengelernt …

Und aus dieser Begegnung war wiederum die hochgewachsene junge Frau mit dem honigblonden Haar entstanden, die uns jetzt über das Landefeld entgegengelaufen kam. Donah fiel uns allen zugleich um den Hals, und wir lachten und weinten miteinander, doch als der Mann dazutrat, der nach ihr die *Prydwen* verlassen hatte, da blieb uns das Lachen im Halse stecken.

Arthur schien in nicht einmal zehn Wochen um zehn Jahre gealtert zu sein, und er dachte nicht daran, uns schonend vorzubereiten, sondern ließ das Schwert, wie es seine Art war, schnell und hart auf uns niedersausen. Vielleicht war es so am besten.

»Aojun hat Fomor den Krieg erklärt«, sagte er. »Und Keltia wird nicht zögern, seinem Beispiel zu folgen.«

Nun saßen wir zu fünft in Ygrawns Solar, und jeder hatte seine Erlebnisse erzählt. Mich hatte man zur Buße für meine Sünden vergattert, Arthur die Wahrheit über seine Beziehung zu Malgan beizubringen, und ich muß sagen, er nahm die Mitteilung so ruhig auf, wie es sich für einen großen König geziemte. Allerdings hatte er im Innersten wohl immer geahnt, daß Gwenwynbar, was die Abstammung des Jungen anging, nicht nur ihn, sondern ganz Keltia und auch Owein belogen hatte. Und, zu seiner Ehre sei es gesagt, er hatte sich Malgan gegenüber, wenn schon nicht wie ein Vater, so doch wie ein stets wachsamer und einfühlsamer Vormund verhalten.

»Wieso fällt das eigentlich nicht ins Gewicht?« beklagte sich Gweniver. »Er hat von dir immer nur Güte und Freundlichkeit erfahren, Artos, wie kann er dir das so vergelten?«

Arthur und ich sahen uns nur schweigend an. Die Sache mit Malgan mochte zwar innerhalb des Pendreic-Clans große Wellen schlagen, war aber, gemessen an den anderen Meldungen dieses Tages, noch vergleichsweise harmlos. So war Arthur lebhaft an meinem Bericht über Marguessan interessiert und hatte, bevor ich damit noch zu Ende war, bereits eine Abordnung Fians mit dem Auftrag nach Gwynedd entsandt, möglichst alle Fremdweltler, insbesondere aber Marguessans Fronknechte in Gewahrsam zu nehmen. Ich hegte allerdings große Zweifel, daß die Fians überhaupt einen Galláin auf Gwynedd finden würden, von Marguessans Outfrenne-Lakaien ganz zu schweigen. Gewiß waren sie gewarnt worden und längst über alle Berge. Trotz alledem …

Außerdem war Keils Rathen tot; in diesem Punkt hatte Marguessan mir die Wahrheit gesagt. Man hatte ihn übel zugerichtet in einer menschenleeren Straße in den Steingassen gefunden. Nicht alles Blut war jedoch sein eigenes, und es gab viele Anzeichen dafür, daß ein erbitterter Kampf stattgefunden hatte. Er hatte es seinen Mördern nicht leicht gemacht, dennoch war dies kein Ende, wie er es vorhergesehen hatte oder wie wir es ihm gewünscht hätten. Als sich im Anschluß daran die Nachricht wie das Solar Sidhe verbreitete, der Griff der Mordwaffe, eines Kurzschwerts, habe das Familienwappen des Hochkönigs getragen, da könnt Ihr Euch ausmalen, was für ein Stour im Volke losbrach. Arthur, der aufrichtig um Keils trauerte, wies die Unterstellung wütend von sich. Der größte Stümper von einem Waffenschmied, so rechtfertigte er sich, sei imstande, einen solchen Griff zu fertigen und mit einer Klinge zu versehen, um dann zu behaupten, das Schwert gehöre dem Ard-rígh. Das stimmte zwar, aber das Getuschel drohte sich zu einem empörten Grollen auszuwachsen, und dem galt es Einhalt zu gebieten.

All das hätte Keils nicht retten können und machte ihn nicht mehr lebendig. Der Aufruhr erboste uns um so mehr, als er uns nicht die Zeit ließ, unseren teuren Freund und Gefährten so zu betrauern, wie er es verdiente. Es verstand sich von selbst, daß der Mord auf Arthurs ausdrücklichen Befehl aufs gründlichste untersucht werden sollte. Aber Keils wäre nicht zu retten gewesen, auch wenn wir früher Eins und Eins zusammengezählt hätten. Sein Schicksal war besiegelt, als er den Saal Gwahanlen betrat, um sich Gwen als Stellvertreter anzutragen. Obwohl er den Zweikampf gewonnen hatte, war er für seine Königin gestorben. Und das hätte ihm selbst wohl nicht mißfallen.

Arthur beobachtete mich und wußte um meine Gedanken. »Später, Braud«, murmelte er. »Wir werden ihn ehren, wie es ihm gebührt. Doch im Augenblick liegen uns andere Dinge auf der Seele. Das würde er sicher verstehen.«

Natürlich wußte auch ich, daß der Meister der Schlachten das verstehen würde – oder vielmehr verstand. Aber das machte es nicht leichter.

In den wenigen Tagen, während Marguessan und ihre Handlanger auf Gwynedd Katz und Maus mit mir spielten, hatten sich anderswo die Ereignisse offenbar überstürzt. Arthur hatte auf der Jagd nach Donah Keltia verlassen und zunächst Aojun angeflogen. Majanah empfing ihn in eisigem Zorn, ihre Welt war bereits zum Krieg gerüstet.

Gemeinsam hatten sie Melwas verfolgt, der sich schleunigst auf seine Heimatwelt geflüchtet hatte. Nicht gerade die klügste Entscheidung – es wäre sehr viel besser gewesen, er hätte auf einer unbekannten Welt Zuflucht gesucht –, aber er war verstört, stand unter Druck, und Marguessan hatte mit ihren Einflüsterungen seinen gesunden Menschenverstand außer Kraft gesetzt. So war er instinktiv nach Hause gerannt wie ein gehetztes Kaninchen.

Dann hatte das Schicksal seinen Lauf genommen: Aojuns kampfbereite Streitkräfte hatten sich der keltischen Flotte unter Führung von Arthurs *Prydwen* angeschlossen, und dann waren sie gemeinsam über Fomor hergefallen. Zunächst hatte Melwas noch Widerstand geleistet, aber einem Bündnis aus Majanah und Arthur war er nicht gewachsen, und als genügend Stützpunkte und wichtige Raumstationen zu Staub zerschossen waren und er sich eingestehen mußte, daß sogar für Tory, seine Hauptstadt, Gefahr bestand, da hatte er schließlich nachgegeben und Donah ihren Eltern überlassen.

»Und selbst dann nur mit größtem Widerstreben«, sagte Arthur. »Erst als Janjan ihm versicherte, sie würde seinen Planeten zusammenschießen, bis er wie ein Brocken Schlacke ziellos durch das All taumelte. Und sie hätte die Drohung – mit meiner Unterstützung – auch wahrgemacht, wenn Donayah irgend etwas zugestoßen wäre.« Er sah lächelnd zu seiner Tochter hinüber. Donah war, nachdem man sie zwangsweise schlafengelegt hatte, eben erst hereingekommen. Nun lag sie bäuchlings und barfuß auf einem Fell vor dem Feuer und fühlte sich sichtlich wohl.

»Zuvor hätte ich ihn noch in kleine Stückchen zerschnitten und an die Gänse verfüttert«, lachte sie. »Das wußte er, und ich glaube, es hat ihm sogar gefallen. Aber er hat mir wirklich kein Haar gekrümmt, es sei denn, tödliche Langeweile und das Anhören schauderhafter Gedichte würden als Folter gewertet.«

»Ich würde es so sehen«, lächelte ich. »Jedenfalls sind wir froh und glücklich, dich wiederzuhaben, Kind.«

»Meine Mutter hält es für richtig, wenn ich für die Dauer des Krieges hierbleibe«, sagte Donah. »Obwohl ich sie und Brone damit wirklich nicht gern allein lasse …« Plötzlich kämpfte sie wie ein Kind mit den Tränen. Ygrawn, die ihr am nächsten saß, reichte ihr die Hand, und Donah griff dankbar danach und hielt sich daran fest.

»Und was nun?« Das war Morgane. »Marguessan hat Talyn in ihrem Traha viel von ihren Plänen verraten. Aber ich werde den Verdacht nicht los, daß es nicht alles war.«

Doch was noch kam, hätten wir uns im Leben niemals träumen lassen.

Am nächsten Morgen traf die Nachricht ein, der Erzdruide Ultagh Casnar habe Marguessan Pendreic zur Königin der Kelten und Mordryth zum Tanist gekrönt. Stattgefunden hatte die Zeremonie auf Gwynedd, auf Oeth-Anoeth unseligen Angedenkens, im Beisein der stark verkleinerten Locryn-Sippe (Galeron war bekanntlich tot, und Gwain, der an diesem Tag bei uns in Turusachan weilte, hatte sich losgesagt), einiger unzufriedener Gefährten, die es für opportun gehalten hatten, sich auf Marguessans Seite zu schlagen – darunter auch jener Morholt, der das Ganze mit in die Wege geleitet hatte – und einer ganzen Reihe von Mitläufern, die stets ihr Mäntelchen nach dem Winde hängten; sowie von Marguessans Outfrenne-Komplizen, denen viele die Schuld an Keils' Tod anlasteten.

Arthur hatte uns im Ratssaal zusammengerufen: Morgane, Gweniver, mich, Ygrawn, Gwain, Gerrans, der zu einem Besuch von Gwynedd gekommen war, Roric und Daronwy, eben erst von Aojun zurückgekehrt, und die echten Gefährten. Hier teilte er uns mit, was sich ereignet hatte, und als ich mich umsah, stellte ich fest, daß niemand überrascht war.

Er faßte sich sehr kurz – nur die nackten Tatsachen, viel mehr war im Augenblick auch nicht bekannt, aber das war schon schlimm genug.

»Der Erzdruide beruft sich auf seine Überzeugung, die Monarchie sei korrupt. Zum Beweis führt er das Fíor-comlainn zur Verteidigung der Königin – angeblich ein Scheinkampf, denn an ihrer Schuld bestehe kein Zweifel, und daher hätte ihr Stellvertreter nicht so ohne weiteres triumphieren dürfen – und die nachfolgende Ermordung eben dieses Stellvertreters durch die Krone an. Der Mann habe eindeutig zuviel gewußt, man habe ihn erst gekauft und ihm dann den Mund gestopft, bevor er reden konnte.«

Elen Llydaw – sie war mit Arthur auf Fomor gewesen – schien vor Wut und Abscheu ganz bleich, nahm aber wie üblich kein Blatt vor den Mund.

»Artos, Gwynedd ist ein Seuchenherd und muß isoliert werden. Wenn wir verhindern, daß Marguessan von außen unterstützt wird, können wir den Aufruhr eindämmen, die Gefahr begrenzen und den Schaden auf diese eine Welt beschränken.«

Arthur schüttelte den Kopf. »Die Gefahr hat sich bereits ausgebreitet, Elenna, und der Schaden ist angerichtet. Wir müssen unsere gesamten Streitkräfte alarmieren und uns nicht nur auf innere Unruhen bei uns, sondern auch auf eine Invasion von außen einstellen.«

»Genau das hat Marguessan prophezeit«, sagte ich

über die heftigen Proteste von allen Seiten hinweg. »Wie konnten wir nur so töricht sein, ihre Worte zu übergehen, obwohl ich sie doch mit eigenen Ohren gehört habe? Ich glaube nicht, daß sie lügt.«

»Der Krieg mit Fomor ist jedenfalls Wirklichkeit«, erinnerte uns Gweniver. »Aojun hat die Kriegserklärung bereits ausgesprochen, und wir als seine Verbündeten – und Mitgeschädigten – werden seinem Beispiel bald folgen.«

»Und was ist mit den Protektoraten?« Das war Ruard Darnaway, Minister des Äußeren, verantwortlich für die Verwaltung der angeschlossenen Fremdwelten – inzwischen hatten sich mehrere Dutzend Systeme gegen mögliche Gefahren von den Sternen unter Keltias Schutz gestellt.

»Eine gute Frage«, sagte Arthur. »Aber leicht zu beantworten: Sie sind nicht betroffen. Wir werden weder Patrouillenschiffe noch Streitkräfte abziehen, aber wir können ihnen auch nicht mehr schicken, als bereits dort stationiert sind. Sie müssen mit dem zurechtkommen, was sie haben.«

»Genau wie wir«, sagte Tarian bitter. »Und das wird nicht leicht werden, Artos. Wir müssen uns nicht nur gegen Outfrenne-Invasoren – auf jeden Fall Fomori, und wer weiß, wen Marguessan sonst noch unter Vertrag genommen hat – zur Wehr setzen, sondern zur gleichen Zeit innere Unruhen niederschlagen ...« Sie verstummte, was sonst ganz und gar nicht ihre Art war.

»Ist es möglich, Tari?« fragte Gweniver leise.

»Es muß möglich sein, Ard-rían«, antwortete die Taoiseach.

»Und es wird auch möglich sein.« Arthur war aufgesprungen und marschierte auf und ab. Ich hatte – und wie ich sah, nicht als einziger – den leisen Verdacht, daß er über diese Entwicklung nicht unglücklich war und durchaus nicht so schwarz sah wie die anderen.

Und wer ihn so lange kannte wie ich, der war darüber auch nicht überrascht; Arthur war stets in Höchstform, wenn die Gegner in der Übermacht waren und er mit dem Rücken zur Wand stand. Wenn er schlechte Karten hatte, hob ihn das geradezu auf eine höhere Seinsebene und verdoppelte seine Tatkraft und seine Verstandesschärfe, das hatten wir alle schon erlebt. Andererseits hatte er noch nie so tief in der Klemme gesteckt wie jetzt …

Gweniver hatte bisher nicht viel gesagt, aber man merkte ihr an, wie der Druck immer weiter stieg, bis sie ihren Gefühlen endlich Luft machen mußte. Knurrend wie eine Wölfin in der Falle stand sie auf.

Alle starrten sie an. »Wenn ich mir vorstelle, daß Marguessan zur Ard-rían gekrönt wurde«, erklärte sie. »Das tut weh. Mehr sage ich nicht. Und was machen wir jetzt? Grehan?«

Grehan Aoibhell hatte sich die ganze Zeit über mit Sternenkarten, Hologrammen von Keltia und unzähligen Notizen beschäftigt. Nun blickte er von seinen Berechnungen auf.

»Als Oberster Kriegsherr habe ich dafür zu sorgen, daß wir uns gegen diese Bedrohung zur Wehr setzen können, und dazu sind wir im Augenblick nicht imstande. Aber das wird sich bald ändern.« Er erhob sich und wandte sich an Gweniver und Arthur. »Dürfte ich jetzt gehen und Elenna, Betwyr und Daronwy mitnehmen? In der Fian-Kommandantur können wir unser Vorgehen besser planen.«

Arthur nickte, Gweniver hob die Hand, und schon waren sie fort. Hinter ihnen schlossen sich die Reihen, als sei jemand mit einem Messer durchs Wasser gefahren. Arthur starrte eine Weile blind auf die Tischplatte hinab, dann schüttelte er sich und stand auf.

»Schön. Die anderen können ebenfalls gehen. Nur Talyn und Guenna muß ich noch sprechen.«

Als sich der Saal geleert hatte, wandte ich mich meinem Pflegebruder zu und sah ihn fragend an. Irgendwie schien es mir kälter und dunkler geworden zu sein, seit wir nur noch so wenige waren – Arthur hatte auch Ygrawn noch zum Bleiben aufgefordert –, und ich hatte das mulmige Gefühl, als käme jetzt etwas, was mir ganz und gar nicht gefallen würde ...

Und ich hatte wieder einmal recht. Sobald sich die Türen geschlossen hatten und wir alle zu Arthur an die Schmalseite des langen Basalttischs getreten waren, sah er erst Gweniver an, und als sie ihm zunickte, wandte er sich an uns.

»Talyn, wir beide haben noch einen Besuch zu machen, bevor es richtig losgeht«, sagte er leise und stockend. »Ich habe es schon vor langer Zeit geschaut. Die Ard-rían weiß Bescheid, und jetzt sollen die drei Menschen davon erfahren, die uns beiden am teuersten sind.« Er hielt kurz inne. »Du und ich, Tal-bach«, fuhr er dann fort, »wir müssen noch einmal nach Glenshee. Es wird das letzte Mal sein.«

Mir blieb die Luft weg, obwohl ich etwas dergleichen schon fast erwartet hatte. Wie denn auch nicht, waren doch in den vergangenen drei Jahrzehnten sämtliche Begegnungen dieser Art auf diesen Punkt zugelaufen? Ich rief mir die starken Visionen in Erinnerung, die mir während der Gralssuche geschickt worden waren: was und wen ich damals geschaut und was mir die Erscheinungen gesagt hatten; was mir an Weissagungen zuteil geworden war ...

Und ich hörte mich mit entrückter Stimme sagen: »Der letzte und wohl auch der wichtigste Besuch. Wann brechen wir auf?«

»Sobald es hell wird«, sagte Arthur. »Bis dahin gibt es hier noch viel zu tun, und auch anschließend haben wir keine Zeit zu verlieren. Wir fliegen also mit einem Aircar so nahe heran, wie wir es wagen können, und gehen den Rest des Weges zu Fuß.« Er seufzte tief auf, schloß die Augen und bedeckte das Gesicht mit den Händen, dann sagte er zwischen den Fingern hindurch: »Das wird eine bittere Ernte, und vieles kann dabei zugrunde gehen.«

Denn hier auf Tara war Lughnasa, und der August hatte schon auf der Erde als Opfermonat gegolten. Entsetzen erfaßte mich, als ich, begleitet von meiner schweigenden Morgane, den Ratssaal verließ, obwohl ich mir alle Mühe gab, nicht daran zu denken, was – oder wer – wohl geopfert werden mußte, um Keltias Fortbestand zu sichern.

Morgane und ich gingen früh zu Bett, denn wir waren körperlich und seelisch erschöpft. Ein langer, mörderisch anstrengender Tag lag hinter uns, der mich noch mehr gefordert hatte als Morgane.

Es war auch wirklich genug auf uns eingestürmt: Auf Saltcoats war ich nur knapp einer Hinrichtung entgangen, und als Morgane mich im letzten Augenblick nach Tair Rhandir versetzte, hatte ich mich schon für tot gehalten und mich nur mit Mühe eines Besseren belehren lassen; auf Tara angekommen, hatten wir von Keils' Ermordung erfahren, und gleich danach war Arthur mit so schrecklichen Nachrichten zurückgekehrt, als habe Annwn sich aufgetan, um unsere Welten und unser Leben zu verschlingen. Ein ereignisreicher Tag, fürwahr, und nun hatte ich zu guter Letzt noch erfahren, daß Arthur und mir ein weiterer Besuch bei den Leuchtenden in Glenshee bevorstand.

Diese Ankündigung hätte die meisten Kelten zu Tode erschreckt, doch mir war dabei seltsamerweise ganz warm ums Herz geworden. Von Donayahs Rettung einmal abgesehen, war sie der einzige Lichtblick an diesem schrecklichen Tag. Als ich nun wie ein Sack in die Kissen sank, da konnte ich es kaum erwarten, im Morgengrauen die Reise nach Nordosten anzutreten.

»Ich werde Gwyn wiedersehen ...« sagte ich schon

halb im Schlaf. »Und Birogue, und das Grab meiner Mutter, jetzt, da ich die ganze Geschichte kenne ...«

»Und Merlynn Llwyd«, sagte Morgane leise. »Dieses Treffen unter dem Berg, Trygariad, dient hohen Zielen; und etwas sagt mir, daß Merlynn selbst es ist, der dich ruft. Seine hohen Ziele sind es, die du und Arthur erreichen müssen, wenn nicht alles vergebens gewesen sein soll.«

Ich seufzte tief auf und zog mir die Decke bis zum Kinn hoch. »Ich weiß. Es gab genügend Visionen – in meiner Kindheit und auf der Gralssuche – und nun ist die Zeit da.«

»Alles ist das Werk meiner Schwester.« Sie lag eine Weile still, dann begann sie zu sprechen, so leise, daß selbst ich, der ich auf dem Kissen neben ihr lag, sie kaum verstand. »Talyn, du hast mir in Tair Rhandir eine Frage gestellt, die ich dir bisher nicht beantwortet habe. Du wolltest wissen, warum sie und auch ich es so peinlich vermeiden, den Namen der jeweils anderen auszusprechen. Nun, es gibt einen guten Grund dafür.«

»Das glaube ich gern«, murmelte ich. »Ich hatte Marguessan auf Saltcoats die gleiche Frage gestellt, und sie wurde so bleich wie Salz. Aber eine Antwort wollte sie mir nicht geben.«

»Nein. Das kann ich verstehen. Und in weniger stürmischen Zeiten hätte auch ich geschwiegen. Aber die Umstände zwingen mich, dich einzuweihen, denn es könnte sein, daß du das Wissen noch brauchst.«

Wieder hielt sie inne, es war, als müsse sie jedes Wort einzeln schmieden. »Nun denn«, fuhr sie schließlich fort, »wir bei den Ban-draoi haben einen Schwur, den auch die Pheryllt kennen. Ein Gelübde, mit dem der Zauberer sich an den Dán bindet. Dieses Gelübde darf nie gebrochen werden. Nicht einmal bei Strafe, oder wenn man bereit ist, die Folgen auf sich zu nehmen. Nein; wer diesen Schwur einmal geleistet hat, der *kann* ihn nicht mehr brechen. Und das steht nun zwischen meiner Schwester und mir.«

Trotz der Decke überlief mich ein Schauder. Ich wollte kein Wort mehr davon hören, ja, ich bedauerte zutiefst, jemals gefragt zu haben. Aber nun mußte sie sprechen, und ich mußte ihr lauschen …

Denn dieser Schwur, Tynghed genannt, war gefürchteter als der Tod, denn er war zu beiden Seiten der Tür bindend. Wie alle Kelten hatte ich unbestimmte Gerüchte über dieses Schreckensritual gehört, aber ich hätte nie erwartet, ihm in meinem eigenen Bett zu begegnen. Morgane sprach bereits weiter, und ich überwand mich nur mit Mühe, ihr das Gesicht zuzuwenden, um sie besser zu verstehen.

Es waren wahrhaft schreckliche Worte, so schrecklich, daß ich hinterher noch lange kein Auge zutat …

Noch vor dem Morgengrauen stahl ich mich davon, ohne Morgane zu wecken. Im Dunkeln stand ich auf und zog mich an – zu bewaffnen brauchte ich mich nicht, irdische Waffen waren im Feenreich ohnehin nicht zugelassen. Dann drückte ich meiner Frau einen sanften Kuß auf die entblößte Schulter, die perlenweiß über den dunklen Schlafpelzen schimmerte, und ging.

Arthur erwartete mich bereits auf dem kleinen Landeplatz zwischen dem Palastgebäude und dem Bergfried. Hier stand gewöhnlich ein Aircar bereit, und als er mich sah, schob er sich die Handschuhe unter den Gürtel, nickte mir zu und schwang sich in das kleine Schiff. Ich warf noch einen Blick über die Schulter, obwohl ich genau wußte, daß die Fenster unseres Schlafzimmers nicht auf diesen Faha hinausgingen, sondern auf das Meer. Dann folgte ich ihm.

Kurz nach Tagesanbruch landeten wir in den Hohlen Bergen und ließen das Aircar auf der Rückseite des letzten Höhenzugs vor Glenshee stehen. Näher durften wir dem Berg Fare, unter dem unser Ziel – Dún Aengus hinter dem großen Wasserfall und dem zugehörigen Steinkorridor mit Namen Sychan, der Trockene Fluß – lag, nicht kommen. Wir hatten also noch einen ordentlichen Fußmarsch vor uns, aber das war nun einmal nicht zu ändern. Wenn wir Glück hatten und ein strammes Tempo vorlegten, konnten wir Sychan frühestens gegen Mittag erreichen.

Ich hatte wieder einmal die Rechnung ohne die Sidhe gemacht, und das bekamen wir deutlich zu spüren, sobald wir den Höhenzug überschritten und das liebliche Tal dahinter betreten hatten …

Als das Tal vor uns lag, blieben wir einen Augenblick stehen. Hier oben, weit nördlich von Caerdroia, war bereits Herbst, und ich war überwältigt von der Farbenpracht zu meinen Füßen: flammende Rot-, Gelb- und Goldtöne, purpurglänzender Sumach, das Braun der Eichen, und dazwischen bereits kahle Bäume, die sich knochenweiß wie Gespensterflüsse durch das leuchtendbunte Panorama des Waldes schlängelten.

Mehr als ein Augenblick des Staunens war uns nicht vergönnt. Plötzlich entstand rings um uns ein weißes Licht, ein leichtes Zittern erschütterte die Luft, und bevor ich noch aufschreien konnte, wurden wir aufgehoben und Sekunden später vor den großen Silbertoren abgesetzt, die ich so gut in Erinnerung hatte.

»Wie ich diese Spielchen hasse«, murrte Arthur, zog sich seinen Umhang zurecht und nahm die Schultern zurück.

»Nun ja, es schont die Stiefelsohlen, und vom Schiff wäre es noch ein weiter Weg gewesen.« Ich spürte ein unerklärliches Glücksgefühl, eine jauchzende Freude von überall- und nirgendwoher, so stark, daß ich mich kaum auf den Beinen halten konnte. Dann schwangen lautlos die Tore auf, und ich sah ohne große Verwunderung, wer dahinter wartete, um uns unter dem Berg willkommenzuheißen.

Gwyn, Sohn des Nudd, Prinz der Sidhe, neigte das Haupt vor seinen Gästen, und als er wieder aufsah, lächelte er.

»Ich hielt es für besser, euch nicht die ganze Strecke laufen zu lassen«, sagte er. Ich erkannte die Stimme sofort, obwohl ich sie von einer Begegnung zur anderen immer wieder vergaß.

»Und dafür sind wir Euch dankbar«, sagte ich mit einem raschen Seitenblick auf Arthur. »Wir hatten uns schon gedacht, daß Eile geboten sein könnte.«

»So ist es tatsächlich, es gibt viel zu tun, denn nun ist von jeder Warte aus das Ende nahe.« Er winkte uns, ihm zu folgen, und wir betraten den Dún.

Anders als bei meinem letzten und auch bei meinem allerersten Besuch waren diesmal alle Räume mit Leuchtenden bevölkert; vielleicht war das auch die beiden anderen Male so gewesen, und ich hatte sie nur mit meinen sterblichen Augen nicht wahrnehmen können, wer weiß? Die Säle und Gänge, durch die wir kamen, erschienen mir zunächst unbestimmt vertraut, dann kam ein Raum, den ich mit Sicherheit kannte, noch einer und noch einer ...

Mit einem Mal war ich felsenfest überzeugt. »Wir sind auf dem Weg zu Merlynn Llwyd«, erklärte ich.

Gwyn lächelte. »Ach ja, das berühmte Bardengedächtnis. Sieh zu, daß du es dir in seiner ganzen Schärfe bewahrst, Tal-bach; du wirst es bald schon dringend brauchen.«

Mit diesen rätselhaften Worten ließ er uns vor einer leeren, grauen Wand aus massivem Granit stehen. Ich sah mich hilflos um, aber wir waren allein; nicht einmal die Sidhe, die uns wahrscheinlich insgeheim beobachteten, konnte ich spüren. Ich holte tief Luft und wandte mich wieder dem unzugänglichen Fels zu.

»Das ist eine Prüfung«, sagte ich eifrig. »Die Sidhe können es nun einmal nicht lassen, die Sterblichen auf die Probe zu stellen.«

»Du bist der Barde«, sagte Arthur, und zum ersten Mal in unser beider Leben hörte ich seine Stimme ein wenig zittern. »Und du warst schon öfter hier als ich. Sing etwas.«

Trägerin des Wohlklangs hatte mich natürlich begleitet. Nun nahm ich sie langsam von der Schulter und lauschte dabei mit allen Sinnen auf irgendeinen Befehl, ein Verbot. Ich mußte mich doch vergewissern, ob mein Spiel hier überhaupt gestattet war – ich hatte zwar schon einmal in die Saiten gegriffen, aber die Sidhe sind unberechenbar und ändern häufig ihre Gesetze. Doch ich erhielt keinerlei Hinweis, also nahm ich das Schweigen für Zustimmung, seufzte einmal tief auf und begann aus Leibeskräften zu singen.

»Ein Barde bin ich, die Kunst durchdringt mich.
Doch zwingen läßt sie sich nicht.
Nicht sträube ich mich, wenn der Herrscher mich ruft;
Doch den Namen der Lieder,
Die ihn lobpreisen,
Die Form und den Inhalt
Die Wahl der Worte
Und den Namen des Sängers
Mag schweigend erwarten, wer über, wer unter mir steht,
Und mag nehmen, was man ihm gibt.«

Vielleicht nicht mein bestes Werk; aber mehr brachte ich unter diesen Umständen nicht zustande, und es war offenbar genug, denn kaum war der letzte Akkord verklungen, da schien die Felswand durchsichtig geworden und verschwand vor unseren Augen.

Und dahinter tat sich die Annat-Grotte auf, die ich bereits kannte, der kleine Tempel, wo Merlynn Llwyd in seinem Kristallbaum lag wie in einem Grab. Mutig trat ich ein, und Arthur folgte mir mit einigem Zögern.

In der Nische an der Rückwand des Tempels hatte sich seit meinem letzten Besuch nichts verändert. Merlynn lag in dem gläsernen Gefängnis, in das ihn der Marbh-draoi Edeyrn verbannt hatte, nach wie vor in Trance, in tiefem Schlaf oder in einer anderen Welt, nicht tot, aber gewiß auch nicht in dem Sinne lebendig, wie wir das Wort verstehen. Arthur, der bisher noch nicht hiergewesen war (allerdings hatte ich ihm mit Erlaubnis der Sidhe nach meiner Rettung aus Oeth-Anoeth alles haarklein berichtet), fand den Anblick nicht weniger erschütternd und bewegend als damals ich selbst. Merlynn war ja auch *sein* Lehrer und Beschützer gewesen; er hatte uns während unserer ersten fünf Lebensjahre einzeln, und in den nächsten fünfzig gemeinsam betreut; er war ein Teil unserer Seele.

»Nein, faß den Baum nicht an«, murmelte ich, als Arthur wie in Trance die zitternde Hand nach dem trüben Kristalleis ausstreckte. Er hielt inne, ballte die Finger langsam, langsam zur Faust und zog sie zurück.

»O nein«, ließ sich eine leise, klare Stimme vernehmen, die uns wohlbekannt war. Wir drehten uns um. Birogue vom Berge war eingetreten, und wir begrüßten sie mit einer tiefen Verbeugung. Sie sah ihren Herrn und Partner lange an.

»Diesmal *sollt* ihr die Hände sogar auf den Kristall legen«, lächelte sie. »Denn die Gesetze unter dem Berg sind unberechenbar ...« Ihr boshafter Blick aus silbriggrünen Katzenaugen ließ mich erröten, doch dann mußte ich lachen.

Sie wurde sofort wieder ernst. »Es gibt einiges, was ihr erfahren und was ihr tun müßt. Und nur von ihm« – sie nickte zu Merlynn, dem Unveränderten, Unveränderlichen hin – »könnt ihr es erfahren.«

Arthurs Gesicht war ein einziges Fragezeichen, aber er beherrschte sich und protestierte mit keiner Silbe.

Birogue faßte uns beide an den Händen, Arthur an der rechten, der Schwerthand, und mich an der linken, der Harfenhand. Dann legte sie mit jenem Ausdruck weihevoller Entschlossenheit, der mich bei den Sidhe schon so oft beeindruckt hatte, unsere Hände auf den Kristallbaum, in dem Merlynn Llwyd eingeschlossen war.

Kapitel 23

Es war, als würden wir jählings in den Ard-na-spéire, den Überhimmel oder Hyperraum geschleudert. Die gleiche dichte, flaumige Dunkelheit, die levinblauen Lichtgitter, die die Sterne verbanden und trennten, und jenes Schillern, das aus dem Nichts kam und nie direkt, sondern immer nur aus dem Augenwinkel zu sehen war (dann aber die ganze Welt erfüllte). Dabei standen wir noch immer unter dem Berg, tief in der Erde, fest auf der Erde, der Erde verbunden ... jedenfalls nahm ich das an, denn spüren konnte ich meinen Körper nicht mehr, und meine Hand lag wie erfroren auf dem Kristallbaum, den Edeyrn geschaffen hatte und Merlynn bewohnte. Es war, als seien wir nicht mehr in Dún Aengus, auch nicht in Glenshee, sondern an einem ganz und gar anderen Ort, in einem Gedanken, einem Konstrukt, einem Postulat. Doch dann ertönte ganz in der Nähe, monoton wie im Traum, Arthurs Stimme, und sie gab mir Halt.

»Eine Zeit, die keine Zeit, ein Ort, der kein Ort ist ... Wer versetzt uns hierher? Edeyrn oder Merlynn, die Finsternis oder das Licht ...«

Die Hoffnung in seiner Stimme, die Ungläubigkeit, die sich zu blankem Entsetzen steigerte, sie waren mir nicht fremd. Wie denn auch, ich selbst hatte mich doch oft genug so angehört, damals im Wald der Erscheinungen und an vielen anderen Orten davor und danach. Ich tat das einzige, was ich für uns beide tun konnte: ich tastete mit der freien Hand blind ins Leere, fand Arthurs Hand, umfaßte sie und drückte sie fest. So hatten wir uns schon als Kinder in Daars getröstet, wenn wir uns ängstigten. Und keiner von uns schämte sich dessen; damals so wenig wie jetzt.

Sobald unsere Hände sich berührten, schloß sich

offenbar der Kreis. Die funkendurchschossene Finsternis wurde silberhell, öffnete sich wie ein Vorhang, und wir sahen Merlynn Llwyd. Ein Teil von ihm stand aufrecht auf seinen zwei Beinen zwei Schritte vor uns, frisch und munter, mit wachen Augen, denen nichts entging, so wie er leibte und lebte; der andere Teil lag nach wie vor in der kristallenen Truhe (vielleicht war es auch ein Sarg, ich konnte mich nicht entscheiden) im Zauberschlaf. Das pulsierende und sich ständig verändernde Bild der einen Wirklichkeit durchdrang sozusagen das andere, so daß wir ihn ständig doppelt sahen, als schauten wir durch Wasser, durch einen Diamanten oder durch dichten Rauch.

Doch seine Stimme war unverändert, und sein Geist hatte auch in diesem merkwürdigen Zwischenzustand nichts von seiner Kraft verloren.

»Ard-rígh, Pen-bardd ...« Dann, herzlicher: »Artos, Talyn, habt keine Angst! Solange eure Hände auf dem Kristall liegen und ihr euch aneinander festhaltet, kann ich mit euch sprechen, und ihr könnt mich hören.«

»Athro?« Das war Arthur. Es klang so zögernd, als würde er nur allzugern an die Erscheinung glauben, wage aber von soviel Glück nicht einmal zu träumen. »Seid Ihr es wirklich?«

»Wer sonst?« kam es unwirsch wie eh und je, und ich mußte bei aller Ehrfurcht laut lachen. Genauso hatte einst auf der Gralssuche der visionäre Merlynn im nächtlichen Wald zu mir gesprochen, neben der Quelle, an der so merkwürdige Dinge geschahen. Und wieder einmal staunte ich darüber, wie manche Eigenschaften so fest im Wesen einer Person begründet sind, daß sie sich auch am anderen Ufer nicht ändern; jedenfalls nicht sofort. Der Gedanke wirkte tröstlich. Doch Merlynn sprach bereits weiter.

»Man hat mir nicht viel Zeit gewährt«, sagte er, »laßt uns also keine vergeuden. Ja, ich bin ich, ihr seid ihr, und ihr seid alle beide hier, das wäre also geklärt. Und jetzt, Arthur, höre mich an.«

Und Arthur beugte sich vor, ohne daß sich seine Stiefel auf dem Steinboden bewegt hätten; ein sich Hineinlehnen, ein Versinken in dem Arm, der ihn wie eine starre Brücke mit dem Kristall verband.

»Als du das letzte Mal hier warst«, sagte Merlynn in jenem ach so vertrauten (und so aufreizend) lehrhaften Ton, »hat Nudd, der König ist unter dem Berg, dir gewisse Dinge angeboten. Doch du hast von den Schätzen nur den einen genommen, der dir beim Kampf gegen den Marbh-draoi nützen konnte.«

»Ja«, sagte Arthur. »Fragarach nahm ich, den Antworter, das große Schwert aus der Schmiede der Götter; die anderen Heiligtümer ließ ich hier. Ich hielt die Zeit, sie mitzunehmen, noch nicht für gekommen. Doch dann stahl meine Schwester den Kelch, und ich wünschte oft, ich hätte das Angebot schon damals angenommen. Vielleicht hätte sich der Diebstahl damit verhindern lassen.«

»Den hätte nichts und niemand zu verhindern vermocht«, sagte Merlynn. »In diesem Punkt sei ganz beruhigt. Und daß du ablehntest, war nur zum Segen ... Doch wie Talyn und die anderen seit Caervanogue wissen, haben die Schätze einen eigenen Dán, genau wie die Seelen, und auch sie haben eine Aufgabe zu erfüllen. Heute mußt du sie mit dir nehmen, und wenn du Keltia verläßt, was schon sehr bald der Fall sein wird, müssen sie dich begleiten.«

Er mußte Arthurs Reaktion, den ungläubigen Schrecken, den jähen Widerstand, wohl gesehen oder gespürt haben – ich jedenfalls spürte sie schon im Druck seiner Hand –, denn er schüttelte lächelnd den Kopf.

»Nein, ich spreche die Wahrheit« – das war wieder ganz und gar Merlynn – »du darfst nicht an mir zweifeln. Alles ist Dán, glaube mir. Einst kamen die Schätze wie die Kelten selbst mit Brendan und Nia nach Keltia. Und nun ist es an der Zeit, daß sie Keltia verlassen und mit dir und deinen Gefährten auf die letzte Reise gehen.«

Die Stille war mit Händen zu greifen. »›Die letzte Reise‹?« wiederholte Arthur endlich. Es klang nicht überrascht, nicht einmal allzu bestürzt; er hatte wohl immer gewußt, daß es eines Tages dazu kommen würde, und nun war es eben so weit. Es lag nicht einmal in seiner Macht, sein Schicksal anzunehmen, man könnte eher sagen, es hatte *ihn* angenommen …

Merlynn durchschaute uns; wann hätten wir vor unserem Ailithir je etwas verbergen können? »Eines Tages werden sie nach Keltia zurückkehren. Eine wird kommen, deren Dán es ist, sie heimzuholen … Für dich und für jene, die mit dir fahren, gibt es freilich kein Zurück. Sieben nur kehren zurück von Caer Sidi.«

Bei diesen Worten bäumte sich mein Inneres auf und erbebte, und die Flügel der Heiligen Awen, jene mächtigen Schwingen, die sich im kalten Wind einer unvorstellbar fernen Zukunft bewegen, streiften meine Seele; tief in mir wurde die Saat für ein großes Werk gelegt, gleich einem Kind, das sich einnistet im Schoß einer Frau und zur Welt kommt, wenn die Zeit, gut oder schlecht, dafür reif ist. Und auch das war Dán.

»All dies gehört zu der einen, der großen Suchfahrt, sagte Merlynn. »Die Reise, die du antreten wirst, wie die Rückkehr in ferner Zeit. Und selbst dann ist die Suchfahrt noch nicht beendet. Du selbst hast es dereinst geschaut.«

Nun wurden mir endgültig die Knie weich, denn ich erinnerte mich gut an jene frühe Vision und wußte, was jeder von uns geschaut hatte … Auch Arthur hatte sich offenbar erinnert, denn er war wie ich zusammengezuckt, und seine Hand krampfte sich so fest um die meine, daß ich den Druck seines Siegelrings spürte und mir der große Smaragd, Morric Douglas' Geschenk an Athyn Cahanagh, schmerzhaft ins Fleisch schnitt.

»In Daars«, sagte Arthur wie im Traum. »Talyn und ich, in unserem kleinen Schulzimmer – wir hatten Euch lange bedrängt, Magie wollten wir sehen, und Ihr habt uns eine Lektion erteilt und uns Dinge gezeigt, von denen wir hinterher wünschten, sie wären uns niemals vor die Augen gekommen. Du weißt doch, Talynno.« Das war keine Frage, und er erwartete auch keine Antwort. Vielleicht spürte er sie in meinen gequetschten Fingern. »Ein roter Himmel über einer trockenen Wüstenebene auf einer Outfrenne-Welt; und aus dem Himmel fiel ein dunkelgrünes Schiff, ein Sternenschiff, pfeilschnell geradewegs in den Flammenrachen eines Feuerberges.«

Er schwieg lange, dann hob er den Kopf, und sein und Merlynns Blick kreuzten sich wie zwei Schwerter. »Die *Prydwen*«, sagte er. »Mein Schiff. Mein Dán. Das ist also das Ende?«

Merlynn lächelte, das Lächeln unseres geliebten Ailithir. »Gewiß nicht! In solchen Dingen gibt es nie ein Ende – habe ich euch denn gar nichts beigebracht, habt ihr denn weniger als nichts gelernt?«

»Aber für uns, Athro?« fragte ich demütig. »Ist es das Ende für *uns*? So wie wir sind?«

»Nicht in tausend mal tausend Leben«, ertönte Birogues kühle, klare Stimme. Wir hatten bisher noch gar nicht gemerkt, daß sie in dieser – Vision, Ashling, Marana, was immer es sein mochte – gegenwärtig war. Nun trat sie vor und stellte sich neben Merlynn, ihren Partner. Ich blinzelte heftig, denn wie im Wald des Scheins, wie in Ashnadarragh, dem heiligen Eichenhain, wie am Strand von Garanwynion begann auf einmal die Luft zu flimmern und zu leuchten, und ich schaute, wie sich auf die beiden, die ich als meine Seeleneltern liebte und verehrte, die Dualität einer Fiala herabsenkte und zwei Gestalten entstehen ließ, die ich als Schöpfer liebte und verehrte ...

»Es geht weiter, Pen-bardd«, sagte Birogue, die wußte, was ich schaute, und wies mit ihrer, IHRER Hand nach vorne.

Und wie einst in unserem Schulzimmer, wie bei Cadarachta, wie schon einmal hier in diesem Dún schaute ich weiter, schaute weit, weit in die Zukunft, die Straße der Jahre entlang. Schaute abermals wie einst bei Nandruidion jene, von der Merlynn eben gesprochen hatte, jene, die kommen würde, weil ihr Dán sie zwang, die Heiligtümer, die wir auf Geheiß unseres Dáns fortbringen mußten, nach Keltia zurückzuholen; ich sah, wie sie in ihrer Verzweiflung an den fernen Ort gelangte, wo die Schätze seit langer, langer Zeit ruhten – und erkannte, aufs neue von Ehrfurcht überwältigt, daß ich es sein würde, der sie dort hinschickte. Ich sah auch ihr Gesicht, etwas von Grehan war darin und von Tarian, von Arthur, Morgane und Gweniver, von mir und sogar von Majanah; doch vor allem sah sie aus wie eine Königin und eine große Zauberin ...

Heftig zitternd wich ich zurück und hätte fast die Verbindung unterbrochen; doch meine Hand hatte während der gesamten Vision auf dem Kristallstamm gelegen, als sei sie dort festgenagelt, und so nahm ich sie auch jetzt nicht fort.

»Ich verpflichte euch beide«, sagte Merlynn nun, »niemandem zu verraten, wo die Schätze sind, wenn sie erst ihren Bestimmungsort erreicht haben; nur wir drei hier, Gweniver, Morgane und Ygrawn sowie Gwyn, der Sidhe-Prinz, dürfen davon erfahren. Das große Geheimnis muß gewahrt bleiben, damit sie, die sie dereinst zurückholen soll, sie so vorfindet, wie der Dán – ihr Dán, der Dán der Schätze und der eure – es will.«

»Aber wenn der Ort geheim bleibt, wie kann sie erfahren, wo sie zu suchen hat?« fragte Arthur. Seine

Stimme war kräftiger geworden, so kräftig wie nie zuvor, seit dieses unheimliche Gespräch begonnen hatte.

»Gwyn wird die Nachricht weitergeben«, sagte Birogue schlicht, »die er von dir, Talyn, erhält. Wir vergessen nicht.«

Und wieder erfaßte mich die Ehrfurcht und ließ mich erschauern wie im kalten Nordwind. Ich wandte mich Arthur zu und fand seine Augen auf mich gerichtet. Wie schwarze Teiche standen sie in seinem bleichen Gesicht. Jeder wußte, was der andere dachte: Die Nachricht von unserem Tun würde in ferner Zukunft jene Königin nicht nur erreichen, Gwyn selbst würde sie ihr überbringen, in eigener Person. Er, der in unserer Zeit unser Freund gewesen, würde dereinst ihr Freund sein, so langlebig war das Volk der Leuchtenden, und so jung war er noch nach ihrer Zählung.

»Bis dahin wird er selbst König sein«, sagte Merlynn, der unsere Gesichter beobachtet hatte. »Selbst Sidhe-Könige gelangen irgendwann ans Ende ihrer Herrschaft, so wird es Nudd ergehen – ja, und nach ihm auch Gwyn.«

»Und Ihr, Athro?« platzte ich heraus. Ich konnte es nicht mehr ertragen, keinen Augenblick länger, es war zu viel für mich, *zu* dángesättigt. »Werdet auch Ihr dann noch hier sein?«

Zum ersten Mal, seit ich Merlynn Llwyd kannte, wich er einer gezielt gestellten Frage aus. Oh, gewiß, er war mir oft genug auf seine ganz spezielle Art eine Antwort schuldig geblieben, aber irgend etwas hatte er mir immer erwidert. Diesmal jedoch nicht, und das war ein weiteres Rätsel …

»So werde ich denn weiter in diesem Glashaus wohnen«, sagte er, »und die Dreizehn Schätze werden sich fortbegeben; so wird Arthur schlafen auf der Insel Afallinn, inmitten seiner Gefährten, bis die Zeit seiner

Wiederkehr kommt; und so nur werden sieben zurückkehren von Caer Rigor.«

Caer Sidi, Caer Rigor – wieder spürte ich den Schritt der Awen in weiter Ferne, eine mächtige Sandale wurde aufgesetzt auf ewigen Fels, doch mir war plötzlich etwas anderes eingefallen, etwas, das ich gelesen hatte, und das mich sehr beschäftigte …

»Athro, als Ihr und meine Mutter mich in jener Nacht in meiner Vision im Wald der Erscheinungen aufsuchtet«, begann ich stockend, »da wußte ich noch nicht, daß sie mir einen Schatz hinterlassen hatte. Oh, ich meine nicht den Schmuck und die Edelsteine, so schön sie auch sind und soviel es mir auch bedeutet, daß sie sie geliebt und getragen hat; nein, ich meine die Bücher, die Worte, die Schriften. Denn auch sie war wohl so etwas wie ein Barde: Einige der Schriften stammten von ihrer Hand, aber nicht alle, die anderen hatte sie nur aufgeschrieben, um ihre Wahrheit, ihre Schönheit oder ihre Weisheit zu bewahren. Und in letzteren war – war die Rede von Arthur und von uns allen.«

Mit halbem Ohr hörte ich Arthur neben mir nach Luft schnappen, ich spürte, wie seine Hand erschrokken an der meinen zog, ich sah Birogues liebliches Lächeln aufleuchten; aber ich ließ mich nicht aufhalten, denn die Frage verfolgte mich schon seit langem, und ich wußte, daß dies die womöglich einzige Gelegenheit in allen meinen Leben war, die Wahrheit zu erfahren. Bisher hatte ich nicht gewagt, davon zu sprechen; ich hatte diesen Teil der Schriften nicht einmal Morgane und Gerrans gezeigt, und schon gar nicht Artos, Gwen oder Ygrawn. Denn sie alle kamen darin vor. Es war ein Rätsel, und ich wollte, daß es hier und jetzt gelöst wurde.

»Sie – meine Mutter – sagte ausdrücklich, sie erzähle nur Geschichten nach«, fuhr ich fort. »Andere hätten sie erdacht, aber sie liebe sie sehr und habe sie niedergeschrieben, um sie auch in ihrer neuen Heimat Keltia lesen zu können und sie nicht zu vergessen. Es handelte sich zumeist um Volkssagen, einige stammten auch aus Bardenmund, doch ein roter Faden zog sich durch sie alle: sie erzählten von König Arthur, er wurde namentlich erwähnt, als sei er allen Menschen bekannt. Auch von Euch, dem großen Zauberer Merlynn, von Gweniver und Morgane war die Rede – und sogar von mir!«

Wieder hielt ich inne, denn meine Stimme zitterte vor Erregung, eine Schwäche, die für Taliesin verständlich sein mochte, die jedoch für einen Barden, den Penbardd gar, unverzeihlich war.

»Deshalb frage ich Euch jetzt«, fuhr ich fort, nachdem ich mich beruhigt hatte, »wie konnte die edle Cathelin diese Dinge wissen, wie konnte sie von *uns* wissen – sie, die nach Keltia kam, bevor die meisten von uns geboren wurden oder sich gar als Könige, Barde oder Zauberer einen Namen gemacht hatten? Wie kam es, daß auf der Erde Geschichten über uns hier in Keltia in Umlauf waren, Jahrhunderte, bevor es uns überhaupt *gab*? Athro?«

Der lebende, sprechende Merlynn verblaßte für einen Augenblick, und dahinter erstrahlte der schlafende Merlynn so hell wie ein Pulsar in den Tiefen des Weltalls; dann war alles wieder wie vorher.

»Die Geschichten, die deiner Mutter auf der Erde so gefielen, daß sie sie mit nach Keltia brachte«, sagte Merlynn so gütig, daß ich es kaum ertrug, »erzählten nicht von Dingen, die gewesen waren, sondern von solchen, die erst geschehen würden.«

Jetzt sah er mich an wie seit meiner Kindheit nicht mehr, so als wolle er gleich die Arme ausbreiten, um mich zu trösten und mich schützend an sich zu drücken. Bisweilen hatte er das tatsächlich getan – anstelle meiner Eltern, die dafür zu früh verstorben waren. Doch er sprach bereits weiter, und ich hing an seinen Lippen, um mir kein Wort entgehen zu lassen.

»Die Geschichten, die deine Mutter in ihre Bücher schrieb, waren nur für das gemeine Volk der Erde erfundene Geschichten und blieben es auch. Wer tiefer in die Geheimnisse des Seins eingeweiht war, erkannte darin eine *Prophezeiung*. Eine Prophezeiung, die einem der Unseren zuteil geworden war, kurz bevor Brendan mit den Gälen und den Danäern die Erde verließ, um nach einem Ort zu suchen, von dem er gar nicht wußte, daß es ihn gab. Diese Prophezeiung wurde von den Zurückgebliebenen – und das waren nicht nur Kelten – zu Sagen, zu Spinnstubengeschichten, zu Ammenmärchen verwoben. Deshalb entsprechen sich die Namen, die Titel und die Geschehnisse: auf der Erde ein Märchen, für Keltia eine Prophezeiung. Und wie bei Prophezeiungen so üblich, kam es im Lauf des Dán, unter den Händen der Zeit und der Menschen zu manchen Veränderungen. Lügen wurden erzählt, Wahrheiten verdreht, Fakten verfälscht. Doch das Grundgewebe hat alles unbeschadet überstanden, denn es war von kundigen Händen auf Kelus Webstuhl gefertigt.«

»Dann kam die edle Cathelin hierher«, fuhr Birogue fort, und auch aus ihrer Stimme sprach diese ungewohnte Güte. »Und durch sie begann sich die Prophezeiung zu erfüllen. So stehen wir heute hier; denn alles hat seinen Anfang, bis auf den Einen. Alles andere ist geschaffen, ja, auch in den Handlungen der Göttin und des Gottes vollzieht sich nur Kelus Wille. Das soll euch beiden ein Trost sein, hier und auch draußen, denn ihr werdet uns schon bald verlassen müssen.«

Ich schloß die Augen, legte den Kopf in den Nacken und nahm einen langen, tiefen Atemzug, den ich bis in die Zehenspitzen spürte. Zugegeben, ich hatte mir nicht genau überlegt, was ich eigentlich erwartete, als ich Merlynn Llwyd diese Frage stellte; sicher ist nur, daß ich mit dieser Antwort ganz gewiß nicht gerechnet hatte. Und doch zweifelte ich – genau wie Arthur –

keinen Augenblick an der Wahrheit dessen, was mein alter Lehrer und Birogue mir erklärt hatten. Etwas in ihrer Stimme überzeugte mich, das gleiche Etwas, das auch aus den Worten meiner Mutter klang.

»Die Hand des Dán liegt über vielen Welten«, sagte Birogue noch immer leise. »Sie führte die edle Cathelin mit dem edlen Gwyddno zusammen, als der mit dem Mut der Verzweiflung seine Reise zur Erde antrat; sie bewirkte, daß Liebe zwischen ihnen erweckt wurde, daß deine Mutter ihm nach Keltia folgte, seine Bancharach wurde und dich gebar. Damit knüpfte sie die Verbindung zu jenem Dán, der hier so vielen anderen – Amris und Ygrawn, Uthyr, Leowyn und Gweniver und nicht nur ihnen – zum Schicksal wurde, zu jenem Strang, in dem der Marbh-draoi einer der Hauptakteure war – und so fließt der Strom nun schon seit Jahrhunderten dahin. Nun trägt er euch von Keltia fort, wie er Cathelin einst hierhertrug, er trägt euch nach Afallinn, wo viele untergehen und nur sieben dem Untergang entrinnen werden – und einer wird fortgehen und erst in Äonen wiederkehren. Dessen könnt ihr gewiß sein.«

»Ein Grab, das kein Grab ist.« Merlynns Stimme verschmolz mit der Stimme seiner Gemahlin. »Eine Insel, die keine Insel ist … Mächte, die schlafen und doch nicht schlafen; du und ich, Arthur, die wir wachen und doch nicht wachen. Und nichts wird die Mysterien zerstören. Der Dienst am Gral wird fortgesetzt, ja, er wird niemals unterbrochen werden.«

Während er noch sprach, senkte sich eine neue Fiala über ihn und verlieh ihm für einen Augenblick erst die Züge Loherins, des Gralshüters, des Wächters der Tore, dann die Züge seines Vorgängers Avallac'h; danach zogen in rascher Folge Gesichter vorbei, die ich nicht kannte, Männer und Frauen, Hüter und Wächter von Caervanogue in vergangenen und künftigen Zeiten. Schließlich kam wieder Merlynn zum Vorschein, und sein Lächeln verriet mir, daß unsere Zeit so gut wie abgelaufen war.

»Nein, so dürft ihr es nicht sehen!« mahnte er, denn er wußte um die Last, die erdrückende Last der Trauer, die sich jetzt auf unsere Schultern legte. »Wir werden uns noch oft wiedersehen, dessen könnt ihr gewiß sein. Und selbst wenn ihr zweifelt, und ihr werdet zweifeln, selbst dann wird diese Gewißheit in euch sein.«

Merlynn hob die Arme, griff aus dem Kristall heraus oder durch ihn hindurch und legte uns segnend die Hände auf den Scheitel, Arthur die linke, und mir die rechte. Und zugleich lag er wie seit vielen Jahren in dem kristallenen Baumstamm, wo Edeyrn ihn hingezaubert hatte, damals bei Nandruidion, als Gwyn selbst den Eber jagte …

Dann war er verschwunden, und wir fielen überrascht, von Schmerz und Trauer überwältigt, auf die Knie. Birogue stand wieder hinter uns wie ganz zu Anfang, und neben ihr stand der Jäger von einst, der Prinz.

Gwyn ap Nudd lächelte, trat vor und hob uns vom Steinboden des Tempels auf wie zwei benommene Kinder.

»Kommt, M'charai«, sagte er mit seiner wunderschönen tiefen Baßstimme, um die ihn jeder Barde beneiden mußte. »Es gibt noch viel zu tun, bevor ihr den Berg hinter euch lassen könnt.«

Und so machten wir uns ans Werk. Zuerst geleitete man uns in den großen Thronsaal mit den Wänden aus Silber und der Decke aus Gold, der uns von unserem ersten Besuch im Dún in lebhafter Erinnerung geblieben war. König Nudds Kristallthron am anderen Ende war leer, kein Feenhöfling bewachte ihn oder empfing uns, aber wir konnten uns auf Gwyn und Birogue berufen. Gemeinsam holten wir aus der verhängten Nische neben dem Thron die uralte Holztruhe mit den

Heiligtümern. Bis auf Fragarach waren sie alle vorhanden, und das Schwert würden wir dazulegen, wenn wir erst wieder in Caerdroia waren. Sogar der Kelch war da, und ich musterte ihn mißtrauisch, bevor ich den Deckel wieder schloß. Es war ihm durchaus zuzutrauen, daß er sich abermals in die Lüfte schwang und auf Reisen ging.

Den Marsch mit der Truhe durch die Säle und Gänge des Dún habe ich vergessen, doch auf einmal standen wir alle vor der Grotte, in der sich das Grab meiner Mutter befand. Mit einem stummen Blick erbat ich mir von Gwyn und Birogue die Erlaubnis zu einem letzten Besuch an ihrer Ruhestätte.

Ich ging am Rand des großen Teichs mit dem silbern spiegelnden Wasser entlang und blieb vor der polierten Steinplatte im gewachsenen Fels stehen. Hinter dieser Tafel lag sie – oder vielmehr das, was sterblich an ihr war.

Da stand ich nun vor dem schlichten Grabmal und fuhr mit zitternden Fingern die Buchstaben ihres Namens nach. Auf einmal fand ich es sehr tröstlich, daß sie hier lag, wo kein sterblicher Besucher ihre Ruhe stören konnte. Ein Grab in gewöhnlicher Umgebung hätten die Menschen in allerbester Absicht besudelt, zu einem Spektakel gemacht. Ein Denkmal von solcher Einzigartigkeit wäre zur Kuriosität für gaffende, sensationslüsterne Fremde verkommen, sie, ihre Familie und vor allem ihr Geliebter hätten niemals Frieden gefunden.

Nein – hier in der Einsamkeit war sie sehr viel besser aufgehoben; hier fand sie den Frieden, den sie verdiente. Sie war ja ohnehin nicht wirklich hier – nicht die Cathelin, auf die es ankam, die echte Cathelin, die Frau, die so tapfer gelebt und so innig geliebt hatte.

Und plötzlich spürte ich den Wunsch, etwas von mir hier zurückzulassen, etwas, das ich liebte, und das für immer bei ihr bleiben sollte. Ich überlegte eine Weile, dann zog ich lächelnd die goldene Kette unter dem Leinna hervor, die Arthur einst für mich geschmiedet hatte, und das goldene Medaillon, das daran hing: das Medaillon mit der grauen Falkenfeder, dem ersten Geschenk meiner Mutter, der Frau, der ich mein Leben verdankte.

Einen Augenblick lang hielt ich das goldene Behältnis noch mit den Fingern umschlossen, um ihm meine Liebe, meine Trauer und meinen Segen mitzugeben, dann führte ich es an die Lippen und küßte es. Und dann legte ich die Kette so über eine Ecke der Steinplatte mit dem Namen meiner Mutter, daß das falkenfederförmige Goldmedaillon dicht unter den fingertief in den Fels gemeißelten Lettern hing: Cathelin. Ban-charach Gwyddno Glyndours; Herrin von Gwaelod; Mutter Taliesins; Schwiegermutter Morguennas; Dama-wyn Geraints; Bewohnerin der Erde und Keltin zugleich.

Arthur war mir gefolgt und stand nun neben mir. Seine Züge waren starr wie Eisen, doch die Tränen strömten ihm über die Wangen.

»Du hast recht getan«, sagte er leise. »Es ist mir eine große Ehre, daß mein Werk an einem so heiligen Ort ruhen darf.«

»Ein guter Platz«, stimmte ich zu. Mit einem Mal war mir so leicht ums Herz wie seit vielen, vielen Jahren nicht mehr.

»Und hier mag es bleiben«, sagte Gwyn. Er stand mit Birogue hinter Arthur auf dem Sims neben dem Teich. »Solange unser Volk unter diesem Dach und unter diesem Berg haust.«

Er und Birogue warteten taktvoll, bis ich mich verabschiedet hatte (auch Arthur erwies der Frau, die er nie gekannt, die aber selbst in ihrer Abwesenheit eine so wichtige Rolle in unserer Geschichte gespielt hatte, seine Reverenz), dann gingen sie vor uns hinaus. Damit war ich der letzte, der die Grotte verließ. Weder ich, noch sonst ein Sterblicher würde jemals wieder hierherkommen; und ich war froh darüber.

Was noch zu tun blieb, war rasch erledigt: Wir begrüßten – nicht im Thronsaal, sondern in einem kleineren Raum und ohne Zuschauer – Nudd und seine Königin Seli und nahmen zugleich Abschied. Und wir begrüßten Allyn, den Sohn des Midna, den ich im Wald von Tiaquin kennengelernt hatte, und der (das hatte mein An-da-shalla mir verraten) in den bevorstehenden Wirren noch eine bedeutende Rolle spielen würde. Dann standen wir mit Gwyn, Birogue und der Truhe mit den Schätzen vor den Silbertoren, die in die Welt hinausführten.

»Der Strom des Dán wird immer schneller«, sagte Birogue. »Taliesin, wir werden uns noch einmal begegnen, bevor du dein Curragh aus der Strömung steuerst. Arthur, wir werden uns in diesem Leben nicht wiedersehen.« Sie reichte ihm die Hand, Arthur beugte ein Knie und küßte sie, und sie legte ihm die andere Hand segnend auf das gesenkte Haupt.

Als er sich erhob, wirkte sein Gesicht ausdruckslos. Nun wandten wir uns beide an Gwyn.

»Um sie braucht ihr nicht besorgt zu sein«, sagte er und nickte zu der Truhe mit den Schätzen hin. »Ich werde zur Stelle sein, um der Sucherin den Weg zu weisen, und ich werde sie begrüßen, wenn sie mit ihnen nach Hause kommt. Auch nachher, in der Zeit großer Not und schwerer Prüfungen, wenn er, der in der Tiefe schläft, wieder erwacht und am Geschehen der Welten teilnimmt, werde ich bei ihr sein. Sie wird die Schätze bergen, und ihr sollen sie gehören. Tröste dich, König des Lichts; nach Schmerz und bitterem Leid winkt große Freude.«

»Meine Tage als König gehen ihrem Ende entgegen«, stellte Arthur sachlich und ohne jede Spur von Selbstmitleid fest. »Und die Euren fangen erst an. Ist es uns denn niemals bestimmt, Seite an Seite zu herrschen?«

»Du wirst immerdar König der Kelten sein«, sagte Gwyn. »Von jetzt an werden alle keltischen Monarchen ihren Thron in deinem Namen innehaben, ihre Gesetze in deinem Namen erlassen und ihre Kriege in deinem Namen führen. Einmal König, immer König, König für alle Zeit.«

Er streckte den Arm aus, um Arthur zum Fianna-Gruß die Hand auf die Schulter zu legen, und sobald er Arthurs Mantel berührte, umfing uns der inzwischen vertraute, schwindelerregende Lichtwirbel, und wir lagen im Freien unter dem grauen Himmel. Es war Morgen, aber wir wußten nicht, welcher Tag. Das kleine Aircar, mit dem wir von Caerdroia hergekommen waren, wartete ganz in der Nähe, und die Truhe mit den Schätzen stand wohlbehalten zu unseren Füßen.

Wir hoben sie in die Kabine und schlossen die Tür. Dann strebten wir nach einem letzten Blick auf die graue Flanke des Berges Fare der aufgehenden Sonne voran nach Westen. Keiner von uns sollte Dún Aengus jemals wiedersehen.

Kapitel 24

Sofort nach der Landung in Turusachan suchte Arthur für die Heiligtümer in der goldbeschlagenen Eisenholztruhe und das Schwert Fragarach für die Zeit, bis wir die bis zum Überdruß prophezeite Reise antraten, ein sicheres Versteck. Die Nische, für die er sich schließlich entschied, war vermutlich der sicherste Ort in ganz Keltia. Sie befand sich im Heldensaal hinter dem Thron von Scone, in dem Vorraum mit den Findruinnatoren, durch die man ins Nantosvelta gelangte.

Ich kann mir gut vorstellen, daß es in der Zeit vor dieser vielbeschworenen Reise durchaus gefährliche Situationen gab, vor denen Arthur sich selbst gern dort verkrochen hätte. Gleich als nächstes ging er nach seiner Ankunft in Turusachan nämlich daran, Malgan Rheged offiziell als seinen Sohn anzuerkennen.

Im Grunde hätte er sich die Mühe sparen können: Die Sache wäre auch von allein gelaufen, ohne daß er auch nur einen Finger rührte, er hätte lediglich den Leuten, die über solche Dinge zu entscheiden hatten, Malgans Beweise zu übergeben brauchen. Aber Arthur hatte sich noch nie um die Wahrheit herumgedrückt oder wissentlich eine Lüge geduldet, und ich vermute, die Sache mit Malgan hatte ihn die ganzen Jahre über schwer belastet. Nun beeilte er sich, Wiedergutmachung zu leisten, soweit das möglich war.

Die Reaktionen reichten von moralischer Entrüstung bis zu gelangweiltem Gähnen, doch einen Menschen, vor dem Arthur sich gern im Nantosvelta verkrochen hätte, gab es auf jeden Fall: Gweniver. Er hatte sie natürlich als erste hinter verschlossenen Türen in sein Vorhaben eingeweiht, und was sich bei dieser Aussprache abspielte, werden wir wohl nie erfahren. Bekannt wurde nur, wie sie in der Öffentlichkeit damit umging, und wie sie sich gegenüber Freunden und Verwandten äußerte, und demnach war sie zu Anfang rasend vor Wut. Erst als besonnene Außenstehende ihr begreiflich machten, daß die Anerkennung der Vaterschaft nicht unbedingt einen Wechsel in der Tanistie zur Folge haben müsse, und daß Malgan selbst erklärt habe, es sei nicht seine Absicht, seinen kleinen Halbbruder Arawn in der Thronfolge nach hinten zu drängen, legte sich ihr Zorn, und sie fügte sich ins Unvermeidliche. Gewiß, sie könnte uns auch etwas vorgespielt haben, doch das war noch nie ihre Art gewesen.

Was Arthur mit der Anerkennung auch bezweckt haben mochte, er erreichte es wohl nicht; denn kaum vierzehn Tage später gaben Malgan, Marguessan und Mordryth ihrerseits eine Erklärung ab: den Aufruf zum Bürgerkrieg.

»Und nicht nur zum Bürgerkrieg«, sagte Tarian zu der kleinen Gefährtenrunde, die man in aller Eile zusammengerufen hatte. »Sie hat auch Outfrenne-Söldner angeheuert, genau wie einst der Marbh-draoi Edeyrn.«

»Vermittler waren dabei zweifellos die Fremdweltler, die du, Talyn, in Caer Dathyl und auf Saltcoats gesehen hast«, warf Grehan ein. »Inzwischen zeigen sie sich ganz offen in ihrer Gesellschaft und prahlen überall herum, wie reich man sie für ihre Dienste belohnen wird.«

»Was erwartet ihr von diesem Pack? Solche Leute stehen im großen Plan des Dán noch unter dem Schweinemist«, sagte Ysild von Kernow. Sie war gerade auf Tara zu Besuch, als auf Gwynedd der Aufstand losbrach. »Wir haben schon Bessere in die Suppe gekrümelt; mit denen werden wir auch noch fertig.«

»Soweit ganz richtig.« Ich stand auf, denn ich verfügte über Kenntnisse, die noch nicht einmal Tari oder Grehan bekannt waren, und Gweniver – sie war nicht anwesend, sondern beriet sich mit Arthur und Ygrawn – hatte mir aufgetragen, sie den Gefährten mitzuteilen. Ich richtete den Blick quer durch den Saal Gwahanlen auf den Bildteppich mit König Cadivor und Juthahelo, holte tief Atem und begann.

»Wir haben eine Nachricht von unserem Handelsplaneten Clero erhalten, und die Ard-rían hat mich gebeten, sie an euch weiterzugeben: unsere Niederlassungen wurden überfallen und unsere Leute gefangengenommen; die Angreifer waren Fomori und Fir Bolg.« Alle begannen aufgeregt durcheinanderzureden, doch als ich die Hand hob, versiegte das Stimmengewirr wie ein Bergbach zur Dürrezeit. »Es kommt noch schlimmer: Marguessan hat auch die Koranier mit ins Spiel gebracht. Mit ihnen werden wir hier zu tun bekommen.«

Jetzt brauchte ich nicht mehr um Ruhe zu bitten: Im Saal war es so still geworden wie in einem Kaninchenbau, wenn der Marder vor der Eingangsröhre steht. Die Koranier waren ohne jeden Zweifel die Königsmarder der bewohnten Galaxis, außerdem kannten wir sie schon von früher: Hauptsächlich wegen dieser Koranier (oder Telchinen, wie sie sich einst nannten) hatten die Kelten (die damaligen Danäer) nämlich die Erde verlassen. So weit ging die alte Feindschaft zurück, so tief reichten die Wurzeln in den blutgetränkten Boden hinab …

Mich überraschte nur, daß sie so lange gezögert hatten. In den langen Jahren seit Arthurs und Gwenivers Regierungsübernahme hätte es sehr viel bessere und weniger riskante Gelegenheiten für einen Angriff gegeben … Selbst Edeyrn, der bedenkenlos alles angeheuert hatte, was sich kaufen ließ, war übrigens vor den Koraniaiden zurückgescheut – vielleicht hatten sie es auch nur verschmäht, für etwas Geld zu nehmen, was sie lieber zum Vergnügen taten. Im Unterschied zu den Fir Bolg, den Fomori und vielen anderen hatten sie damals, als Arthur mit der *Prydwen* auf seinen ersten großen Raubzug ging, nicht auf der Liste der Völker gestanden, die es zu bestrafen galt.

Doch jetzt waren sie so weit, daß sie den Kampf aufnehmen wollten, und Marguessan hatte sie noch ausdrücklich dazu eingeladen ...

Sie wären die Feinde, die wir am meisten zu fürchten hatten; aber das hatte noch Zeit. Im Augenblick machte uns der Aufruhr auf Gwynedd, den Marguessan vergangene Nacht ausgelöst hatte, größere Sorgen. Schlagartig kam mir die mörderische Ironie des Geschehens zu Bewußtsein. Ein Blick zu Morgane, und ich wußte, daß sie wieder einmal den gleichen Gedanken hatte: Einst hatten *wir* auf Gwynedd zur Rebellion und zum Bürgerkrieg aufgerufen, um Keltias Herrscher, den Marbh-draoi, in Bedrängnis zu bringen. Jetzt begehrte Gwynedd gegen uns auf.

Doch damit waren die Gemeinsamkeiten auch schon erschöpft: Der Marbh-draoi war Keltias größter Feind gewesen, und die Gegenrebellion hatte sich mit Fug und Recht gegen ihn verschworen. Meine Schwägerin und der Sohn meines Pflegebruders wirkten an einem ganz anderen Stück Stoff, und Gweniver und Arthur schmiedeten bereits die Scheren, um sich dieses Tuch nach ihren Bedürfnissen zurechtzuschneiden.

»Immerhin sind sie nicht über die Protektorate hergefallen«, sagte Tarian. »Ein Grund zur Dankbarkeit; Keils wird uns jetzt besonders fehlen.« Zustimmendes Gemurmel, betroffene Blicke. »In mehr als einer Beziehung ... Ich sehe die Sache jedenfalls so ...«

Rasch legte sie dar, wie sie den Sturm auf Gwynedd zu führen gedachte. Unsere Taoiseach, die weltgewandte Diplomatin der letzten Jahrzehnte, hatte sich im Handumdrehen in die Catteran-Führerin von einst zurückverwandelt – und Grehan Aoibhell stand ihr mit der gleichen Selbstverständlichkeit zur Seite wie damals.

Ich will gern gestehen, daß meine Zuversicht und meine Begeisterung sich in Grenzen hielten. Ich fand, wir hätten für die vergangenen Jahre ein besseres Ergebnis verdient. Die Herren des Dán hatten uns den gerechten Lohn für unsere Mühen vorenthalten, so schlecht hatten wir uns nicht geschlagen. Natürlich war ich nicht der einzige, der so empfand, aber im allgemeinen zahlt es sich nicht aus, dem Dán gram zu sein – und schmollend im Zelt zu sitzen war sicher keine Lösung. Also hütet Euch, meinem Beispiel zu folgen.

Jedenfalls war es nicht das, was Arthur unter einer Lösung verstand. Er war, nachdem er seine Unterredung mit Ygrawn und Gwennach beendet hatte, zu uns gestoßen und saß mir jetzt an der Tafel Rhodaur gegenüber. Sein Schweigen, sein Gesichtsausdruck verrieten mir, daß er genau wußte, was ich dachte, und daß es ihm ganz und gar nicht gefiel. *Was denn?* sendete ich mürrisch. *Wäre es dir lieber, ich würde mich amüsieren? Ja?* Aber ich erhielt auf keinem Wege eine Antwort.

Tari und Grehan hatten inzwischen ausgeführt, wie sie sich den ersten Vergeltungsschlag gegen Marguessan vorstellten – zunächst Einsatz der lokalen Streitkräfte, um den Aufstand einzudämmen, dann die Entsendung einer starken Flotte, um ihn niederzuschlagen; kein Firlefanz. Sie sahen Arthur erwartungsvoll an. Der hatte das Kinn in die Hand und den Ellbogen auf die Armlehne gestützt und betrachtete die riesige Holokarte, die flimmernd über dem freien Raum im Inneren der Tafel hing. Irgendwann erwachte er wie aus tiefem Schlaf und stand auf, als sei dies nur eine von tausend öden Ratsversammlungen, die er im Lauf der Jahre abgesessen hatte.

»Wenn wir uns in den alten Zeiten zwei ungleichen Feinden gegenübersahen, haben wir uns unweigerlich dafür entschieden, zuerst den stärkeren anzugreifen«, begann er. »Nun, damals waren wir noch jünger« – ein leises Glucksen durchlief die Reihen, wir hatten alle unsere Erinnerungen – »und vielleicht war unser Traha ein besserer Ratgeber, als wir ahnten. Doch hier und jetzt die gleiche Strategie zu verfolgen, wäre in meinen Augen glatter Selbstmord.« Jetzt gluckste niemand mehr. Arthur erschauerte sichtbar und sprach sogleich weiter. »Nun denn. Wir nehmen uns zuerst Marguessan und Gwynedd vor, um den Rücken freizuhaben, wenn wir uns ins All wagen; dann fliegen wir den Koraniern entgegen und halten sie auf, falls sie tatsächlich kommen. Wenn es danach noch nötig und möglich ist, nehmen wir uns Fomor und das Kaireden der Fir Bolg vor.« Er setzte, was er nur selten tat, seine Druidenkräfte ein und erleuchtete auf der Karte eine Region von Gwynedd, die ich von meinen Wanderungen als Bardenspion her noch gut in Erinnerung hatte. »Hier fangen wir an. Am Kellanvore-Massiv werden wir meine Schwester und ihre Streitkräfte stellen. Und Elen Llydawc führt das Kommando.«

Elen Llydawc, Elen von den Heerscharen … Ich betrachtete die helle Stelle auf der Karte: ein Hügel namens Barrendown. Ein Blick über die Tafelrunde, und die Erinnerung griff mir ans Herz wie eine eiskalte Hand. Wir alle hatten gegen Edeyrn gekämpft und gesiegt, hatten das Ende des Anfangs erlebt und überlebt; jetzt standen wir am Anfang des Endes und mußten gegen Edeyrns letzte und beste Schülerin kämpfen. Und was dann? Ich wußte es bereits, ich wollte es nur nicht wahrhaben.

Als wir an diesem Abend zu Bett gingen, war Morgane stiller als gewohnt; und sie war ungewöhnlich zärtlich, als wir einander zu trösten suchten – vielleicht war es ja für lange Zeit das letzte Mal, daß wir so beieinanderlagen. Doch auch danach blieb sie schweigsam und ließ sich, so sehr ich sie auch neckte und sogar an der Schulter rüttelte, nicht aus ihrer trüben Stimmung reißen.

»Was hast du denn nur?« fragte ich endlich. »Du weißt doch, daß wir noch einmal nach Tara zurückkehren, nachdem wir Marguessan und ihre Fremdweltschmarotzer besiegt und in die Dunggrube des Dán geworfen haben. Wir ziehen nicht gegen die Koranier, ohne unsere Lieben noch einmal wiederzusehen. Also, was bedrückt dich? Etwa deine Schwester? Cariad o'nghariad, wir haben doch immer gewußt, daß dieser Tag einmal kommen würde, daß wir ihm nicht ausweichen können ...«

Sie schwieg noch immer. »Ja«, seufzte sie endlich, »er mußte kommen, aber vielleicht nicht so, *wie* er kommt.« Sie fröstelte ein wenig und schmiegte sich fester in meinen Arm. »Barrendown«, sagte sie dann, und ich hörte ihrer Stimme an, daß das Zweite Gesicht von ihr Besitz ergriffen und sie aus unserem warmen Schlafzimmer mit dem flackernden Feuer entführt hatte. »Drache gegen Drache, nicht zum ersten und auch nicht zum letzten Mal. Schiffe in einem toten Meer ... Zwei Teile meines Lebens und zwei Teile des deinen sind vorüber. Hast du Nachricht von den Toren?«

Sie sank in sich zusammen, die Spannung wich aus ihr, und sie regte sich nicht mehr. Als ich sicher sein konnte, daß sie fest schlief, legte ich sie vorsichtig auf ihr eigenes Kissen, zog ihr die Decke über die bloßen Schultern und machte es mir in meiner Hälfte des großen Betts bequem. Für mich war an Schlaf noch nicht zu denken.

Morgane hatte wie üblich nur sehr wenig gesagt, und mir damit viel Stoff zum Nachdenken gegeben. Barrendown. Den Namen hatte ich auf der Karte in Gwahanlen gelesen – ein Hügel vor dem Kellanvore-Massiv. In dieser Gegend sollte auf Arthurs Beschluß die Schlacht gegen Marguessan stattfinden. Kein Wunder also, daß der Name auftauchte. Aber was hatte Morgane zu der düsteren Prophezeiung veranlaßt, zwei Teile unseres Lebens seien vorüber? Das klang bedrohlich, auch der Rest war nicht gerade ermutigend, und was sie mit den Toren gemeint hatte, wagte ich mir erst gar nicht auszumalen.

Endlich fielen mir doch die Augen zu; und am nächsten Morgen war Morgane wieder ganz die alte und tat, als sei nichts geschehen. Wobei sie noch andere Gründe hatte, ein fröhliches Gesicht zu machen. Während wir nämlich alle im Begriff waren, nach Gwynedd zu fliegen, hatte sie gebeten, bei Gweniver auf Tara bleiben zu dürfen, ein Wunsch, der so völlig im Widerspruch zu allen in sie gesetzten Erwartungen stand, daß er große Unruhe und Besorgnis ausgelöst hatte.

Auch Arthur war überrascht gewesen, hatte ihrer Bitte aber sofort stattgegeben. Im Grunde war er froh, daß sie zusammen mit Gwen und Ygrawn Tara gegen ungebetene Gäste verteidigen wollte. Ihre wahren Motive erriet wohl keiner von uns, nicht einmal ich, wie ich zu meiner Schande gestehen muß. Hätten wir sie gekannt, hätte wenigstens ich sie erraten, vielleicht hätte sich abwenden lassen, was dann geschah. Aber im Rückblick ist man immer klüger; in dieser Richtung sehen wir alle so scharf wie die Adler …

Wie oft ich mich auch ins All hinauswagte, ich würde mich wohl nie daran gewöhnen, meine Welten als Welten zu sehen: als phantastische Kugeln von erstaunlicher Leuchtkraft in der schwarzen, sternenübersäten Leere. Auch der Anblick beim Eintauchen in die Atmosphäre begeisterte mich immer wieder aufs neue: in Gwynedds Süden die weiten, roten unbewohnten Wüstenflächen; weiter nördlich das bewaldete Hochland, wo die Bäume wie schwarzer Sand die Hänge bedeckten; die turmhoch aufragenden Wolken wie riesige

Schiffe mit silbernen Segeln und dunkelblauen Eisenrümpfen. Was für ein Erlebnis!

Arthur entlockte ich mit meinen Schwärmereien nur ein abweisendes Knurren: *Ihn* interessierte nicht die Schönheit des Landes, sondern seine Eignung als Schlachtfeld, und das war auch ganz richtig so. Uns beiden und unseren Streitkräften war die Region nur allzu bekannt: Die meisten, die auf den anderen Schiffen der Flotte hinter der *Prydwen* herflogen, waren entweder alte Gefährten, hatten bei den ersten Feldzügen unter den Hilfstruppen mitgekämpft oder waren selbst Gwyneddaner; ihnen brauchte man nicht zweimal zu sagen, mit welchen Vorkehrungen von Marguessans Seite zu rechnen war. Sie hatten hier schon einmal gekämpft und würden es, wenn die Göttin gnädig war, notfalls auch wieder tun.

Ich für meinen Teil war ziemlich bestürzt, als ich sah, wie stark Marguessans Truppen bereits waren. Ihre Front, aus dem All deutlich zu erkennen, wirkte sehr langgezogen und doch kompakt; sie mußte gute Ratgeber gehabt haben, denn sie selbst war kein General, und ihr Gemahl Irian verstand noch weniger von Kriegführung als sie. Irgend jemand kannte sich aus in diesem Land …

»Malgan!« Arthur sah mich an wie einen vergreisten Großvater, der seinen eigenen Namen vergessen hatte. »Wer sonst? Er hat als Kind mit Gwenar und Owein hier gelebt, und ich glaube nicht, daß er sich die ganze Zeit auf Saltcoats verkrochen hat.«

»Aber das da unten sind doch Galláin-Truppen!«

»Na und? Jeder Soldat, auch ein Gall, stellt sich rasch auf ein neues Gelände ein, wenn er entweder so gut bezahlt wird, daß es sich für ihn lohnt, oder ausreichend am Leben hängt. Meine Schwester« – ich horchte auf, denn jetzt redete er schon genau wie Morgane – »war immer schon großzügig, wenn sie glaubte, jemand könne mehr für sie leisten als sie für ihn.

Außerdem hast du selbst mir gesagt, daß sie Hilfe von außen hatte.«

»Das ist richtig.« Ich dachte schweigend über diese ›Hilfe‹ nach. Die Fremdweltler Tembrual und Rannic, Granúmas und den elenden – wie war noch sein Beiname? – Rotschild, Sleir Venoto und diesen Gricemite mac Ffreswm hatte ich in Caer Dathyl, auf Saltcoats und bei früheren Gelegenheiten ausgiebig kennengelernt: ein Haufen Kuhfladen, nichts weiter. Wahrscheinlich hatte Marguessan noch sehr viel mehr willige Helfer, aber diesen sechsen hätte ich besonders gern die Eingeweide herausgerissen. Ich bin nicht gerade ein Wüterich, das wird mir sicher jeder bestätigen, der so weit gelesen hat; aber glaubt mir, nichts hätte mich tiefer befriedigt, als diese sechs und nicht nur sie mit einer stumpfen Gabel zu zerteilen und an die Schweine zu verfüttern, wenn das nicht ein zu schnelles und zu gnädiges Ende gewesen wäre und den Schweinen womöglich für alle Zeit den Appetit verdorben hätte. Meine Stimmung hellte sich auf: Vielleicht durfte ich doch noch Gerechtigkeit üben? Wer wußte schon, wie sich der bevorstehende Kampf gestalten würde? Malen Ruadh, die Göttin des Krieges und der legitimen Vergeltung konnte mir noch immer lächeln …

Wir landeten bei Kellanvore, jener mächtigen Gebirgswand vor dem Havrenmassiv, das die unbewohnten Provinzen Sarre und Pontrilas nordöstlich von Caer Dathyl voneinander trennt. So weit im Osten hatten wir gegen Owein Rheged nie gekämpft, jedenfalls nicht wir Gefährten; um die östlichen Bezirke hatten andere gerungen, während Artos sich zum Herrn von Arvon aufschwang. So war uns das Gelände weniger vertraut, als uns lieb gewesen wäre.

Den einstigen Herrn von Arvon kümmerte das nicht. Arthur bemühte sich wacker, seine Gedanken und Gefühle hinter einer feierlichen Miene zu verbergen, doch ich hatte schon zwei- oder dreimal jenes Funkeln in seinen Augen bemerkt, das ich noch so gut in Erinnerung hatte. Mit diesem Blick hatte er uns nach Glenanaar geführt und aus Talgarth herausgeholt, damit hatte er bei Cadarachta gesiegt und Caerdroia erobert. Natürlich war ich darüber nicht gerade traurig – durchaus möglich, daß uns allein dieser Blick auch hier zum Sieg verhalf – dennoch weckte er gewisse, nur allzu vertraute Ängste in mir.

Auch anderen erging es so: Tarian, die uns begleitet hatte, gestand mir im Vertrauen, sie hege ähnliche Bedenken; Alannagh Ruthven kniff ihre grünblauen Augen auffallend oft zusammen; und zahllose andere Gefährten teilten unsere Beobachtung, ohne darüber erfreut zu sein. Als ich Arthur zögernd darauf ansprach, zeigte er sich unerwartet aufgeschlossen.

»Nun, es ist tatsächlich wie in alten Zeiten«, sagte er, nicht etwa abwehrend, lediglich verwundert über mein Mißtrauen. »Nur dürft ihr alle eins nicht vergessen, Talyn: Ich kämpfe gegen meine eigene Schwester. Und gegen ihren und *meinen* Sohn ... Daß ich das so gut wie irgend möglich hinter mich bringen möchte, sollte gerade euch, die ihr schon so viel mit mir erlebt habt, nicht überraschen.«

»Nein, Artos«, begann ich. Ich schämte mich und litt mit ihm. »Wir sind nicht *überrascht* – wir haben nur Angst um dich. Und wir fürchten, was uns bevorsteht.«

»*Wer* uns bevorsteht, meinst du wohl«, sagte Arthur mit Grabesstimme. »Dazu habt ihr auch allen Grund. Schon gut, Talyn. Ich habe noch den einen oder anderen Trick im Ärmel. Aber ...«

»Aber?« wiederholte ich erschrocken, und diesmal war sein Lächeln echt.

»Wir wissen beide, wie es enden wird«, sagte er leise. Er wirkte geradezu heiter. »Es wurde uns oft genug geweissagt, und ich vertraue den Propheten. Nach allem, was wir erlebt und erlitten haben, ist es nicht die schlechteste Art, sich zu verabschieden. Oder was meinst du?«

Ich schwieg eine Weile. »Nein«, sagte ich dann. Ich wunderte mich über mich selbst, aber ich mußte Arthur wie üblich recht geben; außerdem waren die Weissagungen auch mir bekannt. »Es ist nicht die schlechteste Art. Und dabei wollen wir es belassen. Aber noch ist es wohl nicht so weit.«

Nun war er es, der zögerte. »Nein«, stimmte er schließlich zu. »Noch nicht. Nicht für uns.«

Die Schlacht von Barrendown, wie sie später genannt werden sollte, fand zwei Tage nach unserer Landung bei Kellanvore statt. Da Marguessan hastig Massen von fremden Söldnern eingeflogen hatte, wurden wir von einer nahezu ebenbürtigen Streitmacht empfangen; zumindest was die Zahl betraf. Außerdem muß ich zu meinem Leidwesen vermelden, daß einige – zum Glück nur wenige – Gefährten und etliche Hilfssoldaten, die wir ausgebildet und mit in den Krieg genommen und mit denen wir Seite an Seite gekämpft hatten, es aus unerfindlichen Gründen für opportun hielten, ihre Schwerter in Marguessans Dienste zu stellen. Sie hatten sie sogar als Ard-rían, Mordryth als Tanist und Malgan als Prinz des Geschlechts anerkannt, und das schmerzte am tiefsten. Doch die Mehrheit hielt Gweniver und Arthur, ihrem Ard-rígh, gewiß, aber mehr noch ihrem Artos die Treue.

Das machte sich auch im Kampf bemerkbar. Trotzdem tobte die Schlacht vier Tage und vier Nächte lang ohne Unterbrechung, und viele kamen dabei ums Leben, hauptsächlich Outfrenne-Kämpfer, was mich sehr befriedigte. Als es nämlich darauf ankam, konnten Marguessans gekaufte Hunde den Gefährten ebensowenig, wenn nicht noch weniger standhalten als einst Edeyrns Raben. Doch auch wir hatten Verluste zu beklagen; keine bekannten, berühmten Namen, niemanden, den Ihr kennt und um den Ihr trauern würdet. Dennoch gehörten sie zu uns, und wir beweinten sie sehr.

Am Morgen des vierten Tages ging mein Herzenswunsch in Erfüllung. Ich führte einen kleinen Trupp der schweren Reiterei an. Wir unterstützten Elens Streitwagen – in dieser Schlacht hatte Elen Llydaw noch mehr Anteile an der Führung des Regiments als Tarian, und der Beiname Elen Llydawc, Elen von den Heerscharen, den Arthur einst für sie geprägt hatte, war bereits in aller Munde. Wir stießen ganz zufällig auf einen kleinen Galláin-Trupp, der, ich sah es zu meiner Freude, von niemand anderem als Tembrual Phadaptë und Phayle Rotschild befehligt wurde. Und ihre Spießgesellen waren nicht weit; jedenfalls nicht zu weit für meinen rächenden Arm … Dies war eine der wenigen Gelegenheiten in meinem Leben – Ihr werdet Euch freundlicherweise erinnern, daß ich mich, von seltenen Ausnahmen abgesehen, niemals zum Schwert berufen fühlte –, bei der ich vom Blutrausch, Gae Catha, dem Roten Tatennebel, befallen wurde, der einen ohne Vorwarnung überkommt und nur mit Blut zu löschen ist.

Und so verschaffte ich mir Erleichterung, indem ich Blut vergoß, Galláin-Blut, Verräterblut, Ungezieferblut. Alannagh, meine Stellvertreterin, gestand mir hinterher, sie habe wie angewurzelt dagestanden, begeistert, aber auch von Grauen geschüttelt. Ich selbst kann mich an die Tat nicht erinnern, nur an die Ergebnisse. Der Rote Tatennebel hatte Besitz von mir ergriffen; und als er mir endlich den Blick nicht mehr verschleierte, mein Handeln nicht mehr bestimmte, da riß ich benommen wie eine Eule am Mittag die Augen auf und konnte wie Alannagh und die anderen in unserem Trupp kaum fassen, was ich angerichtet hatte.

Ich weiß noch, wie ich Tembrual erschlug. Sie hatte

ich am meisten von allen verabscheut. Als wir auf sie zustürmten, suchte sie, feige wie sie war, ihr Heil in der Flucht – ein Leuteschinder stellt sich keinem fairen Kampf, sonst wäre er kein Leuteschinder geworden. Aber in meinem Gae kannte ich keine Skrupel und erst recht kein Mitleid (letzteres wäre auch bei ruhiger Überlegung nicht aufgekommen), und so schlug ich sie von hinten nieder. Sie hatte es nicht anders verdient, nun würden ihre Wunden Zeugnis ablegen für ihre Feigheit. Kaum war ihr Kopf unter die Hufe meines Pferdes gerollt, da sprengte ich auch schon weiter, um mir Phayle vorzunehmen, dann Rannick, dann ... Einer von Marguessans Outfrenne-Schergen nach dem anderen bekam den Biß meines bluttriefenden Schwerts zu spüren. Es biß sehr häufig zu, jedesmal lockte sein Biß neues Blut hervor, und immer war er tödlich.

Als der Gae endlich von mir wich – oder auch nur weiterzog, um sich ein neues, ebenso williges Opfer zu suchen –, da stützte ich mich auf mein Schwert und betrachtete befriedigt mein Werk. Es war so einfach gewesen, wie Fische in der Reuse zu stechen. Kein einziger hatte größeren Widerstand geleistet, schon daran könnt Ihr sehen, aus welchem Holz sie geschnitzt waren – falls Ihr je daran gezweifelt haben solltet. Kiar mac Ffreswm hatte sogar wie ein Stachelschwein um sein Leben gewinselt, bevor ich ihm das Licht auslöschte; und Sleir Venoto, dieses Slorach, hatte soweit die Kontrolle über sich verloren, daß er sich beschmutzte, bevor mein Schwert seine Eingeweide an weiteren Tätigkeiten hindern konnte. Granúmas, den kleinen Affen, hatte ich säuberlich gevierteilt; seine dürren, haarigen Gliedmaßen lagen weit über das Schlachtfeld verstreut und zeigten an, in welche Richtung er geflohen war.

Ihr haltet mich nun vielleicht für grausam und rachsüchtig, aber das lasse ich so nicht gelten. Die sechs hatten mit ihren Lügen, ihrem Verrat, ihrer unersättlichen Gier nach Macht und leichterworbenem Gold ihr Schicksal selbst herbeigeführt. Ohne einen Funken Ehrgefühl hatten sie mutwillig die Wahrheit verdreht, und sie waren in diesem Leben nicht bereit gewesen, sich eines Besseren belehren zu lassen. Deshalb hatte ich sie kurzerhand in eine andere, eine höhere Klasse versetzt, wo sie lernen mußten – ob sie wollten oder nicht. Ich bereue nicht, was ich getan habe, nur, daß ich es nicht schon früher tat. Aber ich bin, von einer gewissen Genugtuung einmal abgesehen, auch nicht stolz darauf.

Jemanden zu töten – auch wenn es im Kampf und aus guten Gründen geschieht –, lenkt den Dán des Täters wie den des Opfers in eine radikal neue Richtung. Der Richtungswechsel mag noch so berechtigt sein, er erzeugt doch Schwingungen und Echos, die letzten Endes alle Beteiligten zu spüren bekommen. Anders als bei den Christom gebieten unsere Götter nicht: ›Du sollst nicht töten‹. Sie sagen vielmehr: ›Du darfst nur töten, wenn du sehr gute Gründe hast, und solltest dich darauf einstellen, sie uns genau zu erklären.‹ Ob die Gründe tatsächlich ausreichend sind, das zu beurteilen, bleibt uns selbst überlassen; aber wir wissen, daß wir zur Rechenschaft gezogen werden, wenn sie nicht so triftig sind, wie wir dachten. Dann bekommen wir die Hand des Dán zu spüren und müssen die Strafe auf uns nehmen. Wir halten dieses System für gut und gerecht, doch sei es Euch unbenommen, anderer Ansicht zu sein.

Ich will Euch nur gestehen, daß ich Athyn Cahanagh ac Douglas nach Barrendown sehr viel besser verstand als je zuvor …

Ich war also vollauf beschäftigt und hatte Arthur seit längerem aus den Augen verloren. Als ich ihn endlich wiederfand, da bereute ich, daß ich mich einem so angenehmen, wenn auch nützlichen Zeitvertreib gewidmet hatte, anstatt wie üblich an seiner Seite zu bleiben.

Er kniete mitten auf dem Schlachtfeld – die Welle war über ihn hinweggegangen, um ihn herum wurde kaum noch gekämpft –, und auf seinem Schoß lag ein gefallener Krieger. Mein Herz begann zu rasen, ich gab Feldore die Sporen, sprang schließlich ab und rannte auf Arthur zu. Jeder Schritt auf dem rissigen, blutgetränkten Boden klang wie ein teurer Name: *Tarian? Alannagh? Betwyr? Ferdia? Roric? Ronwyn?*

Dann hatte ich ihn erreicht und erkannte, wen er so liebevoll in den Armen hielt. Es war Malgan, und er war dem Tode nahe. Sein Blick löste sich von Arthur und suchte mich. Ein schwaches Lächeln trat in seine Züge.

»Ein Lied zum Abschied, bevor ich hinübergehe, Pen-bardd«, bat er mit klarer Stimme. »Ihr habt lange für meinen Vater gesungen ...«

»Ja«, sagte ich. Die Doppeldeutigkeit hatte mich tief erschüttert. Es mag schon geistreichere Wortspiele gegeben haben, aber gewiß nicht unter solchen Umständen. Und dieses Wortspiel traf auch noch ins Schwarze: bei Owein, der bis vor einer Woche offiziell als Malgans Vater gegolten hatte, war ich fünf Jahre lang Hausbarde gewesen, und sein wirklicher Vater hatte mich von Anfang an als Barde auf Lebenszeit in seine Dienste genommen ...

Ich kniete auf der blutigen Erde nieder und beugte mich über ihn. »Du sollst dein Lied bekommen, Malgan Pendreic«, versprach ich, dann stiegen mir die Tränen in die Augen, und meine Stimme versagte.

»Die Einsicht kam zu spät«, sagte er. Sein Geist war fast bereit für die große Reise, er wartete nur noch auf den rechten Wind, um die Segel zu setzen. »Ich war wütend, fühlte mich gekränkt – sie strich Salbe auf meine Wunden –, ich ließ es geschehen. Viel zu lange – Athra – es tut mir leid.« Das waren seine letzten Worte.

Arthur blieb auf den Knien liegen und wiegte seinen Sohn. Und ich stand bei ihm.

»Bevor du kamst, hat er mir alles erzählt, Talyn«, sagte Arthur endlich. »Über Marguessan – sie ist übrigens geflüchtet, um sich mir nicht stellen zu müssen –, ihre Pläne, ihre Ränke, ihren Verrat. Dann hat er mich um Entschuldigung gebeten, weil er sich in seiner Wut über die Kränkung auf ihre Seite geschlagen hatte; und ich habe ihm rückhaltlos verziehen. Nun hat er seinen rechten Namen und zugleich seinen Frieden gefunden; vielleicht war es so bestimmt.« Er schwieg lange, und ich wagte nicht einmal zu denken, aus Angst, seine Gedanken zu überhören. »Was ist mit Marguessans anderen Helfern?« fragte er endlich. »Ihren Outfrenne-Schakalen?«

»Tot bis auf den letzten Mann«, antwortete ich zufrieden. »Eine Kleinigkeit, es war mir ein Vergnügen, dir diesen Gefallen zu erweisen ... Was meinst du, haben wir gesiegt?« Ich blickte mich um, doch es war schwer zu beurteilen.

»O ja, in gewissem Sinne schon. Marguessan und Mordryth sind leider entkommen; sie hatten keine Skrupel, Malgan den Éraic entrichten zu lassen. Mordryth und zwei von den Galláin streckten ihn nieder, ich habe es selbst beobachtet; zwei von denen, die du getötet hast, Talyn. Gut gemacht.«

»Wahrhaftig.« Auf der anderen Seite des Schlachtfelds entdeckte ich ein paar Männer von Arthurs Leibgarde und winkte ihnen. Sie hoben zum Zeichen, daß sie verstanden hatten, die Schwerter, und fielen in Laufschritt. »Nehmen wir ihn mit nach Tara?«

Arthur schüttelte den Kopf. »Nein; er wird in feierlichem Trauerzug nach Saltcoats gebracht und dort zur letzten Ruhe gebettet. Saltcoats war seine einzige Heimat, und wenn er jemals glücklich gewesen ist, dann dort.« Er ließ den Toten zu Boden gleiten und deckte ihn mit seinem Mantel zu. Ich nahm meinen Mantel ab und legte ihn meinem Bruder um die Schultern.

Er schwieg lange, dann sprach er: »Bevor er hinüberging, sagte er noch, Marguessan habe ihr ›Werk‹ noch nicht aufgegeben.«

Ich erschrak, als habe Malgans kalte Hand mich berührt. »Ihr *Werk*? Das kann doch nur …«

»Ja. Wieder einmal der Schwarze Gral. Den wahren Kelch braucht sie offenbar nicht mehr; dafür will sie abermals versuchen, seinen dunklen Widerpart durch die Tore zu bringen. Das muß verhindert werden! Morgane muß …« Die Stimme versagte ihm, und er neigte sich stumm über Malgans leblose Gestalt.

Mit steifen Gliedern erhob ich mich. Ich blutete aus mehreren Wunden, die ich bisher noch nicht bemerkt hatte. Lange blickte ich auf Arthur und seinen toten Sohn hinab. Wie ein Wind aus Annwn streifte mich die Angst, und die Worte, die Morgane in jener Nacht vor knapp einer Woche zu mir gesagt hatte, gellten mir in den Ohren: ›Drache gegen Drache‹ – wo hatte ich *das* schon einmal gehört? Und, schrecklicher noch: ›Hast du Nachricht von den Toren?‹ Was für eine Nachricht? Von wem? Und wann sollte sie uns erreichen?

Die Gardisten waren endlich eingetroffen und konnten dem Hochkönig seine Last oder zumindest Malgans sterbliche Hülle abnehmen. Alles andere mußte er weiter tragen, und das hätte er auch nicht anders gewollt.

Die Zeit bis zum Abend verbrachten wir wie immer nach einer Schlacht: wir versorgten die Verwundeten, verabschiedeten die Toten und verfolgten die Drückeberger, die lieber geflüchtet waren, als sich dem Kampf zu stellen. Ich wich die ganze Zeit nicht von Arthurs Seite. Er machte wie gewohnt die Runde durch die Heilerzelte, blieb bei jedem Wimpel stehen, um ausführlich mit seinen müden Hauptleuten zu sprechen, und warf jedem Kern oder Galloglass, der uns über den Weg lief, ein paar aufmunternde Worte zu. So hielten wir es seit den allerersten Schlachten, die wir gemeinsam erlebt hatten, und es gab keine Veranlassung, daran jetzt noch etwas zu ändern.

Es war fast Mitternacht, als wir endlich das Zelt aufsuchten, das wir miteinander teilten, um ein paar Pastai zu essen, einen Becher Shakla zu schlürfen und wenn möglich ein paar Stunden Schlaf zu finden, bevor die Arbeit am nächsten Morgen weiterging.

Ich beobachtete Arthur, der rastlos im Zelt auf- und abmarschierte und offensichtlich nicht an Schlaf dachte. Ein- oder zweimal wanderte sein Blick in eine Ecke des Zelts oder unter den Klapptisch, wo Cabal sich immer verkrochen hatte, um zwar in der Nähe seines Herrn, aber vor dessen Tritten in Sicherheit zu sein. Cabal war jedoch schon seit vielen Jahren nicht mehr da, und Arthur hatte es nie über sich gebracht, sich einen neuen Hund anzuschaffen.

Hin und wieder wechselten wir ein paar knappe Worte, und endlich berief ich mich auf meine Rechte als sein Pflegebruder und Schwager und zwang ihn praktisch mit vorgehaltenem Schwert auf sein Lager. Auch ich rollte mich in meinen Mantel und warf mich auf die zweite Pritsche. Ein sehnsüchtiger Gedanke an das Prunkzelt am Bach, das ich auf der Gralssuche gefunden hatte, und an die herrliche Daunenmatratze, mit der es mich in Versuchung führen wollte – und schon war ich eingeschlafen.

Jäh schreckte ich auf. Um mich war alles dunkel, obwohl ich eine Fackel hatte brennen lassen; vielleicht war ich auch auf einer anderen Ebene erwacht. Jedenfalls befand ich mich noch immer im Zelt, und Arthur schlief ein paar Schritte neben mir, aber ich spürte noch etwas, noch jemanden. Ich hatte das Zelt mit einem Schutzzauber umgeben, bevor ich die Klappe hinter uns schloß, und die wachhabenden Fians davor gewarnt, den Kreis zu durchbrechen. Von ihnen war also wohl keiner hereingekommen. Aber wer konnte, wer würde es wagen, eine Druidenmauer zu durchstoßen? Im nächsten Augenblick kam mir die Erleuchtung.

Entweder waren meine Zauberkräfte mit einem Mal ungewöhnlich stark geworden, oder sie war von der Schlacht erschöpft oder hatte sich übermäßig verausgabt, denn Marguessan (wer sonst?) schaffte es nicht, sich ins Zelt zu versetzen. Ich spürte ihre Gegenwart, sah einen bläulich pulsierenden Schimmer, doch mehr brachte sie offenbar nicht zustande.

Lange Zeit beobachtete ich das zuckende Licht. Nach dem ersten Schrecken war mir klar geworden, daß sie uns nichts anhaben konnte. Nun wartete ich wie ein interessierter, aber unbeteiligter Zuschauer ab, was sie tun würde und wie lange sie es aushielt. Wollte sie Arthur oder mir etwas mitteilen, oder wollte sie uns schaden, während wir schliefen, nachdem ihr das in der Schlacht nicht gelungen war? War sie am Ende empört, weil ich ihre sechs Fremdweltlakaien getötet hatte, und wollte mit diesem nächtlichen Besuch den Éraic für sie einfordern?

Du hast uns *einen Éraic zu entrichten, Marguessan,* dachte ich und sah mit grimmigem Vergnügen, daß das blaue Licht wie unter einem heftigen Windstoß aufflackerte. Hören konnte sie mich immerhin ... Ich formulierte ein paar besondere Gedanken und schoß sie wie Lasra-Flains aus den Tiefen meines Herzens ins Zentrum des blauen Flimmerns. Es zuckte noch einmal kurz auf, dann war es verschwunden; Marguessans mißglückter Taish hatte offensichtlich verstanden.

Ich wartete noch eine Weile, um zu sehen, ob sie einen zweiten Versuch wagte, doch ich spürte nichts mehr. Auch die unnatürliche Finsternis war verschwunden, die Fackel verbreitete abermals ihren schwachen Schein. Also legte ich mich wieder hin und schlief traumlos und ohne Furcht bis zum nächsten Morgen.

Doch als ich noch vor Arthur vom leisen Klang der

Morgentrommeln und vom Gruß des Dudelsackpfeifers an die Königliche Standarte geweckt wurde, da befand sich da, wo die blaue Lichtgestalt gestanden hatte, auf dem Zeltboden ein schwärzlicher Ring; und ich pries noch einmal den Schutzkreis und dankte Morgane, Malen Ruadh Rhên, die uns den Sieg beschert hatte, und allen anderen Instanzen, die mir einfallen wollten. Bevor Arthur noch zu sich kam, reinigte ich die Stelle mit Salz, Wasser und dem Rauch des Krautes Averin, um zu verhindern, daß er etwas bemerkte.

Ich war kaum mit dem Smooring fertig, als er erwachte. Aber er sprach außer einem kurzen ›Guten Morgen‹ kein Wort mit mir, sondern wusch sich nur flüchtig Gesicht, Hals und Hände, schlüpfte wieder in die Lorica, die er in der Schlacht getragen hatte, bedeutete mir mit einem Nicken, ihm zu folgen, und verließ das Zelt.

Es war ein frischer, strahlender Frühlingsmorgen. Die Havrenberge schienen in der klaren Luft zum Greifen nahe. Kellanvores riesige blaue Wand stand wie eine Welle über uns, und auf Barrendown, dem Hügel, nach dem die Schlacht hinfort benannt werden sollte, war von den grausigen Überresten des gestrigen Tages schon nichts mehr zu sehen.

Arthur erteilte mit ruhiger Stimme seine Befehle: Wir würden erst nach Caer Dathyl und dann weiter nach Tair Rhandir ziehen, um schließlich nach Tara zurückzufliegen; von den alten Gefährten müßten etliche hierbleiben, um die letzten Aufräumungsarbeiten zu überwachen; nicht zuletzt solle man Kundschafter ausschicken, um die Fährte von Mordryth, Marguessan und anderen zu verfolgen, die uns durch die Finger geschlüpft waren. Anschließend blickte er noch einmal über die zerklüftete Ebene unterhalb des Barrendown, die heute morgen so friedlich dalag. Er sagte kein Wort, aber ich wußte, es ging ihm wie mir. Auch vor seinem geistigen Auge breiteten sich die letzten vier Tage aus wie ein Teppich aus lebenden Bildern, aus detailgetreuen Miniaturen sämtlicher Schrecken, die wir erlebt hatten.

»Barrendown«, sagte er endlich, ohne sich umzuwenden. »Cadarachta unter dem Agned war die erste, und Barrendown am Kellanvore die letzte Schlacht. Nein, nicht die letzte, nur die letzte in Keltia.« Als er mich schließlich ansah, da wünschte ich von Herzen, er hätte es nicht getan. »Wir«, sagte er. »Wir beide.«

Er schob meinen Arm unter den seinen und zog mich den Hügel hinab. Die *Prydwen* war bereits gelandet. Und so verließen Arthur ap Amris und ich zum letzten Mal gemeinsam unser Gwynedd.

Kapitel 25

Die Nachricht von unserem Triumph hatte Caerdroia lange vor uns erreicht, aber Gweniver hatte jegliche Siegesfeiern mit der Begründung, wir befänden uns nach innen wie nach außen im Krieg und könnten es uns nicht leisten, über derlei Firlefanz unsere vielfältigen Pflichten zu vernachlässigen, ausdrücklich untersagt.

Auch das Volk schien auf rauschende Feste nicht unbedingt erpicht zu sein: Der Schock, die Empörung darüber, daß Marguessan sich selbst zur Ardrían, zur Herrscherin über Keltia ausgerufen hatte, überwogen bei weitem die Lust am Feiern. Die Stimmung in der Stadt war eher von Genugtuung und grimmiger Entschlossenheit geprägt. Wäre es nach den Caerdroianern gegangen, Marguessan hätte längst den Éraic für ihre Vergehen bezahlt; die Bürger waren mit allem einverstanden, was sie dazu zwingen konnte.

Diese Haltung gefiel mir sehr; und noch mehr freute mich, daß die Feindseligkeit, ja, die Gehässigkeit, mit der man Gweniver und Artos lange Zeit verfolgt hatte, offenbar verschwunden waren wie die Taisher beim ersten Hahnenschrei. Die Gerüchte und Verleumdungen, die Marguessan ausgestreut hatte, schienen wie weggeblasen, als sei das Solas Sidhe über die Erde gefegt und habe sie wie welkes Laub und dürre Gräser mitgenommen.

Das alles änderte freilich nichts an der Ausgangssituation: Zum ersten Mal seit Jahrhunderten sah Keltia sich gezwungen, sich gegen eine Bedrohung von außen zur Wehr zu setzen. Nun mußte sich zeigen, wie gut Arthur und Gweniver gebaut und wiederaufgebaut hatten. Zum ersten Mal seit Edeyrns Sturz wurde unsere Arbeit ernsthaft auf die Probe gestellt, und ich betete nicht als einziger darum, daß sie sich bewähren möge.

Donah holte ihren Vater in Mardale ab, doch was sich die beiden zu sagen hatten, ging mich nichts an. Wahrscheinlich sprach er ihr sein Beileid zum Tod Malgans aus, den sie stets bewundert hatte, ohne zu wissen, daß er ihr Bruder war, während sie ihn darüber hinwegzutrösten suchte, daß sein Erstgeborener auf Weisung seiner Schwester den Tod gefunden hatte. (Um eins will ich Euch hiermit bitten: Beurteilt unsere keltischen Familien *nicht* nach den Verhältnissen, die bei den Pendreics und den Tregarons herrschten! Es ist *nicht* unsere Art, uns gegenseitig abzuschlachten – jedenfalls nicht am laufenden Band ...) Mich begrüßte meine Nichte mit ruhiger Liebenswürdigkeit, und dann fuhren wir alle nach Turusachan zurück. Dort wurden wir bereits erwartet.

Ich hatte fast damit gerechnet, noch einmal einen solchen Besuch zu erhalten. Gewiß, wir hatten uns von denen unter dem Berg bereits verabschiedet, wobei man mir – ich hatte es nicht vergessen – noch weitere Begegnungen verheißen hatte, während Arthur überzeugt war, die Leuchtenden in diesem Leben zum letzten Mal zu Gesicht bekommen zu haben.

Wieder einmal falsch getippt! sendete ich vergnügt. Er grinste kurz zu mir herüber, dann nahm er sich zusammen und schlüpfte in die Rolle des von alten Todfeinden bedrängten Hochkönigs, der feierlich einen ebenso alten Freund begrüßt.

»Willkommen in Caerdroia, Allyn, Midnas Sohn«, sagte er, und der hochgewachsene Sidhe im roten Gewand verneigte sich.

»Es ist mir eine Freude, dich wiederzusehen, König der Kelten«, sagte Allyn. Dann sah er mich von der

Seite an und lächelte. Ich verneigte mich meinerseits. Wir hatten Tiaquin beide nicht vergessen.

Gweniver regte sich. Wir saßen im Saal Gwahanlen, was mich ein wenig überraschte – bei ihrem letzten Besuch hatten die Sidhe es abgelehnt, irgendein Gebäude zu betreten. Außer uns waren nur Ygrawn, Morgane und Donah anwesend.

»Der edle Allyn kommt im Auftrag Nudds, der König ist unter dem Berge«, sagte sie. Ihre Stimme verriet nichts. »Und er hat uns etwas mitgebracht, was ihr euch ansehen solltet.«

Jetzt erst bemerkte ich den Kasten, der vor Allyn auf der Tafel Rhodaur stand: eine schlichte schwarze Holzkiste ohne jeden Zierat. Die drei Frauen wußten vermutlich bereits, was sie enthielt, denn sie hatten sich hinter ebenso ausdruckslosen Mienen verschanzt wie ihre Königin. Keine wirkte jedoch erschüttert oder peinlich berührt. *Was ist geschehen?* erkundigte ich mich stumm bei Ygrawn, von der ich mir noch am ehesten eine Antwort erhoffte, erhielt aber nur einen stummen Blick aus undurchdringlichen Amethystaugen.

Nach einem kurzen Blick auf seine Frau durchschritt Arthur die freie Fläche im Inneren der runden Tafel. Vor Allyn blieb er stehen, sah dem Sidhe fest in die Augen – ein riskantes Unterfangen, ich hatte in Tiaquin und Ashnadarragh entsprechende Erfahrungen gesammelt – und nahm den Deckel der Kiste ab.

Die vier Seitenwände klappten auseinander wie die Blätter einer Blüte. Ich atmete tief durch und funkelte Morgane – sie hätte mich wahrhaftig warnen können – wütend an. Dann überwand ich mich und sah in die toten Augen von Marguessans Gemahl Irian Locryn und in die von Ultagh Casnar, dem Erzdruiden von Keltia.

Bevor Ihr mich nun als Hasenherz und Memme beschimpft, solltet Ihr Euch freundlicherweise daran erinnern, daß ich bei Barrendown keinerlei Hemmungen hatte, sechs verabscheuungswürdigen Slintern mit meinem Schwert den Kopf vom Rumpf zu trennen. Nein; ich war vor allem überrascht und hätte auch nicht erwartet, ausgerechnet *diese* beiden Köpfe hier zu sehen. Der Anblick an sich störte mich weniger: schon bevor wir auf die Erde kamen, war es bei uns Sitte, unseren Feinden die Köpfe abzuschlagen. Und auch den Sidhe war der Brauch nicht fremd. Mir ging eine Zeile aus einer alten Ballade durch den Kopf, in der die Leuchtenden mit den Worten ›Denn sie sind große Menschenschlächter‹ für ihre Grausamkeit gepriesen werden.

»Damit seid Ihr unseren Wünschen wie unseren Absichten zuvorgekommen«, bemerkte Arthur gelassen, und Allyn verneigte sich abermals.

»Sie wollten Glenshee überfallen«, sagte er, und ein winziges Lächeln umspielte seine Lippen. »Und so ergab es sich, daß unsere Ziele sich mit den euren deckten, denn daß der hier« – sein Blick fiel auf Ultagh – »mit dem Gemahl der anderen gegen euch paktierte, war uns seit langem bekannt.«

Ich sah neugierig auf: Offenbar vermieden es sogar die Sidhe, Marguessans Namen in den Mund zu nehmen. Das Volk unter dem Berg hatte uns abermals einen großen Dienst erwiesen, denn wir hatten nicht gewußt, wo Ultagh und Irian sich verkrochen hatten. Wobei uns Irian nicht weiter wichtig war – er hatte immer nur getan, was seine Frau von ihm wollte. Ultagh war ein anderer Fall, er hätte viel Unheil anrichten können. Die Sidhe hatten uns manches erspart, indem sie ihn töteten …

Ich fuhr erschrocken auf, weil ich Allyns Blick auf mir zu spüren glaubte. Doch er sah nicht mich an, sondern den großen Teppich hinter mir, auf dem Athyn und Morric mit ihren Freunden wie mit ihren Feinden abgebildet waren. Ich wagte nicht, mich umzudrehen, doch im Geiste hatte ich das Bild deutlich vor Augen.

Jäh hob ich den Kopf. Das war mir bisher noch nicht aufgefallen ...«

Allyn lächelte, und jetzt sah er mich tatsächlich an. »Ja, Taliesin«, sagte er. »Ganz recht.«

Nun drehte ich mich doch um, denn ich wollte ganz sicher gehen. Die anderen folgten meinem Blick. Die Gestalt auf dem kunstvoll gewirkten Teppich war die gleiche wie auf der anderen Seite des Saales: der rote Umhang, das tiefgoldene Haar, die stolze Haltung, sogar der bronzefarbene Hengst, der draußen auf dem Großen Platz auf seinen Feenreiter wartete ... Allyn mhic Midna stand vor uns, wie er einst neben Athyn gestanden hatte. Ich glaube, in diesem Augenblick streifte jeden von uns die Ehrfurcht mit eisiger Feder.

Doch Allyns Lächeln vertrieb den Schauer. »Damals bei ihnen«, sagte er, und in seiner Stimme glühte die Wärme der Erinnerung, »und heute bei euch.«

»Und wo in künftiger Zeit?« fragte Donah beherzt, doch ihre Stimme zitterte.

Er sah sie nachdenklich an. »Darüber hat ein Höherer zu entscheiden«, lächelte er dann. »Wir werden sehen.«

Gweniver erhob sich und trat an Arthurs Seite. »Wir danken Euch, Herr«, sagte sie. »Wir danken Nudd, dem König unter dem Berge, und wir danken auch jenen, die das Schwert führten. Sie haben Euch wie uns einen großen Dienst erwiesen.«

»Auch wir sind Kelten, Hoheit.« Allyn war ernst geworden, denn nun sprach er mit seiner Ard-rían. »Wo es um Keltia geht, sind wir ebenso treue Vasallen der Kupferkrone wie jeder andere Bewohner der keltischen Welten.«

»Und in anderen Dingen?« fragte Ygrawn, die bisher geschwiegen hatte.

»Auch da sind wir treue Vasallen«, sagte Allyn, doch das Licht in seinen Augen warnte vor weiteren Fragen. »Ihr wißt, daß wir Keltia verlassen müssen, um einen Angriff abzuwehren?« fragte Arthur, und Allyn nickte. »Habt Ihr noch eine Botschaft aus Glenshee oder von seinen Bewohnern?«

»Nur die eine, die ihr oft genug gehört habt«, sagte Allyn nach kurzer Pause. »Wozu sie noch einmal wiederholen? Aber dir, Taliesin Pen-bardd, habe ich etwas mitzuteilen«, wandte er sich wieder an mich, und ich erhob mich von Gwencathra. »Sieben nur kehrten zurück von Caer Vediwid«, intonierte er im Singsang der Barden, und mir stockte der Atem, denn ich erinnerte mich …

»Und für Euch …« Morgane gegenüber verfiel er ins Hoch-Gaeloch, die Umgangssprache der Sidhe: »… ein Wort von Eurer Lehrerin: Euer Herzenswunsch für Euer Volk soll in Erfüllung gehen, und Euer Werk wird von Dauer sein.«

Um welchen Wunsch, welches Werk es sich handelte, sagte er nicht; aber Morgane verstand offenbar, was gemeint war, denn sie quittierte die Worte – nein, nicht mit einem Lächeln, eher mit strahlendem Einverständnis, das sie über sich hinauswachsen ließ.

Damit hatte Allyn mhic Midna seine Mission in Turusachan offenbar beendet. Arthur, Gweniver und Ygrawn (und besonders Donah, der er Grüße an Majanah auftrug) sagte er Lebewohl, denn sie würde er nicht wiedersehen. Von Morgane und mir verabschiedete er sich auf andere Art, und das machte mir Hoffnung auf eine weitere Begegnung vor dem Ende. Und dann entschwand er so, wie es wohl stets die Art der Sidhe ist, selbst dann, wenn sie sich in einer Stadt der Sterblichen aufhalten.

Arthur schüttelte sich wie ein Hund, der aus dem Regen ins Trockene kommt. Die Kiste mit ihrem grausigen Inhalt stand noch immer hinter ihm auf dem Tisch. »Zuviel ist manchmal einfach zuviel«, murmelte er vor sich hin, dann wandte er sich an uns. »Der edle Allyn hat recht«, sagte er. »Die Zeit ist nahe, bald müssen wir fort.«

Gweniver fuhr auf, als wollte sie protestieren, beherrschte sich aber, bevor Arthur es sehen konnte. Ich wußte, daß sie an die Tochter dachte, die sie in sich trug. Vielleicht ahnte sie bereits, daß Arwenna Pendreic ihren Vater in diesem Leben nicht mehr kennenlernen würde. Aber das wollte sie weder Arthur noch uns anderen zeigen.

»Dann komm mit in den Ratssaal und laß dir berichten, was wir hier getrieben haben, während du auf Gwynedd warst«, sagte sie lebhaft und schob ihren Arm unter den seinen. Wir drei – Ygrawn, Donah und ich – folgten ihnen schweigend. In diesem Augenblick hatten wir wohl alle nur einen Gedanken. Aber auch wir behielten ihn für uns.

Von da an ging alles sehr schnell, und das war auch nötig. Von den vorgelagerten Welten kam nämlich Nachricht, im Normalraum unweit von Keltia sammle sich eine große Flotte. Durch den Hyperraum hätten die Schiffe Tara sehr viel schneller erreichen können, aber vielleicht war ihnen der Überhimmel in unserer Gegend nicht geheuer, und so wagten sie den Sprung nicht.

Das war auch ihr Glück, denn wir hatten den Ardna-spéire zwischen den keltischen Welten vermint. Die Schiffsfallen waren hier fast so zahlreich wie die Sterne im Normalraum. Und auch dort hatten wir Minen gelegt ... Aber Arthur hatte noch nie lange gezögert, wenn er dem Feind auch entgegenziehen und damit den Schauplatz der Auseinandersetzung selbst bestimmen konnte. Er hatte, ich erwähnte es bereits andernorts in dieser Chronik, einen nahezu unfehlbaren Blick dafür, welches Gelände für seine Zwecke günstig war, einen Blick, der ihn nur zweimal im Stich ließ. Das erste Mal bei Moytura, als er unsere Front auf Sand baute. Und das zweite Mal – nun, davon werdet Ihr gleich hören.

Zunächst galt es, die Vorbereitungen für den Start zu treffen, und obwohl Gweniver, während Arthur auf Gwynedd Krieg führte, zu Hause wahre Wunder an Organisation vollbracht hatte, die seinen Taten auf dem Schlachtfeld durchaus ebenbürtig waren, gab es eine Menge zu tun. So mußte etwa für den schlimmsten Fall die Nachfolge geregelt werden, und nicht nur für das Ard-tiarnas allein, sondern auch für alle Dúchasinhaber, die ihren Erben etwas zu hinterlassen hatten. Da Morgane und Geraint auf Befehl ihres Hochkönigs zurückbleiben sollten, hatte ich damit nicht viel zu schaffen. Dafür gab es etwas anderes, was ich kaum zu fassen vermochte …

»Sie kommen nicht mit, und damit basta!« Ich sah meinen Sohn und seine Frau wütend an, doch Gerrans und Cristant ließen sich nicht einschüchtern. »Was fällt euch eigentlich ein?« fragte ich etwas ruhiger. »Es sind doch noch Kinder; wie könnt ihr sie einer solchen Gefahr aussetzen …«

»Wer sind ›sie‹?« fragte Gweniver, die gerade noch meine letzten Worte gehört hatte.

Ich sah sie aufgebracht an. »Gerrans und Cristant haben mir eben mitgeteilt, Ard-rían, daß Sgilti und Anghaud mit uns auf der *Prydwen* fliegen sollen.«

»Das hat Artos mir gesagt. Und?«

Ich raufte mir den Bart, der in der letzten Viertelstunde vermutlich vollends grau geworden war.

»Ach, dann bin *ich* vielleicht der Dummkopf, weil ich nicht einsehe, warum zwei Jungen, die kaum der Pflegeerziehung entwachsen sind, gegen die Koranier in den Krieg ziehen sollen? Ist das eure Meinung? Ja?«

Morgane hatte bisher in einer Ecke gesessen und ruhig zugehört, ohne sich einzumischen. Nun ergriff sie das Wort.

»Darüber will ich nicht mit dir streiten, Talyn … Aber ich kann deine Empörung nicht ganz verstehen.

Die beiden sind schließlich Fian-Kadetten und waren schon öfter auf Übungsflügen.«

Es war zum Aus-Der-Haut-Fahren. »Auf Übungsflügen! O Göttin, hilf uns! Es sind unsere Enkel, meine Beste! Willst du sie wirklich auf ein solches Himmelfahrtskommando schicken, Guenna, wenn selbst Gerrans zu Hause bleibt? Und er ist immerhin Fian-Hauptmann!«

»Gerrans bleibt, weil Artos und ich es so befohlen haben«, stellte Gweniver klar. »Wir brauchen ihn hier – *ich* brauche ihn. Von den alten Gefährten wollen so viele mit Artos gehen, daß ich behalten muß, wen immer ich kriegen kann. Ich bin auf Unterstützung angewiesen, während ihr fort seid – und hinterher. Und um auf die Zwillinge zurückzukommen, ich war noch jünger, als ich zum ersten Mal in die Schlacht zog – und du auch, Talynno. Oder hast du das vergessen?«

Ich sah sie wütend an, aber sie gab meinen Blick ungerührt zurück. »Ich habe es *nicht* vergessen, Hoheit«, sagte ich nach einer Weile. »Aber wofür haben wir denn gekämpft, was wollten wir unseren Kindern denn erringen, wenn nicht die Gewißheit, daß ihnen erspart bliebe, was wir schon in so jungen Jahren lernen mußten?«

»Gewiß«, sagte Gweniver, »aber die Lage hat sich geändert. Wie auch immer, die beiden Jungen begleiten ihren Großvater und ihren Großonkel, und damit hat sich die Sache.«

»Weißt du, Athra-chéile …« Allzeit diplomatisch, versuchte mich Cristant, mit der förmlichen Anrede ›Schwiegervater‹ zu beschwichtigen. »… es wird ihnen gut bekommen. Und sicherer als unter deinem Schutz und dem der Gefährten können sie nirgendwo sein.«

Ich mußte unwillkürlich lachen. »›Sicher‹ und ›Gefährten‹, das hat, wenn ich mich recht erinnere, noch nie zusammengepaßt. Hier wären sie auf jeden Fall besser aufgehoben.

»Genug.« Gweniver erhob sich von ihrem Stuhl. Ich sah ihr an, wie erschöpft sie war, und das in ihrem Zustand – ich war zerknirscht. »Die Entscheidung ist gefallen. Finde dich damit ab, Talyn. Es gibt wichtigere Dinge. Zum Beispiel die Nachfolge.«

Ich sah sie scharf an. »Was gibt es da zu entscheiden? Du bist Ard-rían, und daran ändert sich nichts. Und sollte Arthur fallen, dann herrschst du eben alleine über Keltia. Arawn wird dich beerben, wenn es so weit ist; und wenn nicht er, dann Arwenna, eure noch ungeborene Tochter. Wo also liegt das Problem?«

»Marguessan pocht weiterhin darauf, als ältestes Kind des Ard-rígh Uthyr die rechtmäßige Ard-rían zu sein.«

»Das hat sie schon immer behauptet«, sagte Morgane leise. »Aber ihr Anspruch wurde noch nie von der Mehrheit des Volkes unterstützt.«

»Bis jetzt nicht.« Gwenivers Worte klirrten, als fielen schwarze Steinchen auf eine Schiefertafel. »Ihr habt sicher nicht vergessen, daß Errian von Kerveldin großen Rückhalt in der Bevölkerung fand, als er – angestiftet von Marguessan – Anklage gegen mich erhob. Und als der Erzdruide Ultagh, den uns die Sidhe dankenswerterweise vom Hals geschafft haben, Marguessan zur Hochkönigin und Mordryth zu ihrem Tanist ausrief, da haben den beiden mehr Menschen zugejubelt und den Lehnseid geschworen, als uns lieb sein konnte – oder wir uns jemals hätten träumen lassen.«

Damit hatte sie leider recht, es war eine Schmach, die uns tief getroffen hatte. Wir hatten die Stimmung im Volk in den letzten Jahren falsch eingeschätzt. Unter der Maske der Zufriedenheit verbargen sich Strömungen von Verdrossenheit und eisigem Haß. Strömungen, für die es, wohlgemerkt, keinerlei Berechtigung gab: Artos und Gwen hatten dem Reich nur Gutes getan, seit sie die Regierung übernommen hatten, das Volk hatte keinen Grund, sich zu beklagen, es war ihm wahrhaftig nicht schlecht ergangen.

Nein, die Gründe für die Unzufriedenheit lagen tiefer und reichten zurück bis zu Amris, Darowens Sohn. Marguessan hatte diesen diffusen Mißklang, das alte Unbehagen nur für ihre Zwecke genützt, hatte sie angezapft wie ein Bauer, der mit einer unterirdischen Quelle seine Felder bewässern will. Und das Böse hatte reichlich Früchte getragen.

»Nun gut«, sagte ich endlich. »Ich nehme nicht an, daß die Menschen Euch die Gefolgschaft verweigern werden, Ard-rían, falls es, die Göttin in IHRER Gnade möge es verhüten, dazu kommen sollte, daß Ihr allein die Führung übernehmen müßt.« Ich verstummte jäh, denn mein inneres Auge hatte wie in einem kurzen Lichtblitz den wahren Grund für ihre Unruhe erkannt ... Doch wenn die Hochkönigin sich nicht einmal uns, ihren nächsten Verwandten, anvertrauen wollte, dann war das ihre Entscheidung. Sie wollte ihr Geheimnis wohl noch nicht preisgeben, und ich würde sie gewiß nicht bedrängen. Sie würde sich noch früh genug und gewiß auch recht umfassend offenbaren.

Die Mobilisierung schritt schnell voran, aber das war nicht weiter verwunderlich: Eine von Gwens und Artos' größten Reformen war die Einführung eines stehenden Heeres gewesen. Nie wieder, hatten sie uns versprochen, sollte uns ein Feind – sei es von innen wie Edeyrn, oder von außen wie jetzt – unvorbereitet überfallen können.

So hatten wir nicht allein ein Heer, sondern auch eine mächtige Raumflotte und eine starke Marine. Man hatte keine Kosten gescheut und alle Möglichkeiten berücksichtigt; und dabei hatte man die Mittel so geschickt verwaltet, daß Keltia heute, viele Jahre nach dem Sturz des Marbh-draoi, nicht nur eine wehrhafte, sondern auch eine reiche Macht war – sogar so etwas wie ein Imperium, wenn man die Protektorate mitrechnete. Daher war der Auslöser für diesen Krieg nicht nur Donahs Entführung durch den liebeskranken Melwas gewesen, sondern auch der Überfall der Fomori auf unseren Handelsplaneten Clero. Nun, um Melwas und seine Fomori würden wir uns schon noch kümmern. Im Augenblick bereiteten uns die Koranier auf ihrer alten Heimatwelt Alphor die größeren Sorgen, und wenn ich – wie es in dieser Chronik mein Prinzip ist – ganz ehrlich sein soll, dann war ich mir nicht sicher, ob wir sie würden aufhalten können.

Diese Bedenken teilte ich jedoch nur Morgane mit, als wir uns in der Nacht vor dem Abflug in den Heldensaal begaben, um die Heiligtümer aus ihrem Versteck zu holen und sie, wie man es Arthur und mir ans Herz gelegt hatte, an Bord der *Prydwen* zu bringen.

Sie zeigte durchaus Verständnis, nahm meine Ängste aber für meinen Geschmack nicht ernst genug. Ihre Leichtfertigkeit war mir in diesem Augenblick unerträglich, und so fuhr ich sie, ich muß es gestehen, ungewohnt heftig an. Aber das hatte sie sich selbst zuzuschreiben.

Ich trat zurück, als Arthur mit Hilfe von Gweniver und Morgane die schweren Vorhänge hinter dem leeren Thron von Scone, vor dem noch immer wie seit Jahren die beiden Stühle standen, zurückzog und die glatte Steinmauer und die großen Findruinnatore zur Seite schob. Dahinter wurde wie ein riesiger, steinerner Schlund unter den Bergen die schwarze Öffnung des Nantosvelta sichtbar.

Morgane schob ihre Hand in die meine, und ich war froh um die Berührung und schämte mich meiner Gereiztheit. Natürlich dachte sie, genau wie ich, an jenes erste Mal, als wir hier gestanden und den hohen Thron aus wolkenweißem Granit bestaunt hatten. Jetzt zitterte sie wie damals, und ich suchte sie wie damals mit meiner inneren Stimme zu beruhigen. Doch diesmal war es etwas anderes, was uns mit Ehrfurcht erfüllte. Auch mich überlief ein Schauer, als Arthur und Gweniver die vertraute Truhe mit den matten Goldbeschlägen und dem magischen Inhalt aus ihrer Nische holten.

Damals hatten wir am Anfang gestanden, und jeder Anfang weckt Ängste, Ängste, die aus Ungewißheit und hochgesteckten Erwartungen entspringen. Nun waren wir am Ende angelangt, und am Ende steht die Angst vor der Gewißheit, die Angst dessen, der nichts mehr zu erwarten hat.

Ohne die Truhe zu öffnen, trugen wir sie, nachdem wir den Eingang zum Nantosvelta wieder verschlossen hatten, hinaus in den Faha. Dort stand schon ein Aircar bereit, um uns alle nach Mardale zu bringen, wo die *Prydwen* im Himmelsdock startklar gemacht wurde. Ferdia hatte am Raumhafen alle Hindernisse aus dem Weg geräumt, nun trug er zusammen mit Arthur die Truhe an Bord, die (angeblich) so unerwartet schwer war, daß sie beide außer Atem gerieten. Ich glaube freilich eher, daß sie an dem Gewicht in ihren Köpfen zu schleppen hatten, auch wenn dreizehn magische Gegenstände sicher nicht gerade leicht sind. Doch was Arthur und Feradach vor allem spürten, war die Schwere der Macht, und die zumindest war *nicht* unerwartet.

Sie brachten die Truhe nach achtern und verstauten sie deosil – das ist, nur für diejenigen von Euch, die mit Schiffen mit oder ohne Segel nicht vertraut sind, rechts hinten, wenn man nach vorne schaut – in einem Raum, der, etwas abseits gelegen, von einer kleinen Wandnische abging. Diese Kabine bewohnte Arthur, wenn er sich an Bord der *Prydwen* befand, und ich war genau gegenüber untergebracht. Die *Prydwen* hatte für ein Kriegsschiff ohnehin sehr geräumige Kabinen, doch diese beiden waren ganz besonders groß, und Arthurs Kabine war, wie es sich gehörte, die größte von allen – ein quadratischer Raum von etwa vierzig Fuß Seitenlänge und zehn bis zwölf Fuß Höhe, mit einer

Kassettendecke aus silbrig glänzendem Metall und einem schwarzen, magnetisierten Fußboden. Kabinen wie diese erschienen geradezu als ein Luxus, doch ich war selbst *jahrelang* auf der *Prydwen* gefahren und kann Euch eins versichern: bisweilen war es nur diesen großen Räumen zu verdanken, daß wir bei Verstand blieben und uns nicht gegenseitig an die Kehle gingen.

Die Einrichtung war ganz gewiß nicht prunkvoll – darauf legte Arthur keinen Wert –, aber doch hübsch und bequem: ein breites, niedriges Bett mit einer schwarzen Pelzdecke, ein paar Polstersessel, ein geschnitzter Schreibtisch, etliche Bücher und Plastiken, ein kleiner Wandschrein mit den Lamh-dhia, kleinen Figuren der Göttin und des Gottes, mehr nicht. Ferdia und Arthur stellten die Truhe mit den Heiligtümern am Fuß des Bettes ab und traten zurück, um die Wirkung zu begutachten.

»Ich denke, so steht sie richtig«, meinte Ferdia, und Arthur nickte so zerstreut, als lausche er nicht nur auf einer Ebene.

»Sie kann stehenbleiben«, sagte er, dann drängte er uns unvermittelt hinaus und drückte hinter sich auf den Verriegelungsknopf. »Kerns und Offiziere haben noch eine Menge zu tun, wenn das Schiff morgen einsatzbereit sein soll«, erklärte er auf unsere überraschten Blicke hin. »Ich habe das Schiff räumen lassen, bevor wir die Heiligtümer an Bord brachten – außer uns und ein paar von den ältesten Gefährten darf niemand wissen, wo sie sich befinden. Und jetzt müssen sie zusehen, daß sie fertig werden.«

Damit winkte er einem Offizier, der gelangweilt am anderen Ende des Himmelsdocks wartete, und schon saßen wir wieder in unserem Aircar und flogen nach Turusachan zurück. Kurz vor der Stadt zog Arthur die Maschine plötzlich steil nach oben und flog einen weiten Bogen über dem Webstuhl. Ich verstand sofort: er wollte einen womöglich, nein, wir wollen ehrlich sein, einen mit Sicherheit letzten Blick auf das nächtliche Caerdroia werfen.

Die Aussicht lohnte die Mühe: Die Lichter der Stadt lagen auf dem schwarzen Land wie ein riesiger, flaumiger Goldmoosteppich; als wir tiefergingen, zerfiel das Moos in erleuchtete Türmchen und Plätze, kleine Lichtadern strebten den dahinterliegenden, schwarzen Bergen zu. Und über allem erhob sich Turusachan, die Krone der Hauptstadt, zwischen dem dunklen Webstuhl auf der einen und der weiten See auf der anderen Seite.

Kein Wort wurde gesprochen. Wir verstanden einander auch so. Wie hätte man auch ausdrücken sollen, was man in diesem Augenblick, an diesem Ort empfand? Doch als Arthur eine letzte, weite Runde über dem Meer, den Bergen und der Ebene vor den Mauern drehte und dann pfeilgleich zur Stadt zurückschoß, da sah ich im Widerschein der Beleuchtung die Tränen auf seinen Wangen glitzern.

Davon war ich nicht weiter überrascht, denn auch mein Gesicht war naß, und den anderen erging es sicher ebenso. Überraschend – und auf unbegreifliche Weise beglückend – fand ich jedoch, daß Arthur zugleich lächelte.

In dieser Nacht lagen Morgane und ich in unserem Schlafzimmer hoch über dem Meer und liebten uns lange und heftig und immer wieder. Doch auf die Dauer genügte uns die Leidenschaft nicht mehr – wir kamen uns dabei nicht nahe genug, *irgend etwas* fehlte – und so hielten wir uns nur in den Armen, ein Mittel, zu dem wir schon unzählige Male Zuflucht genommen hatten. Hin und wieder sprachen wir auch ein paar Worte, aber wozu? Wir kannten ja jeden Gedanken im Geist, im Herzen, in der Seele des anderen; wozu noch einmal aussprechen, was doch längst gesagt war? Erst als sich im Osten bereits der Himmel erhellte, schliefen wir ein; doch als Morganes Kämmerer uns wecken wollte, damit wir baden, uns anziehen und frühstücken konnten, um uns dann unten mit dem König und der Königin zu treffen, da waren wir schon wieder wach, lagen Seite an Seite im Morgengrauen und betrachteten die Juwelensterne auf der Unterseite des Betthimmels.

Von nun an war alles wie ein Traum oder vielmehr wie ein Alptraum, denn wir hatten – wie vor einer Hinrichtung oder wie vor einer Operation – nicht mehr mitzureden. Wir wurden unaufhaltsam fortgetragen, ob wir wollten oder nicht, alles war uns aus der Hand genommen, und ich kann Euch nicht sagen, wie sehr ich das verabscheute.

Endlich ging es hinab in den Heldensaal, wo wir uns von den Bewohnern von Turusachan verabschieden sollten. Auch die höchsten Staatsbeamten, Ratsherren, Fian-Offiziere, die Oberhäupter der verschiedenen Orden und *deren* hohe Würdenträger und Ratsherren hatten sich versammelt ... Die Menge füllte den riesigen Saal nahezu aus, doch die Stimmung war sehr gedrückt. Ich entdeckte Elphin Carannoc, und er nickte mir schweigend zu. Neben ihm stand ein alter Freund und Lehrer aus unseren Druidentagen in Bargodion: Alein Lysaght, der soeben von Arthur persönlich zum neuen Erzdruiden ernannt worden war. Der Ard-rígh hatte sich auf eine alte, aber nur selten in Anspruch genommene Regelung berufen, derzufolge er Höchstes Oberhaupt (und im Grunde auch Oberster Priester) des Druidenordens war. In dieser Eigenschaft hatte er das ebenso alte Privileg der Pheryllt außer Kraft gesetzt, den Erzdruiden zu wählen. Zwar hatte er damit in ein Hornissennest gestochen, aber er wollte unbedingt vermeiden, daß sich ausgerechnet jetzt, in Kriegszeiten, ein Fehlgriff wie damals mit Ultagh Casnar wiederholte. Und trotz lauter und erbitterter Proteste war es ihm gelungen, seinen Kandidaten durchzubringen.

Die Sache beschäftigte mich, während wir auf Gwen und Arthur warteten. Alein war nicht etwa unbeliebt, er genoß durchaus das Vertrauen der Pheryllt wie des Fußvolks im Orden. Nein, die Meisterdruiden fühlten sich nur in ihrer Ehre gekränkt, weil Artos über ihre Köpfe hinweg entschieden hatte. Nun, sie würden sich schon wieder beruhigen ... Ich wurde jäh aus meinen Gedanken gerissen. Arthur und Gweniver waren an den hohen Kupfertüren erschienen, hatten eine majestätische Pause eingelegt und schritten nun in feierlichem Defilee auf die beiden Stühle vor dem Thron von Scone zu.

Der ganze Saal wartete, bis sie – der Aufmarsch dauerte etwa drei Minuten – ihr Ziel erreichten, und ich fragte mich, ob dieses umständliche, zeitraubende und eigentlich ungewöhnliche – sonst waren weder Gwen noch Artos Anhänger von großem Zeremoniell – Abschiedsritual wirklich nötig gewesen war. Doch als ich mich umdrehte und die verzückten Gesichter sah, da begriff ich allmählich, warum Arthur darauf bestanden hatte; und als alle sich erhoben und die feierlichen Klänge der Hymne, gesungen von Tausenden von Stimmen, darunter vielen, die – wie vielleicht auch die meine – schon bald verstummen würden, den riesigen Saal füllten, da gab ich ihm recht.

Arthur war nie ein begeisterter Redner gewesen. Zwar hatte er in seiner Laufbahn einige Ansprachen gehalten, die selbst in den Annalen unseres für seine geflügelten Worte berühmten Volkes weiterleben würden, aber er redete nicht gerne auf Kommando, wenn man so sagen kann, und noch am Abend zuvor, als wir im Familienkreis zusammensaßen, hatte er sich immer wieder gefragt, ob er heute wohl die rechten Worte finden würde. Doch er hatte sich unnötige Sorgen gemacht.

»Meine Freunde«, begann er, und schon wurde es im ganzen Saal mucksmäuschenstill. »Vielleicht spreche ich heute zum letzten Mal zu euch, vielleicht habt ihr euch auch zum letzten Mal hier versammelt, um meine Worte zu hören, deshalb merkt gut auf, denn ich habe euch einiges zu sagen.«

Es bot sich an, diese Rede jener anderen gegenüberzustellen, die er einst vor dem Start von Gwynedd auf der Brücke der *Carnwen* gehalten hatte, bevor wir den Krieg nach Tara trugen, ins Herz der Macht des Marbh-draoi. Damals war Arthur noch nicht einmal unser König gewesen, und was er sagte, entsprach der Ouvertüre eines Werks der Ceól mór, der Großen Musik, wo alle späteren Motive kurz angespielt werden. Nun *war* er unser König und würde vielleicht bald unser König gewesen sein; nun folgte die Coda, der Schlußteil des gleichen Stücks. Sämtliche Themen seiner Herrschaft wurden rekapituliert, variiert, aufgelöst und ein letztes Mal ausgespielt, bevor alles im großen Schlußakkord unterging.

Dabei zählte weniger, was er sagte, obwohl er schöne, erhabene Worte wählte. Sehr viel wichtiger war, wie er es sagte. Und er sprach gut, so gut wie damals in Coldgates bei seinem ersten Auftritt in der Öffentlichkeit. Kaum vierzehnjährig, hatte er bei diesem Anlaß Anspruch auf sein Geburtsrecht als Amris Pendreics einziger Erbe erhoben und mit seinen ehrfurchtsvoll lauschenden Zuhörern und mit ganz Keltia jenen mystischen Bund geschlossen, der zwischen jedem Prinzen und seinem Volk geschlossen werden muß.

Diesen Bund erneuerte er hier und heute, und das Volk erwiderte den Schwur mit gleicher Inbrunst. Mir brannten die Augen (ich *wollte* nicht weinen, nicht vor dem gesamten Reich, doch dann sah ich, daß auch den anderen die Tränen über die Wangen liefen, und inzwischen konnte ich ohnehin nicht mehr an mich halten), und ich spürte erschauernd, wie die ferne Awen meine Seele streifte. *Auch das noch …*

Doch Arthurs kurze Rede neigte sich bereits dem Ende zu – die Jahre als Hochkönig hatten ihn gelehrt, seine angeborene Beredsamkeit zu zügeln, wofür wir alle sehr dankbar waren –, und ich zwang mich, ihm mit den Ohren des Barden zu lauschen und die Worte zu bewahren, wie es meine Seele verlangte, obwohl verschiedene Aufzeichnungen angefertigt wurden und daher eigentlich keine Notwendigkeit dafür bestand. Aber ich war an alledem beteiligt, ich hatte den ganzen Weg mit Arthur gemeinsam zurückgelegt, und so war dies auch für mich ein großer Augenblick; und nicht nur für mich, auch für Gwen, für Ygrawn (Göttin, Ygrawn!) und für Morgane, Donah, Arawn, Tarian und Grehan und alle anderen.

»Komme, was kommen mag«, vernahm ich die helle, klare Stimme, »wir haben viel erreicht. Keltia ist wieder Keltia, und wir haben es gemeinsam dazu gemacht. Jeder von uns ist gleich wichtig und gleich wertvoll. Ihr seid mein Volk, ich bin euer Hochkönig, und Gweniver ist eure Hochkönigin. Und ich sage euch, ob wir nun siegen oder verlieren, daran wird sich nichts ändern, solange die Welt sich dreht. Solange es in meiner Macht steht, bin und bleibe ich euer Ardrígh. Deshalb wollte ich hier und heute noch einmal zu euch sprechen, wollte euch sagen, was ich euch schon einmal sagte: ›Lean thusa orm!‹« Er hielt inne, ein Augenblick höchster Spannung. »Alles mir nach!«

Es war der alte Ros-catha, mit dem er uns schon nach Tara geführt hatte; in Caerdroia war er von den Steingassen bis nach Turusachan geschallt, und in den langen Jahren seither hatten ihn viele Welten gehört – und fürchten gelernt. Als Arthur ihn nun vor all den Menschen wiederholte, mit denen er gleich gegen die Koranier ziehen würde, da schien er den ganzen Saal zu erfüllen und dahinter von den Bergen widerzuhallen. Und wir gaben Antwort, zehntausend Stimmen riefen wie aus einem Munde: »Lean thusa orm!«

Und nun schlüpfte er nicht etwa in die Rolle des kampfbegeisterten Feldherrn, die lange Zeit sein Markenzeichen gewesen war, sondern in die des Priesters, die wir darüber oft vergaßen. Er breitete die Arme aus, der Aufruhr legte sich, und dann sprach er in die Stille hinein das Beannacht, den Segen der Götter und Menschen. Wir senkten in feierlichem Ernst die Köpfe. Dann traten Alein, der neue Erzdruide, und Therrian, noch immer Mathr'achtaran der Ban-draoi, nach vorn, um Arthur ihrerseits den Segen zu erteilen.

Nun wurde es ernst. Ein paar knappe Befehle an seine Kommandanten, die Menge begann sich zu zerstreuen, und erstaunlich schnell hatte sich der Heldensaal geleert. Nur die nächsten Angehörigen waren geblieben, Blutsverwandte und Seelenfreunde, die königliche und die Gefährtenfamilie.

Vor diesem Abschied war mir am meisten bange gewesen. Doch als ich in die Gesichter schaute, die ich schon so lange kannte, da strahlte mir nichts als Liebe daraus entgegen, und ich begriff, wie unbegründet meine Ängste gewesen waren.

Wozu noch lange zaudern? Nachdem alle sich Lebewohl gesagt hatten, stiegen Ygrawn, Gerrans, Donah und Grehan und einige andere, die zurückbleiben sollten, um im Notfall bei der Verteidigung der Heimat zu helfen und ansonsten mit den Resten des Bürgerkriegs aufzuräumen, hinter Gweniver Pendreic ac Penarvon Ferch Leowyn gân Arthur, Ard-rían, Hochkönigin der Kelten, hinauf in den Bergfried, um der *Prydwen* und ihrer Eskorte nachzusehen, sobald sie sich auf den Weg zum Rest der Flotte machte, der jenseits der Criosanna auf sie wartete.

Wir übrigen wurden rasch mit Aircars nach Mardale und zu unseren Schiffen gebracht. Von unserer Besatzung waren die meisten, platzend vor Stolz, weil sie dem Flaggschiff zugeteilt waren, bereits an Bord gegangen; viele waren Soldaten, mit denen wir schon jahrelang gekämpft hatten, aber auch andere, jüngere waren darunter. Den Sauerteig bildete der harte Kern der Gefährten: Betwyr, Ferdia, Tanwen Farrach und Alannagh Ruthven, Daronwy und Roric (der, nur um an diesem Raubzug teilnehmen zu dürfen, geschworen hatte, inzwischen mehr Kelte als Aojunni zu sein). Sogar mein alter Lehrer Elphin Carannoc war dabei, obwohl Keltia damit ohne Obersten Barden zurückblieb. Außerdem begleiteten uns meine Schwester Tegau Goldbrust und ihr Gemahl Eidier, Elenna, unsere Elen von den Heerscharen, als Artos' Stellvertreterin, meine jungen Enkelsöhne Angaud und Sgilti, die zwar nicht unbedingt Gefährten, aber auf jeden Fall Angehörige der Gefährtenrunde waren, und sogar Tarian, die das Amt der Taoiseach an Grehan Aoibhell übergeben hatte, um mitkommen zu können. Ach, und noch viele andere, die mit uns in Coldgates, in Daars oder Llwynarth, in Tinnavardan oder sonst an einer der geliebten Stätten der Vergangenheit gewesen waren. Das war schon keine Besatzung mehr, das war eine lebende Legende ... Eine gewaltige Fracht füllte die Fairface, die Schöngesicht, zahlreich waren Arthurs Begleiter; und als die *Prydwen* sich mit uns in die Lüfte schwang und die Techniker auf dem Feld martialisch strammstanden, da fragte ich mich unwillkürlich, wie viele davon das stolze Schiff wohl wieder nach Hause zurückbringen würde.

Denn an seiner Rückkehr zweifelte ich nicht; die war uns zu oft verheißen worden. Doch weiter gab es keine Gewißheit; und einen Teil des Dáns, der hier allmählich sichtbar wurde, kannte ich ja bereits. Nicht, daß ich darüber sehr glücklich gewesen wäre, aber ich hatte keine Wahl, und in dieser Unausweichlichkeit spürte ich fast so etwas wie Frieden, ja Freiheit. Sie war wie eine Mauer, gegen die man sich lehnen konnte, und manch einer kämpfte am besten, wenn er mit dem Rücken zur Wand stand ...

Solchen Gedanken hing ich nach, als ich neben meinem königlichen Bruder auf der Brücke stand und ihn dabei beobachtete, wie er Tara hinter uns entschwinden sah. Ich selbst schaute nicht zurück. Wenn mein Dán sich an die Verheißungen hielt, würde ich die Thronwelt noch früh genug wiedersehen und konnte mir den letzten schmerzlichen Blick ersparen. Sollte mein Dán sich anders besinnen und ich sah sie erst im nächsten Leben wieder, dann wäre der letzte Blick noch schmerzlicher. In jedem Fall war es also besser, darauf zu verzichten.

Auch Arthur beobachtete ich eigentlich erst, als Tara schon als leuchtende Kugel hinter uns im All hing und wir die Criosanna und den roten Bellendain – Argialla befand sich gerade auf der anderen Seite des Planeten – und sogar die kleinen Schäfermonde passiert hatten, die den äußeren Rand der Criosanna bilden und der Legende nach die Ringe daran hindern, sich aus dem Staub zu machen.

Ich beobachtete ihn erst, als er das Zeichen gab, die *Prydwen* wie einen Wolfshund von der Leine und in den Ard-na-spéire springen zu lassen, als er wie nach einer inneren Uhr, die nur für ihn allein schlug, die Hand hob und sie wieder fallen ließ. Und als er ein anderes Wort wiederholte: »Ymlaen!«

Ein kymrisches Wort, das ›Vorwärts!‹ bedeutet.

BUCH IV

Diachtraí

Kapitel 26

Zunächst lief alles nach Wunsch. Arthur konnte sich, was ihm schon immer sehr entgegengekommen war, das Kampfgebiet selbst aussuchen. Und glaubt jetzt ja nicht, im Weltraum sei eine Stelle wie die andere, und es komme nicht weiter darauf an, denn das wäre ein großer Irrtum.

Der Ort, den Arthur für die Auseinandersetzung mit den Koraniern, den Fomori und den Fir Bolg wählte, hieß Camlann; so hieß jedenfalls der nächstgelegene Himmelskörper, ein kleiner unbewohnter Planetoid. Und als ›Schlacht an den Straßen von Camlann‹ ging der Kampf nach altem militärischen Brauch in die Geschichte ein. Arthur hätte kaum eine schlechtere Wahl treffen können, es war sein zweiter, sein größter und sein letzter Fehler auf diesem Gebiet – verheerender noch als Moytura. »Weshalb nur zwei!« beklagte ich mich später. »Wenigstens die Drei hättest du vollmachen können; wie kommen wir Barden jetzt zu unserer Triade!« Es war ein Scherz, ein Versuch von mir, die düstere Stimmung etwas aufzuhellen, denn sein Mißgriff brach ihm fast das Herz, und die Schuldgefühle drohten ihn zu erdrücken. Zu seiner Ehre sei gesagt, daß er über meine Bemerkung tatsächlich lachte. Doch davon später.

Die *Prydwen* war auf diesem Flug mit dreihundert Mann voll besetzt. Kein einziger Gefährte, der nicht flehentlich darum gebeten hätte, in dieses Sluagh aufgenommen zu werden; doch Arthur hatte darauf bestanden, daß eine Reihe von den besten Leuten bei Gweniver und Morgane blieben. Die Gefahr, daß in unserer Abwesenheit ein Bürgerkrieg ausbrach, war nicht von der Hand zu weisen. Trotzdem führten Elen Llydaw und Arthur eine starke Flotte nach Camlann.

Ein solches Aufgebot an Schiffen hatte Keltia seit Athyn, dem Grauen Graham oder vielleicht sogar seit Raighne oder Brendan nicht mehr erlebt.

Wir mußten eine Weile warten: Wir selbst hatten uns aussuchen können, ob wir durch den Normalraum fliegen oder den Weg durch den Überhimmel nehmen wollten, aber die Invasoren mußten sich durch die verminten Weltraumzonen tasten. Außerdem lag nicht allzu weit vor Keltias Grenzen die Morimaruse, das Tote Meer des Weltraums, ein schier unüberwindliches Hindernis, wenn man ihr noch nie begegnet war. Sie zu umfliegen, dauerte ziemlich lange, und wir nützten die Zeit, um uns wie ein Mantel des Todes zwischen den Sternen zu postieren.

Doch bald schon – wie immer viel zu früh, auch wenn man zuvor schon glaubt, die Schlacht würde niemals beginnen – war der Feind da.

Und angeführt wurde er von niemand anderem als Marguessan Pendreic. Sie befand sich auf einem schnellen koranischen Schlachtkreuzer, nicht auf dem Flaggschiff, das war ein Riesenkahn namens *Marro*, und als sie sich bei uns meldete, war Arthur sofort bereit, mit ihr zu sprechen.

Wobei von einem Gespräch nicht unbedingt die Rede sein konnte. Als das Gesicht seiner Schwester – spöttisch, brutal, wütend und zufrieden zugleich – die Bildschirme füllte, sah er sie zunächst nur schweigend an. Doch dann ließ er unversehens einen tödlichen Eisregen auf sie niedergehen, einen gewaltigen Horchwind, ein Gewitter aus scharfen Vorwürfen, so schmerzhaft wie An-Lasca, wenn sie ihre Hagelfracht gegen Caerdroias Mauern schmettert. Ich will es mir ersparen, seine Worte zu wiederholen. Genug damit, daß Arthur – unter fremden Sternen für seine königlich vornehme, stets streng korrekte Ausdrucksweise bekannt – einen wahren Pfeilhagel abschoß, daß er seine Zunge einsetzte wie eine mehrschwänzige, mit spitzen Widerhaken versehene Peitsche, und daß er seine Schwester, die so dreist gewesen war, sich zur Ard-rían von Keltia krönen zu lassen, förmlich niedermachte.

Marguessan erstarrte und wurde totenblaß. Als Arthur endlich fertig war, antwortete sie mit keiner Silbe, sondern warf lediglich den Kopf zurück und verschwand von den Schirmen. In die Reihen der Koranier (wie ich sie weiterhin nennen werde, obwohl sie nicht als einzige an der Auseinandersetzung teilnahmen) kam ein wenig Bewegung. Nicht Marguessan hatte also das Kommando; ich überlegte noch, wer wohl der Anführer sein mochte – vermutlich der Kapitän oder Admiral auf der *Marro* –, da prallten schon die ersten Gegner aufeinander, und für solche Fragen blieb keine Zeit mehr.

»Du willst sie also zwingen, nach unserer Pfeife zu tanzen, Artos?« fragte ich zögernd. Die Anzahl der Schiffe da draußen war überwältigend.

»Sonst prügeln wir sie windelweich«, antwortete Arthur vergnügt und wandte sich den Bildschirmen zu, um zu sehen, wie sich die Schlacht entwickelte.

Für Raumflottenschlachten gibt es überraschend wenig militärische Strategien. Wir – das heißt, die Kelten und neuerdings auch die Yamazai (die von Artho Kendrion mit eiserner Faust gedrillt worden waren) – pflegten die Grundsätze des Kampfs mit Streitwagen (eine Disziplin, in der wir anerkanntermaßen Meister sind) auf den Kampf mit Sternenschiffen zu übertragen. Die Unterschiede zwischen einem kleinen, schnellen, sehr wendigen Streitwagen und einem ebenso kleinen, ebenso schnellen und noch wendigeren (weil in drei, nicht nur in armseligen zwei Dimensionen beweglichen) Raumschiff sind geringer, als der Laie vielleicht annimmt. Und die Strategie ist die gleiche, ob man auf der Ebene vor Caerdroia oder unterhalb der Sonnenekliptik kämpft: Man zieht den Feind mit hoher Geschwindigkeit hinter sich her, wendet blitzschnell und feuert, solange man ihn noch vor sich hat, und bevor er abschwenken kann. Damit schlagen die Geschosse nicht nur mit der Wucht ihrer eigenen Bewegung ein, der Schwung des gegnerischen Schiffs addiert sich noch dazu. Mit Streitwagen hatte sich dieses Verfahren ausgezeichnet bewährt, das können Euch viele Welten bestätigen; und so, wie Arthur und Elen es nun anwendeten, gelang es mit den Sternenwagen noch besser.

So also begann die Schlacht an den Straßen von Camlann, ein erbittertes, lautloses und ganz und gar gnadenloses Ringen, das, obwohl es nicht übermäßig lange dauerte, das Schicksal nicht nur unseres und des koranischen Reiches für alle Zeiten verändern sollte.

Die Schwierigkeiten des Geländes, wenn ich der Einfachheit halber so sagen darf, wurden schon bald offenbar. Wir hatten gehofft, der nahegelegene Planetoid würde sich, unbewohnt, wie er war, ausgezeichnet als Deckung eignen, etwa wie ein kleiner Hügel oder ein Hang auf einem irdischen Schlachtfeld, ein Ort also, hinter den man sich zurückziehen konnte, um Atem zu holen und sich neu zu formieren. Und anfangs wurde das kleine Camlann diesen Erwartungen auch durchaus gerecht. Doch mit der Zeit entdeckte der Feind die Vorzüge des Planetoiden. Immer mehr gegnerische Schiffe lockten uns hinter sich her, verschanzten sich im Schatten von Camlann und schossen uns, die Verfolger, aus dem Hinterhalt ab.

Nachdem dies mehrfach geschehen war, gab Arthur an unsere Schiffe den Befehl aus, die Rückseite von Camlann um jeden Preis zu meiden, auch wenn die feindlichen Schiffe noch so hilflos durchs All taumelten und ein leichtes Ziel zu bieten schienen. Dazu kam, daß der winzige Planet für seine Größe ein unverhältnismäßig starkes Schwerefeld besaß, das mit der Zeit die Navigationssysteme unserer kleineren Schiffe in heillose Verwirrung stürzte. Die großen Kähne konnten ausgleichen, aber die kleinen, flinken Jäger, deren Vorteil in ihrer rasenden Schnelligkeit lag, wurden von den koranischen Beibooten geschluckt wie die Elritzen auf dem Grund eines dunklen Sees von den großen, trägen Lachsen – und in unserem Schwarm war auch die kleinste Elritze ein schmerzlicher Verlust.

So ordnete Elen nach Rücksprache mit Arthur ein großes Flankenmanöver an, eine dieser würdevollen Aktionen von tödlicher Eleganz, die verschneite Schlachtfelder in aufgewühlte Blutsümpfe verwandeln. Die mittelgroßen Schiffe, Kreuzer, Barkassen und Zerstörer, formierten sich zu einer gewaltigen, sichelförmigen Riesenmauer; die Sichel bekam eine Schneide aus schnellen Kleinschiffen, und das Ganze wurde am Schwerpunkt mit riesigen Galeeren, Schlachtschiffen und Schonern verankert.

Den Schwerpunkt, um den sich die Sichel drehen sollte, legte Elen auf Camlann. Bald war alles bereit, und sie wartete nur noch auf Arthurs Kommando, um das Gebilde in Bewegung zu setzen. Doch Arthur starrte hinaus auf die blitzenden Schlachtreihen und schwieg.

Aus gutem Grund: Wenn der Befehl einmal ergangen war, gab es kein Halten mehr, und diese Schiffe waren im Grunde alles, was wir hatten. Natürlich waren kleinere Flotten und Divisionen zum Schutz der sieben bewohnten Heimatwelten zurückgeblieben, aber bevor wir sie von dort abzogen, wo sie womöglich bald schon dringend gebraucht wurden, wollten wir lieber selbst zugrundegehen.

Zu lange zu zögern, war freilich auch ein Risiko. Wenn die Koranier erst anfingen, mit Kleinattacken auf die Sichel loszugehen, würde sie sich bald auflösen, und dann konnten ihr die Fomori und die Fir Bolg mit ihren kleineren und langsameren Schiffen mühelos den Garaus machen.

»Sie gehen vor wie eine Hundemeute, das gefällt mir nicht«, murmelte Daronwy und sah zu meinen beiden Enkeln Anghaud und Sgilti hinüber, die auf der anderen Seite der Brücke mit großen Augen durch ein abgeschirmtes Bullauge schauten. »Findest du wirklich, daß sie hier oben gut aufgehoben sind?« fragte sie leise. »Ich weiß, sie machen sich nützlich, Talyn – die Kommunikationsbarden loben sie in den höchsten Tönen –, aber falls irgend etwas schiefgehen sollte, wären sie unten vielleicht sicherer.«

Ich spielte den Unbeteiligten, zog nur die Mundwinkel herunter und die Augenbrauen hoch und zuckte die Achseln. Dabei zerbrach ich mir schon lange den Kopf darüber, was mit den Söhnen meines Sohnes geschehen sollte – falls es wirklich zu einer Katastrophe kam. Jeder keltische Soldat wußte, wie ein Fian sich im Extremfall zu verhalten hatte – wer selbst nicht mehr imstande war, sich den letzten Dienst zu erweisen, durfte sich auch von anderen helfen lassen –, aber Anghaud und Sgilti waren noch so jung, kaum dem Kindesalter entwachsen. Würde mir die traurige Pflicht zufallen, meine eigenen Enkel zu töten, um zu verhindern, daß sie den Koraniern in die Hände fielen?

Im Innersten wußte ich, daß ich notfalls auch dazu fähig wäre; und daß Gerrans, Cristant und Morgane mir – oder vielmehr meinem Geist, denn wenn mich die Umstände zwängen, so mit meinen Enkeln zu verfahren, würde ich gewiß nicht zögern, ihnen auf dem Fuß zu folgen – gewiß keinen Vorwurf machen würden. Sollte es wirklich so weit kommen, wäre ich wirklich dazu imstande? Entschieden verbot ich mir weitere Gedanken in dieser Richtung, doch mein Bardengewissen führte mich mit gleicher Entschiedenheit wieder dorthin zurück. Meine beiden Enkel? Oder Daronwy, irgendeinen andern von meinen Freunden? Am Ende gar – Arthur?

Ich wußte es nicht, und ich flehte zu den Göttern,

mich auch nicht auf die Probe zu stellen. In diesem Augenblick gab Arthur Befehl, die Sichel zu schwenken. Und Elen fackelte nicht lange.

Der Anblick war überwältigend. Der riesige Bogen aus Findruinnarümpfen bewegte sich, im Licht der Sterne wie im feindlichen Lasra-Feuer aufblitzend, mit tödlicher Majestät auf die Koranier zu. Unsere Schiffe zogen sich zusammen wie ein ungeheures Schlagnetz über einem Schwarm wild umherschießender und blindlings zuschnappender Sgian-Fische, wobei die Fische in ihrer Panik nicht mehr zwischen Freund und Feind unterschieden und uns damit einen großen Teil der Arbeit abnahmen.

Doch plötzlich ging ein heftiger Ruck durch die *Prydwen*, sie neigte sich erst nach Steuerbord und dann zurück nach Backbord. Arthur richtete sich auf und griff sofort nach dem Steuer, um auch sein geliebtes Schiff wieder geradezustellen. Roric, der oben auf der Hauptbrücke stand, hatte als erster erfaßt, was geschehen war und versuchte bereits, uns aus der Gefahrenzone zu bringen. Aber es war zu spät. Wir hatten uns zu sehr auf die Hauptmasse der feindlichen Flotte konzentriert und zu wenig auf das Flaggschiff geachtet. Die *Marro* hatte sich, während alles mit dem großen Sichelmanöver beschäftigt war, unbemerkt an uns herangeschlichen, und jetzt hatte sie uns zwischen den Zähnen.

Die *Prydwen* war jedoch selbst ein räuberischer Lachs und keine Elritze, die man auf einmal hinunterschlucken konnte. Elen war noch damit beschäftigt, die Flotte zu dirigieren, also übernahm Arthur das Steuer und führte sein Schiff wie ein Schwert beim Fíor-comlainn.

Denn genau das fand nun statt, ein Zweikampf zwischen der *Prydwen* und der *Marro*, zwischen Arthur und dem unbekannten Herrn des feindlichen Flaggschiffs. Unsere Sichel hatte die meisten Schiffe auf ihrer

Bahn wie Getreidehalme niedergemäht – in diesem Augenblick zerstörte sie gerade eine der koranischen Fregatten, und ich hörte Betwyr gleichgültig zu Arthur sagen: »Das war Mordryths Schiff.«

»Schade, daß es nicht Marguessan erwischt hat«, murmelte Tanwen, die neben ihm stand. Sie gehörte noch zur Coldgates-Gruppe der Gefährten, war im gleichen Jahr zu uns gestoßen, in dem ich aus der Bardenschule, Daronwy von Endellion, dem Fürstentum ihres Vaters, und Ferdia von Erinna gekommen war. Inzwischen hatte sie ihre Mutter beerbt und war Gräfin von Dyonas. Doch das hatte sie bedenkenlos in die Airts geworfen, um mit Arthur in den Krieg zu ziehen.

Etwas im Rhythmus dieser Worte sprach meinen Bardensinn unwiderstehlich an, jenen Teil von mir – ich weiß nicht, wie ich ihn sonst nennen soll –, der jede vielversprechende Redewendung, jede Tonfolge, jeden Titel sofort erkennt, sich aufrichtet, die Ohren spitzt und hofft, noch mehr zu hören …

Doch jetzt war keine Zeit für Gedichte: Wir und die *Marro* hielten uns noch immer in tödlicher Umklammerung. Mordryths Schiff war zwar mit Mordryth an Bord zu Staub zerschossen worden, aber Marguessans Schiff hatte sich hastig zurückgezogen, bevor ihm die Schneide unserer Schiffssichel zu nahe kommen konnte, und befand sich zweifellos in Sicherheit. Das hieß selbstverständlich nicht, daß wir sie damit zum letzten Mal gesehen hätten, aber das kümmerte uns im Augenblick nicht weiter.

Die Sichel hatte ihren Bogen vollendet, und die Handvoll Schiffe, die den Schwung überlebt hatte, nahm sich ein Beispiel an Marguessan und eilte davon, wohin auch immer, Hauptsache, möglichst weit von Keltia weg. Wir gestatteten uns einen lauten Jubelschrei, um uns dann wieder unseren eigenen Problemen zuzuwenden.

Die *Marro* hatte uns übel zugerichtet und selbst einiges einstecken müssen. Als sich die Minuten zu Stunden dehnten, ohne daß sich der Würgegriff des feindlichen Flaggschiffs merklich gelockert hätte, da ergriff uns die Verzweiflung. Allzu viele Möglichkeiten gab es nicht, und ein Blick auf Arthur zeigte mir, daß er jede einzelne längst ausgelotet hatte ... Unser Schiff war schwer beschädigt, aber nicht – noch nicht – vollends flügellahm. Eine Weile konnten wir uns die *Marro* noch vom Leibe halten und auf Hilfe warten; doch wer garantierte, daß die Hilfe für sie nicht früher eintraf als für uns? Wir konnten auch wie so viele unserer Feinde unser Heil in der Flucht suchen, aber es gab in nicht allzu großer Entfernung bewohnte Welten; die *Marro* würde uns nicht so ohne weiteres ziehen lassen, und wenn wir das Flaggschiff des Feindes mit auf keltisches Gebiet zerrten, durfte von Flucht wohl nicht mehr die Rede sein. Und zuletzt – konnten wir uns selbst zerstören und damit auch die *Marro* ins Verderben reißen; dagegen sprach nur eins: Wir mußten mit ihr gehen.

»Nun ja«, seufzte Arthur endlich, »in jedem Mond gibt es zwei Unglückstage, an denen man nicht zu Ende bringt, was man begonnen hat. Und heute ist wahrscheinlich solch ein Tag ...«

»Und was tun wir nun?« fragte ich kleinlaut. Ich hatte Angst, wenn auch nicht um mich selbst. Aber Sgilti und Anghaud drückten sich noch immer auf der Brücke herum.

Arthur antwortete nicht sofort, aber seine dunklen Augen wanderten zu einem der Schirme auf der Konsole. Als ich seinem Blick folgte, überlief es mich eiskalt. Dieser Schirm zeigte die Morimaruse, und ich kannte meinen Pflegebruder lange genug, um sofort zu begreifen, was er im Sinn hatte.

»Ich brauche eine gute Verbindung zur *Marro*«, sagte der Hochkönig von Keltia. »Ich möchte mit ihrem Kommandeur sprechen.«

Offenbar war der Kapitän der *Marro* in diesem Augenblick auf die gleiche Idee gekommen, denn wie, ja, wie von Zauberhand entstand eine Transcom-Verbindung zwischen den beiden Schiffen, und auf dem Schirm erschien ein Mann. Wir auf der *Prydwen* betrachteten ihn wie gebannt.

Ein Koranier von hohem Wuchs, mit goldenen Augen und goldener Haut, die mich stark an Majanah erinnerten. Doch weiter ging die Ähnlichkeit nicht: Sein Haar war tiefschwarz wie das Weltall, und das Gesicht mit den kräftigen Zügen wirkte freundlich – oder hätte freundlich gewirkt, wenn dies nicht mehr als eine Anstandsvisite zwischen zwei Admirälen gewesen wäre. Auf der Brücke der *Marro* sah es ähnlich aus wie bei uns: zertrümmerte Apparaturen, verletzte Besatzungsmitglieder, eine Atmosphäre gezügelter Hektik. Wer nicht verletzt war, bemühte sich, die Arbeit der anderen mit zu erledigen. Doch der fremde Kapitän wirkte nicht verzweifelt, nicht einmal allzu entmutigt. Als Arthur auf seinem Bildschirm erschien, fixierte er seinen Gegner mit einem Blick von beängstigender Intelligenz und lächelte.

»König der Kelten«, begann er. Die Anrede war korrekt, und auch das Nicken war genau auf den Anlaß abgestimmt. So begrüßte ein Admiral den Herrscher einer gegnerischen Macht, mit der er sich im Krieg befand. Ich war sehr beeindruckt. Nun ergriff der Koranier das Wort.

»Ich bin Jaun-Zuria, Herr von Vidassos auf der Kaiserlichen Thronwelt Alphor, Oberster Feldherr Seiner Majestät Hasparren Lacho, des Cabiri-Kaisers, und Kapitän des Kaiserlichen Schiffs *Marro*. Ich darf Euch beglückwünschen. Ihr seid ein würdiger Gegner.«

»Und ich darf den Glückwunsch erwidern«, sagte Arthur. Sein Nicken war noch exakter bemessen – immerhin war er König. »Ich, Arthur Penarvon ac Pendreic, Ard-rígh von Keltia, Kapitän des Schiffes *Pryd-*

wen … Wir befinden uns in einer ausweglosen Lage. Keiner kann sich aus der Umklammerung befreien.«

Kapitän Jaun-Zuria sah ihn zweifelnd an, dann lachte er grimmig auf. »Es sieht ganz so aus«, räumte er ein, sichtlich zum Schrecken seiner Offiziere. Als sie hinter ihm erregt zu protestieren begannen, brachte er sie mit einer energischen Handbewegung und einem warnenden Blick zum Schweigen, bevor er sich Arthur abermals zuwandte.

»Wir haben strikten Befehl, um keinen Preis nachzugeben«, sagte er und breitete, eine Drohgebärde voll tiefer Melancholie, beide Arme aus. »Und Ihr denkt wohl genauso.«

Mir fiel plötzlich auf, daß er ausgezeichnetes Gaeloch sprach. Eigentlich überraschend, daß er nicht die Variante des Hastaischen, seiner Muttersprache, gewählt hatte, die derzeit in der ganzen Galaxis als inoffizielle Verkehrssprache verwendet wurde. Wo hatte er wohl Gaeloch gelernt, und wer war sein Lehrer gewesen …

»Richtig«, bestätigte Arthur. Es klang ebenso hoffnungslos, ebenso drohend. »Auch hier stecken wir in einer Sackgasse.«

Jaun-Zuria schwieg einen Augenblick. »Und wenn wir nun beide gelobten, einander freizugeben und uns zurückzuziehen?« fragte er dann. »Wie zwei Gegner im« … er verwendete ein Wort, das in seiner Sprache wohl so etwas wie Fíor-comlainn bedeutete – »die Waffen senken, einen Schritt zurücktreten und neu beginnen …«

Arthur lächelte. »Keine schlechte Idee«, sagte er. »Aber im Krieg sind Schwüre dazu da, gebrochen zu werden, und ich sehe weit und breit keinen Schiedsrichter, der dafür bürgen könnte, daß beide Seiten sich an die Regeln halten.«

Dem Koranier schoß das Blut ins Gesicht, und sein goldener Teint färbte sich dunkel wie Bronze, doch er gab Arthur mit wehmütigem Nicken recht. »Was also schlagt Ihr vor?« fragte er und tastete bereits mit einer Hand nach dem Transcom-Knopf, um die Verbindung zu unterbrechen.

Um Arthurs Lippen spielte ein Lächeln, das kaum seine Barthaare bewegte. Mir schwanden fast die Sinne, denn dieses Wolfsgrinsen kannte ich …

»Dies«, sagte Arthur Pendreic – Penarvon – und jagte die *Prydwen* in den Überhimmel.

Sozusagen aus dem Stand in den Hyperraum zu springen, ist mehr als tollkühn; die Lehrbücher der Fianna und aller anderen Sternenflottenakademien der Galaxis sind voll von Schreckensberichten über irregeleitete Individuen, die diesen Versuch ausnahmslos mit dem Leben bezahlten. Flüge durch den Überhimmel sind nicht an sich gefährlich, aber wer sie überleben und hinterher davon berichten will, sollte sich an bestimmte Regeln halten; auch wer mit einem Birlinn auf Glora segelt, tut gut daran, über Wind, Gezeiten und Strömungen Bescheid zu wissen.

Ein Sprung in den Ard-na-spéire ist für alle Beteiligten dann am einfachsten, wenn das Schiff sich bereits in Bewegung befindet. Dafür gibt es ein Dutzend verschiedene Gründe, die alle mit den unveränderlichen Gesetzen der Interstellarphysik zu tun haben. Und Arthur hatte soeben gegen alle diese Gesetze auf einmal verstoßen …

Als die *Prydwen* den Normalraum verließ, gab es einen entsetzlichen Schlag. Niemand an Bord blieb auf seinem Platz, und die meisten hatten genug damit zu tun, ihre letzte Mahlzeit da zu behalten, wohin sie gehörte. Immerhin waren wir alle am Leben, und allein damit hatten wir Sternenflottengeschichte gemacht … In meinen Augen waren mehrere Äderchen geplatzt, und mein Kopf fühlte sich an, als sei er mit glühenden Sgians gefüllt – das ist nach einem plötzlichen Eintritt in den Hyperraum durchaus üblich. Sobald ich wieder sehen konnte, wischte ich mir die blutigen Tränen ab und starrte ungläubig durch das nächste Bullauge.

Kein Zweifel, wir waren im Ard-na-spéire; und erstaunlich war, daß uns die *Marro* begleitet hatte. Sie hatte ebensowenig losgelassen wie wir, und nun purzelten wir beide haltlos durch die blauen Leuchtgitter des Hyperraums. Diese Lösung des Problems war auf jeden Fall sehr unkonventionell und hatte zumindest dafür gesorgt, daß die *Marro* Keltia nicht mehr gefährlich werden konnte; doch leider hatte sie eine ganze Schar neuer Probleme geschaffen, und ich wurde den Verdacht nicht los, daß Arthur mit seinen Lösungsideen noch lange nicht am Ende war …

Es ist, wie ich in aller Bescheidenheit bemerken möchte, kein reines Vergnügen, unentwegt recht zu behalten. Nicht daß ich mich in Zusammenhang mit Arthur allzu sehr hätte anstrengen müssen. Ich kannte ihn schließlich, seit wir fünf Jahre alt waren, und konnte im allgemeinen mit ziemlicher Sicherheit voraussagen, *was* er in einer bestimmten Situation denken würde oder nicht. *Wie* er zu seinen Überlegungen kam, war mir freilich nach wie vor ein Rätsel, und so gelang es ihm trotz allem wieder, mich zu überraschen.

Was nun folgte, ist bereits Legende, obwohl erst wenige Jahre vergangen sind. Wahrscheinlich setzte der Prozeß bereits im Augenblick des Geschehens ein und machte uns gleich mit berühmt … Während seines Gesprächs mit Jaun-Zuria hatte Arthur nämlich unbemerkt mehrere Steuerkodes eingegeben. Der erste hatte uns in den Ard-na-spéire geschleudert, die anderen trugen uns einem noch geheimen Ziel entgegen, und zugleich setzte Arthur eine Botschaft an Keltia und sein Volk ab, eine schlichte Botschaft von ungeheurer Tragweite.

Zuerst sagte er Lebewohl, auch im Namen derer, die sich mit ihm auf der *Prydwen* befanden; dann beschrieb er den Verlauf der Schlacht von Camlann, um zu verhindern, daß versprengte feindliche Schiffe, die in unbewachten Regionen auftauchten, größeren Schaden anrichten konnten; schließlich übertrug er Gweniver die absolute Alleinherrschaft und bestimmte Arawn zu ihrem Nachfolger. Er bat Keltia, das Andenken an uns zu bewahren, und versprach, daß auch wir es nicht vergessen würden, solange noch Leben in uns sei.

Und dann sprach er die goldenen Worte, die ehernen Worte, die unsterblichen Worte, die nie vergingen und nie vergehen werden, solange es noch Welten gibt.

»Ich werde zu euch zurückkehren. Wenn Keltia mich braucht, komme ich wieder. Ich bin nicht tot. So spreche ich, Arthur, König der Kelten, die Götter sind meine Zeugen.«

Das war alles. Doch als ich diese – in tiefer Stille, inmitten der Trümmer – auf der Brücke der *Prydwen* gesprochenen Worte hörte, als ich sie in mein Herz aufnahm und wußte, daß sie hier und überall auf dem Schiff und sicher auch zu Hause in Keltia die Gesichter erhellten und sich in die Herzen brannten wie das Solas Sidhe, da spürte ich, daß Arthur die Wahrheit sprach. Er leistete keinen Meineid. Er würde wiederkommen. Ich wußte nicht wie, ich wußte nicht wann oder warum, ich wußte nur, er würde kommen.

Und wieder flogen seine Finger über die Tasten, die *Prydwen* reagierte so willig wie ein gut zugerittenes Pferd und sprang aus dem Ard-na-spéire in den Normalraum zurück. Jetzt sahen wir, an welch seltsamen Ort uns Arthur geführt hatte. Wir befanden uns im Herzen der Morimaruse, und die *Marro* war noch immer bei uns.

Kapitel 27

Wenn die Kartographen früherer Zeiten mit ihrer Weisheit am Ende waren und sich nicht mehr zu helfen wußten, pflegten sie sich in die kryptische Floskel: ›Hier hausen Drachen‹ zu flüchten. In manchen Fällen hatten sie recht, in anderen nicht, doch die Warnung diente immer einem Zweck.

Dieses ›Hier-hausen-Drachen‹ – Gefühl haftete auch der Morimaruse noch an. Nicht, daß sie uns Kelten fremd gewesen wäre – sie war ganz im Gegenteil eins der Wahrzeichen, die Brendan einst verrieten, daß wir uns endlich der langgesuchten Heimat näherten –, aber wir hatten uns einen gesunden Respekt vor ihr und ihren kleinen Eigenheiten bewahrt. Nicht umsonst war sie auch als galaktischer Friedhof bekannt …

Elektromagnetische Störungen dieser Art waren in den interstellaren Weiten nicht ungewöhnlich, doch so erbarmungslos und so unermeßlich groß wie die Morimaruse waren nur wenige. Diese ionisierte Hölle maß zwanzig Lichtjahre im Durchmesser und rotierte in der Schwärze des Alls wie ein riesiger Corryochren der Sterne. Ihre wogenden, von Blitzen durchschossenen Staubwolken hätten ganze Sonnen verschlucken können. Donah hatte Corryochren einen Schlund im Meer genannt; nun, die Morimaruse war ein Maul zwischen den Sternen, und was sie einmal erwischte, das gab sie nie wieder her.

Jetzt wurden wir auf ihren Strömungen hin- und hergeworfen, unsere Systeme waren geblendet vom Chaos der Atome, und die Sterne, an denen wir uns hätten orientieren können, waren durch das brodelnde Gewölk auch mit bloßem Auge nicht erkennbar. Und obendrein strahlte die Morimaruse eine Kälte aus, die mehr als abweisend war. Wir und unsere kleinen Probleme kümmerten sie nicht, sie bemerkte uns nicht einmal, sie war vollauf mit sich selbst, mit dem Tumult in ihrem Inneren, mit der Geburt immer neuer Sterne beschäftigt.

Wenn ich aus den Sichtfenstern sah, wurde mir sterbensübel; irgend etwas an diesem Toten Meer des Weltalls versetzte alle Sinne in Aufruhr und brachte das Innenleben aus dem Gleichgewicht. Also richtete ich den Blick auf Arthur, der am Steuer stand, und sah erstaunt, daß er lächelte.

»Das war wirklich grandios geplant«, fauchte ich. »Wir flüchten vor Camlann und landen hier – aber wo ist der Unterschied? Ein Schwert durch die Kehle oder ein Speer durchs Herz? Das Ergebnis bleibt sich in beiden Fällen gleich.«

Arthurs Lächeln erlosch, und er schwieg so lange, daß ich reichlich Gelegenheit hatte, meine Worte zu bereuen.

»Das Ergebnis wäre in jedem Fall das gleiche gewesen«, sagte er so leise, daß nur ich ihn hörte. »Und das weißt du längst, Talyn, man hat es dir nicht nur in Dún Aengus prophezeit ... Natürlich hätte es uns alle jederzeit treffen können; aber es ist eben jetzt so weit, und es kommt so und nicht anders. Zumindest hinterlassen wir der Nachwelt einen glanzvollen Sieg und ein Rätsel, von dem sie noch lange zehren kann. Kein schlechter Abgang, finde ich.«

»Nein«, murmelte ich beschämt. »Ich weiß ja ... es ist nur, wir alten Gefährten haben gemeinsam einen weiten Weg zurückgelegt, aber für andere – ist es eben anders.«

»Für deine Enkel«, nickte Arthur. »Die auch meine Großneffen sind, wenn ich dich daran erinnern darf ... Mach dir ihretwegen keine Sorgen, Tal-bach. Du hast überhaupt keinen Grund, dir Sorgen zu machen.«

Die *Prydwen* erzitterte unter einem Treffer der *Marro*, und er wandte sich wieder den Bildschirmen zu und bedeutete Elenna, das Feuer nach Gutdünken zu erwidern. So unglaublich es auch war, der Kampf schien noch immer nicht zu Ende zu sein. Ich mußte mich auf meinen Posten begeben und mich meinen soldatischen Pflichten widmen.

Der Zustand des feindlichen Flaggschiffs heiterte mich ein wenig auf. Wir mochten in schlechter Verfassung sein, aber die anderen waren noch weitaus schlimmer dran. Die *Prydwen* würde die Morimaruse kaum mehr verlassen, aber die *Marro* würde hier mit Sicherheit zugrundegehen. Wir standen uns gegenüber wie zwei tödlich verwundete Kontrahenten im Fíorcomlainn-Ring; der Sieg war unser, aber wir würden ihn so wenig überleben wie der Gegner.

Dennoch, Artos hat recht, kein schlechter Abgang ... Nach einer Weile bedeutete mir Arthur, ich könne die Brücke verlassen und meine Freiwache antreten, und ich verzog mich dankbar aufs Zwischendeck. Im hinteren Gemeinschaftsraum, der mehr oder weniger den ältesten Gefährten des inneren Kreises vorbehalten war, fand ich Daronwy und Roric in ein Gespräch mit Betwyr vertieft. Kaum hatte ich mich dazugesetzt, als Alannagh und Grehan Aoibhells Vetter Tarsuinn eintraten.

Wir begrüßten uns mit ein paar knappen Worten, dann wurde es lange still; jeder kannte die Gedanken der anderen so genau, daß sich ein Kommentar erübrigte. Es war ein zwangloses, geselliges Schweigen, aber irgendwann ergriff Daronwy doch das Wort.

»Gar nicht so schlecht«, sagte sie. Fast genauso hatte Arthur sich ausgedrückt. »Die Geschichte klingt sicher sehr erhebend und feierlich, Talynno, wenn deine kleinen Bardenfreunde sie erst aufgeschrieben haben – wie Artos und seine Gefährten von ihrem Schicksal ereilt wurden und den Stolz der koranischen Flotte mit in den Tod nahmen ...«

Wieder packte mich der Zorn. »Du redest, als sei

bereits alles entschieden«, fuhr ich sie an. »Müssen wir denn wirklich schon aufgeben?«

Daronwy warf mir einen Blick voll wehmütiger Ironie zu, den ich nur allzu gut kannte. »Hast du in den letzten Stunden einmal aus dem Fenster gesehen?« fragte sie mit hintergründigem Lächeln. »Wenn die Entscheidung noch nicht gefallen ist, dann läßt sie bestimmt nicht mehr lange auf sich warten. Ich jedenfalls möchte meine letzten Stunden dazu nützen, mein Leben und meine Knochen zu ordnen, so gut ich kann. Wer immer uns in tausend Jahren findet, soll sehen, daß bis zum Schluß alles korrekt zugegangen ist.«

Meine Empörung war wie weggeblasen. »Ja, ich weiß ... und ich bin soweit auch ganz deiner Meinung. So habe ich es mir immer gewünscht – zusammen mit euch allen und mit Artos abzutreten, was will man mehr? Wenn ich bedenke, wie oft wir schon glaubten, alles sei vorbei, und dann kam es doch noch anders ...«

»Und jetzt ist es tatsächlich so weit, und wir wollen uns nicht damit abfinden«, sagte Roric gelassen. »Das ist ganz normal, Bruder ...« Er legte seiner Frau den Arm um die Schulter, und Daronwy lehnte sich gegen ihn. »Wir sind alle froh, daß wir beisammen sind.«

Mit Ausnahme derer, die wir zurückgelassen haben ... Der Gedanke stand unausgesprochen im Raum, und ich fühlte mich verpflichtet, mich etwas eingehender damit auseinanderzusetzen. Bestürzt erkannte ich, daß ich nie damit gerechnet hatte, fern von Morgane sterben zu müssen. Wenn ich überhaupt über mein Ende nachgedacht hatte, dann in der festen Überzeugung, daß ich mich eines Tages einfach neben sie legen und in ihren Armen ins nächste Leben hinübergleiten würde. Und falls das nicht möglich sein sollte, war ich selbstsüchtig genug gewesen, als erster gehen zu wollen, um nicht um sie trauern, nicht ohne sie weiterleben zu müssen. Dieser Wunsch würde nun in Erfüllung gehen, und darüber war ich froh. Doch zugleich war ich neidisch auf Roric und Daronwy, weil sie zusammen waren und die Reise gemeinsam antreten konnten …

In diesem Augenblick brach völlig aus dem Nichts eine Welle von, ja, von Wohlbefinden über mich herein, eine Flut von Sonne und Wärme und Glück. Nun also sollte sich mein Dán erfüllen, nun war ich aller Sorgen, aller Ängste ledig. Selbst meine beiden Enkel waren mit eingeschlossen in diese wunderbare Gewißheit; es kam nicht mehr darauf an, ob wir lebten oder starben, letztlich war alles eins, meine Angst um sie löste sich in Luft auf …

Schnell entschuldigte ich mich bei meinen Freunden und ging nach hinten in meine Kabine, die der von Arthur gegenüberlag. Sobald ich die Tür hinter mir geschlossen hatte, öffnete ich die Truhe an der Wand und nahm Trägerin des Wohlklangs heraus. Ich handelte wie unter einem Geis, als habe jemand einen Rann über mich gesprochen. Ein Barde wird verstehen, was ich meine: Manchmal ist der schöpferische Drang wie eine physische Kraft, er treibt einen zur Harfe, zur Feder oder zum Pinsel wie die Leidenschaft in die Arme der Geliebten, wie der Hunger zur Nahrung oder wie die Müdigkeit zum weichen Kissen. Eine unverkennbare, unwiderstehliche Kraft … Man muß ihr gehorchen, denn sie ist stärker als man selbst, und wenn sie sich Eurer bemächtigt und Euch zum Werkzeug erwählt, dann dankt allen Göttern und tut, was sie verlangt. Es gibt kaum eine größere Sünde, als sich ihr zu verweigern.

Auch ich verweigerte mich nicht, obwohl ich noch gar nicht wußte, was von mir verlangt wurde. Die Töne, die ich anschlug, waren nur die Vorboten des großen Werks, das im Entstehen begriffen war. Ich zeichnete sie auf und legte sie beiseite. Wenn die Zeit reif war, würden sie gewiß zu mir sprechen. Doch der

Prozeß war offenbar schon recht weit gediehen, denn als ich die Saiten lockerte und Trägerin des Wohlklangs in ihre Tasche zurücklegte, da hatte ich mich mit unserer Lage ausgesöhnt, und meine Seele hatte Artos, Daronwy und die anderen eingeholt. Sollte das Lied, das sich hier so zaghaft angekündigt hatte, erst auf der anderen Seite in voller Schönheit erklingen dürfen, dann war mir auch das recht. Ich war Barde; ich würde gehen, wohin die Musik mich rief.

Vor langer Zeit war ich auf einem Planeten – den Namen habe ich vergessen –, den wir angeflogen hatten, um mit starker Hand unsere neuerworbenen Protektorate zu verteidigen, Zeuge einer Bärenhatz geworden, einem abscheulichen Spektakel, das auf zivilisierten Welten längst verboten ist. Daran mußte ich nun denken, als ich auf der Brücke stand und zur *Marro* hinausschaute. Die Hunde hatten sich damals mit solcher Wut in ihre Beute verbissen, daß sie nicht einmal loslassen wollten, als diese tot war.

Ebenso stand es jetzt um die *Prydwen* und die *Marro*. Jedes Schiff war Bär und Hund in einem, und keines ließ sich abschütteln, nicht einmal im Tod. Wir bluteten aus vielen Wunden und waren dem Gegner nichts schuldig geblieben; jetzt trieben alle beide so gut wie steuerlos in den Strömungen des Wirbels dahin.

Arthur stand noch immer am Steuer, unermüdlich wie die Königseiche, mit der Merlynn ihn einst verglichen hatte, aufrecht und ungebeugt im letzten Sturm. Als er meinen Blick spürte, sah er mich rasch von der Seite an.

»Nicht mehr lange jetzt, Talyn«, murmelte er. »Wir werden schon merken, wenn es soweit ist.« Er hatte noch nicht ausgesprochen, als eine gewaltige Explosion das Schiff erschütterte und uns von den Beinen riß. Auf der Brücke gingen die Lichter aus. *Das war näher, als du dachtest, Braud*, sendete ich lautlos, doch als ich mich wieder aufrappelte, da sah ich zu meinem Erstaunen, daß die Explosion nicht auf der *Prydwen*, sondern auf der *Marro* stattgefunden hatte. Das riesige Schiff hing leblos im Weltraum.

»Was war das?« keuchte ich, doch Arthur schüttelte den Kopf.

»Ein Schlag, der sich verzögert hatte«, sagte er. »Wir hatten in ihr Triebwerk geschossen, und nun haben die Pfeile wohl doch noch ein Ziel gefunden ...«

Und nicht nur das, wie uns Elenna von ihrem Posten aus mitteilte. Die Detonation hatte auch die tödliche Umklammerung der beiden Schiffe gelöst. Wir hatten uns von der *Marro* befreit, aber die *Marro* nicht von uns ...

Arthur beruhigte sich mit einem tiefen Atemzug, dann bat er um eine Verbindung mit dem Kapitän der Koranier. Diesmal dauerte es länger, bis der Kontakt hergestellt war, doch endlich erschien Jaun-Zuria auf dem Schirm. Sein Gesichtsausdruck, das Chaos hinter ihm verrieten alles.

»König der Kelten«, sagte er und beugte, der Gruß des Besiegten an den Sieger, tief das Haupt. »Wie Ihr seht, habt Ihr uns bezwungen. Aber auch Euch wird es nicht leicht fallen, von hier zu entkommen ...«

»Mag sein«, sagte Arthur. »Ihr habt uns Eure Tapferkeit schmerzlich spüren lassen, Jaun-Zuria. Was können wir nun noch für Euch tun?«

Der Koranier lächelte. »Ich denke, das wißt Ihr bereits, Herr«, sagte er ruhig. »In Eurer Sprache nennt man es Ergyd, in der unseren Katxaraika. Vom Hörensagen und aus eigener Erfahrung weiß ich, daß das Volk der Kelten großen Wert auf Ritterlichkeit legt. Ihr werdet uns diese letzte Bitte nicht abschlagen.«

Ich hielt den Atem an. Was der koranische Feldherr von uns verlangte, war der Todesstreich, der Gnadenstoß, die letzte Gunst, die der Sieger seinem tödlich getroffenen Feind zu erweisen vermag. Ein solcher

Schlag war für keine Partei eine Schande, sondern ehrte ganz im Gegenteil den, der ihn führte, wie den, der davon getroffen wurde. Wäre das Duell anders ausgegangen, wir hätten die gleiche Bitte an Jaun-Zuria gerichtet.

Ich sah Arthur erwartungsvoll an, rechnete fest mit seiner Zustimmung, und wurde wieder einmal enttäuscht. Das Gesicht, in dem ich lesen konnte wie in einem offenen Buch, verhärtete sich zu einem Nein. Wie war das möglich! Wie konnte er es mit seiner Ehre vereinbaren, seinem tapferen Feind diese Gnade zu verwehren? Schon wollte ich meinen Pflegebruder bestürzt am Ärmel fassen, da begann er zu sprechen, und der Schmerz in seiner Stimme zerriß mir fast das Herz.

»Wir würden Euch den Wunsch nur allzu gern erfüllen«, sagte er. Alle, die mit uns auf der Brücke waren, fuhren herum und starrten ihn ebenso überrascht, ja empört an wie ich. »Aber meine erste wie meine letzte Pflicht gilt meiner eigenen Besatzung. Falls überhaupt noch eine Chance besteht, sie von hier wegzubringen, so muß ich diese Chance wahren, solange es geht. Noch hat die *Prydwen* ein wenig Energie und kann versuchen, die Morimaruse zu verlassen, aber ich darf davon nichts für andere Zwecke erübrigen. Nicht einmal, um Euch, Euren Kameraden und Eurem Schiff die Gnade des Ergyd zu erweisen.«

Jaun-Zuria nahm die Worte so gelassen auf, als habe man ihm in Ermangelung eines geeigneten Gefäßes einen Becher Wasser abgeschlagen.

»Nun«, er zuckte die Achseln. »Das ist wohl nicht zu ändern. Wir werden einen anderen, vielleicht sogar schnelleren Weg nach Hause finden. Ich schätze Euch deshalb nicht geringer, König der Kelten«, fuhr er fort. Ich schloß die Augen. Der Mut dieses Mannes war überwältigend. »Ich weiß ja, daß Ihr mir meine Bitte erfüllen würdet, wenn es ohne Schaden für Eure Besatzung möglich wäre. Schließlich seid Ihr der Sieger.«

Arthur zuckte zusammen, als habe der Koranier in eine offene Wunde gefaßt, und erzitterte wie eine Marionette, bei der jemand alle Fäden auf einmal zieht.

Mühsam beherrschte er sich. »Vergebt mir«, sagte er. »Falls wir hier je wieder herausfinden sollten, werde ich eine Meldung an Eure Heimatwelt und an alle umliegenden Raumstationen absetzen. Vielleicht ist doch noch Rettung möglich. Mehr kann ich nicht tun, doch das verspreche ich Euch feierlich.«

Jaun-Zuria verneigte sich noch tiefer; er wirkte auf einmal so fern, als habe er die große Reise innerlich bereits angetreten.

»Zumindest dafür danke ich Euch«, sagte er. »Nehmt es nicht als unerträgliche Ironie, Arthur von Arvon, wenn ich Euch Glück wünsche. Für den Fall, daß man uns zufällig findet, werde ich eine Aufzeichnung über die Geschehnisse dieses Tages anfertigen. Was immer man über Euch sagen mag, Ihr wart ein würdiger Gegner. Geht jetzt, folgt Eurem Schicksal und überlaßt uns dem unseren. Und empfehlt uns den Göttern.«

Er grüßte Arthur mit der auf Alphor üblichen, schneidigen Handbewegung, dann wurde der Bildschirm dunkel. Ich blickte aus dem Sichtfenster. Die *Marro* hatte starke Schlagseite, aber sie wendete und trieb davon. Ich schickte ein inbrünstiges Gebet gen Himmel, nicht nur für Jaun-Zuria und seine Besatzung – die hätten Besseres von uns verdient. Nein, ich betete, daß Arthur uns von hier fortbringen möge, so schnell wie möglich, bevor Jaun-Zuria die Seinen auf dem einzigen Weg nach Hause führte, der ihnen noch offenstand.

Denn diesem Abschied wollte ich aus naheliegenden Gründen nicht beiwohnen. Ein vorsichtiger Blick auf Arthur zeigte mir jedoch, daß er wie so oft in sich gespalten war. Einerseits teilte er meine Gefühle – ein zu schmerzliches, zu gewaltiges Erlebnis –, doch zugleich fand er, er müsse sich dem Geschehen stellen, er selbst habe es schließlich herbeigeführt. Er habe den Koraniern die Ehre des Eacht-grásta, des Gnadenstoßes verweigert, nun habe er auch ihren Selbstmord mitzutragen.

Eine schöne und gewiß auch sehr edle Haltung, aber hier spielten auch noch andere Überlegungen eine Rolle. Ich wollte meine Bedenken soeben zum Ausdruck bringen, als ich sah, daß der innere Kampf zu Ende war. Arthurs Gesichtsausdruck und seine Körperhaltung verrieten mir das Ergebnis: Wie immer er selbst dazu stand, seinen Leuten konnte er diese Szene nicht zumuten. Im Kampf, in der Hitze des Gefechts ist alles anders; da ist der Tod allgegenwärtig, die Möglichkeit des eigenen Sterbens ist stets gegeben und schützt den Krieger wie eine Mauer vor dem Anprall der Gewalttätigkeit, vor dem Gedränge der entweichenden Seelen.

Hier dagegen schützte uns nichts. Wenn die Koranier sich mit eigener Hand von diesem ins nächste Leben beförderten, würde die Welle über uns hinwegschwappen, daran konnte auch der größte Abstand nichts ändern. Die Wucht des Aufpralls ließ sich nicht verringern, wir konnten uns nur darauf einstellen, sie aufzufangen, um damit unsere Seelen zu stärken und unseren Feinden auf ihrem schweren Weg ein wenig Kraft mitzugeben.

Das war der Grund, warum Arthur Elen befahl, die *Prydwen* zu wenden und in einen der Spiralarme der Morimaruse hinauszufliegen. Er selbst blieb am Steuer, vor dem einzigen Sichtschirm, auf dem die *Marro* zu sehen war. Sie trieb jetzt in eine große Lücke hinein, in ein riesiges Auge inmitten der Staubstürme. Neue Wolkenwirbel schoben sich dazwischen und verschleierten das Bild, das Auge begann sich zu schließen. In diesem Augenblick trat ich hinter ihn und war ihm als einziger auf der Brücke nahe genug, um zu hören, was er dem feindlichen Schiff nachrief. Es waren nur wenige Worte, Gebet, Gruß und Abschied in einem.

»Bydd i ti ddwychwelyd«, sagte Arthur zu Jaun-Zuria, dann verließ er die Brücke.

Ich ließ ihm ein oder zwei Stunden Zeit, dann ging ich ihm nach und fand ihn, wie ich vermutet hatte, in seiner Kabine. Er lümmelte in einem der niedrigen Sessel und starrte die Truhe mit den Schätzen am Fußende seines Bettes an. Sein Blick wirkte gequält.

»Hast du ihn gesehen, Talyn?« fragte er übergangslos. »Hast du ihn gesehen, meinen werten Gegner?«

»Ja, Artos«, antwortete ich leise. »Die ganze Zeit über.«

»Nicht einmal seine letzte Bitte konnte ich ihm erfüllen«, fuhr er fort, als habe er meine Antwort nicht gehört, ja, als sei ich gar nicht da. »Ich habe mich für alle Zeiten mit Schande bedeckt. Der Dán wird mit mir genauso verfahren wie ich mit ihnen.«

»Noch sind sie nicht tot«, suchte ich ihn zu trösten. »Vielleicht zögern sie, solange sie noch Proviant, Luft und Energie haben, und wenn wir inzwischen der Morimaruse entronnen sind, können wir ihnen ein Rettungsschiff schicken. Noch ist nicht alles verloren.«

»Und eines Tages lernen auch die Schweine singen«, murmelte er. »Ich bin es nicht wert, die hier …« Er wies mit dem Kinn auf die Truhe mit den Schätzen. »… in meiner *Nähe* und gar in meiner Obhut zu haben. Warum haben wir sie überhaupt mitgenommen, was sollen wir mit ihnen anfangen? Ich weiß ja nicht einmal, wie, ja, ob wir selbst jemals nach Hause finden werden. Nein, bei meiner Seele, ich glaube nicht mehr daran.«

Wenn Arthur in dieser Stimmung war, hatte es für mich bis dahin zwei Möglichkeiten gegeben: Ich konnte ihn mit Spott aus der Reserve locken, selbst (oder besonders) dann, wenn der Spott auf seine

Kosten ging, oder ich konnte mich mit ihm in den Sumpf der Trübsal stürzen und mich so lange darin suhlen, bis wir beide genug hatten. Diesmal tat ich keines von beiden, sondern gab ihm ohne weiteres recht.

Er bemerkte nicht einmal, daß ich von meiner Taktik abgewichen war. »Das Schiff ist schwer beschädigt, Talyn, du hast es selbst gesehen«, sagte er. »Wir haben viele Verwundete, einige sind so schwer verletzt, daß wir zumindest hier nichts für sie tun können. Dabei haben wir noch eine Aufgabe zu erfüllen, bevor wir an den Heimweg denken dürfen ...«

Jetzt dachte er laut nach, und dabei waren, wie ich aus jahrelanger Erfahrung wußte, Fragen nicht erwünscht. So hielt ich den Mund, obwohl es mich brennend interessierte, was es mit dieser Aufgabe – von der ich und meines Wissens auch die anderen bisher nie gehört hatten – für eine Bewandtnis hatte. Arthur starrte noch eine Weile ins Nichts, murmelte vor sich hin und nickte ab und zu, bevor er wieder in die Gegenwart zurückkehrte und sah, daß ich noch immer geduldig in dem zweiten Sessel saß. Er setzte gerade zu jenem breiten Grinsen an, das ich in letzter Zeit so selten zu sehen bekam – ein Jammer, denn es ließ ihn wie einen Vierzehnjährigen aussehen und machte ihn unwiderstehlich. Er wollte gerade etwas sagen, als wir beide von einer Welle von Vorahnungen überrollt wurden und jäh erstarrten.

Was Arthur erlebte, weiß ich nicht, ich jedenfalls wurde um neun Jahrzehnte zurückgeschleudert und erwachte als verängstigter Fünfjähriger in einem fremden Bett. Edeyrn hatte meinen Vater getötet, und soeben war meine Heimatprovinz in den Fluten versunken. Ein Alptraum war es noch immer, aber ich war nicht mehr ganz so unmittelbar betroffen, sondern erlebte alles undeutlicher, wie aus größerer Entfernung. Trotzdem starrte ich Arthur mit offenem Mund an.

Er faßte sich als erster. »Das ist die *Marro*«, flüsterte er. »Sie sind gegangen.« Er stand auf und drückte auf einen Knopf. Auf dem Sichtschirm an der Wand erschien das Bild des koranischen Flaggschiffes, das weit hinter uns durch das Riesenauge inmitten der Staubwolken trieb.

»Diese großen freien Stellen sind wie Caers«, erklärte Arthur. »Wie Festungen, wie Ruhezonen inmitten der Strudel … Das Schiff liegt wahrscheinlich noch in Jahrhunderten dort, wenn sie alle längst in Ehren wiedergeboren sind …«

Auch ich war aufgestanden, aus Respekt vor dem Tod, vor den vielen Toten … Nun griff ich mit meinen inneren Sinnen aus und spürte, wie sich die Stimmung an Bord der *Prydwen* veränderte, wie auch die anderen erkannten, was geschehen war. Mein Bewußtsein sprach das Letzte Gebet für Jaun-Zuria und die Seinen, doch der innere Taliesin fügte, wie es seine Art war, bereits eifrig Töne und Worte zusammen. Mir war eben etwas eingefallen, was Gwyn gesagt hatte, oder Merlynn, vielleicht gerade vorhin auch Arthur, etwas, das ich *verwenden* konnte … Verärgert schüttelte ich den Kopf. Wie konnte ich in diesem Augenblick den Barden spielen? Hunderte von Seelen waren soeben hinübergegangen, ohne daß wir ihnen dabei geholfen hätten, und ich betätigte mich als *Liedermacher*? Was fiel mir eigentlich ein? Doch eine innere Stimme widersprach: *Nein, der Zeitpunkt ist genau richtig; für solche Augenblicke wurde das Bardentum geschaffen.*

Ich sah also mit Arthur zu, wie das einstmals so prächtige, koranische Flaggschiff weit hinter uns durch die Strömungen der Morimaruse taumelte, und dachte dabei an jene, für die es jetzt zum Grab geworden war. Und auf einmal war es mir, als könne ich ihnen gerade mit diesem Lied die letzte und größte Ehre erweisen. *Ihr seid nicht vergessen,* rief ich Jaun-Zuria nach, *man wird Euch in Erinnerung behalten, ich verspreche es Euch.* Ich bin sicher, daß er mich hörte.

Arthur starrte noch immer in tiefer Verzweiflung auf den Schirm. Nach einer Weile klopfte ich ihm vorsichtig auf die Schulter. Er fuhr erschrocken zusammen.

»Es ist nicht recht, daß sie selbst Hand anlegen mußten«, sagte er leise.

»Wir konnten es ihnen nicht abnehmen«, sagte ich mahnend. Ich mußte ihm helfen, seine Schuldgefühle zu überwinden. »Du mußtest zuerst an die Unseren denken ... Das ist keine Schande, Arthur Penarvon, das war deine Pflicht und dein Dán. Laß gut sein und komm.«

Ich zog ihn zum Bett hinüber, er ließ sich hineinfallen, ohne auch nur die Stiefel auszuziehen, und schlief sofort ein. Ich deckte ihn notdürftig zu, setzte mich neben ihn und schickte einen mentalen Hilferuf an Elena. Sie kam, sobald ihre Pflichten es zuließen – sie hatte die Gefährtenrunde seit den Tagen von Llwynarth verarztet und wußte genau, was uns in solchen Zeiten nottat. Bei ihr war Artos in den besten Händen. Ich ließ die beiden allein. Eine beruhigende Kräuterinjektion, ein tiefer traumloser Schlaf, und wenn er erwachte, war er sicher wieder der alte.

Wirklich? Bevor ich die Kabine verließ, warf ich noch einen Blick auf den Sichtschirm und die ziellos durchs All treibende *Marro*. Wer wäre nach alledem schon der alte geblieben ...

Als ich zu meiner nächsten Wache die Brücke betrat, war Arthur schon da. Bevor ich meinen Platz an seiner Seite einnahm, unterzog ich ihn möglichst unauffällig einer eingehenden Kontrolle. Elennas Kräuter hatten ihm sichtlich gut getan, er wirkte so vital, wach und lebendig wie eh und je. Ich begrüßte ihn mit einem Lächeln, das meine Erleichterung verbarg.

»Nun, Ard-rígh?«

Er sah mich kurz von der Seite an, lächelte ebenfalls und richtete den Blick wieder geradeaus. »Nun, Penbardd?« antwortete er, und schon keimte in meinem Herzen ein schrecklicher Verdacht.

»Artos«, fragte ich nach einer Weile. »Wohin fliegen wir? Du hast gestern von einer Aufgabe gesprochen ...?«

Ich hatte Neugier und eine Spur Mißtrauen in meine Stimme gelegt. Er hörte beides und lachte. Mein Alarmsinn sprang sozusagen in den Hyperraum, und ich tastete haltsuchend nach der Konsole hinter mir.

»Eine Aufgabe, ganz recht.« Jetzt sprach der Hochkönig zu mir. »Du erinnerst dich sicher, daß Melwas von Fomor unseren Handelsplaneten Clero überfallen und diejenigen von unseren Leuten, die dabei nicht getötet wurden, als Geiseln genommen hatte.«

»Ich erinnere mich«, bestätigte ich. In meinem Kopf begann es dumpf zu hämmern.

»Wir werden sie retten«, sagte Arthur ruhig.

»Aber ...«

»O ja, ich weiß, bei unserer derzeitigen Verfassung ist an einen Handstreich nicht zu denken, wir sollten lieber alles daransetzen, um heil nach Hause zu kommen... Aber es bleibt dabei, Talyn, der Plan wird durchgeführt. Melwas hat bei seinem Überfall an die sechshundert Seelen in seine Gewalt gebracht, und ich denke nicht daran, sie den Fomori zu überlassen.«

Ich stellte bereits Berechnungen an. »Das sind doppelt so viele, wie sich bereits auf der *Prydwen* befinden – kann sie denn so viele fassen?«

Arthur hatte schon wieder sein Wolfsgrinsen aufgesetzt, und ich winselte innerlich vor Angst. »Die *Prydwen* kann ohne weiteres das Dreifache ihrer Fracht aufnehmen.« Ich sah ihn erschrocken an, und er wurde ernst. »Fraglich ist nur, wo sie letztlich damit landet. Falls sie Keltia erreicht, ist alles gut. Falls sie in den gleichen Hafen einläuft wie Jaun-Zuria, ist es auch gut.

Auf jeden Fall werden wir Melwas unsere Leute wieder abjagen.«

Und dann? dachte ich, sprach es aber nicht aus, sondern fragte statt dessen: »Und wohin müssen wir fliegen?«

Arthur nickte zu den vorderen Sichtfenstern hin. »Dorthin, wo sie sind«, sagte er. »Nach Fomor.«

Kapitel 28

Fomor.« Obwohl ich das Wort schon mindestens zum zwanzigsten Mal wiederholte, gab ich mich noch immer der eitlen Hoffnung hin, es könnte sich irgendwie verändert haben. Aber nein. Es klang noch immer so wie beim ersten Mal aus Arthurs Mund. Nur dieses erste Mal zählte, und dagegen kam keiner von uns an.

Ich saß, wenige Stunden, nachdem Arthur uns mit seiner umwerfenden Idee überfallen hatte, mit einer Handvoll Gefährten im Gemeinschaftsraum. Unter gewöhnlichen Umständen hätten wir den Plan sicher gelassener aufgenommen, doch jetzt hatten wir eben eine wichtige Raumschlacht hinter uns, eine Schlacht, die in die Geschichte eingehen würde, waren sogar siegreich geblieben und hatten sämtliche Galláin-Flotten abgewehrt, die Marguessan herbeizitiert hatte, um uns zu vernichten. Dann hatten wir alles widerlegt, was jemals über den Ard-na-spéire und den Eintritt in denselben geschrieben worden war; und schließlich hatten wir in einer Weise, die – bei aller Dankbarkeit – keine Siegesfreude aufkommen ließ, einen überlegenen Gegner bezwungen.

Nach alledem wurden wir nun – angeschlagen, ja, kampfunfähig, wie wir waren – zu einem Überfall nach Fomor befohlen ... Wen wunderte es, wenn wir in verdrossenem Schweigen beieinandersaßen, wenn hinter Arthurs Rücken überall auf der *Prydwen* gemurrt wurde?

Nein, hier herrschte keine Atmosphäre, die mich in bessere Stimmung versetzt hätte, und als das unbehagliche Schweigen gar kein Ende nehmen wollte, verließ ich den Gemeinschaftsraum, um in meine Kabine zu gehen. Auf halbem Wege besann ich mich anders und wandte mich einer Tür zu, die von der meinen nicht weit entfernt war. Meine beiden Enkel, Anghaud, der ältere, und sein Zwillingsbruder Sgilti, saßen wie die Gefährten schweigend beisammen; nur entsprang ihr Schweigen einer Angst, der ich trotz all meiner Bardenkünste, meiner Überlegenheit, meiner jahrelangen Erfahrung als Arthurs Freund und Begleiter nichts entgegenzusetzen hatte.

Anghaud sah zu mir auf. Er hatte Morganes Augen, das wußte ich längst, doch jetzt bemerkte ich erstmals die Ähnlichkeit mit einer anderen, sehr viel entfernteren Verwandten …

»Du erinnerst mich an deine Urgroßmutter, Junge«, hörte ich mich verwundert sagen.

Auch er war überrascht. »An die Rían-dhuair Ygrawn?« fragte er zaghaft – und ich konnte mir selbst in diesem Augenblick ein fachmännisches Urteil nicht verkneifen: Bariton mit Übergang zum Tenor, gute Resonanz …

Ich nahm mich zusammen. »Nein«, sagte ich, »an deine andere Urgroßmutter. Die edle Cathelin.«

Sgilti sah mich mißtrauisch an, sagte aber kein Wort – die beiden wußten genau, daß ich an meine Mutter keinerlei Erinnerung hatte. Er war seinem Vater Gerrans wie aus dem Gesicht geschnitten; die beiden Jungen waren Zwillinge, hatten aber äußerlich wenig gemeinsam – innerlich sah es anders aus. Sgilti war so groß und unbekümmert wie sein Vater, während Anghaud bis auf die Augen ein Abbild seiner Mutter Cristant war und auch ihr lebhaftes Naturell geerbt hatte. Beide waren sie nette, zuverlässige junge Männer mit guten Manieren und festen Grundsätzen, nicht allzu willfährig – *genau die richtige Mischung*, dachte ich bei mir. *Gerrans und Cristant haben gute Arbeit geleistet* …

»Ist es wahr, was wir gehört haben, Syra-wyn?« fragte Sgilti endlich. »Hat uns der Ard-rígh tatsächlich nach Fomor beordert?«

»So ist es.« Ich ließ mich auf einen Stuhl sinken und fuhr mir mit der Hand über die Stirn. Wie sollte ich das erklären, wie zog ich mich am besten aus der Affäre … »Viele von unseren Leuten werden dort gefangengehalten, sie wurden nach dem Überfall auf Clero von den Fomori verschleppt, und nun möchte der König sie retten, wenn es möglich ist.«

»Und ist es möglich?« fragte Anghaud leise. »Wir waren während des Kampfs mit der *Marro* auf der Brücke, wir haben die Schäden gesehen – wenn wir dreimal so viele Menschen aufnehmen, als dieses Schiff eigentlich tragen sollte, verzichten wir dann nicht ein für allemal darauf, mit heiler Haut nach Hause zu kommen?«

Ich sah erst ihm, dann Sgilti fest in die Augen. »Die Befürchtung ist berechtigt, aber wir haben eine Chance. Würdet ihr sie denn ihrem Schicksal überlassen, wenn sie gerettet werden könnten?«

Sie erröteten beide. Anghaud schüttelte den Kopf. »Nein – natürlich nicht. Wenn wir in ihrer Lage wären, würde ich auch hoffen, daß uns jemand zu Hilfe käme. Aber was ist danach?« Ich hörte das Zittern in seiner Stimme, und mir blutete das Herz.

Ich griff nach seiner Hand, Sgilti setzte sich neben mich, und ich legte den Arm um ihn. So hatte ich sie oft getröstet, als sie noch kleine Knirpse waren.

»Ich will ganz ehrlich mit euch sein. Es ist nicht sehr wahrscheinlich, daß wir wieder nach Hause kommen«, begann ich behutsam. »Wenn unser Dán es so will, müssen wir uns damit abfinden. Ihr habt die Fian-Ausbildung durchlaufen, und eure Lehrer haben euch sicher auch auf diese Möglichkeit vorbereitet.«

»O ja …« begann Sgilti und verstummte wieder.

»Das Warten ist immer das schwerste«, fuhr ich fort. »Ihr habt es bereits erlebt, so ist es immer, wenn gekämpft wird.« Jetzt hielt ich sie beide in den Armen und drückte sie kurz an mich. »Es wird alles gut. Und wenn nicht, dann denkt daran, nicht nur ich bin bei euch, sondern auch euer Großonkel, der Hochkönig, eure Großtante Tegau und viele andere, die euch lieben. Und keinem wird es besser oder schlechter ergehen als euch beiden.«

Nun lachten sie, und damit hatte ich mein Ziel erreicht. Als ich sie nach einer Weile verließ, hatten sie wieder Mut gefaßt oder waren zumindest entschlossen, ihre Gefühle zu verbergen. Ich begab mich nun ohne weitere Umwege in meine Kabine und warf mich auf mein Bett. Doch bald schon drehte ich mich zur Wand und zog Trägerin des Wohlklangs, die in einem Kissennest auf dem Fußboden ruhte, zu mir heran. Und dann fingerte ich mir, ohne mich lange mit dem Stimmen der Saiten aufzuhalten, irgendwelche Töne zusammen, unfertige Melodiefetzen ohne jeden künstlerischen Anspruch.

Ich hatte mich nach Kräften bemüht, im Gespräch mit meinen Enkeln die richtigen Worte zu finden. Die Aussichten waren trübe, es war nahezu sicher, daß dieser Flug unser letzter sein würde. Uns alten Gefährten machte das wenig aus: Wir rechneten mit einem solchen Ende, seit wir einst auf Gwynedd zum ersten Mal für Artos und die Gegenrebellion gegen Edeyrn ins Feld gezogen waren. Inzwischen waren viele Jahre vergangen, glückliche Jahre, wir hatten erreicht, was wir uns vorgenommen hatten, hatten Arthur und Gweniver gekrönt, Keltia wiederaufgebaut und den Gral zurückgeholt. Wenn wir nun beim Sturm auf Fomor umkamen, war das keine Katastrophe.

Anders war es für die Jungen, die so alt waren wie Anghaud und Sgilti oder etwas älter. Gewiß würden sie dem Tod ebenso tapfer ins Auge sehen wie wir in unserer Jugend, aber es war eigentlich unmöglich, daß sie darauf gefaßt sein konnten. Ich wußte es aus eigener Erfahrung, auch ich hatte damals nicht wirklich geglaubt, daß ich sterben könnte. Die Jugend ist immer unsterblich oder hält sich jedenfalls dafür. Erst mit den Jahren *erkennt* man, daß man es tatsächlich ist, wenn auch in einem anderen Sinne, als man einst dachte.

Ich griff in die Saiten, und Trägerin des Wohlklangs antwortete mit einer Kaskade von silberhellen Tönen in Moll, ein Regenschauer, auf den ein Sonnenhund folgt. Was immer geschah, meine beiden Enkel würden sich bewähren; und ich, Artos, Tegau und die anderen Gefährten würden bei ihnen sein, um ihnen tragen zu helfen, was immer uns aufgebürdet wurde. Meine Gedanken waren längst hinter der *Prydwen* zurückgeblieben und zwischen den Sternen hindurch nach Keltia geflogen, zu Morgane und Ygrawn, zu Gerrans und Cristant und den anderen, die wir zu Hause gelassen hatten, doch vor allem zu Gweniver und dem Kind, das sie trug: Arwenna würde ihren Vater wahrscheinlich niemals kennenlernen, sondern nur von ihm erzählen hören. Und es hatte auch nicht den Anschein, als könnte ich noch viele Lieder schreiben, um meiner ungeborenen Nichte die Bekanntschaft mit ihrem königlichen Vater zu erleichtern; dennoch skizzierte ich vorsorglich ein paar Einfälle.

Jäh schreckte ich auf: Trägerin des Wohlklangs war umgefallen und hatte mich am Kinn getroffen. Sie war umgefallen, weil die *Prydwen* ganz plötzlich den Kurs geändert hatte. Ich nahm mir nur kurz Zeit, um die Harfe sicher zu verstauen, dann rannte ich zur Brücke. Ein Kurswechsel konnte nur eines bedeuten: Wir hatten Fomor erreicht und wurden beschossen.

»Ach, Talyn« sagte Arthur, ohne sich umzudrehen, als ich auf meinen Posten stürmte. »Ich wollte dich schon rufen lassen. Du siehst …«

Er winkte mit der Hand. Ich sah es nur zu gut. Wir befanden uns tatsächlich im Anflug auf Fomor, und wir waren keineswegs allein zwischen dem Planeten und seinen Monden. Ich sah mir die Sache kurz an, dann rief ich auf meinen Schirmen einige Berechnungen ab und runzelte die Stirn.

»Das sind nicht …«

»Nein«, strahlte Arthur. »Das sind nicht so viele feindliche Schiffe, wie wir erwartet hätten.«

»Und das liegt daran …« drängte ich.

»Daß die meisten vor Camlann zerstört wurden«, ergänzte Elenna, die unser Gespräch mitangehört hatte. »Und was überlebte, ist so schwer beschädigt, daß es nur noch mühsam nach Hause humpeln kann. Wir sind ihnen zuvorgekommen.«

»Ein Glück für uns.« Wir tasteten uns näher an den Planeten heran, während von der Oberfläche ständig Schiffe starteten und uns von der Landung abzuhalten suchten. »Haben wir einen Plan, Artos?« fragte ich endlich. »Oder improvisieren wir?«

Arthur grinste. »Es wäre nicht das erste Mal. Aber diesmal haben wir tatsächlich einen Plan, Talynno … Wir wissen, wo die Gefangenen von Clero untergebracht sind, und wir fliegen auf schnellstem Wege dorthin und holen sie heraus.«

»Werden die Fomori nicht genau das erwarten?«

»Gewiß doch«, sagte Elen. »Aber mit diesen wenigen Schiffen können sie uns nicht daran hindern. Allerdings …« Sie zögerte.

»Ja? ›Allerdings …‹?«

»Allerdings könnten sie uns so schwer beschädigen, daß wir nicht mit heiler Haut davonkommen.«

»Wenn das alles ist.« Seltsam getröstet und voller Zuversicht wandte ich mich wieder meinen Schirmen und den Flugbahnprojektionen zu. »Alte Hasen haben ein zähes Fell.«

Noch ging es uns nicht an den Kragen, aber viel hätte nicht gefehlt.

Wir konnten auf Fomor landen, auch wenn der Rumpf der *Prydwen* dabei mehr Treffer abbekam, als

Arthur sich gewünscht hätte. Wir holten die Gefangenen von Clero aus ihren Zellen und brachten sie unverzüglich auf das Schiff. Die meisten waren verwundet, und alle waren sie sehr geschwächt – die Fomori halten sich nicht immer an die strengen Vorschriften für die Behandlung von Kriegsgefangenen, die Ganaster erlassen hat –, aber es gelang uns, sie in kürzester Zeit an Bord zu nehmen. Arthur selbst betraute Anghaud und Sgilti mit der Oberaufsicht über die Versorgung und Betreuung der Geretteten. Sie sollten sich so wohl fühlen, wie es die Umstände erlaubten.

Sobald alle Gefangenen auf der *Prydwen* waren, ließ Arthur starten und gab Anweisung, möglichst schnell in die Richtung zu fliegen, wo die wenigsten Gefahren und die wenigsten Fomorischiffe lauerten. Im Verlauf der Rettungsaktion hatten wir unseren Verfolgern und dem Planeten selbst übel mitgespielt – leider waren nicht nur Gebäude, sondern auch Menschen betroffen. Aber schließlich hatte Melwas, der König von Fomor, unsere Donayah entführt, und dafür war sein Volk noch recht glimpflich davongekommen.

Als es geschah, waren wir bereits auf dem Weg ins All. Wie es genau zuging, weiß ich bis heute nicht. Jedenfalls kam aus dem Ard-na-spéire, vielleicht auch nur hinter einem der vielen kleinen, fomorischen Monde ein Schiff von der Größe der *Marro* hervor, und wir waren nicht darauf gefaßt.

Es war ein riesiges Schlachtschiff, vielleicht das einzige, das man nicht mit den anderen nach Keltia geschickt, sondern zur Verteidigung der Heimat zurückbehalten hatte. Seinen Namen sollten wir nie erfahren. Zunächst hatten wir andere Sorgen, und hinterher – nun, Ihr werdet es noch hören, hinterher hatten wir nicht mehr den Mut, danach zu fragen.

Es kam, wie gesagt, wie aus dem Nichts. Zum Wenden war kein Platz, zur Flucht keine Zeit, und so flogen wir mitten ins Feuer hinein. Ich habe auf der *Prydwen* viele Sternenmeilen zurückgelegt, aber so war dieses Schiff, das Arthur sich eigens hatte bauen lassen und das er liebte wie ein Pferd, einen Hund oder einen Falken, noch nie beschossen worden. Sie wurde so schwer getroffen, daß sie sich kopfüber um sich selbst drehte wie ein spielender Sonnenhai oder ein Piast, wenn es von einer Muirgha durchbohrt wird. Schon auf der Brücke war die Hölle los, und was sich unter Deck abspielte, daran wollte ich gar nicht denken. Arthur, Elenna und wir anderen hatten alle Hände voll zu tun, um das Schiff wieder unter Kontrolle zu bekommen und schleunigst das Weite zu suchen.

Es kann nicht länger als eine Viertelstunde gedauert haben, aber mir kam es vor wie eine Ewigkeit. Der Fomorier hörte nicht auf zu schießen und richtete mehr Schaden an als die gesamte koranische Flotte. Doch endlich flitzten wir unter ihm hindurch, schlüpften hinter einen der kleineren Monde und entfernten uns gerade so weit von seinem Schwerkraftfeld wie nötig, um blind in den Ard-na-spéire zu springen. Als wir heil dort ankamen, war ich so froh und dankbar wie noch nie zuvor: aber wir hatten einen hohen Preis bezahlt.

Als wir vor dem Fomorier in Sicherheit waren, atmeten wir erleichtert auf und gestatteten uns eine kurze Erholungspause, bevor wir genauso wild entschlossen, wie wir eben noch gekämpft hatten, darangingen, die Schäden der *Prydwen* zu beheben und die Wunden ihrer Insassen zu heilen. Wir stellten rasch fest, daß der Blutzoll unter denen am höchsten war, die wir von Clero gerettet hatten; doch leider hatten auch die Gefährten ihr Teil abbekommen. Das schlimmste war freilich, daß die *Prydwen* unaufhaltsam Luft und Energie verlor. Sie verblutete sozusagen an einer riesigen Schramme, die sich über die gesamte Cithóg-Seite zog. Arthur sagte kein Wort, aber sein Schweigen verriet mehr, als wir hören wollten.

Erst später, als ich mit ihm allein in seiner Kabine war, redete er sich seine Ängste wie seine Hoffnungen von der Seele, wobei die ersten mehr als zahlreich und die letzteren so gut wie nicht vorhanden waren. Ich verstand sehr gut, warum er sich den anderen nicht hatte anvertrauen wollen.

»Wir haben so viele Jahre miteinander gekämpft«, begann er, »und hätten jederzeit in diese oder eine ähnliche Lage geraten können. Doch es kam nicht dazu, und je länger wir auf der Siegesstraße marschierten, desto fester wurde meine Überzeugung, daß es auch nie dazu kommen würde. Eigentlich hatte ich nie so recht an das Schlimmste geglaubt.«

»Und deshalb ist es auch bis jetzt nicht eingetroffen«, scherzte ich, obwohl mir wahrhaftig nicht danach zumute war. »Früher oder später, König der Kelten, erwischt es uns alle. Es war eine erfolgreiche Pirsch, ein langer, herrlicher Tag liegt hinter uns, jetzt ist das Wild zur Strecke gebracht, und man bläst das Blosc-báis für uns. Denn letztlich bringt Arawns Meute doch jeden zur Strecke.«

Ich hätte nicht erwartet, daß Arthur lauthals loslachen würde. »Ihr habt mich wundersam getröstet«, sagte er schließlich, noch immer grinsend, auf Hoch-Gaeloch. »Ihr habt wahrhaftig ein sonniges Gemüt, wie konnte mir das so lange verborgen bleiben?«

»Nun ja«, sagte ich, »besser spät, als nie. Aber Artos …«

»Ein einziges ›Aber Artos‹ sei dir gestattet, Talynno.« Er strich sich den Bart, die altvertraute Geste griff mir ans Herz. Wie oft hatte ich ihn dabei beobachtet, in Augenblicken wie diesem …

»Die Gefährten sind einiges gewöhnt«, sagte ich nach einer Weile. »Aber können wir um meiner Enkel willen nicht möglichst rasch ein Ende machen? Ich denke doch, das Spiel ist aus.«

Arthurs Augen glänzten wie dunkle Bronze. Er schwieg lange.

»Vielleicht noch nicht ganz«, sagte er dann. »Eine Idee habe ich noch.«

Arthurs Idee war ein Planet namens Kholco, und als wir erstmals Genaueres über seinen Plan, diesen Planeten und seine Bewohner erfuhren, da gab es viele Stimmen, die sich dafür aussprachen, die *Prydwen* gleich auf der Stelle dem Weltraum zu öffnen.

»Es wäre ein Ende, wie es Jaun-Zuria und die *Marro* gewählt haben«, sagte Roric. »Nicht der schlechteste Weg.«

»Wenn wir es mit Artos' Plan probieren, brauchen wir vielleicht erst gar nicht an ein Ende zu denken«, hielt ich dagegen und blickte in die Runde, um zu sehen, wie die anderen Gefährten im Gemeinschaftsraum darüber dachten.

Dabei war ich, um ehrlich zu sein, selbst nicht unbedingt von Artos' Plan überzeugt. Kholco, ein bewohnter Planet, war nicht allzu weit von unserer derzeitigen Position entfernt; sich dorthin zu schleppen, sollte bei einiger Vorsicht trotz der Schäden an unserem Schiff möglich sein. Und Arthur hatte uns voll Begeisterung erklärt, zwischen Kholco und dem prä-theokratischen Keltia hätten einst rege Handelsbeziehungen bestanden – der Planet exportierte hauptsächlich seltene Mineralien und Metalle. Mit etwas Glück fänden wir dort, was wir brauchten, um die Außenhaut der *Prydwen* soweit abzudichten, daß wir nach Hause fliegen konnten. Meinte jedenfalls Arthur …

»Das setzt voraus, daß sich die Bevölkerung von Kholco an diese alten Beziehungen erinnert«, sagte Daronwy. »Und daß sie überhaupt bereit ist, mit uns Handel zu treiben. Und daß …«

»Wenn du natürlich *so* anfängst!« ging Arthur auf sie los. »Ist es denn nicht wenigstens einen Versuch wert?

Wenn Kholco uns nicht haben will, können wir noch immer den Weg gehen, den du vorgeschlagen hast, nur eben ein paar Tage später. Aber dann, Ronwynna, hätten wir zumindest nichts unversucht gelassen.«

»Wie sehen diese Kholcaner eigentlich aus, Artos?« fragte Betwyr. »Und was ist das überhaupt für eine Welt?«

Für einen Augenblick war es, als zöge sich Arthur in sein Schneckenhaus zurück, um der Frage auszuweichen. Ich spürte Trotz, List, Geheimniskrämerei und überlegte schon, was er wohl vor uns verbergen wollte. Doch dann antwortete er so frei und offen, daß ich glaubte, ich hätte mich geirrt ...

»Es ist eine Feuerwelt«, sagte er. »Ein Planet mit starker vulkanischer Aktivität; daher die großen Mineral- und Metallvorkommen, die die Grundlage ihrer Wirtschaft bilden.«

»Wenn der Planet so lebensfeindlich ist«, sagte Alannagh Ruthven, »muß ich Betwyrs Frage wiederholen: was für Wesen wohnen dort?«

Wieder zögerte Arthur. »Sie nennen sich Salamandri«, sagte er dann, »und sind saurierähnliche Reptiloiden, die sich aus Echsen und anderen Reptilienarten entwickelt haben. Es heißt, sie leben mitten in den Feuerbergen, ohne daß ihnen die Flammen etwas anhaben könnten.«

Ringsum wurde es still, alle dachten nach. Doch ich hatte mit einem Mal wie aus heiterem Himmel das Gefühl, als sei die ganze Szene vorher abgesprochen. Nicht mit *allen* – Daronwy und eine Handvoll anderer waren ebenso unwissend wie ich –, aber irgend etwas war im Gange, ich spürte es deutlich ... Dann war der Augenblick vorüber, und die Gefährten hatten eine lebhafte Diskussion über das Wesen der Salamandri begonnen.

»Sehr viel mehr weiß ich auch nicht«, sagte Arthur gerade. »Die Handelsbeziehungen reichen weit zurück, sie wurden unter der Ard-rían Raighne angeknüpft und bestanden bis in die Regierungszeit Alawns des Letzten Königs und sogar noch darüber hinaus weiter. Aber Edeyrn hat die Salamandri genauso schlecht behandelt wie alle anderen, und schon deshalb wäre es möglich, daß sie uns gern behilflich sind. Ich finde, wir sollten es darauf ankommen lassen.«

Natürlich setzte er sich durch, genau wie immer; doch seither werde ich den Verdacht nicht los, daß es zumindest in diesem Fall nicht unbedingt das Beste für ihn war.

Als wir endlich das System von Kholco erreichten – eine heiße, gelbweiße und eine matte, rote Riesensonne sowie fünf Planeten, wie sie unwirtlicher nicht sein konnten –, gerieten wir in höchste Bedrängnis. Viele von unseren Leuten, Retter wie Gerettete, lagen im Sterben oder waren bereits tot, und kaum jemand war noch vollkommen gesund. Selbst die von Arthur immer wieder beschworene Aussicht, bald das Schiff reparieren und die Leiden seiner Besatzung lindern zu können, vermochte uns nicht mehr aus unserer Apathie zu reißen. Wir folgten ihm aus reiner Gewohnheit, weil seine altbekannte Vitalität eben noch immer unwiderstehlich war.

Doch irgendwann regte sich selbst in mir wieder Hoffnung. Vielleicht gab es doch noch eine Möglichkeit, vielleicht schaffte Arthur es auch diesmal wieder. Wie damals in Talgarth, wie bei jenem Gewaltmarsch durch den verschneiten Webstuhl, wie so oft, wenn niemand mehr an den Erfolg seiner Husarenstücke geglaubt hatte. Die Hoffnung wuchs immer weiter, je mehr Kholco die Bildschirme füllte, und das allein hätte mich warnen sollen, es war schließlich nicht das erste Mal ...

Kholco war, wie Arthur es beschrieben hatte: eine höchst ungewöhnliche Welt, die fast ausschließlich in einem dumpfen Rot erglühte – hier wuchs nichts Grünes, nur hartes Gestrüpp krallte sich in die spärliche Krume in den Lavaspalten. Aus dem Orbit war deutlich zu erkennen, wie sehr die Feuerberge diese Welt beherrschten: Es gab Hunderte, Tausende von aktiven Vulkanen; goldene Feuerbänder zogen sich durch die schwarzen Tiefebenen, auf goldgelben, wie mit wogenden Seidentüchern abgedeckten Teichen aus geschmolzenem Gestein, dem Herzblut des Planeten, schwammen Flöße aus schwarzer Schlacke. Ständig bebte die Erde; entlang der Verwerfungslinien, die von den Riesenkratern ausstrahlten, stiegen Schwefelschleier auf, immer wieder unterbrochen von feurigen Girlanden, Fontänen und von zischenden Dampfwolken, wo die trägen Lavazungen auf die kläglichen Überreste eines Meeres trafen.

Dennoch gab es in den Felsen, wo der Untergrund fester war, Siedlungen von zum Teil beachtlicher Größe. Diese Welt verzichtete nicht nur auf Waffen – die Salamandri waren stolz auf ihre Neutralität und ihre Friedensliebe –, sondern auch weitgehend auf andere technische Hilfsmittel. Die einzige Ausnahme waren Maschinen zur möglichst sauberen und schonenden Förderung all jener Erze, Mineralien und Gase, die die Salamandri im Austausch gegen Konsumwaren an Welten mit unzureichenden Rohstoffvorkommen lieferten.

Wir gingen in eine Kreisbahn um den Planeten, und Arthur nahm Kontakt zu den Führern einer Region auf, die er für besonders geeignet hielt. Den Geokarten nach, die sie uns heraufschickten, verwalteten sie das Umland des Morann, einer weiten Hochebene. Ihre Hauptstadt war der Ras von Salhi, ein Höhlensystem mit dreißig- bis vierzigtausend Einwohnern. Das Land ringsum war unbewohnt.

Mich beeindruckten vor allem die zwei Riesenvulkane, die sich zu beiden Seiten des Morann gegenüberstanden. Berge von dieser Größe hatte ich noch nie gesehen – sie übertrafen sogar die gewaltigen Krater, die das Lange Tal auf Gwynedd begrenzen. Im Augenblick waren sie beide aktiv und boten ein Feuerwerk, das selbst aus dieser Entfernung spektakulär war. Schlackeströme schlängelten sich über die Flanken, die Schlünde glühten tiefrot, feurige, bis an die Grenzen der Atmosphäre reichende Rauchsäulen krönten die Häupter. Wenn man die Nahaufnahmen auf den Schirmen betrachtete, glaubte man fast, die Kolosse miteinander reden zu hören: ein Grollen und Hecheln wie von riesigen Bestien, ein Zischen wie von ungeheuren Dampfkesseln …

Erschrocken fuhr ich zurück. Mein Atem kam in rauhen Stößen. Alannagh, die neben mir stand, sah mich erstaunt an.

»Talyn? Was ist los?«

Kopfschüttelnd starrte ich auf den Schirm. Das Bild hatte sich nicht verändert, die beiden Feuerriesen erstrahlten in ihrer alten Pracht.

»Ich weiß nicht – ich habe etwas gesehen – oder geschaut …«

Ja, ich hatte geschaut, eine deutliche Vision, die ich freilich nicht verstand: eine Hand, Arthurs Hand, denn oberhalb des Armes sah ich sein Gesicht, die Augen waren geschlossen. Doch nicht Athyns großer, grüner Stein, sein Siegel, steckte daran, sondern ein Ring, den ich nicht kannte und noch nie zuvor an ihm gesehen hatte. Ein schweres Stück aus Onyx und Silber, kunstvoll gearbeitet und mit einem Wappen versehen: ein Einhorn, auf den Hinterbeinen stehend, zur Seite gewandt, mit ausgebreiteten Schwingen. Ich kannte kein Haus in Keltia, das dieses Wappen führte, und als Barde wußte ich in solchen Dingen Bescheid.

»Nichts«, sagte ich, um Alannagh, aber auch mich selbst zu beruhigen. »Es war nichts. Mach dir keine Sorgen.«

Ein Rat, den ich freilich selbst nicht befolgen konnte.

Wir hatten Kholco vielleicht fünf- oder sechsmal umkreist, als Arthur mich in seine Kabine rief. Er wirkte aufgedreht und zugleich bedrückt, eine seltsame Mischung, die wohl mit unserer Lage zusammenhängen mußte. Einerseits bestand eine durchaus reelle Chance, das Schiff zu reparieren und nach Keltia zurückzukehren, andererseits konnte man die schweren Verluste unter der Besatzung der *Prydwen* nicht einfach vergessen. Arthur ging jedoch weder auf das eine noch auf das andere ein, sondern redete minutenlang über Gott und die Welt, um mir schließlich zu erklären, er habe einen Auftrag für mich. Er sagte mir auch, worum es sich handelte.

»Die Rettungsboote hatte ich völlig vergessen«, gestand ich. Tatsächlich hatte ich mit keinem Gedanken mehr an die Schaluppen gedacht, obwohl wir mehrere davon an Bord hatten. »Aber Artos, glaubst du denn, daß sie noch zu gebrauchen sind? Können wir sie denn überhaupt aussetzen?«

»O ja«, sagte er rasch. »Elenna hat sich davon überzeugt, aber nur eine von den vieren ist raumtüchtig und läßt sich starten. Wie auch immer, du sollst ja nur die Außenhülle inspizieren und dann als Beobachtungsposten im Orbit bleiben, während wir die *Prydwen* auf dem Planeten reparieren. Mit den Salamandri sind wir uns soweit einig … Aber ich möchte nicht blind da unten sitzen und von irgendeinem versprengten Koranier oder Fomorier kalt erwischt werden. Du weißt ja, die Salamandri haben keine Waffen.«

Der Plan erschien mir vernünftig und ausnahmsweise sogar recht einfach … »Soll ich allein mit der Schaluppe fliegen?«

»Nein«, sagte Arthur. »Das Boot hat neben dem Piloten Platz für sechs Personen, und das sollten wir auch ausnützen, man weiß ja nie. Ich habe eine Liste zusammengestellt …«

Er zeigte mir ein Blatt Papier, mit dem er die ganze

Zeit herumgespielt hatte, fuhr mit dem Finger so langsam die Zeilen entlang, als wolle er jeden Namen einzeln berühren, und schob es mir dann zu. Ich las: Daronwy, Ferdia, Elen, Tanwen, ich als Pilot, und meine beiden Enkel Sgilti und Anghaud, um die Sieben vollzumachen.

»Eine hochkarätige Besatzung«, grinste ich. Er lächelte zurück, einen Sekundenbruchteil zu langsam, doch das fiel mir nicht auf.

»Das kann man wohl sagen«, nickte er.

»Und wenn tatsächlich Gefahr droht?«

»Dann seht ihr sie in dieser Höhe so früh kommen, daß ihr uns rechtzeitig warnen könnt und wir genügend Zeit haben, ins All zu flüchten. Ihr sollt nur beobachten, Talyn, ist das klar? Keine Heldentaten.«

»Aber die Schaluppe ist doch bewaffnet ...«

»Schon, aber ihr beschränkt euch darauf, im Bedarfsfall Alarm zu geben. Das Kämpfen überlaßt ihr uns. Wobei ich so eine Ahnung habe, als wäre es mit dem Kämpfen vorerst vorbei.«

»Ich hätte wirklich nichts dagegen.« Ich stand auf und wandte mich zum Gehen. »Sofort?«

Arthur nickte langsam. »Am besten sofort.«

Ehe ich mich versah, war er um den Tisch herumgekommen, hatte mich in die Arme geschlossen und küßte mich wie ein Bruder, wie ein Freund. Ich lächelte überrascht, denn, bei allen Göttern, ich begriff noch immer nicht, ich spürte nur, was ich spüren sollte: daß er mich liebte, daß wir einen langen gemeinsamen Weg hinter uns hatten, und daß wir auch gemeinsam weitergehen würden.

So herzte und küßte auch ich ihn, ohne zu zögern oder mich dessen zu schämen, auch wenn mir dieser überschwengliche Abschied der kurzen Trennung nicht angemessen erschien. Immerhin liebte ich Arthur wie keinen anderen Menschen, mehr sogar als meine Frau und meinen eigenen Sohn. Niemals hätte ich mich geweigert, ihm meine Liebe zu zeigen, nie hätte ich mich gegen seine Zärtlichkeiten gewehrt … Endlich traten wir zurück, hielten uns aber nach Fian-Art weiter an den Unterarmen, und nun sah ich ihn an, sah ihn wirklich an. Die moorwasserbraunen Augen, scharf und unergründlich wie eh und je; Haar und Bart rotbraun wie Eichenlaub, nur von vereinzelten Silberfäden durchzogen; die hagere Gestalt noch ungebeugt und kraftvoll, die langen Beine, die soviel von seiner Größe ausmachten … Nein, er war noch immer mein Bruder, mein Artos, mein Anama-chara, er war mir nicht fremd geworden; wir würden uns bald wiedersehen und miteinander nach Keltia zurückkehren. Was würden wir Gwen und Morgane nicht alles zu erzählen haben …

Auch als ich die Kabine verließ und auf das Deck hinunterstieg, wo die Schaluppe stand, verriet mir kein Geistesflüstern, kein noch so leises Wort, was uns bevorstand. Immer wieder hat man mir seither gesagt, das sei vielleicht am besten gewesen. Das mag noch so gut gemeint sein, überzeugen kann es mich bis heute nicht.

Kapitel 29

Der nächste Teil der Geschichte wird mir sauer werden; doch wenn ich ihn nicht niederschreibe, war alle Mühe vergeblich. Auch Ihr werdet Eure liebe Not damit haben; das nehme ich jedenfalls an – aber es steht nirgendwo geschrieben, ich, der Erzähler, hätte Euch, die Hörer, zu schonen –, während das Bardengesetz durchaus verlangt, daß ein Bericht vollständig zu sein hat; wie der Hörer damit umgeht, ist seine Sache.

Schwierigkeiten bereitet mir nicht nur der Schmerz (nie habe ich körperlich wie seelisch mehr gelitten; nicht einmal, als meine Morgane mich verließ), sondern auch die Tatsache, daß so vieles – aus Gründen, die Ihr noch erfahren werdet – in meiner Abwesenheit, ja hinter meinem Rücken geschah. Und manches, was man mir verheimlicht hatte, mußte ich mir erst sehr viel später mühsam zusammenreimen.

Doch ich will nach bestem Wissen und Gewissen alles so berichten, wie es geschah. Und wenn ich Euch richtig einschätze – und das nehme ich an, sonst hättet Ihr mich nicht so lange begleitet –, dann werdet Ihr an der Geschichte ebensowenig Freude haben wie ich, der ich sie erlebte.

Ich schwang mich in den Pilotensessel in der Kommandokanzel der Schaluppe – wir geben diesen kleineren Schiffen gern Namen wie ›Schaluppe‹ oder Pinasse, aber in Wahrheit sind es ausgewachsene Sternenschiffe, die, und das galt auch für dieses Schiff, monatelang ohne Unterbrechung durch den Weltraum fliegen können – und rief den anderen, die vor mir gekommen waren, ein freundliches Grußwort zu.

Daronwy saß rechts von mir auf dem Platz des Kopiloten; gleich hinter uns hatten Ferdia das Astrogationssteuer und Elen die Waffenkonsole übernommen. Soweit war alles ganz normal: Jeder der Genannten war seit langem auf diese Tätigkeit spezialisiert. Anghaud und Sgilti saßen ganz still weiter hinten in der Nische für die Andruckliegen und machten Stielaugen, wie Morgane es auszudrücken pflegte. Tanwen war bei ihnen.

Wir hoben mühelos von der *Prydwen* ab – wobei es uns eher so vorkam, als löse sie sich von uns. Dann trieben wir ein Stück weit auseinander, bevor sie in weitem Bogen auf den Planeten zuschwebte, während wir unsere Position im Orbit beibehielten. Die schnittigen Linien des dunkelgrünen Raumschiffs erregten wie immer meine Bewunderung. Aus dieser Höhe waren auch die Schäden, die man ihm in der Morimaruse und auf Fomor zugefügt hatte, gut zu erkennen. Es sah ziemlich schlimm aus, dennoch hielt ich eine Reparatur für möglich. Plötzlich zuckte Daronwy neben mir zusammen und richtete sich in ihrem Sessel auf.

»Ronwyn?«

Ihre Finger flogen über die Tasten, sie schenkte mir keine Beachtung. Ich sah, daß sie einen Kurs berechnete, den Kurs, auf dem die *Prydwen* nach Kholco flog – dachte ich jedenfalls.

»O Göttin …«, flüsterte sie.

Im gleichen Augenblick schalteten sich vor uns die Bildschirme ein. Eisiges Entsetzen erfaßte mich, und den anderen erging es sicher ebenso. Auf meinem Schirm erschien Arthur, er stand auf der Brücke der *Prydwen*, und sobald ich ihn ansah, wußte ich, was jetzt kam. Mit einem Schlag war mir alles klar. Wir begannen beide zu gleicher Zeit zu sprechen.

»Artos …«

»Talyn.« Seine Stimme klang wie immer, aber sein Gesicht – sein Gesicht war so vollkommen verändert, daß es kaum noch Ähnlichkeit mit dem Antlitz aufwies, von dem ich mich vor noch nicht zehn Minuten mit einem brüderlichen Kuß verabschiedet hatte. Es fehlte nicht viel, und ich hätte ihn nicht erkannt. Aber es war sein Gesicht, kein Zweifel ... Nur befand es sich bereits auf einer anderen Seinsebene und strahlte eine fast überirdische Kraft aus. Die Züge waren edler, feiner, erhabener geworden und spiegelten, soweit das mit sterblichen Augen zu erfassen war, ein höheres Ich, eine umfassendere Wirklichkeit. Ein Anblick, der Trauer und Bewunderung erregte; und doch war es noch immer unser Artos ... Nur undeutlich nahm ich wahr, wie die anderen leise protestierten. Auch sie sahen jetzt, was ich sah, und begriffen, was es bedeutete, und was nun folgen würde. Wir konnten nichts dagegen tun, hier war der Dán am Werk, und er war nicht mehr aufzuhalten.

Irgendwo in weiter Ferne plapperte eine schrille Stimme, doch Arthurs Lippen auf dem Bildschirm bewegten sich nicht; mir wurde klar, daß ich es war, der da so sinnlos aufbegehrte ...

»Nein, Artos, nicht so – du kannst nicht – das darfst du nicht ...«

Einen Augenblick lang ließ er mich gewähren, dann hob er lächelnd die Hand und schnitt mir das Wort ab.

»Still. Weißt du nicht mehr, Tal-bach? Damals, in Daars, in unserem Schulzimmer? Ich hatte es geschaut und dir davon erzählt. Wir hatten Merlynn – Ailithir – so lange bestürmt, bis er uns mehr zeigte als armselige Pishogues. Dies war es, was er mich schauen ließ, auch Gwyn hat es vorhergesagt, und Merlynn selbst kam später noch einmal darauf zurück. Jetzt ist es endlich eingetroffen, und es ist gut so.«

»Nein!« Ich streckte die Hände nach dem Schirm aus, als ob ich ihn damit erreichen könnte. »Nein, Artos, das ist nicht *wahr*! Das darfst du nicht tun – denk doch an Gweniver und Arawn – und an Arwenna, willst du sie denn nicht einmal kennenlernen? ... Was in allen Höllen soll ich denn deiner Mutter sagen?«

Artos' Gesicht war voller Leben, aber es erschien mir unerklärlich fern und entfernte sich zusehends weiter, als sei er durch die Entscheidung, die er und die anderen auf der *Prydwen* getroffen (und selbstsüchtigerweise, wie ich fand, vor mir verheimlicht) hatten, bereits der Welt und ihren Sorgen entrückt. Doch nun streckte auch er mir die Hände entgegen, ein letzter Gruß über viele Meilen hinweg.

»Sag ihr, wir sind in Würde gegangen, denn das erhoffe ich mir«, bat er. »Sag ihr ... Ach, du wirst schon die richtigen Worte finden. Und Gwennach versichere, daß ihr mein Herz gehört; ihr und den Kindern. Majanah und Donah – Aber was sollen die Nachrufe, sie haben keine Bedeutung. Nichts ist mehr wichtig, nur noch die Heiligtümer, und für sie ist gesorgt. Sie sind hier an einem sicheren Ort, und wir mit ihnen. Hat man uns nicht geweissagt, wie die Sache ausgehen wird? Eines Tages wird eine aus unserem Volk kommen, sie wird uns finden und die Schätze nach Hause bringen. Darauf werde ich in Frieden warten.« Ich muß wohl sehr verzweifelt ausgesehen habe, denn seine Miene veränderte sich. »Talyn, es gibt keinen anderen Weg! Betwyr und Alannagh halten es für ausgeschlossen, daß wir jemals bis nach Hause kämen. Du siehst selbst, in welchem Zustand sich die *Prydwen* befindet. Sie wäre nicht einmal mehr in unseren eigenen Himmelsdocks zu reparieren. Sollen wir vielleicht sterben wie die *Marro*, sollen wir allein im Nichts, fern von zu Hause ersticken?«

»Natürlich nicht!« herrschte ich ihn an. Der Ärger half mir, den Schmerz zu überwinden, die Tränen zurückzudrängen, bevor sie mir die Kehle zuschnürten. »Aber was ist mit den Menschen, mit unseren Gefährten? Ist auch ihnen nicht mehr zu helfen?«

Er lächelte, und mich packte abermals das nackte

Entsetzen. »Den meisten nicht, nein. Sie sind so schwer verwundet, daß keine Heilung mehr möglich ist; viele liegen im Sterben oder sind bereits tot. Ich frage dich noch einmal, sollen wir uns wirklich mit letzter Kraft nach Keltia schleppen, obwohl wir genau wissen, daß wir die Reise nicht überstehen werden?«

»Aber von vornherein aufzugeben! Und was wird aus uns?« Jetzt kümmerte es mich nicht mehr, daß mir die Tränen über das Gesicht liefen; der Kummer und ein überwältigendes Gefühl der Verlassenheit waren noch stärker gewesen als der Zorn. Sie wollten uns, wollten *mich* verlassen; *sie* wollten zusammenbleiben, zusammen hinübergehen und uns, *mich* einfach im Stich lassen ... Eine unerträgliche Vorstellung. Solange ich denken konnte, war Arthur der einzige gewesen, der mich *nie* im Stich gelassen hatte. Es gab für mich eigentlich kein Leben ohne ihn, nur mit seiner Hilfe hatte ich so viele Verluste verkraftet; und jetzt zwang er mich mit seiner Entscheidung, allein und schutzlos weiterzugehen. Er war immer für mich dagewesen, und nun, in meiner größten Verzweiflung, sollte er, der Grund für diese Verzweiflung, auf einmal nicht mehr da sein ... Und ich mußte zusehen, sollte bezeugen, wie er – wie sie alle untergingen. Wie sollte ich das ertragen?

Arthur sah, was in mir vorging, und schlug jenen sanften, behutsamen Ton an, mit dem er mich seit jener ersten Nacht in Daars so oft getröstet hatte.

»Wir konnten nur sieben retten; mehr fassen die Schaluppen nicht, und es gab nur eine Schaluppe, die startklar war. Wir können von Glück sagen, daß es wenigstens so viele sind – besser sieben gerettet, als alle verloren.«

Wieder regte sich mein Zorn. »Und du bist wohl Arawn der Richter, du hattest zu bestimmen, wer gerettet werden sollte und wer nicht? Jeder einzelne von uns wäre lieber an Bord geblieben! Du solltest dich schämen, Arthur Penarvon! Wie kannst du dich erdreisten, uns die Entscheidung abzunehmen? Du hast uns überlistet, wir hätten anders gewählt!«

Er lachte. »Glaubst du nicht, daß uns das vollkommen klar war? Nur deshalb haben *wir* die Wahl getroffen. Sgilti und Anghaud sind bei weitem die jüngsten an Bord, da gab es kein Wenn und Aber. Du bist Penbardd von Keltia, und wir alle wollen, daß unsere Geschichte richtig überliefert wird. Sie muß von einem Barden erzählt werden, und ein Barde muß auch die Spur für die Frau legen, die uns dereinst folgen soll. Die anderen wurden durch das Los bestimmt – Tarian und ich haben uns vom Verfahren ausgeschlossen und dafür gezogen –, und kein einziger Gefährte hat Einwände erhoben. Niemand beneidet euch. Wir freuen uns, daß ihr gerettet seid, Talyn; aber wir treten gerne ab.«

»Und wir wollen mit euch gehen!« Wie ein Sgian sauste mein Aufschrei über die Entfernung hinweg und fuhr Arthur mitten ins Herz. Er schloß kurz die Augen, und sein Atem wurde rauh. Sofort bereute ich meinen Ausbruch. Wie konnte ich so rücksichtslos sein? Wie konnte ich es ihm und den anderen noch schwerer machen? Auch wenn ich zu meinen Gefühlen stand ... Als er die Augen wieder aufschlug, war er jeder Zoll der Ard-rígh.

»Ich weiß. Aber das könnt ihr nicht, das dürft ihr nicht, und das werdet ihr nicht. Dies ist nicht nur der Abschiedsgruß deines Bruders, dies sind auch die letzten Worte, die letzten Befehle Arthurs, des Königs der Kelten. Habe ich Keltia nicht verheißen, ich würde wiederkommen, wenn es mich brauche? Geht jetzt. Ich will nicht, daß ihr bis zum Ende bleibt. Kommt gut nach Hause.«

Ich lachte, obwohl mir Kummer und Entsetzen fast das Herz zerrissen. »O Arthur, glaubst du wirklich, *ich* würde mich an solche Befehle halten? *In diesem Augen-*

blick? Da bist du gewaltig auf dem Holzweg, Braud. Das wäre wirklich etwas ganz Neues ... Ich sage, wir werden euch nicht verlassen; ich sage, wir werden euch folgen und bei euch sein, ob ihr wollt oder nicht.«

In unserer Kabine wurde aufsässiges Gemurmel laut. Die anderen stimmten mir zu. »Nein, das werdet ihr nicht tun«, sagte Arthur so geduldig, als spräche er zu kleinen Kindern. »Talyn – das ist mein, nein, unser letzter Wunsch an dich. Eure Tapferkeit und eure Liebe zu mir sind stark genug, ihn zu erfüllen, ihr wollt mir nur den Abschied schwerer machen ... Nun, sei's drum. Aber ich bin nicht der einzige, der euch etwas zu sagen hat.«

Er trat beiseite und machte Roric Platz, der sich von seiner Daronwy verabschieden wollte. Sie bat ihn sofort, zu ihm kommen zu dürfen, doch er lehnte freundlich, aber unnachgiebig ab. Wir wandten uns zur Seite, um die beiden wenigstens für ein paar Sekunden miteinander allein zu lassen. Danach sprach Roric zu jedem von uns ein paar Worte, und nach ihm sagten uns unsere ältesten, teuersten und besten Gefährten Lebewohl: Betwyr, Tarian und ihr Gemahl Graham Strathearn, Alannagh, Tegau und Eidier, Elphin Carannoc – es nahm kein Ende. Jeder versprach uns ein baldiges Wiedersehen, und ich wußte ja, daß sie recht hatten; nur manchmal – o Göttin! – manchmal ist es nicht leicht, auch zu *empfinden*, was man weiß ...

Nachdem auch der letzte an der Reihe gewesen war, erschien Arthur noch einmal auf dem Schirm, und als wir, die sechs hinter mir und ich, ihn sahen, keuchten wir erschrocken auf. Denn jetzt ging ein Leuchten von ihm aus, das uns fast blendete. Er war wie verklärt, konnte es kaum erwarten, die Reise anzutreten, und so sehr mich die Trauer quälte, ich freute mich für ihn – für ihn und mit ihm. Und ich war auch ein wenig, nein, mehr als nur ein wenig neidisch.

»Talyn«, sagte er so sanft und streng und liebevoll

zugleich, wie nur er es konnte. »Bring sie nach Hause. Erzähle Gwen und Janjan, erzähle Guenna und unserer Mutter, erzähle meinen Kindern, wenn sie alt genug sind, es zu verstehen, und erzähle ganz Keltia, was hier geschah. Dies ist mein Auftrag an dich, und er ist um vieles schwerer zu erfüllen als das, was mir und denen auferlegt ist, die mit mir gehen. Doch ich weiß, du hast die Kraft dafür.«

Wieder hob er die Hand, und auch ich näherte meine Hand dem Schirm, so daß es aussah, als berührten sie sich. Und dann schauten wir uns zum letzten Mal in diesem Leben tief in die Augen. Unsere ganze Vergangenheit lag in diesem Blick, alle die gemeinsamen Augenblicke, all die Blicke, die wir uns zugeworfen hatten seit unserer ersten Begegnung in jenem Herbst, auf dem Hochplateau vor der ummauerten Stadt.

Ich fand keine Worte, hatte ihm nichts mehr zu geben; doch Arthur sagte lächelnd: »Wir sehen uns bald wieder. M'anama-chara … 'S é do bheatha, Taliesin Glyndour.« Und dann war er fort.

Verzweifelt warf ich mich nach vorne, wollte erregt protestieren, wollte ihm wenigstens eins der tausend Dinge sagen, die mir plötzlich so wichtig erschienen und nun in diesem Leben nicht mehr gesagt werden konnten; aber der Schirm blieb dunkel, gnadenlos, vollkommen schwarz. Vielleicht hatten auch nur für einen Augenblick meine Augen versagt, denn als nächstes sah ich, wie die *Prydwen* langsam ihre Nase nach unten drehte, auf den Planeten zu. Hastig regulierte ich die Scanner, um sie möglichst lange verfolgen zu können, und als mir klar wurde, welches Ziel sie ansteuerte, da lachte ich laut auf und schüttelte den Kopf. Ich lachte unter Tränen, trotz meiner Trauer, meiner Empörung. *O du mein Artos! Das sieht dir ähnlich, ein großes, dramatisches Finale …* Doch so hatte es sein Dán gefügt, und Arthur hatte wie fast immer recht: Wir hatten es längst geschaut.

Denn die *Prydwen* zielte unbeirrbar und präzise wie ein Speer, wie *der* Speer, den sie in sich trug, auf die riesigen Feuerberge zu beiden Seiten der Lavaebene, die mir gleich zu Beginn aufgefallen waren. Und als der Abstand sich verringerte, der Sturz sich beschleunigte, da sah ich, daß sie es auf den größeren der beiden abgesehen hatte. Das Feuerhorn, so hatten es die Salamandri bei unserer ersten Kontaktaufnahme genannt. Arthur hatte also den Tântad als letzten Weg gewählt – wahrscheinlich keine schlechte Entscheidung.

Der Anblick hat sich förmlich eingebrannt in mein Gedächtnis, denn die *Prydwen* stürzte nicht vom Himmel, sie loderte auf. Nur ein einziges Mal in seinem ganzen Leben kann ein Schiff, das Menschen trägt, sein eigener Herr sein und selbst sein Schicksal bestimmen, dann nämlich, wenn der letzte an Bord fällt und das Steuer freigibt. Dieser Augenblick war nun für die *Prydwen* gekommen. Jetzt konnte sie gehen, wohin sie wollte, und sie entschied sich rasch. Und sie steuerte sich mit fester Hand und wich um keine Handbreite von ihrer Bahn ab, es war, als habe sie sich das gleiche Ziel gewählt wie ihre Passagiere.

Wie ein Pfeil schoß sie dahin, ein schwarzer Pfeil ins goldene Feuer, eine Lanze zwischen die Hörner des Lichts. Vielleicht wirkte ein letztes Mal Arthus' Magie, vielleicht war uns auch eine Göttin, ein Gott gnädig, jedenfalls durften wir in unserer kleinen Schaluppe plötzlich alles mitansehen, mit welchem Auge auch immer, durften bei unseren Freunden sein bis zum Ende …

Sie hatten sich auf die ganze *Prydwen* verteilt, hatten sich, wie die Krieger auf einem Gräberfeld der Vorzeit, auf die Betten in ihren Kabinen gelegt, oder sich, wenn kein Bett frei war, in ihre Mäntel gewickelt und mit den Matratzen auf dem Fußboden vorliebgenommen. Jeder hatte die Hände um den Griff seines Schwerts gefaltet, jeder trug sein Wappen, trug die Farben seines

Hauses, um jeden Hals glänzte ein Torques. Verwandte, Freunde oder Liebende lagen nebeneinander und hielten sich an den Händen; und nichts als Frieden strahlte aus allen Gesichtern.

Alle waren sie da, alle, die mir teuer waren: Tarians glasblondes Haar schmiegte sich glatt und glänzend wie immer um ihr Gesicht; Alannagh hatte die grünblauen Augen geschlossen; Betwyr hatte das Logbuch neben sich liegen, als habe er eben den Bericht über die letzte Fahrt der *Prydwen* vollendet; meine Schwester Tegau Goldbrust, die einst für Uthyr Wache gestanden hatte, wachte nun über Arthur; mein Lehrer Elphin Carannoc, der Leiter meines Ordens, hielt seine Harfe in den Armen ...

Sie waren hinübergegangen, bevor sich das Schiff ins Herz des Berges bohrte; sie hatten Jaun-Zurias Weg gewählt, vielleicht hatte Arthur ihnen auch, eine letzte Gnade, die Entscheidung abgenommen und sie in Schlaf versetzt, bevor sie gemeinsam in einen noch tieferen Schlummer sanken.

Meine Augen waren blind vor Tränen, doch ich sah mit den Augen des Geistes, und sie zeigten mir, was meinen Freunden bevorstand, was auch ich mir nur wünschen konnte. Auf jenen tieferen Schlummer würde ein freudiges Erwachen folgen: Wenn sie die Augen aufschlugen, würden sie in einem schönen Pavillon am Ufer eines kleinen Bergsees liegen, die Morgensonne würde die wilde Hügellandschaft über dem funkelnden Wasser vergolden, und der Nordwestwind würde die weißen Wolken durch das unendliche Blau jagen. Über jeden Schläfer würde sich der Mensch beugen, den er auf allen Welten am meisten liebte. Für Arthur war das vielleicht Amris oder Gorlas, womöglich sogar Athyn, seine Heldin, sein großes Vorbild – und für die anderen, wen immer sie sich wünschten. Vielleicht wurden sie gar von Jung-Fionn oder Malen Ruadh Rhên in Empfang genommen – verdient hätten sie es, waren sie doch alle als tapfere Krieger hinübergegangen ...

Arthur, der König des Lichts, war allein. In ihrer Truhe am Fuß seines Bettes schlummerten die Heiligtümer, die Dreizehn Schätze von Keltia, und warteten auf den Tag, an dem auch sie erwachen würden. Zwei Wächter – der eine war Tegau – saßen, das blanke Schwert in der Faust, vor seiner Kabinentür; das Wappen des Roten Drachen prangte auf seiner Brust. In meiner Vision trat ich näher, schaute auf ihn hinab, wie ich es schon so oft getan hatte, wenn ich seinen Schlaf bewachte, und las staunend in den geliebten Zügen.

Ungebrochene Stärke las ich darin, Entschlossenheit, die überschäumende Freude der Jugend und die Weisheit der Reife; und noch etwas, wofür ich zunächst keinen Namen hatte, bis mir die Erleuchtung kam: es war der Ausdruck des Schöpfers, wenn sein Werk zu sich selbst findet, wenn es seinen Händen gelungen ist, die Vision seines Geistes und den Wunsch seines Herzens Wirklichkeit werden zu lassen. Es ist dies nämlich eine Beziehung auf Gegenseitigkeit, denn das Werk verändert auch ihn, während er es entstehen läßt; das Werk übt seinerseits eine Wirkung aus ... Ich hatte diesen Ausdruck oft gesehen, bei Morgane etwa oder bei Ygrawn, und sicher liegt er auch auf meinem Gesicht, wenn ein Lied in sich stimmig ist, wenn der innere Sinn mit den Tönen, den Worten zu einem Ganzen verschmilzt. Und jetzt erkannte ich sie bei Arthur wieder, diese Mischung aus Vollendung, Befriedigung und innerer Erfüllung. Ein beglückender Anblick.

Dann hatte die *Prydwen* das Feuerhorn erreicht und verharrte nicht, sondern tauchte sofort ein, so sauber wie ein Schwert in seine Scheide oder wie die Klinge nach den Großen Mysterien in den Kelch fährt. So verschwand die *Prydwen* in dem Berg, der für lange Zeit ihre Heimat und für ihre Insassen die letzte Ruhestätte werden sollte, und mir war, als verschwinde ich mit ihnen allen vor mir selbst …

Als ich wieder zu mir kam, lag ich hinten in der kleinen Nische auf meiner Andruckliege, ohne zu wissen, wie ich dahin gekommen war. Ich hob den Kopf und sah im schwachen Licht, daß auch die anderen sich hingelegt hatten und schliefen oder sich schlafend stellten. Vielleicht war es wirklich das beste. Auch ich fühlte mich auf einmal ganz erschöpft und schickte mich an, ihrem Beispiel zu folgen.

Doch als ich mich zurücklegen wollte, spürte ich etwas Rundes, Hartes unter meinem Kissen, faßte mit der Hand darunter und zog es heraus. Und dann verschlug es mir die Sprache, denn das Ding, das irgend jemand hier versteckt hatte, war das Großsiegel von Keltia, der riesige Smaragd, in den in Inghearrad-Technik der Knoten der Sechs Nationen eingeschnitten war, der Stein, den Morric seiner Athyn zum Handgelöbnis geschenkt hatte. Als ich ihn gegen das Licht hielt, sah ich die Unreinheit in seinen Tiefen wie ein Flämmchen tanzen.

Ich rief mir die Vision in Erinnerung, sah Arthur abermals auf seinem Bett liegen, und seine Hand war nackt. Dann stieg jene andere Vision vor mir auf, die im Orbit um Kholco über mich gekommen war – der schlafende oder tote Arthur mit dem unbekannten Ring an der Hand. Ich fühlte mich seltsam getröstet. So würde es geschehen. So war es bestimmt. So würde es sein. Und wieder überkam mich, fern und schwach, aber mit der Klarheit eines Bergbachs jene wohltuende Gewißheit, und ich lächelte.

Als ich mich zur Seite drehte, um endlich einzuschlafen, fiel mein Blick zum Fuß des Bettes, und wieder war ich überrascht und tief gerührt: Unter all den Mänteln, Umhängen und Curtaghs zeichneten sich so unverkennbar wie ein Schiff im Nebel die Umrisse von Trägerin des Wohlklanges ab.

Was danach geschah, liegt bis zu dem Augenblick, als uns auf halbem Wege nach Hause der aojunesische Zerstörer begegnete, wie im Nebel. Ich weiß noch, daß ich für Arthur und die Besatzung der *Prydwen* ein Abschiedsritual zelebrierte – als einziger Druide auf viele Sternenmeilen war dies meine Pflicht, aber es war mir auch ein Bedürfnis –, doch viel mehr ist mir nicht geblieben. Später – sehr viel später – erzählten mir die anderen, ich hätte mich in mein Bett verkrochen und dort gelegen wie ein Toter; eine Zeitlang hätten sie mich tatsächlich für tot gehalten, und vielleicht hatten sie sogar recht; ich folgte Arthur und den anderen nämlich so weit, wie ich es wagen konnte, wenn auch längst nicht so weit, wie ich es gern getan hätte. Als ich am Ende meiner Kräfte war, wurde ich sanft aber entschieden zurückgewiesen, obwohl ich gern noch weitergegangen wäre; doch ich erkannte die Hand Rhians, der Jungen Göttin, und gehorchte.

Die Reise an sich, nein, daran habe ich keine Erinnerung. Auch die anderen sehe ich nicht mehr vor mir. Ich wollte nicht mit ihnen sprechen, obwohl sie nicht weniger trostbedürftig waren als ich, nicht einmal für Sgilti und Anghaud brachte ich noch einen Funken Anteilnahme auf. Ich war tatsächlich wie tot, zumindest hatten mir die Trauer, der Zorn und die Sehnsucht vorübergehend den Verstand geraubt. Wobei ich selbst nicht das Gefühl hatte, tot oder wahnsinnig zu sein: In meinem Geist sammelten sich Bilder und Worte, die ersten Töne eines Liedes. Mein ganzes Sein war erfüllt von einem langen, trotzigen Aufschrei: ›Croesawr i mi!‹, und zugleich regte sich etwas in mir, begann langsam zu erwachen, drängte der Geburt entgegen. Doch noch war die Zeit dafür nicht reif.

Das Yamazai-Schiff eskortierte uns geradewegs nach Aojun, und als wir landeten, stand Majanah persönlich zu unserem Empfang bereit. Keine feierliche Zeremonie: Sie hatte ebenso nur Augen für mich wie ich für sie, und sobald unsere Blicke sich trafen, wußte sie, was geschehen war. Aber sie sagte zu niemandem sonst ein Wort, schob nur ihren Arm unter den meinen, sprach meinen Namen – ›Talvoshgen‹ – und zog mich von den anderen fort.

Wir verließen die Stadt und gingen zu einem Eichenwäldchen an einem Berghang, von wo aus man Mistissyns phantastische Türme und Dächer im Aprildunst unter sich liegen sah. Lange, lange schwiegen wir, und irgendwann entstand aus dieser beredten Stille ein tiefer Friede, ein Gefühl für die Unvermeidlichkeit des Dán – die Aojunni sprechen vom Khazei'khar –, und ich wußte mit einem Mal, daß Worte, Gedanken oder Empfindungen hier keine Rolle spielten. Was geschehen war, genügte sich selbst; die Wahrheit war nichts als die Wahrheit und würde am Ende obsiegen.

Nun erst erzählte ich Majanah alles, was sich zugetragen hatte. Sie hörte sehr aufmerksam zu und stellte am Ende nur eine einzige Frage: »Mußte er sich quälen?« Und ich konnte ihr versichern, er habe nicht gelitten, es sei für ihn und für die anderen ein schmerzloser Tod gewesen. Sie nickte und fand sich als Königin und Kriegerin, aber auch als die Frau, die diesen Mann einst sehr geliebt hatte, mit den Tatsachen ab.

Wir blieben noch einige Tage in Mistissyn, bis man uns ein richtiges Schiff zur Verfügung stellen konnte – mit der kleinen Schaluppe hätte die Rückreise nach Keltia Monate gedauert. Und als Majanah verkündete, sie wolle uns begleiten, waren wir nicht überrascht. Donah weilte natürlich noch immer auf Tara und ahnte bisher nichts vom Tod ihres Vaters (wovon ich übrigens nicht überzeugt war); und Gweniver konnte gar nicht genug Freunde um sich haben; schließlich mußte sie nicht nur den Tod ihres Gemahls überwinden, auch die Geburt des Kindes stand bevor.

Im Augenblick galt meine Sorge freilich Janjan. Gewiß, sie und Artos waren schon seit langem kein Liebespaar mehr gewesen – er hatte sich Gweniver zugewandt, und sie hatte in Brone einen Gemahl gefunden. Aber sie waren enge Freunde geblieben, und vor allem Donah sorgte dafür, daß der Kontakt nicht abriß. Ich hatte den Schock selbst noch nicht überwunden und war halbtot vor Schmerz, dennoch entging mir nicht, daß Majanah sich nicht weniger verloren fühlte, auch wenn sie das meistens recht gut verbarg. Schließlich war sie eine Yamazai mit einem Kern aus Findruinna, und so gestattete sie sich nicht, sich ihrer Trauer hinzugeben.

Erschwerend kam hinzu, daß wir sieben auf dem Weg von Kholco beschlossen hatten, die Welt über Arthurs Tod im unklaren zu lassen. Immerhin, so unsere Begründung, hatte niemand außer uns ihn sterben sehen, und strenggenommen waren auch wir nicht bis zum Ende dabeigewesen. Es schien nicht völlig ausgeschlossen, daß die *Prydwen* und ihre Besatzung den Sturz in den Vulkan überlebt hatten; es könnte ja immerhin sein ... Und wenn wir seinen Tod geheimhielten, dann stand das in Einklang mit seinem letzten Versprechen an sein Keltia, dem Versprechen, wiederzukommen, wenn sein Land ihn brauche. Hätten wir damals die volle Tragweite dieser Entscheidung erfaßt, wir hätten sie vielleicht nicht getroffen, doch nun gab es kein Zurück mehr.

Majanah ging auf das Spiel ein, ließ es sich aber nicht nehmen, zum Zeichen des Respekts Hoftrauer anzuordnen. Der ganze Planet schloß sich an. Aojun hatte Artho Kendrion nie vergessen; auf dieser Welt würde der Junge Löwe ewig leben.

Ihre eigene Trauer ließ sich damit freilich nicht ohne weiteres kaschieren; und als sie eines Abends zu mir kam – ich war in denselben Räumen untergebracht wie einst bei unserem ersten Besuch – und mich nur anschaute, in stummer Qual, die Züge wie aus Stein, als müsse sie alle Kräfte zusammennehmen, um nicht loszuweinen wie ein Kind, da wußte ich, was ich zu tun hatte. Und so holte ich Trägerin des Wohlklangs hervor, um noch einmal für die Königin von Aojun zu spielen; nicht den Marúnad, den ich zuvor im Saal zum besten gegeben hatte, sondern ein altes Lied, das nicht aus meiner Feder stammte, ein Lied, das sie in diesem Augenblick hören wollte und hören mußte.

»Feinslieb in Grün geht über den Anger
Will ihr folgen, will ihr folgen
Feinslieb in Grün geht über den Anger
Lang, lang ist's her.«

Kapitel 30

Wenige Tage später verließen wir Aojun und traten die Heimreise nach Keltia an. Majanah gab uns ein Kriegsschiff und ließ uns von einem Sechserkonvoi eskortieren, denn sie hatte uns zwei Dinge bestätigt, die wir bereits vermutet hatten: erstens waren die Fomori wegen des Überfalls zur Rettung der Clero-Gefangenen und den Schäden, die wir dabei auf Fomor angerichtet hatten, so wütend wie ein aufgestörter Hornissenschwarm; und zweitens trieben sich die Reste der koranischen Flotte noch immer in der Gegend herum, und der Cabiri-Kaiser Hasparren Lacho hatte sich noch nicht darüber beruhigen können, daß sein großes Unternehmen so spektakulär und unwiderruflich gescheitert war – und er dabei auch noch die *Marro* eingebüßt hatte. Die kleine Schaluppe, das letzte, was von der *Prydwen* noch geblieben war, nahmen wir ins Schlepptau; in Keltia würde sie einen Ehrenplatz bekommen, und wer weiß, vielleicht konnte man sie irgendwann einer neuen und ebenso sinnvollen Verwendung zuführen. Bis dahin mochte sie ruhen.

Wir erreichten Keltia an einem bleigrauen Nachmittag, der zu unserer Stimmung paßte. Ein heftiger Wind peitschte kalte Regenschauer vor sich her. Wir sieben, die wir als einzige von Kholco zurückgekehrt waren, hatten über das, was dort geschehen war, strengstes Stillschweigen bewahrt. Lediglich Majanah und Brone sowie die Matriarchin von Rorics Sippe hatten wir eingeweiht, und alle drei hatten bei ihren Göttern geschworen, das Geheimnis zu hüten. Dem Rest der Aojunni hatten wir die gleiche Geschichte aufgetischt, die wir nicht nur den Kelten, sondern auch der übrigen Galaxis zu präsentieren gedachten, und daran wollten wir festhalten bis über den Tod hinaus, das hatten wir unseren Toten und uns selbst feierlich geschworen. Andernfalls wäre alles vergebens gewesen, und das war nicht auszudenken …

Gweniver war trotz des Sturms nach Mardale gekommen, um uns abzuholen, und wenn sie mehr wußte, erriet oder spürte, als sie aus unseren knappen Transcom-Gesprächen erfahren hatte, so ließ sie sich nichts anmerken, aber das hätte sie ohnehin nie getan. Sicher war es beunruhigend, daß wir ohne Arthur, ohne die *Prydwen* und ohne unsere Mitreisenden nach Hause kamen; aber dafür konnte man die verschiedensten Erklärungen finden – wir hofften nur, daß das Volk die unsere auch tatsächlich schlucken würde.

Bei Gweniver war diese Hoffnung freilich vergeblich. Ihr genügte ein Blick in unsere Gesichter – vor allem in das meine –, und sie wußte Bescheid.

»Ich will jetzt nichts hören«, flüsterte sie, als wir uns umarmten. »Ich habe gespürt, wie er ging … jeden einzelnen von ihnen habe ich gespürt. Ich will alles erfahren. Aber nicht jetzt.«

Und sie wartete tatsächlich so lange, bis sie sich mit mir ganz allein in einem bestimmten Raum befand. Dann erst ließ sie sich berichten, was sie im Innersten bereits wußte. Nicht einmal Morgane oder Ygrawn waren dabei; wir waren allein, die Ard-rían und der Pen-bardd, Gwennach und Talyn. Gwahanlens riesiger Doppelwürfel war nur matt erhellt vom trüben Licht des Regentages, das durch die Bleiglasscheiben der Decke sickerte und den Bildteppichen alle Farbe entzog.

Wir nahmen in einigem Abstand an der Tafel Rhodaur Platz und stellten die Stühle schräg, um einander ansehen zu können. Dann berichtete ich in groben Zügen – eine Bardenleistung erster Güte – so klar, ruhig und präzise, wie es mir nur möglich war, über die Vorgänge bei Camlann, in der Morimaruse, auf

Fomor und auf Kholco und lieferte ihr alle Einzelheiten nach, die ihr noch nicht bekannt waren. Ich hatte die Geschichte in die Form einer alten Heldensage gekleidet – nur so konnte ich hoffen, bis zum Ende durchzuhalten.

Und vielleicht konnte auch Gweniver sie nur so ertragen: Vielleicht ist es etwas weniger schlimm – wenn auch noch immer schlimm genug –, vom Tod seines Königs zu erfahren als vom Tod seines Gemahls. Daß es sich dabei um ein und dieselbe Person handelte, war nicht von Belang; was zählte, war die Form der Erzählung. So erhielt die Ard-rían Gweniver die Nachricht vom Tod des Ard-rígh Arthur und seiner Gefährten, wie sie schon so viele Todesnachrichten erhalten hatte; und als ich mich am Ende meines Berichts erschöpft gegen die hohe Stuhllehne sinken ließ, da stellte sie mir die gleiche Frage wie zuvor Majanah. Eine Frage nur, wie es auch auf Aojun nur eine Frage gegeben hatte, und dieser Königin gab ich die gleiche Antwort wie der anderen. Beide hatten ihn geliebt und liebten ihn noch, und diese Angst hatte beiden auf der Seele gelegen. Aber, und dafür dankte ich allen Göttern, meine inneren Sinne bestätigten mir, daß ich beiden die Wahrheit gesagt hatte.

Nun bat mich Gweniver – oder befahl mir –, sie allein in Gwahanlen zurückzulassen. Ich weiß nicht, was sie dort mit ihrem verstorbenen Gatten sprach, doch daß sie mit ihm sprach, und daß er bei ihr war, daran kann es für mich keinen Zweifel geben. Ich spürte seine Gegenwart, wie ich sie seit seinem Hinscheiden so oft gespürt hatte, und wie ich sie, davon war ich fest überzeugt, bis zum Ende meiner Spanne im Diesseits noch oft spüren würde. Jedenfalls schloß ich die Türen hinter mir und trat meinen nächsten, schweren Gang an – zu Ygrawn. Was bei diesem Treffen geschah, soll für immer ihr und mein Geheimnis bleiben. Sie war Ygrawn, das mag genügen.

Zuletzt ging ich zu Morgane. Sie hatte natürlich vor allen anderen Bescheid gewußt, und so brauchte ich ihr im Grunde nichts zu erzählen. Aber sie hörte mich genauso ernst und aufmerksam an wie ihre Kusine und wie ihre Mutter; und als ich auch diesen dritten Bericht hinter mir hatte – die schlimmste Triade meines Lebens –, da sagte sie kein Wort, sondern nahm nur mein Gesicht zwischen ihre schmalen, kühlen Hände und küßte mich sanft. Und auf einmal gab es nichts mehr zu sagen. Keltia konnte warten. Zuerst mußten wir unseren Verlust verarbeiten.

Als wir später in Ygrawns Solar zusammenkamen, um zu lachen, zu weinen und mit unserem Schicksal zu hadern, wie unsere Gefühle es forderten, da waren wir uns in der wichtigsten Frage alle vier einig: Arthurs Tod sollte auch weiterhin geheimgehalten werden. Dem Volk und den Geschichtsschreibern würde man mitteilen, der Ard-rígh Arthur habe uns sieben beauftragt, nach Hause zu fliegen und Bericht zu erstatten, um anschließend zusammen mit den anderen Gefährten in der *Prydwen* das Schlachtfeld zu verlassen. Seither sei er verschollen. Immerhin hatte Keltia, bevor die *Prydwen* ihre Zähne in die Flanken der *Marro* geschlagen und Arthur die beiden Schiffe mit jenem legendären Sprung in den Ard-na-spéire versetzt hatte, seine Botschaft von den Straßen von Camlann gehört, und darin hatte er dem Volk ausdrücklich seine Wiederkehr versprochen. Mochten die Menschen also ruhig weiter daran glauben. Was schadete es, wenn sich die Tage und Monate der Hoffnung und Erwartung zu Jahren und Jahrhunderten dehnten? Sein Tod sowie der Umstand, daß sich die Dreizehn Schätze nicht mehr in Keltia befanden, mußten ein Geheimnis bleiben. Wenn endlich die eine kam, die sie wiederfinden sollte, durfte nicht mehr darüber bekannt sein, als was ich selbst an Hinweisen in meine Lieder einstreuen wollte.

Nicht einmal von den noch verbliebenen Gefährten sollten alle die Wahrheit erfahren, entschied Gweniver, und wir pflichteten ihr bei. Die alte Garde, der Sauerteig aus Coldgates-Zeiten mußte selbstverständlich eingeweiht werden: Grehan etwa, Tryffin, Ysild und ein paar andere, die nicht hatten mitkommen dürfen – und nun ebenso erschüttert, untröstlich verzweifelt und, ja, wütend waren wie wir, die man nur vom letzten Teil der Reise ausgeschlossen hatte.

Ansonsten war das Unternehmen erfolgreich gewesen: Wie Grehan bei der nächsten Ratsversammlung verkündete, hatten wir den Feind bei Camlann vernichtend geschlagen – das erklärte auch Alphors Groll. Als Arthur die *Marro* vom Schlachtfeld entführte, hätten die übrigen Angreifer nicht nur den Mut, sondern auch die Orientierung verloren und seien von unserer Flotte nacheinander aus der Formation geholt worden wie die Fische aus einem Keeve. Zwar hätten die Fische zurückgeschossen, auch seien dem Feind etliche Fischer ins Netz gegangen; aber das habe am Ausgang nichts ändern können. Man habe sich bereits mit Ganaster in Verbindung gesetzt und mit den Verhandlungen für einen Waffenstillstand begonnen. Die Bedingungen gestalteten sich für Keltia überaus günstig. Dieser Vertrag und die Erinnerung an unsere eiserne Faust würden hoffentlich genügen, um die Feinde für lange Zeit von unseren Toren fernzuhalten.

Morgane hatte sich Grehans Ausführungen geduldig angehört, doch jetzt rutschte sie unruhig auf ihrem Stuhl hin und her.

»Ich wäre weitaus ruhiger, wenn wir außer den Garantien des Hohen Justiziats und unserer militärischen Stärke noch einen weiteren, wirksameren Schutz hätten«, erklärte sie geheimnisvoll. »Ein oder zwei Jahre lang mag alles gut gehen, aber in zehn, zwanzig oder dreißig Jahren haben sie – die Koranier, die Fomori und die Fir Bolg – alles wieder vergessen. Das ist immer so, wir haben es oft genug erlebt, und es wird auch diesmal wieder so sein. Wir können lügen, bis wir schwarz werden, wir können die gräßlichsten Meineide schwören, aber die Wahrheit ist doch, wir haben keinen Arthur mehr, der sie uns vom Halse halten kann. Deshalb denke ich, wir müssen einen neuen Schild finden, der unseren Feinden ebenso sicher standhält wie Arthur und die Macht seines Namens.«

Wie ein solcher Schild aussehen könnte und wo wir ihn suchen sollten, sagte sie uns nicht. Doch daß wir ihn dringend brauchten, daran gab es nichts zu rütteln, darin hatte Morgane wieder einmal vollkommen recht.

Gweniver verkündete also dem Volk, Arthur habe uns mit seinem Schiff und seinen Gefährten verlassen. Die Menschen waren wie vor den Kopf geschlagen und trauerten sehr, nahmen die Aussage aber sofort für bare Münze – und glaubten daran, was nicht immer dasselbe ist. Das rätselhafte Verschwinden ihres Königs machte es ihnen sogar leichter, Gweniver als einzige Herrscherin, als alleinige Ard-rían anzuerkennen. Von Marguessan, die sich ja ebenfalls Ard-rían nannte, hatte man nichts mehr gehört, seit sie bei Camlann so feige geflohen war und das Schiff mit ihrem Sohn an Bord schmählich im Stich gelassen hatte.

»Was haben wir denn erwartet?« bemerkte ich verbittert zu Morgane. »Sie kommt und geht wie ein schwarzer Komet, ein unheilbringender Schweifstern. Sie rast im Zickzack hin und her, stiftet heillose Verwirrung, hinterläßt ein riesiges Trümmerfeld und verschwindet wieder.«

»Sie wird zurückkommen«, sagte Morgane. Es war eine reine Feststellung ohne eine Spur von Erregung. »Einmal noch müssen wir mit ihr rechnen.«

Sie sollte auch damit recht behalten; doch Marguessan, Ard-rían von eigenen Gnaden, war im Augenblick nicht unser größtes Problem. Wir hatten in unserem

Traha über all der Trauer und den Anfällen von Wahnsinn, die ein so jäher, so niederschmetternder Verlust zwangsläufig nach sich zieht, ganz übersehen, daß die Lüge über Arthurs Tod oder vielmehr die Verleugnung seines Todes von unserer Seite her, die wir die Wahrheit kannten, einen hohen seelischen Preis fordern würde.

Und dieser Seelenzoll belastete uns von Tag zu Tag mehr; heute im Rückblick ist mir unbegreiflich, wie es uns gelang, wenigstens nach außen hin die Fassung zu bewahren. Tausend Kleinigkeiten hätten unser Geheimnis preisgeben können, jedem von uns boten sich tausend Gelegenheiten, sich mit einem Wort, einer Bemerkung zu verraten. Jeder Gedanke mußte überwacht und zensiert werden; sogar unsere Trauer mußten wir verbergen. Gweniver hatte sich nicht davon abbringen lassen, auf der Stelle Trauergewänder anzulegen, sie hatte sogar noch Hoftrauer angeordnet. Wir, die Eingeweihten, konnten sie zwar gut verstehen, wiesen aber doch behutsam darauf hin, daß sie damit ein unübersehbares und leicht zu durchschauendes Zeichen setzte. Umstimmen konnten wir sie freilich nicht. Immerhin ließ sie sich den Widerspruch – wenn Arthur nicht tot war, warum ging seine Frau dann in Trauer? – eine Weile durch den Kopf gehen, um schließlich bekanntzugeben, die Ard-rían wolle damit den Gefallenen von Camlann die letzte Ehre erweisen. Auf diese Weise konnte wenigstens Gwen in der Öffentlichkeit insgeheim um ihren Artos weinen, wenn schon die Königin nicht um ihren König trauern durfte. Wir bedrängten sie nicht weiter.

Und so unglaublich es klingt, das Geheimnis blieb gewahrt. Vielleicht war es der Wille des Dán; vielleicht entstand aber auch aus unserer Angst, uns zu verraten, eine neue Wahrheit, so hart wie ein im Rachen eines Feuerberges geschmiedeter Diamant. Nun weiß ich nicht, ob es rechtens ist, aus Lügen neue Wahrheiten zu schmieden, als Barde bin ich eher der Meinung, daß die Wahrheit unter keinen Umständen durch eine Lüge verdrängt werden sollte, und auch, daß wir es nur gut gemeint hatten, entschuldigt uns nicht unbedingt. Jedenfalls kann ich vermelden, daß Arthur für Keltia weiterhin am Leben war, und mit ihm alle seine Gefährten und die *Prydwen,* sein prächtiges Schiff. Vielleicht glaubten wir irgendwann sogar selbst ein wenig daran, um uns in unserem Kummer zu trösten – obwohl wir genau wußten, daß es nicht so war. Und vielleicht war das auch gar nicht so schrecklich. Mich störte es dennoch sehr, daß ich die Welt belog, die anderen wurden zumeist leichter damit fertig. Aber sie waren ja auch keine Barden.

Majanah hatte uns, wie bereits erwähnt, nach Tara begleitet, um ihrer Tochter Donah persönlich die Nachricht vom Tod ihres Vaters zu überbringen. Damit ersparte sie mir wenigstens *einen* Bericht, vor dem ich mich förmlich zu Tode gefürchtet hatte. Gwennach, Morgane und Ygrawn aufzuklären, war mir schwer genug gefallen; auch noch unter diesen jungen Augen, die soviel Ähnlichkeit mit denen meines Freundes hatten, von seinem Ende sprechen zu müssen, hätte mich seelisch vollends überfordert, und so war ich heilfroh, daß Janjan diesen Kelch selbst geleert hatte.

Arawn Pendreic, dem jungen Tanist von Keltia hatten seine Mutter Gweniver und seine Großmutter Ygrawn beigebracht, was geschehen war, und mir damit eine weitere traurige Pflicht erspart. Als Barde kenne ich jedes Klagelied, jeden Marúnad, jede Coronach in der keltischen Literatur und weiß sie auch zu singen, doch im wirklichen Leben meinen Schmerz kundzutun, ist mir nicht gegeben, und noch viel schwerer fällt es mir, mich den Hinterbliebenen mitzuteilen. Vielleicht geht das jedem so, und andere können es nur besser verbergen; aber schließlich werden wir bei jeder Todesnachricht, die wir überbringen, unweigerlich daran erinnert, daß uns jederzeit ein gleich schwerer Verlust treffen könnte.

Natürlich konnte und wollte ich Donayah nicht bis in alle Ewigkeit meiden. Aber in den letzten Tagen war eine Menge auf mich eingestürmt, und eine Begegnung mit ihr hätte mich in diesem Augenblick – nicht nur im übertragenen Sinne – in die Knie gezwungen. Ich wußte ja, wie sehr Artos seine älteste Tochter geliebt hatte, und auch mir war das Mädchen von Geburt an ans Herz gewachsen. Auf Aojun hatte ich ihrem Saining, einem Ritual der Großen Mutter beigewohnt und war dazu – von allen Ehren, die mir in meinem Leben zuteil geworden waren, gilt mir diese als eine der größten – für eine Nacht in die Reihen der Frauen aufgenommen worden; ich hatte sie schon in den Armen gehalten, als sie kaum eine Stunde alt war, und hatte mit ihr ein engeres Onkel-Nichte-Verhältnis aufgebaut, als es mir bisher mit meinem Neffen Arawn gelingen wollte, so sehr ich ihn auch liebte. Nach alledem traute ich mir einfach nicht zu, Donah über ihren Verlust hinwegzutrösten, der ja auch der meine war. Daß letztlich sie diejenige sein würde, die mich tröstete, hätte ich mir nie träumen lassen …

Sie kam am späten Nachmittag desselben Tages in mein Musikzimmer, an dem Gweniver die Nachricht in Keltia verkündet und damit dem Mythos zu seiner Entstehung verholfen hatte. Wie es die Königin verlangte, trug sie Rot, die keltische Farbe der Trauer, doch um ihr Haar hatte sie, zum Stirnband gefaltet, den blauen Schal gelegt, der auf Aojun von Trauernden getragen (und in der Öffentlichkeit auch von den Yamazai-Männern durch einen blauen Gesichtsschleier ersetzt) wird.

Donah sagte kein Wort, trat ganz selbstverständlich ein und setzte sich auf ihren Lieblingsplatz, einen Fenstersitz, von dem aus man auf eine Ecke der Stadt, auf Turusachans Rosengärten und auf die glänzenden Weiten der Bucht von Caerdroia sehen konnte. Ich spielte weiter an dem Stück, das mich seit Kholco immer wieder beschäftigte, sich aber meinen Bemühungen nach wie vor widersetzte – vielleicht war es einfach noch nicht reif für die Entstehung. Endlich schob ich die Harfe mit einem lästerlichen Fluch in ihre Ledertasche.

Erst jetzt erinnerte ich mich wieder an Donahs Anwesenheit und sah schuldbewußt auf. Sie hatte mich mit einem halben Lächeln beobachtet. Nun zog sie die Brauen hoch und warf mir einen fragenden Blick zu, der mich frappant an ihre Mutter erinnerte. Ich lachte laut auf und fühlte mich auf der Stelle besser.

»Ach ja«, murmelte ich und zuckte verlegen die Achseln. »An manchen Tagen packt man es an der Kehle und zeigt ihm, wer der Herr ist, und an anderen Tagen ist es genau umgekehrt … Letztlich gleicht es sich aus.«

»Wahrscheinlich.« Sie lächelte noch immer. »Sonst gäbe es wohl keine Lieder …« Sie holte tief Atem und betrachtete die Steinverblendung des Fenstersimses, als gebe es auf der Welt nichts Reizvolleres. »Meine Mutter hat mir erzählt«, begann sie leise, »wie mein Vater auf Kholco umgekommen ist, und sie hat mir auch gesagt, daß das für immer ein Geheimnis bleiben muß.«

»Ja.«

Sie wandte sich mir zu und sprudelte los, bevor der Mut sie verlassen konnte. »Aber Onkel, du warst doch dabei! Du warst bei ihm! Er hat mit dir gesprochen, bevor er ging – hat er – nun, hat er irgend etwas über mich gesagt?«

Das Zittern in ihrer Stimme raubte mir fast die Fassung. Ich ging zu ihr und nahm sie in die Arme.

»Ach, Cariadol, gewiß hat er das! Über dich und über deine Mutter. Wie denn auch nicht?«

»Dann – würdest du es mir erzählen? Wie es war? Wie er starb?«

Wie sollte ich ihr die Bitte abschlagen? Sie war schließlich kein kleines Mädchen mehr, sondern eine junge, inzwischen sogar volljährige Frau. Sollte Majanah, die Göttin möge es verhüten, etwas zustoßen, so konnte Donah ohne weiteres ihre Nachfolge als Jamadarin antreten. Außerdem war sie Gralsprinzessin gewesen und gehörte noch immer zum inneren Kreis der Eingeweihten. Doch vor allem war sie unsere Donayah, ein Mädchen, das seinen geliebten Vater verloren hatte; sie hatte ein Anrecht, alles zu erfahren.

Ich begann also zu erzählen, so wenig begeistert wie bei den anderen (aber mit der gleichen peinlichen Genauigkeit), und als ich zu Ende war, stellte ich verwundert fest, daß der Schmerz um eine Winzigkeit nachgelassen hatte. Offenbar hatte es uns beiden geholfen, unser Leid miteinander zu teilen. Ich war nicht etwa geheilt, nein, das war nicht möglich; nicht in diesem, nicht in allen meinen Leben ... Doch zumindest konnte ich von Arthur sprechen, ohne gleich in Tränen auszubrechen. Indem ich Donah die ganze Geschichte erzählte, hatte ich, anders als bei Gwen und Morgane, bei Ygrawn und Janjan zugleich meine eigenen Schuldgefühle abreagiert. Eine so reinigende Wirkung hatte nicht einmal der offizielle Bericht des Pen-bardd für die Chronik von Keltia auf mich gehabt, den ich Grehan, Tarians Nachfolger als Taoiseach, im Beisein von sechs Protokollbarden hatte vortragen müssen.

Donah schwieg lange, und ich bedrängte sie nicht. Irgendwann richtete sie sich auf und strich sich mit der gleichen Geste wie ihr Vater das blonde Haar zurück. Ich hörte, wie ihr der Atem stockte, als sie dabei mit den Fingern die blaue Seide des Hilyat-shaar, des Trauerschals berührte.

»Mir scheint«, sagte sie dann langsam, »Tasyk hat unter den gegebenen Umständen die bestmögliche

Entscheidung getroffen. Ein glorreicher Tod in den Flammen war ihm wohl auch nicht unlieb. Ich wollte nur, ich hätte mit ihm gehen können.«

Als Arthurs Tochter mit diesen Worten meinem tiefsten Wunsch, meiner verzweifelten Sehnsucht, meinen nagenden Gewissensqualen Ausdruck verlieh, da wurde in den Tiefen meines Herzens ein Schlüssel umgedreht: Eine bisher verschlossene Tür öffnete sich, ein ängstlich verriegeltes Tor sprang auf, und all die unterdrückten Schuldgefühle, die angestaute Trauer, die tausend ›Wäre-ich-nicht‹ und ›Hätte-ich-doch‹ brachen sich endlich Bahn …

»Siehst du«, sagte Donah, als ich mich endlich ausgeweint hatte, und tätschelte mir liebevoll die noch immer zuckenden Schultern. »Jetzt geht es dir schon viel besser.«

»Du bist ein raffiniertes kleines Ding«, sagte ich noch immer unter Tränen. »Das hast du wohl von deiner Mutter, denn auch dein Vater konnte zwar ziemlich hinterhältig sein, wenn es seinen Zwecken diente, aber er war es auf andere Weise, bei ihm wäre ich auf der Hut gewesen.«

»Du warst die ganze Zeit auf der Hut«, sagte sie, nicht ohne eine gewisse Genugtuung. »Das war ja gerade das Problem … Wir alle waren der Meinung, es sei höchste Zeit für dich, die Maske fallenzulassen und zu weinen. Gerrans wollte unbedingt selbst kommen, aber ich sagte, es sei meine Idee gewesen, und deshalb bin ich hier.«

»Und dabei wollte ich dich trösten«, seufzte ich. »Es ist übrigens nicht so, daß ich nicht geweint hätte; ich wollte es nur nicht vor Gwen, Morgane und den anderen tun.«

»Wie albern«, schalt Donah zärtlich. »Jeder von ihnen, von uns hätte mit dir geweint – und wird mit dir weinen. Und irgendwann wird die Last zwar nicht verschwunden, aber doch leichter geworden sein.«

Ich setzte zu einer Antwort an, doch plötzlich fühlte ich mich gepackt und ganz ohne mein Zutun in eine völlig andere Richtung gezogen. Ich kannte dieses Gefühl …

»Du mußt jetzt gehen, Alanna«, drängte ich, aber nicht unfreundlich. »Nimm es mir nicht übel, in mir regt sich etwas und verlangt meine Aufmerksamkeit – und ich weiß seit langem, daß es nicht ratsam ist, solche Forderungen zu übergehen.«

Donah lächelte, drückte mir einen Kuß auf die Wange und verließ, sehr mit sich zufrieden, den Raum. Ich war bereits so vertieft, daß ich kaum die Tür hinter ihr zufallen hörte. Die Worte, die so lange in einem Winkel meines Bewußtseins gezappelt und sich beharrlich gesträubt hatten, sich mit der halbfertigen Melodie zu verbinden, die in meinem innersten Ohr widerhallte, verschmolzen jetzt glasklar und schlicht wie selbstverständlich mit den Tönen und schienen mit so unschuldsvollem Blick: ›Was, *wir*?‹ zu fragen, als habe es nie ein Problem, nie eine Disharmonie gegeben. Ich schrieb sie nieder, bevor sie es sich anders überlegen konnten.

Letztlich wurde es keines meiner besten, nicht einmal eines meiner besseren Werke – die Bardenhistoriker, die so großen Wert darauf legen, jedes Werk im schöpferischen Prozeß eines Ollave genau datieren zu können, werden sich jetzt sicherlich ärgern, aber ich werde trotzdem nicht preisgeben, um welches Lied es sich handelte – doch es erfüllte seinen Zweck. Es holte mich aus meinem Kummer heraus, gab mir die Möglichkeit, mir meine Trauer, meinen Schmerz und meine Wut von der Seele zu schreiben – und es erzielte wieder einmal wie durch Zauberei jenen bemerkenswerten Effekt, zu dem allein die Kunst imstande ist: die Trennung des Gefühls von dem, was daraus entsteht.

Es war auch nicht das große Werk, das Merlynn und Gwyn mir vor langer Zeit vorausgesagt hatten; das mußte ich erst noch schaffen. Dies war erst der Vorläufer, ein Probestück; bevor man das herrliche, keltische Flechtwerk in Gold und Silber graviert, versucht man sich auch zuerst an Fischbein. Ein bescheideneres Medium, bevor die Hand sich an ein edleres wagt, aber dennoch nicht zu verachten. Das Schmieden eines Schuhnagels ist genauso eine ehrbare Arbeit wie das Schmieden eines Schwerts, denn beides sind Dinge, die gebraucht werden. Ich würde mein Liedschwert schmieden, wenn die Zeit reif war.

Trotzdem, so überlegte ich, während ich mein Werk noch einmal durchlas, würde ich mich hüten, *diesen* Schuhnagel in nächster Zeit meinen Bardenkollegen zu zeigen. Dennoch war ich dem Probestück dankbar.

Die folgenden Monate bescherten uns nicht nur mittelmäßige Lieder, sondern, was viel wichtiger war, auch einen neuen Sproß des Hauses Pendreic. Zu Beginn des Bärenmondes – ein Omen, das bei Leuten, die auf solche Dinge etwas gaben, große Beachtung fand – brachte Gweniver Arthurs zweite Tochter Arwenna Seren Siedah Ygrawn zur Welt. Der Name ihres Vaters hatte tatsächlich soviel wie ›Bär‹ bedeutet, und Artos hatte sich auch häufig (wenn nicht sogar allzu häufig) wie ein solcher benommen, aber Arwenna war ein ganz gewöhnliches Kind, ein ruhiger, zufriedener Säugling. Sie hatte das rotbraune Haar ihres Vaters und die kühlen, grauen Augen ihrer Mutter geerbt und betastete alles, was in Reichweite ihrer gierigen Patschhändchen kam, mit lebhaftem Interesse. Bei aller Ähnlichkeit mit ihren Eltern schworen viele von den älteren Kelten Stein und Bein, sie sei ihrem Großvater Amris wie aus dem Gesicht geschnitten; und nicht wenige beklagten sich über den Yamazai-Namen, den ihre Patin, die Jamadarin von Aojun, ihr gegeben hatte. Aber Gweniver ging auf solche Beschwerden nicht weiter ein, sondern sagte nur, Artos hätte es so gewollt. Womit sie zweifellos recht hatte.

Besagte Patin hielt übrigens ihr Versprechen und blieb bei Gweniver, bis das Kind entwöhnt war. Auch Donah harrte so lange aus, sie war begeistert von ihrer neuen Halbschwester. Und für Gweniver – die beiden und Morgane hatten ihr bei der Geburt beigestanden – war ihre Anwesenheit ein großer Trost. Arawn, der sich zur Pflegeerziehung beim Chattan-Clan befunden hatte, war während des kurzen Outfrenne-Kriegs und seiner Nachwehen zur Sicherheit nach Caerdroia zurückgerufen worden. Nach der Geburt seiner Schwester schickte man ihn nun abermals fort, diesmal nach Caledon zu den ó Torridon auf Rosyth. Darüber wunderten sich viele, die gedacht hatten, die Ard-rían, die sich gerade über die ersten Hürden der Alleinherrschaft kämpfte, würde lieber beide Kinder in ihrer Nähe behalten. Aber da kannten sie ihre Ard-rían und erst recht unsere Gwen wahrhaftig schlecht.

Auch wir kannten sie offenbar nicht ganz so gut, wie wir gedacht hatten, und so waren wir genauso überrascht wie alle anderen, als sie uns jene Mitteilung machte, die bald ganz Keltia erschüttern sollte wie ein Donnerschlag.

»Abdanken!« keuchte ich. »Nein, Gwennach, das kannst du nicht …«

»Ich kann und ich werde«, sagte Gweniver ruhig, ohne jedoch mich oder sonst jemanden im Raum anzusehen. »Ich spreche erst jetzt davon, weil es so kurz nach … nun, so kurz danach so viele wichtigere Dinge zu bedenken gab. Aber entschlossen hatte ich mich in der gleichen Stunde, in der ich erfuhr, daß mein Artos nicht mehr war, und ihr könnt euch sträuben, soviel ihr wollt, ihr werdet mich nicht umstimmen. Auch du nicht, Talyn. Ich bleibe dabei.«

Wenn ich sie so ansah, verging mir die Lust auf Widerspruch; und die anderen Anwesenden – Morgane,

Ygrawn, Majanah, Ferdia, Grehan und Daronwy – dachten offensichtlich genauso.

»Und wie hast du dir das vorgestellt?« Ygrawns Frage beendete das gespannte Schweigen. »Arawn ist noch viel zu jung, um die Regierung zu übernehmen …«

»Ganz recht«, sagte Gweniver. »Deshalb werde ich zugleich mit meiner Abdankung als Ard-rían einen Regentschaftsrat für meinen Sohn einsetzen. Drei Regenten sollen Arawn bis zu seiner Volljährigkeit vertreten. Einer von den dreien werde ich selbst sein.«

»Und die anderen?« fragte Majanah, ohne sich anmerken zu lassen, was sie von dieser Entscheidung hielt.

»Die Rian-dhuair Ygrawn Tregaron ac Pendreic gân Amris.« Gweniver hatte ihre Schwiegermutter ganz bewußt nicht nur mit dem Ehrentitel einer Königinwitwe und mit ihrem Heiratsnamen bezeichnet, sondern auch das Sponsalaffix ihrer ersten Beziehung hinzugefügt, jener Céile-charach-Verbindung mit einem Prinzen von Keltia, aus der Arthur hervorgegangen war. Ygrawn verzog keine Miene und ließ sich von der übertrieben langen Titelreihe nicht in Verlegenheit bringen, aber das waren wir von ihr auch nicht anders gewöhnt.

»Und der dritte?« Grehan konnte seine Verärgerung nicht verbergen. Wenn sich die Ard-rían schon einbildete, ganz Keltia auf den Kopf stellen zu müssen, hätte sie zumindest ihren Taoiseach vorher darüber informieren können. Ich verstand ihn nur zu gut, erst recht, als ich Gwens Antwort hörte.

»Die Prinzessin Morguenna Pendreic, Herzogin von Ys.«

Ich fuhr heftig zusammen, obwohl ich damit längst hätte rechnen müssen. Als ich mich mit einem Gedanken bei Morgane erkundigen wollte, wie sie dazu stand, spürte ich sofort, daß sie nicht nur nichts anderes erwartet, sondern, was mich noch mehr erstaunte, auch nichts dagegen hatte ... Doch Gweniver hielt noch mehr Überraschungen bereit.

Sie hielt kurz inne und sah uns nacheinander mit ihren grauen Augen an.

»Wir drei werden wie gesagt für Arawn die Regentschaft übernehmen. Aber da wäre noch etwas ... Ich habe mich mit der Obersten Brehonin und einem Gremium ihrer besten Rechtsgelehrten beraten. Was ich jetzt euch und morgen dem Volk erklären werde, steht voll und ganz im Einklang mit geltendem Recht: Arthur Penarvon, geborener Pendreic, Ard-rígh von Keltia aus dem Hause Dôn, bleibt solange König der Kelten, bis sein Tod zweifelsfrei bewiesen werden kann. Daraus folgt, daß alle nachfolgenden Ard-ríans oder Ard-ríghs nur als seine Stellvertreter anzusehen sind. Sämtliche Gesetze und Urteile ergehen in seinem Namen. Arthur hat versprochen, er werde wiederkehren. Ich will, daß seine Krone und sein Großsiegel auf ihn warten.«

Sie sah triumphierend in die Runde, während wir sie mit offenem Munde anstarrten – ein gelungener Kontrast. Sie lachte über unsere verdutzten Gesichter.

»Daß es euch allen auf einmal die Sprache verschlägt, gelingt mir nicht oft! Hat denn keiner etwas zu sagen?«

Ich holte tief Luft, setzte zum Sprechen an – und machte den Mund entschlossen wieder zu. Sollte sich doch ein anderer die Finger verbrennen. Ich würde diese Frau nicht einmal mit einer Lonna anfassen ...

»Mir scheint, daß hier nicht nur eine Ernte eingebracht werden soll«, sagte Grehan vorsichtig. Sein Ärger war verflogen und durch ein für ihn ganz ungewohntes Mißtrauen ersetzt worden. Bevor er weitersprechen konnte, hatte sich auch Daronwy wieder halbwegs gefaßt; dabei hatte sie sich noch nie vornehm zurückgehalten, wenn es bedrohlich wurde.

»Bist du *verrückt* geworden? Früher mußte ich das

immer Artos fragen, aber jetzt bist du offenbar in seinen Mantel geschlüpft ... Gwennach ...«

Selbst Daronwy ging nur selten so heftig auf ihre Königin los. Bei Arthur war das häufiger vorgekommen, allerdings zumeist, wenn es um Fragen – Strategie oder Taktik im Krieg – ging, wo sie sich auf festem Grund wußte, während er knöcheltief im Sumpf watete. Diesmal war es anders, und ich glaubte auch zu wissen, warum: Roric, ihr langjähriger, aojunesischer Gemahl, war mit auf der *Prydwen* gewesen, und dies war ihre Art, mit dem Verlust fertigzuwerden.

Gweniver lächelte nur verständnisvoll, das Lächeln einer lebenslangen Freundin. »Ich bin durchaus bei Verstand, Ronwyn«, sagte sie leise. »Und erst du und Talyn, Feradach und die anderen Heimkehrer haben mir die Möglichkeit, die Freiheit zu dieser Entscheidung gegeben ...« Wir starrten sie nur fragend an. »Keiner von euch hat meinen Gemahl sterben sehen. Das ist kein Märchen für das gemeine Volk, sondern die schlichte Wahrheit. Oder habt ihr auch mich belogen?«

Sie sah uns so lange herausfordernd an, bis uns nichts übrigblieb, als die Köpfe zu schütteln. Sie hatte ja recht. Wir hatten nicht *gesehen*, wie Arthur gestorben war; wir hatten es nur *gespürt*. Und wir hatten bisher auch keine Skrupel gehabt, uns dieser Ausrede zu bedienen. Daß unsere königliche Freundin nun den Spieß umdrehte, ausgerechnet sie – nein, damit hatte niemand rechnen können. Man hatte uns mit unseren eigenen Waffen geschlagen, hatte uns ausgespielt und überlistet, und bevor wir noch begriffen hatten, daß wir uns im Fíor-comlainn befanden, war der Kampf auch schon vorüber.

»Wieso behaupten eigentlich alle, du könntest Artos als Strategin nicht das Wasser reichen?« murmelte ich, und Gweniver grinste.

»Nun ja«, bemerkte sie, »offenbar habe ich meinem

Gemahl im Lauf der Jahre einiges abgeschaut ... Aber ich wollte euch nicht einfach überrumpeln, nicht darum geht es mir.«

Morgane hatte bisher geschwiegen, doch nun hob sie den Kopf und sah ihre Kusine an.

»Dann sag uns doch bitte, worum es dir geht, Gwennach. Ich nehme zwar an, daß wir es ohnehin wissen, aber wir würden es gern aus deinem Munde hören.«

Die grauen Augen der Königin wurden weiß wie Findruinna. »Wenn es denn sein muß«, sagte sie ruhig. »Ich habe meinen Groll darüber nie überwunden, wie Keltia sich verhalten, wie man über mich gesprochen und gedacht hat, als ich damals unter Anklage stand, und ich habe auch den Mord an Keils nie verziehen. Glauben die Leute denn wirklich, ich hätte ihre Niedertracht vergessen, hätte ihnen vergeben, daß sie jeder Lüge Glauben schenkten, die über mich verbreitet wurde? Es gab einmal eine Königin, die sich in einer ähnlichen Lage befand, und sie hat ihre Gefühle sehr treffend zusammengefaßt. Ich sage heute das gleiche: Ich habe nicht vergessen, und ich werde nicht verzeihen.«

Das waren Athyns Worte gewesen, und im Anschluß daran hatte sie blutige Rache geschworen. Bevor Gweniver noch weitere geflügelte Worte gebrauchen (oder ihnen gar Taten folgen lassen) konnte, griff ich hastig ein: »Das war nicht Keltia, Ard-rían; das war nur Marguessan. Genauer gesagt, ihr koranisches Ungeziefer, Tembrual, Granúmas und all die anderen, die ich bei Barrendown erschlagen habe. Sie waren es – keine Kelten, jedenfalls nicht nur Kelten –, die diese Lügen in die Welt setzten und dafür sorgten, daß sie Wurzeln schlugen; sie waren es auch, die Keils ermordeten.«

»Und ich danke dir noch einmal, daß du uns von ihnen befreit hast«, sagte Gweniver mit einer knappen Verbeugung. »Du magst recht haben, dennoch war es Keltia, waren es Kelten, die an den giftigen Auswurf dieses Gesindels glaubten, und ich zweifle nicht daran, daß Teile des Reichs das noch immer tun – es gibt genügend gehässige Menschen, die anderen trotz aller Gegenbeweise immer das Schlimmste zutrauen. Nein; ohne die Lügen, den Haß, die Bosheiten und ohne die Kelten, die daran glaubten, hätte ich erst gar keinen Stellvertreter gebraucht. Natürlich sind diese Kelten zu dumm zum Leben, und man hätte sie dem Outfrenne-Pack am besten gleich hinterhergeschickt, wenn man schon einmal dabei war. Doch wenn Keltia das Geschwätz zurückgewiesen hätte, wenn es die Augen offen und Geist und Herz von Vorurteilen freigehalten, wenn es seine Klatschsucht bezähmt hätte, anstatt über Dinge zu reden, von denen es nichts verstand, dann könnten Keils – ja, und auch mein Gemahl – noch unter uns sein.«

Ihre Erregung verschloß uns den Mund. Ich hatte gewußt, daß Gwen das Unrecht, den Klatsch und die Lügen über sich noch nicht verwunden hatte, und fand das auch durchaus berechtigt; neu war mir nur, daß die Verbitterung so tief ging. Wir hatten bisher nicht hören wollen, was sie uns eben gestanden hatte, wir hatten die Wahrheit verdrängt, hatten sie bewußt überhört, weil es für uns einfacher war. An Gweniver hatten wir nicht gedacht.

Dabei war ihre Haltung nur zu verständlich. Das Volk war allzu schnell bereit gewesen, sie schuldig zu sprechen, und das empfand sie als Verrat. Grenzenlos dumm und niederträchtig, wie die Menschen waren, hatten sie alles, was ihre Königin im Lauf der Jahre für Keltia und für Artos getan hatte, geringschätzig beiseitegeschoben, um irgendwelchen Kreaturen, die es nur auf ihren eigenen Vorteil abgesehen hatten, auf den Leim zu gehen und deren obszöne Beschuldigungen gedankenlos nachzuplappern.

Nun – diesen Kreaturen hatte man mit gleicher Münze heimgezahlt, und ich war froh, daß die Münzen aus meiner Börse gekommen waren. Dennoch stand auf Gwenivers Rechnung noch ein Posten offen, der nie beglichen werden konnte. Sie hätte auch jede Wiedergutmachung verschmäht. Sie wollte Rache, wollte Gerechtigkeit, was manchmal, wie in diesem Fall, ein- und dasselbe war, und sie sah nur eine Möglichkeit, das zu erreichen: Sie mußte Keltia den Dienst aufkündigen, mußte ihm ein unvergleichliches Geschenk entziehen, dessen es sich nicht würdig erwiesen hatte.

Sie hatte recht. Sie hatte tausendmal recht. Die Kränkung war zu schwer, zu unvergeßlich, als daß sie sich mit einem geringeren Éraic hätte zufriedengeben können. Gewiß hatte die Entscheidung auch eine Menge mit Artos' Tod zu tun: sie wurde nicht nur von Zorn getragen, sondern auch von Trauer, und das hatte Grehan gemeint, als er sagte, hier würde mehr als eine Ernte eingebracht. Ich konnte ihr meine Bewunderung nicht versagen: Es war ein brillantes Manöver. Sogar Artos wäre stolz auf sie gewesen und hätte es genossen – wenn er das nicht auch jetzt noch tat ...

In diesem Augenblick traf mich Gwenivers Blick, und wir sahen uns an wie schon lange nicht mehr. Wir kannten einander zu gut, um Worte oder Gedanken wechseln zu müssen. Ich wußte, was in ihr vorging, sie wußte, wie ich darüber dachte, und wir beide zählten mehr an diesem Tisch als alle anderen, sogar mehr als Ygrawn oder Morgane.

»So mag es denn sein«, sagte ich laut und sah aus dem Augenwinkel, daß sich alle Gesichter mir zuwandten wie große weiße Blüten. »Will jemand erst die Oberste Brehonin befragen, ob der Wille der Königin gilt?« Ich sah mich um. »Nein, das dachte ich mir ...« Als ich mich erhob, mußte ich plötzlich an Gwencathra denken, meinen Platz an der runden Tafel, die jetzt nahezu entvölkert war. Gwencathra, der Weiße Pfeiler der Wahrheit. Doch die Wahrheit konnte auch hier zum stützenden Pfeiler werden.

»Dann verkünde ich, Taliesin Glyndour ac Pendreic gân Morguenna, Pen-bardd von Keltia folgende Entscheidung: der Wunsch der Ard-rían ist auch der Wille des Rates und das Gesetz des Landes. Ard-rígh Arthur ist König der Kelten, jetzt und für alle Zeiten. So und nicht anders soll es festgehalten werden.«

Und so geschah es. Zunächst waren die Menschen verwirrt und ein wenig erschrocken; und als die Königin die Gründe für ihren Thronverzicht bekanntgab, waren viele aufrichtig beschämt. Gweniver glich insofern einer ihrer berühmten Vorgängerinnen, als sie sich nie lange um eine Erklärung bitten ließ. Aber schließlich fanden sie sich mit ihrer Entscheidung ab, und das war das klügste, was sie tun konnten, denn andernfalls hätte Gweniver wohl so hart durchgegriffen, daß neben ihr selbst Athyn wie ein Muster an Zurückhaltung erschienen wäre.

An Arthurs erstem Jahresgedenken – ein volles Jahr nach seinem Tod (über den das Volk wohlgemerkt nach wie vor in Unwissenheit blieb und hoffentlich auch für alle Zeiten bleiben würde) also, Majanah und Donah waren aus diesem traurigen Anlaß von Aojun gekommen – gab Gweniver Pendreic das Ard-tiarnas von Keltia ab, verzichtete auf den Titel Ard-rían und erklärte sich statt dessen zusammen mit Morgane und Ygrawn zur Regentin für ihren Sohn.

Als endlich all die vielen gewichtigen, juristischen Urkunden unterzeichnet, gesiegelt und gebilligt worden waren (der Fall war ohne Beispiel in unserer Geschichte; noch nie hatte ein Monarch zugunsten eines Regentschaftsrates abgedankt, und so hatte man alle einschlägigen Verfahrensweisen neu entwickeln müssen), und sämtliche Ratsherren und Brehonen sowie die Vertreter der verschiedenen Orden sich verabschiedet hatten, blieb nur noch der innerste Kreis von Gefährten und Verwandten zurück. Gweniver war müde, aber glücklich und entließ jeden mit einem Lächeln, einem freundlichen Wort und einer Umarmung. Und irgendwann standen wir – sie und ich – allein im Ratssaal, sahen uns über den langen Basalttisch hinweg an und lächelten.

»Meinen wahren Grund hast du noch immer nicht gehört, Talynno«, sagte sie.

Ich nickte. »Ich weiß. Aber den Zeitpunkt hast du zu bestimmen.«

»Tatsächlich? Ich glaube, du ahnst es bereits …«

Mein Lächeln wurde breiter und herzlicher. »Ich denke schon. Aber ich muß es aus deinem Munde hören, und ich glaube, auch du mußt es dich selbst sagen hören, und vielleicht gibt es noch einen Dritten …«

Darüber mußte Gweniver nun aufrichtig lachen. »Oh, ich möchte wetten, er wußte es von Anfang an! Alle Gründe, die ich bisher angegeben habe, waren schwerwiegend und einleuchtend, doch die letzte Wahrheit liegt noch tiefer.«

Sie hielt inne und blickte den Tisch entlang. Auf dem hochlehnigen Stuhl, den Arthur bei Ratsversammlungen gewöhnlich innegehabt hatte, blieb ihr Blick ruhen. Ich beobachtete sie genau, und irgendwann lächelte sie. Mir war, als spräche sie nicht mit mir, sondern mit dem leeren Stuhl. Aber vielleicht war der Stuhl ja gar nicht leer …

»Ich wollte nicht mit ihm herrschen, aber ich habe nachgegeben und bin dabei glücklich geworden. Nun will ich nicht mehr ohne ihn herrschen, diesmal werde ich nicht nachgeben, und darüber bin ich jetzt schon glücklich. Das ist alles. Nicht mehr. Aber auch nicht weniger.«

Ich stand auf und ging quer durch den Saal auf sie zu. Dann nahm ich ihre Hand, hob sie, die alte Geste der Lehenstreue, an meine Lippen und küßte sie.

»Es ist genug, Ard-rían.«

Und Gweniver schenkte mir ihr freundlichstes Lächeln und entzog mir sanft ihre Hand.

In dieser Nacht fand in Ni-maen, dem hoch über Caerdroia im winzigen Tal Calon Eryri zwischen den Spitzen des Adlers gelegenen Nemeton der Könige, in kleinstem Kreise eine Feier statt. Nur die allerengsten Familienangehörigen nahmen daran teil: der Königsclan Pendreic-Penarvon-Tregaron, dessen Reihen die Ereignisse so tragisch gelichtet hatten, bevor er mit frischem Blut aus den Reihen der Manchéden von Aojun wiederaufgefüllt wurde; dazu die wenigen Gefährten der ersten Stunde, die überlebt hatten, weil sie auf Arthurs Befehl in Keltia geblieben waren, während er mit dem Rest ins Reich der Legende entschwand; wir sieben, die man von dieser Reise ausgeschlossen hatte; und eine Handvoll später hinzugekommener Kameraden – Seelenfreunde alle miteinander.

Das Abschiedsritual, das Gweniver und ich in unserer Eigenschaft als nächste Angehörige und als Priester der obersten Ränge zelebrierten, war nicht das einzige, und es war auch nicht für Arthur allein bestimmt. Unmittelbar nach unserer Rückkehr von Kholco hatte eine noch bescheidenere Zeremonie stattgefunden, nicht zu vergessen natürlich die auf der Heimreise an Bord der Schaluppe. Doch dies war nun wirklich die Verabschiedung: Obwohl unsere Lieben längst weit fort waren, würden unsere Gebete sie einholen wie ein reitender Bote, der Kunde von den Daheimgebliebenen bringt.

Im Laufe der Zeremonie zog ich mich immer mehr in mich selbst zurück und teilte mich in verschiedene Taliesins: den Barden, den Priester, den Prinzen und den Bruder. Ich hatte eigentlich erwartet, daß uns noch andere die Ehre geben würden: Doch wie ich auch meine Sinne schweifen ließ, von den ersehnten Präsenzen zeigte sich keine Spur. *Sonderbar, daß die Sidhe, die sich stets als Freunde Arthurs bezeichneten, es nicht für nötig hielten, ihn mit uns zu verabschieden …* Aber wer hätte die Handlungsweise der Leuchtenden je verstanden? Vielleicht hatten sie ja Gründe, die ich nicht kannte oder erst später erfahren würde. Dennoch war ich seltsam enttäuscht, wobei ich Euch nicht sagen könnte, ob Arthurs oder meinetwegen.

Noch etwas fiel mir bei dieser Gelegenheit auf, etwas, womit niemand gerechnet hätte … Gweniver war nicht mehr Ard-rían, wurde aber nach wie vor so angesprochen; und Ygrawn hatte den Titel bekanntlich auch als Uthyrs Witwe nie abgelegt. So weit, so gut. Doch jetzt widerfuhr es plötzlich meiner Morgane, die außer in meinem Herzen nie im Leben Königin gewesen war, von jedermann so tituliert und so behandelt zu werden.

Zunächst waren wir ratlos – und Morgane wirkte sehr bestürzt und wehrte sich nach Kräften. Doch irgendwann glaubte ich, eine Erklärung gefunden zu haben: Triaden sind in Keltia von jeher beliebt, und diese Triade – die Drei Regentinnen von Keltia – war zu verlockend, als daß man sie sich entgehen lassen konnte. Das Volk hatte den Namen erfunden, und er bürgerte sich wohl nicht nur aus praktischen Gründen rasch ein, denn – so blasphemisch es klingen mag – er verwies auf die Dreifaltigkeit der großen Mutter …

Ich entsann mich, vor langer, langer Zeit auf irgendeinem Schlachtfeld eine Vision von drei Königinnen gehabt zu haben, die um eine Bahre mit einem toten König standen. Erst jetzt fiel mir auf, daß ich die Gesichter der Trauernden nicht hatte sehen können, weil sie unter ihren Kronen verschleiert waren; doch der König hatte Arthurs Gesicht getragen.

Wie seltsam, wenn Visionen Wirklichkeit werden. Und wie befriedigend.

Kapitel 31

Man gönnte mir offenbar keine Atempause. Unmittelbar nach der Feier in Ni-maen fiel ich in die tiefste, schwärzeste Verzweiflung meines Lebens.

Das kam nicht ganz unverhofft oder wie aus heiterem Himmel. Ein volles Mondjahr war vergangen, und ich hatte mich durch alle Widrigkeiten, alle Stimmungen hindurch an meiner Würde und meinen Masken festgekrallt. Ich trauerte, ich litt, ich weinte und tobte wie jeder, der einen nahen Angehörigen verliert. Aber ich hätte nicht erwartet, daß ich ihn, meinen Bruder, meinen Freund, so sehr vermissen, daß er mir so schrecklich fehlen würde. Manchmal tat es richtig weh, dann saß ich ganz still und ließ den Schmerz um ihn, um alle meine Freunde über mir zusammenschlagen.

Trotz alledem hatte ich mir etwas erspart, ich weiß nur nicht, was – weiterzuleben vielleicht? Zu meinen Gefühlen zu stehen? Zuzugeben, daß es Wirklichkeit, daß es tatsächlich geschehen war? Es ist schwer zu erklären. Jedenfalls wurde jetzt die Rechnung fällig, der Preis war Trauerarbeit, und ich wußte nicht, wie ich ihn bezahlen sollte.

Keltia erging es sehr viel besser als mir. Die neue Regentschaft hatte sich nach etlichen Anlaufschwierigkeiten so reibungslos eingespielt, wie man es sich nur wünschen konnte. Wie nicht anders zu erwarten, lag die Staatsführung weiterhin in den Händen der Ardrían Gweniver, die Königinwitwe Ygrawn stand ihr tatkräftig zur Seite, und die Herzogin Morguenna von Ys wurde bisweilen um Rat gefragt. Mit dieser Regelung waren offenbar alle drei zufrieden, und Keltia erholte sich rasch von Invasion und Bürgerkrieg und stand bald wieder in voller Blüte.

Arthur geriet keinen Augenblick lang in Vergessenheit, ja, man konnte manchmal den Eindruck gewinnen, als sei er in diesem rätselhaften Zustand des Nichttotseins gegenwärtiger und beliebter als zu seinen Lebzeiten, eine Erscheinung, die ich im Laufe der Jahre in Zusammenhang mit großen Persönlichkeiten immer wieder beobachten konnte. Solange sie noch am Leben sind, erdrücken sie uns schier mit ihrer Vitalität, sie sind uns … ja, allzu lebendig; sie haben ihren eigenen Willen, ihre besonderen Wünsche, sie können uns in die Quere kommen, können uns Wünsche abschlagen und Veränderungen aufzwingen. Sind sie jedoch erst tot (oder verschollen – wir müssen nun einmal bei dieser Lüge bleiben), dann werden sie für ihre Bewunderer wie für ihre Kritiker zum Freiwild. Die einen wie die anderen jagen den Wehrlosen hinterher, um sie nach ihren Vorstellungen zurechtzustutzen. Entweder mißachten die Bewunderer um ihrer eigenen Bedürfnisse willen bedenkenlos die Realität, oder neidische, feige Kritiker, die in tausend Leben nicht den Mut aufbrächten, so zu leben wie einst ihre Opfer, säen Halbwahrheiten aus wie verfaulte Weizenkörner, um daraus Haß und Feindschaft zu züchten. Die Ärmsten, die so mißbraucht werden, können sich selbst nicht mehr verteidigen; wer die Wahrheit kennt und mutig oder auch nur aufgebracht genug ist, die Stimme gegen dieses üble Spiel zu erheben, wird seinerseits an den Pranger gestellt, und der Schwindel geht weiter wie bisher.

Ich hatte also gute Gründe für meine Schwermut. Dabei lief auf anderen Gebieten meines Lebens alles bestens: Morgane, Gerrans und Cristant und meinen beiden Enkeln (die das Trauma von Kholco mit der seelischen Geschmeidigkeit sehr junger und, wie man wohl sagen muß, nicht übermäßig phantasievoller Menschen völlig überwunden hatten) ging es gut. Auch meine Enkelin Cathelin, die sich derzeit zusammen mit Tarian Douglas' Enkelkindern in Pflegeerziehung befand, gab keinen Anlaß zur Besorgnis.

Woran also lag es? Und, wichtiger noch, was konnte ich zu meiner Heilung tun? Die Lösung kam von einer Seite, von der ich sie nicht erwartet hätte.

Ich lag in meinem Musikzimmer, jenem runden Raum mit dem weiten Blick über die Stadt und das Meer. In den letzten Monaten hatte ich mich immer öfter hierher zurückgezogen – ich war sogar so weit gegangen, mir in einer Ecke ein Klappbett aufstellen zu lassen. Seither mußte Morgane viele, vielleicht allzu viele Nächte allein verbringen. Das war nicht gegen sie gerichtet, die Schuld lag allein bei mir. Und jetzt verkroch ich mich auch tagsüber zunehmend hier oben, getrennt von allen, die mich liebten und die ich liebte. Es tat erbärmlich weh, ein Nagen und Bohren, wie Ihr es hoffentlich niemals zu spüren bekommt; aber ich wollte es so, und deshalb, bei allen Göttern, sollte es auch nicht anders sein …

Eines Nachmittags lag ich in tiefer Niedergeschlagenheit auf diesem Klappbett, als plötzlich leise, herrlich klare Töne wie von silbernen Glöckchen an mein Ohr getragen wurden.

Ich sagte spontan: »Tretet ein und seid mir willkommen«, und ergänzte hastig: »So Ihr in Freundschaft kommt.« Man weiß schließlich nie, und Marguessan lief noch immer frei herum.

»Bist du des Themas denn noch immer nicht müde?« fragte eine tiefe Stimme, die mir irgendwie vertraut vorkam. *Nicht Gwyn, aber …*

Ich sprang auf und sah mich aufgeregt um. Noch wollte sich der Sprecher nicht zeigen, aber ich spürte keine Feindschaft, nur Wohlwollen, und mein Herzschlag beruhigte sich wieder.

»Wenn Ihr meine Trauer um ihn meint, das Thema könnte ich bis Nevermas variieren, und vielleicht tue ich das auch«, sagte ich trotzig. Was kümmerte es mich in meiner Verzweiflung, wie der Besucher meine Worte aufnahm? »Bis Rocabarra erscheint oder Euch der Schwarze Ochse auf die Zehen tritt ... Ihr könnt Euch die Metapher aussuchen. Mir ist alles einerlei, Herr, und ich werde des Themas wohl niemals müde werden. Nicht in drei und nicht in dreihundert Jahren.«

Zwischen mir und dem Fenster stand Allyn, der Sohn des Midna; ich wußte nicht, ob er aus dem Nichts entstanden oder nur aus dem Schatten getreten war, vielleicht stand er auch schon von Anfang an da, und ich war nur zu blind oder zu dumm gewesen, um ihn wahrzunehmen.

»Das ist gut und schlecht zugleich«, sagte er mit dieser Sidhe-Stimme, die keiner sterblichen Stimme gleicht, und lächelte. »Gut ist es, weil du für die Aufgabe, die vor dir liegt, viel Entschlossenheit brauchst; schlecht dagegen ...«

»Ja?« fragte ich aufsässig. So merkwürdig es heute klingt, damals nahm ich es als ganz selbstverständlich hin, daß auf einmal einer der Leuchtenden in meinem Musikzimmer stand. Ich begehrte nur auf, weil ich befürchtete, daß Allyn mich zwingen wollte, etwas zu *tun*, irgend etwas, das mich aus meinem Schmollwinkel – meiner Trauer – herausholen würde, und dazu war ich noch keineswegs bereit. Vielleicht würde ich nie so weit sein, aber das war schließlich ganz allein *meine* Sache und ging niemanden etwas an, auch ihn nicht ...

»Schlecht ist es, weil es dich von deinem Weg abbringt«, fuhr Allyn endlich fort. »Du setzt alles aufs Spiel, was du bisher erreicht hast, wenn du nichts tust, um es zu erhalten. Taliesin, ich weiß, du gibst meinem Volk die Schuld an dem Unglück, das Arthur und seine Gefährten getroffen hat. Das ist verständlich, auch wenn wir in diesem Fall ebenso wie du und alle anderen Sterblichen nur Werkzeuge sind – was du mir sicher nicht glauben wirst. Nein«, warnte er, als ich zum Protest ansetzte, »es ist schon so, und du brauchst dir auch keine Vorwürfe zu machen oder dich schuldig zu fühlen, weil du zurückgekommen bist. Denn nicht du hast ihn verlassen, Talyn, sondern er dich.«

Ich japste nach Luft, als hätte er mir einen Speergriff in den Magen gerammt, und starrte fassungslos in das schöne Gesicht.

»Woher wißt Ihr das?« flüsterte ich endlich. Ein Schauer überlief mich. »Davon habe ich niemandem – *niemandem!* – ein Wort verraten. Nicht einmal Morgane oder Gwen … *Woher könnt Ihr es also wissen?*«

Er ging elegant über meine Frage hinweg. »Ich gebe zu, du hättest es voraussehen können. Aber Arthur war ein Meister der Täuschung, und das weiß niemand besser als du. Nein, er hat dich geschickt an der Nase herumgeführt, und jetzt bist du wütend, weil du bis zu seinem Tod auf ihn hereingefallen bist. Talyn, ich kann dich beruhigen: Es wäre in jedem Fall so gekommen. Er wäre geblieben, und du wärst gegangen. Er hat dir nur seinen Willen aufgezwungen, wie es ihm schon hunderttausendmal gelungen war und auch wieder gelingen wird.«

Ich schwieg, und er bedrängte mich nicht. Und da, ich traute meinen Ohren nicht, stellte ich ihm eine Frage, die mir bisher nie in den Sinn gekommen war.

»Warum haben uns die Leuchtenden bei Artos' Verabschiedung in Ni-maen die Ehre ihres Besuchs verweigert?« Meine Stimme klang mürrisch, und ich spürte zu meinem Entsetzen, daß ich kaum die Tränen zurückhalten konnte. »War er denn nicht Euer Freund? Hat er Eure Anwesenheit nicht verdient?«

Die Stimme des Feenlords wurde rauh, und er schlug die Augen nieder. »Es könnte sein, daß du Nimaen in der betreffenden Nacht zu früh verlassen hast«, sagte er nach einer Weile. »Ich versichere dir, wir waren da.« Seine Lider hoben sich, er sah mich an, und seine Stimme klang wieder tief und rein. »Doch nicht deshalb bin ich gekommen …«

Mit einem Schlag war ganz ohne mein Zutun die Melancholie, der Hochkönig aller Dubhachas, die mich so lange zu Boden gedrückt hatte wie eine dicke Wolke, spurlos verschwunden; Vorfreude durchpulste meine Adern, ich konnte kaum erwarten, was Allyn mhic Midna dem Pen-bardd von Keltia zu sagen hatte.

»Du und Morguenna«, sagte er, »ihr habt beide noch eine Aufgabe zu erfüllen. Morgane weiß bereits, worum es geht, und was sie zu tun hat; du sollst es jetzt erfahren.« Er lächelte, als ich mich, vor Ungeduld zitternd wie ein Jagdhund, nach vorne beugte, um besser hören zu können. »Die Schuld an vielem, was Keltia in jüngster Zeit – und zwar schon lange vor Arthurs Weggang – widerfahren ist, trägt eine Erscheinung, die ich in Ermangelung eines besseren Ausdrucks Politik nennen will, obwohl sehr viel mehr dahintersteckt. Nun befaßt sich mein Volk im allgemeinen nicht mit solchen Dingen, denn sie sind uns lästig, außerdem glauben wir sie bei den sterblichen Kelten ohnehin in besseren Händen. Doch nun hat mich Nudd der König mit einer Idee zu dir geschickt, die du aufgreifen magst oder auch nicht. Es geht um folgendes: Keltia steht und fällt mit der Magie; aber die Magie, wie sie derzeit in Keltia vertreten ist, steht und fällt ihrerseits mit den Herrschaftsverhältnissen und dem Einfluß weltlicher Interessen. Und das sollte unserer Meinung nach nicht sein.«

»Es ist die reine Wahrheit«, sagte ich, unwillkürlich fasziniert. »Wir hören es nicht gern, aber die beiden keltischen Magierorden, die Druiden wie die Ban-draoi, arbeiten auf gewissen Ebenen seit langem eher wie ein Schattenrat – oder wie zwei Schattenräte, da sie kaum je im Gleichschritt marschieren – als wie religiöse Organisationen, deren höchstes und einziges Ziel es ist, die Götter zu verehren und die Menschen darin zu unterweisen.«

»Wobei viele Ban-draoi und Druiden sich durchaus

darauf beschränken«, nickte Allyn. »Aber einige in letzter Zeit nicht mehr so sehr; und deshalb hat Nudd mich zu dir geschickt. Talyn, er läßt dir folgendes sagen: Keltia braucht einen neuen Orden, der sich der Reinerhaltung der Magie widmet und in dem nur solche Männer und Frauen Aufnahme finden, deren Begabung auf diesem Gebiet höchsten Ansprüchen genügt. Wenn ein solcher Orden jemals entstehen soll, dann jetzt, und wenn ihn jemand gründen kann, dann du.«

Wieder schnappte ich nach Luft: Was immer ich erwartet haben mochte, das ganz sicher nicht! Mein Herz jubelte vor Begeisterung, doch mein Verstand …

»Warum ich?« hörte ich mich abweisend fragen. »Gibt es in Keltia nicht genügend andere, die für eine solche Aufgabe weit besser geeignet sind? Ich bin Penbardd, gewiß, aber als Druide bin ich eher Mittelmaß. Warum empfiehlt Nudd nicht jemanden wie Loherin, den derzeitigen Gralshüter, oder sonst eine durchgeistigte Persönlichkeit, einen Mystiker oder Weisen vielleicht. Einen Magier, keinen Musiker.«

»Nudd hat dich bestimmt.« Allyn tat meinen Einwand mit einem Lächeln ab, wobei er nicht etwa so ungerecht war, mir falsche Bescheidenheit zu unterstellen, er hielt ihn nur für belanglos. »Und man stellt Nudd keine Fragen. Er hat seine Gründe, und falls er seinerseits Ratschläge erhält, so wissen wir nicht, woher sie kommen. Wie auch immer, dies ist kein Befehl und auch keine Weissagung, sondern nur ein Vorschlag. Denk darüber nach. Besprich dich mit Menschen, die du liebst und denen du vertraust. Und solltest du dich dagegen entscheiden, so wurde zumindest der Versuch unternommen, und wir wissen dann, daß es in dieser Zeit nicht sein sollte.«

»Aber falls ich ablehne, wie wird es dann weitergehen?« fragte ich, von jäher Angst erfaßt. Ich wußte nicht, was diese Aufgabe von mir verlangte, ich wußte nicht einmal, ob ich sie übernehmen würde, aber schon fürchtete ich, ihr nicht gewachsen zu sein.

»Das weiß nicht einmal Nudd in seiner Weisheit«, sagte Allyn. Dann erklangen abermals die Silberglöckchen, wie ein kristallener Regen fielen die Töne des Schellenbaums auf mich hernieder, und Allyn war so schnell und lautlos verschwunden, wie er gekommen war.

Ich schüttelte mich und sah mich erschrocken um. Hatte ich das wirklich erlebt? Nein, ich war auf dem Bett eingenickt und hatte geträumt, so mußte es gewesen sein. Die schwüle Luft, das Sonnenlicht, das durch die Spitzbogenfenster strömte, hatten einen Wachtraum hervorgerufen, eine Illusion, bestenfalls einen Ashling … Dann fiel mein Blick auf den Tisch am Fenster, und da lag etwas, das vor Allyns Besuch ganz sicher nicht dagewesen war. Ich sprang auf, nahm es an mich und ließ mich mit untergeschlagenen Beinen wieder auf dem Bett nieder.

Trotz meiner Neugier ging ich sehr behutsam vor. Das Ding war eine kleine Scheibe, ein Medaillon; ein flacher Ring aus uraltem matten Silber umschloß eine zierliche, erhaben gearbeitete Drachenfigur, ein Wappentier, halb schreitend, halb zum Sprung bereit, die Schwingen gespreizt, den Schwanz elegant um den Körper gelegt, ein krallenbewehrtes Vorderbein abwehrend oder ausgreifend nach vorne gestreckt. An der Oberseite des Medaillons war eine kleine Öse angebracht, durch die eine mit einem Knoten geschlossene schwarze Lederkordel gezogen war.

Ohne lange zu überlegen, streifte ich mir die Kordel über den Kopf, und dann lag die silberne Drachenscheibe an meiner Brust wie einst die goldene Falkenfeder, die nun das Grab meiner Mutter unter dem Berg Fare schmückte. Allyns und Nudds Worte gingen mir nicht aus dem Sinn, und nun schien auch noch das Medaillon zu mir zu sprechen, vielleicht verstärkte es auch nur die natürliche Begabung für die Gedankensprache oder gar das Zweite Gesicht, wenn man dafür ausgebildet war …

Denn sobald ich das Medaillon mit den Lippen berührte, hatte ich eine Vision. Ich schaute eine riesige Schar von Menschen, die sich wie ein mächtiger Strom durch die Jahre zog. Alle trugen schwarzviolette Gewänder; an jedem Hals glänzte der silberne Drache. Die Schar war wie ein Schwert, eine letzte Waffe für Keltia, wenn alle anderen Klingen zerbrochen waren, alle anderen Mittel versagten. Sie konnte notfalls das Große Schwert ersetzen, das uns vorübergehend – vorübergehend nur – verlassen hatte.

Die Vision verblaßte, und ich betrachtete abermals die kleine Silberscheibe. Sie hatte Ähnlichkeit mit dem Wappen, das Arthur in den ersten Jahren seiner Herrschaft für sich und sein Haus gewählt hatte. Auf Fomor wurde er wegen seiner Heldentaten dort und anderswo noch heute der Rote Drache genannt. Jener Drache war freilich sehr viel wilder gewesen. Dennoch, dieses geflügelte Silberwesen hatte ganz eigene Kräfte … Ich sprang vom Bett, auf dem ich mich so ausgiebig in meiner Verzweiflung gesuhlt hatte, und strebte durch die inneren Gänge einem Flügel von Turusachan zu, dem ich schon allzulange ferngeblieben war.

Als ich Gwahanlen betrat, war Morgane bereits da und sah mir lächelnd entgegen. Zunächst hatte ich den Eindruck, sie wisse bereits alles. Doch als ich ihr stockend von Allyns Besuch und von seiner Idee für einen brandneuen Oren erzählte, da zeigte sich, daß sie keine Ahnung hatte. Am Ende meines Berichts leuchteten ihre Augen, und sie unterstützte Nudds und Allyns Empfehlungen mit aller Entschiedenheit: Dies sei nun wirklich eine Aufgabe, die von vornherein das Etikett ›Taliesin Glyndour‹ trage. Und dann sprach sie von der Aufgabe, mit der man sie betraut hatte.

»Du erinnerst dich doch an Coldgates, Talyn?« fragte sie. Der Eifer rötete ihr die Wangen, und sie sah wieder aus wie das kleine Mädchen von damals. »Und an den Pale um den Sulven, der uns alle vor Entdeckung und Zerstörung und sogar vor den schlimmsten Unbilden des Wetters schützte? Nun denn, wir haben doch schon mehrmals darüber gesprochen, wie gut es wäre, wenn ein solcher Pale mehr schützen könnte als nur einen Berg oder ein kleines Schiff. Wenn er womöglich ganz Keltia umgäbe ...«

»Ich erinnere mich«, sagte ich, selbst überrascht. »Das war vor Cadarachta, glaube ich. Wir unterhielten uns darüber, wie ein solcher Schutzwall zu konstruieren wäre, was er uns nützen könnte und welche Auswirkungen er auf Keltia hätte. O ja, ich erinnere mich sehr gut.«

Morgane lächelte. »Und *ich* erinnere mich, daß du nicht allzu begeistert warst.«

»Ich fürchte nur, alle Verbindungen nach außen zu kappen, bedeutet nicht nur Sicherheit, sondern auch Stillstand. Wenn man sich von den übrigen Welten absondert ... Aber das Argument ist ja längst bekannt.«

»Gewiß; wobei mir scheint, Sicherheit gegen Stillstand zu tauschen, wäre gar kein so schlechtes Geschäft. Aber darüber will ich jetzt nicht mit dir streiten, Cariad.«

»Das ist gut.« Ich atmete erleichtert auf. »Hast du nicht immer gesagt, du wüßtest ohnehin nicht, wie das zu bewerkstelligen sei?«

Morgane schüttelte den Kopf, und meine Erleichterung verschwand wie Tau unter der Morgensonne.

»Inzwischen weiß ich, wie ich vorgehen muß, und ich gedenke, den Versuch zu wagen.«

In den nächsten Monaten ging es in Turusachan hoch her, doch Einzelheiten der Debatte will ich Euch ersparen. Schließlich verstand ich kaum ein Zehntel der technischen Bedenken, die Morgane als reine Ammenmärchen abtat. Begnügen wir uns damit, daß sie jeden, der sich ihr in den Weg stellte, mit ihrer Logik, ihren Zauberkünsten so prompt und gnadenlos niederwalzte, daß ihr Bruder begeistert Beifall geklatscht hätte. Ob Wissenschaftler oder Magier, früher oder später wurde jeder ein Opfer ihrer messerscharfen Argumente.

Sie versuchte immer wieder, mir das Prinzip zu erklären, doch ich ergriff jedesmal die Flucht: Es ging um elektromagnetische Ströme und Kanäle, Leys genannt, und darum, daß sie die Morimaruse wie einen Verteidigungswall zu nützen gedachte (die Leys sollten jedes Schiff, das unbefugt in unseren Raumsektor eindringen wollte, abfangen und auf der anderen Seite des ›Toten Meers‹ wieder absetzen); ich wollte nichts davon hören.

Denn von meinem nicht ganz ernstzunehmenden Haß auf alles Mathematische einmal abgesehen, ahnte ich, daß dieser Pale, den Morgane um Keltia errichten wollte – diese Energiebarriere, nach einem alten Element der Festungsarchitektur bisweilen auch Blendmauer genannt –, im wahrsten Sinn des Wortes ihr Tod wäre. Und daß ich mich damit nicht unbedingt beschäftigen wollte, könnt Ihr sicher verstehen. Natürlich war auch ihr klar, worauf sie sich einließ, und sie hätte es auch nicht geleugnet, wenn man es ihr auf den Kopf zugesagt hätte, aber von sich aus sprach sie mit niemandem darüber, auch nicht mit mir. Schon gar nicht mit mir.

Sie war Feuer und Flamme für diese Aufgabe, die möglicherweise ihr Lebenswerk werden sollte. Die Energiebarriere nahm ihre ganze Zeit, ihr ganzes Denken, ihre ganze Energie in Anspruch, beschäftigte sie bei Tag und Nacht. Sie führte endlose Geheimbesprechungen mit Ban-draoi-Dominas, Meisterdruiden, Fian-Astrogatoren und Planetophysikern, während man sich im Senat, im Repräsentantenhaus, in der Adelskammer und auch im Volk die Köpfe heißredete – wobei jede Partei für ihre Einstellung gute und überzeugende Gründe vorbringen konnte. Doch Morgane ließ sich nicht beirren: Sie würde durchführen, was sie sich vorgenommen hatte, und damit war der Fall für sie erledigt. Daß der große Plan sie sehr wahrscheinlich das Leben kosten würde, spielte keine Rolle.

Doch obwohl das bekannt war, gab es Menschen, die ihr auf Schritt und Tritt Knüppel in den Weg legten; und es waren genau diejenigen, auf deren Wohlwollen sie am meisten angewiesen war und in denen man eigentlich ihre eifrigsten Fürsprecher vermutet hätte.

Ich spreche von den Pheryllt, dem obersten Druidenkollegium, jenen Meisterzauberern, aus deren Reihen einst Männer wie Merlynn Llwyd oder der Marbhdraoi Edeyrn hervorgegangen waren. Als Ban-draoi war Morgane jedem von ihnen gewachsen; aber nicht deshalb versagten sie ihr jetzt die Unterstützung. Nein, sie sträubten sich, weil sie es noch immer nicht verwinden konnten, daß Arthur damals über ihre Köpfe hinweg den ehrenwerten Alein Lysaght zum Erzdruiden ernannt hatte.

Dabei hatte es dafür einen ausgezeichneten Grund gegeben: Bei der vorangegangenen Wahl hatten die Pheryllt nämlich für Ultagh Casnar gestimmt, und die Folgen sind allgemein bekannt. Wer wollte Arthur verübeln, wenn er befürchtete, daß der Druidenklüngel beim nächsten Mal kaum besser, sondern wahrscheinlich noch schlechter entscheiden würde; und wenn er Keltia nicht in den Händen eines Druidenordens zurücklassen wollte, an dessen Spitze ein zweiter Ultagh stand? Die Pheryllt hatten das wohl etwas anders gesehen, und nun ließen sie Arthurs Schwester für seine Eigenmächtigkeit büßen.

Zu dieser Zeit war ganz Turusachan ein Hexenkessel der Gehässigkeit. Gweniver und Ygrawn – Morgane hatte sich inzwischen vollends in die Pläne für den Schutzwall vergraben und nahm ihre Regentenpflichten kaum noch wahr – setzten sich rückhaltlos für die Errichtung der Barriere ein. Damit hätte sich für jeden vernünftigen Menschen weitere Diskussionen eigentlich erübrigen müssen, denn die beiden waren nicht zu überstimmen, schon gar nicht wenn sie mit der dritten einig gingen. Doch unter den Ratsherren und Staatsbeamten schwelte der Streit noch monatelang weiter wie ein Ölfilm auf dem Wasser und würde wohl auch erst erlöschen, wenn die Barriere unwiderruflich an Ort und Stelle war.

Auch das Volk war verunsichert und in sich gespalten. Gewiß, ganz Keltia sehnte sich nach Sicherheit – in den letzten Jahrhunderten hatten die Menschen mehr als genug Angriffe von außen erlebt –, aber nur wenige waren sich einig darüber, wie dieses Ziel zu erreichen sei. Außerdem waren die meisten mit der Vorstellung einer riesigen magischen Barriere in der Finsternis des Alls, die, unsichtbar und doch undurchdringlich, ganze Sonnensysteme vor der übrigen Galaxis verbarg, ohnehin so überfordert, daß sie letztlich Angst vor ihrer eigenen Dummheit hatten.

Nun, ich konnte es ihnen nicht verdenken, auch mir war die ganze Sache alles andere als geheuer. Und so nahm ich eines Abends meinen ganzen Mut zusammen und bat Morgane, sie mir doch noch einmal zu erklären.

Zunächst blickte sie kaum von ihrer Arbeit auf – auf dem Tisch in unserem Schlafzimmer türmten sich Berge von Papieren, Computerkristallen und geheimnisvollen Diagrammen und Karten –, doch dann ließ sie alles stehen und liegen und setzte sich zu mir.

»So viel, wie du denkst, steckt gar nicht dahinter, Cariad«, lächelte sie. »Es handelt sich nur um ein Bauwerk und um keine neue Kosmologie. Eine ganz gewöhnliche Mauer – wie die da unten im Rosengarten. Nur größer.«

»Nun ja, von ganz gewöhnlich kann wohl nicht die Rede sein. Allein schon die Größe …«

»Sie muß doch groß sein, wenn sie sieben Sonnen und die dazugehörigen Planeten abschirmen soll.«

Ich blinzelte. »›Sieben‹? Aber offiziell gehören zu unserem Einflußbereich …«

»Insgesamt zwölf Sonnen, ja, ich weiß. Aber warum, glaubst du, haben wir in fast zweitausend Jahren nie eins von den anderen Systemen besiedelt?«

»Darüber habe ich mir noch nie Gedanken gemacht.«

»Das ist auch gar nicht nötig … Nun, die anderen fünf Sonnen sind so instabil, daß in ihrer Nähe kein Leben möglich ist; und es gibt viele Gründe dafür, warum ihre Planeten nie von Menschen in Besitz genommen wurden. Sie sind entweder zu groß oder zu klein, ihre Schwerkraft ist zu stark oder zu gering, einer ist ein Gasriese, bei anderen fehlt die atembare Luft, der Orbit ist zu exzentrisch, die Rotation zu schnell … Die Liste nimmt kein Ende. Aber jetzt können uns diese Systeme doch noch nützlich sein.«

Allmählich ging mir ein Licht auf, und nun verstand ich auch, warum der Plan manchen Leuten so unheimlich war. Doch Morgane kam erst so richtig in Fahrt.

»Die Barriere braucht natürlich Energie, und die Energie muß, wenn nicht für immer, so doch für lange Zeit vorhalten. Wir haben übrigens nur einen Versuch, wenn es beim ersten Mal nicht klappt, war alles vergebens. Um nun ein Gebilde von diesen Dimensionen mit Energie zu versorgen, benötigen wir eine entsprechende Quelle.«

»Eine Sonne vielleicht«, entfuhr es mir unwillkürlich, und ich erschrak.

»Richtig. Eine Sonne. Genauer gesagt, fünf Sonnen und jeden einzelnen dieser bisher nutzlosen Planeten.

Wir müssen sie samt und sonders sprengen und die dabei frei werdende Energie der Barriere zuleiten. Damit beschäftige ich mich nun schon seit Monaten. Und es wird gelingen, Talyn.«

Ich schwieg, denn es hatte mir die Sprache verschlagen. Zwar hatte ich gewußt, daß Morgane mit all den Wissenschaftlern und Zauberern ein ziemlich großes Projekt ausheckte; aber *das* ... Das war so riesig, daß mein Verstand es nicht zu fassen vermochte. Eine Sprengung von fünf Sonnen (es handelte sich um Sterne aller Größenordnungen, rote Riesen, gelbe Zwerge, blaue Kobolde, und die Götter wußten, wie vielen gewiß nicht kleinen Planeten) ... Ich war im wahrsten Sinne des Wortes überwältigt. Allein schon die Tatsache, daß meine Frau, meine Herzensliebe, das Projekt mit dem Bau einer Mauer im Rosengarten verglich, warf mich einfach um.

»Wie wird die Barriere aussehen?« hörte ich mich fragen. »Hängt sie einfach über uns wie ein Teppich, der uns den Blick auf die Sterne nimmt?«

Morgane lachte. »Nein, nein! Wir werden sie nicht sehen, wir werden überhaupt nicht merken, daß sie da ist. Sie ist nicht einmal von außen zu erkennen; das Licht kann sie durchdringen oder wird abgelenkt ...« Wieder stürzte sie sich in einen technischen Vortrag – ich war verloren, denn für diese Erscheinungen gab es keine Gaeloch-Ausdrücke mehr, nur noch Fachbegriffe –, bis sie sah, wie meine Augen glasig wurden (und das geschah sehr schnell!) und sich erbarmte.

»Stell dir einfach einen riesigen Vorhang aus blauem Licht vor, den man nicht sehen kann, der Keltia aber in allen drei Dimensionen umgibt – wie eine riesige Leuchtkugel. Wir können hinausschauen, aber niemand sieht herein. Wir können die Sterne noch sehen, aber unsere Sonnen sind außerhalb des Pale, jenseits dieser Energiebarriere, nicht zu erkennen. Unsere Schiffe können sie jederzeit passieren, aber kein

Outfrenne-Raumschiff kann in den Bawn eindringen.«

»Der Bawn? Das ist doch der Raum innerhalb der Verteidigungsmauern einer Burg? Ich verstehe.«

»Seltsam, wie gut die alten Worte zu den neuen Anwendungen passen«, bemerkte Morgane wie nebenbei. »Das müßte dich als Barden eigentlich – faszinieren.«

Ich lachte pflichtschuldigst. »Vielleicht mache ich mir doch mehr Gedanken um die Sache selbst. Was passiert zum Beispiel, wenn ein Schiff, sei es keltisch oder gall, das *nicht* darauf eingerichtet ist, den Pale zu durchqueren, es doch versucht?«

»Hier kommen die Leys ins Spiel, von denen ich dir schon erzählt hatte. Um es ganz kurz zu erklären, das betreffende Schiff würde nicht zerstört, sondern fände sich nur viele Sternenmeilen entfernt jenseits der Morimaruse wieder. Glaubst du nicht, daß das eine wirksame Abschreckung wäre?«

»Natürlich.« Ohne Vorwarnung von einer Seite der Morimaruse zur anderen geschleudert zu werden, war wohl kaum eine Erfahrung, die man unbedingt wiederholen wollte ... Der Plan war großartig, und die Ausführung versprach nicht weniger großartig zu werden. Falls es gelang, die lästigen Differenzen mit den Pheryllt aus der Welt zu schaffen.

»Sie wollen uns nicht helfen«, sagte Morgane schlicht, als ich mich danach erkundigte. »Es ist sehr edel und bequem zu sagen, jeder Druide müsse nach seinem Gewissen entscheiden, ob er den Plan unterstützen wolle. Aber in der Praxis ...«

Genau. In der Praxis waren nur die kühnsten und mächtigsten Druiden (und die hatte sie ohnehin bereits für sich gewonnen) bereit, sich gegen die ausdrücklichen Wünsche ihres Führungsgremiums zu stellen. Ich hätte es als gewöhnlicher Druide auch nicht gewagt; und selbst ich hatte mich noch nicht entschieden.

»Werden die Außenwelten denn überhaupt noch

wissen, daß Keltia existiert? Ich möchte nicht, daß wir in Vergessenheit geraten.«

»Es gibt Stimmen, die sogar das für erstrebenswert halten – aber keine Sorge, wir verschwinden nicht völlig von der Bildfläche. Die anderen werden wissen, daß da *etwas* ist, und aus ihren Karten und Rutairs können sie entnehmen, daß dieses Etwas Keltia ist; aber sie können es nicht sehen, und sie können nicht hineingelangen. Hinter dieser Barriere sind wir für alle Zeit in Sicherheit.«

»Kann sie – könnte sie nicht jemand durchbrechen?«

Morgane schlug die Augen nieder. »Doch«, sagte sie leise. »Auszuschließen ist es nicht. Ein vollkommen einbruchsicheres Gewölbe gibt es nicht. Aber bei dieser Konstruktion ist es sehr unwahrscheinlich, denn es wären ein ungeheuer mächtiger Zauberer und ein ungeheuer starker Rann vonnöten. Das ist im Augenblick meine geringste Sorge. Die Pheryllt belasten mich mehr.«

Als ich an diesem Abend einschlief, war nicht nur mein Verständnis für die große Aufgabe meiner Morgane gewachsen, sondern auch meine Angst. Nicht um die Aufgabe, sondern um sie. Nur um sie. Und damit naturgemäß auch um mich selbst.

Ich hatte mich unterdessen mit meiner eigenen Aufgabe auseinanderzusetzen, einer Aufgabe, bei der nicht etwa meine Fähigkeiten als Barde gefragt waren. Ich hatte nur Morgane, Gweniver und Ygrawn von Allyns Besuch erzählt; und so wußten auch nur sie, was ich unternahm, um die Organisation ins Leben zu rufen, die Nudd mir durch Allyn hatte ans Herz legen lassen.

Bei der Auswahl der Kandidaten hielt ich mich streng an Allyns Vorgaben. Beruf oder Stellung spielten keine Rolle – ob Kern oder Herzogin, Barde oder Fian, Bauer, Krämer oder Techniker, in diesem neuen Orden waren alle gleich. Höchstes und einziges Ziel war die Magie. Auch intern sollte auf eine Hierarchie, auf Titel und Ränge verzichtet werden: Ein Oberhaupt, das die Versammlungen ansetzte, und ein Einberufer, der dafür sorgte, das sie stattfinden konnten, das mußte genügen. Die Prüfungen sollten einheitlich sein, und die Magie hatte oberste Priorität. Jeder Kandidat mußte beweisen, daß er in mindestens einer speziellen magischen Disziplin über besondere Gaben verfügte und auf allen anderen Gebieten einen hohen Leistungsstand erreichte.

Mir war klar, daß ich nicht auf Anhieb so viele geeignete Kandidaten finden würde, wie ich mir wünschte; wobei der Orden nach meinen Vorstellungen auch in voller Stärke zehntausend Mitglieder nicht überschreiten sollte. Wenn qualifizierte Magier momentan noch zu dünn gesät waren, mußten wir uns eben bescheiden, es ging nicht an, nur um der Quantität willen jeden aufzunehmen. Wir brauchten die Besten, die Keltia zu bieten hatte; gut war nicht gut genug.

Noch hatte der Orden keinen Namen ... Doch als ich eines Abends mit meinem Drachenmedaillon herumspielte und die feine Arbeit bewunderte – *sicher von den Sidhe*, dachte ich, *oder gar von der Erde?* –, da ließ sich plötzlich tief in meinem Innern ein leises, aber sehr deutliches Stimmchen vernehmen, und ich wiederholte staunend, was es mir sagte. Natürlich, das war der Name, der und kein anderer. Wieso war ich nicht selbst darauf gekommen?

»Die Drachenbruderschaft«, sagte ich laut ins Leere hinein, zu mir selbst und zu ganz Keltia. »Die größten Magier unseres Volkes sollen dem Drachen verwandt sein. Und sie sollen eine eigene Sippe bilden.«

Und so geschah es.

Zu Anfang war die Bruderschaft, verglichen mit der einstigen Gefährtenrunde, tatsächlich mitleiderregend klein. Ohne meine Gründe zu offenbaren, hatte ich beschlossen, den neuen Orden in Gwahanlen unterzubringen. Der Saal hatte in den letzten Jahren sehr an Bedeutung verloren, er war kein einziges Mal mehr benützt worden, seit die sieben Rückkehrer von Kholco hier von den Daheimgebliebenen empfangen worden waren. Mir erschien es angemessen, daß die Bruderschaft hier ihre Versammlungen abhielt, auch wenn das Häufchen in dem riesigen Raum eher verloren wirkte.

Auf die zwölfmal zwölf Stühle um die Tafel Rhodaur, auf denen einst der innere Kreis der Gefährten gesessen hatte, mußten sich zunächst ganze einundsiebzig Drachen verteilen. Einige davon sind Euch seit langem bekannt – Daronwy, Tryffin, Cristant und auch Morgane –, aber die meisten waren Fremde, und mit der Zeit würden davon noch mehr dazukommen.

Damals legten wir noch keinen Wert auf einheitliche Kleidung oder bestimmte Embleme, ich ließ lediglich für jeden neuen Drachen einen Anhänger nach dem Muster meines Silbermedaillons anfertigen. Die kleinen Scheiben wurden nicht immer offen, aber durchweg mit Stolz getragen. Wir hatten Keltia zwar mit aller Behutsamkeit auf die Einführung des Ordens vorbereitet, die erste Neugründung, seit Plenyth ap Alun, der Penbardd, dessen Mantel nun auf einstimmigen Beschluß auf meinen Schultern lag, Anno Brendani 347 die Vereinigung der Barden ins Leben gerufen hatte; dennoch hielten wir es für ratsam, möglichst wenig Aufsehen zu erregen, um die Bevölkerung nicht zu ängstigen. Sie hatte in den vergangenen Jahren genug erdulden müssen; ein neuer und potentiell mächtiger Magierorden, der allzu dreist auftrat, würde womöglich als Arwydd, als Vorzeichen, verstanden werden und an die alte Prophezeiung erinnern: ›Wo der wahre König stirbt, stehen tausend Zauberer auf im Lande.‹ Und erst zehntausend Zauberer – immerhin war der König ja tatsächlich tot, auch wenn das Volk davon nichts wußte …

Also gingen wir wie auf Zehenspitzen. Unsere erste Amtshandlung bestand darin, Morgane bei ihren Bemühungen um die Energiebarriere öffentlich unserer uneingeschränkten Unterstützung zu versichern. Wir hatten damit nur die Zauderer umstimmen wollen, doch die Pheryllt, die sich so lange dagegen gesträubt hatten, dem Werk ihren Segen zu geben, fühlten sich durch die Aktion der Bruderschaft so beschämt, daß sie umschwenkten. Wir waren selbst überrascht von unserem Erfolg.

Ich muß zugeben, es war ein schönes Gefühl, mit einundsiebzig Drachen die Pheryllt und die gesamte Druidenschaft aufwiegen zu können. Damit bekamen wir gleich zu Anfang mehr Ansehen und Gewicht, als wir alles in allem eigentlich angestrebt hatten. Aber wenn wir Morgane damit die Last etwas erleichtern konnten, sollte uns das recht sein.

Und es sah ganz danach aus: Nachdem die Druiden kapituliert und versprochen hatten, die Barriere zu unterstützen, waren alle Zauberer in Keltia zur Mitarbeit verpflichtet, und schließlich wurde jede Hand gebraucht, um das Riesenwerk zu vollenden. Damit war nach außen alles geregelt, und Morgane zog sich, um sich auch innerlich bereitzumachen, für ein paar Tage in eine einsame Ban-draoi-Klause zurück, einen Llan auf einer Insel irgendwo in den Kyles von Ra. Für ein magisches Projekt dieser Größe brauchte man ein festes seelisches Fundament.

Um keine Mißverständnisse aufkommen zu lassen, das alles nahm Jahre in Anspruch: Als Morgane endlich bereit war, die Barriere zu errichten, und ich die Drachenbruderschaft gründete, weilte Arthur schon fast sieben Jahre nicht mehr unter uns. Arawn würde bald volljährig sein und den Thron besteigen; für Gweniver war die Freiheit in greifbare Nähe gerückt – unzählige Veränderungen standen bevor, doch was uns das alles kosten würde, stand noch offen.

Ich wußte im Innersten, daß ich für die Errichtung der Barriere teurer bezahlen würde als alle anderen; doch als Morgane ihr Fundament gebaut hatte, aus der Klausur zurückkehrte und ihre Heerscharen um sich sammelte, war es mir nicht möglich, darüber zu sprechen.

In der letzten Nacht vor dem großen Tag fand ich keinen Schlaf. Mir war, als hätte sie mich bereits verlassen. Wir liebten uns, wir redeten miteinander, wir liebten uns abermals voller Leidenschaft und Inbrunst, doch im Grunde war es ein Abschied, obwohl keiner von uns es zugeben wollte, um den anderen nicht zu erschrecken. Das war zwar edel und rücksichtsvoll gemeint, doch es belastete diese Nacht, vielleicht die letzte, die wir in Turusachan oder sogar in diesem Leben gemeinsam verbringen durften. Wir schwiegen also über unsere Gefühle, doch dafür kam etwas anderes ans Tageslicht …

Morgane lag in meinen Armen, und ich spürte ihren dicken, seidenweichen Zopf an meiner Kehle. Sie regte sich, rückte näher und legte den Arm auf meine Brust, um mir mit den Fingern den Bart kraulen zu können.

»Habe ich dir eigentlich schon gesagt, Cariad o'nghariad, wie unaussprechlich dankbar ich dir bin, daß die Drachenbruderschaft sich für die Barriere ausgesprochen hat? Zuletzt mußten die Pheryllt doch noch in den sauren Apfel beißen, so jämmerlich sie auch das Gesicht verzogen haben! Also – danke.«

Ich zuckte die Achseln und küßte sie auf den Scheitel. »Nicht der Rede wert, Hoheit.«

»Nicht so bescheiden, Pendragon! Ohne die Bruderschaft …« Sie lobte mich weiter über den grünen Klee, aber ich hörte gar nicht hin. Ein Wort von ihr ließ mich nicht mehr los, und irgendwann legte ich ihr den Finger auf die Lippen und brachte sie damit zum Schweigen.

»Wie hast du mich eben genannt?«

»›Cariad o'nghariad‹ wie immer, was sonst …«
»Nein, das nicht. Der andere Name.«
Sie überlegte ein paar Sekunden.
»›Pendragon‹?«
»Genau, das meine ich. Wie kommst du darauf? Das hast du noch nie zu mir gesagt.«
»Genaugenommen stammt der Titel auch nicht von mir.« Sie kuschelte sich fester an mich. »Ursprünglich haben dich nur deine Drachen so genannt, wenn sie unter sich waren, doch allmählich verbreitet sich der Name auch in der Allgemeinheit. Du mußt ihn doch schon gehört haben.«
Ich schüttelte den Kopf. »Nein.« Und ich war auch nicht sehr davon angetan …
Morgane schien mein Unbehagen nicht zu spüren. »Wie ist das nur möglich! Ganz Keltia nennt dich so. Du bist ein ›Drache‹, und weil du die Bruderschaft leitest, bist du der Oberdrache; ›Pen‹, das bedeutet ›Häuptling‹ oder ›Oberhaupt‹, genau wie in Pen-bardd – und *der* Titel hat dich doch, soviel ich weiß, noch nie gestört.«
»Auch Ihr wißt nicht alles, Madame«, sagte ich herablassend. Die Yamazai-Anrede war meine Revanche. »Schließlich wart Ihr nicht dabei, als Elphin mich zum ersten Mal so nannte, Ihr könnt also nicht ahnen, wie sehr er mich damit in Verlegenheit brachte …«
Elphin – er war mit Arthur auf Kholco umgekommen … Ich holte tief Atem, dennoch schossen mir die Tränen in die Augen. Morgane hatte es wohl gespürt, denn sie küßte mich sanft auf die nackte Brust; im Mondlicht sah ich, wie sich ihr Kopf bewegte. Bellendains mattrotes Licht drang durch die Fenster wie der Schein eines Beltainfeuers hinter einem fernen Hügel.
»Du warst nur deshalb verlegen, weil Plenyth selbst einst so genannt worden war, und mit ihm wolltest du dich, bescheiden, wie du bist, nicht vergleichen. Aber du hattest den Titel durchaus verdient, mein Liebster,

und diesmal ist es ebenso. Kannst du dich damit nicht zufriedengeben?«

Irgendwann schlief sie an meiner Schulter ein, doch ich lag noch lange wach und beobachtete, wie das rotsilberne Licht sich bläulich färbte, als Bellendain westwärts flüchtete und Argialla die Herrschaft über den Himmel überließ.

Pendragon ... Wenn ich ganz ehrlich war, freute ich mich darüber wie ein Kind. Es war eine Ehre, gewiß, aber ich hatte mich nicht danach gedrängt, der Titel war mir von meinen Leuten verliehen worden. Ich hatte nicht einmal davon gewußt. Damit konnte wohl auch der Bescheidenste leben.

Besonders erstaunlich war die Ähnlichkeit mit meinem Ainm-pósta oder Gamonym, dem Ehenamen Pendreic, den ich wie bei uns üblich angenommen hatte, als ich mich mit Morgane vermählte. Denn ›Pendreic‹ war die kymrische Entsprechung für ›Pendragon‹ im Umgangs-Gaeloch: ›Dreic‹ oder ›Drache‹ war bei den Barden von jeher ein Synonym für ›Krieger‹, und ›Pen‹ hatte, wie Morgane bemerkte, schon immer ›Häuptling‹ oder ›Herr‹ bedeutet.

Es paßt eigentlich ganz gut, dachte ich schläfrig, *selbst für mich ...* Wie auch immer, die Sache war nicht mehr aufzuhalten. Ich war der Pendragon und würde es bis ans Ende meiner Tage bleiben; und wer nach mir als Erster unter Gleichen, wie es die von mir selbst verfaßte Ordensregel vorsah, die Bruderschaft leitete, würde sich ebenfalls so nennen oder von den Ordensbrüdern und ihren Familien so genannt werden. Vielleicht war allzu große Bescheidenheit in diesem Fall doch fehl am Platz.

Kapitel 32

Wie ich in dieser Chronik nicht zum ersten Mal feststellen muß, sind Worte manchmal nicht genug; selbst ein Barde wird – gelegentlich – von seinem Handwerkszeug im Stich gelassen. Nicht etwa deshalb, weil das, was er zu vermitteln sucht, unpräzise, unrichtig oder unwahr wäre – ein allzu verschwommenes Gefühl, ein allzu vager Gedanke. Nein, sondern gerade weil der Tatbestand *zu* genau, zu präzise, zu sehr und zu radikal in sich geschlossen ist, als daß man ihm mit Worten beizukommen vermöchte …

Was nun folgt, ist weder erfreulich, noch fällt es leicht, davon zu berichten, dennoch ist es ein sehr präziser, in sich geschlossener Gegenstand; und ich bin sehr froh und stolz, darüber berichten zu dürfen. Denn wie zuvor ihr Bruder, ihr Vater und ihre Onkel, so hatte auch Morguenna Pendreic ihrem Volk einen Dienst zu erweisen, und dafür war jetzt die Zeit gekommen.

Wir hatten alle möglichen und notwendigen Vorbereitungen für die Errichtung der Energiebarriere zwischen uns und der übrigen Galaxis getroffen. Für ein Werk, das vielen wie reine Zauberei erscheinen mag, verbarg sich unter der Oberfläche doch sehr viel Technik, was wieder einmal illustrieren mag, daß Magie und Logik einander nicht so fremd sind, wie wir oft glauben.

Um den riesigen, undurchdringlichen Vorhang aus nichtleuchtendem Licht zu schaffen, den Morgane sich vorstellte, hatte man draußen im tiefen Raum, in der Nacht zwischen den Sonnen, die unserer Welt das Licht spenden, vier riesige Stationen errichtet. Sie waren so angeordnet, daß jede ein Viertel unserer

Grenzen abdeckte, wobei sich die Reichweiten großzügig überlappten und außerdem so viele Redundanzrelais vorgesehen waren, daß jede Station in die Bresche springen konnte, falls eine andere ganz oder teilweise ausfiel. Ich muß zugeben, die Vorstellung war bedrückend, zumindest für mich – vier Räder im All, vier Caers zwischen den Sternen, die einen Schutzschirm für unseren gesamten Weltraumsektor erzeugen sollten –, und schließlich stellte ich mir die Stationen als Maigen-Steine vor wie jenen Stein, den ich einst vor Daars auf der Straße von Gwaelod her gesehen hatte. Grenzmarken für das dahinterliegende Gebiet, und doch mehr als das. Diese Stationen waren nicht nur Signale, sie selbst übten die Schutzfunktion aus.

Aus technischer Sicht war alles natürlich sehr viel komplexer. Die Stationen sollten die ungeheuren Energiemengen, die für Morganes großes Werk erforderlich waren, erst sammeln und dann so verteilen, daß die Maschinerie (mehr oder weniger) bis in alle Ewigkeit weiterlief. Sämtliche Magier Keltias würden die Aufladung übernehmen, und die Zündung sollte durch die Explosion von fünf Sternen und etwa zwanzig Planeten erfolgen; danach würde es im ganzen Bawn keinen einzigen Himmelskörper mehr geben, der nicht bewohnt oder sonstwie genützt wurde. Die Entscheidung war uns allen schwergefallen – in der Regel pflegen wir Kelten die Werke der Großen Mutter nicht fahrlässig zu zerstören –, aber dies war keine Fahrlässigkeit. Wir brauchten die Barriere; die Barriere brauchte Energie; und die fünf Sonnen hätten sich im Lauf der Zeit ohnehin selbst zerstört: Logik und Zweckmäßigkeit ergänzten sich also.

So wurden die Stationen mitten in die große Leere hineingesetzt, und Morgane nannte sie nach den Vier Heiligen Städten an den Airts, den Städten der alten Danäer, aus denen zu Anbeginn der Zeiten die Dreizehn Schätze gekommen waren, Falias, Findias, Murias und Gorias. Es gab Stimmen, die darin einen Frevel sahen und sich heftig ereiferten, und ich muß gestehen, daß auch ich mich diesem Gefühl nicht ganz entziehen konnte. Morgane reagierte jedoch ungewohnt gereizt auf meine Bedenken.

»Du weißt sehr wohl, daß diese Städte unser Volk lange Zeit beschützt haben, Talyn, um uns danach mit den Heiligtümern die Mittel an die Hand zu geben, selbst für unseren Schutz zu sorgen. Was mit den Schätzen geschehen ist, wissen wir. Die Städte werden sich nicht daran stören, wenn wir mit ihren Namen die Sternen-Caers bezeichnen.«

Nun, als Urheberin des großen Werkes mußte sie wohl am besten wissen, was richtig und was Frevel war. Die Stationen bekamen also ihre Namen, wurden gesegnet und in Betrieb genommen. Jede Station wurde mit einem Stab von Zauberern besetzt, Bandraoi, Druiden, sogar Heckenpriester und Dorfhexen. Morgane hatte sämtliche Zauberer von ganz Keltia für das gewaltige Unternehmen zusammengerufen, denn wir brauchten auch den letzten Funken Macht und Energie. Und alle waren (als der kindische Trotz der Pheryllt erst die gebührende Antwort gefunden hatte) mit Freuden gekommen; alle fanden sie sich bereit, aus Liebe zu Keltia ihre Zauberkräfte zur Verfügung zu stellen. Einigen würde womöglich noch mehr abverlangt werden. Ein Werk dieser Art barg ganz eigene Risiken in sich, und so würden etliche – vor allem die jüngsten und die ältesten waren aus unterschiedlichen Gründen gefährdet – den großen Ruck, der die Magie in Gang brachte, wohl nicht überleben. Doch unter den Hunderttausenden hätte sich kein einziger etwa aus Angst seiner Pflicht entzogen.

Unmittelbar vor dem großen Tag flogen wir noch einmal die Linie ab, an der sich die Barriere erheben sollte, eine unregelmäßige, vielfach gewundene Spur durch den leeren interstellaren Raum. Wenn ich mir vorstellte, daß sich hier schon bald eine aus der Energie der Sterne und der Macht der Magie gebaute Mauer erheben sollte, wurde mir ganz sonderbar zumute …

Morgane hatte für solche Überlegungen keine Zeit. Sie hatte sich verändert im Lauf der letzten ein bis zwei Jahre, während die Barriere für das übrige Keltia die Realität gewann, die sie in ihren Gedanken schon seit Coldgates besaß. Oh, es waren nur Kleinigkeiten, keine schwerwiegenden Dinge, die gar unserer Liebe, unserer Bindung irgend etwas hätten anhaben können. Aber der Wandel war nicht zu übersehen, und manchmal fragte ich mich, ob nicht etwas von Arthurs ruhelosem Geist auf seine Schwester übergegangen war und einen Funken in ihr entzündet hatte.

Wenn ich sah, wie sie gleich einem witternden Jagdhund das All durchquerte, erinnerte sie mich so sehr an ihren Bruder, daß ich es kaum ertragen konnte. Aber der Flug war unerläßlich; bald schon würden diese Regionen in einem Ausmaß von Energiefluten überspült werden, wie weder Natur noch Technik sie jemals hervorgebracht hatten; und wie bei jedem Ritual hängt manchmal nicht nur der Erfolg, sondern das Leben davon ab, daß man den heiligen Boden kennt, auf dem man steht.

Deshalb brauchte Morgane auch einen ganz bestimmten Ort, von dem aus sie ihr Werk steuern und alle Magie auf sich ziehen konnte, um sie weiterzuleiten an die Stationen, die sie ihrerseits verteilen mußten, um schließlich ganz Keltia in einen zwar nicht sichtbaren, aber um so deutlicher spürbaren Lichtmantel zu hüllen.

Der Ort, den Morgane sich dafür ausgesucht hatte, war Caervanogue, die Gralsinsel, und ich sollte sie begleiten.

Natürlich würden wir beide nicht allein sein; einige Mitglieder der neuen Bruderschaft kamen mit uns – übrigens waren auch auf jeder der vier Stationen Verwandte des Drachen postiert. Außerdem hatte Morgane mit Ygrawn, Daronwy, Grehan, Cristant, Alein Lysaght und etlichen alten Gefährten, ehemaligen Gralssuchern und Rittern der Tafelrunde eine Schar von Vertrauten nach Beckery gerufen, auf deren Kräfte sie bauen konnte. Gweniver war mir beim Abschied plötzlich so fremd und fern gewesen wie die Sternenwolken am Südhimmel, die wir die Schleier von Aunya nennen. Sie blieb mit Arawn, Gerrans und meinen beiden Enkeln in Caerdroia zurück, während Gwain, der zweite noch lebende Vertreter dieser Pendreicgeneration, ebenfalls mit uns kam.

Das mag Euch vielleicht verwundern, wenn Ihr bedenkt, wie sein letzter Besuch auf Beckery geendet hatte: Seine Mutter hatte sich von ihrer Familie, ihrem Volk und ihrem Glauben losgesagt und seine Schwester ihren finsteren Plänen geopfert. Ganz zu schweigen davon, daß er als Toter eingetroffen und wieder zum Leben erweckt worden war – womit das schlimme Abenteuer immerhin noch einen glücklichen Ausgang genommen hatte. Auch wir betrachteten seine Entscheidung mit Skepsis. Aber er war nicht davon abzubringen.

Gweniver und die anderen blieben also zurück, um von Gwahanlen aus an unserem Werk teilzunehmen und – nicht nur im Geiste – bei uns zu sein. Wir dagegen bestiegen in Mardale ein Schiff, um diesmal auf dem Luftweg in die Regionen östlich von Osten zu gelangen, die wir seit damals nicht wieder betreten hatten.

Vom Schiff aus konnte ich die Stationen meiner Gralssuche verfolgen: Da lag die Siennega, auch wenn die Ruinen von Inisguidrin aus dieser Höhe nicht zu erkennen waren; da drüben erhob sich Ben Shulow;

nördlich davon erstreckte sich die Ebene von Listellian; viele Meilen weiter links zog sogar eine Herde der trägen weißen Bisons dahin, so langsam, daß es aussah, als wäre auf dem grünen Gras eine Wolke niedergegangen. Weit vor uns erglänzte Schönlicht wie eine Perle an der Küste.

Wir landeten auf der Festlandsseite der Drachensee (diesmal wollten wir Beckery als Pilger zu Fuß erreichen, nicht als Gralssucher zu Pferde) und blickten zu der mystischen Insel hinüber, die heute deutlich sichtbar wie ein Buckelschild auf dem Wasser lag. Doch auch diesmal gab sie uns wieder Anlaß zum Staunen, denn von der Burg auf dem Gipfel des Berges war nichts zu sehen.

»Wo ist Caervanogue?« fragte ich endlich. »Die Gralsburg, deren Tore Loherin bewacht, ist sie entschwunden?«

Morgane schüttelte den Kopf. »Nein, sie wurde nur vorübergehend an eine andere Stelle gesetzt, sie soll nicht mit ansehen müssen, was wir vorhaben.«

»Es ist ehrliche Arbeit«, sagte Ygrawn wie zu sich selbst, doch die Schärfe in ihrer Stimme ließ uns alle aufhorchen.

Ihre jüngste Tochter lächelte. »Gewiß, Mamaith; aber große Werke hinterlassen ein Echo, und mein Vetter Loherin will verhindern, daß dieses Echo für alle Zeit an Caervanogues Steinen haftet. Das ist alles.«

Sie trat ans Wasser – ich sehe es noch heute vor mir: es schimmerte so klar und grün wie Chrysolith, wie eine Frühlingswiese –, das am weißen Kies des Strandes leckte, und zog die Stiefel aus.

»Wir können nicht auf die Ebbe warten«, sagte sie wie zur Entschuldigung. »Wir müssen zusehen, daß wir gleich hinüberkommen …«

Damit setzte sie den Fuß auf den Smaragdozean, als träte sie tatsächlich auf eine Frühlingswiese, und siehe da, sie sank nicht ein. Gemächlich wandelte sie Schritt für Schritt über die Wellen, und das Wasser blieb völlig unbewegt. Ohne sich umzudrehen, forderte sie uns auf, ihr zu folgen; und nach kurzem Zögern schlüpften auch wir aus unseren Stiefeln und gehorchten.

Es war ein seltsames Gefühl, auf dem Wasser zu wandeln wie auf dem festen Stein des Damms, der nach Beckery führte. Besonders verwirrte mich, daß ich diesen Damm *durch* das Grün, über das ich mit bloßen Füßen so munter hinschritt, in vielen Faden Tiefe weiß heraufleuchten sah. Ich biß die Zähne zusammen, hielt den Blick fest auf das Inselufer gerichtet und ging weiter; was die anderen taten, weiß ich nicht, aber es erging ihnen sicher ganz ähnlich wie mir.

Nachdem wir alle trockenen Fußes Beckerys Strand erreicht hatten, sah ich mich staunend um. Nichts wies darauf hin, daß hier jemals eine Burg gestanden hatte, daß jemals ein Mensch auf dem gepflasterten Weg gegangen war, den ich und einige der anderen einst genommen hatten. Hinter dem schmalen Sandstreifen wuchs niedriges Machair-Gras, anschließend war der gesamte Inselberg mit herrlich weichem grünen Rasen bedeckt. Auf der anderen Seite befand sich der Strand Garanwynion, wo wir vor so vielen Jahren die Rückkehr des Grals erwartet hatten; und jeder von uns dachte, daß Morgane uns dorthin führen würde, um ihr Werk zu beginnen.

Doch wieder wurden wir überrascht. Wir erstiegen den Hügel – Tribruit war sein Name, und seine Kuppe ragte nicht mehr als dreihundert Fuß aus dem Wasser –, und als wir alle oben angekommen waren, hieß sie uns haltmachen.

»Aber – hier sollte Caervanogue stehen, hier hat es gestanden«, sagte Gwain leise und schaute sich verstohlen um, ohne den Kopf zu drehen.

»Es steht auch noch hier«, lächelte Morgane. »Und es wird wieder hier stehen ... Es hat alles seine Richtigkeit, Gwalchmai. Ich weiß, was ich tue.«

Mit ausgestreckten Armen und gespreizten Fingern tastete sie sich wie durch einen dunklen Raum bis in die Mitte der Kuppe vor. Immer wieder zuckten blaue Flammen zwischen ihren Händen und dem Boden hin und her, als suche sie die Magie in der Erde, oder die Erde suche sie in ihr ... Sie hatte keinerlei Instrumente mitgebracht, keine magischen Gerätschaften, keine Werkzeuge, keinen Talisman. Und auch keinerlei technische Hilfsmittel. Doch als sie nun barfuß auf Tribruits Haupt stand, da war sie vereint mit Gweniver in Gwahanlen, mit den Fian-Wissenschaftlern unter Führung unserer alten Gefährtin Elenna auf Arvor, mit den Magiern an den vier Ecken der künftigen Barriere und mit den Zauberern auf allen keltischen Welten.

Sie hatte uns oft genug erklärt, was sie vorhabe, sei nicht schwierig, wenn auch vielschichtig; hier sei nicht Subtilität gefordert, sondern Masse – nicht das Laighen, wie das Sprichwort sagt, sondern der Mataun. Unsere Aufgabe war zwar nicht einfach, aber klar umrissen: Wir mußten soviel Kraft erzeugen wie nur möglich. An ihr war es, diese Kraft zu bündeln und dorthin zu dirigieren, wo sie wirken sollte. Was die physikalischen Erscheinungsformen anging, so wußten wir, daß wir die Explosion der fünf Sterne nicht sehen, aber auf jeden Fall spüren würden (erstens waren sie zu weit entfernt, und zweitens mußte das Licht, bevor es uns erreichen konnte, bereits in die Barriere eingeflossen sein). Ein Stern oder vielmehr fünf Sterne samt ihren Planeten mußten sterben, um etwas entstehen zu lassen, von dem ich noch immer nicht sicher war, daß es überhaupt entstehen sollte.

Anderseits wußte ich im Innersten, daß es notwendig war, und deshalb nahm ich mir vor, auf keinen Fall zuzulassen, daß meine Unsicherheit, meine Angst um Morgane meine Arbeit beeinträchtigten. Wobei die Angst schon so gut wie Gewißheit und deshalb genaugenommen keine Angst mehr war. Denn ob die Barriere gelang oder nicht, ihre Errichtung bedeutete, daß ich mich für lange, lange Zeit von meiner Gattin trennen mußte. Nicht für immer, das niemals. Aber für sehr lange Zeit.

Auch ihr war das natürlich klar; man wird keine große Magierin, ohne sich solcher Möglichkeiten genau bewußt zu sein und ohne einschätzen zu können, wann aus Möglichkeiten Realitäten werden. Wir hatten vergangene Nacht sozusagen Abschied genommen; aber im Grunde war unser ganzes gemeinsames Leben ein einziger Abschied gewesen, und unsere Leben davor nicht minder. Man begegnet sich erst, wenn man sich trennen muß; man muß sich trennen, bevor man sich begegnet ist, und man begegnet sich, nachdem man sich getrennt hat: Es ist alles eins. Diesmal – nun, es war ähnlich wie vor den vielen Schlachten, in die wir im Laufe der Jahre gegangen waren. Auch dabei hatte man alle Gedanken an die Zukunft wie an die Vergangenheit verdrängt, wohl wissend, daß genau dies der Kampf sein mochte, aus dem man selbst oder auch der Gatte, das Kind, der Freund nicht wiederkehrte … Ich war auf alles vorbereitet. Aber das heißt noch lange nicht, daß man bereit ist.

Um mich abzulenken, blickte ich nach Osten und hing Erinnerungen nach. Als ich das letzte Mal hier auf der Insel stand, waren der Gral und sein Vorbote aus diesem Airt gekommen … Jetzt schäumten vor der großen stillen Bucht nur die schwarzen Wasser des Meeres, und dahinter erkannte ich wie winzige Erd- und Felsbröckchen, wie Sterne auf den Fluten die Ostinseln.

Da stand ich nun auf der Gralsinsel, vergrub meine Zehen im warmen grünen Gras und gestattete mir einen Augenblick der Hoffnung. Vielleicht würde das, was ich befürchtete, was ich von Anbeginn befürchtet hatte, doch nicht eintreten. Beim letzten Mal hatte Morgane uns Zeuge werden lassen, wie das Leben siegte;

daß diesmal, abermals im Dienste des Lebens, der Tod kommen sollte, war unvorstellbar und schloß zugleich den Kreis. Mein Herz wußte, daß es geschehen konnte und geschehen würde: Vielleicht würde Morgane allein sterben, vielleicht wir mit ihr, vielleicht auch andere Magier auf anderen Welten. Nicht auszuschließen, daß dies der Preis war, den Keltia für die Barriere zu entrichten hatte.

Blitzartig brach sich eine Erinnerung Bahn: Irgendwo in einem ihrer Tagebücher hatte sich meine Mutter zu einem uralten Brauch unserer keltischen Ahnen auf ihrer terranischen Heimatwelt geäußert: Wenn man damals einen Verteidigungswall errichtete, um etwa eine Burg zu schützen, hatte man ein oder mehrere Lebewesen mit eingemauert; hatte sie lebend darunter begraben, damit sie im Tod ihre Lebenskraft dem Bollwerk mitgäben und so das Volk schützten.

Und ich muß leider gestehen, daß man zu diesem Zweck nur allzuoft weder Säugetiere noch Vögel verwendete (was schon schlimm genug wäre), sondern Menschen … Ein schrecklicher Gedanke, ein schrecklicher Vergleich, den ich nicht abschütteln konnte: Sollte dieser alte, dieser barbarische Brauch hier wiederbelebt werden? Mußte auch dieser Wall auf der Kraft – und dem Leben – derjenigen gründen, die er schützen sollte?

Morgane ließ uns nicht die Zeit, herumzuhängen und uns in derart müßige Fragen zu verrennen, sondern machte sich rasch, wenn auch ohne übertriebene Eile ans Werk. Wir mußten auf der Hügelkuppe drei Kreise bilden, und sie bestimmte für jeden Kreis einen Anführer, der die Aktivitäten zu steuern und zu koordinieren hatte. Sie selbst stellte sich genau in die Mitte.

Ich hatte mir im Deosil-Kreis einen Platz gesucht, von dem aus ich meine Frau beobachten konnte – Ygrawn war ebenso verfahren, während Cristant und

Gwain so standen, daß sie Morgane den Rücken zukehrten –, und als sie nun beide Arme hob, konzentrierte ich meine Gedanken voll und ganz auf die Aufgabe, die vor uns lag.

Ich spürte sie sofort, die Verbindung, die Kette, an der Morgane auf dem Weg hierher und sicher auch schon lange vorher in aller Stille geschmiedet hatte: Ein Faden, feiner als Seide, aber stärker als Findruinna, verband uns hier auf der Insel mit den anderen, die auf anderen Welten und draußen zwischen den Sternen postiert waren. Der Zeitplan war für alle der gleiche, die Stunde war seit langem bekannt; jetzt warteten wir, ungeduldig wie eine Hundemeute vor Beginn der Jagd, nur noch auf das Startzeichen.

Morgane hatte, wie gesagt, keinerlei Hilfsmittel mit auf die heilige Insel gebracht; dennoch hatte nun ganz Keltia, ob es an dem Zauber beteiligt war oder nicht, das Gefühl, als stoße jemand in ein gewaltiges Horn. Der Wind trug das Signal überallhin, in jedem Herzen hallten die drei langen, fernen Töne wider, mit denen zur Jagd geblasen wurde. Alle, auch wenn sie keinerlei magische Fähigkeiten in sich spürten, auch wenn sie noch Kinder oder Greise waren, auch die Tiere, die Heim und Herd mit uns teilten, alle spielten sie hier eine Rolle. Keltia war eins wie nie zuvor und niemals wieder: Und es war eins in Morguenna Pendreic.

Ich werde nie begreifen, wie sie es ertrug; schon was an Kräften überschwappte, die funkelnden Strömungen an den Rändern, die Energiestrudel, die wir auf Tribruit spürten, schon das forderte selbst erfahrene Magier bis an ihre Grenzen. Doch Morgane nahm ruhig, sichtlich frohgemut, alles in sich auf. Sie wußte, was sie tat. Sie hielt die Kräfte zusammen, bündelte sie und schickte sie dahin, wo sie sie haben wollte.

Langsam wuchs die Barriere. Wir spürten es und spürten zugleich, wie hier auf Beckery die Mauer zwischen uns und Caervanogue, wo Loherin Herr und

Knecht in einem war, immer schwächer wurde. Morgane wollte, daß wir sahen, was sie sah, und so durften wir schauen, was wir mit unserer Anstrengung schufen.

Ein merkwürdiges Erlebnis: Immer wieder sah ich hinter mir die ersten Umrisse von Caervanogue – Steinquader, lange widerhallende Gänge und Säle, die an friedliche Teiche erinnerten – erscheinen und wieder verschwinden; doch dazwischen mischten sich überwältigende Ausblicke auf das ferne Weltall, den Schauplatz des gewaltigen Geschehens. Der erste Stern, den ich sterben sah, war ein kleiner und sehr instabiler blauer Kobold, ein weißglühender Lichtpunkt. Er strahlte hell auf, schillerte in allen Farben des Regenbogens, dann sprengte er, ein Milchstern von ungeheuren Ausmaßen, in einer lautlosen Detonation seine Kapsel und erlosch. Vielleicht tausend, vielleicht Millionen Jahre hätte diese Sonne noch fortbestehen können; doch irgendwann hätte sie sterben müssen, und auf diese Weise war ihr Ende nicht vergeblich. Mir kam es nicht einmal so vor, als sei sie gestorben, sie schien sich vielmehr mit der gleichen Freude zu opfern, wie wir es getan hätten.

Viermal noch wiederholte sich diese Szene vor unserem inneren Auge, nur die Farben wechselten mit den verschiedenen Sternen. Die Planeten fügten der ungeheuren Palette, auf der Morgane die Energien für ihr gewaltiges Kunstwerk mischte, noch weitere, erdigere Töne hinzu.

Dann öffneten sich hinter uns Caervanogues Tore vor der Macht, die hier residierte, wie vor den Kräften, die Morgane beschworen hatte, und zweierlei geschah: Loherin der Gralshüter trat hervor. Und mit ihm erschien Marguessan Pendreic.

Mir schossen spontan zwei Dinge durch den Kopf: *Loherin ist wunderschön, sein Antlitz spiegelt den Glanz seiner Seele wie seines Amtes wider.* Und: *Endlich kehrt sich Marguessans Inneres nach außen, endlich wird das Böse offenbar, das sich einst als Samenkorn in ihr einnistete und unter Edeyrns Pflege zur Blüte gelangte …*

Wer sie jetzt sah, der hätte keinerlei Ähnlichkeit mit Morgane oder Ygrawn festgestellt. Nicht einmal mit Gwain, dessen Antlitz neben mir so weiß erstrahlte wie der Mond Argialla. Oh, noch war ihre Schönheit nicht restlos dahin; man konnte sie eher mit einem kräftigen Baum vergleichen, dem eine alles zerstörende schwarze Wucherung, ein widerlicher Schmarotzer, die letzten Reste von Kraft und Güte aussaugte.

Ihr werdet es nicht glauben, aber in diesem Augenblick trauerte ich um Marguessan, um ihren Dán und um die Entscheidungen, die sie getroffen hatte. Es war nur ein Augenblick, ein Gefühl, das rasch vorüberging, aber ich wußte, daß ich mich später, wenn das Knäuel sich abgewickelt und alles sich entschieden hätte, daran erinnern würde.

Wie gesagt, es dauerte nur einen Augenblick; dann umschwirrten mich andere Empfindungen wie ein aufgescheuchter Bienenschwarm, Empfindungen, die mich stets begleitet hatten, wenn Marguessan in der Nähe war. Angst spielte auch diesmal die wichtigste Rolle: Angst um Morgane, um Loherin, um unser großes Werk und um uns alle; schließlich lag ja auf der Hand, daß Marguessan *nicht* nur eben rasch vorbeigekommen war, um uns beim Hochziehen des Pale zu helfen. Und hinter der Angst spürte ich die angestaute Energie, die nicht mehr weiterfließen konnte und dräuend über uns hing. Morgane beherrschte sie mit eiserner Hand, aber sie hielt doch ein Erdbeben an der Leine, ein Erdbeben, das stark genug war, die Sterne vom Himmel zu schütteln.

Wir konnten nichts tun: Jeder war in seinem Kreis gefangen. Wir konnten uns nicht lösen, konnten nicht hinaustreten, um Morgane zu Hilfe zu kommen. Das hatte sie bewußt so eingerichtet. Falls es Schwierigkeiten gäbe, wenn sie die Energie von sich in die Barriere weiterleitete, wären wir auf diese Weise vor den schlimmsten Auswirkungen geschützt, und die volle Wucht ginge auf sie nieder. Nicht einmal Loherin, der Herr der Insel, konnte eingreifen; außerdem mußte er auf andere Belange Rücksicht nehmen; er mußte Caervanogue und, wichtiger noch, die Tore schützen, die ihm sein Vorgänger Avallac'h anvertraut hatte, die Tore, die von unserer Realität in eine andere führten und auf keinen Fall gesprengt werden durften.

Das war es: Sobald ich an die Tore dachte, wußte ich Bescheid. Marguessan ließ nicht ab von ihrem verzweifelten Plan: Sie wollte noch einmal versuchen, ihren verdammten, verabscheuungswürdigen Schwarzen Gral in unsere Welt zu bringen, und sie wollte sich die ungeheuren Energiemengen, die hier für den Bau der Barriere zusammengezogen wurden, und Morganes eigene Kraft zunutze machen, um dieses Ziel am Ende doch noch zu erreichen. Auch mich packte nun die Verzweiflung. Ich sah zu meiner Morgane hinüber, nahm alle Kraft, alle Klarheit meines Geistes zusammen, um sie mit einem Gedankenschrei zu warnen, und erkannte im gleichen Augenblick, daß sie bereits Bescheid wußte, daß sie mit dieser Entwicklung sogar gerechnet hatte. Ob sie ihr auch begegnen konnte, wußte ich freilich nicht und wollte es auch gar nicht wissen.

Für jemanden, der so offensichtlich nur noch diesen einen Wurf hatte, wirkte Marguessan unglaublich zuversichtlich. Ich gönnte mir einen Augenblick, um mir auszumalen, wie sie die Jahre nach dem Diebstahl des Kelchs, die Jahre im Exil, in ihrer selbstgewählten Verbannung wohl erlebt haben mochte. Wie trostlos, wie niederschmetternd mußte es gewesen sein, in einer dunklen Ecke zu hocken, all jenen Rache zu schwören, die ihre Absichten vereitelt hatten, und über den

Scherben ihrer Bosheit zu brüten. Und dabei kam einiges an Scherben zusammen: der Kelch, der Mord an ihrem Sohn und ihrer Tochter, der erste Versuch, die Tore zu sprengen, die Anwerbung der Outfrenne-Plünderer, der Anschlag auf mich damals auf Saltcoats, der Aufstand gegen den eigenen Bruder, die Selbstkrönung zur Ard-rían … Die Rechnung war schwindelerregend.

Doch das belastete sie nicht im mindesten, ich sah es ihr an. Dies war ihre letzte Chance, sie wußte es, und sie war auch bereit, die Konsequenzen zu tragen. Zunächst machte es mich rasend, so ohnmächtig zu sein, meiner Frau nicht helfen zu können; doch dann begriff ich, daß dies nicht nur Marguessans, sondern auch Morganes Stunde war, der Augenblick der Entscheidung, den beide voll Spannung erwartet hatten, der Augenblick, wenn alle Hüllen fielen, wenn sich der Sinn des Ganzen offenbarte, wenn Straßen, an denen seit Jahrzehnten gebaut wurde, auf einmal gleich einem Schwarm von Pfeilen dem gleichen Ziel zustrebten.

Die beiden Schwestern gingen aufeinander zu; vielmehr ging Marguessan langsam über den Rasen, während Morgane dastand wie versteinert. Für Zwillinge waren sie immer sehr verschieden gewesen, doch plötzlich trat die Ähnlichkeit so deutlich zutage wie noch nie: In beiden Gesichtern hatten sich die Züge der jeweils anderen verschärft, verstärkt, verdeutlicht. Ausgerechnet in dieser Stunde, in der sie sich fremder und ferner waren denn je, glichen sie sich wie nie zuvor.

Die Zeit schien stillzustehen, als wäre dies alles längst geschehen und zu einer Szene aus einem der großen Bildteppiche in Gwahanlen erstarrt. Selbst das Rauschen des Meeres unterhalb des Hügels klang gedämpft, und der frische Wind, der in dieser Gegend ständig von Osten herüberweht, hatte sich gelegt. Eine atemlose, unheilvolle Stille lag über allem.

Marguessan war, das Meer im Rücken, vielleicht fünf Schritte vor ihrer Schwester stehengeblieben. Beide Gesichter waren ausdruckslos, trugen nur den Stempel der Verwandtschaft. Doch als sie sich nun ansahen, da war es, als träfen die entgegengesetzten Pole zweier Magneten zusammen, man hörte es förmlich klicken. Und dabei fiel mir ein, was Arthur einst vor vielen Jahren zu mir gesagt hatte... Wir hatten beide auf Brendans Bergfried in Turusachan gestanden, ich weiß nicht mehr, warum oder gar wann; und unversehens hatte ihn die Verzweiflung übermannt, und er hatte lauthals gefragt, wie es denn möglich sei, daß bei einer einzigen Geburt zwei derart grundverschiedene Seelen das Licht der Welt erblickten.

Ich hatte mit einer Antwort gezögert. Erst als er mir den königlichen Befehl dazu gab, hatte ich die Vermutung geäußert, Morgane und Marguessan hätten womöglich nur einen Dán und eine Seele, und Morgane sei die Hälfte des Lichts und Marguessan die Hälfte der Finsternis zugefallen. Doch als ich die beiden nun nebeneinander sah, da wurde mir klar, daß die Erklärung so einfach beileibe nicht war. Vererbt werden nicht nur weltliche Güter; doch warum das Erbe zwischen diesen beiden so und nicht anders verteilt war, wußte ich nicht zu sagen. Sie waren völlig gleich erzogen worden, Eltern und Verwandte hatten sie mit Liebe geradezu überschüttet; und doch hatte Marguessan es für richtig gehalten, sich abzuwenden vom Licht, in dem wir anderen lebten, und Morguenna nicht. (Wobei mir klar ist, daß die Magier unter Euch es allzu simpel oder gar borniert finden werden, den Unterschied von Gut und Böse, Heil und Unheil mit den Begriffen von Licht und Finsternis fassen zu wollen; doch nicht alle von Euch sind Magier, und glaubt mir, es ist der einfachste Weg.)

Das alles ging mir binnen eines Lidschlags durch den Kopf. Zugleich geriet Bewegung in das Geschehen. Morgane ließ einen Zauber fliegen, warf ihn in die Luft wie einen Falken; und ein Schrei erscholl von Tribruit und schwang sich auf zu den Sternen. Marguessan streckte beide Hände aus, wie um den Falken noch an den Riemen zu packen und zu sich zu ziehen. Loherin stand vor den sich öffnenden Toren, und ich wußte, er würde sie eher zerstören als zuzulassen, daß Marguessan sie mit ihrer Berührung besudelte. Und weit, weit weg begann ein unreines, noch ungeformtes schwarzes Etwas zu heulen – es klang wie ein mißtönendes Echo des Schreis, der den Zauber freigesetzt hatte –, und wir alle erkannten entsetzt, daß wir das Giergekreisch des Schwarzen Grals vernahmen, der tobend Einlaß in unsere Schöpfung begehrte.

Der eine Zauber zog ab und wurde durch einen anderen ersetzt, und die ungeheure Last wurde von Morganes Schultern genommen, obwohl wir übrigen unseren Teil weiterhin zu tragen hatten. Vor den Gralstoren kam es zum Entscheidungskampf zwischen Morgane ihrer Schwester Marguessan. Und wieder hallte ein Satz aus der Vergangenheit in meiner Erinnerung wider. Ich hatte neben Morgane im Bett gelegen, als sie, im Bann einer Vision, zu mir sagte: *»Hast du Nachricht von den Toren?«* ... Nun, wenn es keine Unglücksbotschaft werden sollte, dann mußten wir alles daransetzen, um das Werk zu vollenden. Sonst würden unsere Brüder und Schwestern auf den vier Stationen von dem entstehenden Schutzwall erschlagen.

Zunächst schien es über den Ausgang der Machtprobe keinen Zweifel zu geben: Morgane war Domina und eine der mächtigsten Zauberinnen, die Keltia je hervorgebracht hatte; vielleicht die mächtigste überhaupt, falls das heutige Werk gelang und man daran ihre Größe ermessen konnte. Doch Marguessan hatte erleben müssen, daß ihr die eigene Mutter – mit vollem Recht, wie ich hinzufügen möchte – die ersehnte Ban-draoi-Ausbildung verweigerte, und sie hatte sich daraufhin im Marbh-draoi Edeyrn, dem größten Feind ihres Volkes, selbst einen Lehrmeister gesucht. Und Edeyrn hatte der atemberaubenden Ironie dieser Konstellation wohl nicht zu widerstehen vermocht und seine Schülerin, um sie vollends zu verderben, verschiedene Ranns gelehrt, die in einem korrekten Lehrplan niemals enthalten sind. Morgane war von Birogue in die magischen Geheimnisse der Sidhe eingeweiht worden, doch auch Edeyrn gehörte wenigstens zur Hälfte zu den Sidhe; und falls die Leuchtenden eine dunkle, nicht ganz so strahlende Seite hatten, dann konnte man davon ausgehen, daß Edeyrn ap Seli ac Rhûn sich ihrer zu bedienen wußte und dies auch seiner Meisterschülerin beigebracht hatte.

Der dritte in dieser Schreckenstriade der ›Drei Gegner auf Tribruit‹ war Loherin, der inzwischen nicht nur von Avallac'h ausgebildet, sondern auch vom Kelch selbst mit magischen Kräften ausgestattet worden war. Einen Kampf wie diesen hatte nicht einmal Arthur jemals geführt, nicht einmal ganz am Ende …

Sie sprachen beide zugleich. »Marguessan.«

»Morguenna.«

Und damit verkündeten sie, wie meine Liebste mir vor langer Zeit erklärt hatte, das Urteil des Tynghed. Dieser Tynghed, der Schwur an den Dán, ein Schwur, der tötet, indem er benennt, war der Grund, warum die beiden Schwestern es stets vermieden hatten, sich mit Namen anzusprechen. Wenn sie davon nun abgingen, hieß das nichts anderes, als daß sie sich gegenseitig töten wollten. Und es bedeutete noch etwas, das sah ich erst jetzt: Jede sprach damit den Teil der anderen an, den sie in sich trug; nur einen sehr kleinen Teil, gewiß, aber auch Marguessan hatte Licht in sich und Morgane Finsternis. Denn soweit sich ein Mensch auch dem einen wie dem anderen verschrieben haben mag, etwas vom Gegenteil ist immer vorhanden; sonst könnten wir nicht existieren. Und für die Seele ist es ebenso gefährlich, den Schatten in sich zu verleugnen wie das Licht.

Dies alles drängte sich wie gesagt in einem Augenblick von unerhörter Dichte zusammen, einem Augenblick, der anmutete wie eine Ewigkeit. Wieviel Zeit in der realen Welt verging, vermag ich nicht zu sagen. Ich war ja selbst unlösbar in den Tynghed verstrickt, seit mir eine zehnjährige Prinzessin mit wirren blonden Zöpfen, bevor sie ein magisches Boot mit silbernen Masten bestieg, um über ein Binnenmeer zu entschwinden, einen Erinnerungsknoten in die Fransen meines Mantelsaums geknüpft hatte. Der Knoten hatte mein ganzes Leben hindurch gehalten und würde auch noch weiter halten, durch alle künftigen Leben …

Marguessan ging als erste. Die Tore, vor denen Loherin sich mit der unerbittlichen Gelassenheit eines Maharrion Rhên aufgebaut hatte, schlossen sich flimmernd. Das grausige Geheul des Schwarzen Grals – stetig anschwellend und wieder abfallend wie eine Duergar-Klage – steigerte sich zu einem Kreischen, das von allen Enden der Erde und allen Airts des Kompasses zugleich zu kommen schien, hing für einen Augenblick in der Luft und riß so abrupt ab, als wäre es von einem mystischen Schwert in den Händen eines Helden oder eines Gottes entzweigeschnitten worden.

Marguessan war verschwunden: Dafür stand etwas anderes vor den Toren, vielleicht ihr wahres Ich, vielleicht das, wozu sie geworden war, oder – nun, eben etwas anderes. Ich sah es mir nicht lange an, sondern wandte rasch die Augen ab, denn was oder wer es auch sein mochte, ich wollte es nicht im Gedächtnis behalten. Genug damit, daß es gräßlich war in seinem Zorn und unerhört bedrohlich. Wie eine erstickende schwarze Säule stieg es himmelwärts und blieb doch, wo es war. Worte vermögen es nur schwer zu fassen, und vielleicht ist das gut so. Wozu soll es auch Euch noch in Euren Träumen verfolgen?

Doch auch Morgane veränderte sich; fassungslos streckte ich die Hand nach ihr aus, ahnte schon die Trauer, die mich erwartete, und wußte, daß meine Liebe niemals erlöschen würde. Doch wollte ich sie um keinen Preis zurückhalten oder ihr den Abschied erschweren, und so ließ ich die Hand wieder sinken und unterstützte sie statt dessen mit allen meinen Kräften. Nichts ist mir jemals so schwergefallen; aber es war richtig so, und, was noch wichtiger ist, es war das, was sie wollte.

Denn jetzt war die Energiebarriere voll aufgeladen, der Pale stand; nur die Zündung fehlte noch, und die konnte nur Morgane selbst mit ihrem eigenen Ich auslösen. Sie hatte immer gewußt, daß man ihr, genau wie ihrem Bruder, das Letzte abverlangen würde. Diese Aufgabe war ihr allein vorbehalten; niemand konnte sie ihr abnehmen, und ohne dieses Opfer wäre alles andere vergebens gewesen.

Ein letzter Blick, ein Lächeln, mehr brauchten wir nicht. Wir hatten uns alles gesagt, was es zu sagen gab, und es würde nicht das letzte Mal sein. Doch in diesem Augenblick erbebte der Hügel unter unseren Füßen, und die magischen Kreise zerschellten, als bestünden sie aus Glas. Als ich nach Osten schaute, war dort ein riesiger Schatten aufgetaucht. Mir blieb vor Schreck das Herz stehen.

Die Ostinseln, die auf ihrer Bahn lagen, hatte die Woge bereits überrollt. Sie war grünschwarz wie Síodarrain und zweimal so hoch wie Tribruit; blaue Blitze durchzuckten ihre Schaumkrone, und wir spürten bereits den salzigen Wind, der ihr mit Donnergrollen voranraste.

Und wieder dehnte sich ein Augenblick zu einer Ewigkeit, um alles auf einmal fassen zu können: Die Tore strahlten auf, mit einem Mal ragte da, wo bisher nichts gewesen war, Caervanogue gen Himmel, und Loherin war unter uns und trieb uns hinter die dicken

Mauern, die nicht nur in der Erde gründeten. Ich schob Ygrawn, Cristant und Grehan vor mir her durch das offene Tor der Gralsburg und wurde meinerseits von Loherin hineingestoßen. Und als die Riesenwelle gegen Garanwynion prallte und den Strand verschlang, wo einst die Pferde gekniet und die Portunes sich getummelt hatten, da trat Morgane vor und umarmte die schwarze Säule, die einst ihre Schwester Marguessan gewesen war und vielleicht noch immer war.

Dann folgte ... nun, wieder einer jener Augenblicke, von denen ich schon sprach, in denen Worte einfach kläglich versagen. Was *scheinbar* geschah, was ich mit meinen Augen sah (die Wirklichkeit war ohne Zweifel sehr viel anders; die kannte nur Loherin, und der schwieg darüber), war folgendes: die Woge fegte die Finsternis hinweg und ließ nur Licht zurück; und dieses Licht formte sich auf der Hügelkuppe zu einer bläulichweißen Kugel, aus der sich ringsum gleißende Splitter lösten und in alle Airts rasten oder im Boden versanken.

Noch einmal ergriff mich die Vision, die Morgane uns geschickt hatte, und ich sah mit allen anderen weit draußen im All die Barriere entstehen, einen bläulich schimmernden Vorhang vor den Sternen, wie meine Gattin es mir versprochen hatte. In diesem Augenblick bekamen wir auch, wie immer bei solchen Werken, die Peitsche zu spüren: Die Errichtung der Barriere und der Kampf mit Marguessan kostete viele Magier auf den Sternenstationen und in ganz Keltia das Leben; sie flackerten noch einmal auf und erloschen, wie Kerzenflammen, die man ausbläst, bevor man schlafengeht.

Doch sie sträubten sich nicht gegen den Tod, sie gingen nicht allein, und ihr Opfer war nicht vergebens. Ihre Macht vereinigte sich mit Morganes Macht und stärkte die Barriere und uns, die Überlebenden. Nie wieder brauchten die Kelten nun Feinde von außen fürchten; Morganes langgehegter Wunsch war in Erfüllung gegangen, wir waren in Sicherheit. Jahrelang hatte sie auf dieses Ziel hingearbeitet, und jahrtausendelang würde ihr Werk Bestand haben. Aus einer müßigen Überlegung – wenn man nun einen Pale errichten könnte, der ganz Keltia schützte? – war unter vielen Mühen und Opfern Realität geworden. Jetzt drohte uns nur noch von innen her Gefahr; es sei denn, jemand wie Marguessan oder Edeyrn stände auf, jemand, der skrupellos genug war, mit einem weiteren Rann der Finsternis die Lichtbarriere zu durchbrechen.

Die Gefahr war nicht von der Hand zu weisen, doch im Augenblick lag sie noch weit in der Zukunft. Damit sollten sich spätere Generationen befassen. Für uns gab es genügend andere Ängste, falls uns danach zumute sein sollte ... Doch neben dem heute Erlebten waren auch sie vergleichsweise belanglos.

Wir, die wir im Innern des Grals weilten – denn Caervanogue *war* einerseits selbst der Kelch, den es andererseits schützte, und damit hatten die Erscheinungsformen sicher noch kein Ende –, sahen uns an, verblüfft und sprachlos vor Entsetzen. Bevor wir noch Zeit hatten, uns von unserem Schrecken zu erholen, war die Burg auch schon wieder verschwunden, und wir standen im Freien auf der Hügelkuppe. Die mächtige Woge hatte den Rasen förmlich aufgerollt, und ringsum roch es nach Salz, Kälte und nach fernen Meerestiefen. Eine echte Welle und nun auch wieder nicht ... Vielleicht hatte Manaan sie uns geschickt, der Meeresherr, vielleicht führte sein kristallenes Schiff Morgane und Marguessan in diesem Augenblick über die aufgewühlten Wasser nach Caer Coronach, wo ihre große Reise begann. Vielleicht hatte auch ein Größerer als Manaan das Geschehen bestimmt; vielleicht war sogar Arthur gekommen, um seine Schwestern auf die andere Seite dieses Meeres zu geleiten ...

Für mich stand nur eines fest: Meine Guenna hatte

mich verlassen. Der Schmerz war überwältigend, und ich würde viel Zeit brauchen, um damit fertigzuwerden. Vielleicht ging ich auch daran zugrunde. Doch zugleich erkannte ich, daß ich Gwaelod jetzt endlich überwunden hatte; es war nicht nur eine reinigende, es war auch eine heilende Welle gewesen. Ich stand ein wenig abseits von den anderen, nun spürte ich, wie jemand zu mir trat, und drehte mich um. Es war Loherin.

Er war es und war es doch auch wieder nicht; denn nun umgab ihn Avallac'hs heitere Strenge, und sein neues Wissen machte ihn schöner denn je.

Er lächelte. Und nach kurzem Zögern lächelte ich zurück.

»Geh nach Caer-na-gael, Talyn«, sagte er. »Wenn der weiße Mond seine Hörner zeigt. Doch vorher bring sie alle nach Hause. Wir werden uns wiedersehen. Es ist vorbei. Vorläufig.«

Kapitel 33

Ich brachte sie also alle nach Hause, nach Caerdroia. Die Regentin Gweniver – die in diesem Augenblick der Hochkönigin Gweniver zum Verwechseln ähnlich sah – empfing uns mit einer Mischung aus Trauer und Triumph, wie ich sie in dieser Art noch nie erlebt hatte. Ygrawn flüsterte ihr ein paar Worte ins Ohr und zog sich dann in ihre Gemächer zurück. Im Augenblick ließ man sie am besten allein, sie brauchte Zeit, um auf ihre Weise mit dem Verlust ihrer beiden letzten Kinder fertig zu werden.

Ich selbst war noch nicht imstande, die Räume zu betreten, die ich so viele Jahre mit meiner Frau geteilt hatte. So ging ich statt dessen in den Saal Gwahanlen und saß dort ganz allein, bis die Bleiglasdecke nachtschwarz und wieder morgenhell geworden war. Ich fühlte mich merkwürdig leicht, nicht traurig, nur wie losgelöst von meinem Körper. Ich wollte niemanden sehen, mit niemandem sprechen und auch nichts tun. Vielleicht noch lange nicht.

Die anderen Bewohner von Turusachan schienen meine Wünsche, meine Bedürfnisse zu verstehen. Vielleicht hatte ich auch unbewußt entsprechende Botschaften ausgesendet, jedenfalls kam erst, als schon der Abend des zweiten Tages dämmerte, jemand in den Saal, um meine Totenwache zu stören.

Die Türen wurden geöffnet und wieder geschlossen. »Talyn«, sagte Gweniver; nicht mehr.

Ich hatte gewußt, daß sie es war, bevor sie noch die Klinke berührt hatte, aber ich blieb stumm sitzen. Endlich holte ich tief Atem und schaute ihr im bläulichen Licht, das den Saal erfüllte, tief in die Augen. Was ich dort sah – nun, selbst wenn man so offen erzählt wie ich hier, will man das eine oder andere für sich behalten. Augenblicke wie diesen zum Beispiel. Augenblicke der Wirklichkeit.

»Sie haben uns nicht für immer gehört«, sagte ich endlich, und ihr fester Blick bestätigte meine Worte.

»Aber Keltia werden sie für immer gehören«, antwortete sie nach einer Weile. »Und wir gehören ihnen, das versteht sich von selbst.«

Ich mußte unwillkürlich lächeln. »Das hätte nun jeder der beiden sagen können.«

Zu mehr war ich noch nicht imstande. Ich konnte nicht verständlicher über Morganes oder Arthurs Tod sprechen. Gweniver hatte sieben Jahre Zeit gehabt, sich an ein Leben ohne ihren Partner zu gewöhnen; bei mir waren es kaum dreißig Stunden. Dennoch hatte sie in diesen sieben Jahren Arthurs Namen nur in den Mund genommen, wenn es die Situation verlangte; von sich aus hatte sie ihn meines Wissens kein einziges Mal erwähnt. Und sie schwieg nicht etwa, weil sie ihn nicht genug geliebt oder vermißt hätte, sondern weil ihre Liebe viel zu heilig und der Verlust viel zu groß waren, um mit anderen geteilt oder mit Worten entweiht zu werden ... Auch war es uns beiden versagt geblieben, unsere Toten zu bestatten; Artos lag auf Kholco, und wo Morgane geblieben war, wußte die Große Mutter allein. Gewiß, man würde ein Ritual für sie abhalten, für sie und für die anderen, die Marguessans letztes Verbrechen in den Tod gerissen hatte; und das würde wie alle solchen Feierlichkeiten ein Trost sein. Aber daß ich nicht einmal wußte, wo sie oder, genauer gesagt, ihre sterbliche Hülle geblieben war, das schmerzte mich mehr, als ich gedacht hätte. Gewiß, es handelte sich nur um einen Körper, um Fleisch und Gebeine, denen sie nicht mehr innewohnte, aber ich hatte auch diesen Körper geliebt; er war das Medium, in dem sich Morguenna Pendreics Seele in unserer Welt manifestiert hatte. Und nicht zu wissen, wo er lag – obwohl das wahrscheinlich ganz in ihrem Sinne gewesen wäre –, nun, es war kaum zu ertragen.

Ich war also Witwer, aber ich war in dieser Nacht nicht der einzige in Turusachan, der einen Verlust erlitten hatte, und ich hatte Gwennachs unausgesprochene Bitte wohl verstanden. Also erhob mich von meinem Platz an der Tafel Rhodaur und trat mit ihr, um, ungetröstet, wie ich war, anderen Trost zu spenden.

Gerrans und Cristant waren in ihren Gemächern im Rosenturm; Sgilti, Anghaud, der älteste Sohn, und das Mädchen Cathelin waren bei ihnen. Als ich eintrat, sahen mir starre, bleiche Gesichter entgegen, und Cathelin kam auf mich zugelaufen und wollte umarmt werden. Ich tat ihr den Gefallen und sah über ihren Kopf hinweg Gerrans an. Dann löste ich mich sanft von ihr und ging zu meinem Sohn. Gweniver und Ygrawn hatten den Meinen bereits berichtet, was sich auf Beckery zugetragen hatte, aber um es wirklich zu begreifen, mußten sie es aus meinem Mund noch einmal hören. Und ich spürte zu meiner Überraschung, daß ich sprechen wollte, um das Geschehen auch für mich Wirklichkeit werden zu lassen …

Nachdem wir im Anschluß an meine Erzählung ausgiebig geweint und gelacht hatten (in solchen Augenblicken liegt beides nahe beieinander), stieg ich allein in die vertrauten Räume in unserem Türmchen über dem Meer hinauf; ich trat ein, schloß die schwere Eichentür hinter mir, lehnte mich dagegen und starrte das Zimmer an, als hätte ich es noch nie gesehen. Ich sah auch nicht das Zimmer an sich, ich sah Morgane darin, in vielen Stimmungen, in allen Ecken, in jedem Alter unseres gemeinsamen Lebens. Sie war nicht hier – nicht einmal im Geist, obwohl sie mich später noch oft besuchen sollte –, aber mir war, als müsse sie hier gewesen sein, denn im Mondlicht, das durch die Fenster fiel, sah ich auf dem Bett etwas glänzen. Und als wir uns auf den Weg zur Gralsburg machten, hatte dort nichts gelegen.

Endlich raffte ich mich auf, ging hinüber und griff mit zitternden Fingern nach dem Ding. Zwei blanke Scheiben, eine aus Gold, die andere aus Silber, an einer dünnen Goldkette: das Sonnenkreuz unseres keltischen Glaubens und das Siegel der Ban-draoi aus dem Säckchen mit dem Schmuck meiner Mutter, das ich von Birogue erhalten hatte.

Morgane hatte die Kette niemals abgenommen, seit ich sie ihr damals um den Hals gelegt hatte, und ich erinnerte mich auch ganz deutlich, sie auf Tribruit noch an ihr gesehen zu haben. Ich schloß die Hand um die Medaillons, ließ mich langsam auf das Bett sinken, hob die Faust an die Lippen, nahm Morganes Kissen, die noch ihren Geruch bewahrten, in die Arme und drückte sie an mich ...

Als ich mich zumindest für diesmal endlich ausgeweint hatte, war es wieder oder vielleicht noch immer Nacht. Ich fühlte mich so viel besser, daß ich die Gelegenheit nützte, um ein wenig in Morganes Sachen zu kramen. Es war ein Fehler. Ich kam nicht sehr weit, bevor mich erneut die Trauer überwältigte, aber ein paar Dinge konnte ich doch ordnen. Ich blätterte in den Schriften auf ihrem Tisch und suchte ihren Schmuck und den meiner Mutter heraus, um ihn zwischen Gwen, Ygrawn und Gerrans, Arawn und Arwenna, Janjan und Donah und unseren engsten Freunden aufzuteilen. Ein paar von den Stücken, die sie am meisten geliebt hatte, würde ich noch eine Weile bei mir behalten.

Letztlich entschied ich mich, alles so zu lassen, wie es war. Solange ich in Turusachan blieb, wollte ich in diesen Räumen leben wie zuvor mit ihr. Keines ihrer Dinge sollte angerührt werden: Ihr Umhang würde weiter an der Tür hängen, wie sie ihn zurückgelassen hatte, ihre Kleider würden in Truhen und Pressen liegen, alles sollte nach Möglichkeit bleiben, wo sie es zurückgelassen hatte. Das mag Euch befremdlich, ja abartig erscheinen, aber solltet Ihr jemals in eine ähnliche Lage kommen, dann werdet Ihr Euch vielleicht ähnlich verhalten, auf jeden Fall werdet Ihr mich verstehen. Ich wollte auf diese Weise verfahren, solange ich es für nötig hielt. Danach – nun, danach würde man weitersehen.

Als die fünf Sonnen explodierten, um die Energie für den Pale zu liefern, hatte ich nicht das Gefühl gehabt, als seien sie tot; ebenso erging es mir jetzt in bezug auf Morgane. Ich wußte – zumindest mit dem Verstand –, daß sie nicht mehr lebte, aber irgendwie empfand ich es nicht als wahr. Auch wenn es merkwürdig, ja, lieblos klingt, so über den Tod seiner eigenen Frau zu sprechen, Morganes Verlust erschütterte, *erbitterte* mich weniger als damals der von Arthur. Vielleicht hatte ich immer geahnt, daß sie mich verlassen würde, während er mich, wenn auch in bester Absicht und nicht ohne Zutun des Dán, damit überrumpelt hatte, so daß ich mich verraten fühlte. Ich kam gegen diese Empfindungen nicht an, vermied es aber, mit den anderen darüber zu sprechen.

Das Abschiedsritual für Morgane *und* für Marguessan – ja, tatsächlich, auch sie hatte Anspruch auf ein letztes Lebewohl – sowie für alle anderen, die bei der Errichtung des Pale ums Leben gekommen waren, fand ein paar Nächte später in Ni-maen statt. Natürlich hatte ich vorher schon allein in unserem Zimmer eine Feier nur für sie und mich abgehalten, und eine Woche danach folgte eine weitere für die engsten Verwandten und Freunde. Noch eine Nacht später bestieg ich allein ein Schiff und flog nach Osten zum Mount Keltia. Es war die Nacht, in der Argialla seine Hörner zeigte, die Nacht des weißen Neumonds. Zu diesem Zeitpunkt war ich nach Caer-na-gael bestellt, und ich glaubte auch zu wissen, warum.

Silbrigblau funkelte die Sichel am südlichen Himmel. Sie wirkte so nahe, als brauche ich nur die Hand auszustrecken, um sie zu berühren – was sich freilich nicht empfohlen hätte, denn ihre Spitzen waren scharf wie Sgians. Ich setzte das Aircar auf dem Hochplateau unter den beiden Gipfelhörnern ab; unweit davon ragte Caer-na-gael im schwachen Licht Argiallas und im helleren Schein der Criosanna-Bogen gespenstisch gen Himmel. Ich zog wie üblich meine Schuhe aus, bevor ich die Eingangsdolmen passierte, und blieb stehen, als eine regelrechte Schmerzwoge über mich hinwegschwappte: Mein erster Besuch hier stand mir plötzlich mit schier unerträglicher Deutlichkeit vor Augen. Einen Augenblick später trat ich ein.

Yr Allawr Goch, der Rote Altar, der weder ein Altar noch rot war, stand noch immer in der Mitte des Kreises. Doch in dieser Nacht lag, von bläulichen Schatten verhüllt, vor der großen Blausteinplatte etwas auf dem Boden. Erst als meine Augen sich an das Dämmerlicht gewöhnt hatten und Argialla freundlicherweise etwas höher gestiegen war, erkannte ich, was es war, und für mich brach eine Welt zusammen.

Jemand hatte mit viel Geschick und großem Fleiß einen Eichstamm ausgehöhlt, und darin lag, auf kostbare Tücher gebettet, meine Frau Morgane. Sie wirkte so, als schliefe sie nur, der Titanenkampf hatte keine Spuren hinterlassen: Weiß leuchtete ihr Antlitz im Mondschein, sie trug das Gewand der Ban-draoi, und um ihren Hals lag das Medaillon, das sie als Verwandte des Drachen auswies.

Stumm und reglos stand ich da und schaute auf sie hinab. Nach einer Weile ließ sich aus den Schatten hinter dem Altar, von dem Sitz aus grauem Granit, der nicht für Sterbliche bestimmt war, eine leise Stimme vernehmen.

»Sie hat nicht gelitten, Taliesin.« Gwyn ap Nudd erhob sich von seinem Thron und trat ins Licht. »Das hat die Große Mutter nicht zugelassen. Wir hielten es für angemessen, sie hierherzubringen. Hast du etwas dagegen einzuwenden?«

Ich schüttelte den Kopf, ohne den Blick von Morgane zu wenden. »Nein … Daß sie hier ist …« Erschrocken blickte ich auf, denn erst jetzt verstand ich. »Ihr meint … Ihr wollt sie *hier* beisetzen? Hier neben …« Die Stimme versagte mir.

»Neben Brendan«, ergänzte Birogue leise. Sie hatte neben Gwyn gestanden. »Wo wäre sie besser aufgehoben für alle Zeit, Talyn? Hier kann sie Keltia schützen und ist selbst geschützt; ich kann mir keinen geeigneteren Ort vorstellen – mit einer Ausnahme vielleicht. Doch dieser andere Ort hat sein eigenes Schicksal …«

»Collimare«, nickte ich. »Nein, das wäre schön gewesen und hätte ihr gefallen, aber hier ist sie bei Brendan, und wo wäre ein Kelte in besserer Gesellschaft?«

»So sei es denn«, sagte Gwyn und hob den Arm. Ein Knirschen war zu hören, das von allen Steinen im Kreis zurückgeworfen wurde, und der riesige Blausteinaltar schob sich langsam aus der Erde, bis er majestätisch in der Luft schwebte.

Mich überlief ein Schauer, doch die Zeit drängte, und so trat ich rasch vor, fiel neben Morgane auf die Knie, ergriff ihre Hand und küßte sie. Sie fühlte sich weder kalt noch steif an, auch ihre Stirn und ihre Lippen nicht … Mit dem Bronzemesser der Sidhe schnitt ich ihr eine Haarsträhne ab und steckte sie unter mein Leinna, dann schnitt ich auch mir eine Locke ab und legte sie ihr auf die Brust. Schließlich nahm ich behutsam meine Drachenscheibe ab und streifte sie Morgane über. Ihre Scheibe hängte ich zu den beiden Medaillons, dem ihren und dem meiner Mutter, die ich bereits auf der Brust trug.

Als ich abermals nach ihrer Hand faßte, spürte ich den Ring, den gleichen, wie ich ihn hatte – vor vielen Jahren hatten uns dieselben beiden Sidhe, die auch jetzt hier waren, an diesem Ort vermählt und diese Ringe gesegnet. Ich hatte zunächst vorgehabt, Morgane auch meinen Ring an den Finger zu stecken; doch das hätte womöglich so ausgesehen, als wollte ich unsere Ehe für beendet erklären, als betrachte ich mich nicht mehr als gebunden, und das ging natürlich nicht an. Schließlich hatten wir ein Gelübde abgelegt, das selbst der Tod nicht zu brechen vermag ... Außerdem war der Schlangenring ein Teil meiner Hand geworden und saß so selbstverständlich an meinem Finger, daß ich mich leichter von Hand oder Finger getrennt hätte als von ihm. Nein, ich würde ihn tragen, bis auch ich starb, wo immer das sein mochte.

So gab ich ihr denn ein anderes Zeichen meiner Liebe mit, ein Zeichen, das für immer ihr und mein Geheimnis bleiben soll, dann küßte ich ein letztes Mal ihre Hand, erhob mich, trat zurück und nickte Gwyn zu. Wieder hob der Feenprinz den Arm, der Eichenstamm schloß sich, wurde zum Sarg und sank langsam in die schwarze Tiefe hinab, die der Altar bisher verschlossen hatte. Und die Erde tat sich auf, um ihn zu empfangen.

Wie versteinert stand ich da, bis ich ihn nicht mehr sehen konnte; ich hatte da unten in der Dunkelheit auch keinen anderen Sarg bemerkt, und das war gut so. Dann schloß sich die Erde wie Wasser über ihm, und die riesige Blausteinplatte senkte sich an ihren gewohnten Platz zurück. An ihrem Gewicht konnte nun kein Zweifel mehr bestehen; sie sackte gut drei Fuß tief in die Erde ein, und niemand hätte mehr geglaubt, daß sie sich auch nur um eine Handbreit bewegt hatte.

»Nun, Talyn«, sagte Birogue. Ihre Stimme war so sanft, daß ich glaubte, auf der Stelle sterben zu müssen. »Was wird jetzt aus dir?«

Ich lachte zittrig. Morganes friedliches Antlitz stand noch immer vor meinen Augen. »Ach, für mich ändert sich nicht viel. Gwen, Ygrawn und die Kinder brauchen immer wieder meine Hilfe; und ich habe ja noch meine Bardenkunst. Ich komme schon zurecht.«

»Daran zweifle ich nicht«, sagte Gwyn. »Aber eines will ich dir sagen, Talyn: Sie sind aus freien Stücken gegangen, es war ihre eigene Entscheidung, und das macht ihre Handlungsweise gut und richtig. Sie alle – Artos, Morgane, die Besatzung der *Prydwen* und die Helfer bei der Errichtung des Pale – haben auf irdisches Glück verzichtet, um sich dem Dán, dem Willen des Einen, zu unterwerfen und ihn zu ihrem Willen zu machen. Merlynn hat die gleiche Wahl getroffen, irgendwann wirst auch du es tun, und Gweniver desgleichen. Und das macht euch auf ewig zu Helden in den Augen der Welt. So steht es schon in den Märchenbüchern geschrieben, die deine Mutter von der Erde mitbrachte; und obwohl sie in kindlicher Sprache redeten und nicht viel von Weissagung verstanden, sagten sie die Wahrheit.«

»Auch du wirst diese Transformation erfahren, Talyn«, fuhr Birogue fort. »Du wirst sterben, aber du wirst niemals untergehen. Alt und wieder jung sollst du werden, und wenn das Alter dich endlich doch einholt, wirst du an den Ort reisen, nach dem dein Herz sich sehnt, um dort die Erneuerung deines Körpers und die nächste Drehung des Rades abzuwarten.«

Mir stockte der Atem, denn damit spielte sie auf etwas, auf eine Vision an, von der ich niemandem, nicht einmal Morgane erzählt hatte … »Eine Wiedergeburt auf der Erde?« flüsterte ich bestürzt. »Fern von allen meinen Lieben? Da bliebe ich doch lieber hier, Herrin, und gäbe mich mit einem bescheideneren Los zufrieden. Ich möchte nicht ohne sie ins nächste Leben gehen.«

»Sie werden bei dir sein«, tröstete Gwyn. »Immer und für alle Zeit. Das Wo spielt keine Rolle. Merlynn in seinem gläsernen Haus, Arthur in seiner Höhle unter dem Berg, umgeben von seinen Kriegern – es ist alles eins. Begreifst du das noch immer nicht? Und wenn sie zu Arthur kommt, die eine, deren Dán es ist, ihn zu finden, und wenn seine Kräfte auf sie übergehen, dann ist auch dies nur ein Teil des großen Ganzen.«

Ich hatte nur mit halbem Ohr zugehört. »Eine Frage beschäftigt mich schon seit langem: Warum wurde ich erst so lange, nachdem meine Mutter von der Erde kam, geboren? An Liebe hat es doch wohl nicht gefehlt.«

Birogue antwortete sofort und sah mich dabei so offen an, daß ich wußte, sie sprach die Wahrheit.

»Beim Flug zur Erde und wieder zurück unternahmen dein Vater und seine Begleiter jeweils einen Sprung durch die Zeit. In jenen Tagen verfügte nur Edeyrn über das Geheimnis der Reise durch den Ardna-spéire, und so griffen dein Vater und seine Kameraden notgedrungen auf andere, ältere Methoden zurück, um zur Erde und wieder nach Hause zu gelangen. Als er deine Mutter hierherbrachte, mußte sie sozusagen die Jahre nachholen, die sie bei der Zeitdurchquerung verloren hatte; du konntest erst geboren werden, als sie hier ebenso alt war, wie sie auf der Erde gewesen wäre. Das ist das ganze Geheimnis.«

»Und Loherin? Wenn Fragen und Antworten schon so wohlfeil sind ...«

»Noch ist die Zeit nicht gekommen, von der er sprach«, sagte Gwyn. »Und es wird auch noch lange, lange währen, aber irgendwann ist es soweit. Und nun laß ab.«

Plötzlich fiel mir wieder ein, daß ich ja etwas mitgebracht und auf den Boden gelegt hatte. Nun hob ich es auf und hielt es den beiden Sidhe entgegen.

»Bringt das zu Eurem Volk zurück«, sagte ich ruhig. »Zumindest vorerst – bis Ihr glaubt, es abermals verschenken zu können.« Ich schlug die weichen Leder- und Samthüllen zurück, und die Cathbarr Nias der Goldenen sprühte silberne Funken in jeden Winkel von Caer-na-gael.

Gwyn nahm sie mir feierlich ab. »Deine Gemahlin hat sie in Ehren getragen«, sagte er. »Aber du hast recht, wir werden sie in unsere Obhut nehmen, bis wieder jemand kommt, der ihrer würdig ist.«

Der Abschied war nahe, ich sah bereits den Glanz entstehen, den ich inzwischen so gut kannte. Diesmal würden *sie* gehen, und *ich* blieb zurück. Noch einmal drang Birogues Stimme klar und deutlich an mein Ohr.

»Eine Aufgabe hast du noch, Talyn, bevor alles zu Ende geht. Das Schwert Llacharn. Bring es nach Hause zurück. Auf daß es neu zusammengefügt werde.«

Ich erschrak heftig und streckte protestierend die Hand aus, wie um sie zurückzuhalten. »War *das* schon immer so gemeint?«

Ich hörte ihre Stimme wie aus großer Höhe. »Das und nicht nur das. Bring es nach Hause.«

Sie waren verschwunden; hoch über Caer-na-gael zog sich eine breite Leuchtspur in vielen Windungen nach Nordosten, eine Sternenstraße, die direkt auf Glenshee und den Berg Fare zu führte. Ein schwaches Klirren wie von silbernen Glöckchen, ein kurzer Windstoß, und dann waren sie fort.

Ich sah ihnen nach, bis auch der Pfad zwischen den Sternen erloschen war; dann warf ich einen letzten Blick auf den Blausteinaltar, unter dem jetzt meine Liebste an der Seite des ersten großen Beschützers unseres Volkes ruhte. *Nein*, dachte ich und lächelte unter Tränen, *es ist* nicht *unpassend. Hier kann ich sie lassen, ohne um sie fürchten zu müssen, und ich kann gehen …*

Und das tat ich auch.

Mit der Zeit kehrte in Caerdroia der Alltag wieder ein. Die Energiebarriere war und blieb ein Wunder. Sie funktionierte genauso reibungslos, wie Morgane es sich vorgestellt hatte. Als ich die Aufzeichnungen meiner Frau durchging, fiel mir plötzlich wieder ein, daß es ausgerechnet Keils Rathen gewesen war, der vor langer Zeit, in Llwynarth noch, ihr Interesse für eine solche Entwicklung geweckt hatte. Da ich wußte, daß Gwen sich darüber freuen würde, ging ich zu ihr und erzählte ihr davon.

»Keils war immer ein eifriger Träumeschmied«, sagte sie und lächelte in seliger Erinnerung. »Und an Guenna war es, die Träume zu verwirklichen ... Aber es ist gut zu wissen, wo die Idee ihren Anfang nahm. Und da du gerade hier bist – im Regentschaftsrat steht ein Sessel leer ...«

»O nein!« wehrte ich entsetzt ab. »Nicht ich werde Guennas Platz einnehmen! Ihr beide, du und Ygrawn ...«

Nun, das Ende vom Lied war, daß ich am nächsten Tag zum Regenten ernannt wurde und mich nach Kräften bemühte, Morgane zu ersetzen. Gwen hatte mir die Zusage mit dem Hinweis versüßt, es handle sich schließlich nur um ein paar Jahre, und da wir dank des Pale neuerdings in sicheren Zeiten lebten, sei das Amt ein Kinderspiel, die Arbeit kaum der Rede wert. Obwohl Gwenivers und meine Vorstellung von Kinderspielen doch erheblich voneinander abwichen, wie sich bald zeigte, gefiel mir meine neue Aufgabe überraschend gut, ich genoß die Verantwortung und empfand sie bei weitem nicht so belastend, wie ich befürchtet hatte.

Außerdem hatte das Amt einen großen Vorteil: es gab mir soviel zu tun, daß ich wenig Muße und noch weniger Energie hatte, um der Verzweiflung zu verfallen. Die Versuchung war groß, und manchmal hätte ich ihr gerne nachgegeben, aber das wäre Morgane, wie sie mich in den folgenden Jahren oft genug unmißverständlich wissen ließ, nicht recht gewesen ...

Irgendwann kam jedoch der Zeitpunkt, da Arawn volljährig wurde und keine Regenten mehr brauchte. Er hätte uns zwar gerne behalten, aber Gweniver blieb dem Versprechen, das sie sich selbst und Keltia gegeben hatte, treu und löste die Regentschaft am dreiunddreißigsten Geburtstag ihres Sohnes auf. Am liebsten wäre sie nicht einmal bis zu seiner Krönung geblieben, aber sie kannte die Gesetze der Monarchie zu gut, um die Bedeutung der Kontinuität zu unterschätzen, und so war auch sie dabei, als man Arawn die Kupferkrone aufs Haupt setzte.

Ich kann Euch sagen, es war ein merkwürdiges Gefühl, im Heldensaal nur den Thron von Scone zu sehen und nicht die beiden Stühle, die so lange davorgestanden hatten … Mein Neffe Arawn wirkte stolz und würdevoll zugleich, und als ich vor ihm niederkniete und zum Lehnseid ›mit Herz und Hand‹ – der nur an diesem und keinem anderen Tag der Regierungszeit eines Monarchen geleistet wird – meine Hände zwischen die seinen legte, da spürte ich, daß seine beiden Eltern an dieser Feier teilnahmen. Und ich spürte es nicht als einziger.

Gweniver blieb noch eine kleine Weile, um Arawn die Eingewöhnung zu erleichtern, doch jeder sah, daß sie fortdrängte. Dann stand ich endlich an einem wunderschönen, kühlen Sommermorgen mit Ygrawn, Daronwy, Gerrans und etlichen anderen auf dem Feld von Mardale und sagte ihr Lebewohl. Sie würde sich auf Vannin zur Ruhe setzen.

»Glassary liegt schließlich nicht am Ende der Galaxis!« lächelte sie. »Ihr müßt mich alle dort besuchen, und ich werde hierherkommen, so oft ich kann.«

Ich vermochte es kaum zu fassen: Wir hatten soviel erlebt, waren so lange zusammengewesen; von den Menschen, die mir wirklich nahestanden, kannte ich nur Arthur und Ygrawn länger als Gwen. Wie konnten wir jetzt voneinander scheiden?

Sie sah mir an, was in mir vorging, und zog mich beiseite. »Ach ja, ich weiß! Aber die Zeit der Gefährten ist vorüber, Talyn, ihre Arbeit ist getan. Statt dessen gibt es jetzt die Drachenbruderschaft, und zu den Drachen gehöre ich immer noch, auch wenn ich nicht mehr Ard-rían bin. Und du bist und bleibst der Pendragon. Das Werk ist noch lange nicht vollendet. Was hast du jetzt vor?«

»Ein wenig bleibe ich wohl noch hier«, sagte ich unsicher. »Die Kinder wollen natürlich, daß ich zu ihnen nach Tair Rhandir ziehe; Ygrawn wird das irgendwann wohl tun, und Tegaus Kinder wohnen ganz in der Nähe. Wir werden sehen.«

»Arawn wäre froh, wenn du hierbliebst.« Sie warf einen Blick auf ihren hochgewachsenen Sohn mit dem rotbraunen Haar. »Und Arwenna denkt genauso; die beiden haben nur noch so wenige Verwandte.«

»Ist es für Arwenna nicht sehr hart, wenn du weggehst?«

Gweniver schüttelte den Kopf. »Ich glaube nicht. Sie ist jetzt bei ihrer Pflegefamilie, und ich habe noch einen längeren Aufenthalt dort eingeplant, bevor ich nach Glassary weiterfliege. Und bald ist sie alt genug, um ihrerseits zu den Ban-draoi zu gehen, wenn sie das will, oder zu den Fians ... Nein, ihr wird es an nichts fehlen; und auch Arawn nicht, schon gar nicht wenn sein Onkel Tal zur Hand ist und notfalls einspringen kann. Und für mich ist es so am besten, Talyn«, fuhr sie etwas leiser fort. »Ich habe mit dem Amt abgeschlossen, genau wie das Amt mit mir, und ich habe *nicht* vergessen und nicht verziehen ... Aber du darfst *mich* nicht vergessen: Besuch mich, sobald du kannst, und bringe deine Harfe mit. Vielleicht hast du bis dahin neue Lieder, die du uns allen vorsingen kannst.«

Wie recht sie doch hatte ... Als sie mich zum Abschied küßte, drückte sie mir verstohlen etwas in die Hand, dann umarmte sie Arawn ein letztes Mal und stieg ein. Ich wartete, bis das Schiff abhob und jenseits der Criosanna im Überhimmel verschwand. Dann erst öffnete ich die Faust und lächelte. Allzu überrascht war ich nicht. Auf meiner flachen Hand lag der Saphirring, das Siegel, das sie in ihren Jahren als Ard-rían getragen hatte. Arawn verwendete den riesigen Smaragd seines Vaters, den ich von Kholco mitgebracht hatte, und Gwens Ring wurde als Siegel nicht mehr benötigt. Sie konnte darüber verfügen, wie es ihr beliebte.

Natürlich hätte sie das Siegel ausschleifen lassen können, aber sie wußte, daß ich es niemals widerrechtlich gebrauchen würde, und hatte es deshalb gelassen, wie es war. Mit einem Mal war mir sehr viel leichter ums Herz. Ich warf den Ring in die Luft, fing ihn wieder auf und steckte ihn mir an den kleinen Finger der rechten Hand. *Irgendwann werde ich ihn Arwenna geben*, dachte ich, *oder Arawns Tochter, sollte er jemals eine Tochter haben*. Doch bis dahin würde ich ihn tragen, zur Erinnerung, aus Liebe, und weil ich verstand, warum Gweniver ihn mir geschenkt hatte: Er war ein Zeichen, daß auch ich teilgehabt hatte am Ard-tiarnas von Keltia und nicht nur während meiner kurzen Amtszeit als Regent.

Kapitel 34

Und immer weiter veränderte, verschob und wandelte sich die Welt auf dem Weg durch die Jahre. Arawn war bei seiner Thronbesteigung Keltias jüngster Monarch aller Zeiten, aber er erwies sich als würdiger Nachfolger seiner großen Eltern; und wenn die Erinnerung an sie und ihre glanzvollen Taten ihn innerlich doch hin und wieder entmutigten, so zeigte er es niemandem – allenfalls uns, die wir ihm am nächsten standen.

Arawns Vater hatte die Menschen angezogen wie ein Magnet, ihm selbst ging diese Eigenschaft ab; er hatte nur wenige Freunde und Ratgeber, die allerdings waren vom Besten und standen den Gefährten von einst in nichts nach. Und sie hielten so treu zu ihm wie wir zu seinem Vater. Mit der Zeit würde er schon Fuß fassen; dank des Pale hatten er und auch Keltia genügend Muße dafür.

Wir anderen lebten mehr oder weniger in den Tag hinein. Gerrans hatte beim Tod seiner Mutter den Titel eines Herzogs von Ys übernommen und Caerdroia für immer verlassen. Er residierte jetzt zusammen mit Cristant, seiner Herzogin, auf Tair Rhandir. Als Witwer der Herzogin hätte mir dort natürlich ebenfalls ein Wohnrecht zugestanden, und die beiden hatten mich auch immer wieder gebeten, zu ihnen zu ziehen. Aber ich begnügte mich mit häufigen Besuchen. Ich hing noch immer an Caerdroia und lebte weiter in den Räumen, die ich mit meiner Partnerin geteilt hatte. Für mich war die Zeit des Abschieds aus verschiedenen Gründen noch nicht gekommen.

Anders für Ygrawn. Sie übersiedelte tatsächlich nach Rhandir, um dort noch zehn Jahre zufrieden unter ihren Enkeln zu leben und dann friedlich zu entschlafen. Wir begruben sie neben Amris, ihrem frühverstorbenen Prinzen, und errichteten den beiden Eltern des Ard-rígh Arthur einen gemeinsamen Grabstein.

Und um die Geschichte des Hauses Pendreic (das heute offiziell Penarvon heißt, denn Arawn hält an der Entscheidung fest, die sein Vater vor so langer Zeit getroffen hatte) abzuschließen: Gwain, der einzige Erbe seiner Linie von unserer Seite, trat pflichtschuldigst die Nachfolge seiner Mutter Marguessan als Herzog von Eildon an und bezog auch die herzogliche Residenz. Auf den Titel des Herrn von Lleyn hatte er bereits verzichtet, als sein Vater Irian von den Sidhe getötet wurde, und er hatte die Ländereien auch nie wieder betreten. Wer wollte es ihm verübeln? Inzwischen hat er sich vermählt, und seine Tochter und sein Sohn sind bei Hofe für ihren Vetter tätig, den Hochkönig. Wenn ich Gwain bei höfischen Festlichkeiten begegne, an denen wir freilich beide nur selten teilnehmen, wirkt er recht zufrieden. Doch liegt ein Schatten auf ihm, der wohl nie mehr verschwinden wird; und ich glaube, das will er auch nicht.

Mit den Jahren starben auch die Gefährten langsam aus. Schon als Gweniver nach Glassary flog, waren nicht mehr viele übrig gewesen; und seither sind sie alle – freudig und, wie ich glaube, mit einem großen Aufatmen – zu Arthur zurückgekehrt. Ich kann es ihnen nicht verdenken, ich beneide sie nur darum, daß sie ihn vor mir wiedersehen.

Elenna, heute allen Kelten nicht nur wegen ihrer großen Leistungen bei Camlann als Elen Llydawc, Elen von den Heerscharen bekannt, starb ein Jahr nach Ygrawn; Tanwen, unser alter Ferdia und der Taoiseach Grehan folgten ihr bald nach. Tryffin und Ysild starben eines schönen Herbstnachmittags auf Kernow im Abstand von drei Stunden, wie es sich für ein so berühmtes Liebespaar gehört. Tryff ging als erster, und er hat sicher auf Ysild gewartet, um die Reise mit ihr gemeinsam anzutreten. Was könnte schöner sein? Ihre Tochter Ydain pflanzte zwei Rosenbäumchen auf das Grab ihrer Eltern, ein weißes und ein rotes, rot für die Liebe, weiß für die Treue; die Äste wuchsen ineinander, und irgendwann konnte man nur noch an der Farbe der Blüten erkennen, welcher Ast zu welchem Baum gehörte.

Meine liebe Daronwy starb auf Caledon und war damit endlich wieder mit ihrem Roric vereint. Dieser Verlust traf mich vielleicht härter als alle anderen; mit Ausnahme von Arthur selbst war Ronwyn meine älteste und beste Freundin und meine treueste Kameradin gewesen. Seit frühester Zeit, schon vor dem ersten Llwynarth, gehörte sie zu den Gefährten. Wir hatten uns von Anfang an gut verstanden und waren in den Tagen von Edeyrn oft miteinander in den Städten und im Kernland ›auf Raubzug‹ gegangen, wie wir es nur halb im Scherz nannten, um für Arthur Informationen zu beschaffen. Seit Arthur nicht mehr bei uns war, hatte Daronwy, eine von den Sieben, alles darangesetzt, um Gweniver und Ygrawn eine Stütze zu sein. Für mich war und blieb sie die geliebte Freundin. Aber sie hatte nie aufgehört, sich nach ihrem Roric und den anderen Gefährten zu sehnen; nun war sie wieder mit ihnen vereint. Sie würde mir fehlen.

Noch mehr würde mir jemand anderer fehlen: Eines Samhainmorgens starb auf Glassary unerwartet und in aller Stille Gweniver, die Königin der Kelten.

Damit war das letzte Glied der Kette zerrissen, die uns so lange und so fest miteinander verbunden hatte. Auf meinen Schultern allein lastete nun die Pflicht, die Ideale der Gefährtenrunde zu bewahren. Ich, der letzte Erbe, hatte die Aufgaben zu übernehmen, die die anderen abgegeben hatten, mir oblag es, den Titel ›Gefährte‹ für immer am Leben zu erhalten. Wozu wäre ich sonst unversehrt aus allen Wirren und Fährnissen hervorgegangen, ich, der letzte Gefährte des Königs Arthur?

Nach Gwenivers prächtigem Staatsbegräbnis in Caerdroia – Arawn hatte es angeordnet und selbst die nötigen Vorbereitungen getroffen, denn er wußte, daß eine schlichte Beisetzung neben den anderen Ehrwürdigen Müttern der Ban-draoi nicht im Sinne seiner Mutter gewesen wäre, und ich konnte ihm nicht widersprechen – spürte ich, daß endlich auch für mich die Zeit gekommen war, Turusachan zu verlassen.

Gedacht hatte ich oft genug daran, doch irgendwie hatte ich nie den Absprung gefunden. Vielleicht hatte ich mich nicht von Morgane und Arthur trennen können, vielleicht wollte ich das Leben nicht aufgeben, das ich mir seit Gwaelod nach meinen Bedürfnissen aufgebaut hatte und an das ich gewöhnt war. Ich weiß es nicht.

Doch die gleiche innere Stimme, die mir bisher erklärt hatte, die Zeit sei noch nicht reif, ließ mich jetzt spüren, daß es soweit war. Und so ging ich etwa zwei Wochen nach Gwenivers Beisetzung in Ni-maen zu meinem königlichen Neffen, um ihm meinen Entschluß mitzuteilen.

Arawn protestierte lange und wortreich. Seine Betroffenheit war aufrichtig. Der Tod seiner Mutter war ein schwerer Schlag für ihn gewesen, und ich war der einzige Verwandte aus der Generation seiner Eltern, der ihm noch geblieben war. Zunächst sah es tatsächlich so aus, als wolle er mich mit einem königlichen Befehl an den Palast binden; und letztlich ließ er sich nur mit dem feierlichen Versprechen beschwichtigen, daß ich in unmittelbarer Nähe bleiben würde.

Tatsächlich wollte ich nur auf die andere Seite der Straße oder des Platzes ziehen, nach Seren Beirdd. Für Bronwen Lanihorne, die neue Oberste Bardin, war es eine Ehre, mir die Räume meines geliebten Lehrers Elphin anzubieten. Er war ihr unmittelbarer Vorgänger gewesen, und als er mit Arthur auszog und nicht wiederkehrte, hatte sie die Zimmer aus Respekt für ihn nicht mehr besetzt. Für mich war ihr Respekt offenbar noch größer, denn jetzt sollte ich dort wohnen, und mir war das nur recht. Sie war immer eine gute Schülerin gewesen.

Über Gweniver kann ich nur wenig sagen, was ich nicht bereits gesagt habe. Sie und Arthur, Morgane und ich waren wie die vier Wände eines Turms, den allein der Tod hatte zerstören können. Als nun auch sie starb – was in ganz Keltia tiefe Trauer hervorrief –, wurde sozusagen ein Schlußstrich unter die Vergangenheit gezogen. Nun war ich der letzte der Gefährten. Ich war allein, und offenbar hatte etwas in mir seit langem nur darauf gewartet. Mit einem Mal schien ein Weg, ein Kanal in meinem Innern freigeworden zu sein, nun konnte das in mich einströmen, worum ich so lange gerungen hatte.

Es war am letzten Abend, bevor ich meine Sachen nach Seren Beirdd schaffen wollte – ich hatte mehr als fünfzig Jahre lang im Palast gelebt, da hatte sich einiges angesammelt, außerdem mußte ich entscheiden, was mit Morganes Sachen geschehen sollte –, als mich wieder einmal diese innere Unruhe überfiel, die ich nur zu gut kannte.

Jeder Schaffende kennt sie. Man beschäftigt sich mit irgend etwas oder tut gar nichts, und wie aus heiterem Himmel setzt dieses hartnäckige Ziehen und Zerren ein, das sich nicht unterdrücken läßt, so vertieft man auch sein mag. Man eilt zum Werkzeug seiner Kunst – sei es Harfe, Feder, Pinsel oder Hammer – wie der Liebhaber zu seiner Liebsten. Und dann … ich kann es nicht besser ausdrücken: Dann wird man *benützt*. Etwas ergreift einen und zwingt einem seinen Willen auf, wie man selbst es mit seinem Werkzeug tut. Man ist ein Mittel, mehr nicht, ein Instrument für dieses Etwas, das ungestüm nach der Form drängt, das einem die hohe Ehre erweist, einen zu erwählen. Ich will mich nicht beklagen, o nein, ich liebte diesen Zustand! Jeder Künstler erhofft und erfleht ihn mit Inbrunst, und manchmal täuscht er ihn sich selbst und seinen Anhängern auch nur vor. Aber Ihr – und Eure Anhängerschaft, solltet Ihr das Glück haben, über eine solche zu verfügen – werdet den Unterschied stets erkennen.

Wie gesagt, dieser Zustand kam. Und er kam über *mich.*

Zwölf Stunden später trieb ich allmählich wieder ins Bewußtsein zurück und sah mich um, erschrocken, benommen und irgendwie traurig. Ich lag in meinem Zimmer auf dem Boden, ohne zu wissen, wie ich dort hingekommen war; mein Rücken schmerzte erbärmlich, meine Arme waren von den Fingern bis zu den Schultern taub. Hunger und Durst quälten mich, ich fröstelte, alle Glieder taten mir weh, kurzum, ich war so brummig wie ein vorzeitig aus dem Winterschlaf gerissener Eisbär. Doch zugleich war ich außer mir vor Glück. Ich hatte ein Lied, ich hatte *das* Lied, vielleicht hatte es auch mich. Jedenfalls hatte es einen eigenen Namen und, wenn ich Gwyn glauben konnte – und warum sollte ich das nicht? –, auch einen eigenen Dán.

Es war mir geschenkt worden. Sprachlos starrte ich darauf nieder. Noch durfte ich es niemandem zeigen – ein dumpfer Schmerz erinnerte mich daran, daß ja auch niemand mehr lebte, dem ich es gern gezeigt hätte; und die Toten, die hatten es bereits gesehen, vielleicht waren gar sie es, die es mir geschickt hatten – noch war es ein Geheimnis. Voller Ungeduld betrachtete ich das Geschenk (denn es war ein Geschenk, aber nicht *mein* Geschenk) mit jener freudigen Erregung, jener unvergleichlichen Mischung aus Stolz und Demut, die jeder Schaffende empfindet, wenn er die

Botschaft der Awen – und jede Kunst, jedes Handwerk hat ihre oder seine Awen – richtig vernommen und richtig festgehalten hat.

Wieder strich ich über das Papier. »›Preithi Annuvin‹«, sagte ich leise wie zu einer geliebten Frau oder einem Kind. Und dann wiederholte ich den Namen im gemeinen Gaeloch.

»›Die Beute aus Annwn.‹«

Zuerst ging ich damit zu meinem Neffen Arawn. Er hatte mir anfangs nicht so nahegestanden wie seine ältere Halbschwester Donah, doch das hatte sich im Lauf der Jahre geändert, und inzwischen betrachtete er mich als seinen zweiten Vater. Dagegen war nichts einzuwenden; immerhin war ich sein Pate, und er trug auch meinen Namen. Doch zugleich war er der Hochkönig.

Er empfing mich in Arthurs altem Solar über dem Rosengarten, und wir umarmten uns. Dann trat ich zurück, sah ihn an und lachte. Doch hinter dem Lachen verbargen sich ein Schluchzen und ein Kopfschütteln, denn er war seinem Vater so ähnlich, daß es mir die Sprache verschlug. Er begriff sofort und lachte seinerseits.

»Mir selbst fällt es weiter nicht auf«, gestand er. »Aber ich höre es von so vielen, die es wissen müßten, daß wohl etwas daran sein muß.«

»Sie steht Euch gut, Ard-rígh«, sagte ich förmlich. Ich hatte den Titel ganz bewußt verwendet, und er wurde ein wenig rot.

»Was, die Ähnlichkeit mit meinem Vater?«

»Auch die, aber ich meinte eher die Hochkönigswürde.« Ich wollte ihn wirklich nicht aus der Fassung bringen; er war ein empfindsamer und sehr ritterlicher Mensch, und der Tod seiner Mutter – die beiden hatten immer ein sehr enges, liebevolles Verhältnis gehabt – hatte ihn tief erschüttert, sosehr er es auch zu verbergen suchte. Ich war das letzte Mitglied des Hauses

Dôn aus meiner Generation (gewiß, Gerrans, Gwain, Donah und Majanah waren auch noch da, aber damit war die Liste ziemlich zu Ende) und hatte um Arthurs und um Gwens willen das Gefühl, hier Elternstelle vertreten zu müssen. Und Arawn kam mir dabei sehr entgegen.

»Ich muß dir etwas zeigen«, sagte ich, zog unter meiner Tunika ein Büchlein hervor und reichte es ihm. Der feine blaue Ledereinband mit dem silbernen Gwynedd-Hirschen entlockte ihm einen Ausruf der Bewunderung; in dieser Beziehung war er ganz der Sohn seines Vaters, der das Kunsthandwerk in jeder Form zu würdigen wußte. Vorsichtig blätterte er die dicken Pergamentblätter durch.

»Wie wunderschön! Was ist es? Ein Werk von dir natürlich ...«

Mein Blick ruhte auf den Seiten. »Der Schlüssel für das Reich der Zukunft«, antwortete ich dann. »Die Wegbeschreibung für die Rückkehr deines Vaters.«

Er sah mich scharf an – dieses Funkeln kannte ich aus Arthurs Augen – und wurde einen Ton blasser.

»Wie ist das gemeint?« fragte er vorsichtig.

Ich mußte lächeln. »Paß auf.« Und ich begann zu lesen.

Auf dem Papier hatte es sich anders angehört – jeder Barde kennt das –, doch als ich die klangvollen Phrasen nun laut aussprach, da spürte ich stärker als sonst, und nicht nur aus meiner natürlichen Bescheidenheit heraus, wie wenig Taliesin Glyndour an diesem Gesang tatsächlich beteiligt gewesen war ...

»Dreifach füllend die Prydwen brachen wir auf.
Sieben nur kehrten zurück von Caer Sidi.
Habe ich kein Anrecht auf Ruhm, wird nicht gehört mein Gesang?
Wann wurde erstmals vernommen der Schrei über dem Abgrund

Im viermal sich drehenden Caer Pedryvan?
Ist dies nicht der Becher von Kerridwen Rhên,
Besetzt mit Perlen sein Rand?
Keinem Feigling schenkt er das Leben, noch einem Meineidigen.
Ein Lichtschwert wird erhalten, wer sich auf die Suche begibt,
Und vor Uffens Pforten werden brennen die Hörner des Lichts.
Als wir auszogen mit Arthur zu glorreichen Taten,
Kehrten nur sieben zurück von Caer Vediwid.
Wird man nicht preisen mich, wird nicht mein Singen gehört?
Bietet rotes Blut man nicht zur Begrüßung dem Gast
Auf Caer Pedryvan, der Insel der Starken Tür,
Wo Zwielicht und schwarze Nacht sich vermischen?
Die Spitze des Kampfspeers umhüllen die Nebel des Schlafes.
Wann wird er erwachen?
Das bronzene Lid von Fáls Auge, wann wird es sich öffnen?
Dreifach füllend die Prydwen fuhren wir hinaus auf die See,
Zu jener ruhmreichen Zeit, als wir gingen mit Arthur,
Doch sieben nur kehrten zurück von Caer Rigor.

Darf ich denn Frieden nicht finden, auf daß meine Harfe erschalle?
Kein Loblied singe ich den Herren der Schwerter
Hinter Caer Wydyr, denn sie erkannten nicht Arthurs Macht.
Zum Kampf gerüstet standen sie auf den Mauern,
Doch schwer war's, mit ihrem Wächter zu sprechen,
Nur ihr Hauptmann fand edle Worte für unseren Führer.
Dreimal die Fracht der Fairface zählten wir, als wir auszogen mit Arthur;
Sieben nur kehrten zurück von Caer Coronach.«

Am Ende dieser Dwned blickte ich auf, um zu sehen, wie mein Neffe reagierte, und dann ich wagte kaum noch fortzufahren: Arawns Gesicht war bleich und verzerrt, die langen, kräftigen Schwertkämpferfinger umklammerten den Stiel des Silberbechers so fest, daß sich das Metall vor meinen Augen bog. Doch er riß sich los von dem, was er geschaut hatte, und nickte mir zu.

»Sind nicht zur Wiedergeburt wir bestimmt, auf daß wir die Stimme erheben?
Der Antworter ließ sich vernehmen, von neuem die Klinge erstand.
Schmachten wird Gweir im Kerker von Caer Sidi,
Durch Pwylls und Pryderis Haß gelangt er dorthin.
Wenige gingen vor ihm nur hinein, des Meeres blaue Ketten halten ihn fest.
Singen soll er vor der Beute aus Annwn
Und dafür ein Barde sein bis ans Ende der Zeiten.
Dreifach füllend die Prydwen brachen wir auf;
Sieben nur kehrten zurück von Caer Sidi.
Dreimal die Fracht der Fairface zählten wir, als wir auszogen mit Arthur;
Sieben nur kehrten zurück von Caer Coronach.«

Ich verstummte, holte tief Atem, sah aber Arawn nicht an. Es war, als hätten die Worte alles Licht in sich aufgesogen, nur die Kristalle auf dem Tisch zwischen uns verbreiteten noch einen schwachen Schein. Ich wagte einen verstohlenen Blick auf meinen Neffen, aber sein Gesicht lag im Schatten, und er sagte kein Wort.

»Ich habe es im hohen Stil der Ríogh-bardáin verfaßt – es wollte so geschrieben werden«, erklärte ich endlich. »Damit werden seine Wahrheiten, seine Geheimnisse vor dem flüchtigen oder lediglich neugierigen Leser verborgen. Nur der geschulte Geist, das wache Herz wird die Schlüsselworte entdecken, und nur ein Zauberer wird erkennen, wie er danach handeln soll. Beides ist ihr, die uns so oft verheißen wurde, vom Dán bestimmt.«

Arawn regte sich, als erwache er aus tiefem Schlaf. Als er sich über den Tisch beugte und das Licht auf sein Gesicht fiel, traf es mich wie ein Schlag. Ähnlich war er Artos schon vorher gewesen; doch in diesem Augenblick *war* er Arthur… Er hatte mein Erschrecken nicht bemerkt, denn er stand noch ganz im Banne meines Vortrags.

»Onkel …« Er breitete hilflos die Arme aus, und auf einmal war er wieder Arawn.

»Ich weiß«, tröstete ich. »Mir ist es nicht anders ergangen. Ich habe das Gedicht nicht gemacht, Amhic; es ist nur durch mich entstanden. Aber es enthält die Geschichte, die Geschichte, die du kennst …«

Und dann ging ich Zeile für Zeile mit ihm durch; erklärte ihm, das Meer sei in Wahrheit die Morimaruse, die Caers seien die Orte, die wir auf der letzten Fahrt der *Prydwen* angeflogen hätten, und die Hörner des Lichts und Uffern seien poetische Umschreibungen für den großen Feuerberg, in dem die *Prydwen* sich und ihre Insassen vergraben habe.

»Aber was bedeutet ›dreimal die Fracht der Fairface‹?« fragte Arawn endlich.

»Als wir Fomor – Caer Rigor und Caer Pedryvan – überfielen und die Gefangenen von Clero befreiten«, sagte ich ruhig, »verdreifachte sich mit ihnen unsere Zahl; die *Prydwen,* in der Sprache der Barden Fairface oder Schöngesicht genannt, mußte also dreimal soviel tragen wie bei einem normalen Kampfeinsatz. Insgesamt an die neunhundert Seelen.«

»Und sieben nur kehrten zurück – von Caer Sidi.«

»Das ist wieder die Morimaruse«, sagte ich. »Die Wirbelburg – du hast ja keine Ahnung, wie es dort aussah …«

»Nein«, gab er leise zu. »Aber sie erscheint mir des

Nachts in meinen Träumen, und auch meine Mutter, die Königin, hat sie geschaut.« Er beugte sich über den Tisch und nahm mir das Büchlein aus den Händen. »Und diese letzte Dwned? Wer sind die Leute, von denen du darin sprichst, Gweir, Pwyll und Pryderi? Und warum ist Gweir ihr Gefangener?«

Die Frage munterte mich ein wenig auf. »Ich habe nicht die leiseste Ahnung. Eine reine Prophezeiung. Man wehrt sich nicht dagegen und stellt auch keine kleinlichen Fragen, sondern nimmt, was man hört, schreibt es auf und ist dankbar dafür.«

Arawn mußte lächeln, blätterte aber weiter in dem Büchlein. »Woher kommt das eigentlich?« fragte er plötzlich. »Wenn du das Gedicht erst letzte Nacht geschrieben hast ...«

Jetzt war ich es, der lächelte. »Morgane hat mir einmal vor längerer Zeit zum Geburtstag ein paar Dutzend davon anfertigen lassen. Leere Bücher mit dem Wappen unseres Hauses auf dem Einband – in die meisten habe ich Liebesgedichte geschrieben. Aber ein paar hatte ich noch übrig, und die habe ich die ganze letzte Nacht mit Reinschriften des Gedichts gefüllt. Das hier ist für dich; jeweils eins geht an Arwenna, Donah, Gerrans und an deine Vettern von Lleyn und Kernow, und eins ist für die Bardenbibliothek bestimmt.« Ich unterbrach mich, als ich im matten Licht auf Arawns Wangen Tränenspuren glitzern sah.

»Damit ist es in einer Weise für mich wirklich geworden«, sagte er endlich, »wie ich es bisher nicht empfunden hatte. Aber Onkel« – er beugte sich vor, faßte mich an den Händen und sah mir fest in die Augen –, »wird es denn wirklich geschehen? Wird die eine kommen, um nach ihm zu suchen? Können wir uns darauf verlassen?«

Ich umfaßte seine Hände mit festem Griff. »So fest wie auf alles, was der Dán uns schickt, Amhic. Es geht hier um die Beute – die Schätze. Artos raubte sie aus

Annwn und brachte sie nach Annwn zurück; und von dort werden sie geholt werden, wenn die Zeit kommt.«

Er nickte ernst und strich mit dem Finger über den silbernen Hirsch von Dôn. Eine mächtige Woge der Liebe und des Mitleids überschwemmte mich: Dieser Hochkönig war noch so jung und hatte sein Amt unter so schwierigen Umständen übernehmen müssen ... Und nur so wenige Menschen halfen ihm, die Last zu tragen; Arthur hatte so viele und so starke Helfer gehabt ...

»Noch etwas, Ard-rígh«, sagte ich laut, und Arawn hob den Kopf wie ein Hund, der draußen auf dem Weg einen Ast knacken hört. »Ich habe vor, eine Geschichte der Gefährtenrunde zu schreiben, und eine Geschichte Arthurs und Gwenivers, und darin werde ich die Wahrheit, wie wir sie kennen, zumindest andeuten müssen ...«

»Du meinst den Tod meines Vaters und seiner Gefährten in der *Prydwen*?« fragte Arawn ruhig. »Warum müssen wir darüber mehr verlauten lassen? Du und die sechs anderen, die mit dir zurückkehrten, die wenigen hier, die eingeweiht wurden – wir haben das Geheimnis die ganzen Jahre über bewahrt.«

»Und wenn du und Gerrans, Sgilti und Anghaud erst nicht mehr sind, gibt es niemanden mehr, der es verraten könnte«, räumte ich ein. »Trotzdem halte ich eine kleine Veränderung des Musters für zulässig.«

Der König lächelte. »Was habt Ihr vor, Pen-bardd?«

»Oh, nur eine wohlüberlegte Verschleierung der Wahrheit.« Ich erhob mich. »Wundere dich nicht allzu sehr, wenn du hörst, daß König Arthur inmitten seiner Gefährten auf einer Insel im schwarzen Meer schläft und daß sie erwachen werden, wenn Keltia ihrer bedarf.«

»Das gefällt mir«, sagte Arawn leise. »Ich wollte, es wäre die Wahrheit – aber du wirst mir gleich sagen, daß sie es ist.«

»Ganz recht.«

»Ganz recht.« Schweigend fuhr er mit dem Daumen über das Smaragdsiegel. »Und wie heißt diese Insel? Denn du wirst sie gewiß nicht bei ihrem wahren Namen nennen …«

»Sie heißt Avilion«, sagte ich, ohne zu wissen, woher der Name kam. »Und auf Gaeloch wird man sie Avalinn nennen.«

Kapitel 35

So zog ich also nach Seren Beirdd. In Elphin Carannocs weißgetünchten, luftigen Räumen in einem der Türmchen, die die Spitzen des ›Sterns der Barden‹ bildeten, lebte ich mich rasch ein; und die Aussicht stand der aus meinem alten Zimmer im Palast jenseits des Platzes kaum nach.

Hier nun begann ich zu schreiben, wie ich es meinem Neffen Arawn versprochen hatte. Ich schrieb keine Lieder in dieser Zeit, obwohl ich auf Trägerin des Wohlklangs genügend übte, um mir die Harfnerschwielen an den Fingerkuppen zu erhalten. Nein; in diesen Tagen widmete ich mich der Geschichtsschreibung, und ich bemühte mich nach Kräften, alles so darzustellen, wie ich es erlebt hatte. Natürlich werden die Ignoranten, die im Grunde keine Ahnung haben, aber glauben, alles besser zu wissen, irgendwann wieder nach ihren Sgians greifen, um in meinen Bericht tausend Löcher zu stechen; aber solche Leute würden der Wahrheit nicht einmal Glauben schenken, wenn sie ihnen leibhaftig gegenüberträte, denn sie wären ja nicht fähig, ihr Antlitz vom Hinterteil eines Stiers zu unterscheiden. Nicht für sie habe ich geschrieben; dafür bin ich mir zu schade.

Die vorliegende Chronik, die sich nun ihrem Ende zuneigt – darf ich Euch, die Ihr die ganze, lange Straße mit uns gegangen seid, als alte Gefährten begrüßen? –, wird vermutlich erst viele Jahre, Jahrzehnte, Jahrhunderte, Jahrtausende nach meinem Tod gefunden werden. Vielleicht erst dann, wenn sich die Verheißung erfüllt und ich wiederkehre. Zur Sicherheit werde ich gewisse Vorkehrungen treffen, damit sie nicht zu früh entdeckt wird … Doch kommen wir noch einmal auf die Wahrheit und auf die Menschen zurück, die sie aufnehmen sollen. Die Wahrheiten auf diesen Seiten sind nicht oder zumindest erst dann für die breite Masse bestimmt, wenn sie noch sehr viel reifer geworden, wenn sie fähig ist, Arthur den König so anzunehmen, wie er war. Wenn sie aufhört, ihn mit Mythen zu umgeben, sich aus ihren eigenen Wünschen und Träumen ein Lügengebäude zu errichten und zu behaupten, das sei er.

Doch damit stehen wir Kelten nicht allein. Lügen finden sich auch in den Geschichten, die meine Mutter von der Erde mitbrachte – mir kamen die Tränen, als ich las, wie Arthur darin der Lächerlichkeit preisgegeben und Gweniver verleumdet wurde –, und das waren nur Prophezeiungen, verschwommene Schatten künftiger Ereignisse. Nur deshalb schreibe ich diese Chronik, deshalb habe ich auch die *Taten Arthurs* und das *Leben Morganes* – das Volk nennt sie schon jetzt Morgane Magistra (was sie mit einer schallenden Ohrfeige quittieren würde, wäre sie noch hier) – geschrieben, die weniger persönlich gehalten sind, was aber ihrer Wahrheit keinen Abbruch tut. Immer noch besser, ich erzähle Morganes, erzähle unsere Geschichte, als daß es jemand tut, der noch gar nicht geboren war, als alles anfing, oder der zwar dabei, aber nicht *beteiligt* war … Ich bin ein Barde und nichts sonst. Ich kann nur über die Worte in meinem Werk gebieten, es sei denn, sie gebieten gerade über mich. Letzten Endes läßt sich jeder Mensch nur danach beurteilen, wie er seine Arbeit tut oder nicht tut; welche Wirkung diese Arbeit auf andere hat oder wie sich sein Werk in den Köpfen seiner Leser verwandelt, darauf hat er keinen Einfluß. Sosehr mir das mißfällt, es ist nun einmal so, und ich habe Besseres zu tun, als über Dinge zu jammern, die ich nicht ändern kann.

Nachdem ich ein paar Jahre in Seren Beirdd gelebt hatte, bekamen wir eine junge Schülerin, die zu den schönsten Hoffnungen berechtigte: Sie hatte ein feines Gespür für die Musik, aber nicht minder für die Sprache. Wobei ich mich mit meinem Lob vielleicht etwas zurückhalten sollte, denn diese Schülerin war meine Enkelin Cathelin, Gerrans' und Cristants jüngste Tochter.

Nun kann man wirklich nicht sagen, das Mädchen hätte eine Sonderstellung eingenommen, nur weil man ihren Großvater inzwischen als Nationalheiligtum betrachtete. Aber es war wohl auch nicht unbedingt ein Nachteil für sie, den Pen-bardd von Keltia zum Syrawyn zu haben. Zu Ehren meiner resoluten Cathelin, des kleinen Waldwolfs mit dem braunen Haar, sei freilich gesagt, daß sie ihre guten Beziehungen niemals ausnützte.

Neben dem Bardentum beanspruchte die Drachenbruderschaft einen großen Teil meiner Zeit. Als unsere Zahl unentwegt weiterstieg und Gwahanlen sie nicht mehr zu fassen vermochte, ließ uns König Arawn ein eigenes neues Brugh errichten. Das elegante Gebäude steht unweit von Seren Beirdd am Ostrand des Plateaus von Turusachan, dicht neben dem Eingang zum Seelenpfad.

Mit Stolz darf ich vermelden, daß es bis dahin an die zweitausendsiebenhundert Verwandte des Drachen gab. Wie ich es von Anfang an geplant hatte, entstammten sie allen Schichten der keltischen Gesellschaft, allen Ständen, allen Gewerben, allen Handwerks- und sonstigen Berufen, und unser Einfluß machte sich bereits bemerkbar. Nicht etwa, daß wir Druck oder gar Zwang ausgeübt hätten, wir arbeiteten vielmehr mit Empfehlungen, suchten zu überzeugen, gingen mit gutem Beispiel voran. Schließlich verdankten wir unsere Entstehung dem Vorsatz, eine Alternative zum Parteienklüngel und den fragwürdigen Praktiken zu bieten, mit denen er auch die edelsten Ziele verfolgte. Wir hatten uns ausschließlich und mit allen

Konsequenzen der Magie verpflichtet, die Herz und Seele Keltias war, auf der unser Reich gründete und von der es lebte, seit einst die Danäer unter Brendans Führung die Erde verließen. Da wir auf diese Weise eher dem Ewigen als dem Irdischen verbunden waren, stand nicht zu befürchten, daß wir unseren Eid jemals brechen würden. Und das konnte dem Geist, der Seele des Keltentums nur zugute kommen.

Doch nach einigen Jahren – die genaue Zahl verrate ich nicht – spürte ich, wie ich mich selbst von meinen Barden, meinen Drachen und meiner geliebten Sippe innerlich entfernte. Nun wurde es Zeit, mich an die letzten Aufgaben zu machen, die ich in Keltia und anderswo noch zu erledigen hatte. Es wurde Zeit zu gehen.

Ich sagte nicht vielen Lebewohl; es waren ja auch nicht mehr viele übrig. Nur Arawn, dem Hochkönig, meinem Sohn Gerrans und seiner Frau Cristant, Sgilti, Anghaud und Cathelin, nur ihnen teilte ich meine wahren Absichten mit. Dem übrigen Keltia tischte ich eine Geschichte auf; und wer könnte wohl bessere Geschichten erfinden als der Pen-bardd?

Ich hatte meine Schriften geordnet und sie Cathelin und der Bardenbibliothek vermacht. Und wenn ich geglaubt hatte, mich nicht ganz ohne Schmerzen davon trennen zu können, so war das ein Irrtum. Ich fühlte mich eher befreit. Ich hatte getan, was ich konnte, so gut ich es konnte; was nun damit geschah, lag nicht mehr in meiner Hand, was man aus meinen Worten machte, ging mich nichts mehr an.

Ich nahm nur wenig mit: das Porträt von Morgane, das mich noch überallhin begleitet hatte; die beiden Medaillons, das Sonnenkreuz und das Siegel der Bandraoi aus dem Nachlaß meiner Mutter; die Drachenscheibe, die Morganes Eigentum gewesen war; den Schlangenring mit den Rubinaugen an meiner Hand;

zwei handgeschriebene Exemplare der ›Preithi Annuvin‹ im gwynnedblauen Einband. Mehr brauchte ich nicht.

Um mein Geheimnis zu wahren, hatte ich niemandem verraten, wann ich Turusachan verlassen wollte; doch als ich in einer bestimmten Ecke des Flugfelds von Mardale stand, wo Gerrans und Arawn persönlich ein ganz bestimmtes Schiff für mich startklar gemacht hatten, trat eine zierliche, vermummte Gestalt aus dem Schatten.

»Ich hatte so eine Ahnung, daß es heute nacht sein würde.« Cathelin umarmte mich und flüsterte mir einen Segensspruch ins Ohr.

»Manchmal bist du deiner Großmutter allzu ähnlich«, sagte ich, aber ich lächelte dabei. Ich freute mich, daß sie gekommen war. »Ist alles in Ordnung?«

Sie nickte und spähte mit großen Augen unter der Kapuze hervor. »Keine Sorge! Morgen um diese Zeit wird ganz Keltia um Taliesin Pen-bardd trauern. Man wird bekanntgeben, er sei ganz plötzlich verstorben, und man habe ihn auf eigenen Wunsch und nach dem Willen der Seinen in aller Stille nach Caer-na-gael gebracht und mit dem Scadarc aufgelöst. Genauso wolltest du es doch.«

»Genauso wollte ich es«, nickte ich. »Nur du, Alanna, und die allernächsten Verwandten kennen die Wahrheit. Es ist am besten so.«

Sie lachte, aber in ihren Augen, den Augen meiner Morgane, glitzerten die Tränen.

»Am besten für dich vielleicht, du selbstsüchtiges Ungeheuer – und wir bleiben zurück und wissen nicht …«

Ich schloß sie noch einmal in die Arme. »Ach, Mädchen, du wirst es schon erfahren. Und du mußt zugeben, ein solcher Abgang hat eine gewisse Größe.«

»Schon. Sogar die Barden, die später ihre Lieder darüber machen müssen, werden zufrieden sein …«

Cathelin trat zurück und wischte sich trotzig und ohne sich zu schämen die nassen Wangen ab.

»Für dich ist es wohl am schwersten«, sagte ich sanft. »Aber vergiß nicht, alles ist Teil eines Ganzen; die letzte Dwned bezieht ihren Sinn, ihre Bedeutung nur aus dem, was ihr vorausgegangen ist. Und doch zählt das Vorausgegangene nicht viel, wenn die Schlußzeilen nicht gelingen.«

»Einmal Barde, immer Barde!« Wobei sie genau wußte, daß ich nicht nur von der Bardenkunst sprach …

»Hier habe ich noch etwas für dich.« Ich hob ein großes, gut verschnürtes Bündel vom Boden auf und legte es ihr in die Arme.

Cathelin schüttelte den Kopf, wollte entrüstet ablehnen, doch Trägerin des Wohlklangs schmiegte sich in ihre Hände, als kenne sie ihre neue Partnerin seit langem.

»Nein, Syra-wyn, nicht *sie* – ich kann dich doch nicht ohne Musik aus Keltia ziehen lassen …«

»Die Melodien sind hier und hier«, sagte ich und berührte meine Stirn und meine Brust. »Der Rest ist nur Vergoldung … Trägerin des Wohlklangs und ich haben ein langes, schönes Lied miteinander gesungen, nun fängt ein neues Stück an. Das ist alles.«

Ich küßte sie auf die Stirn, streichelte noch einmal meine Harfe – meine älteste Freundin, sie war noch vor Arthur bei mir gewesen – und glaubte, im Innern der Tasche leise die Saiten anschlagen zu hören, als wolle Trägerin des Wohlklangs mir Lebewohl sagen. Es konnte nicht sein, aber es wäre schön gewesen.

Dann wandte ich mich ab, bestieg das Schiff, das startbereit hinter mir stand, und schloß die Luke. Im Mondlicht schimmerte der dunkelgrüne Rumpf auf, als die Schaluppe, das letzte Andenken an dic *Prydwen*, das kleine Rettungsboot, das die Sieben von Caer Sidi zwischen den Sternen nach Hause gebracht hatte, sich mit mir von Tara erhob.

Unser erstes Ziel war nicht allzuweit entfernt. Als Tara hinter mir zurückblieb – wie einst Arthur vor Camlann, hatte auch ich mir eine letzte Runde über Caerdroia nicht versagen können – und durch den Ard-na-spéire die ersten verschwommenen Umrisse von Gwynedd sichtbar wurden, da geriet mein Blut mächtig in Wallung, und Liebe, Freude und das befriedigende Gefühl, meine Pflichten erfüllt zu haben, durchfluteten mich. Noch hatte ich zwar nicht alles erledigt, was mir aufgetragen war; doch was Arthur und ich uns einst vorgenommen hatten, damals, als Gwaelod ertrank, als Daars verbrannte, als wir im eisigen Coldgates saßen, *das* hatten wir erreicht. Wir hatten für die Ewigkeit gebaut, wir und die beiden anderen, die uns dabei geholfen hatten. Arawn und seine Nachfolger hatten ein festes Fundament und einen wehrhaften Turm geerbt; nun war es an ihnen, die Burg fertigzustellen und zu erhalten.

Ihr fragt Euch vielleicht, warum ich nicht ein letztes Mal Morganes Grab oder das Grab meiner Mutter aufgesucht hatte, bevor ich mich anschickte, Keltia zu verlassen; tatsächlich hatte ich beides lange erwogen, um schließlich darauf zu verzichten. Nicht etwa weil es mir an Liebe oder an Respekt gefehlt hätte; aber von meiner Mutter hatte ich mich längst verabschiedet. Und was es zwischen Morgane und mir zu sagen, zu verarbeiten gab – wenn ich es so ausdrücken kann –, war abgeschlossen worden, als Gwyn, Birogue und ich sie begruben. Was nur sie und mich anging, konnte auch hier geschehen. Wäre ich an ihr Grab zurückgekehrt, ich hätte jenen Abschied, jene körperliche Trennung irgendwie herabgewürdigt. Das wollte ich nicht, und außerdem ging sie ja ohnehin mit mir …

Beim Anflug auf Gwynedd tarnte ich das Schiff mit dem Tirr – den Fianna-Wissenschaftlern war es endlich gelungen, die leidige, von Artos so oft bemängelte Schwäche zu beheben, die verhinderte, daß das Ding auch im Flug funktionierte –, widerstand der Versuchung, in Tair Rhandir, Caer Dathyl oder einem Dutzend anderer Orte zwischenzulanden, die mit den Stimmen der Vergangenheit nach mir riefen, richtete die Schaluppe geradewegs nach Norden und nahm Kurs auf Glora.

Am Ufer des großen Binnenmeeres ging ich nieder. Es war kurz vor Sonnenuntergang, ringsum glühten die Berggipfel im Feuer der Abendsonne; der ganze Himmel schien zu pulsieren. Eine breite Flammenstraße zog sich über das spiegelblanke Wasser, und dahinter lag schwarz und verlassen die Insel Collimare, der Wald im Meer. Mit ihren hohen Bäumen an den flachen Ufern mutete sie an wie eine alte Galleone oder wie eins der Kriegsschiffe der Gegenrebellion, mit denen wir einst zur Rabenspalte übergesetzt hatten.

Als ich zum Wasser ging, knirschten meine Stiefel erschreckend laut auf dem weißen Kies. Sonst war alles still. Selbst die kleinen Wellchen verstummten, als ich kam, alles schien mit angehaltenem Atem darauf zu warten, was nun geschehen würde.

Ich hatte eine gewisse Vermutung, aber man würde ja sehen ... Ich warf meinen Curtagh zurück, löste ein Schwert von meinem Wehrgehänge und hielt es mit beiden Händen in die Höhe. Die Lederscheide war uralt und abgegriffen, das Gold und das bunte Emaille in den Prägerillen waren längst abgeblättert. Der Anblick weckte Erinnerungen.

Das war Llacharn, das Schwert aus der Luft, das Schwert aus dem Feuer, das Schwert aus dem Wasser und das Schwert aus dem Stein. Einst waren Arthur, Morgane und ich auf Collimare gemeinsam in die Tiefen der Erde hinabgestiegen und hatten es dort aus dem Fels geholt. Jetzt durfte es nach Hause zurückkehren: Der letzte Gefährte hatte Llacharn heimgebracht, vielleicht war es auch umgekehrt. Und es war nicht mehr als recht und billig, daß der letzte Gefährte auch der erste gewesen war.

Ich spürte, wie die Spannung stieg, wie alles auf mich wartete. Ich hob das Schwert über den Kopf und zog, wie einst ein anderer König bei einem anderen, noch berühmteren Schwert, mit der linken Hand die Scheide ab. Ein Stück der Klinge kam zum Vorschein – Llacharn war vor Nandruidion in Arthurs Hand zerbrochen, als er den Ard-rígh Uthyr verteidigte, und niemand hatte es je wieder zusammengefügt –, ich fing es auf, bevor es zu Boden fallen konnte.

Griff und Klinge – eins in jeder Hand. Mit der Hand, die den Griff hielt, schleuderte ich die Scheide in den See. Bevor sie das Wasser berührte, flammte sie auf und war verschwunden. Ich lächelte, als aus dem Nichts eine Stimme ertönte.

»Die Stunde ist da, aber nicht der Mann!« Dreimal erklang der Schrei, und hinterher war die Stille noch erdrückender.

Ich trat vor, bis ich mit den Stiefeln im Wasser stand, und rief in die Stille: »Die Stunde ist da, und mit ihr der Mann!« Ich rief es nur einmal, dann hob ich die beiden Schwertteile abermals in die Höhe und überkreuzte sie wie zum Gruß. Als sich das Feuer des untergehenden Beli darin fing, entstand das Symbol des Sonnenkreuzes, das Anfang und Ende zugleich bedeutet. Und dann schleuderte ich Llacharns Hälften mit aller Kraft hinaus über das Wasser.

Die funkelnden Stücke drehten sich seltsam majestätisch um sich selbst, rotierten blitzend im Sonnenlicht wie zwei Triskells, wurden langsamer und schienen schließlich auf halbem Wege zwischen Collimare und dem Ufer reglos in der Luft zu hängen (Loch Bel Draccon, das Drachenmaul, nannte man diesen Arm von Glora, und ich fragte mich plötzlich, woher der Name wohl kam) ... Doch dann erhob sich ein Wind, eine Windfaust, eine kleine Wasserhose kräuselte

Gloras Oberfläche, tanzte die Sonnenstraße entlang, fing das Schwert ein – *fügte es zusammen* – und ließ nach allen Seiten goldene Wasserperlen davonstieben.

Und nun könnte man sich vorstellen, eine weiße Hand sei aufgetaucht und habe das Heft ergriffen, ein Arm, in Oréadach gehüllt, habe sich aus dem Wasser gestreckt, um Llacharn, das wiedererstandene Schwert, zu schwingen, habe die Waffe zum Gruß erhoben und sie dann lautlos, ohne das leiseste Plätschern hinabgezogen in die Wasser des Loch Bel Draccon. Und dann sei die Sonne versunken.

Das könnte man sich vorstellen. Aber ich … nun, ich bin Barde. Zu oft schon hat man mich beschuldigt, ich würde die Wahrheit allzusehr ausschmücken. So will ich sie denn diesmal nackt stehenlassen. Ihr könnt sie ja nach Belieben herausputzen.

Das war also meine letzte Aufgabe in Keltia gewesen. Gwyn, Birogue und Merlynn – ich sah sie ganz deutlich vor mir, als ich die Nase meines Schiffes auf die Energiebarriere richtete – hatten oft genug davon gesprochen. Ich hatte mir, ich will es gestehen, sogar leise Hoffnungen gemacht, den einen oder anderen oder alle drei anläßlich von Llacharns Heimkehr – das Schwert war sicher in jenen Stein in der kleinen Höhle zurückgefahren, wo eine unbekannte Hand es einst vergraben und Arthur es herausgezogen hatte – am Meer von Glora vorzufinden, doch ein weiterer Abschied von den Leuchtenden wäre ebenso überflüssig gewesen wie ein Besuch bei den Gräbern. Wir hatten uns Lebewohl gesagt, es gab nichts mehr zu bereden. Mehr wäre, nun, zuviel gewesen.

Als der blaue Schein der Barriere die Sichtschirme meine Schiffes füllte – wie Ihr Euch vielleicht erinnert, hatte Morgane bewußt vermieden, daß sie mit bloßem Auge zu erkennen war –, begann ich erst leise, dann mit der vollen Kraft meiner Bardenstimme zu singen.

Ich sang mir den Weg frei wie ein Barde auf dem Totenbett, obwohl ich wahrhaftig nicht im Sterben lag. Aber ich verließ Keltia zum letzten Mal, und das war für mich wie ein kleiner Tod. Also sang ich.

Und ich hing meinen Gedanken und Erinnerungen nach: Ich hatte alle meine Angelegenheiten geordnet, hatte keinen Geis gebrochen, hatte alle Aufgaben erfüllt. Ich hatte Alannagh Ruthvens Tochter Fidais zu meiner Nachfolgerin als Pendragon der Bruderschaft bestimmt. Ich hatte Trägerin des Wohlklangs in würdige Hände gegeben. Ich hatte zwischen Arthur und sein wahres Schicksal einen solchen Schild aus Mythen und Geheimnissen gestellt, daß nur die eine zu ihm vordringen konnte, deren Bestimmung es war. Ich hatte aus Liebe eine lebende Legende geheiratet und niemals eine andere geliebt, auch dann nicht, als sie von mir ging. Denn, um mit den Worten der großen Bardin Lassarina Aoibhell nach dem Tod ihres Gatten zu sprechen, des noch größeren Barden Séomaighas Douglas: ›Nur ein Narr trinkt Meerwasser, wenn der Wein zur Neige geht; der Weise dürstet lieber und gedenkt des Weines, wie lange die Dürre auch währen mag.‹

Es war alles getan. Nichts hielt mich mehr in Keltia.

Ich hatte die Energiebarriere fast erreicht: Zum ersten und zum letzten Mal in meinem Leben sollte ich den Pale durchdringen. Und als sich nun der größte Triumph meiner Frau vor mir erhob, das Denkmal, das sie sich selbst gesetzt hatte, da erschien mir der Pale wie die Grenze zwischen zwei Leben, wie jene Nebelhecke, die am Ende einer Lebensspanne steht und sie vom Beginn der nächsten trennt. Der Vergleich erfüllte mich abermals mit Freude und Genugtuung, doch zugleich erkannte ich, daß ich ihn niemals in einem Lied verwenden würde, denn auch die Lieder hatte ich glücklich hinter mir gelassen.

Ein Lichtschein drang durch die Bullaugen der Schaluppe; einmal, zweimal durchlief ein Zittern das Schiff; dann erloschen die Sterne des Bawn, und vor mir erschienen die endlosen Weiten des Outfrenne-Weltraums.

Keltia lag hinter mir; aber ich schaute nicht zurück.

Ohne Zwischenfälle erreichte ich Aojun, wo mittlerweile Donah als Jamadarin herrschte. Majanah war vor wenigen Jahren gestorben: Ich hatte mit Gerrans an ihrem Begräbnis teilgenommen, und Arawn hatte uns persönlich begleitet, um seiner geliebten Lasmathra die letzte Ehre zu erweisen und seine Halbschwester wiederzusehen; die beiden jungen Monarchen hatten sich eine Menge zu erzählen gehabt. Donah war verheiratet – ausgerechnet mit Daronwys und Rorics Sohn Harodin – und hatte bereits drei Kinder. Ihre älteste Tochter und Erbin hieß Sarinah.

Die Königin empfing mich in Mistissyn. Ich fand sie vollkommen unverändert, und sie behandelte mich noch immer wie ihren verehrten und geliebten Onkel. Unsere Wiedersehensfreude wurde kaum von Trauer getrübt, und so verbrachte ich einen vollen Monat auf der Welt, die ich vor so langer Zeit kennengelernt hatte.

Doch Aojun war keineswegs die Endstation für mich. Bevor ich zur nächsten Welt weiterflog – meine Schaluppe war gründlich überholt und mit Proviant versehen worden –, überreichte ich Donah eins von den blauen Lederbüchlein mit meinem Gedicht über den Tod ihres Vaters. Sie nahm es dankbar entgegen, und obwohl sie einsah, daß ich fort mußte, ließen sie, Harodin und Sarinah – die ihrer Großmutter Daronwy im gleichen Alter verwirrend ähnlich war – nicht ab, mich zu bedrängen, ich solle doch bei ihnen bleiben, um liebevoll umsorgt in Frieden das Ende meiner Tage abzuwarten.

Die Aussicht war verlockend, doch ich widerstand;

mir blieb nicht mehr viel Zeit, und ich hatte noch einiges vor. Und so bestieg ich nach einem tränenreichen Abschied von meiner Nichte, ihrer Familie und der Welt, die ich lieben gelernt hatte, wieder mein Schiff. Daß Arthur *hier* vergessen wurde, stand nicht zu befürchten! Artho Kendrion wurde wie ein kleiner Gott verehrt, es war manchmal beinahe peinlich. Mein nächster Besuch würde gewiß nicht so beglückend werden.

Kholco sah noch genauso öde und staubig aus wie beim letzten – und einzigen – Mal, als ich es gesehen hatte. Ich sprach kurz mit den Wächtern, die über die Landungen zu entscheiden hatten, und erhielt auch bald die erbetene Freigabe.

Die Feuerberge jenseits der großen Lavaebene verhielten sich diesmal still, nur der größere, der die *Prydwen* verschlungen hatte, schwelte vor sich hin, und ab und zu erschütterte sein mürrisches Grollen die Erde. Ich setzte das Schiff auf einer Basaltfläche ab, die so eben war wie ein Pfannkuchen, und harrte der Dinge, die da kommen sollten.

Lange brauchte ich nicht zu warten. Ich wußte, daß sich weiter westlich in den Klippen eine Siedlung mit Namen Ras von Salhi befand. Von dort kamen acht bis zehn Reiter auf kleinen, kräftigen Pferden mit langen, wallenden Mähnen und Schweifen. Ich war in der Schaluppe geblieben, um vor der Hitze geschützt zu sein, die wie mit der Faust gegen den Rumpf hämmerte und Einlaß begehrte. Den Gefallen würde ich ihr *nicht* tun. Wir Kelten vertragen die Hitze nicht gut; nach sieben- bis achttausend Jahren in kühlem, feuchtem Klima wäre ihr wohl jeder Organismus entwöhnt. Erst als die Salamandri eintrafen, ging ich zu ihnen hinaus.

Es waren Reptiloiden mit kräftigen bis derben Zügen und einer leicht geschuppten, buntschillernden

Lederhaut. Sie sahen recht stattlich aus. Als ich sie höflich begrüßte, verneigten sie sich, und der am weitesten vorne Stehende ergriff das Wort. Er sprach die Standardsprache fließend, wenn auch mit fremdartigem Akzent.

Nachdem alle Begrüßungs- und Willkommensphrasen ausgetauscht waren, suchte ich mich zu meinem Anliegen vorzutasten. Aber man kam mir zuvor.

»Wir kennen den Grund Eures Besuchs«, sagte Adamar, der als erster gesprochen hatte. »Was können wir tun?«

Ich starrte ihn fassungslos an, dann nahm ich mich zusammen. »Wie kann das sein?«

Er ließ ein kurzes Prusten hören, wurde aber sofort wieder ernst. »Nein, es ist nicht zum Lachen. Wir wußten, daß Ihr eines Tages kommen würdet. Wir haben das Schiff mit den Euren vor vielen Jahren im Orivech, dem Heiligen Berg, versinken sehen.«

»›Der Heilige Berg‹?« Ich war wie vor den Kopf geschlagen. »Haben wir uns versündigt?«

Ein anderer Salamand hob ruckartig das Kinn, was hier offenbar ›nein‹ bedeutete. »Ihr habt nicht verstanden. Erst durch das Schiff ist der Berg heilig geworden. Eure Leute waren sehr tapfer, und sie sind heldenhaft gestorben.«

»Wir konnten nicht mehr nach Hause«, murmelte ich. »Ich war hier – ich erinnere mich gut.«

Adamar verstand. »Tröstet Euch. Sie waren nicht mehr zu retten. Also retteten sie, wen sie konnten, und machten dann ein Ende. Sie haben recht gehandelt. Auch wir hätten ihnen nicht helfen können, das Schiff instand zu setzen.«

»Wollt Ihr sie jetzt nach Hause holen?« fragte ein anderes Feuerwesen von zierlicherem Körperbau – ob das ein Hinweis auf Alter oder Geschlecht war, konnte ich nicht erkennen. »Das könnten wir verstehen, und wir würden Euch auch gewiß nicht daran hindern, aber es wäre für alle Seiten das beste, sie weiter in Frieden ruhen zu lassen. Hier wird ihnen kein Leid geschehen. Sie werden sehr verehrt.«

Ich zögerte mit der nächsten Frage, weil ich nicht sicher war, ob ich die Antwort hören wollte, dann stellte ich sie doch. »Seid Ihr – im Schiff gewesen? Habt Ihr sie gesehen?«

Adamar nickte langsam. »Nur einmal, als wir es aus dem Feuer zogen. Wir dachten, vielleicht hätte jemand überlebt und könnte gerettet werden. Wir hatten das Schiff beim Absturz gescant – die technischen Möglichkeiten dafür sind vorhanden, auch wenn wir keine Waffen haben –, und daher wußten wir, daß alle längst tot waren, als das Feuer sie erfaßte. Aber wir hatten noch immer Hoffnung. Dann erwachte der Berg, und wir hielten es für besser, sie wegzubringen.«

»Wegzubringen?« fragte ich erschrocken. All die Jahre über war es mir so etwas wie ein Trost gewesen, daß Arthur und die anderen da lagen, wohin ich sie hatte stürzen sehen. Und jetzt sah es so aus, als hätte ich mich die ganze Zeit geirrt. »Und wohin?«

»Das Feuerhorn – der Berg, in den sie stürzten – hat einen Bruder«, sagte Adamar. »Als sie noch jung waren, loderten die Flammen des Erdenherzens in beiden; dann zog sich das Feuer aus dem Scarva, dem älteren, zurück, und nur das Feuerhorn, Mount Terror, brennt noch wie einst. Wir holten das Schiff mit den Euren heraus und brachten es zum Scarva, und da liegt es noch heute. Ihr könnt sie Euch ansehen, wenn Ihr wollt. Aber wir haben ihren Frieden nie wieder gestört und zögen es vor, wenn sie weiter unbehelligt blieben. Auch von ihren Freunden und Verwandten.«

»Darüber ist das letzte Wort noch nicht gesprochen«, meinte ich vorsichtig. »Können wir das anderswo erörtern?«

Er winkte majestätisch. »Kommt.«

Wir ritten zum Ras von Salhi, der im Schatten rosaroter Klippen lag, und ich wurde feierlich verschiedenen Sippenältesten vorgestellt. Soweit ich mitbekam, kontrollierte dieser Clan das gesamte Umland einschließlich der beiden großen Vulkane. Anschließend brachte mich Adamar, den man offenbar zu meinem Führer und ständigen Begleiter bestellt hatte, in einen großen Saal mit hohen, vergitterten Fenstern und einer bemalten Decke. Hier gab es buntgemusterte Kissen und dicke, weiche Teppiche. Wir machten es uns bequem, und das Gespräch begann.

Im feierlichen Bardenstil – man legte hier sichtlich großen Wert auf Förmlichkeit – berichtete ich den Salamandri, was ich wußte. Neben Adamar war etwa ein Dutzend weiterer Feuerwesen anwesend. Es war eine lange Geschichte, obwohl ich mich so kurz wie möglich faßte: die Schlacht von Camlann, der Verrat, der dazu geführt hatte, der Kampf mit der *Marro*, Arthurs verzweifelter Sprung in die Morimaruse, der Flug nach Fomor und zuletzt nach Kholco. Alle hörten aufmerksam zu und nickten würdevoll, wenn meine Erzählung ihre Ahnungen und Vermutungen bestätigte. Einige schrieben meine Worte auf Lehmtäfelchen mit, andere verwendeten blitzblanke kleine Aufzeichnungsgeräte, die ganz und gar nicht in diese Umgebung paßten.

Als es Zeit zum Schlafengehen war und die anderen sich verabschiedet hatten, sprach ich Adamar darauf an. Der Salamand lächelte.

»Nun, von beidem etwas, was ist daran schlecht? Ich möchte wetten, daß es auch auf Euren Welten solche Mischungen gibt.«

»Und die Wette würdet Ihr gewinnen«, lachte ich. »Aber, Adamar, ich bin nicht nur zum Geschichtenerzählen hergekommen ...«

»Natürlich nicht. Aber für heute ist es genug. Ihr müßt Euch noch ein wenig gedulden.« Er wies in die hinterste Ecke des Raumes, wo in einer tiefen Nische ein weicher Diwan mit dicken Decken und den allgegenwärtigen Kissen stand. »Morgen ist auch noch ein Tag.«

Ich wünschte ihm eine gute Nacht und taumelte wie ein Schlafwandler auf den Diwan zu, der mir mit jedem Schritt einladender erschien. Ihr mögt es für abenteuerlich halten, einer fremden Rasse so blind zu vertrauen – ich war, wie es der Brauch verlangte, ohne Waffen gekommen –, aber ich sah das anders. Die Salamandri und die Kelten waren alte Freunde; nur Edeyrn hatte, wie es seine Art gewesen war, die Eintracht gestört. Doch der Grund, warum ich mich unter den Feuerwesen so sicher fühlte, war sehr viel einfacher: Wenn Artos hier ruhig schlafen konnte, dann konnte ich es auch. Und ich tat es.

Ich blieb sechs Monate bei den Salamandri, es war eine Zeit des Lehrens und des Lernens. Wenn Arthur und die anderen für immer oder wenigstens so lange hier schlafen sollten, bis die Frau aus meiner Vision auf der Suche nach ihnen kam und die Schätze nach Hause holte, dann war es ratsam, den Feuerwesen alles zu erzählen. Und ich stieß auf reges Interesse.

Adamar und ich wurden enge Freunde, und auch zu seinem Stamm baute ich eine enge Beziehung auf. Die Salamandri waren hochmusikalisch, sie verwendeten nur eine andere Tonleiter als wir. Wir lernten viel voneinander. Aber ich war nicht gekommen, um mir auf wenn auch noch so angenehme und lehrreiche Weise die Zeit zu vertreiben. Ich hatte andere Gründe, und eines Abends nach dem Essen schüttete ich Adamar mein Herz aus …

»So«, sagte er, als ich fertig war. Er hatte meinen endlos langen Monolog kein einziges Mal unterbrochen, stellte aber im Anschluß ein halbes Dutzend so gezielter, intelligenter Fragen, daß er sehr aufmerksam zugehört haben mußte. Ich antwortete, so gut ich konnte, war aber höchst überrascht, daß er, nun ja, so *wenig* überrascht war, und das gestand ich schließlich frei heraus.

Adamar lächelte. »Ihr Kelten seid nicht die einzigen, die Visionen haben, Talyos. Vieles von dem, was du mir eben erzählt hast, ist uns nicht neu, und noch mehr hatten wir erraten. Es scheint, als hätten wir uns nicht geirrt.«

»Prophezeiungen?« fragte ich ehrfürchtig. »Ihr habt also auch geschaut ...«

»O ja; wir haben noch mehr geschaut, Dinge, die das Feuervolk betreffen, doch das soll nicht deine Sorge sein. Wir sind nur froh, daß wir jetzt Gewißheit haben. Dein Vorschlag zielt in die gleiche Richtung, in die auch wir schon gedacht hatten. Wir müssen allerdings darüber abstimmen lassen. Aber die Entscheidung fällt sicher in deinem Sinne aus.«

Als er gegangen war, ließ ich mich in meine Kissen zurücksinken. Meine inneren Sinne sagten mir, daß ich die Wahrheit gehört hatte; dennoch würde ich – konnte ich – Kholco nicht ohne ausdrücklichen Befehl verlassen, solange meine letzte Aufgabe nicht wenigstens in Angriff genommen worden war.

Ich war nach Kholco gekommen, um den Salamandri die Wahrheit über Arthur und die Gefährtenrunde zu erzählen, und ich hielt nichts zurück. Edeyrn, die Folgen von Camlann, die Errichtung der Energiebarriere, meine Visionen, alles kam zur Sprache. Und das Feuervolk bestätigte die Weissagungen und wollte ihnen nun Gestalt verleihen: In einer Höhle gleich vor der Grotte, wo die *Prydwen* ruhte, nahmen sie ein großes Werk in Angriff.

Bei der geologischen Beschaffenheit dieser öden und doch schönen Welt wäre es fast ein Wunder gewesen, wenn die Salamandri oder die anderen hier vertretenen Reptiloidenrassen nicht die Petrographie als Dekoration, als Unterrichtsmittel und als eine Form der Geschichtsschreibung für sich entdeckt hätten. Sie waren sehr künstlerisch veranlagt, und ich hatte einige ganz außergewöhnliche Höhlenmalereien gesehen, die verschiedene Techniken der Bildhauerei und der Pinselführung auf erstaunlich reizvolle Weise miteinander verbanden.

Artos und die *Prydwen* waren bereits im Stein verewigt ... Man hatte auf den rauhen Höhlenwänden mit Steinschneidern und Felsbrennern Flächen geschaffen, die so glatt waren wie Wasser, und dort waren neben den bereits vorhandenen Werken Szenen – das abstürzende Schiff, der flammende Berg – zu sehen, die eindeutig nichts mit Kholco zu tun hatten. Nun war ich gekommen, um der Geschichte neue Kapitel hinzuzufügen. Die Wände sollten so viele neue Bilder erhalten, bis die Hinweise endlich ausreichten.

Als ich die bereits fertiggestellten Werke betrachtete, fühlte ich mich an Gwahanlen und seine Teppiche mit den Episoden aus der keltischen Geschichte erinnert. Doch damit endete die Ähnlichkeit: Hier waren die Bildteppiche nicht gewebt, sondern aus dem gewachsenen Fels gehauen.

Ich ging an den Wänden entlang und ›las‹. Die Lithoglyphen erzählten, was gewesen war, und begannen nun auch von künftigen Ereignissen zu berichten. Einiges an Stoff hatte ich selbst mitgebracht, bei anderen Darstellungen hatte ich keine Ahnung, was sie bedeuteten.

Es war nicht meine Sache, wenn die Salamandri ihre Geheimnisse mit denen mischten, die sie von mir erfahren hatten. Ich hatte meine Aufgabe, das letzte, was ich für Arthur zu tun hatte, erfüllt: Es wurden Hinweise und Zeichen angebracht, um der einen, jener rothaarigen Königin, die ich so oft und so deutlich geschaut hatte, daß sie mir vorkam wie eine Verwandte – und vielleicht würde sie ja tatsächlich mit mir oder jemandem aus meiner Sippe verwandt sein –, um jener Königin, wenn sie endlich kam, die absolute Gewißheit zu geben, daß sie sich auf dem wahren, dem rechten Weg befand. Und die Salamandri waren ein Volk, dem man eine solche Botschaft getrost für viele Jahre anvertrauen konnte: Sie würden vielleicht andere Zukunftsvisionen anfügen, wenn sie es für richtig hielten, aber sie würden nicht verändern oder zerstören, was nach meinen Anweisungen hier festgehalten wurde.

Ich strich behutsam über die Piktoglyphe, vor der ich gerade stand: eine schwarzgekleidete Frau, keine Salamand, sondern eine echte Keltin. Ihr Haar war röter als Morganes und goldener als Arthurs Haar, das Sonnenkreuz, auf dem sie stand, und das Halbmondsiegel über ihrem Haupt glichen aufs Haar den Symbolen, die ich noch immer um den Hals trug. Ich verschränkte die Arme vor der Brust, es war tief beglückend, so sicher zu sein. *O ja,* dachte ich, *darin wird sie sich erkennen, wenn sie kommt, wenn Gwyn sie schickt ...*

Nicht erfahren sollte sie freilich, wie dieses Bild hierhergekommen war: Darauf hatte ich mich mit den Salamandri geeinigt. Von meinem Besuch wußte nur dieser eine Stamm; und nur Angehörige der Priesterkaste und der höchsten Ränge, die gegenüber des Scarva im Ras wohnten, waren mit dem Entwurf und der Ausführung der Gemälde befaßt. Sie allein wußten von der Botschaft, die ich mitgebracht hatte und hier zurücklassen würde, hier, wo vor Ufferns Pforten die Hörner des Lichts brannten. *Wie klar ich doch geschaut habe,* dachte ich, nicht zum ersten und auch nicht zum letzten Mal, und eine tiefe Dankbarkeit erfaßte mich.

Weiter sollte nichts bekannt werden, allenfalls würden ein paar Lieder und ein oder zwei Gedichte zurückbleiben, die auf ihre Art genauso verschlüsselt waren wie mein ›Preithi Annuvin‹, das hier großen Beifall gefunden hatte. Ich würde auf Kholco – Avilion,

Avallin, Afallinn – verwehen wie ein Staubkorn im Wind. Das war mein Geis, und ich gehorchte ihm freudig.

Ihr seid natürlich viel zu wohlerzogen und wollt nicht aufdringlich sein, aber ich verstehe, daß Euch die Frage auf den Lippen brennt: Hatte ich in all den Monaten, in denen ich beim Feuervolk zu Gast und meinen lieben, verstorbenen Freunden so nahe war, hatte ich in dieser ganzen Zeit die *Prydwen* wirklich kein einziges Mal betreten, um Arthur und die Gefährten noch einmal mit eigenen Augen zu sehen?

Ich versichere Euch, ich habe es nicht getan.

Der Wunsch war durchaus vorhanden: Keine Stunde verging, ohne daß ich mich danach sehnte, einen letzten Blick in Artos', Taris, Betwyrs oder Alannaghs Gesicht zu werfen – wie denn auch nicht? Sie würden aussehen, als lebten sie noch; Arthur hatte sie – mit das letzte, was er tat – mit einem Konservierungszauber belegt, um ihren Körpern das übliche Schicksal zu ersparen. Vor vielen Jahren war ich mit Gwain genauso verfahren. Nun würden sie für alle Zeit so daliegen, als seien sie eben eingeschlafen. Ich selbst hatte den Rann sofort nach meiner Ankunft mit Unterstützung der Magier des Feuervolks mit den mächtigsten Zaubersprüchen verstärkt, die ich kannte.

Dazu hatte ich zwangsläufig die innere Höhle betreten müssen, den Felsenstall, in dem die Salamandri die *Prydwen*, das Sternenroß, eingestellt hatten. Aber *ins Schiff* zu steigen, nein, das konnte ich nicht, das wäre über meine Kräfte gegangen. Gründe gab es viele, doch am meisten befürchtete ich eines: Wenn ich meine Freunde und meinen königlichen Bruder noch einmal angesehen hätte, wäre der Wunsch, mich auf der Stelle zu ihnen zu gesellen, mein Herzenswunsch, seit sie von mir gegangen waren, übermächtig geworden, und ich hätte ihm nicht mehr zu widerstehen vermocht. Niemand – weder Kelt, noch Salamand – hätte mich dafür gescholten, aber ich durfte es nicht. Ein anderer Dán rief mich fort.

Eines Tages war das Werk vollendet. Ich betrachtete die fertigen Glyphen, betrachtete noch einmal die *Prydwen* und war zufrieden. Es war vollbracht: Der König schlief, inmitten seiner Krieger, auf der Insel Avallinn; und an Ufferns Wänden wartete die Botschaft auf die eine, die berufen war, sie zu vernehmen. Nun konnte ich endlich gehen.

Und ich ging. Ich sagte Adamar und den Seinen Lebewohl und war gewiß, daß sie das Geheimnis bewahren würden. Dann hob ich von Kholco ab und steuerte mein Schiff in eine Richtung, die seit vielen, vielen Jahren kein Kelte mehr genommen hatte. Mein eigener Vater war vor zwei Jahrhunderten der letzte gewesen.

Ich flog zur Erde: Es war eine Suchfahrt, eine Queste; eine Choqa, um mit Adamars Volk zu sprechen, das sich auf solche Dinge gut verstand. Ein letzter Aufbruch, und wie bei solchen Reisen üblich, hatte ich nicht die leiseste Ahnung, ob ich auch nur in die Nähe meines Ziels gelangen würde. Aber nicht deshalb begab ich mich auf die Suche.

Ich kehre zur Erde zurück, um meine Mutter zu finden. Oh, das ist nicht wörtlich zu nehmen, habe ich doch ihr friedliches Grab bei den Sidhe gesehen; aber ich will mehr über sie erfahren, ich will wissen, woher sie kam, was sie zu dem machte, was sie war – und was schließlich auch mich prägte.

Ich weiß nicht, was ich dort vorfinden, ob ich überhaupt lebendig ankommen oder, wenn ja, ob ich noch lange am Leben bleiben werde. In unseren Sagen wird oft von Helden erzählt, die nach Tir-na-n'-Og oder Tirfo-thuinn oder Tir Tairngire ziehen (ein Tir ist immer die Anderwelt, die vielen Namen bedeuten alle ein- und dasselbe) und, falls sie je auf unsere Welt zurückkehren, sofort zu einem Häufchen Staub zerfallen. Das Risiko besteht, aber es belastet mich nicht. Besser als Staubhäufchen am Ufer zu liegen, nachdem man das Anderland gesehen hat, denn als König am Leben zu sein, ohne sich jemals aus seiner Heimat fortgewagt zu haben.

In keltischen Geschichtsbüchern wird stehen – ich weiß es, denn ich habe es so veranlaßt –, Taliesin Penbardd sei gestorben und nach Fian-Art mit dem Scadarc aufgelöst, auf der Korbbahre über dem Grab seiner Gattin atomisiert worden. Doch jetzt fällt mir jene Vision wieder ein, die ich damals auf der Gralssuche in dem falschen Corvaen hatte, und sie läßt sich mit dieser Geschichte durchaus vereinbaren. Eine Gestalt – ich selbst –, die auf einem Altar lag und langsam verschwand. Eine wahre Vision an einem falschen Ort?

Am Ende bewahrheitet sie sich auch ganz anders: Vielleicht zerfalle ich, sobald ich auf der Erde lande und erstmals den Fuß auf die Heimatwelt meiner Mutter setze, tatsächlich zu Staub wie jene Helden aus den alten Sagen. Wenn man das Zeitparadox beim Immram meines Vaters berücksichtigt, bei jenem Raubzug, von dem er meine Mutter mitbrachte, könnte ich durchaus auf Terra mein Ende finden, bevor ich in Keltia geboren wurde; oder ich könnte als Terraner geboren werden und müßte dann mein ganzes Leben oder das eines anderen noch einmal leben – falls ich denn die Geburt überstünde.

Denn keiner durchquert die Nebelhecke, ohne sich zu verwandeln; und es ist ja gerade das Wesen des Nebels, daß man nicht hindurchschauen und die Art der Verwandlung vorhersagen kann. Es gibt nur eine Möglichkeit: Man muß hindurchgehen und annehmen, was immer einen auf der anderen Seite erwartet.

Das große Geheimnis ist, es ist alles eins: die Nebelhecke, der Apfelbaum, das Horn, das Geraint blies; Donah mit dem Kelch der Schöpfung in beiden Händen, das Haupt umgeben von Sonne, Mond und Sternen, den Glanz des Himmels im Gesicht; Rhian, die Junge Göttin, in Ashnadarragh, Jung-Fionn an der Weißen Furt; die Bhan-reann-ruadh im Wald der Erscheinungen. Oder, nicht ganz so fern: Gwyn und Birogue auf dem Berg und unter dem Berg; Merlynn, mein Ailithir, in seinem kalten Kristallsarg; Gweniver, wie ich sie zum ersten Mal in Coldgates sah, die vierzehnjährige Prinzessin, die ihre Scheu und ihre Angst hinter ihrem Stolz versteckte; Morgane auf Collimare, Morgane an der Barriere, meine geliebte Morgane in ihren zahllosen Gestalten …

Und vor allem Arthur: im Oktober vor Daars, im Schnee vor Talgarth und nach Moytura, im Blitzen der Schwerter vor Cadarachta, im Schein der Fackeln im Heldensaal und im Schatten von Scarva; ein Seele ohnegleichen in einem starken Körper.

Alle sind sie jetzt eins, in der Erinnerung, aber nicht nur da: Auch in der Kabine meines kleinen Schiffes drängen sich die Präsenzen, alle haben sie sich jetzt um mich versammelt, und ich kann nicht sagen, wer aus der Vergangenheit, wer aus der Gegenwart und wer schon aus der Zukunft kommt. Diese Chronik begleitet mich zur Erde. Wird sie gefunden, so ist es Dán, und wird sie nicht gefunden, so ist auch das Dán.

Einer unserer großen Barden, der früh erblühte und schon in jungen Jahren zu singen begann, hat es so ausgedrückt: ›Finsternis und Licht befinden sich im Widerstreit; doch am Ende werden sie eins sein, und dieses Eine wird weder Licht sein noch Finsternis, sondern beides zusammen.‹

Mag sein, daß ich bis dahin noch einen langen Weg vor mir habe, mag sein, daß ich dieses Ende nie erreiche. Aber ich breche trotzdem auf. Vielleicht treffen wir uns dort. Ich hoffe es im Namen aller Götter.

Und vielleicht geht meine Hoffnung ja in Erfüllung.

Seit dieser Stunde ist er verschollen; nicht einmal ich, Cathelin, Tochter Geraints, Schwester Sgiltis und Anghauds, die zu den Sieben gehören, und Kusine des Ard-rígh Arawn, weiß, wo er ist.

So will ich denn im Namen und zu Ehren meines Großvaters Taliesin Glyndour ac Pendreic gân Morguenna, bekannt als Pen-bardd und Pflegebruder des Königs Arthur, dieses kurze Nachwort anfügen. Meinen Händen hat er Trägerin des Wohlklangs anvertraut, seine Harfe, und ich werde mich sehr anstrengen müssen, um sie nur halb so gut zu spielen wie er. Aber vielleicht wird sie mir ja dabei helfen.

Es versteht sich von selbst, daß alles so gekommen ist, wie er es geplant hatte: Die Menschen haben sein wie Arthurs Ende mit Geheimnissen umhüllt, doch er hat ihnen die Schleier dazu geliefert. Mir und einer Handvoll anderer hat er gestanden, wo sein letztes Ziel liegt, doch ob er es erreicht hat, ist nicht bekannt. Niemand weiß, ob Taliesin Pen-bardd jemals auf die Erde kam, aber ich zumindest werde immer daran glauben. Das Ganze hat eine erhabene Symmetrie, und ein Abschluß dieser Art – wie der Schlußvers und das Harfennachspiel zur Abrundung eines Liedes – kommt den Vorstellungen eines Barden sehr entgegen.

Meine Großmutter dächte wahrscheinlich genauso oder tut es sogar, denn ich denke, die beiden sind inzwischen wieder vereint. Beim Volk heißt sie jetzt übrigens Morgane Magistra, und hin und wieder hört man auch schon den Namen St. Morgane vom Pale, wobei ich erzittere, wenn ich mir vorstelle, wie sie das aufnähme … Die Menschen begreifen erst jetzt, was sie ihr verdanken, was sie Keltia mit der Errichtung der Barriere für ein Geschenk gemacht hat.

Doch letztlich kommt es nicht darauf an, wo mein Großvater jetzt ist. In den Büchern, die er mir hinterlassen hat, jenen Tagebüchern, die seine Mutter, deren Namen ich trage, einst von der Erde mitbrachte, findet sich die Abschrift eines Gedichtes, das ihr sehr teuer war und das auch er lieben lernte. Ein Sassenaich-Barde (man sollte die Menschen nicht nach ihrer Herkunft beurteilen), ein großer Herr also, hat es vor Jahrhunderten verfaßt, und es trifft, denke ich, den Kern der Sache ziemlich genau. Das Gedicht handelt von dem Helden Ulessos, der sich auf seinem letzten Immram befindet und sich fragt, wie es ihm wohl weiter ergehen wird. Er kennt keine Furcht, nein, er jauchzt geradezu: ›Vielleicht ziehen die Wasser uns in die Tiefe hinab / Vielleicht stranden wir an den Glücklichen Inseln / Und begegnen dem großen Achill, den wir einst kannten. / Vieles wird uns genommen, doch vieles bleibt ...‹

Sehr vieles bleibt. Taliesin wird wiederkommen, und das gilt auch für Arthur und für Morgane; ich bin sicher, die drei werden sich finden. Vielleicht wird sogar Merlynn erwachen und sich zu ihnen gesellen, denn gewiß ist, daß sie diese Hoffnung nie aufgegeben haben.

Und seine Lieder werden weiterleben. Er selbst schreibt:

›Den Kurs und die Richtung,
Den Weg, der ihnen bestimmt,
Das Schicksal, das sie erwartet,
Ich kenn sie bis zum Ende.
Zum Ende.
Zum Ende.‹

Kann es für einen Barden ein besseres Ende geben?

ANHANG

Wörterverzeichnis

Wo nicht anders vermerkt, handelt es sich um keltische Begriffe, auch Orthographie und Grammatik folgen den Regeln des Keltischen. /th/ entspricht dem stimmhaften, englischen /ð/.

Abred ›Der Pfad der Veränderung‹; die sichtbare Welt des Alltagslebens, die Sphäre, in der man seine verschiedenen Leben verbringt

ac Sponsalaffix, das zusammen mit dem Sippennamen des Ehepartners verwendet wird; dient als Beziehungsaffix zur Bezeichnung der Blutsverwandtschaft und verbindet die Namen beider Eltern (der Geburtsname steht an erster Stelle; für die Kinder ist der Name des höherrangigen Elternteils der Familienname)

Aengus einer von den **Hohen Dânu** (s. d.); Gott des Windes, der Reise und der Liebe

Aer gesungener satirischer Vers, gewöhnlich von Barden verfaßt; ruft bei entsprechender Schärfe und Treffsicherheit im Gesicht des Opfers häßliche rote Flecken hervor

Aes Dána (sprich: *ëis-do:na*) ›Fachleute‹; Sammelbegriff für Handwerker und Künstler

Aes Dânu ›Dânas Volk‹; Abkömmlinge der Danäer; auch die **Hohen Dânu** oder andere, mit ihnen verbundene Gottheiten

Aes Sidhe (sprich: *ëis -schi:*)	die Leuchtenden; ein Volk möglicherweise göttlicher oder unsterblicher Wesen; ihr König ist zu dieser Zeit Nudd (oder Neith) ap Llyr
Ainm-pósta	Ehename
Aircar	auf den keltischen Welten verwendetes kleines Transportmittel
Aireachtas	Appellationsgericht (vgl. terranisch: *Majlis*), wo Landesherrscher, Grundherrn oder Regionalfürsten den Vorsitz führen
Airts	die vier magischen Richtungen, nach denen sich die heiligen Kreise orientieren; auch die vier Hauptrichtungen des weltlichen Kompasses
Alanna	(Erinnach) ›Kind‹, ›Kleines‹; Kosewort
Alterator	der Große Wandler; eine der drei Hohen Mächte im keltischen Pantheon; der Alterator ist weder männlich noch weiblich, er setzt in Zusammenarbeit mit der Muttergöttin und dem Vatergott die von diesen beschlossenen Veränderungen und den Willen **Kelus (Yr Mawreths)** um
Amadaun	›Narr‹
Amheraudr, Amheraudraes	Kaiser, Kaiserin; in den keltischen Protektoraten Titel des regierenden keltischen Monarchen (in Keltia selbst niemals verwendet) (auch: **Imperator, Imperatrix**)
Amhic (sprich: *ju:-WICK*)	›mein Sohn‹, nur als Anrede verwendet
Anama-chara	›Seelenfreund‹; Bezeichnung für jene engsten Freunde, von denen jeder Mensch im Leben allenfalls einen oder zwei findet
An-cuach	(skotisch) ›die Schale‹; anderer Name für den **Gral** (s. d.)
An-da-shalla	›das Zweite Gesicht‹, hellseherische Begabung der Kelten

Anfa	›Sturm‹
An Lasca	die ›Peitsche‹, ionisierter Nordwestwind in Caerdroia; weht hauptsächlich im Winter
Annat	öffentliche Kultstätte oder Ort der geistlichen Betrachtung; im Gegensatz zu den **Nemetons** (s. d.) im Innern eines Gebäudes gelegen; im allgemeinen an Mönchs- oder Nonnenklöster angebaut, häufig aber auch in Privathäusern zu finden, v. a. in Kreisen der Königsfamilie und des Hochadels
Annwn (sprich: *Annu:n*)	entspricht in der keltischen Theologie der Unterwelt und wird von **Arawn**, dem Herrn über die Toten (s. d.), beherrscht
an uachdar	wörtl: ›zuoberst‹; bei Begrüßungen (z. B. *Pendreic an uachdar!*) gewöhnlich mit ›Lang lebe ______!‹ zu übersetzen
Anwyl, Anwylyd	(kymrisch) ›Liebling‹, ›Schätzchen‹; Kosewort
Aojun (Aojunni, aojunnesisch)	Heimatwelt der **Yamazai** (s. d.); pflegt seit langem enge, freundschaftliche Beziehungen zu Keltia
ap	›Sohn des‹
Arawn der Richter	einer der **Hohen Dânu**; herrscht der Sage nach über Annwn und hat das letzte Wort in allen Schicksalsfragen; besitzt die Macht, die Toten ins Leben zurückzuschicken
Ard-na-spéire	›die Himmelshöhe‹; Hyperraum; auch: **Überhimmel**
Ard-rían, Ard-rígh	›Hochkönigin‹, ›Hochkönig‹, Titel des keltischen Herrschers (gebührt nur dem tatsächlichen Herrscher; der jeweilige Ehepartner muß sich mit einem schlichten ›König‹ oder ›Königin‹ begnügen)
Ard-tiarnas	›Höchste Gewalt‹; die Oberherrschaft über Keltia

Argialla	weißer Mond; der innere der beiden Satelliten von Tara
Arva-draoi	›Druidenzaun‹; Zauberspruch zum Zwecke der Behinderung; Fesselbann
Arvor	Hauptplanet des Brytaned-Systems
Arwydd (sprich: *AR-wi:th*)	Omen, Vorzeichen
Ashling (Aisling)	Wunschtraum im Wachen, Tagtraum
Athra	›Vater‹; förmliche Anrede im Erwachsenenalter
Athra-cheile	›Schwiegervater‹; wörtl. Vater des Partners (**Mathra-cheile**, ›Schwiegermutter‹)
Athro	›Lehrer‹, ›Meister‹
Athyn (Cahanagh)	Ard-rían von Keltia durch Akklamation etwa fünfhundert Jahre vor Arthurs Zeit; der große skotische Barde **Morric Douglas** war ihr Gemahl
Averin	Kraut Averin; Heilpflanze aus der Salbeifamilie mit aromatischen, stachligen, silbriggrünen Blättern; wird in der Medizin wie in der Magie zu Reinigungszwecken verwendet (beim **Smooring** verbrennt man einen Stengel des Krauts, um Personen, Gegenstände oder Orte von Verunreinigungen zu befreien; auch andere Kräuter haben diese Wirkung, aber Averin wird am häufigsten verwendet)
Avon Dia (Avon sprich: *Ewin*)	größter Fluß auf Tara, teilt den Nordwestkontinent und fließt an Caerdroia vorbei
Awen	(gewöhnlich **Heilige Awen**); wörtl: die Muse oder die heilige Gabe der Inspiration; im Sprachgebrauch der Barden: der personifizierte Geist des Schöpferischen; wird von drei Linien symbolisiert, einer vertikalen in der Mitte und zwei nach entgegengesetzten Richtungen geneigten zu beiden Seiten (/ | \\)
ayont	›jenseits‹

Bach, Bachgen (auch **-bach** als Suffix an Männernamen) drückt Zuneigung aus; für jedes Alter und jeden Rang zu verwenden, etwa als ›mein Junge‹ zu übersetzen. (fem.: **Fach** oder **-fach**: ›mein Mädchen‹)

Bärenmond der Monat Februar

Bairn ›Kind‹

Ban-a-tigh weiblicher Haushaltsvorstand (**Far-a-tigh**: männlicher Haushaltsvorstand)

Ban-charach wörtl. ›Herzallerliebste‹; Bezeichnung für eine Frau, die offiziell und vor dem Gesetz eine Verbindung zu einem Mann eingeht, ohne den rechtlichen Status einer Ehefrau zu genießen; (vgl. **Far-charach**; **Céile-charach**)

Ban-draoi wörtl.: ›weiblicher Druide‹; der keltische Orden der Priesterinnen und Zauberinnen im Dienste der **Ban-dia**, der Muttergöttin

Bannock dickes, weiches Brot oder Brötchen; biskuitartiges Gebäck

Bansha weibliches Gespenst, oft rot gekleidet, kündigt in vielen Herrscherfamilien auf Erinna mit lautem Singen und Heulen einen Todesfall an; wird oft als wilde Reiterin in der Luft oder über dem Wasser gesichtet

Barden keltischer Orden von Poeten, Sängern, Meistern der alten Lehren und Musikern; stellen sich oft auch als Lehrer, Unterhändler, Heiratsvermittler und Spione zur Verfügung; der Orden wurde im Jahr 347 A. B. (Anno Brendani) von Plenyth ap Alun gegründet

Bawn von Keltia der Teil des Weltraums innerhalb der **Energiebarriere** (*Bawn:* von den äußeren Verteidigungswällen umschlossenes Gebiet einer Festung)

Beannacht	›Segen‹; feierliches Gebet für nahezu jeden Anlaß, der eine Segnung erfordert; auch als einfache Begrüßungs- und Abschiedsformel verwendet
Bellendain	roter Mond; der äußere der beiden Satelliten von Tara
Beltain	Fest zu Beginn des Sommers, wird am 1. Mai gefeiert
Bhann-reann-ruadh	wörtl: ›Rote Sternenfrau‹; untergeordnete, keltische Gottheit, bzw. Erscheinungsform, in der die höheren Göttinnen oder die Große Göttin auftreten können
Birlinn	elegantes Schiff vom Galeerentyp; gewöhnlich mit Mast und Rudern versehen
Blitzeisen	Meteroiteisen
Blosc-báis	Totsignal; Trompetenstoß, der anzeigt, daß das Wild auf der Jagd erlegt wurde
Borraun	tamburinförmige Trommel mit Holzrahmen, wird mit der Hand oder mit einem kleinen, flachen Holzstab geschlagen
Braud	›Bruder‹
Brehonen	keltische Gesetzgeber und Richter
Brehonenehe	Form der Zivilehe, die in vorher vereinbarten Abständen (meist 1 Jahr und 1 Tag) erneuert werden kann; gilt als weniger feierlich als ein **Handgelöbnis** (s. d.) oder eine Hochzeit ›bei den Steinen‹, ist aber ebenso rechtswirksam
Brendan (der **Heilige**)	Gründer Keltias; **Anno Brendani** ›Im Jahre Brendans‹, Keltische Zeitrechnung; (zur Umwandlung in die Erdzeitrechnung ist die Zahl 453 zu addieren)
Brighnasa	(auch **Imbolc** genannt) Fest der Göttin Brighid (sprich: *Bri:d*) oder Briginda wird am 1. Februar gefeiert
Briginda	die Göttin Brighid in ihrer Erscheinungsform als Herrin des Frühlings

Brugh befestigtes Herrenhaus, für gewöhnlich im Besitz reicher oder adeliger Familien, in Städten zumeist ein großes, vornehmes Stadtpalais

Bruidean von den Ortsbehörden unterhaltenes Gast- oder Rasthaus, wo jeder Reisende ungeachtet seiner Stellung oder seiner finanziellen Mittel einen Rechtsanspruch auf kostenlose Unterbringung hat

›Bydd i ti ddychwelyd‹ Segensspruch aus dem keltischen Todesritual; wird gewöhnlich vom Hauptbetroffenen oder der Person gesprochen, die dem Verstorbenen am nächsten steht; zu übersetzen als ›Es gibt eine Wiederkehr für dich‹

Cabarfeidh Personifizierung des Vatergottes, das männliche Prinzip des Universums, der Partner der Großen Göttin; tritt in Gestalt eines Mannes mit einem Hirschgeweih als der Gehörnte oder der Hirschkönig auf

Caer Festung, Bastion

Caer Coronach ›Klagefestung‹ oder ›Krone des Nordens‹, in der keltischen Theologie die Burg mit den Silbermauern hinter dem Nordwind (auch als **Argetros**, das ›Silberrad‹ bekannt), wo die Seele auf ihrer Reise nach dem Tod die erste Rast einlegt; ein Ort des Lichtes und der Freude, der Erquickung und des Friedens, zu dem die Seele der jüngst Verstorbenen von denen geleitet (und unterwegs auch beschützt) wird, die sie im Leben geliebt haben

Caer Dathyl Hauptstadt des Planeten Gwynedd und des kymrischen Systems

Caerdroia Hauptstadt von Keltia, auf der Thronwelt Tara gelegen

Cam-anfa	›krummer Sturm‹; heftige, örtlich begrenzte Zyklonstörung, auf Terra als Tornado bekannt
Cam-Corainn	anderer Name für die **Schale** oder den **Gral** (s. d.)
Cantred	politische Unterteilung der Planeten in den meisten keltischen Systemen; entspricht etwa einem Bezirk oder einer Grafschaft; auch: Provinz
Cantrip	einfacher, kleiner Zaubertrick
Caomai	›Der gewappnete König‹; keltisches Sternbild mit mehreren Sternen erster Größenordnung
Cariad	›Herz‹, ›Geliebte(r)‹, Anrede unter Liebenden
Cariadol	›Herzchen‹, ›Schätzchen‹; Anrede für ein Kind
Cariad o'nghariad	›Liebstes Herz‹; Anrede für den einzig wahren Partner, den Herzallerliebsten
Castaun	Kastanie bzw. deren rotbraune Farbe
Cath-awen	wörtl.: ›Haupt der Heiligen Inspiration‹; in dieser Phase der keltischen Geschichte Anrede für den Leiter des Bardenordens
Catteran	Rebell, außerhalb des Gesetzes stehender Krieger, Geächteter
Cathbarr	Krönchen oder Diadem; gewöhnlich ein Reif aus Edelmetall, der mit einem oder mehreren Edelsteinen besetzt ist
Céile-charach	wörtl.: ›geliebter Partner‹; geschlechtsneutrale Bezeichnung für die Partner einer offiziellen und vor dem Gesetz geschlossenen Verbindung, die nicht den rechtlichen Status von Eheleuten genießen; auch Bezeichnung für die Verbindung selbst (vgl. **Ban-charach, Far-charach**)
Ceól-mór	›Die Große Musik‹; Kanon klassicher Bardenwerke
Chiel	Schimpfwort; etwa: Bastard

Christom	Christ oder Christentum; bezieht sich auf den politisch-religiösen Kult der Terraner
Cithóg	Backbord (eines Schiffes) (vgl. **Deosil**)
Clach	bei magischen Handlungen verwendeter heiliger Kristall oder Stein
Clan	Stamm oder Familie (auch **Geschlecht**)
Claymore	großes, mit zwei Händen zu führendes Breitschwert der skotischen Krieger
Clero	keltischer Handelsplanet; Geschäfts- und Handelszentrum, das den großen, galaktischen Wirtschaftsstandorten näher liegt als Keltia selbst; von der Ard-rían Raighne mit dem Hintergedanken, eingerichtet, Fremdweltler in sicherer Entfernung zu halten
Cliamhan	angeheirateter Verwandter; Sammelbegriff für alle indirekten Verwandtschaftsbeziehungen (Schwiegervater der Nichte der Ehefrau; Schwiegermutter der Schwester etc.)
Clune	kleine, oft als Sommerweide genützte Hochlandwiese
Compall	Kampfring; u. a. von der Fianna, besonders aber im **Fíor-comlainn** (s. d.) verwendet
Coronach	Trauergesang; Klagelied; Elegie
Coron-solais	›Lichtkrone‹, persönliche Aura
Corrigaun	Wesen aus der Anderwelt; von kleiner Statur, aber kräftigem Körperbau, zumeist dunkelhaarig; in Keltia ist man geteilter Meinung darüber, ob die (auch **Dwarrows** oder **Zwerge** genannten) Corrigauns tatsächlich eine eigene Rasse oder nur eine Erscheinungsform der **Sidhe** darstellen
Corryochren	›Der Hungerschlund‹; großer, äußerst gefährlicher Strudel zwischen den Inseln Kedria und Carbria vor der Südküste des Nordwestkontinents auf Tara

Corvaen	anderes Wort für **Nemeton** (s. d.); ein Steinkreis
Creevies	Schimpfwort; lästige Personen, Taugenichtse
Cribbins	bescheidene Nahrung für Wanderer, normalerweise ein Eintopf aus allem, was gesammelt oder erjagt werden kann
Crimbeul	wörtl: ›Hängemund‹; Schnurrbart
Criosanna	›Die gewebten Gürtel‹; die wunderschönen Ringe um die Thronwelt Tara
Crochan	magischer Heilteich, der fast jede Verletzung heilen kann, solange die Wirbelsäule nicht durchtrennt ist und Gehirn und Knochenmark unversehrt sind
›Croesawr i mi!‹	Verzweiflungsschrei; wörtl: ›Welche Unglücksstunde für mich!‹
Croi o mo Chroi	›Herz meines Herzens‹; Anrede für den/die Herzallerliebste(n)
Crossic	keltische Währungseinheit (kleine Goldmünze)
Cuchulainn	legendärer Held der terranischen Kelten
Culist	›Hinterzimmer‹; die traditionelle Gute Stube in keltischen Bauernhäusern; zumeist hinter einem freistehenden Kamin gelegen und daher besonders warm und behaglich; aus diesem Grund als Gästezimmer genutzt
Curragh	kleines Ruderboot oder Beiboot; auch Raumschiffe von vergleichbaren Proportionen
Curtagh	kurzer (höchstens knielanger) Ledermantel mit Kragen und bisweilen mit Kapuze
Curtal-Axt	zweischneidige Streitaxt (auch **Tuagh**)
Dachsmond	der Monat Dezember
Dama-wyn	›Großmutter‹; ›Urgroßmutter‹
Dán	›Verhängnis‹, Schicksal, Karma
Dâna	Urmutter und Schutzgöttin der Kelten

Deosil rechtsherum oder mit dem Lauf der Sonne (bei Schiffen auch die Steuerbordseite); im Uhrzeigersinn (vgl. **Cithóg**)

Derwydd ›der Eichstamm‹; Titel des obersten Barden

Dolmen stehender Stein; heiliger Pfeilerstein

Drei Schnitte mit einem geweihten Sgian am Handgelenk vorgenommene, winzige Hautritzungen, um für die drei feierlichsten Rituale, das Saining, die Aufnahme in die Pflegefamilie und das Eheversprechen mit Handgelöbnis, ein paar Tropfen Blut zu gewinnen; ein symbolischer Beweis für persönlichen Mut und Opferbereitschaft – zum eigenen Nutzen oder zum Nutzen des Pflegeverwandten oder Ehepartners

Dreic ›Drache‹; altes Wort für ›Krieger‹

Drench Zaubertrank, Elixier, besonders Liebestrank

Druiden magischer Orden keltischer Priester und Zauberer im Dienste des **Ollathair,** der Vatergottheit, des Gemahls der Göttin

Dubhachas ›Trübsinn‹; von grundloser Depression und unaussprechlicher Sehnsucht nach nicht zu benennenden Dingen gekennzeichnete Melancholie (respektlos auch ›Keltische Finsternis‹ genannt)

Dúchas vom König vergebenes Lehen, gewöhnlich mit Landbesitz und einem Titel verbunden

Duergar im Volksglauben von Kernow bösartiges Elementarwesen oder an bestimmten Orten umgehendes Gespenst

Dwarrow andere Bezeichnung für **Corrigaun** (s. d.)

dwimmer böse, verhext (**Dwimmerwerk:** Schwarze Magie)

Dwned (sprich: *Du:n-it*) Strophe eines Gedichts oder Liedes

Dyster Bö, plötzlich aufkommender Sturm

Eacht-Grásta Gnadenstoß; Coup de Grâce

Ellwand das ›Wehrgehänge‹; sechs Sterne im Sternbild **Caomai**

Energiebarriere künstlich geschaffener Energiewall, der die sieben keltischen Sternensysteme umgibt und verbirgt (auch unter der Bezeichnung **Pale** bekannt)

Éraic ›Blutpreis‹; nach keltischem Recht die Entschädigung, die bei Mord und anderen Kapitalverbrechen von der Sippe des Opfers oder, falls keine Verwandten vorhanden sind, von der Krone gefordert werden kann

Ergyd anderes Wort für **Eacht-Grásta** (s. d.)

Eryri ›Adlerhorst‹; der Adlerberg, unter dem Caerdroia liegt

Esplumeor in einer Falknerei der Käfig bzw. der Ort, wo die Falken während der Mauser zu ihrem Schutz untergebracht werden, bis das neue Gefieder nachgewachsen ist

Faha Hof oder eingefriedeter Rasenplatz in einem Burgkomplex oder einem Heerlager

Far-charach ›geliebter Mann‹; Bezeichnung für einen Mann, der offiziell und vor dem Gesetz mit einer Frau verbunden ist, ohne den rechtlichen Status eines Ehemannes zu genießen; (vgl. **Ban-charach, Céile-charach**)

Faunt ein Kind, sobald es sprechen und laufen gelernt hat

ferch (sprich: *värch* mit gutturalem *ch*) Tochter des

Fetch sichtbare Gestalt des Schutzgeistes eines Kelten oder einer keltischen Familie; Totem, Totemtier

fey, feyn aus der Anderwelt stammend; unheilvoll; hellseherisch begabt

Ffridd (sprich: *fri:th*) — ausgepolsterter Laufstall, in dem Kleinkinder gefahrlos spielen können

Fiala — ›Schleier‹; göttliche Aura; auch Erscheinungsform einer bestimmten Gottheit; kann über ein Individuum kommen, das von dieser Gottheit vorübergehend ›besessen‹ wird oder dem die Gottheit innewohnt; Manifestation von großer Heiligkeit

Fianna — keltische Offiziersklasse; Orden mit rein militärischen Zielen; **Fian:** Offizier, der allen anderen Streitkräften und militärischen Rängen übergeordnet ist

Fidchell — schachähnliches Brettspiel

Findruinna — besonders hartes silbrigweißes Metall, das für Schwerter und Rüstungen und für andere Zwecke des Angriffs und der Verteidigung verwendet wird

Fionn — eine der höheren Gottheiten des keltischen Pantheons (**Jung-Fionn**); Mittler zwischen den Sterblichen, den Niederen Göttern und den **Hohen Dânu**; der Menschheit traditionell wohlgesonnen; ausnehmend fürsorglich; **Fionnasa**, das ihm geweihte Fest, wird am 29. September gefeiert

Fíor-comlainn — ›Wahrheit durch Zweikampf‹; Duell mit rechtsverbindlichem Ausgang; gilt im allgemeinen als entschieden, wenn der erste Blutstropfen fließt; in früheren Zeiten ein Kampf auf Leben und Tod

Fith-fath — Gestaltwandel durch Zauberei, Blendzauber; **Glamourie** (s. d.); magische Illusion

Flain — von einer Balister abgefeuerter Laserpfeil

Fomori — alte Feinde der Kelten; Bewohner des Planeten Fomor und vieler Kolonialwelten

Fragarach ›Der Antworter‹; auch als ›Retaliator‹ (Rächer) übersetzt; das **Schwert** gehört zu den Großen Vier unter den Dreizehn Schätzen Keltias

Framach in ganz Keltia verbreitetes, braunes Wurzelgemüse; Grundnahrungsmittel

Gabhairin-reo ›die kleine Frostziege‹; gemeine Waldschnepfe

Gae Catha ›Blutrausch‹; durch das Kampfgeschehen ausgelöster, zeitlich begrenzter Zustand übernatürlicher Kraft und Geschicklichkeit (auch als **Roter Tatennebel** bekannt)

Gaeloch in ganz Keltia (zusätzlich zu den sechs planetaren Sprachen und den unzähligen daraus abgeleiteten Dialekten) gesprochene Sprache

Galláin ›Fremde‹, ›Ausländer‹ (sg. **Gall**; fem. **Gallwyn**; adj. **gall**); Sammelbegriff für alle humanoiden Nichtkelten, oft auch für Nichthumanoide verwendet

Galloglass keltischer Fußsoldat; Infanterist; Sammelbegriff für alle Angehörigen einer Truppe (auch **Kern**)

gân Sponsalaffix, das zusammen mit dem Vornamen des Ehepartners verwendet wird (*Morguenna gân Taliesin*)

Ganaster dritter Planet des Nicanor-Systems; Sitz des **Hohen Justiziats**, eines interstellaren Gerichtshofs auf freiwilliger Basis, an den sich andere Systeme bei unbewaffneten Konflikten wenden und einen Schiedsspruch beantragen können; wird häufig auch nach einem Krieg als Vermittler bei Friedensverträgen zugezogen

Garron kleines, kräftiges Pferd; Stockmaß 13–14 Handbreiten; normalerweise grau

Gauran ochsenähnliches Tier, das vor den Pflug gespannt wird

Gavida keltischer Gott des Feuers, des Blitzes und des Metallhandwerks; auch als Götterschmied bekannt

Gegenrebellion große Widerstandsbewegung, die sich in Keltia gegen den Marbh-draoi Edeyrn und seine Herrschaft erhob

Gefährten auch: **Gefährtenrunde, Kreis** oder **Tafelrunde**; laut geschichtlicher Überlieferung die ersten und treuesten Anhänger des Ard-rígh Arthur, die später in den Ritterstand erhoben wurden

Geis, pl. Geisa (sprich: *Gesch, Gescha*) oft anläßlich der Geburt oder an einem Wendepunkt des Lebens auferlegtes Verbot oder moralische Verpflichtung; einen Geis zu brechen, bringt mit Sicherheit Unglück

Glaive Lichtschwert; in der ganzen zivilisierten Galaxis gebräuchliche Laserwaffe

Glamourie vorübergehende, durch Magie erzeugte Illusion

Glib Haar über der Stirn; Stirnlocke oder Ponyfransen

Gossocks dumme, untüchtige Taugenichtse

Gral flacher Kelch oder Schale mit zwei Griffen, meist (aber nicht immer) aus kostbarem Metall, mit Edelsteinen besetzt und mit eingravierten Mustern verziert; der Gral ist die heilige **Schale** der Mysterien, einer der Vier Großen Schätze Keltias

Graffit kleiner See- oder Erdanker

Gricemite kleine, verwachsene Erdknolle, die als Schweinefutter verwendet wird; Schimpfwort

Grieshoch rote Glut, schwelendes Feuer

Gúna Sammelbegriff für lange Gewänder verschiedenster Art

Gwahanlen ›Der Tempelschleier‹; der Raum, in dem sich die **Gefährten** (s. d.) versammelten; berühmt für seine historischen Bildteppiche und seine architektonische Schönheit

Gwencathra ›Der Weiße Pfeiler der Wahrheit‹; jener Platz an der **Tafel Rhodaur** (s. d.), der zu Arthurs Zeiten für Taliesin Penbardd reserviert war; der Sage nach geht jede Person, die nicht würdig ist, diesen Platz einzunehmen, beim ersten Versuch in Flammen auf und verschwindet unter Donnergetöse auf Nimmerwiedersehen

Gwrach wildes Hexengespenst; **Gwrach y Rhibyn,** die Sabberhexe, ein böser Geist von abschreckendem Äußerem

Gwynedd Hauptwelt des kymrischen Systems

Gwynfyd ›Der Kreis der Vollendung‹; ewiges Leben, ein Stadium, das erst nach vielen Zyklen der Wiedergeburt erreicht wird

Hai atton ›Hoch auf uns!‹; das Hornsignal, mit dem zum Sammeln eines Heeres geblasen wird

Handgelöbnis religiöses Hochzeitszeremoniell (im Unterschied zur Ziviltrauung); spiritueller Zusammenschluß der Seelen; äußeres Zeichen ist der dritte der **Drei Schnitte** (s. d.)

Hilyat-shaar blauer Schal, der zum Stirnband gefaltet um das Haar gebunden wird; Zeichen der Trauer auf dem Planeten Aojun (wird in der Öffentlichkeit durch einen blauen Gesichtsschleier ersetzt); ein Brauch, der von Männern wie von Frauen geübt wird

›Hob y deri dan do!‹ Nonsens-Kehrvers bei kymrischen Liedern; wörtl.: ›Der wilde Eber ist sicher unter Dach gebracht‹

Hohe Dânu acht (nach anderer Zählung auch sieben, neun, zwölf oder vierzehn) Götter und Göttinnen des keltischen Pantheons, die über die anderen gestellt sind, um als Mittler zwischen den Sterblichen, den Niederen Gottheiten und dem Höchsten Gott (**Yr Mawreth** oder **Kelu**, s. d.) zu dienen

Horchwind – vernichtender Windstoß nach dem vorübergehenden Abflauen eines Sturms

Hüter der Tore – mächtige, spirituelle Wesen, die an den vier Airts beschworen werden und den Übergang einer Seele ins nächste Leben überwachen

Hui Corra – Flaggschiff des heiligen Brendan beim ersten Immram der Kelten

Hu Mawr (sprich: *Hi: Mauer*) – Hu der Mächtige; Göttervater des kymrischen Pantheons

Immram (pl. **Immrama**) – ›Reise‹, die großen Auswanderungswellen von der Erde nach Keltia; beginnend mit dem Heiligen Brendan 453 terranischer Zeitrechnung bis etwa ins Jahr 1400; auch Initiationstrance nach bestimmten Phasen der Druiden- und der Ban-draoi-Ausbildung

Inghearrad – Intaglioarbeit; Schnitt- oder Gravierungstechnik

Inion Durracha – ›Tochter der Finsternis‹; Beiname Marguessan Pendreics

Inisguidrin – ›Weiße Insel‹; Domizil des Gralshüters in dem Moor auf Tara, das Siennega oder Marai genannt wird

Iscaroe – Uisge-ruadh, die Rote Quelle des Wunderbrunnens von St. Clears

(I)'s é do bheatha (sprich: *SCHÉIdo-VAha*) – wörtl.: ›Das Leben sei mit dir‹; traditionelle keltische Gruß- und Abschiedsformel

Jai – Titel der Erbin von Aojun

Jamadarin – Titel der Königin von Aojun

Jurisconsultus – Brehone, der mit Gerichtsprozessen befaßt ist

Katxa-raika — koranisch für **Eacht-grásta**, Gnadenstoß

Keeve — Becher oder Faß

Kelu — ›Die Krone‹; der Eine Höchste Gott über allen Göttern; bei den Kelten als Vater- wie auch als Muttergottheit oder als der Gott verehrt, der über solchen Unterscheidungen steht; kann im irdischen Leben nicht erkannt werden; wird aber oft als **Artzan Janco**, ›Himmelshirte‹ oder **Yr Mawreth**, ›der Höchste‹ angerufen

Kenning — telepathische Technik, ursprünglich von den Ban-draoi und den Druiden entwickelt (und fast ausschließlich von ihnen angewendet)

Kern — Krieger der unteren Ränge; Besatzungsmitglied der keltischen Sternenflotte

Kerridwen — die Göttin in ihrer Erscheinungsform als Königin und Mutter der Welt

Kahzei'khar — aojunesischer Begriff für die Vorstellung des Dán

Königsfackeln — Feuerbrände, die einst bei Tisch von Dienern über die Stühle der Herrscher gehalten wurden

Koranier — Herrscherrasse des Cabiri-Imperiums; Erbfeinde der Kelten; beide haben ihren Ursprung im alten Atlantis, die Koranier stammen von den Telchinen ab, die Kelten dagegen von den Danäern

Kristallhaut — ausnehmend festes, feines Papier der keltischen Buchbinder, das seine Haltbarkeit wie seinen Namen eingewebten Kristallstrukturen verdankt

Lai — keltisches Entfernungsmaß; entspricht etwa einer halben Meile (bzw. 800 m)

Laighen — scharfe, blattförmige Speerspitze

Lam-dhia (sprich: *la:v-di:a*) — ›Handgötter‹; kleine Votivstatuen verschiedener keltischer Gottheiten

Landpeitsche — ungewöhnlich starker Gewitterregen mit verheerenden Windböen

Lasmathra	›Halbmutter‹; Stiefmutter
Lasra	Laser
Lederschwinge	Fledermaus oder fledermausähnliches Tier
Leinna	langes Hemd mit weiten Ärmeln, das gewöhnlich unter der Tunika getragen wird
Lennaun	Liebhaber ohne die Rechte einer offiziellen Vereinbarung
Levin	Blitzstrahl
Leys	elektromagnetische Strömungen in der Morimaruse
Llacharn	›Flammenschein‹; das Schwert, das Arthur auf der Insel Collimare aus dem Stein holte, das bei der Schlacht von Ratherne zerbrach und von Taliesin zum Loch bel Draccon zurückgebracht wurde, bevor er Keltia verließ; zu Arthurs Zeit galt die Herkunft Llacharns – wer es geschmiedet und in Collimare im Stein versenkt hatte – als Mysterium
Llan	abgeschiedener Ort; Zelle oder Klause für religiöse Eremiten
Llenaur	›Goldener Umhang‹; der Mantel der Himmelsherrin; keltische Bezeichnung für die Milchstraße
Lonna	leichter Kriegsspeer der Fianna, auch Tragflächenboot der keltischen Marine
Lorica	Kettenhemd oder Brustharnisch zum Schutz im Kampf
Lughnasa	Fest des Lichtgottes **Lugh**, wird am 1. August gefeiert
Machair	›Meereswiese‹; weite, an die See angrenzende Grasflächen, die sich bis zur Hochwassermarke erstrecken
Maenor	ererbtes Wohnhaus, für gewöhnlich ein Familiensitz in der Stadt oder auf dem Lande

Maeth	Pflegevater
Maharrion	anderer Name für **Mihangel** (s. d.)
Malen	kymrischer Name der keltischen Kriegsgöttin (meist **Malen Ruadh,** die **Rote Malen**)
Mamaith	Kinderwort für ›Mutter‹; gleichbedeutend mit ›Mama‹ oder ›Mami‹
Manaan	keltischer Gott der Meere und Salzgewässer; sein Kristallschiff ›*Wogenfeger*‹ kann auf dem Land wie auf dem Wasser fahren
Marana	tiefe Trance der keltischen Magier
Marbh-draoi	›Todesdruide‹; allgemein gebräuchlicher Beiname für Edeyrn ap Seli ac Rhûn, den Thronräuber, Mörder und Theokraten
Marúnad	Klagelied oder Trauergesang anläßlich eines Todesfalls
Master	(skotisch) Titel des Erben des Sippennamens (z. B. **Master von Douglas**); **Mistress** für weibl. Erben
Mataun	Hacke; stumpfes Werkzeug
Mathr'achtaran	›Ehrwürdige Mutter‹; Anrede für die Oberpriesterinnen des Ban-draoi-Ordens
maukit	abstoßend schmutzig; wörtl.: ›von Maden befallen‹, wurmstichig
M'chara	›mein Freund‹; als Anrede verwendet
Merch Dhu (sprich:*märch di:*)	›Tochter der Finsternis‹; Beiname Marguessan Pendreics
Mether	viereckiges Trinkgefäß, gewöhnlich aus Holz oder Steingut
Methryn	›Pflegemutter‹
mhic (sprich: *wik*)	›Sohn des‹
Mi-cuarta	Bankettsaal im Palast von Turusachan
Mihangel	(auch **Maharrion**); keltischer Schlachtengott, als Fürst der Krieger bekannt; führt nach dem Mythos bei der Schlacht von Cymynedd, dem großen Kampf zwischen Gut und Böse, der

dereinst über das Schicksal des Universums entscheidet, die Streiter des Lichts an; tritt auch als **Fionn** oder **Arawn** auf (s. d.)

Minkler Vagabund, Landstreicher

Modryn ›Tante‹

Morimaruse ausgedehntes, elektromagnetisches Loch; das Tote Meer des Weltalls

Mór-rían ›Große Königin‹; die Göttin in ihrer Erscheinungsform als Herrin der Schlachten, wenn sie in Gestalt eines Raben über dem Schlachtfeld schwebt

Moruadha das Seevolk der Meerrows; grünhaarig und rothäutig, schlank und sehr gelenkig; ursprünglich auf Kernow heimische Amphibienwesen, die sich inzwischen auf alle keltischen Welten ausgebreitet haben

Muirgha ›Harpune‹

Nantosvelta von Brendans Baumeister Gradlon von Ys errichteter Geheimtunnel; verläuft unter dem Gebirgsmassiv des Webstuhls und verbindet den Palast von Turusachan mit dem Wolfstal; ursprünglich als Fluchtweg gedacht

Nathair Sammelbezeichnung für verschiedene Giftschlangenarten aus der Familie der Vipern

Nemeton (auch **Corvaen**) Steinkreis zu rituellen Zwecken; **Caer-na-gael** ist die bedeutendste Anlage dieser Art in Keltia, **Nimaen** ist der königliche Nemeton und die Grablege der keltischen Könige oberhalb von Caerdroia

Nevermas eine Zeit, die niemals kommt; St. Nimmerleinstag

ni, nic, nighean ›Tochter des‹

Nithart Schwächling, Angsthase

Ollave	Meisterbarde; im weiteren Sinne jeder, der in einer Kunst oder Wissenschaft höchste Vollendung erreicht
Oréadach	Goldtuch; Brokatstoff (*Arghansaweth*: Silbertuch)
Ottermond	der Monat August
Outfrenne (auch adj.)	fremd, von einer nichtkeltischen Welt stammend
Oxter	Brustkorb; Winkel zwischen Oberkörper und Arm
Pair Dadeni (sprich: *DA-dëi-ni:*)	der Kessel der Wiedergeburt, auch Wunderkelch genannt, einer aus den Großen Vier der keltischen Schätze
Pale	anderes Wort für **Energiebarriere**
Palug	geschmeidige, luchsähnliche Wildkatze mit rotem Fell, sehr wild und angriffslustig
Pastai	kleine Zwischenmahlzeit; Pastete aus knusprigem Teig, gefüllt mit gebratenem Fleisch oder Gemüse
Pen-bardd	›Meister aller Barden‹; uralter Titel, der in der ganzen keltischen Geschichte nur an zwei Barden – Plenyth ap Alun, den Gründer des Ordens, und Taliesin ap Gwyddno – verliehen wurde
Pendragon	Titel für den Leiter der Drachenbruderschaft; Taliesin, der Gründer des Ordens, wurde als erster so genannt
Pflegeerziehung	Aufnahme eines Kindes in eine befreundete Familie zum Zweck der Erziehung; begründet ein nahezu verwandtschaftliches Verhältnis zu den Pflegeeltern und -geschwistern
Pheryllt	Gruppe von Meisterdruiden, die an den Druidenschulen und -akademien als Lehrer wirken (den Titel **Ro-sai**, Oberster Pheryllt oder ›Großer Lehrer‹, hatte einst der Marbh-draoi Edeyrn inne)

Piast großes, amphibisches Wassertier, das in den tiefen Seen auf den Planeten Erinna und Scota lebt; bei den Terranern war die Spezies unter dem Namen ›Ungeheuer von Loch Ness‹ bekannt (**Piast**- oder ›Krokodils‹tränen; heuchlerische Tränen vorgetäuschter Rührung)

Pibroch Schlachtgesang; gewöhnlich auf dem Kriegsdudelsack gespielt

Pirn Spindel, Kunkel

Pishogue kleiner Zaubertrick, Cantrip

Plaisham etwas Kleines, Unbestimmtes; Dingsda

Portune an bestimmten Orten auftretender, gutartiger Kobold

Protektorate Konföderation von Sternensystemen, die sich unter Keltias militärischen und politischen Schutz gestellt haben

Quaich breites flaches Trinkgefäß mit zwei Henkeln aus Metall, Steingut, Holz oder Leder

Quaternität die Vier Großen Schätze – Speer, Schwert, Schale und Stein

Raben Edeyrns Ordnungshüter; wurden als Terrorpolizei eingesetzt

Rade Feensturm; Ausritt der Sidhe an Beltain und Samhain oder in Kriegszeiten

Rann zu magischen Zwecken rezitierte Versstrophe; auch allg. Zauberspruch

Raubzug ursprünglich Überfall auf den Nachbarn zum Zweck des Viehdiebstahls; heute allg. Überfall oder Strafmaßnahme; auch: Entführung

Rechtair Haushofmeister am königlichen Hof, in Adelshäusern oder bei wohlhabenden Familien

Rhên alter Titel mit der Bedeutung ›Lord‹ oder Grundherr; heute für beide Geschlechter und hauptsächlich für Gottheiten verwendet

Rhian die **Junge Göttin**, manifestiert sich gewöhnlich als schlankes, junges Mädchen mit braunem Haar

Rhodaur ›Goldrad‹; die **Runde Tafel** der **Gefährten** im Saal **Gwahanlen** (s. d.); von der Form her ein ringförmiger Tisch (ohne Enden, so daß keinerlei Sitzordnung einzuhalten ist), um den in drei Reihen hintereinander 144 Personen Platz finden

Rían-dhuair ›Königinwitwe‹; Titel Ygrawn Tregarons nach dem Tod ihres Gemahls Uthyr Pendreic

Rían na Reanna ›Königin der Sterne‹; ein Beiname der Gottheit

Rígh-Domhna Mitglieder einer der königlichen Familien Keltias, die einen gemeinsamen Vorfahren haben und (wenigstens theoretisch) zum Monarchen gewählt werden können

Rocabarra in der keltischen Sage ein großer, grauer Fels in den Meeren von Caledon, der, von einem Druiden im Zorn verflucht, in den Wellen versinken mußte und seither zweimal wieder aufgetaucht ist; das dritte Auftauchen kündigt das Ende der Welt an; bildlich (›Wenn Rocabarra erscheint!‹) im Sinne einer unvorstellbar fernen Zukunft verwendet, mit der im Grunde niemand rechnet

Ros-catha Schlachtruf; Arthurs Schlachtruf lautete ›Lean thusa orm!‹ und wurde gewöhnlich mit ›Alles mir nach!‹ oder ›Folget mir!‹ übersetzt

Rutair Logbuch eines Schiffes

Saining keltisches Taufritual, bei dem u. a. der erste der **Drei Schnitte** (s. d.) angebracht wird; kann bis zu einem Mondjahr nach der Geburt eines Kindes abgehalten werden

Sainn-an-rían (sprich: *so:n an RI:an)*	›Schach der Königin‹; möglicherweise spielentscheidender Zug im Fidchell
Salamandri	die Salamander-Rasse, das Feuervolk; auf dem Planeten Kholco heimische Reptiloidenrasse
Samhain (sprich *SAH-win*)	Fest zum Winteranfang und zugleich keltisches Neujahrsfest; wird am 31. Oktober gefeiert (Großer Samhain) und dauert bis zum 11. November (Kleiner Samhain)
Sassenaich	auf der Erde die angelsächsischen Invasoren, die einst die Kelten verdrängten
Scadarc (sprich: *SKAI-ark*)	bei Fian-Begräbnissen verwendeter Kristall zur Auflösung der Leiche
Schleier von Aunya	keltischer Name für die Magellanwolke
Schweifstern	Komet
Sechs Nationen	die sechs zu Keltia gehörigen Sternensysteme (ohne das Thronweltsystem Tara); in der Reihenfolge ihrer Besiedlung Erinna, Kymry, Scota, Kernow, Vannin und Brytaned (oder Arvor)
Seestein	Aquamarin
Seidean-Sidhe (sprich: *SCHÉIdo:n SCHI:*)	kleiner Windwirbel, der an heißen Sommertagen gewöhnlich über flachem Land oder über Getreidefeldern entsteht, wo er wenig Schaden anrichtet. Gilt bei der Landbevölkerung traditionell als Zeichen dafür, daß einer von den Sidhe unsichtbar vorübergeht
Seidenwolle	in Keltia sehr beliebtes Luxusgewebe
Seren Beirdd	›Stern der Barden‹; auf Arthurs Befehl in Turusachan für den Bardenorden errichtetes Gebäude von großer Schönheit
Sgian	kleines Messer mit schwarzem Griff, das jeder Kelte, meist im Stiefelschaft, bei sich trägt (**Tafel-Sgian**: weniger

	scharfes Messer mit längerer Klinge, das als Eßbesteck dient)
Sgianfisch	länglicher, silbrigglänzender, in Schwärmen auftretender Fisch mit rasiermesserscharfen Zähnen, äußerst reizbar und gefährlich
Shakla	nach Schokolade schmeckendes Getränk, das zusammen mit Wasser aus den Früchten der braunen Esche zubereitet und in ganz Keltia als koffeinhaltiges Stimulans genossen wird
Sidhe (sprich: *schi:*)	die Leuchtenden; möglicherweise göttliche oder unsterbliche Wesen; auch **Aes Sidhe** (s. d.)
Silkies (auch: **Selchies)**	das Seehundsvolk der **Sluagh-rón**; in Keltia heimische Robbenrasse; wie die Merrows stehen auch die Silkies mit den menschlichen Kelten und mit ihresgleichen auf sehr gutem Fuß
Síodarainn (sprich: *Schi:-da RO:N*)	›Seideneisen‹; schwarze Metall-Legierung von besonderer Härte und Widerstandsfähigkeit; oft beim Bau von Sternenschiffen verwendet
sleekit	nach außen hin freundlich, aber verschlagen, gerissen, nicht vertrauenswürdig
Slinter	Schimpfwort; etwa: ›Bastard‹
Slorach	widerlich feuchte, ekelerregende Masse
Sluagh	Heerschar
smooren	ein Feuer dämpfen oder abdecken, damit es zu **Grieshoch** (s. d.) niederbrennt; viel Rauch bei wenig Feuer erzeugen; etw. ersticken; eine Person oder Sache beweihräuchern (mit Weihrauch segnen); ausräuchern
Snaoim-draoi	›Druidenknoten‹; magische Fesselung
Softsauder	Schmeichelei
Solas Sidhe (sprich: *sallis-schi:*)	›Feenfeuer‹; ein dem Irrlicht ähnliches Naturschauspiel, aber über felsigem Grund; gewöhnlich im Frühling und Herbst zu beobachten, auch das magi-

	sche Leuchten, die Aura, mit der sich die **Sidhe** (s. d.) umgeben, wenn sie den Sterblichen erscheinen
Sonnenhai	Delphinart; den Menschen traditionell freundlich gesinnt, treten oft als Retter von Schiffbrüchigen auf
Sonnenhund	unvollständiger Regenbogen
Sonnenstand	Sommer- oder Wintersonnenwende
Standardsprache	inoffizielle, intergalaktische Handelssprache; zu Arthurs Zeit noch nicht (wie später) auf dem terranischen Englic, sondern auf einer Form des Hastaischen, der Muttersprache der Koranier, basierend
Steingassen	die unteren Stadtviertel von Caerdroia
Stour (sprich: *Stu:r*)	Aufruhr, Tumult, Geschrei
Straßenstadt	unbefestigte Kleinstadt ohne eine Burg in der Mitte
Streppoch	Schimpfwort; etwa: Schlampe
Syra-wyn	›Großvater‹, ›Urgroßvater‹
Taghairm	›Echo‹; bei Druiden und Ban-draoi verbreitete Technik der magischen Trance
Tagnacht	Tag- und Nachtgleiche im Frühling und im Herbst
Tair Rhamant (sprich: *Taier*)	›Drei Romanzen‹; Heimatburg Taliesin Glyndours; von Edeyrn zusammen mit der Provinz Gwaelod zerstört
Tair Rhandir	›Dreigeteiltes Land‹; die Burg wurde von Morguenna für ihren Gemahl Taliesin erbaut, als der von ihrer Schwester Marguessan gefangengehalten wurde; der Name bezieht sich auf Taliesin, Morguenna und deren gemeinsamen Sohn Gerrans
Taish pl. **Taisher** (sprich: *to:sch*)	magische Projektion eines Gesichts oder einer ganzen Person; umgangssprachlich auch jede Art von ›Gespenst‹ oder unerklärlicher Erscheinung

Talpa	blindes Wühltier mit stumpfer Schnauze, auf dem Planeten Kernow heimisch
Tanist, Tanista	keltischer Thronerbe
Tântad	›die Feuerstraße‹; magische Disziplin, die bei Mißbrauch tödliche Folgen haben kann
Taoiseach (sprich: *TI:scha:k*)	der Premierminister von Keltia
Tarq-hijjar, pl. **Tarq-hijjarun**	(aojunesisch); Bezeichnung der Yamazai für den Anführer eines Jagdtrupps
Tasyk	Kinderwort für ›Vater‹; etwa: ›Papa‹
Telyn	kymrische Schoßharfe
Tiachán	Büchertasche aus Leder, mit Edelsteinen und Metallbeschlägen verziert, schützendes und schmückendes Behältnis für besonders alte und kostbare Bände
Timpaun	›das Trommelfell‹; weite Ebene auf dem Planeten Erinna; berühmt für seine Pferdegestüte
Tinnól	Morgengabe, die sich die beiden Partner am Morgen nach dem Handgelöbnis (bzw. der Trauung) gegenseitig überreichen
Tinnscra	Heiratsgut, das ein Mann, eine Frau oder auch beide zusammen von ihrer Familie, dem Clan oder (bei Angehörigen der Königsfamilie oder des Hochadels) vom regierenden Monarchen erhalten. Zumeist von größerem Wert, wie etwa Grundbesitz oder ein regelmäßiges Einkommen, wobei jeder Partner im Fall einer Scheidung verpflichtet ist, seinen Anteil auf Heller und Pfennig zurückzuerstatten
Tirr	Deckmanteleffekt, teils magischer, teils mechanischer Natur zur Tarnung von Schiffen, Gebäuden u. ä.; erst in jüngster Zeit soweit vervollkommnet, daß er auch bei Lebewesen oder in Bewegung befindlichen Objekten funktioniert

Torques	schwerer, von vornehmen Kelten getragener Halsschmuck, offener Reif, meist aus Gold oder Silber; an den Enden oft mit Edelsteinen besetzt
Traha	›Anmaßung‹; zügelloser Stolz, Hybris
Triade	poetische Dreierkombination in der Bardenkunst, die zu pädagogischen Zwekken drei ähnliche Dinge, Ereignisse oder Menschen verbindet
Triskell	dreiarmiges (oder -beiniges) Gebilde im Wappen von Vannin; Schöpfungssymbol
Trygariad	›**Cariad**‹, Geliebte(r), mit verstärkendem Präfix ›Geliebteste(r)‹
Tuagh	kleine, doppelschneidige Streitaxt; auch **Curtal-Axt** (s. d.)
Turusachan (sprich: *TU:-ru:-SACHn*)	›Versammlungsort‹; der königliche Palast in Caerdroia; in weiterem Sinne auch die gesamte keltische Zentralregierung; außerdem die Hochebene über der Stadt Caerdroia unter dem Gipfel des Eryri, auf der sich die Regierungsgebäude befinden
Ulessos	als Odysseus bekannte, mythologisch/historische Persönlichkeit
Unter den Hörnern	sub rosa; geheim; bezieht sich auf die Hörner, das Geweih des **Cabarfeidh** (s. d.)
Usqua	zumeist unverschnittener Whisky (**Usqueba**, ›Lebenswasser‹)
Wasserroß	übernatürliche Pferdemanifestation; Tier mit feurigen Augen und Nüstern, das in Seen und Flüssen lebt und die Menschen zu verführen sucht, auf seinem Rücken ins Verderben zu reiten
widdershins	linksherum oder gegen den Sonnenlauf; entgegen dem Uhrzeigersinn

Yamazai Herrscherrasse auf dem Planeten Aojun; zumeist bezieht sich die Bezeichnung auf die wilden, ausnehmend tüchtigen Kriegerinnen dieses matriarchalischen und matrilinearen Systems

Yr Mawreth ›der Höchste‹; keltische Bezeichnung für das Höchste Wesen

Orthographie und Aussprache von Namen und Begriffen in der KELTIADE mögen manchen Lesern fremdartig vorkommen. Die keltischen Sprachen (Irisch, Schottisch, Gälisch, Wallisisch, Cornisch, Manx und Bretonisch), denen meine keltische Nomenklatur entstammt, sind mit keiner anderen Sprache verwandt, aus der man Wortstämme oder Lautungen ableiten könnte. Abgesehen von den Lehnwörtern gibt es keine lateinische Wurzeln wie in den romanischen Sprachen, denn das Keltische geht auf einen ganz anderen Zweig der indoeuropäischen Sprachfamilie zurück. (Für besonders Neugierige: Für das Koranische oder Hastaische habe ich mich beim Baskischen bedient, für das Aojunesische beim Arabischen.)

Aus diesem Grund habe ich mir im Interesse des Lesers gewisse Freiheiten in der Rechtschreibung erlaubt, die vielleicht nicht immer ganz logisch sind, wobei mit den Namen natürlich jeder verfahren kann, wie er will. Die folgende Liste der schwierigeren Namen, Begriffe und Lautkombinationen ist für alle jene gedacht, die auf diese Marotte der Autorin eingehen möchten.

Eine Anmerkung noch für diejenigen Linguisten (und ihre Zahl ist Legion), die sehr viel tiefer in die Geheimnisse des Keltischen eingedrungen sind als ich: Die Ausdrücke in diesem Buch, Archaismen wie Begriffe der Gegenwartssprache, sind dem archaischen, nicht dem modernen Keltisch entnommen. Dabei habe ich meine Sympathien ziemlich gleichmäßig auf die meisten keltischen Sprachen verteilt (mit Ausnahme von Manx, das einfach zu verrückt klingt, auch wenn es phonetisch völlig korrekt ausgesprochen wird); außerdem habe ich, wo mir dies angebracht erschien, auf das elisabethanische Englisch und das Tieflandschottische (Lallans) zurückgegriffen. Nicht selten habe ich einzelne Wörter für meine Zwecke und nach meinen ästhetischen Vorstellungen zurechtgestutzt. Erschrecken Sie deshalb nicht, wenn scheinbar vertraute Begriffe eine etwas andere Bedeutung haben als erwartet. Man kann davon ausgehen, daß sich einzelne

Wörter über die Jahrhunderte und mit zunehmender Entfernung wandeln; Keltia ist räumlich wie zeitlich sehr weit entfernt, und wer, wenn nicht ich, kann sagen, welche Wörter man dort verwendet, welche Bedeutung man ihnen gibt und wie man sie schreibt?

Sollte es mir mit diesen Zeilen nicht gelungen sein, den Zorn der Puristen von meinem Haupte abzuwenden, so berufe ich mich wie schon einmal auf das alte Humpty-Dumpty-Gesetz: »Wenn *ich* ein Wort verwende ... bedeutet es genau das, was ich will – nicht mehr und nicht weniger.« Dies nur zur Warnung.

Vokale:

Wie allgemein üblich. a und i werden (anders als im Englischen) wie /a:/ und /i:/ ausgesprochen, also /ard-ri:/ **für Ard-rígh**. Ein e am Ende wird immer mitgesprochen; manchmal wird dies durch einen Akzent angezeigt.

Vokalkombinationen:

aoi:	/i:/ wie in ›Lied‹
ao:	/ëi/ wie engl. ›pay‹
au:	/au/ wie in ›Bau‹, nie /o:/ wie engl. ›saw‹; ausgenommen einige kymrische Wörter, wo diese Folge wie /ai/ ausgesprochen wird; **Tegau**: /TEG-ai/
ae, ai:	/ai/ wie in ›Mai‹
io:	/i/, wie in ›in‹ (**Fionn:** /fin/)
ío	/i:/ wie in ›wir‹ (**Fíor:** /fi:r/)
á:	Der Akzent verlängert den Vokal. *Dán* wird also ›do:n‹ ausgesprochen (Langvokale sind auch ú wie in ›Kuhle‹ und é wie in engl. say

Konsonanten:

c:	immer ein ›k‹-Laut (um ein uraltes Problem hier zu umgehen, wurden **Celt, Celtic, Celtia** durchgängig **Kelte, Keltisch, Keltia** geschrieben. Die **Seltics** sind eine Basketballmannschaft ...)

ch: guttural wie der deutsche ›ach‹-Laut, niemals wie im Englischen (›choose‹) assibiliert

g: immer hart wie in ›geben‹, keine Assibilierung; manchmal wurde in *ge*-Kombinationen ein *u* eingefügt, um Mißverständnisse zu vermeiden

bh, mh: stimmhaftes ›v‹ (**bhan:** /van/; **Amhic:** /avick/. (Beachte: Gelegentlich verändert mh die Vokale auf ganz unberechenbare Weise, etwa in **Samhain:** /sah-win/ oder /sauen/. Nicht böse sein.)

th: /h/ (wird manchmal auch gar nicht ausgesprochen!)

dd: wie ein stimmhaftes engl. / ð / z. B. in ›then‹ (**Nudd:** /ni:th/; auf den /i:/-Laut werde ich noch eingehen)

ll: Es ist mir wirklich peinlich, Sie haben schon so viel Geduld mit mir bewiesen, aber … Jetzt kommt's: Das wallisische Doppel-l wird zwar zu Recht gefürchtet, ist aber nicht ganz so schlimm, wie es aussieht, auch wenn die Leute seit Jahrhunderten davor zurückscheuen. Sogar Shakespeare hat sich gedrückt, ›Fluellen‹ war sein einziger Versuch. Aber wir sind aus härterem Holz geschnitzt. Man lege die Zungenspitze hinter die obere Zahnreihe, an den Rand des harten Gaumens, nicht zu weit nach hinten, und entspanne die übrige Mundhöhle. Nun belasse man die Zunge in dieser Stellung und zische an beiden Seiten daran vorbei; wenn man es richtig macht, bekommt man einen Laut, der etwa wie /chlu:/ klingt, obwohl die Stimme nicht beteiligt ist; man versucht nur, ein ›s‹ zustandezubringen. Ob Sie es glauben oder nicht, so ist es richtig. Das haben Sie wirklich gut gemacht. Jetzt brauchen Sie nur noch die anderen Laute mit auszusprechen.

Zum Schluß noch zwei sehr merkwürdige und ziemlich niederträchtige Ausnahmen. Im Kymrischen (Wallisischen) kann u (wie oben in **Nudd**) gelegentlich zu /i:/ werden; und w wird manchmal als Vokal verwendet und wie /u:/ ausgesprochen (**Annwn:** /annu:n/).

(Falls Sie – wie Taliesin vor jeglicher Konfrontation mit der Mathematik – bereits schreiend die Flucht ergriffen haben, im Glossar sind für einige der problematischeren Wörter einfache Ausspracheregeln angegeben, desgleichen im Personenverzeichnis für die Eigennamen. Ich danke Ihnen. Sie haben den Mut und die Ritterlichkeit wahrer Kelten bewiesen.)

Alannagh Ruthven (sprich: *RIVV'n*)	Gefährtin, Freundin Arthurs
Allyn mhic Midna (etwa: *ellen wick MI:TH-na*)	Sidhe-Lord
Amris Pendreic (*pen-drëik*)	Prinz von Dôn; ehemals Tanist von Keltia; ältester Sohn der Ard-rían Darowen und des Königs Gwain; Bruder Leowyns und Uthyrs; Farcharach Ygrawn Tregarons; Arthurs Vater
Anghaud Pendreic	Sohn Geraint Pendreics; Enkel Morganes und Taliesins; einer von den Sieben
Arawn Pendreic	Sohn Arthurs und Gwenivers; nach ihnen Hochkönig
Arthur Pendreic	auf eigenen Wunsch auch **Arthur Penarvon**; Prinz des Hauses Dôn; Sohn Amris' und Ygrawns; Adoptivsohn Gorlas Penarvons; Neffe Leowyns und Uthyrs; Pflegebruder Taliesin Glyndours; herrscht als Ard-rígh von Keltia gemeinsam mit seiner zweiten Gemahlin Gweniver, die ihm die Kinder Arawn und Arwenna schenkt; Vater Donahs aus seiner Verbindung mit Majanah, der Königin von Aojun und Jamadarin der Yamazai; Vater Malgans aus erster Ehe mit Gwenwynbar **(Artos)**
Arwenna Pendreic	Tochter Arthurs und Gwenivers
Avallac'h Pendreic (*u-VAL-ach*)	Gralshüter; Prinz von Dôn; Sohn Cadors, Enkel Alawns des Letzten Königs

Betwyr ap Benoic (*BEN-ick*)	Gefährte, Freund Arthurs; fuhr mit auf der *Prydwen*
die Bhann-reann-ruadh (*van-ran-RU:-a*)	magische Erscheinung; eine der niederen Göttinnen bzw. die schlichtere Manifestation einer höheren Gottheit; ›die Rotgestirnte‹
Birogue vom Berge (*bihr-OUG*)	eine von den Sidhe; Gefährtin Merlynn Llwyds
Cathelin ní Seighin ac Glyndour	Terranerin; Ban-charach Gwyddno Glyndours; Mutter Taliesins
Cathelin Pendreic	Tochter Geraints; Enkelin Morganes und Taliesins
Cristant Kendalc'hen	Gemahlin Geraint Pendreics; Mutter Anghauds, Sgiltis und Cathelins
Daronwy Cameron ferch Anwas	Gefährtin; Gräfin von Endellion; Freundin Arthurs; Gemahlin Roric Davachos; Mutter Harodins; eine von den Sieben (**Ronwyn, Ronwynna**; auf Aojun **Daron**)
Donah	Erbin von Aojun (**Jai Donah**); Tochter Arthurs und Majanahs; in Keltia **Duanagh Penarvon** (**Donayah**) genannt
Edeyrn ap Seli ac Rhûn	Erzdruide, hist. auch als **Marbhdraoi** bekannt; Thronräuber, Verräter und Theokrat; von Arthur in der Schlacht von Ratherne (Nandruidion) getötet; Sohn des Sterblichen Rhûn und der Sidhe-Königin Seli
Elen Llydaw	Gefährtin; Herzogin von Arvor; wegen ihrer Leistungen als Feldherrin auch als **Elen Llydawc**, Elen von den Heerscharen bekannt; Freundin Arthurs; eine von den Sieben (**Elenna**)
Elphin Carannoc	Gefährte; Ollave; später Oberster Barde, Leiter des Ordens; wichtigster Lehrer Taliesins; Freund Arthurs; fuhr mit auf der *Prydwen*

Ferdia mac Kenver	Gefährte; Herr von Valtinglas; Freund Arthurs; einer von den Sieben (**Feradach**)
Galeron Pendreic	einzige Tochter und zweites Kind von Marguessan und Irian; stirbt vor Caervanogue durch Schwarze Magie
Geraint Pendreic	Gefährte; Sohn Taliesins und Morganes; Gemahl Cristants; Vater Anghauds, Sgiltis und Cathelins (**Gerrans**)
Gorlas Penarvon	Herr von Daars; erster Gatte Ygrawn Tregarons; Adoptivvater Arthurs; von Edeyrn ermordet
Grehan Aoibhell (*i:-VELL*)	Gefährte; Fürst von Thomond; später Taoiseach von Keltia; Freund und Heerführer Arthurs
Gwain Pendreic	zweiter Sohn und jüngstes Kind Marguessans und Irians; auf Anstiften Marguessans von Taliesin getötet; vor Caervanogue durch den Graal wieder zum Leben erweckt
Gweniver Pendreic	Ard-rían von Keltia; einziges Kind des Ard-rígh Leowyn und der Königin Seren; Nichte Amris' und Uthyrs; Kusine Arthurs, Morganes und Marguessans; gemeinsam mit ihrem Gemahl Arthur Hochkönigin von Keltia; Mutter Arawns und Arwennas; wird nach dem Tod bzw. dem Verschwinden ihres Gemahls Nonne bei den Bandraoi (**Gwennach, Gwennol, Gweni, Gwen**)
Gwenwynbar	Tochter Gerwins, des Herrn von Plymon, und Tamise Rospaens; Arthurs erste Gemahlin in einer Brehonenverbindung; Mutter Malgans; von Ysild von Kernow getötet

Gwyddno Glyndour (*gwithno glindu:r*)	Herr von Gwaelod; Gemahl Medenis; Far-charach Cathelins; Vater Tegaus und fünf anderer Kinder aus der Verbindung mit Medeni; Vater Taliesins aus der Verbindung mit Cathelin; von Edeyrn ermordet
Gwynn ap Nudd	Prinz der Sidhe; Erbe Nudd ap Llyrs, des Königs der Sidhe und seiner Königin Seli; Halbbruder des Marbhdraoi Edeyrn
Harodin Davacho	Sohn Daronwys und Rorics; Partner Donahs, der Jamadarin der Yamazai; Vater Sarinahs, der Erbin von Aojun
Irian Locryn	Herr von Lleyn; Gemahl Marguessans; Vater Mordryths, Galerons und Gwains; von den Sidhe getötet
Keils Rathen	Gefährte; Graf von Sulven; Heerführer und Freund Uthyrs und Arthurs; Liebhaber Gwenivers; von Marguessans Schergen getötet
Leowyn Pendreic	Ard-rígh von Keltia; zweiter Sohn der Ard-rían Darowen und des Königs Gwain; Gemahl der Prinzessin Seren von Galloway; Vater Gwenivers; von Raben getötet
Loherin Tregaron	Gefährte; Avallac'hs Nachfolger als Gralshüter; Sohn Tryffins und Ysilds
Majanah	Jamadarin der Yamazai; Königin von Aojun; Ban-charach Arthurs und Mutter der gemeinsamen Tochter Donah, Partnerin Brones (**Janjan**)
Malgan Pendreic	Sohn Arthurs und Gwenwynbars; angeblicher Sohn Owein Rhegeds; bei Barrendown gefallen

Marguessan Pendreic	Prinzessin von Keltia; Herzogin von Eildon; älteste Tochter des Ard-rígh Uthyr und der Königin Ygrawn; Kusine und Halbschwester Arthurs; Kusine Gwenivers; Gemahlin Irian Locryns; Mutter Mordryths, Galerons und Gwains; starb bei Caervanogue
Medeni (*MED-en-i:*)	Herrin von Gwaelod; Gemahlin Gwyddnos; Mutter Tegaus u. a.; angeblich Mutter Taliesins
Melwas	König von Fomor; stürzte sein Reich mit der Entführung Donahs in einen Krieg mit Keltia und Aojun
Merlynn Llwyd	Gefährte; auch **Ailithir** genannt; Druide; Erzdruide; Lehrer und Freund Arthurs und Taliesins; (**Llwyd**: *khLU:-id*; das Doppel-l ist so zu bilden, wie in den Anmerkungen zur Aussprache beschrieben; viel Keltenglück dabei)
Mordryth Pendreic	Erbe von Lleyn, Sohn Irians und Marguessans; bei Camlann umgekommen
Morguenna Pendreic	auch **Morgane** genannt; Prinzessin von Keltia; Herzogin von Ys; jüngere der beiden Zwillingstöchter Uthyrs und Ygrawns; Kusine und Halbschwester Arthurs; Gemahlin Taliesins; Mutter Geraints; starb vor Caervanogue und liegt neben St. Brendan in Caer-na-gael begraben (**Morgane**, **Guenna**)
Nanteos	Vorgänger Melwas' als König von Fomor
Nudd ap Llyr	König der Sidhe; Partner Selis; Vater Gwyns
Owein Rheged	Herr von Gwynedd, Statthalter und Erbe des Marbh-draoi; zweiter Ge-

mahl Gwenwynbars; galt als Vater Malgans, bis der Gegenbeweis erbracht wurde; von Edeyrn in Gestalt des Torc Truith getötet

Roric Davacho Gefährte; Aojunni; Freund Arthurs; Heerführer Majanahs; Gemahl Daronwys; Vater Harodins; fuhr mit auf der *Prydwen*

Scathach Aodann (*SKAI-ach ÉI-den*) Gefährtin; Fian-General; Lehrerin Arthurs und Taliesins; Erfinderin des nach ihr benannten individuellen Weltraumschilds (**Skiath**); im Kampf gefallen

die Sechs outfrenne Feinde Keltias; gekaufte Söldner der Prinzessin Marguessan – **Tembrual Phadaptë** und **Sleir Venoto**, Koranier; **Kiar mac Ffreswm, Phayle Rotschild** und **Rannick von Lissard**, Halbkelten; **Granúmas**, Voritier vom Planeten Uxellos; allesamt von Taliesin vor Barrendown getötet

Seli Königin der Sidhe; Gemahlin Nudds; aus der Verbindung mit ihm Mutter Gwyns; einstmals Partnerin des Sterblichen Rhûn; aus dieser Verbindung Mutter Edeyrns

die Sieben fuhren mit auf der *Prydwen* und kehrten von Kholco zurück – **Taliesin, Daronwy, Elen, Ferdia, Tanwen,** alles Gefährten der ersten Stunde, sowie **Anghaud** und **Sgilti**

Sgilti Pendreic Sohn Geraint Pendreics; Enkel Taliesins und Morganes; einer von den Sieben

Taliesin Glyndour ap Gwyddno Erzähler; Gefährte; jüngster Sohn Gwyddnos und dessen einziges Kind mit seiner terranischen Ban-charach

Cathelin; Pflegebruder Arthurs; Herzog von Ys durch seine Heirat mit Morguenna Pendreic; Vater Geraints; einer von den Sieben. Sein Ende ist geheimnisumwittert (die Aussprache seines Namens dagegen nicht: sie lautet *tal-IES-in*, nicht *tall-i-es-in* oder *tal-i-SI:N* oder *ta-LI:-e-sin* etc., etc.) **(Talyn, Talynno, Tal)**

Tanwen Farrach — Gefährtin; Gräfin von Dyonas; Freundin Arthurs, eine von den Sieben

Tarian Douglas — Gefährtin; Fürstin der Skoten Taoiseach von Keltia; Freundin und Heerführerin Arthurs; Partnerin Graham Strathearns; Mutter Shanes und Síodas; fuhr mit auf der *Prydwen* (*ta:r-IAN*, bitte nicht *tarri-en*)

Tegau Glyndour (*TEG-ai*) — Gefährtin; auch **Tegau Goldbrust** genannt; (s. dazu *Des Falken graue Feder*); ältestes Kind Gwyddnos und Medenis; Schwester Taliesins; Gemahlin Eidiers, des Herrn von Sinadon; beide fuhren mit auf der *Prydwen*

Tryffin Tregaron — Gefährte; Herzog von Kernow; Neffe Ygrawns; Vetter und Freund Arthurs; Gemahl Ysilds; Vater Loherins, des Gralshüters, und einer Tochter namens Ydain

Uthyr Pendreic — Ard-rígh von Keltia; jüngster Sohn der Ard-rían Darowen und des Königs Gwain; Bruder Leowyns und Amris'; zweiter Gemahl Ygrawns; Vater Marguessans und Morguennas; Onkel Arthurs und Gwenivers

Ygrawn Tregaron (*ih-GRO:N tri-GARREN*) — durch die Heirat mit Uthyr Pendreic Königin von Keltia; aus dieser Verbindung Mutter Marguessans und

Morguennas; Ban-charach Amris Pendreics; aus dieser Verbindung Mutter Arthurs

Ydain Tregaron (*ih-DAIN*) Tochter Tryffins und Ysilds; Schwester Loherins

Ysild Formartine (*ih-SILD*) Gefährtin; Herrin von Arrochar; Herzogin von Kernow durch die Ehe mit Tryffin; Mutter Loherins und Ydains

Das Königshaus Dôn: Herrscher zur Zeit der Gegenrebellion und der Restauration

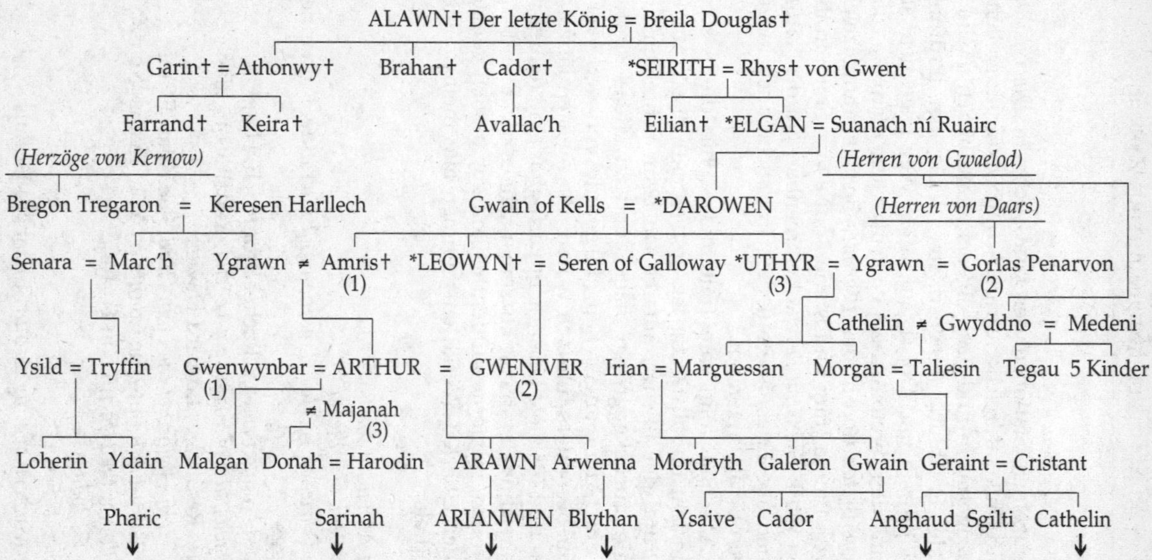

Großbuchstaben bezeichnen regierende Herrscher v. Keltia *Herrscher im Exil ≠ Céile-Charach-Verbindung † von Edeyrn ermordet

Die einzelnen Stationen der Gralssuche in *Die Nebelhecke* habe ich aus zahlreichen Primär- und Sekundärquellen zusammengetragen und nach eigenem Gutdünken in die vorliegende Erzählung eingearbeitet. Viele der Prüfungen, denen Taliesin und Donah auf ihrem Weg begegnen, stammen aus dem bretonischen Volksmärchen ›Peronik‹, das in *Le Foyer Breton* und in den *Légendes Bretonnes* aufgezeichnet und von Emma Jung und Marie-Louise von Franz in ihrem großen Werk *The Grail Legend* kommentiert wurde. Natürlich kommen alle Erlebnisse auf der Gralssuche auch in vielen anderen Erzählungen vor.

Im Anschluß folgt eine Teilbibliographie, die in zweierlei Hinsicht unvollständig ist: erstens enthält sie nur etwa ein Drittel der Bücher, auf die ich beim Schreiben dieser Trilogie zurückgegriffen habe, und zweitens sind nur Titel und Autor angegeben, da gerade von den Werken, die mir besonders hilfreich waren, die meisten längst vergriffen und für viele Leser nicht verfügbar sind (einige wurden allerdings erst vor kurzem nachgedruckt und damit der breiten, modernen Öffentlichkeit zugänglich gemacht.) Die hier zitierten Werke entstammen alle meiner eigenen Bibliothek.

The Annals of the Four Masters
The Book of Taliesin
The Fairies in English Tradition and Literature, Katharine Briggs
Trioedd Ynys Prydein, Rachel Bromwich, Hrsg.
Encyclopedia of Arthurian Legend, Ronan Coughlan
Celtic Researches, Edward Davies
The High History of the Holy Grail, Sebastian Evans
The Fairy-Faith in Celtic Countries, Y. E. Evans-Wentz
Avalon of the Heart, Dion Fortune
The Gododdin
Hanes Taliesin
The Mystery of King Arthur, Elizabeth Jenkins

The Myvyrian Archaiology of Wales, Owen Jones, Edward Williams and William Owen Pughe
English as We Speak It in Ireland, P. W. Joyce
A Social History of Ancient Ireland, P. W. Joyce
The Grail Legend, Emma Jung and Marie-Louise von Franz
The Arthurian Encyclopedia, Norris J. Lacy, Hrsg.
A Celtic Quest, John Layard
The Mabinogion
The Winged Destiny, Fiona Macleod (The Rev. William Sharp)
Le Morte d'Arthur, Sir Thomas Malory
A Guide to Glastonbury's Temple of the Stars, K. E. Maltwood
King Arthur: King of Kings, Jean Markale
Elements of the Arthurian Tradition, John Matthews
Elements of the Grail Tradition, John Matthews
The Flaming Door, Eleanor Merry
The Realms of Arthur, Helen Hill Miller
Iolo Manuscripts, Iolo Morganwg (Taliesin Williams)
The Age of Arthur, John Morris
The Book of Three Dragons, Kenneth Morris (Cenydd Morus)
The Fates of the Princes of Dyfed, Kenneth Morris (Cenydd Morus)
Brân the Blessed in Arthurian Romance, Helaine Newstead
Celtic Folklore, John Rhys
The Hibbert Lectures (1886), John Rhys
The Welsh People, John Rhys and David Brynmor-Jones
The Mystery of King Arthur at Tintagel, Richard Seddon
British Goblins, Wirt Sikes
The Fairy Tradition in Britain, Lewis Spence
Legends and Folktales of Brittany, Lewis Spence
The Oxford Companion to the Literature of Wales, Meic Stephens, Hrsg.
The Idylls of the King and *Complete Poems*, Alfred Lord Tennyson
The Glastonbury Legends, R. F. Treharne
The Hidden Church of the Holy Graal, A. E. Waite
From Ritual to Romance, Jessie L. Weston
Guardian of the Grail, John Whitehead

The Black Horsemen, S. G. Wildman
Taliessin through Logres, Charles Williams
Celtic Wonder-Tales, Ella Young
The Tangle-Coated Horse, Ella Young

Und kein moderner Autor, der Arthurs Geschichte nacherzählen will, kommt an Rosemary Sutcliffs *Sword at Sunset* vorbei (es machte mich in meinem ersten Collegejahr 1963 erstmals mit einem Artos des finsteren Mittelalters bekannt und konnte einer Siebzehnjährigen, die von einer Zukunft als Schriftstellerin träumte, schon zu Kopf steigen). Nicht weniger Dank verdient T. H. White für sein *The Future and the King*, weniger wegen der später aufgepfropften Camelotterie, sondern wegen seines umfassenden literarischen Wissens, seiner Allgemeinbildung und seiner deutlich spürbaren Freude am Umgang mit Sprache.

– P.K.M.

Danksagungen

Eine keltische Triade, die drei großen Vorbilder meines Schriftstellerlebens – Rudyard Kipling, Lord Dunsany und E. R. Eddison: Dankbar will ich sie ehren und preisen. Penbeirdd war ein jeder von ihnen.